Feldrik Rivat

Les Kerns de l'Oubli

Tome 2
Les Larmes du Désert

Les Éditions de l'Homme Sans Nom

Collection dirigée par Dimitri Pawlowski

Illustration de couverture : Alexandre Dainche
ISBN : 978-2-918541-11-0

Les Éditions de l'Homme Sans Nom
122, rue de Vincennes - 93100 Montreuil

E-mail : contact@editions-hsn.com
www.editions-hsn.com

Saham s'ébroue.
Le Dernier-Né se réveille.
Le monde tremble et vacille sur ses bases.
Les millénaires parlent et enfantent seuls l'Histoire.
Almenarc'h n'est plus.
Le Dieu Saash non plus.
La Pierre garde leurs feux sacrés dans ses entrailles voraces.
Le Dieu de nos cieux tremble et maudit ce qui par la Faute est déjà condamné.

Il rassemble ses forces, souffle sur les braises éparses, mais, fils, dans le secret de ses coulisses, l'Ange de la mort caresse déjà chacun de vos fils !

L'Alchimiste

Chapitre 1
Cardanapak, l'homme du Sud

Toute cette poussière. Ces montagnes de poussière charriées et poussées par les vents brûlants de Kar'Saham. Il faut être fou pour oser défier ce désert. Ainsi soit-il. Je dois être fou.

Le soleil disparaît derrière une dune, emportant dans un dernier éclat une ligne de crête parfaitement déserte. Ce n'est pas pour aujourd'hui. Je dois attendre. Mais que font-ils ? Voilà dix jours qu'ils devraient être revenus. Dix jours que monte ma crainte de les avoir perdus dans une tempête de sable. *« Ravitailleurs ! J'ai besoin de vous pour affronter les terres mortes de Kar'Saham ! »* Six lunaisons que nous préparons sans relâche cette traversée ! À enterrer vivres et eau à travers le désert ! *« Vous ne pouvez pas avoir échoué maintenant ! Campa ! Entends-moi par-dessus la tourmente, tu ne peux pas avoir échoué ! Toi seul sais repérer ton chemin en suivant la course du soleil et des étoiles ! »* Non. Ce serait une tragédie.

Un souffle tiède me caresse le visage. Un vent qui, à mesure que tombe la nuit, se mue en gifles cinglantes de froid. Je ne dois pas m'endormir. Tenir. Tenir coûte que coûte. Jusqu'à la fin de mon tour de garde. Je plaque un pan de ma tunique de Sawa pour qu'elle cesse de claquer, quand un mouvement retient mon attention. La fatigue, sans doute. Une plate plaisanterie de mon esprit vacillant. Mais non, là ! Une forme casse la courbe sinueuse de cette dune ! Elle défie l'immensité du ciel étoilé ! Un homme ! Deux ! Mes ravitailleurs ! Mes ravitailleurs sont de retour ! Je voudrais me précipiter à leur rencontre, appeler, crier ! Mais il faut rester discret. La région n'est pas sûre. D'ailleurs mes hommes se laissent glisser en silence dans la dernière pente de sable et s'arrêtent à quelques coudées du fleuve.

J'égrène entre mes doigts le fin tissu de ma tunique de Sawa, tout en observant les gestes de mes ravitailleurs. Ils se divisent en deux groupes et entreprennent de sonder les berges avec vigueur, à l'aide de longues tiges de bambou. L'un d'eux lève un bras. Je reconnais l'immense carrure de Campa-Hallak. Les autres accourent et s'affairent aussitôt à mettre au jour les contours d'un assemblage de poutres des plus hétéroclites. Ce qui partout ailleurs paraîtrait l'œuvre d'un naufragé est ici crânement nommé... un radeau. Radeau qui, tout juste extirpé de son sable, est déjà poussé à l'eau. Oh ! triste spectacle ! Un sourire me réchaufferait presque le cœur ! À peine le fleuve touché que l'embarcation s'enfonce sous la surface ! Point par souci de discrétion, mais simplement car il est d'usage dans nos contrées de voir la fine fleur de la marine flirter ainsi avec les génies des mondes sous-marins.

Les hommes ne paraissent aucunement gênés par le comportement de leur embarcation, ils grimpent dessus en toute hâte, avant de se laisser emporter par le courant placide du Lhazar. Rien ne vient ternir le spectacle. Mon œil frise de plaisir ! Deux rameurs se mettent en action dans un style encore une fois bien propre à notre pays. Selon de mystérieuses règles de navigation, ils entraînent le radeau dans d'interminables tournoiements, puis, sans jamais paraître perdre le contrôle de la situation, ils percutent un banc de sable et sautent à l'eau pour optimiser leurs chances de succès.

Ils tirent le radeau au sec, viennent à ma rencontre, et s'arrêtent à deux pas de moi. L'un d'eux défait les pans de tissu qu'il tenait enroulés autour de son visage. Caza-Ahzak. Il ne cache pas son bonheur d'être sorti victorieux de cette épreuve aquatique ! Je dois reconnaître que rares sont les Sahaméens à se mettre à l'eau.

— Cardanapak, fils de Caparak, les ravitailleurs ont la joie de t'annoncer le franc succès de leur mission ! La ligne de ravitaillement est établie !

— Caza-Ahzak, mes amis, je suis fier de vous ! Vous avez fait du bon travail ! Je vois d'ici les confins de Kar'Saham !

— Quand partons-nous, fils de Caparak ?

— Demain. À l'aube.

— Cardanapak, fils de Caparak, ne nous accorderais-tu pas quelque repos ?

— Non, Caza-Ahzak. Vous avez un retard de dix jours. Ce qui nous porte bien trop loin dans la saison. Et vous autres connaissez mieux que moi la violence des tempêtes de sable qui ravagent les déserts durant l'hiver !

— Elles sont déjà là, fils de Caparak.

Campa-Hallak a parlé. Sans gaspiller le moindre mot. Le regard perdu sur le fil de l'horizon. Comme toujours. Il essore sa tunique d'une poigne épaisse, nous imposant la force brutale de sa forte stature. Kar'Saham n'améliore en rien l'humeur de mon ravitailleur en chef. Je tente de réchauffer les cœurs.

— Bien ! Il est temps de rejoindre vos proches. L'impatience était palpable au camp ces derniers jours !

Je les invite à me suivre le long d'une rive plantée de raquettes épineuses jusqu'au discret couvert d'une oasis. Comment croire ces livres qui, bien avant que le désert gagne Mirand'Ar, décrivaient ici les terres les plus fertiles de Saham ?

Des cris de joie étouffés nous parviennent. Des hommes accourent.

— Campa ! Carkarak ! Caza-Ahzak !

— Camatchak !

— Ah ! Ah ! Ah ! On vous croyait morts !

Les embrassades vont bon train. La joie est teintée d'un soulagement non dissimulé. Qui sait combien d'expéditions se sont perdues dans le désert ? Les premières partaient pour les Terres Maudites sans jamais reparaître. Personne ne pouvait dire ce qui les attendait au-delà du Lhazar, jusqu'au jour où le premier ravitailleur est revenu. Campa-Hallak, la Montagne, l'homme au regard de plomb. Comment oublier cet instant ? Je revois ce corps immense courbé en deux, cassé par l'effort, s'effondrer à genoux dans un râle de poussière. Il portait un homme épuisé, vidé de son eau, rescapé de l'expédition précédente.

Caza-Ahzak.

Ce dernier fit le conte d'un récit terrifiant, parlant de morts hurlant au clair de lune, d'armées de spectres assoiffés de douleur. Et de Campa-Hallak, cet homme aux nerfs de fonte, insensible à la folie. Cet homme qui seul au milieu de tous sut résister à la tourmente. Le fantôme des lieux ronge les esprits épuisés par de longues marches sous le soleil, mais pas le sien. Il creuse des brèches, déverse toujours plus d'horreur et de mort, mais lui jamais ne cède à la démence fatale instillée par Kar'Saham. Les Terres Maudites. Un lieu redouté même des Prêtres Noirs.

Nous approchons de la tente commune. J'écarte l'épaisse porte de toile et invite tout le monde à entrer sous les clameurs des occupants. Les jeunes épouses sautent au cou de leurs hommes tandis que j'ironise.

— Les vents brûlants de Kar Saham ne sont rien en comparaison de l'impatience de vos femmes, messieurs !

— Raseur ! Et dire que ce soir encore tu as refusé que l'on te suive au fleuve pour attendre nos hommes !

Caza-Ahzak attrape la main de sa femme avec un sourire inquiet.

— Malha ! Nous ne sommes pas dans notre village de Tara Yama !

— Oh ! oui ! Ça, crois-moi, je le sais ! Cardanapak a dû nous le répéter à chacune de nous au moins dix fois ! Les femmes de Saham ne sortent jamais des maisons pour femmes, au risque de...

Je l'interromps sans même m'en rendre compte et achève sa phrase.

— ... finir lestées au fond d'un canal.

Malha me lance un regard noir.

— Tu vois, Caza, avec quel triste hère nous avons dû passer tout ce temps ?

— Eh bien moi, Malha, je suis heureux de voir le fils de Caparak aussi sensible à ses responsabilités ! Car je préfère encore te chatouiller le bout du nez plutôt que de draguer tous les fossés de Saham !

— Mais vous êtes infernaux ! Il n'y en a pas un pour rattraper l'autre !

Je pense à voix haute.

— *Al Gahama* redonnera ses libertés de mœurs aux femmes de ce pays.

Malha se redresse vivement et me fait une bise sur le front.

— Je savais que tu n'étais pas un mauvais cœur, fils de Caparak ! Allez ! Mangeons ! Vous devez être morts de faim !

Des monceaux de victuailles recouvrent immédiatement les nattes de joncs. Nous prenons place sur d'épais tapis. Mille plats et saveurs nomades passent bientôt de mains en mains, faisant fi pour l'occasion de la dureté des temps. Le repas prend des élans festifs, et l'atmosphère est bientôt bercée de chants enjoués. Il serait malvenu de parler des préparatifs de l'expédition, ce soir. Et que dire de plus ? Chacun sait depuis des lunes ce qu'il doit faire. Je me lève pour ne pas ternir la douce ambiance par ma triste mine. L'absence de mon aimée teinte encore de mélancolie ces instants de bonheur. Je pousse d'une main un pan de la tente et regarde le ciel étoilé. Es-tu là haut, mon amour ? Tu me manques. À jamais, je crois, tu me manques. Des pincements de cordes mélodieux s'élèvent doucement et accompagnent mes tristes pensées de leurs notes nostalgiques. Comment t'oublier ? Pourquoi t'oublier ? Je me retire sans bruit dans la nuit fraîche et rejoins ma tente. J'allume un briquet et cherche à tâtons la mèche imbibée de ma lampe à huile.

La lumière envahit l'intérieur feutré de ma tente. Mon matériel pour le grand voyage m'attend, disposé avec soin sur un tapis de sol. Deux sabres courbes et leurs fourreaux de bambou. Une écritoire contenant des flacons d'encre de baie de Paraza et quelques calames[1] de bois. Des vélins vierges, finement roulés. De précieux instruments de navigation, pour Campa-Hallak, et une ceinture-médecine contenant suffisamment de poisons et remèdes pour faire pâlir d'envie un apothicaire de Carmak. Puis viennent les vivres indispensables pour rejoindre le premier point de ravitaillement. Voire le deuxième, en cas de coup dur. Sans oublier cette poche de pierres fines qui me sera utile une fois passé cette terrible barrière.

1 Roseau dont se servaient les anciens pour écrire sur le papyrus ou le parchemin.

J'attrape mon sac en fibres de palme et commence à le remplir avec les objets du voyage, en fonction de leur forme et de leur poids. Pour ne pas souffrir d'un quelconque déséquilibre durant la marche. Ma cape de pluie et mes vêtements chauds dans le fond. Puis les effets personnels. Je glisse encore sur le côté des cordelettes de cuir et des rouleaux de bandage, roule sur le dessus une corde en fibres d'écorce, et referme le sac en serrant ses sangles. Je le soupèse avec satisfaction : il ne devrait pas encombrer ma marche.

Je pose le tout près de mon arc en os, et apprécie une fois encore la qualité des flèches fabriquées par Catsassak. Je tire l'une d'elles de son carquois, caresse d'un doigt le fil d'acier de sa pointe, décompte ses barbelures, et glisse enfin le long de la hampe jusqu'à son empenne de plumes noires. Je la replace auprès des autres et m'allonge sur ma natte, calant sous ma nuque un coussin de pierre.

J'étouffe la flamme de la lampe et me laisse bercer un temps par les murmures du vent. Mais mon imagination déforme bientôt ces souffles en hurlements. Des torrents de boue et de sang ravagent des villages. Des loups écorchés vifs déboulent maintenant dans les rues de villes en flammes !

Je rouvre les yeux, angoissé par l'imminence de ce voyage.

Je me demande si nous trouverons encore sur notre route des restes des expéditions précédentes ?

— Assez !

Je me redresse sur un coude, tends mon bras, attrape la lampe, la rallume, ignorant ses crépitements mécontents, et tire à moi ma ceinture-médecine. Là, il y a dans cette fiole de verre de quoi faire dormir tout Carmak ! Du venin de Ksa-Ksa. Une inspiration devrait suffire à m'emmener jusqu'au matin. Je tords du nez, replace le bouchon sur la fiole, et range le tout avant de sombrer dans le sommeil.

Chapitre 2
Reïchak, un Père Blanc

La porte s'ouvre. Le mousse entre et me salue.

— Mon Père, le capitaine y m'envoie pour vous dire que nous entrons dans la baie d'Almenarc'h !

— Parfait. Excellente nouvelle.

— Et aussi que le temps est clément ! Et que... Euh... Ah ! Je ne sais plus trop pour l'autre chose que je venais pour vous dire !

— Eh bien laissez-moi, mon petit. Et dites au capitaine que je le rejoins sur le pont.

Le mousse fait un signe de tête et s'empresse de refermer la porte de ma cabine. Insouciante jeunesse. Ce garçon ne semble pas percevoir que ce navire convoie une délégation des plus officielles. Une très noble et très pieuse assemblée de Pères Blancs, à qui l'honneur incombe de statuer officiellement de la disparition d'Almenarc'h. Il ne semble pas comprendre, ce petit, que la confirmation de cette disparition serait de nature à rompre le bon ordre de notre monde. Une baie vide et abandonnée de toute âme ne rendrait ma tâche que plus urgente à mener. Répandre notre message sur Terre, apaiser son cœur et celui des Hommes.

Noble tâche. Noble assemblée. Noble mission. Je griffonne encore quelques notes sur mon carnet. Un journal qui, je l'espère, ira compléter les écrits de la nouvelle bibliothèque des Pères Blancs, à Rhodia. « *Jour 86. Approchons enfin des sentinelles de pierre. Elles gardent toujours l'entrée du port d'Almenarc'h. Temps calme. Capitaine serein. Rien à signaler.* » Je referme le carnet et le range dans le tiroir de mon secrétaire. Je vérifie que mes mains ne sont pas maculées de taches d'encre, me lève, passe ma cape de feutre blanc sur les épaules et pousse la porte de ma cabine. Allons voir sur le pont à quoi ressemblent les abords de ce port majestueux, en son absence.

L'air marin me fouette aussitôt le visage, m'envoyant une volée de sel jusque dans les bronches. Les voiles claquent au vent tandis qu'une drisse manque de m'envoyer par-dessus bord. Un peu vif, ce temps clément. La manœuvre engage le vaisseau au milieu d'une série de récifs tandis que le son lugubre d'une corne de brume se perd en échos dans un paysage taillé à coups de sabre. Personne ne répond à l'appel. Personne ne répondra plus à cet appel. L'Homme n'est plus le maître de ces lieux. L'Orgueilleux s'est joué ici des valeurs primordiales, et, pour le punir, la Nature a englouti sa vaniteuse fierté. Almenarc'h.

— Père Reïchak, notre voyage touche à sa fin.

Le capitaine. Il rompt l'harmonie de mes pensées. Je réponds, irrité.

— Mais non, Capitaine. Il ne fait que commencer.

— Écoutez, mon Père, comprenez que je donne là l'ordre de mouiller. Mes hommes n'iront pas plus loin. Vous m'entendez ?

— Encore à ruminer vos superstitions, Capitaine ?

— Père Reïchak, prenez bien fort le ton que vous voudrez, mais je ne risquerai pas le cuir d'un seul de mes fichus marins au-delà des Sentinelles ! Pas même celui d'un de ces chiens enrôlés à Rajaya !

— Capitaine, vous êtes tout de même d'une autre trempe que ces vulgaires pirates !

— Raillez haut ! Je vous en ficherais, moi, des trempes ! Louez donc vos belles lettres et hautes recommandations, car sans elles personne ne vous garderait de m'en aller vous faire voir ces phalanges de plus près !

— Capitaine...

— Ah ! Suffit ! Ne venez pas me piquer davantage les sangs !

— Ces lettres dont vous parliez ordonnent en votre endroit de...

— Suffit, vous dis-je ! Vous me soufflez la vérine[2] avec vos manières ! Allez vous-même faire nager une chaloupe par là si l'envie vous en prend, Père Reïchak, mais n'attendez rien de moi ! Vous m'entendez ? Rien ! Je refuse de devoir mater une mutinerie à mon bord pour la simple satisfaction de votre égo !

L'homme se met à marmonner.

— S'aventurer sur ces eaux ! Alors que personne n'en revient !

— La Terre reconnaît ses fils, Capitaine. Les impurs qui sont venus troubler ces lieux de paix n'ont fait que payer le prix de leur insatiable cupidité.

— Eh bien espérez qu'ils aient suffisamment payé, mon Père, pour le salut de votre passage !

Le capitaine serre un poing, hausse les épaules, et tourne les talons. Grande est la chance de cet homme qu'il nous soit trop précieux pour que nous nous passions de le convertir... de force.

Le navire s'immobilise peu à peu, et tangue sous l'assaut des vagues. Le silence règne à bord. Un silence que les équipages superstitieux réservent à tout endroit maudit. J'entends s'approcher les pas feutrés d'un frère de robe.

2 Petite lampe tempête utilisée sur la passerelle pour la lecture des cartes marines.

— Père Reïchak, la chaloupe est prête.

Je suis mon homme sur le plat-bord qui court en tête de muraille, enjambe des bouts rangés en paquets, et prends place parmi mes frères à bord du canot. Les matelots font jouer leurs manivelles et nous descendent le long du franc-bord dans d'ignobles grincements de cordes. Je ne suis pas fâché de m'éloigner de ces gueules tannées et d'aller respirer autre chose qu'un air vicié par la sueur rance !

La chaloupe heurte les premières crêtes de vague et se fait bientôt brasser par les ressacs. Les amarres coulent en tas à nos pieds, et les frères entreprennent de repousser la coque du navire de leurs avirons pour nous engager vers le rivage. Je me surprends à gratter nerveusement le dos de ma main. Un tic. Et si la cité était toujours là ? Non. Nous dépassons maintenant les Sentinelles, et partout seule la roche répond à la roche. Rien ici n'indique plus la présence de l'Homme.

— Père Reïchak, notre mission paraît compromise.

— Père Mohan, respirez, sentez, écoutez la Terre. Ce que nous recherchons dépasse l'entendement des non-initiés, ne l'oubliez pas. Si nous devons trouver ici des artefacts de l'ancienne civilisation alménaréenne, Elle nous montrera la voie.

— Peut-être avez-vous raison, Père Reïchak.

— N'ayez aucun doute là-dessus, Père Mohan.

J'ai du mal à retrouver dans ce paysage le port opulent qui occupait jadis la place. Nous accostons. Je saute sur la rive et prélève une poche de ces graviers bénis par le courroux de la Terre. Les frères tirent la chaloupe hors de l'eau et la hissent sur leurs épaules. Nous en aurons besoin plus haut, sur le lac d'Almen.

Nous marchons désormais à travers une friche sans nom, grimpant par des voies détournées à travers d'anciennes terrasses. Je me souviens de ces lieux autrefois plantés d'arbres fruitiers. J'en ai la gorge serrée. Sans compter l'émotion qui me gagne de me voir à chaque pas me rapprocher un peu plus du berceau de notre Ordre.

— Oh... mes frères, nous y sommes !

Là, devant mes yeux, l'Almen, fleuve sacré, se jette d'un vol majestueux.

Chapitre 3
Cataxak, puissant Carda

Je plane au-dessus de flots mugissants. Triste et haïssable abomination. Toute cette eau salée, pouah ! Par l'éther, j'en ai mes corps subtils qui frissonnent d'horreur ! L'idée, même infime, d'un contact avec cette aqueuse substance me terrifie ! Aucune distance ne sera jamais suffisante entre moi et cette soupe immonde. Ah ! mais que le sourire me soit rendu ! Car j'arrive en un lieu qui mille et mille fois châtie ces ondes fuyantes ! Ici la Terre ouvre et fend les océans pour cracher son feu ! La roche file et siffle dans les airs ! Les vagues explosent, effroyables, en volutes de vapeurs ! Les vomissures de lave se font asphyxier dans leurs dernières érubescences, pour se figer en monstres de pierre. Ici émergent des îlots perclus de coussins noirs. Là disparaissent ces mêmes terres, telles d'impures épures ravalées d'un souffle par la colère de notre Mère Créatrice.

Ainsi va le cours du temps dans le terrible archipel de Cauda Dragonis. La bête renâcle, fait le gros dos, se hérisse de griffes et de crocs, puis replonge dans les profondeurs. Mirifique, chaotique. Démoniaque. Les ténèbres étendent leurs pestilences sans personne pour les contrer. Surtout pas ces marchands de vide obsédés par les feux des dernières babioles de la Cité Engloutie ! Comment pourtant ignorer les mauvaises humeurs de ce ciel ? Comment ne pas voir en ces prémisses se lever la tempête qui nous balaiera tous jusqu'au dernier ? Cervelles stupides ! Ramasse-pièces ! Vous ne valez pas plus que les moutons que vous tondez ! Et l'on voudrait me voir pleurer des larmes d'empathie ? Mais cette molle humanité ne mérite que mépris !

Trêve de futilités. Je m'élève en hâte, poursuivi par la sombre cohorte de mes âmes en peine, une volée d'oiseaux criards plus noirs et bruyants que des corbeaux, et entame une course folle à travers les nuages. Égarer une de mes maudites dans ce dédale de ouate et de lumière ne m'aurait pas fâché. Mais je dois renoncer à ce délicat plaisir pour amorcer ma descente. J'approche. Je le sens.

Je resserre mes cercles sur une colonne de poussière, et me laisse tomber sur un attelage de bœufs.

Les individus qui conduisent en silence ces bêtes ne montrent pas leurs visages. Ils ne montrent rien. Jamais. Et pour cause ! La route elle-même fuirait ces lieux de se savoir foulée par ces inhumaines créatures ! Mes Happeurs, mes fidèles !

Je transperce d'un trait la bâche de peaux qui couvre la carriole, et suspends mon vol à une palme d'un corps rapiécé. Je hume l'odeur éthérée de ses chairs en décomposition et inspecte ses coutures. Il reste bien quelques rectifications à apporter, comme l'ablation de ce membre en tout point inutile, mais ce visage, ô sublime délectation, cristallise toute la noirceur de mon âme ! Chacun de ses traits de cuir emmure mon sourire dans un rictus de haine et de rancœur. Je glisse sur les fentes sombres qui me tiennent lieu de narines, et suspends la visite de ces ruines. Des yeux sans fond me fixent dans la mort. Magnétiques. Ils me sondent et m'invitent à plonger plus avant dans les profondeurs ténébreuses de mon être. Je m'en défais quand je remarque le long de mon crâne une couture fraîche et finement ourlée. Je lance mes palpes et caresse bientôt les sculptures molles de circonvolutions cérébrales. Mes Happeurs auraient-ils trouvé quelque donneur d'encéphale ? Ce qui veut dire que je vais pouvoir regagner les sphères physiques ! J'en virevolte de joie !

Quelle entreprise insolite que de descendre dans la matière glaciale de ce cadavre. Mes nouveaux poumons se soulèvent et s'affaissent dans l'anarchie la plus totale, expulsant leurs miasmes putrides. Je suffoque. Un bras imbécile frappe tour à tour le fond de carriole et ma triste figure. Ah ! douleur exquise ! Le cœur d'un bûcheron de Westpalie irradie ma poitrine en bondissant sous l'assaut de coups de bélier ! Je le sens battre, l'ignoble, et pomper avec force un fluide froid et visqueux. D'un souffle, je réveille maintenant les cellules endormies de mon ossature, chassant la moelle morte pour regarnir ces loges de vie. La Source Noire n'est pas tarie. Mon sang continuera à lever des légions de combattants !

Je concentre mes dernières attentions sur ce cerveau. Ah ! le bel organe que voilà ! Mon esprit repousse dans les marges les futilités surannées qui encombraient ses canaux, pour laisser briller l'intelligence nouvelle de ma pensée.

— *Où sont mes chairs d'antan ? Ce corps est une horreur !*

— ÂME DE PEU D'ENVERGURE, PRIE POUR QUE JE NE ME LASSE PAS DE CONVERSER AVEC TOI ! JE SUIS ET RESTE TON MAÎTRE, LE CARDA NOIR, HAPPEUR SUPRÊME ! TU NE SERAIS PLUS RIEN SANS MOI !

— *Mais je reste le porteur des souches et ferments de la Source Noire...*

— SILENCE !

J'écrase et confine mon âme première. Avec un corps pourvu de mille visages et un esprit peuplé de mille mémoires inutiles, il serait facile de perdre quelques pièces indispensables à l'achèvement de mon œuvre sur Terre.

Quelles forces restent en place ? Almenarc'h, ma promise, convole avec mon Šhå et les restes de ce dieu débile dans le cœur maudit de mon caillou. Aïnhor Eran règne de nouveau dans les cieux, libéré de Saash, mais terriblement affaibli par la perte de son culmen[3] terrestre. Et moi, je suis fort. Très fort. Mais très seul aussi. Triste bilan pour qui devait devenir l'égal de Dieu. Voir une si belle intrigue gâchée par une femme ! Cette vilaine chose aux cheveux blancs ! Et si elle avait survécu au cataclysme ? Je dois savoir ! Et récupérer ma Ramsara.

— *Happeurs, sombres compagnons, arrêtez cette charrette à bœufs !*

Je ronronne de plaisir. Mes pensées semblent provenir des entrailles de la Terre. Le sol frémit, les bœufs s'arrêtent, et les pans déchirés de la bâche s'agitent pour s'ouvrir sur les visages grimaçants de deux Happeurs. Ils me fixent et me sondent de leurs yeux de porcelaine, dans un ignoble concert de bruits de succion. L'excitation du moment, manifestée par le va-et-vient frénétique de leurs langues bifides.

— *Maître, vous parlez...*

— *Je pense, Carak, je pense. Et mets ici un terme à mon errance. Où sont vos compagnons ?*

— *Maître, nous l'ignorons. Nous avons porté tous nos efforts à la survie de votre dépouille mortelle et nous avons perdu jusqu'au décompte de nos forces de ce côté-ci de la Barrière. Seule cette missive nous est parvenue. Deux de nos Prêtres sont morts en touchant le papier de son enveloppe.*

3 Point le plus élevé d'une montagne, d'un massif.

— Ainsi périt celui qui manque d'esprit. Donnez-la-moi sur-le-champ.

Une main crochue glisse entre deux pans de peau et me tend un pli que j'identifie immédiatement.

— Qui vous la remit ?

— Elle était au milieu de la route, Maître.

Mon informateur mystère. Mais comment m'a-t-il retrouvé ? Je tends un bras pourrissant et attrape le vélin noir signé de son sceau de cire dorée. Un trait vertical coiffant un triangle renversé. La peau de mes nouveaux doigts fume, mordue par les poisons, mais que peuvent ces artifices sur un corps déjà mort ? Je fais sauter le cachet et porte un regard éthéré sur les lignes de code.

« Depuis qu'Al Charmak s'est emparé de la Pierre des rois, l'Ordre noir de Saham ne reconnaît plus votre autorité. L'absence de Ramsara débride les ambitions. Le dernier des guerriers se proclame roi. Vos hordes se morcellent et s'entre-dévorent. Personne ne répondra plus à votre appel en ces terres.

Vous devrez trouver refuge au-delà des mers du nord, dans le Panshir. »

Je crache entre mes coutures labiales en lisant la fin du message. Mon âme première en devient hystérique.

— Je... Je reprendrai le contrôle de mes chairs ! Je soulèverai toutes nos âmes ! Je vicierai mes sangs ! Je...

— SUFFIT, PLEUTRE ! TU N'EN FERAS RIEN ! NOUS N'AVONS D'AUTRE CHOIX QUE DE SUIVRE CETTE PRESCRIPTION !

Mes disciples repassent leurs têtes délicieuses par la porte de peau.

— Maître ? Auriez-vous besoin de nos bassesses ?

— Carak ! Brûlez-moi ce pli sans attendre ! Cartchaak, partez pour la Cité Engloutie ! Et récupérez-moi la Pierre des rois !

— Bien, Maître. Mais je ne suis pas certain de résister aux feux de Ramsara.

— Prenez avec vous votre suite de Prêtres Noirs et moissonnez à loisir sur votre route ! Cette Pierre ne se gave que du Šhå de Saham. Exécution !

— Bien, Maître.

— Et vous autres, forcez l'allure de ces bœufs ! Nous devons... embarquer avant la nouvelle lune.

— Em... Embarquer ?
— FOUETTEZ-MOI CES BŒUFS !

Chapitre 4
Erkan, l'âme damnée

Cauchemars.

Mes oreilles sifflent. Mon crâne brûle et résonne, ébranlé par des coups de butoirs.

Ignobles cauchemars.

Je ne sens pas mon corps. Je ne suis qu'un poids mort, incapable du moindre mouvement. Gelé. Seuls mes doigts se réchauffent, lentement. Je les sens, gourds, piqués de mille dards, vibrer sous les assauts de la vie. Mes mains, mes bras, toute ma chair s'embrase maintenant et se déchire. Je tremble comme un dément et me cabre violemment en arrière, frappant ma couche comme pour chasser la douleur. Ma tête roule de gauche à droite, ma bouche s'ouvre comme pour lancer un hurlement, puis se résigne à rester silencieuse. Je ne respire pas. Sombre Terre ! Je ne respire pas ! Ma langue s'affole et m'écorche le palais, cherchant sans succès la salive qui la ramènerait à la vie, quand un réflexe du fond des âges me fait subitement inspirer à m'en faire éclater les poumons.

— Ha !

Je déglutis, dans un craquement de cartilages. Le sang me brûle les tempes et déferle dans mes veines desséchées. Pères ! Quel réveil ! J'ai l'impression de revenir de l'Autre-Monde !

Mais ? Ce retour à la vie ? L'Épreuve ! Victoire !

— Maître ! Vieux Maître ! Votre bon disciple a réussi ! J'ai eu raison des pièges de la tour du Castel ! Me voici le nouveau Sage-Guerrier de l'eau ! Je suis victorieux ! Vous allez enfin pouvoir prendre ce repos que l'on vous refuse !

Seul un sifflement strident me répond et me déchire l'oreille.

— Telleran ? C'est moi, Erkan Del Arc'h, fils de Roch Del Arc'h et de Dame Siham, la belle Guérisseuse ! Votre disciple ! Maître ?

Pourquoi ce silence ? Je ne perçois rien, pas même le fracas des chutes. Mais où suis-je ? M'aurait-on déplacé ? Aurais-je échoué ? Telleran m'avait prévenu que le réveil serait difficile, mais je ne m'attendais pas à ce genre de déconvenue !

Je me redresse sur les coudes. Les yeux clos. Mes paupières refusent de s'ouvrir. Je demeure ainsi, un instant, luttant contre un étourdissement. Et ces douleurs qui ne se lassent pas de planter leurs crocs dans chacun de mes os ! Le bruissement d'un vent étranger me parvient maintenant aux oreilles.

— Telleran ?

Je déporte mon poids sur le côté et approche une main de mes paupières. Une croûte épaisse les scelle, comme si j'avais sommeillé durant des lunes. Mes doigts s'activent et effritent cette gangue informe qui me prive de lumière, jusqu'à me blesser des vifs éclats du jour. Terre, depuis combien de temps n'ai-je pas vu le soleil ? Et je suis si sec ! Pas un pleur ne vient me soulager de cette souffrance ! Pourtant, malgré les poignées de sable qui me coulent des yeux, le voile se dissipe et me laisse distinguer quelques formes. Je ne suis définitivement pas sur la tour du Castel.

Je m'assieds, lentement. Le sang gronde et cogne contre mes tympans. Les dernières paroles de mon Maître me reviennent alors : « *Mon bon disciple, cette Épreuve-ci se fait fort grande de hauts mystères, tant qu'elle ne donne point à voir deux fois même figure et beau visage. Mais, chose certaine et mince certitude, ce voyage-ci par ses étranges transports perce sûr les pavois de l'inconscient.* » Eh bien, Maître, je ne l'aime pas ce voyage. Pas plus que cette robe de lin qui me drape comme un mort. Et ces ongles qui, d'avoir trop poussé, se courbent et se vrillent sur eux-mêmes. Mais que sont ces lignes ? Noires et sinueuses, elles s'enroulent autour de chacun de mes doigts, filent sur le dos de ma main et envahissent mes bras ! Et mon torse ! Je déchire précipitamment cette robe de lin... Plus un poil ne le couvre ! Il est complètement souillé par ces horribles tatouages ! Pire, mon crâne est nu ! Mes longs cheveux ! Disparus ! Je ne reconnais rien de ce corps ! Ce n'est pas le mien ! Qui suis-je ? Où suis-je ? Et qu'est-ce que cette bourse noire qui pend à mon cou ?

— Maître !

Mes sens me perdent et me noient dans de mauvaises illusions !

— Maître !

Pourquoi ne répond-il pas ? Pourquoi cet abandon ? Mon cœur bat à tout rompre. Je tremble et tremble davantage à mesure que je comprends n'avoir aucune prise sur ce qui m'entoure. Je suis assis sur un autel de pierre, dans la pénombre d'une cavité. Un vent que je ne connais pas souffle au-dehors. Je me laisse doucement glisser sur mes deux jambes, et m'avance autant que je me traîne pour découvrir, à travers mes premiers pleurs, la vallée verdoyante qui s'étire ici entre de hautes parois. Un lac dort paisiblement en contrebas. Mes jambes me lâchent brusquement. Je me rattrape à un pan de roche froide, serre mes poings, et rassemble mes forces. Étrange, je ne connais rien de ce lieu, et pourtant tout ici me semble familier. Mon vieux sage dirait que chaque situation, surtout lorsqu'elle se montre absurde, suit une logique qu'il sied de trouver.

Récapitulons calmement les événements. Je me souviens dans les moindres détails de ma plongée dans l'Ultime Épreuve. Je suis monté au sommet de la tour du Castel, par un escalier à vis sombre et humide. Il faisait nuit noire au-dehors. Telleran me suivait, solennel. Une trappe lourdement bardée de fer s'est ouverte devant moi. Deux Sages m'ont invité à poser un pied profane sur un des lieux les plus sacrés de cette Terre. Une terrasse. Une simple terrasse aux dalles douces et polies par le temps, dominée par l'Unique, le premier Imputraï. Celui qui insuffle force et sagesse à quiconque pose ses yeux sur ses ramures millénaires. Je me suis laissé asseoir dans un creux de son tronc de pierre et, bercé par le fracas des chutes et la voix grave de mon Maître, j'ai fermé les yeux. Je suis descendu dans les profondeurs de mon être, en deçà des portes de mon inconscient, puis plus rien. Le vide. Le néant.

Je me frotte une nouvelle fois le visage. Il ne peut y avoir qu'un sens à tout cela. Mon Épreuve ne fait que commencer et ces lieux ne sont là que pour lui servir de décor. Voilà pourquoi Telleran ne peut me répondre. Il veille sur moi, depuis la tour du Castel, et attend que je prenne les bonnes décisions.

Un sentier part non loin d'ici. Il entaille la paroi pour rejoindre le lac, un peu plus bas. Je devine dans un creux de muraille la façade d'une forte bâtisse. Quelqu'un pourra sans doute me mettre sur la voie. Ou tout au moins me dire ce que je fais ici ! Je m'avance sur l'étroit passage, avec prudence. Mon corps, du moins celui qu'il sied à mes protecteurs de me donner en cette réalité, proteste de nouvelles douleurs. Je laisse une main courir sur la paroi pour me garder de ces déséquilibres qui viennent encore me surprendre.

Je maugrée ces pas mal assurés de vieillard sénile ! Je maugrée ce vulgaire torrent qui me met en arrêt ! Moi ! D'ordinaire si vif et si agile ! Me voir craindre de poser mes pieds nus sur des roches glissantes, de peur de déraper dans le vide par accès de faiblesse ! Je... Je chancelle et bats l'air de mes bras avant de me raccrocher à la paroi, griffant la pierre de mes ongles tors. L'eau court sur mes mains crispées. Elle court et m'emplit bientôt de chuchotements. Surgissant de toutes parts, les mémoires de tout être vivant ayant frôlé ces flots m'assaillent et m'envahissent. Chaque insecte, chaque animal ou végétal me livre de force le vestige de sa vie passée. Des mémoires qui me transportent jusqu'aux multiples sources de ces cascades folles, là-haut, dans les neiges éternelles des cimes de l'Ayala.

Je m'extirpe de ces ondes sauvages avec la grâce d'un chat mouillé et chasse les dernières gouttes bavardes. La mémoire de l'eau. Se peut-il qu'en ces état et réalité je puisse percer ces secrets de légende ? Non, mes initiateurs se plaisent sans doute à me signifier par là le caractère initiatique de l'Épreuve. Je repars, chancelant, sans quitter des yeux le porche de la forte bâtisse.

La porte grince sur sa crapaudine de fer. Un courant d'air m'attire aussitôt à l'intérieur. J'entre. Point de vestibule. Seul un escalier droit aux formes simples et pures m'accueille et me fait face. J'avance, pétri de curiosité, quand un trait de feu me transperce le crâne. Je m'effondre sur mes deux genoux, terrassé par la douleur, et sombre dans l'inconscience.

Chapitre 5
Siham, la belle aveugle

Je m'allonge, le corps rongé par l'appétit féroce du poison. Mon cœur est lourd de tristesse. Se résoudre ainsi à mourir pour que d'autres vivent. Mon temps n'est plus. Les mots d'Awana ne souffrent d'aucune ambiguïté. Je fais l'effort de respirer encore un peu de cet air sifflant. Je n'ai vécu que pour toi, mon fils, alors il serait bien ridicule de ne pas être capable de te donner dignement ma mort.

Encore un effort.

— Mon fils… D'après… D'après mes calculs… tu devrais croiser le fil de ma vie… précisément en cet instant… Là.

» Si… Si tu ressens la vie te quitter comme si tu étais moi, ta pauvre mère… c'est que j'aurai réussi à te transmettre mon étrange pouvoir. Mesure le courage qu'il me faut pour renoncer ainsi à la vie alors que tu es là, tout près, plongé dans ce sommeil qui tire à sa fin. Mais… Mais les étoiles ne tracent qu'un chemin parmi tous les possibles qui soit seul le véritable destin, et j'ai dû me résoudre à l'emprunter, ce chemin… malgré l'offense que je fais à la vie. Note mes soupirs… Ce sont les derniers. Je vais mourir. De ma propre main. Afin que le plus horrible des dons, celui qui me trouble chaque jour un peu plus l'esprit, te serve et te guide. Puisses-tu apprendre à maîtriser cette pesante faculté de voyager sur les fils de la vie…

» Écoute… Écoute-moi encore… Le manuscrit… Lis-le… Il est le fruit de mes voyages nocturnes… Il est la fin d'Almenarc'h. Il… Il te permettra de connaître la… la vérité… Tu… comprendras, comme moi, que des forces qui nous dépassent ont tracé ta route…

» Erkan… Il t'est donné de te réveiller là où beaucoup resteront endormis… Ta conscience dépassera celle de tout homme… Mais le prix à payer est la souffrance… Et elle va commencer… Maintenant.

» Par ton réveil.

» Ne… Ne cède à personne la responsabilité de tes actes… Toi seul peux rétablir… l'Équilibre. S… Seul.

» Fais honneur à mon sacrifice… Sois fort… N'esquive rien.

Ma poitrine s'affaisse, expulsant là mes dernières bribes de vie.

Chapitre 6

Erkan, l'âme damnée

Je reviens à moi, la tête écrasée contre l'arête d'une marche. Je ne distingue plus le sol des murs, ma main cherche d'instinct à agripper quelque matière tangible.

— MÈRE !

Je me remets à l'endroit sans plus songer aux multiples douleurs qui se manifestent, lancinantes. Quelle effroyable vision

— SIHAM ! MÈRE !

Je grimpe les escaliers, envoie violemment une porte claquer contre un mur, et émerge dans une pièce sombre et silencieuse. Un cabinet de travail. Mon accès de colère retombe aussitôt. Je ne fais que déranger la poussière, cet endroit n'a aucun rapport avec ma mère ! Je la devine même en cet instant confortablement installée dans notre demeure familiale, à Port-l'Île ! Mais comment ai-je pu me laisser abuser par cette vision absurde ? Moi, le disciple du vieux Telleran ? Devenir le jouet de mes émotions les plus basses et perdre la main sur mes actes et pensées, en parfait novice ! Je devrais plutôt commencer par ouvrir ce lourd volet.

La lumière inonde la pièce. Un fauteuil de pierre à l'assise usée par des fonds de frocs borde la fenêtre. Devant ce siège, une table. Et sur celle-ci, posés en évidence, deux manuscrits. Mon regard se glace. Je tends une main hésitante, tourne la couverture de cuir, égrène quelques feuillets de vélin et laisse mes ongles tors grincer sur ces mots : *« Ne me pleure pas. Adieu. »*

— NON !

Je referme précipitamment le livre, en proie à une violente nausée. Mais qu'attendent-ils de moi ? Pourquoi transforment-ils mon Épreuve en cauchemar ? Je repousse la table, m'accroche aux épaisses tentures qui pendent ici devant un mur, et bouscule des piles de livres. Ils... Ils cherchent seulement à me déstabiliser en touchant l'être qui m'est le plus cher ! Je dois respirer ! De l'air ! De l'espace ! Mes doigts heurtent la poignée froide d'une porte. Je pèse sur le mécanisme et chancelle bientôt sur le parquet d'une grande salle voûtée. Une pièce à vivre au mobilier massif.

— Oh ? Quelqu'un ? Répondez-moi !

Personne. Comment pourrait-il en être autrement... je ne ressens pas la moindre présence ici ! Pourtant de la cire a récemment coulé de ces chandeliers. Je traverse la pièce en quête d'un indice, dépasse un mur hérissé d'une collection d'armes, et m'immobilise devant une nouvelle porte. Arrêté dans mon élan par l'odeur de la mort.

Je pousse le vantail d'un franc coup d'épaule, et... Non ! Cauchemar infini ! Je lutte pour ne pas défaillir ! Mes yeux glissent sur le corps qui repose ici, et reconnaissent en chaque trait de ce visage vicié ceux de ma mère.

— Non... NON !

J'explose de colère ! Une vague de chaleur me ravage le corps et souffle les murs de la pièce dans un terrible fracas. Je sens l'énergie du lieu affluer en moi et décupler ma rage.

— POURQUOI ? !

Les pierres fondent au contact de mon aura. Tuer ma mère ! Qui a osé ? Père ! Pourquoi as-tu laissé faire ça ? La bâtisse s'effondre autour de moi, la terre tremble, les gorges entrent en vibration. Un son grave résonne dans la vallée et refroidit subitement mon ire. L'air se densifie. Mais quel est ce prodige ? Les pierres se jouent maintenant de la pesanteur et quittent le sol, une à une, redressant l'édifice dans un profond grondement. Maître ? Non, ce n'est pas la présence de mon maître que je ressens, mais celle d'un être puissant, ancien. Le gardien des lieux, furieux du saccage auquel je me livre en sa demeure. L'Épreuve ! Comment ai-je pu me laisser aller à la colère devant cette ridicule mise en scène ? Vieux Sages, votre défi est peu loyal, mais comptez sur moi pour le braver !

J'entrave mes émotions sous des monceaux de chaînes et me penche sur le visage desséché. L'illusion qui me fait face est saisissante, tout juste dénaturée par le feu de deux pierres fines logées dans ses orbites. Deux éclats verts d'une grande pureté, mais bien pâles devant le souvenir du premier regard que mes yeux ont croisé jadis en s'ouvrant à la vie. Oser me montrer ainsi la dépouille de celle qui m'a portée en son sein ! La peste soit cette fichue Épreuve et les émanations mentales de ce cercle de vieillards décadents ! À mon plus profond respect, vous opposez cette vision d'horreur ! Soit. Regardez-moi ravaler ce fiel qui s'écoule de mon cœur blessé. Regardez-moi affronter la souffrance. Voyez comment j'apaise mes sens, comment je souffle mes peurs et dessine dans les airs, en quelques gestes ancestraux, un appel aux énergies primordiales.

L'air se densifie sous le dur impact de ma volonté. Mes ongles se raccourcissent, mes mains se raffermissent. N'en déplaise aux maîtres des lieux, je ne peux me résoudre à laisser pourrir en cette réalité l'image d'un être aimé. Je fends le mur qui me fait face, écarte les pierres, et matérialise un à un les degrés d'un escalier.

Voilà de quoi sortir décemment de cette pièce. Reste à soustraire délicatement cette dépouille des pesanteurs de la Terre, et à la pousser au-dehors, d'une impulsion mentale, avec cérémonie.

Je descends les marches, une à une, la gorge nouée. Par mon âme et celles de mes ancêtres, faites que ce tas de vêtements battus par le vent ne soit pas la source de ma vie ! Une boule d'angoisse refuse de quitter mon estomac. Oserais-je reconnaître que ces vieillards, par un coup vicieux, m'ont blessé ? Non. Je fais fi de ces tortures de l'esprit et stabilise la malheureuse à quelque distance du sol. Je vais l'accompagner vers cet autel qui m'a vu revenir à la vie.

Un Sage-Guerrier ne doit jamais se laisser aller à la colère.

Impossible. Calé dans le fauteuil de pierre, je découvre, lis et relis un récit des plus édifiants. Impossible. Ce manuscrit, rien de tout ceci ne peut être réel ! Je ne reconnais pas même les mots que l'on me prête ! Chacun de ces feuillets, jusqu'au plus insignifiant, renforce ma conviction de vivre ici même mon Ultime Épreuve. Là, voir Cataxak en Grand Veilleur, alors même qu'il ne parvient tout juste qu'à servir d'ombre au roi ? Et l'amnésie ? Je ne souffre d'aucun trouble de la mémoire ! Non, une fois les premières illusions percées, le mirage tout entier se dissipe. Cette Épreuve frôle l'absurde. Aïnhor Eran muselé comme un chien ! Almenarc'h tout entière engloutie dans une pierre ! Une pierre et des tatouages qui feraient de moi le roi de Saham ? Mais je ne connais rien de Saham !

Je serre les poings et, d'un geste sec, arrache cette bourse de velours qui pend à mon cou. Je défais le cordon et en fais rouler le contenu sur la table. Je pousse du doigt un morceau d'ivoire pourpre, le sonde et le sonde encore dans ses structures les plus intimes, sans trouver le moindre défaut. J'aurais pris cette chose étrange sur la carcasse d'un roi de Saham ? Jamais vu. Pas plus que ce bijou qui passe pour appartenir à une jeune serveuse avec laquelle j'aurais passé de tendres moments. Mais cette pierre, en revanche, je la reconnais. La Pierre des Secrets, relique parmi les reliques, que notre reine porte à son doigt. Je me relève, brusquement piqué d'impatience. Qui voudrait me faire croire que ce deuxième manuscrit est celui du dissident Baatraï ? Et ce bastion son bastion ? Et cette épée ! Je retourne en deux pas au milieu de cette collection d'armes aperçue plus tôt, et cherche du regard une rapière que je sais être là ! Une lame de Happeur, noire et argent, ramenée par Ulnhor en personne, un roi revenu d'entre les morts ? Qui serait mon grand-père ? Mais croyez-vous que je vais gober toutes ces fadaises ? Comptez plutôt sur moi pour faire voler en éclats cet édifice fait de mensonges !

Je décroche la lame sahaméenne et fends l'air de quelques moulinets. Je sens son âme maléfique corrompre mes chairs au contact de sa garde. Cette pièce est remarquable d'authenticité.

— Vous voulez jouer ? C'est bien ça ? Vous voulez éprouver ma foi ? Eh bien regardez !

Je pose ma main à plat et, d'un geste, j'abats sur elle un violent coup d'épée. Un éclat vif-argent dévie aussitôt la lame et l'envoie se ficher dans la table. Je sens la terreur m'envahir et venir ébranler mes bases les plus profondes. J'essuie ma main devenue moite, et porte sans trembler deux nouveaux coups. Deux éclats achèvent de me terrasser. L'Armure des Rois.

— Amusez-vous de mes sens comme bon vous semble, mais je viendrai à bout de votre Épreuve ! Vous m'entendez ?

En proie à une rage folle, je retourne dans le cabinet de travail, arrache un morceau de l'épaisse tapisserie, et emmaillote solidement les deux manuscrits. Puis, à l'aide d'une lanière de cuir qui pend là inutilement à son clou, j'attache ce baluchon de fortune dans mon dos et quitte ces lieux chargés de fantômes d'un passé qui ne m'appartient pas. Il est grand temps de rentrer chez moi.

Je m'allonge sur un rocher, au bord du lac. Telleran, Maître, cette eau calme et limpide me trouble l'esprit. Cet endroit vibre de votre Šhå et c'est en tout point ainsi que j'imaginerais votre retraite. L'Épreuve doit matérialiser mes peurs, ou donner corps à mes angoisses. Je plonge un bras dans l'eau. Elle reste silencieuse. Preuve en est qu'elle n'a rien à voir avec mon maître, cet intarissable bavard ! Ce décor va bien finir par se trahir. Je scrute le moindre rocher, cherchant en chacun d'eux un défaut ou un indice me prouvant que ce monde-ci n'est que mirage, mais en vain. Le plus infime détail brille d'un vernis de vérité. Ces perles de brume emprisonnées dans ces toiles d'araignées, cette fourmi qui déambule suivant un chemin perçu d'elle seule, le duvet de cette plume collé par la pluie, ou encore le poids et l'odeur de cette pierre que je soupèse. Tout ici ne semble que nature. Et pourtant, si je devais croire ces écrits, Almenarc'h ne se trouverait plus dans son lac ? Mais soit, mes éminences ! Je ne m'attendais pas que vous soyez capables de sortir de vos esprits vieillissants une ville entière et ses habitants ! Il est déjà beau que vous soyez capables de répondre au défi que représente chacun de mes pas.

Je lève les yeux vers le ciel, en quête d'une issue. L'immense paroi qui me fait face devrait me permettre de gagner les Hauts Plateaux, et, de là, rallier Almenarc'h. Cette course me rappellera mes escapades avec le vieux Maleek, quand il m'emmenait ramasser des œufs de triptères. Maleek, ils ont même des pages pour toi dans mon Épreuve.

De cascades en chaos de blocs, je gagne l'extrémité est de la gorge. La fraîcheur du lieu fait suinter la pierre. Cet endroit n'a pas vu le soleil depuis le premier jour de la Création. Je pose mes mains sur le roc, chasse la tourmente de mes pensées, et passe en double vue. J'ignore si c'est là un vernis supplémentaire de cette Épreuve, mais mes Šhåmanies me paraissent plus fluides, comme si, malgré ma fatigue, j'avais en ma possession une plus grande maîtrise de mes sens occultes. La voie s'ouvre par cette lézarde et file droit vers une série de surplombs. J'agrippe une écaille de pierre et me hisse à la force de mes bras. Je progresse de failles en décrochements, prenant bientôt des allures d'araignée en quête de prises impossibles. Parfois même, sans que je le cherche, mes doigts pénètrent la roche pour rendre la voie plus praticable. Chaque instant qui passe fait un peu plus de moi un Sage-Guerrier.

J'enjambe un dernier parapet et m'affale sur le replat qui s'offre à moi. Les plateaux, enfin. Je reprends mon souffle durant un court instant, nourri par l'endroit. Je sens se dissiper mes fatigues dans les flux d'une vigueur nouvelle. Je me relève d'un bond avant de refréner mes ardeurs. Ma robe de lin vient de me tomber sur les pieds. Je ne peux pas continuer ma route ainsi vêtu de fripes molles, pas même en cette réalité !

— Aïnhor Eran, Esprit Père de la Terre, consens de me voir prélever en ces plateaux désolés de quoi garder des vents l'intimité de ma condition naturelle.

J'inspire lentement, appelant à moi le Šhå rare et précieux de ces lieux, matérialise des pièces de cuir, une à une, que j'assemble en pantalon et paire de bottes. Je serre une ceinture ornée d'une plaque-boucle de bronze, matérialise une épaisse chemise, un surcot de laine et une longue cape de cuir pour me protéger de la bise. Le tout en noir, pour plus de discrétion. Ainsi vêtu, je reprends ma route entre les crevasses sombres de lapiaz décharnés. Je lance mes pas vers le sud et commence à courir, sans réfléchir, comme ivre d'une liberté longtemps refusée. Les cimes enneigées du massif de l'Ayala glissent au rythme de mes foulées. L'Altama s'éloigne vers les levants tandis que devant moi, au-delà de ces fronts de falaise, l'immense Libéryan déroule ses vagues vers d'infinis lointains. Je me gorge d'air pur. Je suis fort. Almenarc'h m'attend.

Les nuages bas envahissent le plateau et m'enveloppent, froids et humides. J'allonge encore mes foulées, adoptant la marche-course des Sages-Guerriers, martelant le sol d'un rythme implacable, l'œil rivé sur l'horizon. Mes pieds volent et se posent là où le dicte ma volonté. Je ne suis plus un homme. Je suis un Sage-Guerrier. L'ombre et la lumière du Tout-Puissant sur Terre. J'arrache au plateau quelques bribes de Šhå sauvage et alimente mon effort. Je me concentre... La Cité-Lumière se tient au sud-ouest de ma position. Je dois dévier sensiblement vers l'ouest pour gagner la côte, non loin de la Volée.

Le ressac des vagues venant se briser contre le pied des falaises me sort de ma transe. Je ralentis.

La Volée.

Elle sème dans l'océan ses pointes de pierre, montrant à tous, dans les vestiges de ces ruines naturelles, l'ampleur perdue du plateau ancestral. Les oiseaux de mer trouvent en ces éperons de multiples refuges où abriter leurs couvées. J'observe un temps leurs voltiges, savourant leurs jeux et défis du plus lourd que l'air.

Je présente mes joues au vent chargé d'embruns. Pourquoi devrais-je résister plus longtemps à m'offrir ce plaisir ? Je m'assieds au bord de la falaise et repère un triptère au vol vigoureux. Un mâle dans la pleine force de l'âge. Il s'élève à grands coups d'ailes au-dessus de la mer, reprenant de l'altitude pour son prochain plongeon. Je me concentre, glisse hors de mon corps, capture chacun de ses mouvements, le caresse, l'enveloppe et plonge en lui. Je ressens immédiatement les battements rapides de son cœur. L'air siffle entre ses plumes. Le vent menace de rabattre cet instant de poésie contre une falaise, mais l'oiseau ne se laisse pas surprendre. Il connaît chaque courant pour les avoir mille fois esquivés, et monte dans le ciel afin de rejoindre ses semblables dans un ballet aérien. La danse éternelle des triptères. L'oiseau se hisse au-dessus de l'éperon, stabilise son envol, scrute la surface déchaînée de l'océan, loin en contrebas, et vire subitement de bord. Sans prévenir. Ramassant ses ailes tout contre lui. La gravité prend peu à peu tout son sens, rappelant sa loi tandis que le corps fuselé de l'oiseau gagne en vitesse. Il tombe comme une pierre depuis une hauteur initiale de près de trois mille pas. La mer approche dangereusement. Il se concentre, décroche quelques plumes de son aile droite pour corriger sa trajectoire, ses yeux se couvrent de leur membrane protectrice, et il transperce la dure surface de l'eau. Ainsi que la surface plus dure encore d'un poisson-pierre. La proie, affolée par cette soudaine intrusion, se met à frétiller avec énergie. Mais en vain. Le triptère brasse déjà puissamment ses pattes palmées pour remonter à l'air libre. Avec sa prise. L'oiseau flotte sur quelques vagues turbulentes, attendant celle qui l'aidera à prendre son envol.

Je quitte là mon hôte, qui rejoint sa nichée dans un creux de roche, et regagne mon corps. Voler ces quelques instants de sensations animales est mon plaisir favori. J'ouvre les yeux sur le spectacle imprenable de ce carrousel aux reflets d'argent et me relève, un sourire béat me barrant le visage. Ils ne m'ont pas pris ça !

La Pointe Couchée n'est plus qu'à trente mille pas, et, avec elle, le port fabuleux de la cité d'Almenarc'h. Je repars dans ma marche-course sans plus émettre la moindre pensée. Mais j'attrape bientôt ma tête à deux mains, vacillant sous la douleur d'un nouveau trait de feu, et perds connaissance avant même de toucher le sol.

Chapitre 7
Cardanapak, l'homme du Sud

J'expulse l'air de mes poumons en déroulant un bras, puis l'autre. Mes doigts se déplient et se tendent jusqu'aux limites de mon corps. L'astre du jour se lève. Je maintiens ma position, bloque ma respiration. Le sang pulse doucement à mes tempes, accompagnant les premières lueurs du jour sur le Lhazar. J'élève mes coudes vers le ciel, puis un genou. L'air afflue avec fraîcheur. Je bloque. Je replie mes bras contre mon torse, repose mon pied sur le sol sablonneux, et étire l'autre jambe loin en arrière. Je pivote lentement, déploie mes bras et chasse une nouvelle fois l'air de mes poumons. Je bloque. Ma tête tombe sur ma poitrine, mon dos se courbe, mes coudes viennent se poser sur les ailes de mes hanches et mes mains se saisissent de mon crâne. J'attends, les yeux rivés sur le sol, que le soleil fasse apparaître l'ombre de mon existence, afin de naître dans ce jour nouveau. Une étincelle enflamme le premier grain de sable, puis de toutes parts naissent les ombres. Jusqu'à la mienne.

Bonjour, astre d'or-sang, puisses-tu me donner la force d'honorer la vie.

Mon corps se débande prestement, mes bras décrivent de grandes spires dans le ciel, ma main gauche saisit la garde froide de mon épée courbe et fait jaillir l'éclat acéré de sa lame. J'enchaîne une série d'attaques et d'esquives devant cet ennemi fait du vent du matin et finis dans une fente, face au soleil levant. La pointe de mon épée se retire doucement du cœur de ce disque rouge. Je la saisis du bout des doigts, de ma main droite, et la guide vers son fourreau. Je m'incline respectueusement face à celui qui donne la vie, et me retire.

Le sable est froid sous mes pieds nus. Les hommes du campement émergent un à un de quelques endroits discrets et rejoignent la tente commune. Il en est ainsi depuis la nuit des temps. Dans notre clan, les hommes rendent hommage à l'astre du jour.

Nous prenons place sur les tapis autour de galettes de Cassavas, de miel blond, de gelées et jus de fruits. L'appétit aidant, il ne reste bientôt plus rien sur les nattes. Les hommes démontent aussitôt les tentes et font disparaître jusqu'aux dernières traces du campement.

— Cardanapak, fils de Caparak, notre caravane est prête. Nous allons vous regarder partir pour l'autre monde, toi et tes ravitailleurs, et nous quitterons ensuite ces lieux pour rentrer au village. Nous prierons chaque jour pour que la réussite soit au bout de ton chemin.

— Merci Camatchak, fils de Charak. Que le soleil accompagne tes pas sur le chemin du retour. Ce jour est un grand jour pour les fils de Tara Yama. Le clan envoie ses loups défier l'adversité pour que s'accomplisse le destin des Hommes.

Je prends mon sac et rejoins mes quatre ravitailleurs, Campa-Hallak, Cmak, Caza-Ahzak et Carkarak. Nous quittons la caravane le visage fermé. Qui ose espérer que ces adieux ne soient qu'un au revoir ? Nous gagnons la berge du fleuve, où le vieux radeau est tiré à l'eau. Campa le retient à l'aide d'une corde tandis que nous grimpons dessus, avant de nous rejoindre d'un bond mal assuré. L'embarcation s'enfonce sous les flots pendant que nous partons à la dérive.

— Le courant nous guide.

Ainsi parle Carkarak, le plus marin des hommes de Tara Yama, répondant à mes regards inquiets.

— Je veux dire, le courant va nous emporter vers l'autre rive.

De fait, le fleuve nous pousse en tournoyant contre l'autre berge, où nous nous échouons violemment. Je saute à terre, suivi dans le désordre par mes comparses, et commence aussitôt à creuser le sable pour enfouir le radeau. Nous n'avons pas le temps de lancer les derniers au revoir que Campa-Hallak nous entraîne déjà à sa suite. Il est le maître absolu en ces terres désolées. Le colosse. Le géant de Kar'Saham. Lui seul peut vaincre le désert. Et, de fait, il n'attend rien ni personne.

Mon premier spectre émerge des dunes, sans prévenir. Un guerrier pourrissant. L'odeur de ses entrailles emplit mes narines à me faire suffoquer. Il se dresse devant moi et me hurle au visage.

— JE VAIS TE CREVER !

Des lambeaux de doigts giclent dans les airs tandis qu'il empoigne la poignée de sa hache d'armes. Deux autres spectres lèvent leurs lames de faux et mugissent comme un mauvais vent.

— On va te crever !

— On va te dévorer les boyaux !

— Donne-moi tes yeux !

— Ta peau ! Ta peau pour mon visage !

Des soldats en haillons se pressent de toutes parts et s'entre-déchirent pour m'approcher. Des suies noires tombent du ciel, portées par d'épaisses fumées. Mes poumons brûlent, je suis écartelé, des lames rouillées m'arrachent la peau et des pointes fouissent mes chairs. Ma respiration s'accélère. Mon cœur s'emballe. Une main solide se referme sur mon bras et me soulève au-dessus des dunes. Campa-Hallak. De son regard gris plomb, il me ramène à la réalité. Ce sont des fantômes. Des spectres. Ils ne sont pas réels. Ils n'existent pas. Il n'y a ici que du sable et de la poussière. Je baisse la tête, honteux de ma faiblesse, tentant d'ignorer les crocs écumant de rage et de sang de ce chien de guerre qui me saute à la gorge.

Nous reprenons notre route.

Campa-Hallak pointe son instrument vers le soleil. Il fait jouer ses gros doigts sur les fines bagues de métal, alignant des chiffres sur de mystérieuses graduations. Puis il fixe la ligne d'horizon, froidement. Comme toujours. Seul un de ses yeux scille et se ferme, par réflexe, tandis qu'une brute des Septentrions lui assène un terrible coup de masse. Il enfouit son matériel dans les pans de sa robe, et s'élance sur l'arête sinueuse d'une longue dune.

Mes pas s'enfoncent à la suite de ce guide, suivis de Cmak, Caza-Ahzak et Carkarak. Je suis fier de marcher aux côtés de ces hommes. Ils bravent l'inconnu au péril de leur vie, pour une cause ignorée de tous. Sans attendre la moindre gloire en retour. Les pieds nus de Campa-Hallak, tout juste chaussés d'une paire de semelles en cuir, soulèvent le sable brûlant d'un rythme égal, imperturbable. Rien ne semble l'atteindre. Pas même ces mirages d'eau fraîche qui tremblent et coulent en cascades autour de lui. Je réajuste l'étoffe qui me protège le visage, tout en détournant mon regard de la plaie béante qui sert de gueule à un guerrier sans tête. M'inspirant du grand Campa, je porte au loin mon regard et me concentre sur les ondulations du sol. J'inspire du feu, expire du feu. Il n'y a plus air ni eau ici. Juste des cendres. La marque de notre honte. Une cicatrice laissée par le fer rouge du déshonneur, condamnant notre peuple à l'isolement.

Au bannissement.

Campa-Hallak s'arrête et se tourne vers nous en silence. Que veut-il ? Je tente d'ignorer ce guerrier qui me mord le bras à l'os, et interroge du regard mes trois autres compagnons, sans plus de succès. Je sais qu'il faut faire économie de tout dans ce désert, mais j'aimerais comprendre ! Caza-Ahzak se décide à venir à mon secours.

— Le soleil est déjà haut. Nous perdons trop d'eau. Nous devons nous arrêter. Nous repartirons ce soir.

— Mais ? La journée ne fait que commencer et nous venons à peine de partir !

Campa-Hallak me regarde et répond sans ciller.

— Kar'Saham dicte ses lois. L'Homme obéit.

Les ravitailleurs se laissent glisser dans le creux de la dune et se défont de leurs sacs. Leurs gestes, mille fois répétés, sont efficaces. Ils plantent de fines tiges de bambou, tendent de grandes toiles blanches, et viennent en lester les replis avec du sable. Les sacs sont poussés dans le fond et des nattes viennent recouvrir le sol, permettant à cinq hommes de s'asseoir et s'allonger à leur aise. Le géant de Kar'Saham poursuit, comme pour lui-même.

— Marcher de jour est un défi. Nul ne doit défier le désert. Son esprit est colère. Sa colère est folie. Et, pour nous, sa folie c'est la mort.

Puis il plonge ses yeux gris dans les miens.

— Repose-toi, Cardanapak, fils de Caparak.

Il s'allonge. Je brise une fois de plus le silence.

— Campa, qu'est-ce qui te donne la force de vaincre le désert ?

Il fixe un temps la toile suspendue, et me répond.

— Les os de mes amis blanchissent au soleil.

Il ferme les yeux, et je n'entends bientôt plus que son souffle régulier. Caza-Ahzak poursuit pour son ami.

— Il dort. Il ne dira plus rien. Mais il a raison, tu sais.

— De dormir ?

— Oui, et pour nos compagnons. Ils blanchissent bien au soleil, l'arme au clair, comme si la folie seule était responsable de leur mort.

— Que veux-tu dire, Caza-Ahzak ?

— Qu'ils se sont battus entre eux, croyant lutter contre l'ennemi ! Voilà pourquoi le repos est essentiel. Il préserve l'esprit de la fatigue, et, par là même, de la folie de Kar'Saham.

— Campa-Hallak est bien évasif, quand il évoque ses expéditions.

— Campa-Hallak est un homme humble, Cardanapak, fils de Caparak. Il est humble depuis qu'il a réalisé que ce sable que nous foulons et cette poussière que nous respirons sont les seuls restes des femmes et des enfants de Mirand'Ar. Nous agissons tous ici, grand homme, pour qu'il n'y ait plus jamais de telle folie. Pour que tu ramènes Celui-Qui-Revient. Il faut te reposer désormais, car la route de cette nuit sera longue. Le premier point de ravitaillement nous attend, à l'aube.

Mes compagnons se masquent les yeux et s'allongent en silence. Je m'étends à mon tour sur une natte craquante. Kar'Saham. Je ne peux pas m'empêcher de repenser à cette mission. Traverser ce que nul ne devrait traverser. Violer le sceau de notre isolement. Le désert. Campa dit qu'il est plus calme depuis que l'Étranger s'est emparé de la Pierre des Rois. *Al Gahama*. Notre nouveau roi. Mon roi ! Je ne me suis pas trompé le jour où mon regard est tombé sur lui ! *Al Charmak* ! L'*Aka Catchak* ! Mon Champion. Les temps sont venus pour Saham de voir la lumière des rois blancs chasser ces siècles obscurs.

Sur ces belles pensées, j'attrape ma ceinture en quête de venin de Ksa Ksa, et sombre bientôt dans un sommeil sans rêve ni cauchemar.

— Cardanapak, debout, fils de chef ! Le soleil décline, nous repartons !

Je me réveille, les yeux lourds et la gorge sèche, secoué par la main épaisse de Caza-Ahzak. Je résiste à l'envie de vomir en recevant un coup de massue dans l'estomac. J'entends les os de mon crâne se briser sous l'impact de je ne sais quelle arme spectrale, et attrape la gourde que me tend mon compagnon d'infortune.

— Une gorgée. Seulement.

Il me regarde avec un sourire.

— Le venin de Ksa Ksa, n'est-ce pas ? Tu verras, il ne te sera bientôt plus nécessaire pour trouver le sommeil dans cette tourmente.

Je hoche la tête sans plus de conviction, tout en mâchant quelques graines. Le campement est déjà plié. Ils m'ont laissé dormir jusqu'au dernier moment. J'avale honteusement ma pitance et jette mon sac sur les épaules. Campa-Hallak me tend quelque chose. J'ouvre la main et recueille deux cristaux grisâtres.

— Croque.

Caza-Ahzak me jette un regard complice, et vient étoffer le propos de notre guide.

— Ce sont des fleurs de sel, elles viennent de l'anse des Âmes. C'est idéal pour retenir l'eau de ton corps.

Campa-Hallak hausse ses immenses épaules.

— Parler gaspille l'eau.

Il range ses instruments de bronze et se met en marche, l'œil vissé sur l'horizon. Caza me fait signe de m'enturbanner, et nous reprenons notre route dans un complet silence.

Nous progressons, avec difficulté, dans un sable de plus en plus fin. Il se dérobe et coule sous nos pas, sans consistance. Les dunes s'élèvent devant nous en un champ de draas[4] et se suivent, toutes identiques sous le soleil couchant. Tout homme se perdrait dans ce chaos. Mais pas Campa-Hallak. Il s'arrête juste de temps à autre, imperturbable, visant les lointains tremblants de ses instruments de navigation, avant de reprendre sa route.

Le soleil n'a pas encore disparu que les premières étoiles percent déjà le ciel. Un vent frais souffle et pousse les complaintes des morts dans la nuit naissante. Un vent qui s'engouffre sous ma

4 Terme consacré chez les géographes, « bras » en arabe, succession de ghourts (dunes en étoile).

tunique et vient m'arracher sans pudeur mon peu de chaleur. Mes compagnons s'arrêtent et tirent de leurs sacs de grandes capes de laine. Je fais de même, extirpant du fin fond de mes effets personnels ce que je pensais n'utiliser qu'une fois passé la Grande Barrière.

— Ici, point de vie. Le froid veille à ce que rien ne soit plus chaud que lui.

Je souris devant la remarque de Caza-Ahzak et m'enroule dans ma cape de laine. Campa-Hallak, tout en pointant une étoile brillante, égrène ses doigts en tournant la roulette d'airain d'un matériel encore inconnu. Puis il annonce.

— Onze cent vingt mille. Et c'est la Barrière.

Je réagis à voix haute à l'incroyable chiffre annoncé. Il est grand. Trop grand !

— Onze cent vingt mille... pas ? Campa, pourquoi une telle distance ? La chaîne Sans-Nom n'aurait-elle pas été plus proche d'au moins quatre cent mille pas ?

— Si. Mais seuls les vents franchissent ses cols. Feu Camaak te convaincrait mieux que moi. J'ai enfoui ses os, dans une passe, là où le vent souffle si fort que l'Homme ne peut rester les pieds sur terre. Non. Le chemin le plus court fait onze cent vingt mille pas. Dans cette direction.

Je laisse Campa-Hallak nous mener en silence vers notre premier point de ravitaillement, perdant mon regard dans l'infini cosmos.

— Cardanapak ?

J'émerge brusquement de mes rêveries pour voir mes compagnons un peu en arrière. À l'arrêt. Certains se permettent même de boire une gorgée d'eau à leur gourde. Un geste de Campa-Hallak a dû m'échapper pendant que je divaguais. Je me risque à poser la question.

— Pourquoi cette pause ?

— Nous sommes en avance.

Campa ne dira rien de plus. Caza-Ahzak vole une nouvelle fois à mon secours.

— Ha ! ha ! Quelques explications, peut-être ? Campa veut dire que notre rythme de marche est fixé par les étoiles. Si nous avançons trop vite, nous dévions de notre route et passons à côté de nos points de ravitaillement. Tu veux grignoter un peu de Cassavas ?

Ainsi notre destin est fixé par la course des étoiles ? Campa-Hallak est décidément un homme précieux. Je mâche pensivement un coin de galette et réfléchis tout haut.

— Et le jour ?

Campa se tourne vers moi, un sourcil relevé.

— Le soleil. Aussi sûr que les étoiles.

Il pointe une nouvelle fois son instrument vers le ciel et s'immobilise face au néant.

— Il est temps de repartir.

Les restes de Cassavas et les gourdes disparaissent dans les sacs, et nous reprenons aussitôt notre route, marchant sans mot dire pour le reste de la nuit. Je réalise alors que le harcèlement incessant des spectres de Kar'Saham ne m'affecte plus.

Les dernières étoiles disparaissent dans les pâles lueurs de l'aube tandis que je me hâte pour rattraper l'homme de tête.

— Campa, nous devons nous arrêter.

L'homme ne s'arrête pas plus qu'il ne me répond. Je poursuis.

— Pour honorer l'astre de vie !

Il me foudroie du regard.

— Fils de chef, le soleil de Kar'Saham n'est que mort. Il ne reçoit pas mes hommages. Puisse-t-il se contenter de guider nos pas.

Sans plus de commentaire, il se renferme dans son silence et me laisse regarder grandir mon ombre pour la première fois. Campa-Hallak accélère même sa marche et se met à courir, lourdement, un instrument pointé sur le disque naissant. Mes compagnons s'engagent à sa suite, enveloppant leurs visages dans des pans de tissu pour se protéger des premières morsures des lueurs du jour. Caza-Ahzak me rattrape par l'épaule alors que je manque de glisser dans la pente et m'explique, comme pour excuser Campa-Hallak.

— Nous avons pris du retard sur le soleil, et, si Campa ne parvient pas à faire sa visée, nous risquons de ne pas trouver aujourd'hui notre point de ravitaillement. Chaque rendez-vous manqué peut nous être fatal !

Je me hâte derrière la folle équipe, inspirant à pleins poumons un air encore glacial. Les étoiles nous disent de ralentir, le soleil de courir, l'un nous brûle pendant que l'autre nous givre. Le ciel n'a donc pas fini de nous faire tourner comme des girouettes ? Campa-Hallak s'envole et envoie glisser d'immenses coulées de sable dans les pentes de la dune, poursuivant toujours l'astre du jour de son instrument. Puis il plonge, sans prévenir, et s'écrie.

— ICI !

Nous le rattrapons. Il n'y a rien que du sable, que tous se mettent à creuser avec frénésie. Caza-Ahzak se tourne vivement vers moi.

— Fils de chef, vite, aide-nous à creuser ! Les vivres sont juste là, sous le sable !

Il m'entraîne la tête la première dans ce flanc de dune. Mais dans quelle folie me suis-je fourré ? Le nouveau roi de Saham a intérêt à me valoir cette peine !

Chapitre 8
Erkan, l'âme damnée

Je reviens à moi, coincé entre deux rochers. Le ciel d'ici n'a rien à voir avec celui de mes visions. Il ne présente pas les mêmes constellations, et la laitance est plus diffuse. Le travail de mes initiateurs est vraiment très soigné. Mais combien de temps durent réellement ces sorties ? Je viens d'être témoin de plusieurs jours de la vie de ce Cardanapak, et pourtant ici le petit matin n'a pas encore chassé les ombres de la nuit. Devrais-je être étonné de voir mes maîtres capables d'une telle maîtrise du temps ? Assurément pas. Mais ces vieilles barbes commencent à me lasser avec leurs visions. Qu'ils me donnent du concret ! Je veux aller au contact !

Le Râle du Nord souffle de longues et puissantes rafales. Il donnerait presque à croire qu'il veut soumettre la géologie brutale des lieux à sa volonté. Je peine tant à avancer que je me baisse pour ne plus rien lui offrir. Mes yeux pleurent sous les assauts brûlants de l'air marin. Je les essuie d'une main, chasse mes larmes de sel, et dépasse le dernier détour de roche. Encore un pas. La pointe Couchée est juste là, devant moi. Reste à passer ce décrochement et…

Rien.

Une plage de galets sans point de ports ni même d'île. Rien que de vulgaires cailloux. Maudits vieillards, mais quelle Épreuve se déroulerait dans un tel néant ? Le vent m'envoie cingler du sable au visage, m'obligeant à tourner la tête.

— Mais allez-y ! Fouettez-moi ! Foulez-moi aux pieds ! Mais, par tous les sages de notre belle cité, montrez-moi la voie !

Je repars en courant, longeant la passe des Plateaux pour rejoindre les surplombs, au-dessus du lac. Un véritable Sage-Guerrier passerait en double-vue en cet instant, pour ne pas laisser son environnement venir abuser ses sens communs. Je me concentre donc et laisse glisser mon regard dans un paysage que je ne reconnais en rien. L'eau, les parois, l'air : tout est pur de n'avoir jamais été touché du doigt de l'Homme. Des feux attirent mon attention. Là, au fond du lac, fidèle aux dernières lignes de ce récit factice, se tient AlmenKaraï. La Pierre des Rois.

Pour une fois la logique semble vouloir guider mes actes. L'évidence, même. Je ravale ma salive et m'avance au bord du vide. Je tends mes bras vers le ciel, chahuté par les bourrasques, et bascule en avant. Mon vol décrit une courbe qui signerait la mort de tout homme. Mais pas celle d'un Sage-Guerrier. Mon corps fend l'eau et s'enfonce dans les profondeurs du lac. Je me laisse couler, guidant ma dérive vers les fondations de l'île d'Almenarc'h. J'inspire lentement de cette aqueuse substance et me remplis les poumons à son grand désarroi. Elle qui croyait m'asphyxier comme un vulgaire mortel me nourrit de ses dissolutions !

Là, en place de ces abysses d'où ne s'élèvent plus que des fumeroles sulfurées, s'érige en d'autres réalités la cité de mes ancêtres. J'approche du gouffre béant, observant que ce monde se conforme une fois de plus aux écrits maudits de ce manuscrit. Une dalle en étoile flotte, inutile, entre deux eaux. Des lignes rougeoyantes scintillent et crépitent à sa surface, chassant des myriades de bulles affolées. Des glyphes se forment et se déforment, dessinant sous mes yeux des noms aux résonances étranges. Je frissonne tant chacun d'eux semble plonger mon être dans le creuset de ses origines. Sont-ils ces illustres et obscurs héros dont je ne saurais rien ? Ma véritable lignée ? Ah ! je n'aime pas la tournure que prend brusquement cette épreuve ! Elle me noie dans ses absurdités depuis mon réveil pour mieux me faire oublier tout ce qu'elle compte d'initiatique au regard des cercles ! Fous ! Vous me perdez !

La terre gronde et ébranle les fonds, levant des kyrielles de bulles. Elle menace de s'ouvrir pour engloutir cet autel. Elle m'appelle, aussi, et m'invite à m'approcher de cet objet qui trône au centre de cette dalle et à retirer la source de sa tourmente. AlmenKaraï. La pierre prétendument capable d'engloutir tour à tour faux dieu et sainte cité ! Elle inonde les lieux de lumière, séduit mes sens, et me tient captif de son pouvoir. Je pose un pied sur ce fond résiduel tandis que, répondant à l'appel soudain d'une puissance adverse, l'eau se densifie et s'oppose au moindre de mes gestes. Elle m'enserre et vient à me paralyser. Terre ! Je dois désormais lutter pour avancer et contrer cette force grandissante ! Je tends péniblement mon bras et frissonne tandis que je reconnais au cœur de la gemme le fantôme tremblant de la ville d'Almenarc'h. J'approche ma main de cette vision terrifiante, espérant la voir s'évanouir, mais elle persiste et illumine ma paume de ses feux changeants. La pierre m'emplit maintenant du désir irrépressible de la posséder. Dans un dernier effort, je referme mes doigts dessus et, d'un geste sec, l'arrache à sa gangue matricielle. La dalle éclate alors et l'eau déferle de nouveau, en proie à des forces contraires. Je tiens ma pierre.

— *Mes Pairs, illustres membres des cercles, je n'entends rien à vos volontés, mais me voici devenu en mon Épreuve le gardien d'AlmenKaraï ! Qu'attendez-vous de moi maintenant ? Répondez !*

Des bulles filent et s'échappent en ondulant, laissant bientôt place à une scène vide de toute tourmente. Le silence retombe. Un de ceux qui ne règnent que dans les grands fonds. Entre mes doigts, enfermée dans l'âme cristalline de ce joyau, Almenarc'h bat comme un cœur et pulse de mille rais. Ma gorge se noue.

— Aïnhor Eran, grand Esprit de la Terre, ne commets jamais les atrocités décrites par ces œuvres impies ! Car, s'il devait en être ainsi, je ne te protégerais pas du courroux des Hommes !

Je tremble, assommé par la puissance nouvelle qui, en ce monde, vient siéger en mon sein. Une force terrible venue du fond des âges, portée par la chaîne sans fin de mes aïeux. Je place la pierre dans cette bourse de velours noir qui pend à mon cou, et transmute l'eau de mes poumons en air. Ainsi porté, je fends les ondes et fuse vers la surface.

J'émerge au milieu du lac, scrutant aussitôt le pied des falaises à la recherche d'un premier refuge, quand le bruit d'un clapot me tire de mes pensées.

— Messire, je puis comprendre que la disparition de votre belle cité vous pousse à commettre le pire, mais, de grâce, abstenez-vous d'avoir de pareilles pensées en ce lieu maintenant consacré par la Terre ! Cet endroit ne vous inspire-t-il pas l'amour de la Vie ? Ne sentez-vous pas couler ici toute la force de notre Mère Nature ?

Cette voix, ce ton, le doute n'est pas permis. Père Reïchak. L'homme de mes visions. Je me tourne lentement, et découvre une barque garnie de têtes encapuchonnées. L'homme reprend.

— Donnez-vous la peine d'attraper cet aviron, jeune homme. Par la Terre, nous vous croyions mort ! Je n'ai jamais vu une telle chute !

J'attrape la rame en question et me laisse hisser à bord d'un solide canot de conception toskane.

— Vos tatouages sont étranges, jeune homme. Vous avez les traits d'un Alménaréen, mais ces dessins semblent bien exotiques ! Et il se dégage de vous une telle force de vie ! Occupiez-vous une quelconque place d'importance dans votre cité ?

— ...

— Jeune homme ? Vous ne dites mot ? Comprenez-vous mon langage ?

— Certes, vieux père, je le comprends. Mais j'ignore ce qui me pousse à répondre à un élément de décor.

— Un élément de décor ? J'ai peur de ne pas vous suivre. La chute vous aura sans doute perturbé les sens, jeune homme. Je suis le Père Reïchak. Je suis un Père Blanc. Je représente ici la première délégation officielle en visite sur ce lieu de sinistre. Accepteriez-vous l'honneur de nous servir de guide ?

L'homme s'interrompt et plisse les yeux.

— Décidément, jeune homme, votre potentiel de vie dépasse tout entendement ! Oubliez les divinités déchues d'Almenarc'h, et prenez place dans nos rangs. Montrer à l'Homme les beautés et les fragilités de la Nature nourrit le cœur d'une douce piété !

L'homme gratte nerveusement le dos de sa main. Il attend de moi une réponse. Je réagis tout haut.

— Mais disparaissez, que je finisse mon Épreuve en paix !

Le Père Reïchak, le regard brusquement givré, s'écorche le dos de la main et fustige avec force postillons.

— Emparez-vous de lui ! Nous avons une âme à sauver ! Convertissez-le !

Les frères tirent de grandes lames de dessous leurs robes et ne me laissent guère d'autre choix que de basculer en arrière pour regagner les profondeurs du lac. Il prend son rôle très au sérieux, ce pan de décor. J'interromps ma coulée, observant d'un œil la barque lointaine qui se découpe dans le ciel, et nage doucement à contre-courant, vers les chutes. M'inciter à intégrer les rangs d'une vulgaire secte ? Voilà un piège grotesque qui me vaudrait un Exil immédiat !

Les eaux s'agitent bientôt de violents remous. Les chutes m'entraînent par le fond, m'obligeant à agripper des racines profondes pour remonter vers la surface. J'émerge et me hisse à la force des bras, les muscles tendus comme des cordes d'arbalètes, douché par des trombes en furie. Accroché à des roches détrempées, j'empoigne un buisson de fougères épineuses et me hisse sur un misérable replat. La mousse chuinte tandis que je m'affale de tout mon corps. Les eaux de l'Almen filent, à quelques pouces de moi, et se précipitent en contrebas dans un infernal fracas. Je me cale contre la paroi et aperçois la barque de ces « pères », au loin, croisant au-dessus de mon hypothétique position. Pauvres d'eux. Les voilà qui se dirigent maintenant vers les anciennes catacombes. Futiles illusions.

Je reprends mon souffle, sous la protection des chutes, et me laisse aller à fermer les yeux. Le bruit m'envahit, purgeant mon esprit de ses pensées inutiles. Je sens le calme me gagner pour la première fois depuis mon réveil. Comment sortir victorieux de l'Épreuve ? Ce manuscrit doit receler quelques clefs, sans quoi mes aînés n'auraient pas pris la peine de me le faire parvenir. Je serais devenu amnésique. Certes. Et, courant après mon passé, moi, l'héritier d'une lignée maudite et superbe de puissance, j'aurais été amené à réduire toute la splendeur de ce monde à ce simple joyau. Pourquoi ? Pour enfermer un dieu déchu, ce Saash, et priver notre grand Aïnhor Eran de ses forces terrestres ? Et cette Awana qui prétend voyager sur les fils du temps, qui est-elle ? Mon crâne vibre de tant réfléchir. Terre ! mais ce n'est pas là qu'une impression ! Voilà un tact mental ! Je baisse ma garde et accueille une voix qui résonne aussitôt en moi.

— Étrange présence.

— Ah ! Pas plus que cette observation, maître Jamar ! Vous venez me signifier la fin de mon Épreuve ?

— J'ignore de quoi vous parlez.

— Mais ? De quoi voulez-vous que je parle, sinon de mon Ultime Épreuve ?

— Confirmez votre identité.

— Maître Détenteur ? Mais je suis Erkan del Arc'h, fils de Siham la Guérisseuse et de Roch, le Grand Gardien de notre noble cité !

— Impossible.

— Terre ! Mais quelle réponse attendiez-vous ?

— Impossible. Trois fois impossible. Épreuve achevée depuis quatre solaisons, par Échec. Erkan amnésique. Erkan mort.

— Amnésique ? Mort ? Pères ! Me voilà donc encore à converser avec un mirage de l'esprit !

— Signature conforme. J'accepte l'impossible. Les voies du Très-Haut sont impénétrables. La mémoire des Ancêtres coule en vous. Rejoignez le temple d'Altama.

— Le temple de quoi ?

— Le temple d'Altama, haut lieu des Détenteurs depuis la destruction d'Almenarc'h.

— Assez ! Vous allez bientôt devenir plus indigeste que ce manuscrit ! Aidez-moi plutôt à finir cette Épreuve !

— Élément non répertorié. Veuillez préciser « manuscrit ».

— Sortez de mon esprit sur-le-champ !

— Élément non répertorié. Veuillez préciser « manuscrit ».

— Mais ce n'est pas croyable ! Le décor débloque ! Le décor radote !

— Objets du passé, reliques, vous nous appartenez. Ce manuscrit nous appartient. Et la Pierre de Karaï que je sens contre vous nous appartient. Erkan, vous devez...

Vieilles barbes, j'ai appris à distinguer le réel de l'irréel avant d'avoir trois printemps ! Je contre la pression grandissante qui s'exerce sur moi...

— Rupture d'échange non autorisée. Veuillez vous soumettre à la ligue...

... et brise ce stupide contact. L'eau des chutes frémit et se mue en vapeur à mon approche. Je respire profondément, accueillant avec une pointe d'orgueil cette puissance nouvelle qui ronfle dans mes veines. Épreuve ou non, je viens de contrer le Doyen des Détenteurs et sa ligue mentale. Mais une poigne d'acier me tire la tête en arrière et me brûle la cervelle sans ménagement. Je m'écroule sans connaissance dans un buisson de fougères épineuses.

Chapitre 9

Jamar, Doyen des Détenteurs

Depuis la réduction d'Almenarc'h, je consacre le plus clair de mon temps à développer le culte des Pères Blancs. Deux Détenteurs m'assistent dans cette tâche. Ils implantent sur le continent un maillage de fraterns vibrant d'une force nouvelle. Selon la volonté de l'Esprit Père. Aïnhor Eran. Mais ni ces fraterns ni ces armées de Frères Blancs n'ont la superbe et la prestance de notre Almenarc'h d'antan. En dehors sans doute de ce nouvel emplacement donné au temple de la Connaissance, sur les flancs enneigés de l'Altama. Un palais de glace et de givre aux immenses baies bleutées se dresse là, à l'abri des cimes. La crypte plonge sous nos pieds, accueillant les reliques de nos morts dans les profondeurs millénaires du glacier. L'Ultime Cercle peut de nouveau nourrir la Toile du Temps de ses collectes et mémoires.

Je traverse d'un envol les rayonnages cristallins du temple, en caressant ses alvéoles chargées de vies humaines, et m'élève jusqu'à la grande coupole. Il me faut établir le contact avec le Très-Haut. Je suis amer. Je ne sers plus l'Esprit par plaisir ou par conviction, mais sous sa contrainte. Son pouvoir sur nous est total. Un écart de conduite, et il cesse de nourrir ce lieu de son essence divine, nous laissant basculer dans l'oubli. À jamais. Par pans entiers.

Là. Je suis en place. Je lance l'impulsion mentale pour attirer l'attention de mes condisciples.

— *Détenteurs. Ligue requise. Pour le Contact.*

— *Bien, Patriarche.*

Mes compagnons affluent de tous les points du temple.

— *Entendu, Patriarche.*

— *Nous sommes à vous, Patriarche.*

Je les sens conjuguer leur énergie à la mienne, augmentant la vitesse de vibration de la coupole jusqu'à rendre sa luminescence insupportable. Je dirige alors le faisceau de la ligue au-dessus du temple, à la rencontre d'une gigantesque langue de Šhå. Elle descend des cieux, s'immobilisant dans les basses sphères, crachant par salves d'éclairs ses excès d'aversion. L'Esprit rechigne à frayer avec les lourdeurs de la matière et réclame de nous des efforts sans cesse grandissants pour l'atteindre enfin. L'air se densifie et craque sous les dernières décharges d'arcs d'Énergie, avant d'éclater comme sous le coup du tonnerre. Le contact déferle dans nos têtes éthérées.

— Détenteurs, l'Énergie des Hommes afflue et me nourrit ! Le temps est venu de trouver un lieu où semer l'héritage et redonner naissance à une humanité supérieure ! Récupérez AlmenKaraï et faites revivre Almenarc'h !

— *Échec. Erkan tient AlmenKaraï.*

— Débrouillez-vous pour faire de lui le nouveau Karaï !

— *Erkan confus. Esprit troublé. Déni de réalité. Illusion d'Ultime Épreuve.*

— Si Dieu pouvait rire, vous m'entendriez rire, humains ! Cet être de chair ne doit son insignifiante existence qu'à mon bon vouloir ! Il appartient à Dieu de tracer les chemins de vie !

— *Vérité refusée. Esprit muré.*

— Ma parole est la seule Vérité qu'il convient d'entendre, humain ! Ramenez cet écervelé à la raison !

— *Nouvel Exil conseillé.*

— Homme ! Je fais et je défais les civilisations ! Je suis Dieu et, en tant que Dieu, je désigne qui de tel ou de telle doit vivre ou disparaître !

— Puissance excessive. Souvenirs résurgents. Nouvel Exil ou intervention divine conseillés.

— Colère ! Noir courroux du Ciel ! User de la toute-puissance de Dieu contre l'esprit simple d'un homme briserait tout Équilibre ! Le Chaos ? Voilà tout ce que réclament vos maigres prières ? Exécutez la volonté de Dieu ! Faites de lui le ferment de cette humanité nouvelle et refondez ma cité !

» Pour la Terre !

L'esprit Père rompt violemment le contact, menaçant le contrôle de notre état. Je guide mes compagnons sous la protection de la coupole et les libère de leurs obligations. La ligue se délie sans le moindre commentaire. Le Grand Esprit ordonne, nous exécutons. La nature confère à chaque chose sa place. La nôtre est entre les mains du Grand Aïnhor Eran. Mais comment exécuter de telles directives, là où Dieu Lui-même est impuissant ?

CHAPITRE 10

ERKAN, L'ÂME DAMNÉE

La douleur s'estompe lentement. Stupide mise en scène ! Venir me défier jusque dans l'intimité de mon âme ! Me faire sentir l'intensité d'un contact divin ! Mais nul n'ignore que le Grand Muet reste cloîtré dans le silence depuis des décennies, et que seul le roi est autorisé à converser avec Lui ! Maudits vieillards ! Plus tordus que de vieilles racines !

Je me relève, trempé d'embruns, et me masse les côtes en chassant les dernières douleurs d'un souffle de Šhå. Je ressens la tentative d'un nouveau tact de Jamar. Voudrait-il déjà me conformer aux injonctions de son Tout-Puissant ? Je m'élève...

— Vous...

... et souffle la volonté de ce faux prophète.

— ... laissez-moi !

Je longe l'envers des chutes, saisi par le spectacle de ces trombes d'eau étincelant comme mille soleils et diamants. J'en oublierais presque que je ne marche là que dans un décor projeté pour moi seul. Mais, par les Cieux, que me veut cette pierre ? Elle vibre tant contre ma poitrine que je l'extirpe de ma bourse de velours. La lumière se met à danser et rebondir entre ses parois cristallines, animant doucement le fantôme d'Almenarc'h. Je referme mon poing sur la gemme. Je défie quiconque de provoquer ce bras ! Celui qui croit pouvoir détruire ma cité n'est pas né !

J'enfonce de rage mes doigts dans la paroi qui se dresse derrière la chute majeure, sentant ma chair vaincre comme glaise une roche plus vieille que la Terre. Je hurle !

— MA...

— PUISSANCE...

— EST...

— RÉELLE !

Je plonge chaque fois plus profondément mes doigts dans la pierre, et entame mon ascension. Inutile de rester ici. Inutile d'aller nulle part !

Je hurle et hurle encore de tout mon saoul, couvert par le fracas des chutes...

— RÉVEILLEZ-MOI !

Je me hisse encore et toujours plus haut, quittant le couvert de l'immense cataracte. Je vais aller là où l'Épreuve devra vivre par elle-même !

— VOUS M'ENTENDEZ ?

Je vais contraindre ces vieillards séniles à venir me chercher au bout du monde !

— VOUS VOULEZ DÉFIER MA PUISSANCE ?

Pire. Ils éprouvent ma sagesse.

J'assure la solidité de mes prises et, suspendu d'un bras au-dessus du vide, je laisse le panorama me couper le souffle. Le lac Supérieur de Mérylan, envahi de ses Imputraï, s'étale sous les falaises. Derrière moi, les Grandes Gardiennes, éperons de pierre, dominent l'Almen et son envol. Elles ne veillent plus que sur une anse désespérément vide. Mon regard se perd un instant sur les flots enragés de l'océan, avant de me laisser emporter par un nouvel accès de colère. Je hurle une dernière fois à tous vents.

— VOUS ALLEZ RÉPONDRE À MES DÉFIS, VIEILLES BARBES !

J'achève mon ascension en quelques passes et saute sur le plateau sud de l'Aaltus. J'entreprends de remonter le grand canyon, sans parvenir à calmer mes fureurs, suivant les lignes de bordure de ses falaises, dans une marche-course effrénée. En ces lieux baignés de souvenirs, des paroles de mon Maître viennent me caresser l'âme : *« Jeune disciple, entendre fort et haut les bonnes Lois Naturelles donne à nous autres Sages-Guerriers bien grande et profonde perception de ce monde. Tenez, ce vide vous emplit tant de bel effroi que vous vous gardez de ne point vous approcher de lui ? Ce pendant, jeune disciple, de ce vide-ci vous vous jouerez bellement un jour prochain. Ayez en cet instant bon œil et belle observation de mes gestes. »* Et je revois mon bon Maître marcher le long de ce même à-pic, quitter sans ménager ses effets ce plateau décharné, et s'avancer au milieu du vide. Là, assis à plusieurs dizaines de pas de ce même rebord, il continua ainsi son enseignement : *« Oyez fort ces quelques mots, jeune disciple, et faites en grande souvenance. La réalité n'est point celle que, de naissance, il nous est donné de percevoir. Voir, sentir, toucher, quelles viles et basses perceptions que voilà ! Fort promptes à endormir bien des existences ! Ne laissez point votre esprit captif de ces sens-ci, car celui-ci se doit d'entendre de quelle réalité sont faites ces choses qui nous entourent. Votre corps animal croit fort bon de percevoir en ce vide quelque danger mortel. Mais que nenni ! Ce grand vide ne se fait point tant différent que ce sol que foulent vos pas ! En ce lieu-ci vibre haut et fort le même Šhå qu'en ce lieu-là ! Et, par force d'esprit et belle dextre, je m'en vais me jouer devant vos yeux de ce vide ! »* Je revois alors l'air se densifier sous le Sage-Guerrier, s'opacifier, pour prendre soudainement l'aspect même de cette roche qui nous entoure, et faire un pont aérien entre lui et le plateau. *« Jeune Sage, je ne puis que vous enjoindre à gagner mes côtés. Faites-vous fort ferme d'esprit envers vos bas effrois ! »* Et je l'ai fait. Oui, j'ai marché dans le vide avec mes petits pieds. La peur au ventre. *« Voyez, jeune Erkan, seuls quelques hommes entendent en leurs profondeurs intimes les hauts secrets de Dame Nature. Par-ci le Très-Haut nous confie bien beau privilège. »*

Oui. Je me remémore ces mots de mon vieux Maître, avant de sentir les froides morsures du vent. La nuit tombe sur le plateau tandis que j'approche des premières hauteurs de l'Altama. Les névés[5], prisonnières des contreforts, reflètent les pâles lueurs de la lune. Le pic lui-même se dresse dans la claire obscurité d'un ciel étoilé. Chacune de ces danseuses est une âme. Un univers d'âmes et d'étoiles que je ne puis caresser du doigt sans penser à toi, ma mère, belle stellamancienne. Je pointe l'étoile Majeure, la plus brillante de notre hémisphère, et descends sur les Trois Bergers... contourne le Col du Cygne, remonte vers le Triangle d'Aran jusqu'à la lointaine constellation d'Alphar. Ici brille mon Étoile, siège de mon âme.

Le vent siffle et hurle entre des lames de pierre. Je me sens soudain minuscule dans ce monde. Insignifiant. Pas une âme humaine ne pourrait se sentir autrement qu'insignifiante face à l'immensité de ce plateau suspendu sous son firmament.

Je reprends ma course. Mes pas résonnent dans la nuit et me reviennent. Déformés. Victimes d'échos. Peuplant ces étendues givrées de coureurs étranges. La lune fait reluire de plus belle les reliefs hostiles. Ici, nulle place pour les mensonges. Tout est blanc ou noir. Par chaque crevasse, j'entends les confidences de la Terre, elle me dit souffrir de la cupidité de ces Hommes qui pourrissent ses entrailles. Le vent redouble, et je frissonne, soudain fasciné par les reflets de mon Épreuve. Mon ombre filiforme danse sur le plateau. Je ne suis plus qu'une silhouette squelettique s'agitant devant l'Éternel.

Le trouble qui me gagne m'impose d'interrompre ma course. La voûte céleste tout entière semble avoir basculé, et je ne reconnais rien de ces pics qui se dressent à perte de vue. À combien de centaines de milliers de pas d'Almenarc'h ai-je échoué ?

— Eh bien, vieilles barbes, l'endroit semble choisi pour vous défier à mon tour ! Montrez-moi de quoi vous êtes encore capables !

J'avance entre les blocs d'un val encaissé tandis que le plateau s'embrase sous les premières lueurs du jour. Mes doigts s'attardent sur une rosace de lichen, soulignant un instant les tourbillons de vapeur d'une gelée blanche s'envolant dans l'aube naissante. Je souris devant un tel sens du détail.

---

5 Amas de neige à l'origine d'un glacier.

— Vous ne laisserez rien au hasard, n'est-ce pas ? Eh bien, mes chers maîtres, souffrez de me voir prendre cette roche comme siège et attendre le prochain de vos tours ! Tenez, faites jaillir de ces ruines...

Ah ! Des ruines ? Ici ? En cet endroit des plus reculés ? Vils bretteurs ! Vous avez trouvé là de quoi m'intriguer ! Je me relève d'un bond, entreprends de débarrasser les vestiges d'une végétation rachitique, et commence à rappareiller les moellons, un à un, par jeu. J'extirpe les blocs des décombres, refonds les linteaux brisés, dégage les déblais : poutres calcinées, fantômes de planches, graines torréfiées, outils rouillés et autres détritus sans âge s'accumulent ici sur près d'une toise. Je restaure une pelle d'une impulsion mentale, et mets au jour le contour d'une ouverture en pierre de taille dans le dallage irrégulier du sol. Serait-ce l'accès d'une cave ?

— Vieilles barbes, qu'allez-vous encore inventer pour nourrir mon Épreuve ?

D'un geste, je ventile la terre en un nuage de Šhå et réveille un passage endormi depuis plusieurs siècles. Un escalier. Il s'enfonce, devant moi, dans l'obscurité. Je fais naître une flamme éthérée et descends dans une enceinte, basse de plafond, taillée à même la roche. Une réserve. Un cellier propre à remiser et protéger les denrées du hameau. Je pousse plus loin mon exploration, vers le fond de la pièce, où je découvre le départ d'un étroit couloir. Je me faufile dans l'obscurité, les épaules pressées contre les parois, et tombe en arrêt sur une porte en chicane. Le panneau est minéralisé par le passage du temps, et de la rouille gangrène ses gonds, formant des poupées de vieux fer. J'enserre ce sceau dans un étau mental, et le brise d'un coup sec. Le panneau tombe lourdement à la renverse. Il était barré, de l'intérieur. Quelqu'un s'est jadis enfermé dans ce refuge souterrain, sans jamais en ressortir. Je me penche sur le sol. Sombres pères... Comme en témoigne cet anneau, cette promesse d'alliance qui repose pour l'éternité autour de sa phalange nacrée, je viens par indélicatesse d'écraser sous cette porte, le squelette d'une jeune fille nubile. Je la devine, entrant ici dans l'espoir d'échapper à quelque danger. Quelle ignoble tragédie, d'après ces traces de suie, la belle a dû périr d'asphyxie. J'adresse à l'innocente des pensées propres à soulager son âme, avant de sentir mes sangs bouillir. Pourquoi viendrais-je montrer tant d'émoi pour des bouts de décor ? Je ravale ces élans de cœur et explose.

— Éprouvez ma force, traîneurs de fers ! M'entendez-vous ? Tirez vos armes au clair ! Coupez haut !

Un parfum de givre se répand soudainement dans la pièce. Et je m'effondre.

Chapitre II
Fagar, général en chef

Mon écuyer s'incline sans plus de cérémonie.

— Messire, j'ai en main la réponse de la Haute Cour de Reïka.

— Bien. Rassemblez mes capitaines dans la grand-salle. J'ai à leur parler.

— À vos ordres, Messire.

J'espère que les rois de Reïka auront enfin compris qu'il est dans leur intérêt de mettre un terme à cette guerre. J'aimerais soulager mes épaules du poids de cette armure. Voilà trop longtemps que je la porte. Trop d'hommes sont tombés dans ces conflits fratricides. Des hommes qui auraient bien plus apporté à leurs foyers qu'en s'empalant sur nos fers. Feu le roi Alkar a par sa folie réduit bien des royaumes, détruisant de quelques ordres négligents des siècles d'équilibre et de stabilité. Pourquoi ? Pourquoi me suis-je fait le bras armé de ce mauvais roi ? Pourquoi n'ai-je pas ouvert les yeux avant sa mort ? Avant la disparition d'Almenarc'h ! Roch aurait eu la force, lui, de se dresser contre ces ordres ! Sans doute est-ce là le secret de sa disparition.

Mais, chose certaine, je n'ai aujourd'hui aucune raison de poursuivre cette croisade sanguinaire. Il faut arrêter la marche folle de cette armée. Contenir sa puissance et préserver les derniers reflets d'Almenarc'h d'une honte éternelle. J'ai le devoir et la responsabilité de trouver un nouveau foyer à ces hommes et à ces femmes. Ici, à Figos, le nouveau pays des Alménaréens.

Quelle tristesse.

Le cachet de cire est frappé du sceau des rois de Reïka. Deux épées croisées que je fais sauter avant de déplier un papier écorché par une écriture acérée.

« À fagar, commandant en chef des forces félonnes d'almenarc'h,

La disparition de votre cité-mère et du pitoyable roi alkar vous prive de tête et de légitimité. Sachez dès lors que Reïka ne reconnaît pas l'autorité que vous prétendez représenter. Nous vous accordons une lune pour quitter la ville forte de Figos, ainsi que tout royaume injustement conquis, avant de liguer contre vous les forces vives des Septentrions.

Quant à vous, prétentieux chef de guerre, si tel est votre souhait de gagner des quartiers de noblesse, prenez la main de la fille du roi Aclos. Et faites de vos hommes et fortunes votre tribut. Telles sont nos conditions pour ne pas vous balayer d'un revers de lame.

MANELAS, Roi des Rois. »

Mon message n'a pas été entendu. Dois-je en être étonné ? La nature humaine me fatigue. Orgueil, guerres, velléités. Cupidités. Je ceins mon baudrier, fais jouer mon épée dans son fourreau huilé, prends mon casque de commandant sous le bras, et descends les escaliers sous les saluts de mes soldats. Ils sont là, tous, reconvertis en charpentiers, maçons ou tailleurs de pierre, afin de panser les murs éventrés de l'ancien palais de Figos. Les mêmes reconstruisent aujourd'hui ce qu'hier ils se sont appliqués à détruire. Ainsi marche le monde.

J'entre dans la grand-salle. Mes capitaines portent poing et gantelet à leurs cœurs.

— Commandant, vos capitaines vous saluent !

Je me porte au-devant d'eux et m'incline.

— Messires. Asseyez-vous. Je serai bref. Nous sommes les derniers vestiges d'une civilisation rasée par la colère des dieux. Notre sort repose sur nos frêles épaules. Libres à nous de survivre ici ou de disparaître à jamais.

— Ici ? Serait-ce pour cette brillante raison, mon Commandant, que l'on s'enlise dans ce trou de rats pelés depuis une demi-lune ?

— Et que nous voici à jouer les chefs de chantier ?

— Je le crains, Messires. Nous devons par notre force imposer la paix dans cette région et racheter le salut de nos âmes. Nous le devons aux peuples du nord.

» Je propose de fonder une tyrannie provisoire.

Le capitaine Paros s'enfonce dans son fauteuil.

— Une tyrannie ? Ici ? À Figos ?

Un silence pesant gagne l'assemblée. Je reprends la parole.

— Juste le temps d'assurer la stabilité nécessaire à l'établissement d'une république.

Le capitaine Arvah se renfrogne.

— Ce n'est pas le plus glorieux des régimes ! Et qui deviendrait le tyran ?

— Je prendrai cette charge, Messires, quitte à perdre ma popularité.

Arvah brise de nouveau le silence.

— La population locale se montrera hostile à notre établissement.

— C'est un défi que nous aurons à relever. À l'intérieur de nos murs, comme à plus large échelle. Notre souveraineté devra être reconnue par les puissances voisines, et autant dire que de ce côté le bilan risque de ne pas être glorieux. Khourat est à terre. Les petits royaumes des contreforts ayalens, ainsi que Lousnorh, Koy et Avroch, n'existent plus par notre faute que sur les cartes et les livres d'histoire. Toska refuse de nous rendre nos messagers autrement qu'en morceaux. Ptah se cache derrière la décision des rois de Reïka, et ces derniers viennent de rendre une réponse déplorable à mes propositions de paix !

— Quelle est cette réponse, Commandant ?

— L'évacuation de nos forces. Ce qui reviendrait à leur donner le contrôle de toute la région.

— Et pour aller où ?

— Rejoindre nos ancêtres dans les Enfers où la Terre les a ensevelis, Capitaine Arvah. Ils veulent nous voir morts, nous, les derniers Alménaréens. Pour que nous ne soyons plus qu'objet de comptines. Ce que j'ai en revanche plus de mal à comprendre, c'est la nature de leur dernière proposition.

— Quelle est-elle ?

— Que j'épouse la fille du roi Aclos de Reïka.

— Un mariage ? En la circonstance, quoi de si terrible ?

— Capitaine Paros, vous ne connaissez visiblement pas cette femme. Si la nature ne permet aucun doute sur la réalité de son sexe, voilà une noble dame qui préfère assurément prendre les vies plutôt que de les donner. Elle passe pour avoir plus grande faim de pouvoir que son père et ses frères réunis ! Me lier à elle, Messires, ferait sien le maigre héritage d'Almenarc'h.

— Elle est si dure que ça ?

— Bien pire encore. Pas un peintre de ce monde n'a été autorisé à l'approcher. Elle se réserverait même le droit de torturer de ses griffes quiconque pris à faire circuler sous le manteau la grotesque avilie de ses traits.

— Mais, mon Commandant, refuser les conditions de Reïka nous expose à leurs armes.

— Et à celles de Toska, capitaine Paros. Je raille, mais j'ai bien conscience des difficultés de la situation. Ne perdez cependant pas de vue que, sans la disparition d'Almenarc'h, nous serions déjà en terres de Khourat à attendre les armées reïkanes et toskanes. Gardez aussi à l'esprit que Figos, une fois ses fortifications relevées, sera prête à contenir toutes les menaces.

Le capitaine Orthon frappe la table de ses gantelets.

— Mon Commandant, n'attendons pas d'être attaqués ! À nous l'initiative !

— Et accomplir ainsi les volontés de ce fou d'Alkar ? Non, capitaine. Je ne peux m'y résoudre.

— Commandant, si je me permets d'insister sur ce point, c'est qu'une offensive rapide sur Khourat rendrait les travaux de retranchement de la cité de Figos moins urgents ! Profitez du moral de nos troupes ! Vous savez comme moi qu'il n'y a que la force qui soit comprise dans les Septentrions ! Ces chiens prendront votre sagesse pour de la faiblesse ! Sans compter que faire miroiter à nos hommes la promesse d'une retraite douillette derrière ces murs est une pure illusion ! Elle ne fera que les rendre chétifs et rétifs à de nouvelles marches forcées !

— Capitaine Orthon. Messires. Je ne peux que saluer votre engagement, mais il m'est impossible d'abonder dans votre sens. Regardez cette carte et dites-moi comment, une fois en terres de Khourat, nous pourrions retrancher nos forces pour accueillir les belliquescences de Reïka ?

— « Belliquescences » ?

— Oui, capitaine Orthon. Permettez-moi ce terme.

— Là, Commandant. Nous avons sur la côte du Putulah la forteresse de Kaethorn !

— Certes, capitaine Orthon. Je vous concède l'excellence des dispositions défensives de cet éperon. Mais non seulement sa prise ne se ferait qu'au terme d'un siège long et dispendieux, mais il est situé aux Marches de Khourat, ce qui laisse sans défense les immenses plaines de ce royaume. Pas une pierre à dresser contre la charge des destriers reïkans. Non, croyez-moi capitaines, nous aurons besoin de ce temps pour réorganiser nos forces et ériger ici de solides murailles. Sans parler des questions politiques.

— Faites venir la flotte royale de Gurtel ! Prenons le contrôle des mers ! Reïka ne pourrait plus venir décharger sa cavalerie !

— Messires ! Cessez donc de faire les chiens fous ! Notre flotte est à des lunes de nous, dans le Nord-Libéryan ! Sans compter que nos quilles sont conçues pour les hautes mers, et non pour ces bas-fonds du Putulah !

» Maintenant, que les choses soient claires ! Voyez-vous de la rouille sur ces gantelets ? Croyez-vous que cette lame se ramollit ? Non ! Je veux la paix ! Vous m'entendez ? Et mon seul argument diplomatique est cette armée ! Alors souffrez que j'exige de vous de maintenir une discipline de fer dans nos rangs ! De maintenir les rationnements ! De maintenir les exercices, les manœuvres et les travaux généraux ! Et pas de contact avec la population civile ! M'entendez-vous ?

» Je ne tolérerai aucun relâchement !

» La séance est levée !

» Messires, à la mémoire d'Almenarc'h !

Chapitre 12
Erkan, l'âme damnée

— Par la volte des Cieux, vieillards ! Je hais vos effets spécieux !

Je roule dans la poussière et reste un instant à genoux, la tête entre les mains, furieux d'être le jouet de ces douleurs atroces.

— Je n'accorderai aucune foi à vos visions ! Vous m'entendez, vieilles barbes ? Aucune !

Personne, pas même mon Maître, ne m'avait mis en garde devant la nature réelle de cette Épreuve ! Il n'a jamais été question de la voir durer des lunes ! Je quitte ces caves et regagne le grand air, pour tenter de me calmer les sangs. Le soleil tombe déjà au pied du plateau. Je viens de payer cette vision d'une journée de ma vie, mais j'ai subitement la désagréable sensation que rien n'est encore fini. Une langue froide et humide glisse le long de ma colonne vertébrale, elle remonte jusqu'à ma nuque, de vertèbre en vertèbre, et me griffe de ses pointes de glace. Maudits, vous me donnez à tâter par de vulgaires senseurs ?

Je me retourne, expulsant l'intrus d'un trait fulminant.

— Montre-toi, manipulateur de Šhå !

Un mouvement m'attire du côté d'un fil de crête. Des formes noires ondulent et tremblent dans la nuit. Onze silhouettes.

— Ha ! Vous voici enfin décidés à prendre la mesure de mon courage ?

Venez, bêtes immondes, venez vous frotter au cuir de mes mains nues !

Les pointes de glace reviennent me griffer le torse. Elles se fraient un chemin le long de mes côtes, dépassent mon cœur, et se figent soudainement devant ma bourse de velours. Je les sens en attente, hésitant à resserrer leur étreinte.

— Eh bien, sombres hères ? Auriez-vous d'un coup l'épée trop courte ?

Un ricanement inhumain déchire le ciel. Les silhouettes s'ébranlent, de concert, et descendent la pente à ma rencontre. Qui m'ont-ils envoyé là, ces vieux gâteux ?

— Haut le fer, Messires ! J'ai grand faim d'exercice !

Je recule, tout sourires, me préparant à contenir l'assaut d'un pavois de Šhå, quand vient me surprendre un nouvel artifice. Un serpent or-argent glisse le long de mon bras et se matérialise calmement à mon poing en une lame flamboyante. Cieux ! Quelle arme fabuleuse que voilà ! Légère et vibrante de vie ! Certes, un Sage-Guerrier ne doit pas tuer, sauf sur ordre du roi, mais rien ne m'interdit de frapper du plat ! Je tords de l'œil et glisse lentement en seconde vue. Le fond de vallée s'embrase brusquement, faisant de chaque brin d'herbe un nouveau flambeau.

Les onze silhouettes se déploient non loin de moi, chassant les particules dansantes de Šhå comme s'il émanait d'elles quelques brumes obscures. Des Prêtres Noirs ! Cieux merci ! Me voilà en droit de donner du fer ! Mes chers maîtres ont entendu mes prières !

Les démons ouvrent le bal en levant contre moi un rideau de roches. Pauvres d'eux. Une-deux, j'expire et réduis cet excès de matière en un nuage de poussière.

— Vils surins, je ne suis plus un enfant ! Soyez un peu sérieux !

Les voici maintenant qui ricanent, faisant onduler les ténèbres de leurs lames d'argent et refermant sur moi leur nasse. Animée d'une intelligence propre, Aciane, car tel serait son nom, s'élève et se tient prête à libérer toute la violence de mon art.

Sans attendre la première fente, je m'élance vers l'assemblée, l'arme haute. J'esquive une pluie de fers en trois voltes étourdissantes, une-deux, Aciane joue du fort au faible, repoussant sans ambages feintes et fausses attaques. Les faces de ces hyènes se font plus grimaçantes que rieuses à mesure que je monte le rythme de mes coups, une-deux... trois ! D'une vive détente du bras, je plonge Aciane dans le flanc du premier malin. Une abominable puanteur se répand dans les airs. Mes agresseurs bondissent, espérant vicier le goût de ma courte victoire d'une étreinte fatale.

— SOOOOMBRETEEEERRE !

L'acier claque au vent. Plaisir et colère se mêlent pour me chauffer les sangs. Le Šhå arme mon bras. Je n'offre plus le fer que pour frapper. Et c'est alors que je les vois pour la première fois, s'échappant du plus ténébreux des prêtres. Immondes flocules, faux et fuyants comme des têtards ! Ils se massent et se bousculent, s'entredévorent et plongent soudain en colonnes dans le corps du défunt. S'ensuit une véritable curée. Horreur ! Mon armure en devient incandescente ! Je chasse les lames du plat de la main, coupant à toutes défenses, et exécute trois cercles des plus meurtriers. Le reste de la meute perd le contrôle de ses flocules et reflue en désordre sous les coups de ma marche macabre. Si ce combat doit signifier la fin de mon épreuve, comptez sur moi pour faire bref, vieilles barbes !

— Ha !

Je concentre tant de puissance dans mon fer que la lame ennemie vole en éclats.

— Feu !

J'expédie trois armes, traverse deux cœurs, et termine ma course dans une gorge broyée. Les rescapés crachent et sifflent contre moi, impuissants à corrompre mes chairs. Je fends et je feinte, provoquant de fausses parades, et…

— Ha !

D'un vif battement, je rabats une lame au sol, prends appui dessus, d'un pied, et m'envole, taillant une jugulaire avant de finir au milieu d'un poitrail fumant. Le dernier malin prend ses jambes à son cou, poursuivi par des nuées de flocules.

— Je m'en vais te férir de mon dard, sombre cafard !

Je lève une main et fais claquer un violent coup de fouet. Le Prêtre Noir s'affale, le pied entravé par une corde de cuir et d'éther. Ma lame fichée en travers du dos. Je me redresse. Mon armure grésille de plus belle tandis que les colonnes de flocules, insatiables, fondent sur moi. Ramsara, au fond de sa bourse de velours, me brûle d'un feu surnaturel.

— Arrière !

Un réflexe me fait arracher de la main cet objet de tourmente, provoquant une vive et soudaine agitation dans les rangs adverses. Les billes de ténèbres bruissent tout autour de moi et se réorganisent en hâte. Elles rassemblent leurs cohortes et se replient dans la nuit. Un cri suraigu déchire alors l'air glacial.

— Kara Ramsara !

Là-haut ! Sur la ligne de crête ! Un dernier Prêtre rappelle à lui cette terrifiante procession.

— Fuirais-tu, maudit ? Mon fer n'est pas à ton goût ?

Je brandis Aciane, menaçant. Mais cette dernière, répondant une fois de plus à un ordre sourd, se dématérialise. Me laissant seul juge de l'effet de ce poing nu dressé face au vent. Ha ! sombre sort ! Mais c'est devant mon autre poing que la créature tremble et frémit ! La Pierre ! Elle la terrifie !

— Amara'Ka Tar Kahala ! Al Gahama ! Tarasma Al Valahala !

Le Prêtre s'enroule dans sa robe blanche et disparaît. Je ne peux pas m'empêcher de frissonner. Ces mots qui résonnent encore dans les contreforts sonnent comme une lointaine prophétie.

Je baisse doucement mon bras. Le silence retombe sur un plateau plus désert que jamais.

— Pères ? Vous ne m'ouvrez donc pas les cieux pour m'annoncer la fin de mon Épreuve ?

Seul le vent me répond. Il souffle même à en faire hurler les pierres. À moins que ce soit là mon ventre qui crie famine. Je condense du Šhå sauvage en fines tranches de viande séchée, et regagne les murs fraîchement redressés de la bergerie.

L'endroit ne ressemble à rien, sans toit. Je rassemble les poussières éparses du récent combat et les dresse en diverses poutraisons. D'un souffle, je dispose sablières, entraits, poinçons et arbalétriers. Puis distribue pannes, chevrons et voligeages. Je solidarise cette charpente, place un conduit de cheminée, et pare le toit de grandes lauzes de calcaire. Je matérialise un plancher dans le grenier, place un escalier de bois pour rejoindre le rez-de-chaussée, ménage des entourages de fenêtres et fixe dedans des carreaux de verre finement bullés. Reste à matérialiser le mobilier. Une grande table. Des bancs. Des chaises. Quelques tapis, fourrures, et porte-cierges. Et une belle flambée pour donner vie à cet âtre.

J'ouvre les yeux. Une maison chaleureuse se dresse désormais devant moi et m'invite à me mettre à l'abri des rumeurs de la nuit. Je jette mon baluchon sur l'épaule, et m'approche de la porte d'entrée. Elle glisse sans bruit sur des gonds trop huilés et artificiels à mon goût. Je reprends donc ses finitions. Je mords le bois pour lui infliger les marques du temps, grise les fibres de sa surface, et imbibe de rouille le voisinage de ses clous carrés. J'ajuste pour finir le grincement de ses charnières, et tiens enfin en main une vieille porte de bergerie. J'entre, traverse la cuisine, pose mes affaires sur la table de la salle commune et m'installe devant la cheminée. Dans un fauteuil en bois. Je jette deux bûches dans le feu, tout en mâchonnant mes tranches de viande séchée, et me perds un temps dans la danse des flammes. Pour un peu je trouverais agréable ce moment de détente. Je laisse mes muscles se relâcher et... Mais, sombre Terre ? Encore ce parfum de givre ? Et cette pointe de douleur qui recommence à me vriller le cerveau ? Ha ! Vieilles barbes ! Cette fois je refuse de subir encore une de vos stupides visions !

La vague qui déferle sur ma conscience n'a rien de naturel. Je m'accroche aux accoudoirs et plonge dans des ondes brûlantes, luttant de toute mon âme pour ne pas défaillir. La chaleur se fait alors fournaise et m'embrase de souffrances intenables.

Ô Cieux, que me donnez-vous à voir ? Me voilà craché par une cascade de feu, au-dessus d'un plateau plus vaste encore que l'Aaltus.

L'étendue qui se déploie ici n'a rien d'un paysage terrestre. Celui-ci n'est pas fait de matière au même titre que notre monde. Il file, poudré, rougeoyant, plus subtil que le moins tangible des rêves. Où suis-je ? Devant le creuset de l'Épreuve ? L'Origine et la Fin du monde ? Je m'approche de la surface, d'un vol éthéré. La cascade de feu bondit et se déverse en milliards de fils rougeoyants. Je descends encore, dans une chute qui paraît sans fin. Les fils grossissent et se font ruisseaux de flammes. Que dis-je ! Effroyable beauté ! Voici maintenant que dévalent des torrents de lave ! Des rivières, des fleuves de roche fondue et incandescente ! Par le Ciel, quelle immensité ! Je plane au-dessus d'un tissage de milliards et milliards de fils, observant le jeu de canaux secondaires qui viennent tailler et retailler des digues de roche noire pour regagner les coulées principales. Comment le fond de mon être peut-il contenir un tel espace ? Vieilles barbes, voilà qui sied mieux aux promesses de mon vieux maître. L'Épreuve ouvre enfin les portes de mon inconscient. Puis-je désormais nourrir l'espoir d'un réveil véritable au pied du Vénérable ?

Je descends plus bas, attiré par la surface miroitante d'un de ces fleuves de feu, en effleure les ondoiements, et plonge dedans sans même réfléchir aux conséquences.

Un puissant tourbillon m'entraîne alors dans une autre réalité...

Chapitre 13
Olfad, un bûcheron

— Diou d'bourrique ! Avance ! Mais quoi que c'est cet'engeance d'mule ? Vas-t'y avancer ? Éh ? Allez ! C'est quoi l'essoine ? La bouillasse ? T'y voudrais pas qu'toutes les essières d'Reïka y soient pavées, non ? HUUUUuue ! Je m'en va te l'aboeler t'ce poquet-là, moué ! Et je m'en va prendre une paire de bœufs ! T'y vaux rien ! Vieille carne ! V'là plus de deux lunes que j't'ai racheté au père Girbus, et pas un jorn tu m'as fait du bon abesoignement ! Va m'entendre de m'entendre c'te bredallier ! Enfin, la mère Girbus, parce que l'outrevieux, il entend plus personne ! L'a préféré décrever !

» Ah... mon bon Zélin... Diou de chevalin... Ti au moins, t'étais pas tout anervi ! T'y savais m'y detraire ces troncs d'là !

» aaaALLEZ ! Déable de beste ! Je m'en va pas t'y alegir l'apesart !

Les anels s'y tendent...

— Allez bourrique !

Tire, déable de beste ! Mais tire don' ! Vire-moi c'te futaille de t'ce bouillasse ! C'est qu'lé abevreïce, t'ce t'sous d'bois !

— Allez !

Avance, diou... Mais quoi ? T'ces pauv' mottes y t'connce l'tronc ? Bé v'la qu'li muscules d'mon bestiau s'y mettent à trembler !

— Mais déable de beste ! T'y vas y aner oui ! Tire, charogne ! Ou je m'en va t'ablandir les pastures à frapons d'cliquart, moué !

Diou d'ce fungière qui lui ressoufflent des nasiers... et t'ce licou qui t'y scie la peau d'cou ! Adonques v'la li mousches pour finir de m'entarier ! V'là t'y pas qu'y qu's'posent su' la bête et qui t'y pompent des giclées d'sang ! L'aime pas ça, t'ce bique... Ah ! déable ! S'y cabre la carne ! Et la v'là qui t'brondele à la gueule !

— ooooOOOH ! L'a vite fait de t'atribler les animelles, t'ce poquet là ! Non mais quoi qu'c'est ce bourrin ? Tu veux m'estroer fi d'parole !

— Ola ! Eh ! Olfad ! Comment va, gai ami ? Mais c'est pas le balsain du viel Girbus que tu fais aner là ?

— Ola Mafred ! Si fait ! Li tout achali, l'bestiau ! Li m'ferait umer l'brod !

— Faut dire que c'est une sacrée chevalée que tu lui commandes d'esduire, Olf' ! Attends d'voir un peu que j't'y aide...

Chapitre 14
Erkan, l'âme damnée

La peste soit ce bouillant personnage ! Je m'extirpe en désordre de ce rustre aux mœurs agrestes et reste un temps, hagard, à flotter au-dessus de la scène. Le dénommé Mafred s'active. Il attelle son cheval à l'énorme tronc pour venir en aide à son comparse, puis mène le débardage. Les chaînes se tendent. La charge s'ébranle et glisse hors du bourbier dans des bruits de succion. Ô Sourd, pourquoi me donner à voir ces deux figurants du fond des âges ? J'erre derrière eux, le long d'un chemin forestier. L'esprit gourd. Avec la curieuse sensation de nager dans de la poix. Le Šhå de ces lieux semble vibrer au ralenti, comme figé, immobile. Mort. Cieux ! Mais nous y voilà ! Ce langage hors de temps ! L'Épreuve me guide vers un lointain passé, sur les fils de la Mort ! Sur le fil de cet Olfad.

Par l'éther, l'air me glace et m'épuise. Et si j'étais mort à mon tour ? Effroyable perspective. Arrière ! Je veux retrouver mon corps, ma chair ! Fuir cette mauvaise illusion ! Mais comment ? Ces deux drôles ne risquent pas de me répondre. Ils jurent, en contrebas, près d'une rivière, ignorant tout de ma détresse tandis qu'ils poussent leur tronc dans le courant. Cauchemar infini. Je resserre mon être et, dans un acte de désespoir, plonge au milieu du front dégarni de ce furieux d'Olfad.

Je sens l'homme éclater de rire en réaction à un bon mot de son camarade. Je sens ses émotions me corrompre et tenter de prendre possession de ma personne. Mais je rejette les rênes de cette vie misérable. Je m'enfonce plus loin, sans façon, en quête de cette pointe de chaleur, l'entrée des Enfers. Elle doit être autant dans les tréfonds de cet être que du mien, mais j'ignore comment trouver cet endroit !

— *Vieux gâteux, guidez-moi ! Ne me laissez pas errer sans fin dans ces abysses ! M'entendez-vous, maudits fous ?*

Une main titanesque m'arrache subitement de ma démence et me rend de force à mon corps. Je me détends, comme la corde d'un arc, et inspire dans un cri de douleur. L'éveil me crible de pointes de fer chauffées à blanc. Mon cœur s'emballe. Du sang me coule des narines, et je fais rendre à mon estomac jusqu'à sa dernière goutte de bile. Je me tords encore sous le coup de violents spasmes quand je parviens enfin à hurler ma fureur.

— Vous me châtiez ? Pour avoir vu l'inavouable ?

Je reprends peu à peu le contrôle de mon corps.

— Mais, vieux fous ! Ce paysan est loin d'être un des secrets de la Création !

Je suis trempé de sueur, je dégouline, ravagé par l'effort. Qu'attendent-ils de moi ? Que veulent-ils me voir faire ? Qu'ils parlent ! Qu'ils se montrent !

— Pères ! Assez de ce jeu !

Je m'essuie le nez, renifle avec rage et crache des relents de fiel. L'Épreuve continue. Soit. Restez silencieux. Je ferai tenir le conseil des Cercles pour entendre de votre bouche ce qui me vaut pareille évaluation ! Je m'appuie sur l'assise du fauteuil pour me relever. J'approche de la cheminée en chancelant. Le feu crépite. Les flammes font danser mes tatouages. Le parfum de givre emplit de nouveau l'atmosphère. Sombre Terre ! Non ! Et cette douleur qui regonfle en mon encéphale ! Point de repos ? Jamais ? Vieux fous ! Je transpire de plus belle, attendant de me voir emporté par un nouvel évanouissement. La chaleur s'intensifie, m'irradie, me happe, et m'entraîne dans les profondeurs de mon inconscient. Mais sans jamais me faire perdre connaissance.

Je me trouve une nouvelle fois craché par la bouche de feu. Je dérive sans but au-dessus des cascades de lave, pris d'horreur par la beauté du spectacle de ces fleuves ardents, fuyant vers l'infini. Je refuse de plonger de nouveau dans l'un d'eux. Vous m'entendez ? Mettez fin à cette épreuve ! Vous avez eu raison de moi ! Ramenez-moi à la tour du Castel ! Faites-moi subir l'Exil ! Mais, de grâce, faites cesser cette torture !

Une sphère blanche émerge dans l'atmosphère, survole lentement le plateau incandescent et, semblant ignorer ma présence, plonge vers la surface d'un des fleuves. Mais, fi de Cieux ! Elle n'est donc pas là pour moi ?

— *Très-Haut ! Je Vous invoque pour que prenne fin cette Épreuve ! Telleran ! Relaie ma pensée, Vieux Sage !*

» *Je renonce à faire bon usage de ton apprentissage.*

» *J'ai échoué.*

L'orbe disparaît dans les ondes bouillonnantes d'un fleuve anonyme. Piqué au vif, je décide de plonger à sa suite.

Chapitre 15
Alantar, marchand d'Almenarc'h

— Messieurs, je vois que ces fioles à parfum vous intéressent. Elles sont du plus pur cristal d'Almenarc'h, ciselées dans le meilleur atelier de l'île. Regardez la finesse de ce col et la transparence de cette panse. Vous avez là de quoi mettre en valeur les plus beaux nectars de la Terre !

— Nous voyons, marchand, nous voyons. Nous sommes mêmes venus de très loin pour voir. Et, bien entendu, nous recherchons ce qui se fait de plus fin. Vos étals proposent de la belle ouvrage, mais quel en est le prix ?

— Je peux vous les faire à septante alménarii le flacon.

— Septante !

— C'est là un prix plus que correct pour l'acquisition de pièces d'une si grande finesse. Nous pouvons aussi, moyennant délai, répondre à des commandes spécifiques.

— Mais il y a là de quoi nous faire regretter d'avoir traversé les mers les plus capricieuses du globe !

— Messieurs, si vous venez de si loin, inutile de vous dire la valeur de ce qui descendra de vos cales une fois revenus à bon port.

— Je t'accorde ce point, marchand, mais encore faut-il avoir de quoi la remplir, cette cale !

— La valeur des objets exposés ici n'a pas d'égal. Chaque pièce est unique et digne d'orner les tables des plus hautes cours. Tenez, regardez, vous ne trouverez de cristal aussi pur que dans les profondeurs des plateaux de l'Aaltus. Voyez-vous, nos cristalliers descendent si profondément pour trouver ces splendeurs que la plupart ne voient pas la lumière du jour de toute leur vie ! M'entendez-vous ? De leur vie ! Un sacrifice, messieurs, qui se paie.

» Imaginez le quotidien de ces hommes qui rampent dans ces galeries froides et humides pour ne remonter qu'avec un ou deux cristaux capables de receler un cœur assez pur pour produire une fiole plus limpide que de l'eau de source.

» Et imaginez ensuite le travail du virtuose qui ose poser ses mains sur ce trésor de la nature, un artisan comme il n'en existe pas deux au monde. Un apprenti peut passer plus de dix solaisons à affûter les ciseaux de son maître avant de prétendre toucher à l'un de ces cristaux. Et, là, il peut encore passer dix autres solaisons à ne faire que préparer des ébauches, pendant que les maîtres seuls affinent le travail et apposent la dernière touche qui hissera l'œuvre au sommet de l'art !

— La légende est belle, marchand, mais notre bourse n'en est pas plus lourde.

— Et puis vous n'ignorez pas les vertus du cristal des Hauts Plateaux ! La jeunesse éternelle ! Nombre de nos artisans deviennent centenaires ! Ainsi que nos médecins ! Et tous boivent leur vin dans ces coupes !

— Bah, le vin reste du vin, marchand. Je ne jetterai pas mon or pour des dires de vieille femme.

— Mais regardez cette perfection ! Regardez ! Vous pourrez pousser vos voiles dans tous les ports du monde, personne ne vous proposera une telle précellence ! Les meilleurs artisans se pressent pour...

— Marchand, tous les camelots de Port-Marin nous jouent cette ritournelle.

— Très bien ! Eh bien dans ce cas je ne peux plus rien faire pour vous ! Allez donc chercher fortune dans les entrepôts, au bout de port ! Vous verrez comment, malgré tout le soleil du monde, leurs verroteries vous paraîtront dépolies à côté de ces merveilles !

— Arles, je crois que nous avons à faire.

Je referme la porte sur les deux étrangers et regarde leurs silhouettes s'éloigner à travers les carreaux de ma vitrine. Les affaires sont mauvaises depuis que le roi Alkar s'est mis en tête de pacifier le monde. Je me retourne vivement, soudain persuadé de ne pas être seul.

— Qui est là ?

Je regarde fébrilement à travers la verroterie mais ne vois rien d'autre que mon portrait déformé par les ventres de mes fioles. Je commence à prendre peur.

— Monsieur ? Où êtes-vous ? Montrez-vous, ce jeu n'est pas drôle ! Sachez que je suis sous la protection du roi en personne, et que...

Je recule, butte dans un des présentoirs, perds l'équilibre, et entraîne dans ma chute une marchandise de plusieurs milliers d'alménarii.

— Mais montrez-vous, à la fin !

Je souffre de mille coupures, mes mains sont hérissées d'éclats de cristal, et je glisse plusieurs fois dans mon sang avant de parvenir à me relever. Une silhouette me domine soudain, armée d'une broche en acier.

— Que voulez-vous ? De l'argent ? Je suis riche ! Ne commettez pas d'absurdité !

Je sens la pointe me percer la poitrine à deux reprises avant de trouver le cœur.

— Mais pourquoi... Qui êtes-vous... ?

Je m'écroule au milieu de mes marchandises, sentant lentement la vie me quitter.

Chapitre 16

Erkan, l'âme damnée

Je suis lentement expulsé de la dépouille, non loin de la sphère blanchâtre, tandis que l'assassin se retire sans bruit par l'arrière-boutique.

— *Présence non autorisée. Explications requises.*

L'orbe s'approche de moi et s'immobilise, tandis que je regagne le plateau de feu.

— *Déclinez votre identité.*

Je vais tenter cette fois de faire preuve de patience, et jouer le jeu de cette illusion.

— *Erkan del Arc'h, disciple de Maître Telleran. Et vous, qui êtes-vous ?*

— *Détenteur Katar, en immersion dans la séquence-mémoire d'Alantar de Froideau, marchand de cristal, afin de recueillir des informations sur son meurtre. Votre signature est conforme, Seigneur Erkan, mais vous n'êtes pas autorisé à fréquenter ce lieu. Que faites-vous ici ?*

Je réponds le plus calmement possible.

— *Je veux mettre fin à mon Ultime Épreuve. Je réclame l'Exil ! Je réclame les Veilleurs !*

La sphère se pare de chatoiements. Le Détenteur reprend.

— L'Épreuve n'est que symbole, Seigneur Erkan. La véritable Épreuve dure vingt solaisons et se fait apprentissage. À l'issue de ce laps, Maître et Cercle décident si le disciple doit être fait Novice ou Exilé.

— Je vous dis de m'envoyer vos Veilleurs !

— Je crois qu'une discussion avec le Doyen s'impose.

L'orbe prend doucement de l'altitude, et s'évapore soudain. Je reste un temps, comme interdit, à contempler les jets de lave incandescente, quand la sphère se matérialise de nouveau devant moi. Mais l'esprit qui l'habite n'est plus le même. Je reconnais la signature du Doyen Jamar.

— Veilleurs venus et repartis, jadis. Suivez-moi sur la Toile du Temps.

— La quoi ?

L'orbe ne m'attend pas et file vers l'horizon, au-dessus des fleuves de feu. Je peine à le suivre et ne le rattrape qu'à la faveur d'une halte. Je fustige.

— Je ne suis pas là pour apprécier le paysage ! Finissons-en ! Accordez-moi l'Échec !

— Puissance anormale. Danger.

— Et cessez d'utiliser ce langage asséché ! Vous n'êtes pas dans votre tour de cristal !

La sphère se trouble un instant et redevient translucide.

— Il est vrai que je suis habitué à économiser mes ressources autant que mes pensées, jeune Sage.

— Exilez-moi !

— Des millénaires d'errance pour ne vous entendre que répéter cette demande, âme damnée.

— Mais vous avez la cervelle en gelée, ma parole !

— Votre fil nous est interdit par le Très-Haut, mais quel Détenteur ignore que vous enchaînez des vies sacrifiées depuis l'aube des temps ? Il est un fait que votre existence apporte plus de questions sans réponse que l'ensemble de l'humanité réunie.

— Allez-vous intercéder en ma faveur ? Je ne demande qu'à en finir avec cette Épreuve !

— Vous n'écoutez pas. Votre Exil a déjà eu lieu. Il appartient au passé. Suivez-moi.

L'orbe plonge subitement, et s'immobilise à la surface d'un fleuve. Je le rejoins.

— *Ce fil est le vôtre. Le Très-Haut nous autorise à vous montrer ce fragment. Plongez ici.*

Je fixe le point scintillant désigné par Jamar, et m'immerge.

Chapitre 17
Erkan, l'âme damnée

— Mais pourquoi interrompre mon Épreuve ? Je n'ai pas échoué ! Ni même enfreint de Loi !

— Dis-moi, mon bonhomme, ce n'est pas moi le spécialiste de ces questions. Tu gaspilles ta salive. Que crois-tu ? J'ai des ordres ! Là, regarde au bas de ce vélin !

— Mais c'est impossible !

Telleran !

— Et pourtant ! Vois-tu ce paraphe ? C'est la griffe du roi, le Seigneur de tous les Hommes, en bas d'un arrêt d'Exil !

— Vous faites une erreur effroyable ! Allez chercher mon Maître ! Telleran !

Telleran ! Pourquoi ne répondez-vous pas ? Maître !

— Mon gars, appose ton sceau par là et reconnais ta Faute. Crois-moi, on gagnera tous du temps !

— Mais rien du tout ! Reculez ! Reculez, où je vous précipite tous du haut de cette tour !

— Tu serais le premier à débarrasser Almenarc'h d'autant de Veilleurs en une seule fois !

— Par la volte des Cieux, je ne plaisante pas !

— Oh que si, jeune ignorant ! Nul n'échappe aux fumées de la plante de l'Oubli ! Surtout pas un apprenti ! Alors suis-nous sans résistance, ou prépare-toi à goûter à la manière forte !

— Je n'ai pas échoué ! Et vous le savez !

— Vous autres, consignez ses protestations. Tu vois, mon gars, nous ferons part de tes contestations à notre hiérarchie. En attendant, ouvre bien tes oreilles, jeune naïf. Tu échoues là où le roi, maître des Cercles, le décide. Maintenant, suis-nous. C'est un ORDRE !

— Je vais vous...

— HOLÀ ! Vois cet encensoir ! Il ne rêve que de dissiper ses fumées jusqu'à tes mignonnes narines ! Tu ne voudrais pas tomber dans l'amnésie sans même une petite cérémonie d'adieu !

— Ha ! Vous perdriez aussi la tête, pauvres fous !

— Jeune ignorant...

Les Veilleurs se mettent à rire en refermant leurs poignes sur mes bras.

— Respecte les lois de cette cité que tu t'apprêtais à servir !

— Mais je dois devenir Sage-Guerrier ! Je ne vis que pour ça ! Vous n'avez pas le droit !

Telleran, répondez-moi, à la fin !

— C'est ça, c'est ça...

Les portes de l'éther sont comme gardées par une ligue mentale. Mes pensées me sont renvoyées et, enchaîné dans de lourdes mailles de fer, je tombe à genoux devant l'Envol du fleuve. C'est le privilège unique des membres des cercles d'Almenarc'h que de monter ainsi au sommet de la tour du Castel et de regarder naître les chutes sacrées de l'Almen. Je hurle ma rage.

— POURQUOI ! P...

Un violent coup derrière le crâne me jette à terre, sur la trappe d'Imputraï. Un voile de sang me brouille la vue. J'entends le lourd panneau grincer lamentablement sur ses gonds. Un Veilleur me pousse du pied dans les escaliers de pierre que je dévisse, en heurtant une à une les marches usées. J'entends vaguement une voix dans mon dos me rappeler.

— Tu n'es plus rien ici !

Des mains me rattrapent et me soulèvent pour m'aider à poursuivre ma descente. Je voudrais hurler, exploser les têtes de ces Veilleurs stupides. Mais le Šhå se dérobe à moi sous la garde de cette ligue, m'obligeant à me résigner. J'ignore comment, mais j'ai échoué.

Les marches tournent et tournent encore. Le sang cesse de couler de mes plaies et me laisse voir de nouveau. D'un œil. Mes chaînes résonnent dans le ventre de la tour. Jamais je n'aurai l'honneur de défendre et de porter les couleurs de mon Ordre ! L'injustice m'étouffe !

— POURQUOI !

— Pourquoi ?
— pourquoi ?
— ourquoi ?
— rquoi ?
— quoi ?
— oi ?

La réponse tient dans le ridicule de cet écho et m'attire toujours plus bas, dans une spire sans fin.

Mes bourreaux s'arrêtent sur le seuil d'une lourde porte. L'un d'eux me tire la tête en arrière pour m'obliger à lever la tête.

— Vois !

Des runes gravées dans un linteau de pierre mêlent sentence et prophétie : *« Celui qui se présente devant moi laisse ici le poids de sa Faute et vivra la vie bienheureuse des ignorants. »*

Deux Veilleurs s'approchent de l'énorme serrure, et chacun y glisse une clef. Le premier donne un tour, enclenchant un lourd mécanisme. Le second le suit de deux tours, faisant claquer des rouages jusqu'au dernier déclic. Le panneau s'ouvre, laissant s'enfuir un long grincement qui s'en va mourir dans les profondeurs obscures de la Terre. Les marches reprennent leur descente infernale. On me pousse. Mais jusqu'où allons-nous ? Les histoires que nous nous racontions pour nous faire peur entre jeunes apprentis me reviennent en mémoire. Certains prétendaient que les Veilleurs emmenaient leurs victimes jusqu'au centre de la Terre pour les jeter en offrande à son feu intérieur. Que l'Exil n'était qu'une légende, et que seules la mort ou les oubliettes attendaient ceux qui avaient trahi la confiance d'Aïnhor Eran. Je ne pensais pas être un jour en mesure de vérifier ces médits de mes propres yeux.

Les Veilleurs me poussent maintenant dans un couloir crasseux et bas de plafond. Une lueur blafarde suinte dans un coin. Une torche de suif. Il y en a tant et tant qui ont brûlé ici que je ne saurais dire si la flamme vacillante ne provient pas du mur lui-même. Les Veilleurs s'impatientent et m'appuient sur la tête pour m'obliger à garder le profil bas jusqu'à l'antichambre de ma mort. Des statues s'inclinent religieusement de part et d'autre de la dernière porte. On m'invite à entrer le premier dans la salle des Exilés. Comment ai-je pu arriver ici, en l'unique lieu qui inspire de la crainte aux Sages-Guerriers ?

— Je n'ai pas failli.

— SILENCE !

Je me tais donc. Le son des chutes parvient doucement à mes oreilles. Lointain. Étouffé par les profondeurs de la roche. Un Veilleur allume de gros pains de bougie plantés sur des candélabres, sous le regard attentif de dragons de bronze et de loups hurlants. Mon ombre danse bientôt sur le dallage humide. Danser. C'est bien ma dernière envie. Je lève les yeux. Le plafond fuit vers le haut en un immense conduit de cheminée. Triste Ciel ! Cette salle n'est elle-même qu'un âtre gigantesque ! On m'assied sur un banc de pierre, au centre de la pièce, puis on me retire mes chaînes. Le maître de cérémonie dispose quatre fagots dans l'auge de grès qui me fait face, déroule un vélin, et prend la parole.

— Erkan, fils de Roch Targe del Arc'h, Grand Gardien de la Cité, et fils de Siham de Belle-Isle, Guérisseuse, le Grand Roi Alkar d'Almenarc'h, maître des Cercles et Seigneur des Hommes, te condamne à l'Exil. Aïnhor Eran, Grand Esprit, Créateur de la Terre et Père d'Almenarc'h, te condamne à l'Exil. Nous, Veilleurs, sortons en ce jour de l'ombre pour exécuter la sentence.

» Erkan, ta Faute est celle de l'Échec. Les Cercles ne peuvent t'intégrer, et tes connaissances font de toi un ennemi d'Almenarc'h. Que la plante de l'Oubli reprenne ces secrets et te laisse aller l'esprit en paix vers ta nouvelle vie.

» En ce jour, la Cité pleure la perte d'un fils.

L'homme saisit alors une bougie et l'approche des quatre fagots.

— Je n'ai pas même le droit de voir une dernière fois mon père et ma mère ?

Le feu gagne les brindilles sèches, en crépitant, tandis que le Veilleur émiette une poignée de feuilles craquelées. Elles dégagent une agréable odeur aromatisée, mais ne brûlent pas. Elles étouffent au contraire les flammes en répandant une épaisse fumée. À cet instant, un des Veilleurs retire une tige de fer du mur. Un clapet tombe bruyamment et vient obstruer l'immense conduit de la cheminée. Les chutes d'eau deviennent silencieuses. Les Veilleurs se retirent, à reculons, s'inclinent, et disparaissent. La porte se referme lourdement, et une barre vient symboliquement m'interdire tout espoir de fuite. La pièce disparaît rapidement sous la fumée. Les bougies elles-mêmes sont étouffées par les épaisses volutes et s'éteignent, une à une, me plongeant dans l'obscurité. Je voudrais m'échapper. Je voudrais hurler.

— Injustice...

Je veux devenir Sage-Guerrier.

Je tente une dernière fois d'arracher à la ligue mentale les quelques particules de Šhå qui me sauveraient, mais la drogue endort déjà mon esprit...

Je m'empêtre dans des voiles de ouate et sombre dans le silence.

Chapitre 18
Erkan, l'âme damnée

Je suis recraché par mon fleuve de lave. La sphère blanchâtre reprend alors forme devant moi et grossit.

— *Sombre Terre ! Vous ne m'épargnerez aucune horreur ?*

— *Échec. Amnésie. Exil.*

— *Ha ! J'ai compris ! Avant le sacre ultime, vous me donnez à voir par ce mauvais rêve le cauchemar de tout Sage-Guerrier ! Échouer ! Perdre la Connaissance ! Se faire Exiler ! Merci pour la mise en garde ! Maintenant, levez le voile de mon Épreuve, et faites de moi le Suivant de Telleran !*

— *Quel entêtement.*

— *Mais puisque je vous dis que j'ai bien reçu votre leçon !*

— *Vous ne comprenez rien. Vous venez de revivre un instant du passé.*

— *Assez joué, Détenteur ! Cet instant ne peut avoir eu lieu ! Je me souviens de chaque page de ma vie, et ce depuis mon premier souffle !*

— *Vous fûtes pourtant amnésique. Cela est certitude. Vous n'êtes plus amnésique, pas plus que vous n'avez de souvenir de votre vie d'amnésique, et je ne comprends pas mieux que vous le fil de votre vie. Il nous faudrait creuser et creuser encore pour compléter la Toile du Temps et comprendre votre passé.*

— Mais ? Vous n'avez qu'à plonger n'importe où dans ce fleuve !

— Un fleuve morcelé, une suite de vies bannies, des fragments de passé frappés d'interdits divins.

— Morcelé ? Mais ce fleuve file vers l'infini !

— Vous devez voir fragments, trous, étendues de néant. Les Détenteurs travaillent depuis des millénaires à construire cet endroit grâce à la collecte des séquences-mémoires et des reliques humaines.

— Vous plaisantez ? Ces Enfers se perdent à l'horizon ! Feux ! J'ai devant moi autant de fils qu'il y a d'Hommes sur Terre !

— Anomalie. Je dois mettre fin à cet échange.

— Mais ce n'est qu'Épreuve !

— Dans ce cas, pour vous, cette Épreuve dure depuis plusieurs millénaires. Votre fil dépasse notre Toile. Vous voir me donne le vertige.

— Mais que dois-je faire ?

— Vous placer sous la main d'Aïnhor Eran. Vous livrer à Dieu.

Je dérive au-dessus de la Toile, sous le choc de cet aveu d'impuissance, l'esprit en proie à de terribles étourdissements. Ô Terre, si tu m'ordonnes de croire ces paroles...

Je survole ces étendues ravagées par les flammes. La Toile du Temps. Le miroir or et feu de l'Humanité. Le lieu d'un fleuve pour une vie. Certains s'effilochent, se ramifient. D'autres s'arrêtent brutalement. La Mort creuse des fosses abyssales. La Vie lance des ponts d'or, reliant les flux effusifs de fils d'incarnations. Chaque cataclysme ouvre ici un gouffre béant aussitôt recouvert par des treilles d'or aux reflets miroitants. Combien de lignes de ponts jalonnent ainsi le passé de l'Humanité, comme autant de guerres et d'atrocités ? Ici, je peux ressentir la violence et la souffrance des champs de bataille. La Grande Guerre. La colère de Barkan. La disparition de notre cité. Mais mon corps éthéré se crispe soudain. La sphère de Jamar flotte doucement au-dessus d'un fleuve qui s'éteint. Une femme lâche à terre une fiole aux reflets bleus. Mère ! Mais, Grand Muet ! Ce n'est pas possible ! Ce corps que j'ai allongé avec distance sur cet autel de pierre, il ne peut être le sien ! Tout ceci ne peut être réel !

Je m'enfonce dans la démence, suivant l'orbe de Jamar, effleurant un à un les fleuves du passé.

Je vois mon père, Roch, ce fier Gardien, s'écrouler mort sur les marches du palais.

Je vois mon grand-père, Artel, tué dans une geôle crasseuse par un roi fou resurgi du passé.

Je vois Telleran tomber en eau pour former ce lac, là, au fond des gorges de Baaltus.

Je vois Almenarc'h, entière, disparaître dans cette gemme maudite.

— *POURQUOI ?!*

Ma montée de colère envoie une vague incandescente déferler sur les berges noires. La Toile gronde. Je m'approche des cascades de feu et plonge sans réfléchir dans le cratère qui trône au sommet de ce mont dantesque.

Je reprends conscience sur le sol de ma bergerie, à côté de mon fauteuil, mortifié.

— Pourquoi...

Je me ramasse, en proie à de violentes convulsions.

— Assez !

Je me traîne à travers la pièce, vers la porte.

— De l'air.

La nuit répond à ma demande en m'envoyant de pleines bourrasques de vent. Un air cinglant, glacial, chargé de toute la force de ces montagnes. J'enfouis ma tête dans mes mains. Terre, que m'infliges-tu là ? Subir l'Oubli des Veilleurs, pour au final me retrouver maître de la mémoire des Hommes !

— Ah...

Je me laisse rouler sur le dos, la tête perdue dans les étoiles.

Le vent souffle toujours, indifférent à ma douleur, emportant mon soupir pour le mêler aux mille murmures des lieux.

— Maudits !

Anéantir les plus grandes beautés de ce monde ! Au nom de quoi ? Au nom de qui ! J'aurais dû passer ces Veilleurs par le fer !

Leur résister aurait été si simple ! J'aurais pu tout changer !

— TOUT !

Encore un cri emporté par le vent. Pères, vous aviez le pouvoir de vous opposer au Très-Haut. Telleran ! Toi ! Le plus sage des hommes ! Pourquoi avoir laissé faire ces fous ? Maintenant, c'est trop tard. Ce monde est fini !

— RÉVOLU !

Le vent fait violemment claquer un pan de ma cape. Je suis seul. Et j'ai peur. Peur de ce que le destin exige de moi. J'aurais dû mourir avec tous ceux de ma race ! Périr avec Almenarc'h ! Je suis maudit ! Jamais je ne trouverai le repos !

Jamais.

Je regarde une étoile filer à travers les hautes couches de l'atmosphère. Un simple morceau de roche venu d'ailleurs, en vérité. Mais elle importe à qui cette vérité ? Si je pouvais échapper à ma condition ! Rejoindre ceux que j'ai aimés, là-haut, dans l'autre-monde ! Je ferme les yeux et tente de me calmer. Je pousse doucement ma conscience hors de mon crâne. Hors de mon corps. Je le survole, un instant, et le regarde, là, étalé en croix dans le désert de ce plateau. Je prends de l'altitude, pour embrasser plus largement le paysage. Pour disparaître. Me perdre dans le noir de l'espace. Ne plus exister.

Je quitte la Terre. Tourne, dérive, et contemple le fil d'aube de sa courbure. Elle est là, calme, reposante. Boule géante de vie perdue au milieu du néant. Terre, sombre Terre, que veux-Tu de moi ? Qu'attends-Tu de moi ? Un sacrifice ? Lequel ? Lequel ! Je reste là, à suivre le lent spectacle de sa rotation. Mère des mondes, dis-moi qui je suis. Dis-moi la vérité.

Je replonge vers la surface, traverse les hauts nuages, et distingue bientôt les terres de l'immense continent parthial. Il s'étale sous les cieux, telle une raie manta nageant entre deux eaux, fripé par les chaînes dendritiques de ses massifs, barré de cimes blanchies par la neige, défiguré par la colère des Hommes. La Grande Barrière de Baraï. Je plonge plus bas encore, survole les flots sombres de l'océan Astrakan. Je joue avec les creux qui se forment et se déforment au gré des vagues, suivant des lois connues seules du Maître des profondeurs. Des écueils barrent l'horizon. Un bateau en détresse tente de sortir d'une mauvaise passe, poussé par de violents courants contre ces éperons de pierre. La vigie hurle, le capitaine se cramponne à la barre, le vent gonfle les voiles et le vaisseau évite les récifs, au dernier moment, sous les hourras des marins. Les malheureux. Ils ne se savent pas encore que, derrière ces brisants, des voiles triangulaires frappées d'un pavillon noir et sang les attendent. Des pirates de Rajaya.

Pas un survivant ne racontera l'histoire de leur abordage.

Je regagne les terres, survole les Hauts-Plateaux, et laissé là le froid et les étoiles pour me réfugier dans le ventre de ma nouvelle demeure. Où vais-je trouver la force de vivre encore...

Attablé face à l'âtre, je n'en finis pas de feuilleter le manuscrit de ma mère. De tous nos actes supposés, les plus confus sont ceux de ce maître des ombres. Il se défile, toujours, même dans l'intimité de ses pensées. Peste ! Il manipule, ment, détourne, usurpe, empoisonne, tue, vampirise, happe, il déchaîne sa haine depuis le fond des âges, use et abuse des stratagèmes les plus perfides, étouffe le Cercle des Cercles, mais jamais, au grand jamais, il ne dévoile le fond de ses sombres desseins. Pourquoi ? Pour le pouvoir ? Non, la chose est par trop commune. Ce Cataxak semble marcher sur les traces du passé de Saham. Serré de près par cette sybille aux cheveux d'argent. Awana. Sombre Terre ! Sous ses manières délicates, son jeu paraît moins trouble, mais elle a pourtant œuvré pour la destruction de mon Almenarc'h. Pis. Elle a placé la Pierre dans sa gangue originelle.

Un bruit me sort brusquement de mes songeries.

— BAM ! BAM ! BAM !

Je me lève brusquement. Quelqu'un frappe à ma porte ? Mais qui peut bien venir en ces lieux ?

— BAM ! BAM !

Je génère une lampe tempête tout en traversant la cuisine, et ouvre la porte sur deux silhouettes emmitouflées. Elles se rencognent sous les assauts d'un blizzard peu hospitalier, cachant leurs visages dans l'épaisseur de leurs manteaux de fourrure. Une volée de cristaux de givre glisse sur la pierre de seuil.

— Entrez ! Entrez vite vous protéger ! Ma demeure est humble, mais le feu vous réchauffera les os !

Les deux silhouettes s'empressent de se mettre à l'abri. Se pourrait-il, ô Cieux, que ces voyageurs soient de simples et honnêtes gens ? De ceux que le froid peut incommoder ?

— Soyez les bienvenus, vous et votre femme.

Un jeune garçon sort timidement des jambes de sa mère.

— Ah ! je n'avais pas vu votre fils !

— Je ksuîs heureux, quant â mouâ, de vous vouâr en ksî grande fôrme, Ksâgneur.

— V... Voyageur ? Nous nous connaissons ?

— J'âspêre ! J'ai fait un long et grand vouâyâge pour vous râtrouver.

Simples et honnêtes. Par la défunte ! Comment ai-je pu l'espérer quelque instant ? L'étranger rabat l'épais capuchon de sa gabardine et avance sa figure sous ma lumière. Il ressemble à l'un de ces visages aperçus dans mes visions de désert. Une face étonnante de blancheur, taillée à coups de serpe. Rehaussée d'arcades fines et saillantes, et de pommettes osseuses. Un long nez parfaitement droit, sans ailes, donne à cet homme une noblesse toute naturelle. Deux yeux noirs et vifs accueillent avec ironie la fin de cette exploration indiscrète. Il me sourit, en toute simplicité.

— J'ai trâversé les târres brûlées de Kar'Saham, Ksâgneur.

Cette fois, le doute n'est plus permis. C'est bien l'homme de mes visions.

— Je m'âppelle Cardanapak, kcelâ dâvrait interpeller vôtre mâmouâre ?

— Ma mémoire ? Non. Veuillez m'en pardonner.

— Ne dâmandez pas pârdon, Ksâgneur. Mes pouâsons vous ont tant mâlmené que kc'âst mâme mîrâcûleux de vous vouâr encôre en vîe !

Cardanapak. L'homme de Saham. Le guide. Sa femme esquive chacun de mes regards et se cache encore sous ses habits de voyage. Elle serre contre elle son petit garçon.

— Comment m'avez-vous trouvé ?

— Âh kçâ, Ksâgneur, pour ûne bônne câche, kcet endrouât est ûne bônne câche !

— Mais, vieilles barbes ! comment croire en la réalité des choses si vous laissez le commun des mortels trouver ma porte ?

— Verrîez-vous quelque inconvénîent â kce que nous poursûîvîons kcette conversâtîon un peu plûs ô kchôd ?

— Vous avez raison, suivez-moi.

J'entraîne la troupe à travers une cuisine sombre et déserte, et presse mes visiteurs vers le foyer de la cheminée.

— Dû bouâs ? Ksâgneur ! Vous âvez trouvé dû bouâs pâr îcî ! Âlôrs que je n'ai pâs débûsqué lâ moindre brindîlle dâpûîs que nous ksômmes ksûr kces plâtôx !

— Oui, c'est bien du bois. D'ailleurs je vais en chercher une autre brassée pour la soirée.

Je retourne dans la pénombre de la cuisine. Mais, sombre sort, que me veulent ces gens ? Je condense l'air ténu en un fagot de bûches de bois bien dur, et retourne auprès du feu. Ma mauvaise humeur est si visible que le Sahaméen s'en amuse.

— Kcet endrouâ âst vrâment perdû, *Al Charmak* !

— Et connu de personne. Vous ne m'avez toujours pas dit comment vous m'avez trouvé.

— Ôh... Ûne fâmme ôx cheveux blancs â guîdé mes pâs depûîs lâ Grânde Bârrîère, â trâvers mes râves.

La femme s'étrangle presque, la voix étouffée par plusieurs épaisseurs de mantelets et capelines.

— Quoi ? !

— Vous dâvrîez ôter quelque peu vôs hâbîts, très chère. Lâ châleur dû feu ne peut pâs pâsser â trâvers autant de lainâges !

Elle arrache quelques-uns de ses vêtements pour se libérer la bouche, et explose.

— Vous nous faites marcher depuis plus d'un cycle de lune à travers ces montagnes en suivant des rêves !

— Jeune dâme, vouâîîez ! J'ai û râson de faire confîance ô dâstin !

— Râââson de quoi ? De trouver ce trou perdu au milieu de nulle part ? Pour un homme qui n'a même pas la décence de vous reconnaître ? Non mais regardez-moi ce rustre ! Il est beau, votre roi ! Traverser les pires souffrances pour un vulgaire soudard !

— Âh... J'â quâlque peu sûrcôté mes prômesses.

— Et ne vous remettez pas à faire cette faute stupide ! J'ai ! J'ai, tu as, il a ! Nous avons, vous avez, ils ont !

— Ksâgneur, pârdonnez mâ câmârâde de vouâîîâge, âlle est d'hûmeur plûs trîvîâle l'estômâc plein.

Agacée, la femme repousse en arrière sa dernière capeline de feutre, remet en place ses cheveux souples aux reflets auburn, et pose sur moi deux yeux ambrés emplis de fureur. Quelle jeunesse… Quelle beauté… Stupéfiant.

— Ksâgneur, estômâc…

— Oui ! Vous avez faim !

— Et soif !

Le petit garçon se renfonce dans les fourrures de sa mère, intimidé d'attirer soudain mon regard sur lui.

— Certes, oui. Je vais vous chercher à manger ! Je… Je vais voir ce que j'ai en cuisine. Avancez les chaises près du feu, asseyez-vous, vous êtes ici chez vous.

Je quitte la pièce sous l'œil amusé du Sahaméen. Des provisions ? Dans cette cuisine ? Ha ! Le fait est que je manie mieux les armes que les bonnes manières ! Je matérialise précipitamment sur un grand plateau des assiettes de bois, des couteaux, deux cruchons et des gobelets de grès. Je génère ensuite des saucisses sèches, un jambon, des pâtés… Un gros pain que je coupe aussitôt en larges tranches, puis des fromages maigres et des fruits. Je remplis enfin un des cruchons de vin coupé d'eau et l'autre de jus de gourdosier.

Je reviens auprès de mes invités, les bras chargés de victuailles, et pose le tout sur la table. L'homme de Saham ne manque pas un de mes gestes.

— Âh ! Kcette cûîsine âtait moins vîde qu'elle en âvait l'air, Ksâgneur !

— J'ai une grande cave. Mais je vous en prie, servez-vous, mangez jusqu'à plus faim !

— Merci.

La jeune femme ne fait pas de façons. Elle prend une écuelle de bois et dispose aussitôt de quoi sustenter son garçon.

— Vous n'avez rien de chaud ? À boire, je veux dire.

— Si, enfin… Non. Vous avez raison, je vais mettre de l'eau à chauffer.

Ce Cardanapak ne perd rien de la scène. Son œil frise de plaisir en me voyant mis dans l'embarras par sa jeune femme. De l'eau. Je vais devoir improviser un ou deux aménagements discrets. Je m'affaire près du foyer, masquant de ma cape mes gestes invocatoires. Je ramasse l'Énergie sauvage en quelques fers plats munis de crochets, d'anneaux et d'ergots. Je sonde le conduit de la cheminée, pitonne de grands clous d'acier, et suspends au-dessus de l'âtre un support propre à recevoir une crémaillère. Pour le chaudron, je vais devoir retourner dans la cuisine. La jeune femme s'étonne.

— Vous ne faites jamais chauffer d'eau ?

— Si ! Bien sûr ! C'est que... J'ai lavé mon chaudron. Ce matin.

Je m'éclipse. Terre ! Que la vie des gens simples est compliquée ! J'ai l'impression d'être un montreur d'ours en représentation ! Et maintenant... Voici le chaudron ! Voyez comme il est authentique d'aspect et de forme ! Admirez son cul noirci par la lèche des flammes, ces caramels incrustés dans ses pores d'acier ! Approchez ! Touchez, sentez-moi ce métal, madame ! Du pur art šhâmanique !

Je reviens avec mon récipient rempli d'eau et le suspends à la crémaillère. La jeune femme ouvre des yeux démesurément grands. Qu'ai-je fait, encore ?

— Âh ! Dâme ! Ne vous avais-je pâs dît que kcet hômme âtait un être d'âxceptîon ?

Le poids ! J'ai négligé la force surhumaine nécessaire pour porter une telle charge !

— Ce... Ce n'est pas si lourd.

Je remets quelques bûches dans le feu et règle la hauteur de la crémaillère.

— Quâl est kce bouâs, Ksâgneur ? Kses braises lûîsent cômme des loupes de fer â lâ fôrge !

— De l'Imputraï. On n'en trouve que dans la forêt de Mérylan, à l'est d'Almenarc'h.

— Drôle de bouâs. Et vous l'âvez râmené de lâ-bâs ?

L'homme de Saham mâche son pain en posant sur les flammes un regard acéré.

— J'aurais bîen aimé cônnaitre Âlmânârc'h.

Il se ravise aussitôt.

— Vôtre pain est fâmeux, Ksâgneur ! Nous ksômmes loin de kces gâlettes de blé dûr que nous mangeons dâpûîs lâ dernîère lûne nouâre !

— Pourriez-vous me dire ce que vous attendez de moi ?

L'homme du Sud mange jusqu'aux dernières miettes perdues dans les plis de ses braies, et entreprend d'éplucher une pomme.

— Je vîens dû vîllâge de Tara Yama. Un lîeu pârché dans les montâgnes, â l'est dû rouâyôme de Saham. Dans kce vîllâge, les hômmes kse transmettent de père en fîls les ksecrets d'ûne grande lâgende. Lâ Prôphétîe d'Obédaï.

La curiosité me pousse à laisser parler le Sahaméen.

— Kce conte prend nâssance â lâ kchûte de Saham lâ Blanche, vouâlâ plûsîeurs mîllénaires. Obédaï, pârdônnez mâ prônoncîâtîon quî n'est peut-être pâs très jûste, était un Maître-Mouâne de Carmak. Âprès âvouâr fûî lâ môrt dûrant des lûnes, îl â trouvé refûge dans nôtre vîllâge de Tara Yama. Kc'est lâ le fondement de ksâ Prôphétîe. Îl â enseigné â kchaque fâmîlle un kchâpître de ksâ lâgende, âvec l'ôrdre de kse ksouvenîr de kchâque vîrgûle jûsqu'ô retour dû rouâ blanc, *Al Gahama*. Vous.

— Homme de Saham, je suis Erkan del Arc'h, fils de Roch del Arc'h et de Siham de Belle-Isle, enfant d'Almenarc'h. Je n'ai rien à voir avec cet « *Al Gahama* », ni avec les légendes de ton pays.

— Bîen heureux de vouâr que vous vous êtes rendû maître de vôs ôrîgînes, Ksâgneur Ârkân. Mâs vous êtes ôssî *Al Gahama*, l'*Aka Catchak*. Kcelûî-Quî-Revîent, l'Âspouâr Éternel, rouâ de Saham. Et les ancîens de mon vîllâge vous âttendent, *Al Charmak*, pour qu'enfin ksouât râssemblés les frâgments de lâ légende de Tara Yama.

— Et moi je vous répète que vous m'attribuez un peu vite vos titres, homme de Saham. Je ne sais pas moi-même qui je suis !

— Ksâgneur. Je vous ai vû vous bâttre. Je vous ai vû lûtter contre nôs pouâsons. Et vaincre pâr deux fouâs le Kar'Saham.

Le Sahaméen marque une pause.

— Kc'est un très grand hônneur pour mouâ d'être â vôtre kservîce, Ksâgneur *Al Gahama*.

— Terre ! Vous n'avez rien de plus convaincant ?

— Ôh que ksî ! Regâdez-vous ! Tout Kchampîon de Saham rêverait d'âvouâr vôs tâtouâges ! Et tout rouâ d'âvouâr kce que vous pôrtez ôtour dû cou.

Je porte la main à ma bourse, d'instinct. Il reprend.

— Lâ Pîerre des Rouâs, Ramsara, vous l'âvez, n'est-ce pâs ?

Je sors le fameux joyau.

—Vouâlâ bîen de quouâ nous pârlons.

Le Sahaméen s'incline devant l'artefact.

— Homme de Saham, redressez-vous. N'importe qui pourrait avoir cette pierre, feriez-vous pour autant de lui votre *Al Gahama* ? Soyez sérieux ! Je n'ai pas une tête de prophétie !

Je croise à cet instant le regard de la jeune femme, avec le regret soudain de ne pas avoir mesuré mes paroles. Ses yeux se font plus vifs que la braise de l'âtre. Il lui en a visiblement coûté de se rendre jusqu'ici.

— Ksâgneur, nous âvons dâcouvert îl î â quâlques lûnaisons, ksous lâ vîeîlle vîlle de Carmak, des rûînes qui devraient nous mener ô tombô oublîé des rouâs blancs de Saham.

Ma main se crispe sur la pierre. Je ne parviens pas à réprimer cette colère qui monte devant les reflets dansants de ma cité. Je lâche sans détour.

— Deux possibles s'ouvrent à moi. Vous suivre. Ou vous tuer.

— Âh ? Îl âppâraît qu'un ou deux âlâments m'échâppent, Ksâgneur.

— Regardez, là, dans le cœur de cette pierre qui ferait de moi votre roi.

L'homme du Sud plisse les yeux, tout en prenant soin de se tenir à l'écart.

— Approchez. Si je voulais vous tuer, vous ne verriez pas venir votre mort.

— Âh ! Me vouâlâ plânement râssûré, Ksâgneur !

— Almenarc'h est dans cette pierre.

L'homme se renfonce dans sa chaise.

— Kce n'est pâs kchôse nâtûrelle, Ksâgneur.

— Et votre prophétie ? Et votre présence ici ? Ce sont là des choses naturelles ? Si vous avez réellement fait de moi votre roi, vous avez aussi fait de moi celui qui, par votre faute, a détruit tout ce qu'il aimait !

— Je ksûîs nâvré pour vôtre kcîté, Ksâgneur Ârkân. J'îgnôrais tout dû pouvouâr de Ramsara en terre d'Âlmânârc'h. Je vous ai pârdû dans le pâlais de Carmak, pour ne vous retrouver qu'ôjourd'hûî.

— Votre eau est chaude, madame. Voulez-vous quelques herbes pour faire un thé des plateaux ?

La jeune femme accueille ma question d'un regard glacial.

— Voulez-vous me tuer moi aussi, Alménaréen ?

Elle attrape son fils, l'œil chargé de colère. Je bafouille.

— Non... Enfin... Écoutez, je ne veux tuer personne ! Je...

— Merci de vous l'entendre dire. Mon garçon tombe de sommeil. Je crois qu'il serait temps pour nous de nous reposer.

Terre ! Réduire ma vie à la contemplation de ce regard suffirait à me rendre heureux. Mais ? Cette boucle, là, pendue à cette oreille ? Elle est en tout point identique à celle que je tiens dans ma bourse ! Ce n'est pas possible ! Pasang ? La jeune femme de l'auberge ? Mais que fait-elle ici ?

— Je... Je vais vous préparer un coin, auprès du feu, pour passer la nuit. J'ai juste quelques affaires à... à descendre du grenier.

Je m'éclipse lestement dans les escaliers, trop heureux d'échapper à la situation. Pères ! Vous voulez donc me faire payer la moindre de mes fautes ? Était-ce aller contre la Loi de goûter à la chaleur d'une femme durant son Exil ? Je devrais plutôt me concentrer sur le problème du couchage. Je frotte mes doigts et matérialise des cordelettes de coton. En quelques gestes mesurés, je tisse de grands filets, par trois fois. Reste à fournir d'épaisses couvertures de laine, et à redescendre sous les regards de mes invités.

— Je vais vous installer des hamacs, vous serez plus à votre aise ainsi.

— Hâmâcs ?

Je condense des clous et des crochets dans une de mes poches, densifie la tête d'un marteau dans ma main, et pose les hamacs sur la table. Et là, tandis que je fixe le premier crochet dans un des poteaux de mon mur, je profite d'avoir tous les regards sur moi pour générer une paire d'anneaux contre les corbeaux de la cheminée. Le petit garçon ne perd aucun de mes gestes et ouvre de grands yeux alors que je tends la première toile.

— C'est quoi ?

— Ton lit, jeune homme.

— Eh ! C'est pas un lit, ça !

— Si. Regarde...

Je saute dans le hamac, qui se balance aussitôt.

— Tu vois ?

Mais, devant la froideur affichée par la jeune mère, je préfère redescendre et fixer en silence les deux derniers hamacs.

— Ces couchages sont très utilisés par nos marins. C'est assez confortable, vous savez. Vous avez ici des couvertures en quantité, il fait frais sur le matin.

— À côté des nuits que nous venons de passer ? Je crois que ça ira. Merci.

— Très bien...

— Auriez-vous de l'eau moins chaude ? Pour ma toilette.

— Pardon ?

— De l'eau, vous avez ? Et du savon ? Vous savez, pour se laver ? Ça ne vous arrive jamais ?

— Ah ! Bien sûr ! Je vous prépare ça...

Je disparais une fois de plus dans la cuisine, et souffle un grand coup. Me laver ? Pour quoi faire ? Il me suffit de dissoudre les impuretés de mon corps et de générer quelques parfums ! L'eau est bonne pour se purifier, se ressourcer. Pour apaiser le corps et l'esprit. Je me frotte les mains et fais apparaître dans un baquet de bois enduit de cire d'abeille une cruche d'eau claire, une louche, une brosse, une éponge marine. Puis encore quelques serviettes de lin doux, et un brin séché de lavancade. Ah, et un pain de savon. Je reviens dans la pièce principale, les bras chargés, trouvant la jeune femme affairée à tendre des couvertures en hauteur pour privatiser sa couche et celle de son fils. Je pose le tout sur la table, près du feu.

— Homme du Sud, à quand fixez-vous notre départ ? Vous voulez prendre quelques jours de repos ?

— Non, Ksâgneur. Lâ ksîtûâtîon est grâve â Saham. Nous pârtons demain mâtin, ksî vous n'îî vouâyez pâs d'inconvénîent.

— Très bien.

Je recharge quelques bûches dans la cheminée.

— Bonne nuit à vous.

Je disparais dans ma chambre. Une grande pièce noire. Vide de tout meuble.

Allongé sur un grand lit fait de poutres rustiques, je repense aux babillages de cette cascade, à mon réveil. Cette sensation, l'espace d'un instant, que tous les êtres vivants qui furent en contact avec cette eau me livraient, d'un coup, la mémoire de leur vie. La mémoire de l'Eau. Ce secret que mon vieux Maître devait me révéler à l'issue de mon Épreuve. Un legs qu'il tenait de son père, Alperan. Cette mémoire, à défaut de la mienne, est sans limites. Si je parvenais à la maîtriser, le plus grand des interdits tomberait à mes pieds. Celui de se substituer à Dieu. Celui de recréer la Vie. Il me serait alors possible de reproduire un brin d'herbe à l'image du brin voisin, ou d'animer la matière !

J'enveloppe de la main un vol de particules sauvages, je vide l'air en un point de toutes substances et pollutions, et je condense en son cœur une goutte d'eau pure. Elle flotte devant moi, vierge de toute mémoire. J'approche un doigt de la goutte, la frôle et la touche. Elle entre en osmose avec mon être. Elle devient moi. Je retire mon doigt, délicatement, et fais glisser un fil d'or en fusion autour d'elle. Un fil que je fige en une gangue indestructible, pour l'isoler du monde. Je dessine des veines de grenat, imprime des entrelacs, et ouvre la main pour recueillir dans le creux de ma paume une sphérule.

Tout mon être dans une bille.

Je dresse deux rubans d'or fin que je refonds en deux cercles, pour venir emprisonner le bijou. Je cisèle et ajoure la tôle d'ondulations et motifs en vague, imprime des damasquinures d'or blanc et noir, et assemble les mailles d'une chaîne d'électrum. Je réduis maintenant chacun de mes deux manuscrits en billes serties de plomb, puis vient le tour de ce fragment d'ivoire de Marsam, que je fonds en une bille en os veinée d'or. J'observe les deux pierres, sans oser les réduire. Je cercle AlmenKaraï dans des anneaux d'or damasquinés de platine que je fixe à un chaînage indestructible, et enferme la Pierre des Secrets dans un orbe de plomb. Reste l'armure aux infinies complexités et Aciane que j'enferme dans deux billes de nacre filées d'or-argent. Il ne me reste plus qu'à rendre cette boucle à cette jeune femme et...

— Non... Non !

Je sursaute. Pour un peu, j'en oublierais que je ne suis pas seul. Je me mets souplement debout et ouvre la porte. Le feu crépite dans la cheminée. Je m'approche de la source de ces gémissements, à pas feutrés.

— Non ! Non ! Pas mon fils ! Arrêtez !

La jeune femme se réveille en sursaut et m'attrape le bras, les yeux remplis de frayeur.

— Tout va bien, je suis là...

— Mon fils !

— Votre fils aussi, il dort !

— Vous nous protégerez ? Vous protégerez mon fils ?

— Oui... Je...

Je n'ai pas le loisir de la rassurer plus longtemps qu'elle retombe dans le sommeil, la respiration calme et régulière. Je décroche chacun de ses doigts incrustés dans mon bras, et me retire doucement. Je sors dans la nuit, m'assieds sur le palier, et me laisse pénétrer par la plainte glaciale du vent. Un parfum de givre m'emporte alors soudainement.

Chapitre 19

Cataxak, le Grand Carda

— Que faites-vous, Maître ?

— C'est vous qui m'avez fait ces coutures, Carak ?

— Oui, Maître.

— Vous trouvez peut-être que je ne fais pas assez peur ? Où avez-vous appris à coudre ?

— C'est que...

— Oui, taisez-vous ! Je me doute de votre réponse. Le fait que je sois obligé de me recoudre ce bras parle pour vous.

— Maître, vous êtes injuste envers celui à qui vous devez votre survie...

— Carak, sombre Happeur des plaines, ne seriez-vous pas, sans moi, mort il y a plus de quatre siècles, comme le paysan du Bas-Lhazar que vous étiez ? Donc je ne dois ma survie qu'à moi-même. Comprenez-vous ? Maintenant, laissez-moi recoudre ce bras avant qu'il m'en tombe un autre.

— Maître, si vous avez besoin de moi.

— Hypocrite. Priez plutôt pour rester loin de moi.

Je vérifie encore une fois la finesse de mes coutures, avant de poursuivre mon ouvrage. J'active la circulation de Šhå dans ce bras et bouge cette main qui, désormais, est mienne. Eh oui, petits doigts, vous êtes à moi !

— Carak, avez-vous remercié le généreux donneur pour son geste ?

— Je n'y ai pas manqué, Maître. Je me suis même permis de recueillir son âme.

— Je vous saurais gré de me la faire connaître.

— Vous voulez...

— Happeur, j'ai le bras, ne vous semblerait-il pas naturel de me confier le reste ?

Mon sbire tend une main que je saisis fermement et presse aussitôt avec délectation. Je prélève une belle quantité d'Énergie et repère bientôt l'âme craintive du donneur. Je l'attire, frêle et émotive comme un oisillon de deux jours, et l'invite à venir hurler sa détresse au milieu des mille et mille autres déjà en moi. Mais un contact inopportun vient briser l'harmonie de l'instant.

— Maître Cataxak !

— Qui ose me déranger pendant mes plaisirs solitaires ?

— Ce n'est que moi, Cashaak, Maître.

— Je le sais, vieille buse ! Que me voulez-vous ?

— Vous dire que le navire est réquisitionné, Maître. Nous sommes prêts à embarquer.

— Horreur... Et quel est le nom du capitaine ?

— Oreyas.

Oreyas. Tu t'apprêtes à faire un bien curieux voyage.

— Il a accepté toutes nos conditions ?

— Votre cassette de poudre d'or lui a fait jusqu'à oublier de poser la moindre question. Il accepte nos caisses comme unique cargaison à destination de...

— Parfait. Je ne veux rien entendre d'autre. Où en est la collecte de glace ?

— Maître, Clak et Capak reviennent à l'instant du pic de Ramarou avec de quoi tenir le voyage.

— Mirifique ! Dans ce cas, préparez ma caisse.

Mon corps devenant chaque jour plus fort, je pourrai bientôt générer moi-même le froid nécessaire à ma conservation !

J'entends la coque du bateau craquer et briser des vagues, sans répit. Des caisses mal fixées chahutent de droite... à gauche. Elles vont finir par éclater comme des fruits trop mûrs. Et cette eau salée qui s'infiltre entre mes planches ! Je hais la mer ! Ne sommes-nous pas conçus pour vivre sur la terre ferme ? Je ne vois nulle part sur moi de palmes, de nageoires, ou même d'écailles ! Me retrouver à flotter au milieu des océans, ballotté par les caprices du vent ! Moi !

Aïnhor Eran, le jour où je tiendrai enfin ma vengeance, je saurai me souvenir de ces petites tortures ! Je saurai... Tiens ? Ce discret chatouillis ne serait pas un contact ?

— Cartchaak ? Parlez, vaillant combattant, je vous entends.

— Maître !

— Eh bien, mon cher, ne seriez-vous pas quelque peu... tendu ?

— L'objet de ma mission, Ramsara... la Pierre, elle est au cou du jeune Erkan.

— Je note la subtilité du temps employé, Cartchaak.

— Oui, Maître. Elle est en effet toujours à son cou.

— L'écervelé est donc revenu à lui ?

— Et avant même que je comprenne qui il était, il s'était débarrassé de mes Prêtres Noirs, comme il l'aurait fait de vieilles mouches fatiguées à l'approche des premiers froids.

— Et qui est-il, selon vous ?

— Al Gahama.

Je romps sèchement ce mauvais contact. Ces indigents commencent à m'échauffer les coutures ! Oser exhiber devant moi le nom d'*Al Gahama* ! Mais, à l'évidence, malgré mes millénaires, certains éléments m'échappent encore. Les principaux, même, devrais-je dire. Des siècles à fomenter l'écroulement du monde, pour le voir s'écrouler sans moi. Des siècles à former des collèges de Prêtres Noirs en terre de Saham, pour les voir se détourner de moi à la première défaillance. Lever des armées ! Libérer des forces occultes ! Rien n'y fait ! Mais là, un point semble cependant proche de la certitude. Une autre force est en place et œuvre dans l'ombre. Je ne pourrais tolérer plus longtemps de rester dans l'ignorance !

Je rappelle violemment mon insignifiant serviteur...

— Cartchaak !

— Maître ?

Je sens en lui toute la magnificence de cette crainte due à mes modestes égards.

— Qu'en est-il de cheveux blancs ?

Mais un bruit inhabituel me fait rompre cette savoureuse conversation. Ne serait-ce pas là un coup ? Non, mieux qu'un coup, en voici deux ! Quelqu'un cogne contre les planches de ma caisse ! Mais discrètement, comme pour en chercher les faiblesses ou en estimer le contenu. Un choc plus net retentit. Puis le grincement des clous que l'on arrache du bois. Mais, misérable imprudent, c'est folie de s'aventurer aussi près de mon humble retraite ! N'entends-tu pas mes âmes hurler de frayeur en voyant grandir mes appétits ? Les derniers clous lâchent, et la lumière graisseuse d'une mauvaise lampe vient me lécher les orbites. Mon visiteur remue ma glace.

— Verte-mère ! Qué cé qu'ça ?

Je tends mon bras hors de la caisse, plus vif qu'un rampant, et agrippe sa trachée. Je me redresse, lentement, entouré de vapeurs givrées, et le regarde dans les yeux.

— Merci, petit être chétif, de te donner la peine d'améliorer mon ordinaire. Tu pourras bientôt me chuchoter dans le creux de l'oreille quels trésors tu rêvais de trouver dans cette caisse...

Les yeux du misérable se voilent de blanc tandis que je le vide de son Énergie. Je liquéfie ses chairs, gobe ses fluides. Mais il est curieux de voir comme l'air marin vicie même les mets les plus délicats ! Autant chercher à se délecter d'une bolée de lait de méduse ! Pouah ! J'ai l'impression d'avoir des écailles plein la bouche ! Je relâche le sac d'os et de peau qui pend au bout de mon bras et replonge dans mon bain de glace.

— Clak ! Capak ! Venez sur-le-champ auprès de ma dépouille mortelle ! Vous avez les restes d'un mets vicié à faire disparaître ! Et puis refermez-moi cette caisse, j'ai en grande détestation ces relents d'air puants de sel !

J'entends la trappe de la cale s'ouvrir. Deux silhouettes encagoulées se penchent au-dessus de moi. Mes Prêtres Noirs, d'insignifiants serviteurs qui n'ont pas osé s'abreuver à la Source Noire mais qui me sont néanmoins indispensables pour exécuter les basses besognes. Ils retirent l'intrus de ma soupe, versent des copeaux de glace, et referment la caisse sur ma longue face de craie. Les clous sont remis en place, un à un, et je retrouve bientôt les craquements de la coque et la rengaine des flots.

— Ouvrez-moi cette boîte, c'est un ordre !

— Bien, Capitaine.

Qui vocifère ainsi et trouble ma paisible léthargie ? Il pleut soudain des coups comme grêle contre les planches de ma caisse. Le bois vole en éclats, et la glace se déverse sur le sol de la cale. Mon corps pend dehors, pour moitié. Je n'apprécie pas la nature incontrôlée de cette reviviscence.

— Capitaine ! Qué cé c't'horreur ?

— *Quelle insulte de voir un mot de cette classe ainsi craché d'irrévérencieuse manière ! « Horreur » est délectation dans ma bouche, misérable !*

Je me dresse lentement hors de ma glace et plonge mon regard dans celui du manant.

— *Happeurs ! Prêtres ! Que me veulent ces créatures simiesques ?*

— *Maître, le capitaine est furieux ! La situation mériterait d'être reprise sous contrôle !*

— *Carak, mon cher, voilà un brillant résumé de la situation. Et vous attendiez que je sois sorti de ma glace pour m'en faire part ? Mais que ferais-je sans vous ?*

Je contemple la face cireuse du matelot. Ses yeux roulent de terreur tandis qu'il se décharge plus bas de ses fluides.

— *En voilà encore un pour penser que je devrais craindre davantage la lumière !*

Je pousse l'Énergie de mon être jusqu'à rendre tangible l'air de la pièce. J'explose les crânes des marins, sans plaisir ni délectation. L'équipage tombe, sans vie.

— *Compagnons, c'est du mauvais travail. Un véritable gâchis ! Quant à vous, Capitaine Oreyas...*

— Par les Enfers ! Mais de quelle gueule immonde sortez-vous ? !

— *... n'aviez-vous pas accepté un prix quelque peu confortable en échange d'une totale discrétion ?*

— Jamais ! Jamais je n'aurais accepté si j'avais su quel démon cachait cette caisse !

L'homme, après avoir rappelé à lui toute la graisse qui pouvait encore dépasser de ses chemises, plaqué entre les courbes de son navire, trouve le courage de dégainer son sabre. Mais l'objet s'anime soudain sous ma volonté, tournant sa pointe vers lui et traversant son cœur d'une vive détente. Je tracte son corps jusqu'à moi et bois son âme avant qu'il meure.

— Alors, Happeurs, que faisaient ces animaux dans ma soute ?

Mes sombres nervis lâchent des hordes de flocules sur les corps sans vie.

— Le capitaine n'a pas cru bon de supporter la disparition de son neveu. Et encore moins de voir la face de Carak !

— Il a arraché mon masque, Maître.

— Mes enfants... Comprenez qu'un être sans éducation n'est en aucune mesure capable d'apprécier le raffinement de vos faces avilies !

— Euh, Maître ? Comment savoir où cette coquille de bois va nous envoyer flotter ?

— L'âme de ce capitaine me guidera.

— Mer, je te hais ! De tous les éléments, tu es le plus impur, le plus vil et le plus changeant !

Les voiles déchirées claquent le long du grand mât. Le seul encore debout.

— Immonde bouillasse ! Égout de la Terre ! Tout en toi n'est que détestation !

La grande vergue dégringole de la mâture, arrachant sur son passage les dernières manœuvres. Mes ombres s'accrochent à tout ce qui dépasse encore de cette épave et luttent pour ne pas se faire emporter par la furie des océans.

— Hurle ! Hurle donc !

L'expérience de ce capitaine est bien peu de chose sans équipage.

— Trois tempêtes !

Des vagues se déversent en paquets sur le pont et viennent me prendre de revers jusque sur le gaillard. Me voilà rincé à grands flots.

— *Traîtres lames ! Je tiendrai cette barre jusqu'aux doux Enfers des béatifiés plutôt que de... Mais ? Ne me manquerait-il pas un bras ? Ces coutures fraîches n'ont pas résisté. Je hais la mer !*

— *Maître ! Maître ! Terre !*

Vermine ? Mais il dit vrai ! La côte et ses récifs se rapprochent dangereusement ! Il semblerait même, à entendre cet effroyable craquement, que le navire tout entier vient de s'abîmer contre une barre rocheuse. Le choc me catapulte par-dessus bord tandis que le vaisseau finit de se disloquer. Des creux tourbillonnants me happent et me recrachent, me faisant perdre le compte de mes âmes, avant de m'envoyer rouler sur une mauvaise grève. Comme un vulgaire déchet.

Nature perfide.

Quelqu'un m'arrache soudain du sol et me tire par les épaules. Enfin, par ce qu'il me reste d'épaules. Le sable souille chacun de mes orifices.

— *Je hais la mer !*

— *Nous aussi, Maître.*

— *Me hisser au-dessus de l'humanité pour me voir ballotté comme poupée de chiffes !*

— *Nous n'aimons pas non plus, Maître.*

— *Mais ? Il ne me manquerait pas non plus une jambe, là ?*

— *Il semblerait, Maître. Il y a un village de pêcheurs non loin d'ici. Sans doute seraient-ils ravis de vous venir en aide ?*

Le Prêtre Noir me lave le visage.

— *Mais que fais-tu avec cette eau salée, sauvage !*

Les restes du navire viennent s'échouer sur le rivage, vague après vague. J'aurais pu mourir. Moi ! Me faire tuer par le traître élément ! Passer le reste de mon éternité à nourrir les crabes !

Chapitre 20
Erkan, l'âme damnée

Sombre Terre ! Quelle horreur que l'esprit de cet homme ! Et ces plaintes ! Les hurlements perpétuels de ses âmes en peine ! Je m'extirpe du fleuve en feu du maître des ombres, soudain transi de froid. Mais comment supporter autant de noirceur ? Et pourtant cette présence parfumée qui guide mes plongées n'a pas tort. Je dois tout connaître de lui. Fouiller les moindres replis de son passé. Savoir d'où il vient.

Où il va.

J'observe les flux hérétiques de ce fleuve, et comprends que ses embranchements chaotiques sont autant de rapts infâmes. Des vies entières captées, englouties... asservies.

Je remonte plus près du présent...

... puis plonge une fois de plus dans la folie de cet être démoniaque.

Chapitre 21
Cataxak, le Grand Carda

— Personne n'entre dans Varloush avant le lever du jour ! Circulez !

— Portier, cet ordre est bon pour le commun des mortels. Pas pour mon Maître.

— Vous avez une lettre d'introduction ? Un billet de recommandation ? Rien ! Vous n'êtes rien d'autre que des étrangers portant des cagoules et des masques de ladres verts[6] ! Dégagez la voie, ou vous goûterez à l'acier des gardes de Varloush !

« CLANG. »

Ai-je encore du sable dans les oreilles, ou mes Prêtres Noirs viennent-ils bien de se faire éconduire ? Je soulève le couvercle de ma caisse et sors de la glace. Ma nouvelle jambe me fait encore souffrir. J'inspire profondément et goûte l'air frais de cette contrée du Panshir. Mirifique ! L'endroit rêvé pour la conservation de mes chairs ! Je descends de la charrette à bœufs, à visage découvert et flotte jusqu'au pied de l'immense porte fortifiée. Varloush, belle et magnifique capitale, prépare-toi à devenir mienne. Je propulse un pan de mon esprit de l'autre côté de battants monumentaux et perce le crâne du portier.

6 Malade atteint de la lèpre.

— Salutations, petit homme têtu. Ouvre les portes et incline-toi devant le nouveau Maître de Varloush.

— Aaah !

Les gardes s'inquiètent de la vive réaction de leur congénère.

— Gondhor, ça va ?

Je pénètre au plus profond du cortex de ce Gondhor et commence à lui tordre les méninges.

— AAAH !

— Eh ! Fils de yack ! Quoi qui te prend ?

— Arrrg...

— Gondhor ? Mais il est mort ! Capitaine !

J'entends les hommes s'affoler et courir en tous sens. J'entends hurler des ordres inutiles.

— Piquiers ! En formation derrière les portes ! Archers ! À vos postes ! Et éclairez-moi ce porche ! Là, apportez ces...

Je broie le cœur du capitaine de ce corps de garde. Il me faut des morts. Plus de morts. Je fais fondre le fer des piques et les étire en de longs serpents d'acier. Certains ondulent et sifflent dans les airs, d'autres s'enroulent sur les hampes de bois et se tendent brusquement vers des gorges chaudes et sans défense. Des hurlements de terreur s'élèvent des murs. Les premières flèches s'abattent sur nous, en désordre. Inoffensives. Maîtrisés en plein vol par ma suite de Prêtres Noirs. Je prends le contrôle de chaque survivant et moissonne méthodiquement les morts. Les flèches cessent bientôt de pleuvoir. Les cris restent dans les gorges. Le silence retombe. La place replonge dans le sommeil.

Je liquéfie les puissantes barres qui condamnent les portes et pousse les vantaux. Des roues de fer grincent sur leurs rails. Varloush s'offre à moi, doucement, sans intrigue.

— Laissez là cette charrette, mes humbles. Et faites choir ces frusques de lépreux. Que vos robes d'apparat flottent au vent ! Nous entrons ici en maîtres et vainqueurs !

Je survole les pavés givrés de la rue principale. Les premières lueurs du soleil font fumer les toits. Les sabots résonnent dans les cours d'auberges, et les marchands commencent à remuer dans leurs arrière-boutiques. Profitez, petites gens, de vous croire à l'aube d'une journée banale et sans saveur, car il vous faudra bientôt répondre à mes appétits ! Ah ? Mais que voilà ? Une patrouille d'hommes en armes descend du palais. D'un palpe, je sonde la cervelle de l'homme de tête, encore ensuqué de sommeil, et décèle une simple relève de routine. Le gradé arrête fièrement sa troupe du plat de la main et nous interpelle de rude manière.

— Eh là, étrangers ! Halte ! Montrez-moi la griffe du capitai...

Il s'arrête dans son élan et devient livide. Fais ton adieu aux douceurs routinières, petit homme d'orient. Je le regarde avaler de force cette soudaine poignée de gravier qui lui encombre l'œsophage, et admire tous les effets causés par la vue de ma simple face.

— A... Ashar ! Sonne la trompe !

« PÔÔÔôîî... îît. »

J'interromps les délicieuses inflexions de cette conque marine. L'acier des vouges commence à perler et dégouliner le long des hampes. Il coule, goutte par goutte, sur les pavés glacés. Le gradé commence à trembler.

— Étrangers, ordinî... lô dî tîran...

Il s'arrête de parler et plaque ses mains contre sa gorge. Il transpire d'un effroi grandissant à mesure qu'il comprend que je suis à l'origine de ces maléfices.

— Divertissante créature, pose tes lèvres sur le sol et salue bien bas le nouveau maître du Panshir.

L'homme reste interdit. Je vais devoir le sacrifier pour distiller mes premiers enseignements à ce peuple ignare. Je décide de rester sobre et mesuré, réservant pour de plus grandes occasions les châtiments propres à emporter les foules dans de grands mouvements de terreur. Je comprime sa boîte crânienne. Un craquement sourd retentit. Un os, sans doute. Je le fais pivoter sur ses pieds. Non point que je ne me satisfasse pas du spectacle de ce visage grimaçant, mais il me semble qu'il serait plus pédagogique de partager ce moment avec le reste de la troupe. Admirable. Ils reculent, gagnés par la frayeur, et rompent la belle harmonie de leur formation.

— Ventres à terre, vermine ! Rampez à mes pieds et priez pour ne pas me servir de repas !

La patrouille se jette au sol, immédiatement suivie par les quelques badauds de passage. Je laisse là ces esprits faibles et réajuste ma capuche de soie blanche.

Le palais s'appuie lourdement sur les hauteurs d'un éperon rocheux en une interminable forteresse. Je peux comprendre de voir des murs s'élancer dans le ciel, tous plus hauts et plus épais les uns que les autres, mais pourquoi avoir donné à ces flancs de murailles ces bombés outrageux ? Par vertu défensive, ou par évocation tout architecturale de l'indolence des grands dynastes du Panshir ? Toujours est-il que la place en impose. Le moindre décrochement est prétexte à l'édification d'une nouvelle tour !

Une première trompe retentit. Une seconde lui répond. Les trompes se font maintenant écho depuis le sommet de chaque tour. Ah ! misère ! Aurions-nous enfreint un protocole de sécurité ?

— *Mes humbles, prenez le contrôle de la garnison sans trop vous gorger de ces hommes en armes. Ces chiens devront retenir pour nous les élans de la foule dans les jours à venir !*

Mes Prêtres Noirs s'immobilisent pour répondre à mes ordres. Les flèches commencent à pleuvoir depuis les coursives du premier bastion. Elles ricochent et tombent en paquets contre nos barrières mentales, nulles de tout effet. Je lance mes palpes en quête des misérables en charge de la tenue des portes, et brise sur mon passage toute volonté et détermination. Les battants s'écartent et les herses se lèvent, nous livrant sans bruit la première porte. Puis tombe sans plus de fracas l'avant-corps qui suit en enfilade, ainsi que chaque porte qui lui succède. Les trompes se taisent, une à une, ne laissant plus résonner que de lourdes cornes de bronze dans les profondeurs des murailles palatiales. Je glisse au-dessus des marches, dégonde quelques portes, et gagne les étages nobles de la lourde forteresse. De la pierre, des gardes endormis, de la pierre, et encore de la pierre ! Une révision complète de ce décorum s'impose !

— *Pouah !*

Je fais voler en éclats deux battants débordant de dorures et de sculptures obscènes, surprenant là l'ancien maître des lieux vautré dans ses soieries. Son royaume tombe, et l'homme ne daigne même pas descendre de son lit pour en faire le constat. Belle démonstration de politique lascive.

— *Dynaste, votre temps n'est plus. Inclinez-vous et livrez votre âme au service du nouveau maître du Panshir !*

Deux ou trois têtes plus ou moins féminines surgissent des draps. Le dynaste explose de colère.

— Mais de quel droit, étranger, m'adresses-tu la parole ? !

— Fier étalon, voyez-vous, nous avons dépassé ces simples questions de protocole. Je ne sais pas, moi, goûtez pleinement vos derniers instants de vie ? Profitez de ma mansuétude ! Tenez, pourquoi ne pas trembler quelques instants devant moi ?

L'homme place sur son nez des loupes de verre et plisse des yeux.

— Mais où crois-tu aller avec ce masque de carnaval ? Impudent !

— Ah ! mirifique ! Mais, très cher enfant, nul masque ne vient là vicier la perfection de mes traits...

— Voilà plus de quatorze solaisons que je déjoue les intrigues les plus sordides de ce palais ! Et tu crois que je vais trembler à la seule vue de ta face avariée ? GARDES ! Attrapez-moi ce vilain fardé, et faites-moi un tricot de ses tripes !

La garde, plus que rapprochée, sort de dessous les couvertures. Mais les lames pointées à mon encontre se font bientôt plus molles encore que le dard de leur maître. J'éteins leurs consciences, une à une, et les laisse choir sur les épais tapis de sol.

— Cher, très cher dynaste. Je reconnais que cette prise de pouvoir manque de forme. Vous m'en voyez navré. J'aurais volontiers joué pour vous mes plus belles intrigues, d'autant qu'il est rare de trouver aussi fin connaisseur pour les apprécier. Nous aurions même pu tricoter des tripes ensemble, mais, voyez-vous, je manque de temps. Rassurez-vous cependant, vous aurez bientôt tout loisir d'apprécier ma compagnie.

— Les autres dynastes vengeront ma mort, pantomime !

— Là, ouvre-toi à moi, plonge en moi, viens !

Ses yeux fondent de fascination tandis que d'un palpe je caresse son épaule dénudée et accueille son âme avec un rare plaisir. Mirifique ! La force de ce peuple des montagnes me renvoie à mes plus anciens souvenirs ! Et, bonheur suprême, ils n'ont pas ce désastreux arrière-goût d'écailles !

Je relâche sur la couche les restes informes du dynaste, et savoure les mémoires nouvelles de cet homme. À ce rythme, j'en saurai plus sur le Panshir que le plus instruit des hommes de ce pays. Une jeune femme sort de dessous les draps, en tremblant.

— Rassurez-vous, belle enfant, vous êtes bien trop jeune et bien trop pure pour que je prenne plaisir à voler votre âme. En revanche, pourriez-vous m'indiquer quelle est la personne de votre

connaissance qui serait la plus instruite sur les mœurs de ce pays ? J'ai là une grande soif de culture !

— Bas peuple de Varloush !

La population rassemblée ici pour ma grande allocution s'inquiète soudain de cette voix qui leur parle d'esprit à esprit. Certains tremblent même sans attendre de savoir ce qu'est réellement la peur !

— Je suis le Carda Noir du Panshir, votre Maître absolu. Bas peuple, je ne chercherai pas votre amour. Je ne chercherai pas votre respect. La mort ne s'embarrasse pas de ces choses-là, et vous comprendrez très vite que je suis son plus fidèle représentant sur Terre. À partir de ce jour, nul ne doit ignorer m'appartenir, corps et âme.

» Saluez le Grand Carda, votre Maître !

L'angoisse est certes palpable, mais l'assemblée manque de réactivité. Il va me falloir user de quelques artifices. Je saisis de beaux mâles que j'élève au-dessus des masses, et tords lentement leurs corps jusqu'à briser chacun de leurs os. Rien de tel qu'une image simple pour s'assurer de la clarté d'un message. La terreur se lit maintenant sur les visages. Je relâche les dépouilles désarticulées dans la foule et provoque cette fois un authentique mouvement de panique.

— Je sens que nous allons faire de grandes choses, ensemble.

Chapitre 22
Fagar, le tyran de Figos

Ma lampe se noircit de suie à mesure que passe la nuit. Le soleil donne même la sensation de vouloir déjà reparaître. L'horizon bleuit. Et je suis toujours là, assis à mon cabinet, à rédiger des ordres prioritaires. Ces montagnes de papiers me donnent la mesure et le poids de mes responsabilités nouvelles. Tyran de Figos.

J'ouvre un nouveau pli et le présente à la lueur de la lampe. Il provient du capitaine Paros. « *Les travaux de restauration de la forteresse de Grand-Saut, sur l'Altank, sont...* » Sont quoi ? Je ne comprends pas ce qu'il nous écrit là... Si ! Sont achevés. « *La forteresse est de nouveau en mesure d'offrir ses fonctions défensives.* » Bien. C'est une bonne chose. Il est de mon devoir de superviser la reconstruction des places détruites par la marche folle d'Alkar.

Quelqu'un frappe.

— Entrez !

La porte s'ouvre sur un informateur fatigué.

— Je vous en prie, faites votre rapport et allez vous reposer.

— Bien, Messire Fagar. Messire, les seigneurs de Médès m'ont confié leurs accords quant à la restitution de leurs terres en échange d'une mise sous tutelle militaire. Voici l'acte signé de leurs mains. Ils accueillent votre décision avec un réel soulagement, Messire.

— Enfin une bonne nouvelle.

— En revanche, Messire, ces mêmes seigneurs de Médès m'ont aussi fait part de leurs inquiétudes à propos de l'émergence de sphères spirituelles. Des individus, se nommant eux-mêmes « Pères Blancs de l'Altama », fondent des « fraterns » là où se croisent les routes, et s'emparent par la force des terres des petits seigneurs. Ils clament qu'à l'instar d'Almenarc'h tout homme et toute femme de cette Terre qui refuse de suivre la voie de l'ordre nouveau subira la punition divine. Chaque Père Blanc marche en nouveau messie, Messire, et le trouble grandit au sein des peuples des contreforts de l'Ayala.

— Je prends particulièrement au sérieux les agissements de cette secte. Tenez ouvert ce dossier à chacune de vos missions. Je veux un rapport détaillé sur les faits et gestes de ces Pères. Maintenant, allez prendre du repos.

Le messager hoche la tête et se retire. Ces avaleurs de foi commencent sérieusement à m'importuner. Ils s'infiltrent là où ni la force de mes armées ni les efforts de ma politique ne peuvent les atteindre. Ils rentrent dans le cœur des petites gens en feignant la compassion. Comme s'ils avaient le pouvoir de soulager leurs difficultés quotidiennes !

De nouveaux coups retentissent contre la porte. Le jour reparaît à peine que me revoilà sous le feu des visites !

— Entrez !

— Messire, mes hommages.

— Ah ! Seigneur Del Orkat ! Vous voici de retour ? Le voyage a été bon ?

— Oui, je vous remercie. Le monde ne tourne plus rond, mais le vent gonfle toujours les voiles ! Je ne vous dérange pas ? Je n'aurais jamais frappé si tôt à votre porte si je n'avais pas vu ce messager en sortir.

— Vous ne me dérangez jamais ! Je vous attendais même avec une franche impatience ! Alors, cette mission diplomatique ?

— Très positive, Messire Fagar. Votre appel a été entendu. Tous les royaumes du sud ont participé à cette rencontre, depuis le lointain Alanskar, jusqu'aux principautés des îles de la Tescali. Tous étaient impatients d'avoir des explications officielles sur la disparition de la Cité. Et le royaume d'Albij qui accueillait ce sommet s'est comporté de manière remarquable.

— Ne me faites pas languir, allez aux faits !

— Pardonnez-moi. Les cours du Sud étaient ravies de recevoir nos ambassadeurs. En réalité, la chute d'Almenarc'h est une véritable catastrophe pour le commerce. Les flottes de tout pavillon se font razzier par les pirates de Rajaya. Ces chiens n'hésitent plus à lancer leurs raids jusque dans la baie du Manjor ! Tenez, laissez-moi vous montrer une carte. Nous sommes tous conscients que, sans la puissance d'Almenarc'h, les voies maritimes occidentales sont devenues trop périlleuses pour permettre le commerce entre le Nord et le Sud. Des royaumes vont souffrir de cet état de fait, je pense surtout à celui de Cargarie. Mais d'autres avaient du mal à cacher leur bonne humeur ! Le commerce va naturellement repasser par les anciennes voies terrestres. Le royaume d'Albij, en possédant les plus belles passes à travers les chaînes de Parthes, retrouve dès lors une position des plus stratégiques.

» Voyez alors par où passeront les routes commerciales, Messire. Albij, le Haut Cross, puis le lac de Cross et le Bas-Rus. Vous voyez où je veux en venir ?

— Votre doigt se rapproche de Figos. Mais pourquoi le commerce ne suivrait-il pas le Bas-Rus jusqu'à la mer ?

— La zone est trop marécageuse. Il faudrait des travaux titanesques pour les assécher. Alors qu'il suffit de creuser un canal ici, en captant ce petit confluent, et de venir rallier…

— … Figos.

— Croyez-moi, les cours du Sud ont immédiatement compris l'intérêt de cette proposition. Albij offre la garantie que les voies commerciales qui transiteront sur ses terres seront protégées par son armée, et Cross s'engage à rendre les eaux du Haut Cross navigables aux navires de fort tonnage.

— Et Médès ? Ils ne prennent pas ombrage de ne pas voir ce canal rallier une de leurs villes ?

— Ils n'ont pas les moyens d'assurer seuls la sécurité de la plus grande route commerciale de tous les temps. Et ils n'ont pas de port en eaux profondes pour rallier le Putulah. En revanche, le canal traverse en grande partie son territoire. Et leur allouer le contrôle de cette partie du trafic suffit à attirer toute leur sympathie sur ce projet.

— Vous êtes un homme précieux, Del Orkat.

— Mon père m'a dit un jour qu'enrichir ses voisins était la clef du pouvoir. Je vous remets cette clef, Messire Fagar.

— Pour quand avez-vous promis cet ouvrage ?

— Les travaux doivent commencer au plus tôt. D'après les hommes de plan, si le creusement s'opère sur toute la longueur du canal en même temps, nous avons les moyens d'ouvrir cette route avant d'avoir fait le tour des quatre saisons.

— Vous présumez de nos forces, j'en ai peur.

— Messire, les royaumes du Sud lèvent des fonds pendant que je vous parle pour financer la construction de ce canal. Un mot de vous confirmant le soutien militaire de Figos, et ce trésor vous est confié. Maintenant, voici les plans.

Del Orkat défait des rouleaux de cuir et sort des assemblages de papiers qu'il déplie sur la table.

— Voyez ce tracé. Vous fondez une nouvelle ville tous les dix mille pas et vous initiez chaque fois la construction d'un tronçon de canal.

— Et pour la main-d'œuvre ? Un tel projet va réclamer combien de bras ?

— Les crises frappent les terres du Nord depuis des décennies.

Ce projet va provoquer une véritable ruée ! Vous aurez bientôt trois hommes pour tenir une pioche, Messire !

— Je suis heureux que vos affaires vous aient éloigné de notre regrettée Almenarc'h à l'instant fatidique, Del Orkat. Ses héritiers vous doivent leur avenir. À commencer par moi.

— Je peux sans flagornerie vous retourner ces compliments, Messire. Mais, malheureusement, certaines personnes de ma qualité ont choisi de servir d'autres intérêts que les vôtres à la chute de notre glorieuse Cité.

— Vous voulez parler des Pères Blancs ?

— Oui. Ils ne sont pas pour la paix des peuples.

— En effet, Del Orkat. Je tente d'avoir plus d'informations sur leurs motivations.

— Vous pouvez compter sur moi, Messire, pour ouvrir mes oreilles.

— Une dernière chose, Del Orkat.

— Messire ?

— Il va de soi, Del Orkat, que vous superviserez la construction et l'administration de ce canal.

— Je ne manquais pas d'occupations, Messire.

— Je n'avais aucun doute là-dessus, mon bon compagnon !

Del Orkat me serre le bras, et se retire. Je devrais en faire autant. Je souffle ma lampe, avant que le soleil se lève complètement, et pose d'instinct ma main sur le pommeau de mon épée.

— Qui est là ?

Un homme habillé d'un simple drap de lin serré à la taille par une ceinture s'avance dans la pénombre. Je dégage le haut de ma lame.

— Ne faites plus un geste et déclinez vos intentions !

— Le peuple souffre de votre joug...

— Je fais ce qui est en mon pouvoir pour assurer à chacun le minimum vital. Qui êtes-vous ?

— Mes Supérieurs, les Hauts Pères du culte de l'Altama, me font transmettre leur volonté de voir votre autorité reconnaître le bien-fondé de leur mission.

— Je pensais avoir été ferme devant votre prédécesseur ! Je ne traite pas avec des charognards qui profitent de la misère du petit peuple ! Maintenant, sortez !

— Messire, notre Ordre pourrait perdre patience et...

— Sortez ! Bien des rois se seraient déjà emparés de votre tête pour la renvoyer en guise de réponse ! Gardes ! Conduisez cet individu hors de la ville !

Mes yeux brûlent d'un sommeil que je leur refuse depuis trop longtemps. Je n'ai pas le temps de fermer la porte qu'un autre homme se présente à moi.

— Messire, capitaine Arvah au rapport. Vous m'aviez demandé de passer en fin de journée.

— Je vois que vos journées sont aussi longues que les miennes. Comment vont les troupes ?

— Le moral reste bon, Messire, et cela tient à votre popularité. À leurs yeux, vous êtes le sauveur !

Nous nous engageons dans un fin couloir privatif, sur le chemin de mes appartements. L'aube point et redessine les meneaux de pierre.

— Et les travaux de fortification ?

— Les structures intra-muros seront bientôt toutes redressées, Messire, et renforcées selon vos demandes. Seul le secteur sud prend du retard, du fait de la difficulté d'approvisionnement en matériaux. Les maîtres maçons travaillent à votre dispositif de défenses avancées. L'idée de garnir les escarpes et contre-escarpes de tunnels et meurtrières les séduit, ainsi que l'ennoiement de fossés périphériques. Le tout est complexe, voire labyrinthique, mais pare à toutes les éventualités !

— À ce sujet, capitaine, conviez les maîtres maçons demain. Enfin, je veux dire, dans la matinée. J'ai à leur soumettre quelques modifications inattendues.

— Vous m'intriguez, Messire.

— Figos va se doter d'un grand canal pour rallier le lac de Cross, nous obligeant à adapter notre dispositif de défense.

— Voilà qui est ambitieux !

— Nous ne devons pas attendre avant de nous imposer dans la région, capitaine. Et le pouvoir est aussi affaire de paysage.

— Si vous n'avez plus besoin de moi, Messire, je vous laisse.

— Reposez-vous bien, Arvah.

J'entends les pas de mon capitaine de garnison s'éloigner dans le couloir.

— Gardes, n'autorisez plus personne à entrer jusqu'à nouvel ordre.

— Bien, Messire.

Je rejoins ma chambre avec une seule obsession en tête, dormir. Les deux candélabres de part et d'autre de mon lit offrent une lumière tremblante. Les couvertures remuent. Loulia.

— Mon beau Seigneur, tu travailles trop... J'ai déjà eu le temps de faire ma nuit, seule dans ce grand lit froid !

— Loulia, toujours attentive au moindre de mes besoins. Je tombe de fatigue.

— Dans ce cas, tombe dans mes bras...

Je n'ai pas la force de lui résister. Elle défait mes lourds vêtements et m'attire contre elle dans les couvertures chaudes. Le sommeil engourdit bientôt tous mes sens, et je sombre dans un monde de douceurs.

— SEIGNEUR ! SEIGNEUR FAGAR !

Je me redresse en sursaut. Des pas de course résonnent dans tout le palais. Des coups résonnent contre la porte de ma chambre.

— SEIGNEUR ! UN MANANT RÉCLAME AUDIENCE !

— Un instant !

Je me jette hors du lit sous le regard ensommeillé de Loulia, enfile un manteau de laine, et ouvre la porte sur un coursier sévèrement empoigné par ma garde.

— Laissez parler cet homme !

— Seigneur, mon roi réclame votre assistance !

— Messager, calmez-vous et reprenez votre souffle. Qui vous envoie ?

— Mais... l'intendant du roi de Khourat, mon Seigneur ! Le royaume a été envahi !

— Comment ça ? Et ce n'est que maintenant que vous le dites ?

— Notre bon roi réclame votre assistance par missive depuis des jours, mon Seigneur ! Il désespère de ne pas avoir de réponse de vous !

— Je n'ai jamais rien reçu !

Le coursier fait un effort inhumain pour conserver une tenue digne devant moi, et reprend.

— J'avais la charge de transmettre ces courriers, Seigneur. Le relais devait être assuré jusqu'à vous par des fidèles de ces Pères Blancs. Ils me disaient avoir votre oreille !

— Des Pères Blancs ?

— Oui mon Seigneur, ces fourbes me disaient avoir transmis les missives. Pire, ils m'ont donné des lettres signées de vous assurant l'imminence de votre intervention !

— Je croyais que ces faiseurs de foi ne s'occupaient que de questions spirituelles ! Et qui vous envahit ?

— Reïka ! Ces impurs, sous le couvert d'un convoi d'aide et de nourriture, ont pris pied sur nos côtes et brisé nos défenses par surprise, repoussant notre roi jusqu'à Kaethorn ! La forteresse essuie un siège appuyé depuis près de vingt jours et menace de tomber ! Il nous faut votre aide, mon Seigneur !

— Gardes ! Faites réveiller mon écuyer ! Qu'il me fasse porter vêtements et armure dans la salle des conseils ! Et faites venir mes capitaines ! Et escortez cet homme ! Qu'il soit considéré comme un gentilhomme !

Chiens ! Ces petits rois de Reïka se sont bien payé ma tête avec leurs promesses de paix ! Ils envoyaient déjà leurs soudards sur nos côtes ! Chiens ! Envoyer des renforts ? Mais je ne peux risquer de dégarnir Figos maintenant !

Je dévale les dernières marches et m'engouffre dans la galerie basse du palais, bientôt suivi de mon écuyer et de serviteurs. Ils ont les bras chargés de plates et de brocards. Le capitaine Paros m'attend devant la salle des conseils.

— Messire, le capitaine Orthon a pris sur lui, devant l'urgence de la situation, de préparer ses trente mille hommes à faire marche sur Kaethorn. Il propose de contourner les forces en place et de couper toutes possibilités de ravitaillement ennemi par la mer. Il n'attend plus que vos ordres.

— CHIENS !

Chapitre 23
Erkan, l'âme damnée

Je tombe du rocher sur lequel je m'étais assis plus tôt dans la nuit, sous le coup d'une crise de tétanie. Mon corps se convulse en tous sens, suivant une suite aberrante de contractions musculaires. Je réprime un à un mes tremblements et reprends doucement le contrôle de mes gestes, transpirant sous l'intensité de l'effort. Par la défunte ! Je ne maîtrise décidément pas tous les aspects de ces visions ! Quel effroyable pouvoir ! Je frissonne, les membres engourdis par le froid.

Un scarabée des plateaux sort lentement de sa retraite nocturne. Il agite des élytres aux reflets de lune devant les premières lueurs du jour. J'approche un doigt de lui, soudain animé d'une idée folle. Je secoue ma main pour la dégourdir et fais naître une perle d'eau pure et vierge au-dessus de ma paume. Elle tourne sur elle-même, léchant l'insecte en se chargeant peu à peu de sa mémoire. Je cristallise une gangue de sélénite cerclée d'or, et referme ma main sur une nouvelle bille. Je me concentre. Le Šhå danse autour de moi, se plie aux injonctions de mon esprit, se densifie et se fige, particule après particule. Il s'agence selon les plus fines variations de cette architecture animale. Une carapace nacrée se matérialise doucement devant mes yeux. Pères ! Soyez fiers de votre fils !

Les deux coléoptères sont parfaitement identiques, à la différence que l'un marche sur mon doigt et l'autre non. Un détail infime m'échappe encore. Une âme ? Cet insecte aurait une conscience archaïque et instinctive que l'eau ne parviendrait pas à garder en mémoire ? Je ne décèle pourtant aucune différence entre la copie et l'original, en dehors de quelques paillettes d'or et de sélénite incrustées, là, dans ces élytres. Ce jeu de champs vibratoires serait-il...

— Ayah ! Ayah ! Plus vite, cheval ! Je dois rattraper les méchants pour punir eux d'avoir fait pleurer maman ! Ayah !

Je sursaute en refermant brusquement la main sur mes scarabées. Le garçonnet chevauche un destrier imaginaire en tournant et virant devant moi, un bois tordu brandi contre l'ennemi. Je tends une main vers lui.

— Petit, montre-moi ce bâton.

L'enfant me regarde du coin de l'œil, peu rassuré. Je poursuis.

— Je crois que cette épée doit être confiée à un forgeron de talent !

Une lueur vive traverse son regard, il bondit de joie et me tend son bâton, sans même prendre la peine de descendre de cheval.

— Tu vas me faire une vraïe épée ?

— Je vais voir ce que je peux faire.

Je prends le morceau de bois, le regarde un instant, et passe ma main dessus. Lentement. Je redresse ses courbures, affine une lame sculptée d'inscriptions runiques, orne la poignée de torsades, et place quatre carapaces de tortue le long de sa poignée. Je rends enfin son jouet à l'enfant.

— Tu es un magicien ?

— Oui, mais c'est un secret, d'accord ?

— D'accord ! Qu'est-ce que tu as dans la main ?

— Des scarabées.

— Je peux voir ?

J'ouvre mon poing. L'un d'eux déploie ses élytres et prend un envol cahoteux. L'autre reste dans le creux de ma paume. Inerte.

— Il est mort ?

— Non, il dort encore.

— Tu peux le réveiller ? Et c'est quoi les lignes que tu as, là ?

— Elles te font peur ?

— Non, moi j'ai pas peur. Et pourquoi tu n'as pas de cheveux ?

— J'en avais assez de les laver.

— Oh ! regarde ! Il bouge !

L'enfant dit vrai. L'insecte se redresse et escalade ma main. Je décèle en lui la même onde de vie qui animait l'original.

— Tu le veux ?

— Oh ! oui !

Je pousse le scarabée du bout du doigt. Il replie ses pattes et tombe dans la petite main de l'enfant.

— Il est beau ! Mais pourquoi il est mort ?

— Il fait semblant, pour que tu n'aies plus envie de le manger.

— Beuh ! Mais je ne mange pas ça, moi ! Reprends-le, je n'en veux plus !

— Comment t'appelles-tu ?

L'enfant se relève d'un bond, l'épée au poing, et repart en chasse d'ennemis faits de rêves et de vent.

— Il s'appelle Kerfang. Il est votre fils.

Je me retourne vivement. Pasang se tient sur le pas de la porte, suivant son enfant du regard.

— Qu... Qu'avez-vous dit là ?

— Il s'appelle Kerfang et il est votre fils.

— Mais... Je ne... Je croyais qu'il était le fils de...

— Cardanapak ? Non. Lui m'a seulement convaincue de le suivre dans ce trou paumé.

— Moi... un fils... Mais c'est impossible !

— Personne ne vous oblige à me croire.

— Non... Si, bien sûr... Je veux dire... J'enfreins toutes les lois de mon ordre...

— Si c'est là la seule chose qui vous préoccupe !

Je déglutis tout en dénouant fébrilement le cordon de ma bourse.

— Tenez. Ceci est à vous.

— Savez-vous que l'accepter ferait de moi votre femme ?

— Pardon... Je ne voudrais pas que... Enfin, je ne voulais pas me montrer embarrassant.

Un silence s'installe. Lourd. Angoissant. Personne ne m'a jamais appris à entretenir une conversation avec une jeune dame. J'ignore si c'est là l'effet d'une grande beauté, mais l'harmonie de ses traits me plonge dans un trouble profond. Je range la boucle, avec plus de précipitation que je l'aurais voulu, et fais semblant de m'intéresser à l'enfant.

— Quel âge a-t-il ?

— Il va sur quatre solaisons.

— Mais ce n'est pas possible !

— C'est une habitude, chez vous, de rejeter la réalité ?

— Je n'ai pas pu rester endormi si longtemps !

Le silence retombe comme une pierre. Il va falloir creuser un autre sujet. Elle me devance.

— N'y touchez pas.

— Pardon ?

— À mon fils. Je vous interdis de me le prendre.

— Mais ?

— Promettez-le ! Promettez de ne jamais m'enlever mon fils !

— Terre ! Mais pourquoi voudriez-vous que je fasse une chose pareille ? Je ne savais même pas qu'il existait !

— Promettez-le !

— D'accord, si ça peut vous rassurer.

— Je suis sérieuse !

— Je vois ça, mais je voudrais bien comprendre.

— N'approchez pas !

— Jeune dame ! Par la défunte, je vous le promets ! Je vous promets même de le protéger !

Elle se précipite vers son fils et l'attrape dans ses bras, en pleurant.

— Pasang, enfin, vous n'avez rien à craindre de moi. Mais ? Vous tremblez !

Elle plante ses yeux de miel dans les miens. Un miel bien amer. Je prends soudainement conscience de ma stature. Je domine ce brin de femme de deux bonnes têtes. Mes épaules sont trois fois larges comme les siennes. Et ce crâne rasé ? Ces tatouages qui me défigurent ? Je dois faire l'effet d'un terrible prédateur ! Je me rassieds et rabats la capuche de ma cape sur mon visage.

— Bonjour, Ksâgneur.

L'homme du Sud. Je souffle de soulagement à sa vue.

— Ksâgneur ? Tout vâ bîen ? Mâdâme Pâsang, vous âllez bîen ôssî ? Vous ksemblez troublée ?

— Tout va bien. Kerfang, viens, il faut préparer nos affaires.

Elle se relève en essuyant sèchement ses larmes d'un revers de main, et disparaît à l'intérieur avec le petit. Cardanapak se rapproche de moi.

— Ksâgneur, vous âtes ksûr que tout vâ bîen ?

— Oui. Enfin, cette jeune mère s'angoisse à l'idée que je lui prenne son fils.

L'homme se penche vers moi et déroule une carte sous mes yeux.

— Âh ! Ksâ vîe n'â pâs été très fâcîle, vous ksâvez. Mâs nous pârlerons de kcecî en kchemin. Tenez, pâr où comptez-vous nous faire pâsser ?

Je regarde la carte du Sahaméen. Les forteresses de Mirand'Ar sont dessinées avec une étonnante précision, ainsi que les terres de Saham. Dire qu'elles sont tout juste évoquées sur nos cartes militaires ! En revanche...

— Vous ne mentionnez pas d'océans sur vos cartes ?

— Âh ! Ksâgneur ! Le peuple de Saham n'est pâs très âttîré pâr les chôses mârîtîmes. Lâ mer, les ôcéans, tout kcecî, vous vouâîîez ?

— Vous ne connaissez pas les océans ?

— Âh non.

— Votre carte paraît ancienne.

— Nous n'en faisons plûs de telles â Saham, vous ksâvez. Nous âvons trouvé kcelle-kcî dans ûne ksâpûltûre dâtant des dârnîers rouâs blancs.

— Elle est assurément très belle, mais me permettez-vous de sortir la mienne ? Elle est plus précise en ce qui concerne nos régions.

Je déplie ma carte sur le banc de pierre.

— Âââh... vouâlâ quî est mâgnîfîque ! Et toute kcette ô ! Le rouâîîôme de Saham pâraît tout petît !

— C'est un bien maigre héritage, quand on connaît la splendeur de celles qui ont disparu avec Almenarc'h. Mais elle nous sera utile.

— Pâr où pâssons-nous ?

— Par où êtes-vous arrivé ?

— Je douâs âvouer que j'ai ksûîvî lâ vouâx de lâ fâmme ôx kcheveux blancs, ksans trôp me repérer ksûr mon antîquîté.

— Bien. Quant à moi, quand je suis seul, mon chemin tient au plus court. Droit devant.

— Mais vous n'âtes pâs kseul, Ksâgneur, îl î â âvec vous vôtre fâmme et vôtre fîls.

— Ma femme ? Vous n'avez pas l'impression d'aller un peu vite en besogne, mon ami ? Je ne gagne que des coups de griffes à m'approcher de cette jeune dame !

— Kselon nos louâs, mère et père devîennent époux. Et lâ fâmme d'un rouâ devient reine.

— Mais, Grand Muet ! Vous êtes obstiné, homme du Sud ! Je ne suis ni roi, ni époux, ni père, ni rien !

— Je ne voulais pâs vous ôffenser, Ksâgneur Ârkân.

Je ne parviendrai pas à ôter ce mot de sa bouche, « Ksâgneur ». Mais cet homme dégage un tel calme qu'il apaise aussitôt mes humeurs, d'un simple regard. Peu importent, après tout, le nom ou le titre qu'il me donne. Je reprends.

— Concernant la route, nous allons rejoindre le massif de l'Ayala et le longer jusqu'à cette passe, la brèche de Marth. De là, nous pourrons redescendre sur le royaume de Westpalie.

— Bien, Ksâgneur. Îl nous fôdrait dû râvîtâîllement. Vous ksâvez, nous n'âvons crouâsé pârsônne dans kces montâgnes, et âvons crûellement manqué de nourrîtûre.

— Ne vous inquiétez pas pour ça. Il y a des bergers dans les Hauts Plateaux.

— Des bergers ? Nous n'âvons vû pârsônne.

— Ils sont un peu rustres de nature.

— Je n'â pâs vû non plûs de troupôx ? Nî d'herbâges ?

— N'ayez crainte, je sais où trouver chacun d'eux.

— Âlôrs îl ne nous reste qu'â pârtîr, Ksâgneur.

L'homme passe la tête par l'embrasure de la porte.

— Jeune Dâme, nous partons dès que vous âtes prête !

Je caresse la bille du scarabée, visualise mon pendentif, et fixe dessus ce bijou aux mille laitances. Peut-être devrais-je cacher en ces lieux un orbe renfermant la mémoire de mon corps.

— Ksâgneur, vous n'âvez pâs de bâgâges ?

Il devient difficile de se concentrer, avec autant d'agitation.

— Je voyage léger, homme de Saham. Attendez-moi ici, je règle un dernier détail et je vous rejoins.

L'homme du Sud souffre du manque d'air, et ahane comme un soufflet de forge.

— Cardanapak, vous êtes sûr que vous ne voulez pas que je prenne Kerfang sur mes épaules ?

— Non !

Pasang. Elle souffre aussi de l'altitude. Et refuse toujours de se fier à moi. Ah ! haut-le-fer, Maudit ! Ta vie n'est qu'Épreuve ! Reste humble et brave, respire en silence cet air savoureux des plateaux ! Mais quel fait étrange que de voyager au rythme des Hommes. Pauvres d'eux, esclaves de la lente course du temps, réduits en tous lieux à trouver des sentes praticables, à faire attention à la moindre traîtrise d'un flanc de pierriers. Et à porter ces bagages inutiles.

— Combien de temps avez-vous mis pour venir des terres de Saham, homme du Sud ?

— Sept... lûnaisons...

Sept ! Mais c'est une vie ! L'homme souffle de plus belle, payant au prix fort le coût de ces deux mots.

— Homme de Saham, n'êtes-vous pas habitué à l'altitude ? Vous ne m'avez pas dit que vous veniez des montagnes de Tara Yama ?

— ... Ksî... Dû vîllâge... Mâs l'air est moins... râre...

— Et vous, Pasang ?

— ... Pas... Pas... parler...

— Excusez-moi. Vous avez raison.

Nous continuons donc en silence notre lente progression, le long d'affleurements rocheux et de murailles instables. Un espace aride balayé d'un vent sans air. Un désert d'altitude que la vie a renoncé depuis longtemps à conquérir.

— Cardanapak ? Mais que faites-vous ?

— Je... sûce... des pîerres...

— Ah ! Je vois bien ! Mais pourquoi ?

— Câ... Câlmer lâ souâf...

— Mais ? Vous n'avez pas de gourdes ?

— Ksâgneur... Ksî... kâtre.

— Quatre ! Et Pasang ?

— Elle... en â ôtant...

— Mais vous ne faites que transpirer l'eau que vous portez ! Videz-moi ces gourdes !

— Mais... Ksâgneur... Les ksources... ksont... trôp râres !

— Des sources ? Mais j'ai toute l'eau que vous voulez ! Videz-moi ces gourdes ! Vous n'allez tout de même pas me faire vérifier vos bagages ? Débarrassez-vous de tout ce qui est périssable. Pasang, vous aussi !

— Non ! Pas... Pas... confiance...

— J'ai dit que je me chargeais du ravitaillement !

Je sonde les paquetages et découvre des sacs de toile soigneusement roulés autour de galettes moisies et desséchées.

— Jetez-moi ces matefaims ! Même les rats n'en voudraient pas !

— Je vous dis… que je n'ai… pas… confiance !

La jeune femme s'étouffe presque pour donner ses dernières forces dans ces quelques mots. Je crois qu'il est temps pour moi de rendre visite à un de mes bergers.

— Écoutez, reposez-vous là un moment tous les trois. Cardanapak, donnez-moi une de vos gourdes.

— Tenez… Ksâgneur…

Je saisis l'outre de peau et déverse son eau tiède sur les roches.

— Mais, Ksâgneur ! Que… faites… vous ?

— Je gagnerai votre confiance au moins sur ce point ! Là ! Elle est vide ! Tout le monde le voit ? Eh bien vous n'aurez pas repris votre souffle qu'elle sera de nouveau pleine ! À tantôt !

Je laisse mes compagnons entre deux essoufflements et disparais en quelques sauts derrière un renflement du pierrier. Misère ! Ce voyage va être très long ! J'écarte les bras, m'étire de tout mon saoul, puis caresse l'outre d'un tact de Šhå. Je la débarrasse de ses miasmes malodorants avant de la remplir d'une eau pure et claire. Puis je matérialise quelques galettes fraîches de kyna'h, emballées dans un tissu, ainsi que deux grandes poches de myrtilles.

Soucieux de ne pas reparaître trop tôt auprès de mes compagnons, je flâne entre les rochers en faisant danser mes doigts dans les flux de particules sauvages. Mécaniquement, comme récitant les vers d'une ode ancestrale, j'agence le bâti d'élytres de nacre et donne naissance à un nouveau scarabée. Cette fois, malgré le défaut persistant des paillettes d'or, la créature accepte de me voir lui insuffler la vie. La voici même qui se dresse sur ses pattes et se réchauffe au soleil ! Il me faudra poursuivre mes expériences avec des êtres de plus fort gabarit. Je fourre l'insecte dans un pli de ma cape, et dévale le pierrier à la rencontre de la troupe.

— Et voilà de l'eau fraîche et désaltérante ! Belle Dame, voici même pour vous des galettes de blé des plateaux et quelques baies sucrées !

— Des gâlettes et des baies ?

— Je vous avais dit que je trouverais toujours un berger dans ces montagnes !

— Elle est bonne, l'eau, maman !

— Un berger ? À cette altitude ? Et où sont ses bêtes ?

— En contrebas, dans l'autre vallée. Il ne vient sur les hauteurs que pour trouver des herbes rares. Sa femme soigne par les plantes.

— Et bien sûr ce brave homme s'est empressé de vous donner ces précieuses denrées !

— Vous avez retrouvé votre souffle, dirait-on, jeune dame ?

— Oui.

— Nous allons donc pouvoir nous remettre en marche.

— Vous n'arrêtez donc jamais !

La jeune femme me lance un regard mauvais et s'apprête à remettre son sac de corde sur le dos.

— Laissez-moi le porter.

La belle hésite, mais je sens sa volonté du matin sapée par la fatigue et la perspective de marcher plus librement. Je reprends.

— Pour la dernière fois, si je voulais vous faire le moindre mal, la ruse me serait inutile. Videz ces gourdes d'eau croupie, jetez ces galettes verdies, et donnez-moi ce sac.

Elle finit par s'exécuter et me tend son bien. Je cale le tout sur mes épaules.

— Nous allons marcher encore plusieurs jours dans ces hauteurs, mais j'espère bien trouver des chevaux dès que nous basculerons en Westpalie.

— Des kchevôx ? Mais pour quouâ faire, Ksâgneur ?

— Pour les monter, homme du Sud.

— Âh. Îl est vrai que vous âvez de bîen cûrîeuses prâtîques, dans le Nôrd.

— Attendez, nous n'êtes pas en train de me dire que vous avez fait tout ce chemin depuis Saham à pied ?

— Mais ksî. Je ne ksûîs jâmais monté ksûr kces ânîmôx, et je ne ksûîs pâs ksûr d'âpprécîer !

— Voilà pourquoi vous avez mis sept lunes pour venir ici ! Pas de voyage par la mer, ni à dos de cheval ! Et vous parlez d'urgence ?

— Ksâgneur, je n'ai pâs lâ même cûltûre que vous. Les hômmes de Tara Yama âttendent vôtre venûe ksans impatîence, dâpûîs des mîllénaires.

— Feux du Ciel ! Ne comptez pas sur moi pour les faire attendre sept lunes de plus ! En route !

L'homme fait grimper Kerfang sur ses épaules, quand l'insecte aux reflets de lune reparaît sur un revers de ma cape.

— Ah ! Petit... Tiens, regarde ce que j'ai trouvé pour toi !

— Oh ! un scarabée ! Je peux le garder ?

— Seulement si tu ne lui fais pas de mal. Et si ça n'ennuie pas Cardanapak d'avoir un gros coléoptère dans les cheveux !

— Âh ! îl m'en â fait vouâr d'ôtre, kce petît-lâ !

Je laisse passer la troupe devant moi et ferme la marche. Nous reprenons notre chemin au rythme de Pasang. Mon esprit ne tarde pas à divaguer. Il glisse d'ennui sur le paysage, sonde le champ vibratoire de chaque pierre, de chaque être vivant. Il plonge dans les brins d'herbe rase, suit la lumière dans les profondeurs de cellules cristallines, et descend le long de canaux de sève jusqu'à disparaître dans le sol par des poils de radicelle. Mon acuité semble renforcée à chacun de mes pas.

— Par... où... je passe ?

Je me redresse en sursaut.

— Pardon ?

— Le... chemin !

— Par là, vous voyez ? Nous devons rejoindre cet escarpement blanchâtre.

Pasang secoue la tête et repart dans la direction indiquée. Les roches deviennent plus grosses et ralentissent plus encore notre progression. J'aide Cardanapak à négocier un passage délicat, prenant momentanément la charge Kerfang. La jeune mère pose alors sur moi un regard si brûlant de colère que je m'empresse de replacer le garçonnet sur les épaules du Sahaméen pour ne pas tomber en cendres. Mais quel caractère ! Je laisse la troupe prendre de l'avance et suis les pérégrinations d'une solide ouvrière. Une fourmi noire à la cuirasse rutilante. Je gagne ses sens, perçois sa route olfactive au milieu des dalles, et m'arrête avec elle, soudainement, face à l'énorme tête d'une gardienne. Le soldat agite ses antennes, prêt à me broyer entre ses puissantes mandibules. Mais, par bonheur, l'odeur de la fourmilière imprègne ma carapace, et la sentinelle s'écarte bientôt pour me libérer le passage. Une atmosphère épicée m'envahit aussitôt. Je dépasse une cohorte de gardiennes placées là en renfort, dans la pénombre, prêtes à répondre à la moindre tentative d'invasion, et déambule bientôt dans un dédale sans fin, m'enfonçant vers le cœur de la cité, quand le sol se met soudain à trembler. Une odeur piquante se répand dans les boyaux, une odeur d'alerte ! L'agitation gagne immédiatement la place, d'autres ouvrières surgissent, de toutes parts, et me débordent vers les étages supérieurs. Le sol tremble à nouveau, et l'air se charge maintenant d'humidité. Les fourmis me passent sur le corps, me frappant de leurs antennes, et arrachent des boulettes de terre pour se précipiter plus haut. L'odeur se fait plus piquante, et l'humidité se mue en déluges de boue. La fourmilière tout entière est en danger !

— KSÂGNEUR !

Je reviens subitement à moi, ébranlé par un tonnerre assourdissant.

— KSÂGNEUR ! VENEZ VOUS METTRE Â L'ÂBRÎ !

L'homme du Sud se courbe en deux sous les trombes d'eau puis s'engouffre sous un bloc. La foudre blanchit le ciel dans une débauche de Šhå, pendant que le tonnerre, recouvrant ses propres échos, ébranle les hautes murailles de notre défilé. Je rejoins mes compagnons en hurlant pour couvrir le vacarme ambiant.

— EXCUSEZ-MOI ! J'ÉTAIS PERDU DANS MES PENSÉES !

— OUÎ... NOUS... ÂVONS CRÛ... REMÂRQUER !

Plus personne ne cherche à parler. La pluie redouble de violence, saturant l'air d'embruns contre-nature. La jeune mère serre son enfant à l'en étouffer, tandis que des pans de montagne se détachent et dévalent les pentes tout autour de nous. Par la colère des Cieux ! Notre propre bloc en vient à vaciller ! Je ferme prestement les yeux et pénètre la matière environnante.

Vieilles barbes ! Pères ! Venez-moi en aide !

Je m'enfonce dans la rocaille et deviens chaque pierre, gravier ou poche de terre. Je sens l'eau m'imprégner, dangereusement, et me liquéfier. Prête à me faire céder sous son propre poids.

SOOOOOOOOMBRETEEEERRRE !

Je resserre subitement la matière et impose à la violence de ce Šhå sauvage une violence plus grande encore. J'expulse par seaux ces gerbes d'eau ravageuses, et raccroche notre îlot à son socle rocheux.

Par Almenarc'h, mauvaise terre, je suis ton maître !

Des torrents de boue emportent des blocs hors de poids dans leur sillage, mais je tiens bon. Des pierriers se déchargent subitement et dévalent la pente dans leur entier, mais je ne lâche rien. Le vent lui-même hurle contre ce bout de roche qui refuse toute soumission ! Le Grand Muet descendrait en personne hurler sa colère de me voir défier ses éléments, que je tiendrais encore ce pan de montagne !

Souffrir mille tourments pour finir emporté par un orage ? Jamais ! Arrière, Nature ! Laisse aller le maudit que je suis !

Le vent tourbillonne en rafales, emportant au loin les grondements du tonnerre, écartant les derniers nuages. La pluie s'affine et se contente désormais de laver les pierres et de consoler ces lieux dévastés par la colère des cieux. Je me tourne vers mes compagnons.

— Mes amis ! Quel temps !

Ils ne répondent pas. Cardanapak et Kerfang rivalisent de pâleur. Pasang, elle, grelotte contre son rocher. Ils sont à bout. Mais comment ont-ils pu arriver seuls jusqu'à moi ? Je chasse discrètement l'eau de leurs vêtements et redonne un peu de couleurs à leurs joues.

— Rester ici est dangereux.

— Vous... Vous âvez... râson Ksâgneur...

— J'ai... froid...

— Il faut bouger de là, jeune dame.

— Kc'est un mîrâcle que nous ksouâîîons encôre en vie... Grâce â vous, *Al Gahama*.

— Vous êtes seul maître de vos croyances, Sahaméen. Pasang, essayez de vous relever. Il faut partir.

— Je crouâs kce que mes îeux me montrent, Ksâgneur. Lâ montâgne vous â épârgné !

Mon regard glisse sur le paysage en même temps que me frappent ses mots. L'orage a raviné les flancs de cette vallée encaissée, mettant partout la roche à nue, sauf sous notre bloc. Mon intervention manque de discrétion. L'homme du Sud se redresse en souriant, les muscles engourdis par le froid, et invite le petit garçon à grimper sur ses épaules.

— Âllez ! Encôre un petît âffôrt et nous ârrîvons â Saham !

Je tends une main à Pasang pour l'aider à se relever, mais elle l'ignore superbement.

— L'endroit n'est pas sûr, jeune dame, et nous devons trouver un lieu plus confortable pour passer la nuit.

— Îl â râson, belle Dâme, en route !

Cardanapak s'ébroue comme un de ces chevaux qu'il n'a jamais montés, et s'engage le premier. Le rire de Kerfang s'égrène de pierre en pierre, redonnant pour un temps le sourire à sa mère.

— Cardanapak ? Pourquoi l'orage il fait tout ce bruit ?

— Âh ! kchez mouâ, les ancîens dîsent que le kcîel et les nûâges kse font lâ guârre !

— Et c'est qui qui gagne ?

— Le kcîel ! Toujours le kcîel ! Kc'est pour kçâ... qu'âprès l'ôrâge... le kcîel... redevîent bleu... et que... le vent kchâsse les nûâges...

— Et pourquoi on doit aller dans les montagnes ?

— Âh ! petît ! Ne pôse... plûs de... questîons... Tû m'âpûîses !

Cardanapak marche d'un bon pas, mais le jour décline déjà.

— Homme du Sud, je vais partir en reconnaissance. D'après mes souvenirs, il y a une cache de bergers non loin d'ici.

— Moi... je n'en peux plus !

Pasang s'assied brutalement, hors d'haleine, sur le bord d'une dalle branlante. J'ancre la pierre au sol, d'un souffle de Šhå, pour lui éviter de glisser plus bas.

— Bien, le mieux serait de vous reposer tous trois un instant, le temps que je trouve l'abri.

— En plein... vent ?

La jeune femme tremble maintenant de tout son corps. J'ôte ma cape de fourrure et la lui passe d'autorité autour des épaules. Elle me lance un regard noir.

— Vous me prenez... pour une faible... chose ? Gardez votre peau de bête !

Elle jette à mes pieds l'objet de mes attentions. Je me retourne et m'éloigne en silence, prenant d'assaut l'escarpement visé depuis le matin, avant de redescendre, en courant, dans le défilé suivant. Une faille m'invite à user d'elle, en contrebas, pour aménager mon abri. Je glisse en double vue, faisant de la roche des colonnes de lumière, ronge la paroi en libérant des flots de Šhå, et donne naissance à une vaste cavité. Je dispose un cercle de pierres noircies par le feu, cale une série de pots ébréchés dans la cendre compacte, et matérialise un tas de branches et racines sèches. Du génécadier. De quoi tenir la nuit. Je lance une flambée et recule dans le fond de la cavité. Je génère encore un plancher de bois garni d'épaisses peaux de moutons, dans un renfoncement, et installe un garde-manger renfermant des restes de fromages secs et de viande cendrée. Il sera toujours temps de sortir les objets oubliés de quelque sombre recoin !

Je ressors de l'abri, cogne la base d'une blocaille et fais jaillir une source d'eau claire. Elle coule, joyeuse, au milieu des pierres et de la maigre végétation que je m'empresse de planter.

Le moment est venu d'aller chercher mes convives.

Voilà plusieurs jours que nous avons dépassé la brèche de Marth, sous les vents hurlants et les tempêtes de glace. Nous redescendons depuis dans un paysage décharné, à travers des chaos de blocs. J'use quotidiennement de mille Šhâmanies pour ragaillardir mes compagnons, étoffer leurs vêtements, faire surgir des guêtres du néant ou encore ressemeler leurs bottes. Pasang garde maintenant ma cape de fourrure sur les épaules, et semble même parfois oublier de me haïr. J'ignore en revanche toujours ce que j'évoque à ses yeux pour mériter pareil jugement.

De la terre vient à combler les interstices, entre les roches. De l'herbe rase émerge timidement de quelques rocailles et se mue bientôt en pelouses d'altitude. Bientôt, de véritables bergers se trouveront là, assis à la faveur des dalles, à surveiller d'un œil leurs troupeaux de broutards. Comme l'atteste ce départ de sentier

— Silence !

J'arrête mes compagnons et tends subitement l'oreille. Des oiseaux se battent dans le ciel, un grand corbeau pris à partie par un couple de jeunes faucons. Mais ce sont ces sifflets inquiets qui attirent mon attention. Des marmottes. Elles tolèrent notre présence depuis le lever du jour, alors pourquoi ne lancer que maintenant leurs alertes ?

— Seigneur, ce ne sont que des marmottes...

— Silence, vous dis-je !

La jeune femme s'apprête à lâcher sur moi ses invectives, quand des claquements de sabots résonnent en contrebas. Des cavaliers. Leur trot régulier martèle maintenant les dolines. Ils surgissent, non loin de nous.

— NON !

Pasang hurle de terreur en arrachant son fils des épaules de Cardanapak, et s'enfuit en courant.

— Par les Cieux, mais...

Je rattrape la jeune femme en quelques foulées et la saisis par un bras. Elle se retourne, prise d'épouvante, les yeux roulant en arrière.

— Lâchez-moi ! Je savais que vous étiez avec eux ! Mais lâchez-moi !

— Pasang ! Calmez-vous ! Je vous ai dit que je vous protégerais ! Pasang !

— Noooooon !

Elle se débat avec rage, hurlant, griffant, mordant...

— Pasang !

Les cavaliers approchent, je n'ai plus le temps de la raisonner. J'appose deux doigts contre sa tempe. Elle chancelle et s'affaisse sans un cri. Kerfang me regarde, en sanglots.

— Elle va se réveiller, ma maman ?

— Oui, petit. Souviens-toi, je suis un magicien. Tiens, pose ta main ici. Tu sens son cœur ? Tu sens comme il bat fort ?

— Oui !

— Bien. Ne bouge pas de là, tu m'entends ? Surtout, tu restes ici !

— Oui.

Je me redresse.

— Cardanapak !

L'homme de Saham recule à moi, l'arme au clair.

— Vous savez vous battre ?

— Cômme ksait kse bâttre un loup de Tara Yama, Ksâgneur !

— Alors restez en arrière et veillez sur eux. Je vais voir ce que veulent ces hommes.

— Îls veulent nôtre môrt, Ksâgneur. Pâsang â râson de les craindre !

— Dans ce cas, j'ai peur de les décevoir.

Je descends le sentier à petites foulées, provoquant la mise en arrêt de la troupe de cavaliers. L'homme de tête me toise. Il dégage les plis de sa robe blanche d'un revers de main, s'assurant par là de me donner à voir le pommeau de son épée.

— Laisse-nous le passage, piéton.

— Je n'en ferai rien. Je vous ordonne même de tourner bride et de retourner d'où vous venez.

L'homme se crispe.

— Mes Frères, quand je vous disais qu'il n'y avait qu'un ramassis de bredins dans ces montagnes. En voilà un qui se sent de taille à affronter onze de nos lames à lui seul !

— Ha ! ha ! ha ! Frère Commandeur, laissez-nous fertiliser le sol avec ses tripes !

— Accordé ! Mes Frères, fers au clair !

Le commandeur tire une large épée de son fourreau. Ses hommes poussent des cris pour encourager leur folie meurtrière, et le débordent de part et d'autre, lançant leurs chevaux contre moi. Ils font tournoyer de lourds fléaux hérissés de pointes et fouettent l'air de leurs bâtons, à quelques palmes de moi. Je m'écarte posément d'attaques trop franches et académiques, aussitôt gagné par l'ennui. Aciane surgit à mon poing pendant que je fais claquer ma cape et lance ma première riposte. Sobre, propre et sans effet de manche, elle désarme l'ennemi, faisant pleuvoir lames et bâtons sur le sol. Je plonge sous les chevaux, coupant et tranchant une à une les sangles qui tiennent les selles en place. Les montures affolées se cabrent en hennissant, frappant l'air de leurs sabots furieux, jetant leurs cavaliers à terre. L'un d'eux se laisse traîner sur plus de cent pas avant de se décider à lâcher la bride, la peau du corps arrachée. Je me redresse, fumant de rage.

— Pour la dernière fois, messieurs, je vous demande de partir.

Un des frères, la robe en haillons, attrape ce qui lui reste d'arme et s'élance sur moi. Je l'accueille sans même lui offrir mon fer, contournant ses fentes jusqu'à l'envoyer sèchement déguster la pelouse d'un coup de talon dans le bas des reins. Un vif agacement me pique les narines.

— Assez de gaspiller mon temps, porte-brettes ! Retournez dans vos foyers sans plus encombrer ma route !

Aciane quitte mon poing pendant que je fixe l'homme dans le fond des yeux. Il recule, sur son séant, en bafouillant.

— T… Tu commets une grave erreur, le tatoué.

Ses frères se relèvent, un à un, les robes déchirées et maculées d'herbes rases. Mais, par le Grand Muet, pourquoi restent-ils à me regarder ainsi, les bras ballants ? Je hurle soudain.

— Je vous demande de fuir !

Mais faut-il que j'en vienne à commettre une atrocité pour leur faire entendre ma menace ? Je sens une terrible colère monter en moi, elle déferle et m'inonde d'un souffle de feu. Je frappe du poing le premier homme, l'envoyant rouler dans la pente, et dégage de longues lanières de Šhå. Je les envoie cingler à leurs faces, par trois fois, brûlant leur peau comme par la morsure d'un tisonnier. Certains s'enfuient enfin en hurlant de terreur, mais d'autres refusent toujours de comprendre. Je rappelle mes langues d'éther et referme sur leurs cœurs une poigne de glace. Je serre, jusqu'à en étouffer les battements, puis déverse en eux un flot de haine.

— *Je ne suis ni amour ni compassion ! Déguerpissez ! Disparaissez ! Fuyez !*

Cette fois, confondus par tant d'hérésie, les derniers frères cèdent à la panique et s'élancent dans la pente, glissant et dérapant dans l'herbe humide. Je fouette leurs dos de mes langues de feu, jusqu'à les voir basculer derrière la dernière crête.

Le calme retombe enfin. Le petit garçon arrive vers moi en courant.

— Tu es très fort, père ! Tu as battu tous les méchants ! Comme ça… Yah ! Yah ! Tu m'apprendras à faire comme toi, dis ? Tu m'apprendras ?

Je crois que je suis devenu le nouveau héros de ses jeux. Cardanapak, quant à lui, tente de contenir la fureur de Pasang.

— Comment avez-vous osé ? !

Je n'ai pas le temps de me retourner qu'une gifle mordante vient à surprendre tous mes réflexes. Ô Ciel, Te jouerais-tu de moi ? L'armure des rois s'est déjà matérialisée pour bien moins que ça ! Mais la jeune furie se jette aussitôt dans mes bras et me serre à m'en étouffer.

— Merci ! Merci d'avoir chassé ces monstres !

Elle sanglote.

— Ils hantent mes nuits ! Vous ne pouvez pas imaginer le mal qu'ils m'ont fait !

Je pose mes mains sur les épaules de la jeune femme, ne sachant trop où les mettre, et tombe sur l'œil rieur de Cardanapak.

— Vîens, Kerfang, âllons vouâr â kouâ ressemblent kces kchevôx.

— Oui ! Moi je veux lui ! C'est le plus beau !

Un cœur bat contre ma poitrine. Une gêne me gagne à mesure que deux yeux dorés montent vers les miens. Je me dégage doucement des bras de cette délicate personne, et cherche quelque chose à dire.

— Je... Je crois qu'ils ne nous importuneront plus. Enfin, plus ceux-là en tout cas.

— Mais pourquoi ne pas les avoir tués ?

— Je... Je n'en ai pas le droit.

— Mais eux n'auraient pas hésité à nous trucider ! Je ne vous comprends pas !

— Je n'ai en aucun cas le droit de prendre la vie de mes adversaires.

Elle s'écarte soudain.

— Vous êtes fou ?

— Mais non. Aucun d'eux n'aurait pu menacer ma vie. Ce n'est que justice. Et regardez cet endroit, ne le trouvez-vous pas plus beau sans cadavre pour le souiller ? Imaginez un instant ces pelouses empoissées de sang et de viscères. Nous n'aurions qu'une hâte, fuir ces lieux la honte au corps !

— Dites plutôt que vous connaissiez ces hommes ! Ah ! vous êtes fort ! J'ai vraiment cru un instant pouvoir me fier à vous ! Mais tout ça n'était qu'une mise en scène !

— Mais...

— Pourquoi laisser ces monstres en vie, s'il en était autrement ?

— Écoutez, jeune dame, je ne tuerai pas pour gagner votre confiance. Que cela soit dit !

Je laisse là cette adorable personne se défaire de ses humeurs, préférant rejoindre les quelques chevaux non loin de l'homme de Saham. J'attrape l'un d'eux par la bride.

— Cardanapak, ce cheval fera l'affaire.

— Âh ! Îl est hôrs de quâstîon que je monte lâ-dessûs !

— Auriez-vous l'amabilité, tous, de cesser de me contrarier ? Cet animal est docile et suivra sa route sans ruer de terreur au premier coassement de grenouille ! Je suppose que vous prenez Kerfang avec vous ?

L'homme du Sud lance un regard vers Pasang.

— Kc'est kcertain, Ksâgneur. Mâs cômment monter ksûr kces grôsses bêtes ? Vous ksôtez dessûs ?

— Vous pouvez faire ainsi, l'ami. Mais regardez plutôt.

Je jette un tapis de feutre sur le dos de son cheval, place une selle, et serre des sangles discrètement réparées.

— Vous mettez votre pied ici, et vous grimpez.

L'homme de Saham place la pointe de sa botte dans l'étrier et enfourche l'animal. Il ne cache pas son malaise.

— Certes, homme du Sud. Mais le mieux est d'être dans l'autre sens, pour voir votre chemin. Sinon, pour le reste, c'est parfait.

Il se replace tant bien que mal dans le bon sens et attrape Kerfang. Je prépare le cheval de la jeune mère.

— Vous prendrez celui-ci. Il conviendra à votre tempérament.

— Que voulez-vous dire ?

— Simplement que cet animal est docile.

Elle s'approche de la bête, hésitante, refusant d'un geste brusque mon aide pour monter en selle. Par les Cieux ! Mais quel caractère ! Je selle quant à moi un jeune étalon, infiltre son esprit, et saute dessus. Il piaffe et renâcle, mais reste sous le cadre de mon contrôle. Je passe en tête de file.

— Avec ces chevaux, nous devrions être en Westpalie dans moins de sept jours. Allez, en route ! Yah !

Le feu crépite. Les branches de génécadier glanées par Cardanapak transpirent leurs résines aromatiques, diffusant une douce odeur dans l'air du soir. Le jeune Kerfang vient enfin de s'endormir, sous le regard attentif de sa mère. Elle me semble détendue, pour la première fois depuis le début de notre voyage. Je tente une approche stratégique.

— Il est toujours aussi bavard ?

— Kerfang ? Non. Là, il commence à être fatigué.

— Vous voulez dire que, là, il est calme ?

— Particulièrement, oui. Demandez à Cardanapak, il vous dira à quel point ce petit est curieux de tout. Il faudrait dix personnes pour répondre en permanence à ses questions !

Mais le Sahaméen ne me dira rien de plus ce soir, cette première chevauchée l'a exténué. Je me laisse fasciner par le feu et profite du calme relatif de la jeune femme pour me hasarder.

— Pasang, me diriez-vous ce qui s'est passé pour que vous haïssiez à ce point les Pères Blancs ?

— Des démons. Sous leurs habits blancs et leurs belles manières, ils m'ont fait vivre les pires cauchemars !

Je n'ose pas briser le silence, de peur de rompre le fil de ses confessions. De fait, elle reprend son discours.

— Kerfang n'était qu'un nourrisson. La ville avait fini de se vider de ses habitants. Les rues, les places, tout était désert. À l'abandon. Guidalh, mon patron, s'était mis à boire plus que tous ses clients réunis, et avait fini par fermer son auberge. Sans travail, ma situation est rapidement devenue impossible, et je n'ai alors survécu que grâce à la bonté de mes tantes. Et à celle de ma meilleure amie, Neshie.

Elle s'arrête de nouveau, perdue dans la douleur manifeste de quelque souvenir. Elle écorce une malheureuse branche de génécadier, avant de reprendre.

— Les hommes se pressaient à mes jupes, me faisant sentir que je ne pourrais pas éternellement me passer d'eux. J'ai même dû jouer du couteau pour me défaire des plus grossiers ! Jusqu'à ce jour où un voyageur s'est présenté à ma porte. Il a demandé un peu d'eau, pour reprendre sa route. Ses gestes étaient mesurés, gracieux. Doux. Il m'a charmé avec quelques banalités, puis s'est mis à me parler du sens de la vie. Toute une nuit durant, il m'a montré la lumière là où je ne voyais plus que du noir. Puis il est reparti, au matin, me laissant seule. Moi et mon vide.

Son regard se perd sur les crépitements agacés du feu, et sa mâchoire se serre subitement.

— Idiote que j'ai été.

Des flammes reluisent dans ses yeux humides.

— Il est repassé. Très régulièrement. À rendre jaloux tous les hommes de la contrée qui pensaient que j'avais jeté mon dévolu sur lui. Il est venu et revenu, apportant de quoi améliorer mon ordinaire ou avec de l'outillage, pour réparer là un pan de ma toiture, là une porte qui refusait de fermer. Sous ses visites, des arbres se sont mis à pousser autour de ma maison, et le jardin devenait de plus en plus luxuriant. Il travaillait pour moi car, disait-il, j'étais la mère d'un futur berger. Mais jamais il ne semblait vouloir pousser la porte de ma chambre. Pourtant tout me plaisait en lui. Son discours, ses mains, ses yeux remplis de passion. Rien ne semblait impossible avec lui ! Je me suis laissée séduire, puis plus rien.

— Comment ça ?

— Il est parti. Il me parlait de l'Homme, de la Nature, du Sauvage et du Civilisé, puis, un matin, il est parti. Comme il le faisait à la fin de chacune de ses visites. Mais sans plus revenir. Ni le lendemain, ni le surlendemain. Ni pendant plusieurs lunaisons. Mais comment ai-je pu me laisser séduire ! Démon ! Comment ai-je pu être aussi aveugle ! Dire que j'ai été assez stupide pour prier la déesse Bala, protectrice du foyer en nos terres d'Albij, pour qu'elle fasse revenir cet homme à moi !

Elle arrache une branche du feu et tisonne les braises dans des gerbes d'étincelles. Puis, rabattant ses paupières sur quelques larmes discrètes, elle poursuit.

— Un jour... Un jour il est réapparu. Un autre homme l'accompagnait. Un ami à lui. Ordure. Ils ont rivalisé de prévenance et de douceur à mon égard, louant le respect que je portais à la Nature et à la Terre. Ils ont loué mes sacrifices qui faisaient de moi une si bonne mère ! Oui, ils ont osé me dire ça ! « Une bonne mère ! » J'aurais dû voir qu'ils n'avaient d'yeux que pour Kerfang ! J'aurais dû m'en apercevoir ! Jamais ils ne l'ont quitté des yeux ! Et alors...

— Oui ?

— Et alors ils ont commencé à se demander si j'étais prête. « Prête à quoi ? » leur ai-je demandé ? Prête à prendre conscience qu'il fallait agir pour le salut de l'Homme.

Elle éventre un brandon et jette son tisonnier dans le feu.

— Ces paroles me font aujourd'hui bouillir ! Mais, en ce temps, j'ai réellement cru que je pouvais aider l'humanité ! Ils ont alors commencé à me parler d'un lieu idéal, d'une communauté qui vivait selon des principes d'harmonie et de respect de notre Mère Nourricière. Un lieu né de la conviction d'hommes purs, tous prêts à aider leur prochain.

« Pureté ! »

Elle jette une pierre dans le feu, provoquant une nouvelle gerbe d'étincelles.

— Ils voulaient que je les suive ! Ils me promettaient la meilleure des vies au sein de cette communauté ! Mais j'ai demandé du temps, pour réfléchir... Je ne voulais pas laisser derrière moi ce qui me restait de famille. Mes deux tantes. Et Neshie, ma meilleure amie. Qui disparurent. Curieusement. L'une après l'autre. En me cédant toutes leurs biens par lettre de loi. Je me suis retrouvée seule, sans personne pour m'adresser la parole. Pire, les gens... des gens que je connaissais depuis l'enfance, chuchotaient que je préférais la compagnie des hommes de passage ! Que j'étais femme à avoir la cuisse légère ! Que je nourrissais un bâtard ! Et que j'avais fait disparaître mes tantes pour récupérer leurs bouts de terre ! On me reprocha bientôt tous les malheurs de la ville !

— Votre histoire n'est pas bien joyeuse.

— Et elle n'est pas terminée, Seigneur ! Cet homme est revenu. Plus affable que jamais. Il s'est indigné du récit de mes malheurs, et a renouvelé son invitation à le suivre, là-bas, dans sa communauté. « Vous serez protégée », disait-il. Et j'ai craqué. J'ai craqué sans me douter un instant qu'il était la cause de tous mes malheurs ! Qu'il avait passé mes tantes par le fer et répandu les plus infâmes rumeurs à mon encontre ! Et c'est un démon que j'ai suivi, ce jour-là, avec Kerfang comme seul bagage, au lieu de fuir ! De fuir aussi loin que possible !

Elle saisit sans réfléchir un autre tisonnier, et recommence à agacer le feu.

— Je l'ai suivi, dans sa communauté. Sa « fratern », comme il disait. C'était immense, plus vaste que notre petite ville. Le premier jour, ils m'ont accueillie comme la déesse mère. Toutes les portes m'étaient ouvertes. On m'a fait visiter les jardins de simples, les ateliers d'écriture et d'enluminure, les cuisines, les fours, les salles communes, les dortoirs des femmes, et même le lavoir ! Ils étaient tout sourires !

» Le deuxième jour, je me suis réveillée seule. Ils m'avaient enlevé mon fils pendant la nuit. Je suis devenue hystérique, me heurtant aux portes, ne reconnaissant plus personne... Où étaient passés les sourires de la veille ? Où était mon protecteur ? Je hurlais le nom de mon fils quand j'ai reçu un violent coup derrière la tête. Je me suis réveillée dans une pièce minuscule, sans meuble ni fenêtre. Toute de pierre. Ruisselante d'humidité. Je suis restée là, sur une paillasse pourrissante, durant une éternité. Jamais lavée. Nourrie deux fois par jour d'un brouet bien clair. Un pot de chambre pour seul compagnon. Je n'avais plus la force de hurler depuis bien longtemps quand ma porte s'est ouverte sur une silhouette inconnue. Un homme, tout de sombre vêtu. Un homme qui portait un accent terrible.

— Cardanapak ?

— Oui, Cardanapak. Il m'a conduite hors de la fratern. Sans mon fils.

— Il n'était plus là ?

— Non. Emporté depuis longtemps. Ailleurs. Je n'ai jamais su où. J'ai suivi cet homme, cet étranger venu me libérer, sans poser de questions. Il m'a lavée. Soignée. Nourrie. Il m'a trimballée en tous sens, à travers les montagnes, jusqu'à ce jour où, m'étant réveillée seule au matin, je l'ai vu reparaître à la nuit tombée, avec mon fils. Il avait grandi ! C'était un vrai petit garçon ! Combien de temps étais-je restée dans ce cachot ? Un ? Deux hivers ? Je l'ai serré dans mes bras, cet amour, à l'en étouffer ! Et j'ai entendu Cardanapak dire : « Maintenant, nous âllons trouver kson pâre. »

Elle jette son nouveau tisonnier dans les flammes.

— Et il vous a retrouvé. Perdu sur votre plateau. Bardé de tatouages. Pire qu'un démon.

— Ha ! Je me garderais d'être aussi catégorique que vous sur ce dernier point !

— Je le serai tant que preuve ne sera pas faite du contraire. Vous comprendrez que les actes me parlent plus que les bonnes manières. Après tout, je ne vous connais pas, Seigneur. Et, sans cette femme aux cheveux blancs, je ne vous aurais jamais rencontré.

— Comment vous en vouloir ? J'ai peur moi-même de ne pas vraiment savoir qui je suis. Il y a sur Terre des forces qui nous dépassent. Je me suis réveillé un beau jour avec un passé qui ne m'appartenait pas. Comprenez-moi bien, je ne vous avais jamais vue avant que vous toquiez à ma porte. Mes préoccupations étaient alors à cent mille pas d'une aventure aussi pleine... de charmes.

Elle n'entend plus mes mots. Ses paupières viennent de se refermer sur ses yeux dorés. Je rassemble les brandons épars vers le centre du foyer et jette une belle souche de génécadier. Le feu. Fidèle ami des voyageurs. Il invite les plus jeunes à de douces rêveries, et réchauffe les os des plus vieux. Moi, je vais profiter de cet instant de repos pour rendre une visite discrète au passé du Sahaméen.

CHAPITRE 24
CARDANAPAK, L'HOMME DU SUD

Des langues de roche émergent des dunes à l'approche des marches occidentales. Des montagnes d'ocre barrent l'horizon, annonçant la fin de Kar'Saham. Je pose le pied sur un sol dur pour la première fois depuis des lunes.

— Nous avons réussi...

Mes ravitailleurs restent en retrait, immobiles et silencieux. Plantés dans un ultime banc de sable.

— Qu'avez-vous, compagnons ?

Caza-Ahzak prend la peine de briser leur silence.

— Cardanapak, fils de Caparak, notre destin n'est pas de franchir la Frontière. Notre mission s'achève ici. Le désert nous rappelle, ainsi que nos familles. Nous attendrons ton retour en terre de Saham. Et le retour du Roi Blanc. Va ! Va quérir le souverain de notre peuple ! Va quérir l'Espoir Éternel !

Campa-Hallak, « Montagne », s'avance alors d'un pas et met un genou à terre, me permettant pour cette fois de paraître presque aussi grand que lui. Il me tend une enveloppe de cuir, avec cérémonie.

— Cardanapak, fils de Caparak, les ravitailleurs sont honorés de te remettre la carte d'Apalajapar, relique de notre glorieux passé.

Il s'incline, les vêtements claquant au vent. Jamais il n'a prononcé autant de mots d'un trait. Je défais les liens de cuir et déroule doucement cette carte plusieurs fois millénaire, joyau des ruines d'Apalajapar. Des tracés élégants démarquent les limites du monde telles qu'elles étaient au temps des Rois Blancs. Chaque fleuve, chaque colline et chaque forteresse d'antan est dessinée ici avec infinie délicatesse. Le monde des Hommes a bien changé depuis ces temps immémoriaux, mais pas les montagnes. Ces pics qui se dressent devant moi et bordent le désert de Kar'Saham s'appellent « Capillaires ». Mais où trouver *Al Gahama* dans l'immensité de ce monde qui s'étend au-delà de la Frontière ? Caza-Ahzak reprend.

— Cardanapak, fils de Caparak, sous ces blocs, tu trouveras de quoi boire et manger pour plusieurs jours. La passe des Capillaires se trouve vers le ponant, à une journée de marche. Mais, d'après Campa, les spectres...

— Oui ?

— Les spectres se montrent particulièrement violents à l'approche de la Frontière. Ils n'accepteront pas facilement de te voir triompher d'eux.

— Ils ne prendront pas ma raison.

— Bien. Cardanapak, fils de Caparak, il ne nous reste plus qu'à te souhaiter bonne chance.

— Merci, Caza-Ahzak. Et grand courage à vous pour votre dernière traversée du Kar'Saham. Adieu.

— Adieu, Cardanapak, fils de Caparak. Nous dirons à ton père, le chef, combien tu es grand dans l'adversité.

— Adieu, fils de Tara Yama. Vous aurez mérité votre place dans le conseil du clan.

Mes ravitailleurs, Campa en tête, s'en retournent dans les sables du désert, harcelés par des hordes délétères. Pourquoi s'inquiéter ? Kar'Saham a déjà épargné tant de leurs pas. Je reprends ma route en faisant claquer mes sandales sur une saillie rocheuse. Quel plaisir de ne plus s'enfoncer dans la poussière brûlante de ces dunes et de ne plus s'épuiser dans les coulées de sable !

Mais je laisse néanmoins échapper un cri de douleur sous l'impact d'une plommée. Un spectre colossal me toise de ses yeux fumants et me redonne un coup dans l'estomac. Je tombe à genoux, plié en deux, le souffle coupé. Deux guerriers de cendres m'agrippent et m'écorchent vif à l'aide de crochets rouillés. Ils m'écartèlent et me présentent maintenant à la charge de cavaliers des Septentrions. Je sens les sabots de leurs destriers me briser les os du corps, et dois faire un effort colossal pour rouler sur le côté et recouvrer enfin mon souffle. Hommes et chevaux fondent devant ma vue brouillée et fusionnent en chimères hippiques hérissées de caparaçons déchirés. Des flammes sortent de leurs nasaux, et l'air vacille au-dessus de leurs crinières. Ils se rassemblent en meutes hurlantes et vomissent soudain des nuées de métal incandescent. Une pluie d'étoiles obscurcit le ciel et s'abat sur moi, me fendant le cuir à me faire verser tout le sang de mon corps.

Je pose néanmoins le pied sur les flancs de la chaîne Capillaires et entame mon ascension. La pente s'élance bientôt en parois raides et instables chauffées par le soleil. Je dérape et recule dans la pierraille, bien plus que je n'avance, étouffé par la fournaise des lieux. Je n'ai plus d'eau à transpirer. Les paumes brûlées par la roche, la conscience vacillante, je n'ai bientôt plus la force que de me raccrocher à cette obsession sourde : poser un pied devant l'autre. Pour vous, *Al Gahama*. Rien... ne me fera... renoncer.

Pas même la mort.

Pas même... les boulets... de fonte... que... ces... affreux rieurs... attachent... à mes... chevilles.

Je m'arrête... un instant. Le soleil décline et se fait... moins cuisant. Je me permets d'avaler une goutte d'eau. Je la sens, chaude et minérale, qui s'assèche à mesure qu'elle glisse dans ma gorge. La vue est à couper le souffle. Les Capillaires se dressent vers l'ouest, lançant une ultime offensive contre le ciel, avant de retomber de toute leur hauteur dans la mer. Perdant dans l'immensité des flots leurs dernières falaises écarlates. Voilà ici réuni tout ce que redoute mon peuple, la mer et la Frontière. Ce rempart inviolé qui prend naissance dans le lointain, à mes pieds. Ici se joue bien la fin d'un monde, mais de quel monde ? Ce désert de désolation ? Ou ces vallons verdoyants plantés d'arbres fruitiers que j'aperçois par-delà ces murailles ? La carte d'Apalajapar donne à ces étendues le nom antique d'« Arnaban ». Arnaban, voilà qui évoque bien des douceurs exotiques.

Mais je dois me remettre en route. Le soleil plonge déjà dans la mer, enflammant la crête des flots. Inutile de laisser la nuit me surprendre sur cet escarpement ! J'attache mon sac et m'engage sur une série d'arêtes abruptes. Il me faut ignorer ces ombres en haillons qui surgissent des flancs de falaise et tentent de me faire des crocs-en-jambe. Le moindre faux pas, et je finis haché cent toises plus bas ! Je serre les dents. Deux esprits frappeurs aux chairs dégoulinantes viennent vers moi en traînant des baquets de poix fumante.

— Crever toi.

— Brûler... Brûler pieds... Brûler tête...

Ils m'aspergent de leur brai puant et m'embrasent comme une torche. Je me noie dans les flammes, aveuglé, les bronches prises par d'épaisses fumées. Je recule, chancelle, et pars en glissade dans un cône d'éboulis. Je bascule un temps dans le vide, avant de retomber lourdement sur le sol. Des rocailles finissent leur course dans le précipice, rebondissant en contrebas jusqu'à laisser de nouveau place au silence. Je souffle. Bouge une main, un bras, une jambe, meurtri mais en un seul morceau. Mon sac est là, intact, ainsi que ma ceinture d'apothicaire. Je ne suis pas passé loin du pire. Mieux, me voici là le cul posé sur les premiers blocs de la Frontière. Je me relève, le corps mâché, et goûte au calme infini des lieux. Point de spectres. Mais un son lointain et familier me charme l'oreille à me faire craquer les glandes salivaires ! Nul doute : un torrent babille non loin de là !

Je longe un étroit boulevard jusqu'à deviner le départ d'une volée de marches. Je descends, en aveugle, dans la nuit naissante, et me laisse surprendre par le moelleux d'un sol enherbé. Je m'agenouille et avance à tâtons dans la pénombre, sentant l'humidité des lieux prendre d'assaut mon corps desséché à mesure que je m'approche des babillages de la source. Je reste interdit, la main dans l'eau, respirant la fraîcheur de la terre à pleins poumons, et entreprends d'humecter mes lèvres, doucement, pour regorger leurs crevasses. J'éteins peu à peu le feu qui me brûle la bouche, rinçant, crachant ma poussière avant de pouvoir avaler ma première gorgée. Exténué, le ventre gonflé d'eau, je roule sur le dos en me défaisant de mon sac. J'observe les premières étoiles à travers les ramures d'un arbre. Un arbre, du feuillage bruissant dans le vent, après tout ce désert ! Je fouille mes affaires et attrape un reste de pain de Cassavas. Je le casse en petits morceaux et mâche sans ne plus penser à rien. J'ai réussi. Je suis dans l'autre monde. J'avale un dernier morceau, l'estomac noué par des lunaisons de diète, et m'enroule dans ma cape de laine. Le sommeil me gagne sans tarder.

— Tu es venu à bout d'une bien belle épreuve, homme de Saham. Ton destin est de suivre le rêve de ton peuple, et ce chemin te mènera bien au-delà de certaines réalités.

» Je viendrai te rendre visite, dans tes rêves, pour te guider vers celui que tes ancêtres appellent « Al Gahama *».*

» Mais ta route passe avant par la mère qui pleure son fils. Libère-la, guerrier des sables, libère l'enfant, et tu permettras à Saham de voir s'accomplir son ancienne prophétie.

*» Ce fils est aussi le fils d'*Al Gahama. *Sans lui, nulle chance qu'il te suive. De se découvrir père, il se découvrira roi.*

» Avance, enfonce-toi dans les terres du Nord...

Les jours se suivent et se ressemblent. Mais non mes nuits. Des rêves tous plus étranges les uns que les autres m'assaillent dès que je ferme les yeux. Les anciens de Tara Yama parlent souvent de ce phénomène, durant leurs veillées, ces manifestations nocturnes sont même décrites dans les textes d'Apalajapar, mais je ne pensais pas être un jour l'objet d'un tel prodige. Chaque nuit, des paysages nouveaux défilent devant mes yeux. Des hommes et des femmes parlent, agissent, et m'entraînent dans leurs aventures. Des anciens du village me rendent visite, comme du temps de leur vivant, ou encore... ma femme. Et sans oublier cette beauté étrange qui parle en prophéties.

Je marche maintenant depuis près d'une lune sur la frontière des mondes. Elle me guide vers le nord, dérivant peu à peu vers l'intérieur des terres. De nouvelles montagnes émergent à l'horizon, noires, dures. Elles entaillent le ciel de leurs arêtes et se couvrent progressivement de neiges scintillantes. Les arbres, eux, se parent d'aiguilles fort curieuses et de fruits écailleux à la saveur résineuse. Leur goût est agréable, mais ils collent trop aux dents pour que je me décide à en faire mon ordinaire.

Un reflet miroitant attire soudain mon regard, plus loin, au sommet d'une tour perdue face au désert. Un soldat se tient immobile, les deux mains agrippées à la hampe de sa lance, le regard perdu sur la ligne d'horizon. Existerait-il un homme assez fou pour croire que Saham surgirait encore de ces terres brûlées ? Toujours est-il qu'une route descend de la Frontière vers une ville perdue dans un creux de vallée. Le temps du premier contact serait-il venu ?

— Qui va là ?

Nous y sommes.

— Un ksimple vouâyâgeur, ksôldât.

— D'où venez-vous ? Du sud ?

— De Tara Yama, ksôldât.

— Avez-vous votre sauf-conduit ?

— Je crains qu'îl vous fâille m'indîquer où ôbtenîr un tel dôcûment, ksôldât.

— Et que venez-vous faire par ici ?

— Je ksûîs un ârpenteur, je dresse des cârtes pour tout ksâgneur quî veut bîen cônnaître kses terres.

— Eh bien vous ne trouverez pas grand monde pour avoir besoin de vos services par ici, étranger !

— M'ôtôrîsez-vous le pâssage ?

— Oui, à moins que vous vouliez envahir Albij à vous seul ?

— Pârdon ?

— Je plaisante, circulez.

Le soldat reprend sa pose, face au désert, et me laisse poursuivre ma route. Je quitte bientôt le boulevard pour descendre vers la ville. Je prends alors conscience de son degré d'abandon. L'herbe gagne les rues, les maisons agonisent, allant jusqu'à rendre l'âme. Les toits sont éventrés et les fenêtres brisées battent aux vents. Je hèle un passant, un homme bien plus prompt à me fuir qu'à me répondre.

— Âh, l'âmî, dîtes-mouâ où je peux manger dans kcette vîlle ?

— À... l'auberge... sur la place !

Il m'indique une vague direction et disparaît dans une ruelle sombre. Je laisse là ce pauvre hère à ses peurs et poursuis ma route jusqu'à la place centrale. Une enseigne brisée pend à une crémaillère. Je pousse la porte.

— Îl îî â quâlqu'un ?

J'entends les pieds d'une chaise grincer sur un vieux plancher. Un homme se tourne vers moi, avec difficulté, sans sortir de la pénombre.

— Vous êtes perdu, voyageur ?

— Mâssîre, j'âspère que non. Mâs je ksûîs ksûr d'ûne chôse, j'â grand faim.

— Manger ? Mais ça fait bien longtemps qu'on ne sert plus, par ici !

L'homme lève son coude et avale d'un trait le contenu d'un verre qu'il repose brutalement. Il ne paraît pas en grande forme.

— De grâce, vouâlâ des jours que je ne mange que dû pain dûr et des baies râmâssées dans les bouâs.

— D'où sortez-vous, avec cet accent ? Jamais entendu, celui-là ! Vous êtes sûr de ne pas être perdu ? Plus personne ne vient ici, vous savez ?

L'homme se jette un autre verre derrière les oreilles.

— Je vîens de trâs loin, mâssîre. D'un petît vîllâge quî bôrde le rouâîîôme de Saham et kcelûî de Tara Yama.

Il se racle bruyamment la gorge et fait tomber une chaise en se reculant.

— Tara Yama ? Comment est-ce possible de venir d'aussi loin pour s'échouer en terres d'Albij ?

— Âlbîj ?

— Oh ! oh ! l'oiseau est bel et bien perdu ! Vous allez où ?

— Âh, en rââlîté, je kcherche quelqu'un.

— Ici ? Mais il n'y a personne pour vous attendre, ici ! Je suis le seul client de cette taule depuis plusieurs solaisons !

L'homme avale un autre verre.

— Si vous aviez connu cette ville du temps de mon aïeul ! Toutes les caravanes de Mirand'Ar passaient par cette taverne !

Il se ressert.

— Moi je vous le dis, vous vous êtes perdu.

— Vous devez âvouâr râson, mâssîre. Mâs j'â toujours faim.

— Manger ! Mais qu'est-ce que je vais vous donner, Mon Bon Monsieur ? Des vieilles patates et du lard rance ?

— Des pâtâtes ?

— Je n'ai que ça ! Et un petit tonneau d'Encarmont ! Vous allez bien me boire un verre, n'est-ce pas ? Attendez voir. KERMA ! MA FILLE ! UNE ASSIETTE, DE L'ENCARMONT ET DES CRISTAUX ! Et... ET AUSSI UNE CHAMBRE ! Hein, vous nous ferez bien le plaisir de rester là cette nuit ? J'ai encore une chambre qui a tous ses carreaux aux fenêtres ! Alors, racontez-voir par où vous êtes passé pour arriver jusque dans ce trou à rats ?

— Âh, mâ fouâ, je peux bîen vous le dîre. J'â ksûîvî lâs montâgnes de Tara Yama, longé le rouâîîôme d'Alanskar, pûîs remonté la mer Catharale. Ensûîte, j'â ksûîvî kcette cûrîeuse mûrâille jûsqu'â kcette petîte vîlle.

— Eh bien ! Elle doit être jolie !

— Quouâ donc ?

— Mais la personne que vous venez chercher ici, pardi ! La dernière fois que j'ai entendu parler de la mer Catharale, c'était par l'aïeul. Tenez, voilà votre repas ! Kerma, apporte tout ça par là !

Une femme au teint cireux pose un plateau sur la table.

— Mère me fait te dire que tu bois trop.

— Me dire ça, à moi, devant un invité ? Parce que je vous invite, Mon Bon Monsieur !

— Non, j'â de quouâ pâyer.

— Discutez pas ! J'offre selon mon bon plaisir ! Tenez, asseyez-vous par là, vous serez à votre aise. Bien, je disais quoi ? Oui ! Mon aïeul ! Il me racontait souvent comment ces marins de la Semée bravaient les tempêtes de la passe de Taalansh, pour aller remplir leurs cales en mer Catharale de... de...

— De perles d'hûîtres ôpâlînes ?

— De perles d'opale ! Comment oublier ! Je me fais vraiment bouffer la tête par les mites ! Bah ! Je n'ai plus l'habitude de parler autant ! Pensez-vous, je suis bien seul, ici ! Alors, ce lard ?

— Âh ! Trâs bon ! Je n'âvais jâmais rîen mangé de tel âvant.

— Eh ! c'est que de ma jeunesse cette table avait sa réputation ! Tenez ! Goûtez-moi ce vin, voyageur !

L'homme se tait le temps de verser deux verres d'un liquide noir aux reflets de sang.

— Là ! Voilà de quoi ravir vos papilles !

Je le vois plonger son énorme nez dans le breuvage et le renifler bruyamment. Puis il revient à lui, le visage fendu d'un sourire béat.

— Ce nez !

Il penche son calice à la lueur d'une lampe, et plisse de l'œil devant la danse d'un éclat rubicond. Un éclat plus fin et plus pur que la plus pure des pierres fines...

— Cette robe, mon ami ! Cette robe !

L'homme porte enfin le verre à sa bouche, et l'engloutit d'une large rasade. Il se rince le palais, aspire de l'air, lève les yeux au plafond, et avale.

— Bonté du ciel ! Je loue la vie de me donner encore pareil bonheur ! Mais buvez ! Buvez donc !

J'approche le liquide de mon nez, avec précaution. Mille odeurs m'assaillent. J'ai l'impression de traverser un verger par une belle journée d'automne. Je respire encore, et accepte l'invitation au voyage. Je porte le liquide à mes lèvres, et goûte, étonné. Un ballet de saveurs suaves et épicées m'envahit la bouche. Je fais claquer ma langue.

— Eh ! Monsieur est connaisseur ! Alors ? Une petite merveille, non ? Et regardez-moi comment ce cristal d'Almenarc'h sublime sa robe ! Il ne retient rien ! Il donne tout ! Si c'est pas un malheur de voir cette cité aujourd'hui disparue ! Vous connaissez l'histoire d'Almenarc'h, voyageur ?

— Je cônnais le nom de lâ kcîté dont vous pârlez, mâs je ne ksâvais pâs qu'elle âvait dîspârû.

— Oh ! oh ! mais c'est pour ça que les dernières terreurs du coin mettent les bouts ! Rendez-vous compte, ils déterrent même leurs morts de peur de les laisser derrière eux !

— Pârdônnez-mouâ, je ne comprends pâs.

— Par peur de voir les Hordes retraverser le désert ! Pensez-vous, Almenarc'h disparue, les Septentrions n'ont plus qu'à trembler sur leurs bases !

— Mâs cômment ûne vîlle entîère peut dîspâraitre ?

— On raconte que la terre s'est ouverte en deux, et... hop ! elle l'a engloutie ! Vous rendez-vous compte ? Une ville comme Almenarc'h ! Qui a dicté ses lois au monde entier ! Paf ! Avalée d'un coup ! Mais je vais vous dire, moi, ce qui s'est vraiment passé. Non, parce que ces fous de foi qui prêchent partout que la Terre s'est vengée de l'Homme en faisant un exemple, eh bien ils sont pas honnêtes ! Oh ! mais faut pas laisser votre verre vide !

L'homme attrape la carafe et me ressert de ce breuvage exotique.

— Ces fous de foi, ils ne cherchent qu'à remplir leurs fraterns avec des âmes égarées ! Vous n'êtes pas un de ces fous-là, au moins ?

— Je ne vouâs même pâs de quouâ vous pârlez.

— Bien ! Alors cette catastrophe... Rien à voir avec une vengeance de la Terre, non ! Tout ça, c'est à cause du glacier de l'Altama ! Le plus gros glacier du continent ! Imaginez-le fondre sans rien dire, pendant des siècles, ça en fait vite, de l'eau ! Et cette eau, imaginez qu'elle soit retenue dans une énorme poche, et que paf ! cette poche se déchire ! Eh bien ça vous fait une belle catastrophe ! Voilà ! Voilà ce qui s'est passé à Almenarc'h. Et ça n'a rien à voir avec ce que nous servent ces bonimenteurs ! Que j'en voie un dans le coin, moi, de ces mauvais rêveurs, pour y faire bouffer sa capuche !

— « Râveurs »... vous âvez dît « râveur » ?

— Rêveur, oui, parfaitement.

— Vous râvez, mâssîre ?

— Si je rêve ?

— Ouî, lâ nûît, pendant vôtre ksômmeil ?

— Mais oui, voyageur ! Je rêve même en plein jour, quand j'abuse un peu trop de mon Encarmont !

— Lâ d'où je vîens, les hômmes ne râvent pâs.

— Ah ! un peu de pragmatisme ne ferait pas de mal non plus par chez nous, vous savez !

— Non, je veux dîre que le râve n'exîste pâs. Nôs nûîts ksont nouâres, ksans toute kcette vîe inconscîente.

— Bah ça ! Je n'avais encore jamais entendu personne me chanter ça ! Vous venez vraiment de loin, vous !

— Mais... je ksens mâ tête pârtîr... Vôtre bouâsson prôvôque l'étourdîssement ?

— Ne me dites pas qu'en plus du rêve votre peuple ignore les bienfaits de l'ivresse !

— Îl ksemblerait que ksî. J'â été râvî de dîscûter âvec vous, mâs ûne longue route m'âttend demain, et...

— Dormir ! Mais bien sûr ! Je parle, je parle, et j'en oublierais le principal ! Suivez-moi, que je vous montre votre chambre. Autrefois, une jeune et jolie femme vous aurait accompagné ! Mais bah ! que voulez-vous ! Les temps sont durs ! Tenez, voici votre chambre ! Reposez-vous bien !

L'homme me tend une lampe et disparaît avec la sienne dans les escaliers.

— Et si vous avez besoin de quoi que ce soit, vous savez où me trouver !

— Ksûr !

— À côté du tonneau ! Ivrogne !

— Kerma ! Dis à ta mère que saouler son homme est un art qu'elle ne possède pas !

— Immonde soiffard !

— Mère, tu vas faire fuir la clientèle.

— La clientèle ! Voilà bien longtemps que...

Je ferme la porte sur ces sermons familiaux, pose la lampe sur un coffre bas, et cale une chaise sous la poignée. Là, reste à poser ce pot de terre en équilibre. Tous les affamés de cette ville savent que l'auberge reçoit ce soir, et je ne voudrais pas que l'on me crève la panse pour quelques patates ! Je pose mon sac contre le mur, ôte ma ceinture et mon baudrier, m'assieds sur le lit, et libère mes pieds de leurs sandales. Maintenant, bonheur suprême, je m'allonge sur les couvertures et m'endors doucement.

Un rêve me prend aussitôt d'assaut. Une voix, un visage...

— *Certains parlent de hasard, d'autres de destin. Ce lit, homme du Sud, cette couche qui t'accueille, a aussi reçu en son temps* Al Gahama. *Ici, une certaine nuit, Celui-Qui-Revient s'est lié à la belle Pasang. De cette union est né le Fils.*

» Trouve la Mère, brise les sceaux, et tu trouveras le Fils.

Je me réveille en sursaut. Le jour transparaît déjà à travers les carreaux. Je me lève en toute hâte et dessine l'objet de mon rêve à l'aide d'un de mes calames, sur une pièce de tissu, puis je ramasse mes affaires et descends retrouver le tenancier. Il est devant un verre fumant d'odeurs exotiques.

— Déjà debout ? La route n'attend pas le voyageur, n'est-ce pas ? Voulez-vous boire quelque chose avant de partir ?

— Kce que vous âvez lâ ksent bon !

— Un krog ? Hé ! Rien de tel pour commencer une journée ! Ça vous réchauffe son homme !

— Eh bîen, prâpârez-mouâ un krôg. Je vous âbandônne jûste un instant. Je revîens.

— Si c'est pour un besoin naturel, allez un peu plus loin que le fond de ma cour !

Je gagne l'arrière-boutique et m'arrête au pied de l'escalier, sur un seuil de pierre orienté plein est. Je pose mon sac, ferme les yeux, délasse mes bras, et attends que les premiers rayons du soleil me caressent le visage. Bonjour astre du jour, puisses-tu me donner la force de faire honneur à la vie ! Puisses-tu me guider vers *Al Gahama*.

Je reprends mon sac et rentre auprès de l'aubergiste.

— Dîtes-mouâ...

Je déploie le bout de tissu griffonné au réveil sur le comptoir.

— Âvez-vous dâjâ vû kce kchâtô ?

— Rah ! Pas vous ! Mais cet endroit n'est que malheur !

— Je douâs îî trouver ûne fâmme.

— Cet endroit a absorbé la moitié de la ville, étranger.

— Je ksûîs ksérîeux, hômme. Je douâs me rendre dans kce kchâtô.

— Je vous aurai prévenu ! Cet endroit s'appelle la « fratern de Boisvert ». Ne demandez pas votre chemin au premier venu, il vous jetterait des pierres ! Tenez, je vous offre votre krog !

— Mâs kce n'âst pâs cômme kçâ que vous âllez vous enrîchîr !

— Ma seule richesse était de voir du monde chaque jour, voyageur. Autant vous dire que je suis devenu pauvre depuis longtemps.

— Tenez, montrez-mouâ mon kchemin ksûr... kcette cârte.

— Misère ! Mais elle n'est pas d'ici non plus, celle-ci ! Je comprends que vous soyez perdu ! Tenez, votre fratern est par là, entre ces deux montagnes. Il vous faudra traverser la ville et suivre la route des Septentrions jusqu'au village de Cord.

— Mârcî. Mârci pour toute vôtre âde.

— Ne me remerciez pas ! C'est à la mort que je vous envoie !

Je quitte l'homme sur ces funestes paroles et prends la route du lieu maudit, piqué par un vent vif.

La nuit tarde à tomber sur la fratern de Boisvert. Je rampe avec précaution, en lisière de sous-bois, et m'arrête sur un surplomb. De ma position, agrippé à une racine, je domine l'ensemble des bâtiments. Le corps principal déborde d'un puissant mur d'enceinte et s'élève sur cinq niveaux, reléguant les premières ouvertures à deux toises du sol, en des barbacanes barrées de fer. La porte principale de cette forteresse vient visiblement d'être renforcée par des madriers. De hautes tours marquent les angles et supportent l'articulation des ailes latérales. Ces façades fraîchement scellées reluisent dans la pénombre du soir. À l'intérieur des murs, je devine les toits d'entrepôts aux greniers surdimensionnés, laissant imaginer la forte emprise de la fratern sur les terres avoisinantes. Il ne va pas être commode d'entrer en ces lieux.

— Eh là ! Je vous y prends, à épier notre logis !

Je sursaute et me retourne vivement.

— Pârdônnez-mouâ, je ne faisais qu'âdmîrer vôtre demeure.

— Couché au sol ? Dites plutôt que vous préparez quelque sale projet !

— Âssûrément, non. Je ne voulais pâs vous frouâsser, je vouâyâge pour dâcouvrîr les merveîlles de nouvelles ârchîtâctûres. Je me retîre dès â prâsent.

— Vous retirer ? Je vais plutôt vous faire passer l'envie de flâner, moi ! Vous allez voir ce qu'on fait aux destructeurs, par chez nous !

— Ô dâstrûcteurs ?

Mes doigts se promènent sur ma ceinture.

— Pourriture, n'essaie pas de me faire croire que tu n'es pas un de ceux qui ne vit que de fausses richesses et de...

Je souffle promptement une goutte de venin de Ksa-Ksa dans la bouche grande ouverte de l'homme. Il s'écroule. Je ne vois pas en quoi il reconnaît en moi un destructeur, mais voilà sûrement un beau spécimen de fou de foi. Je replace le soporatif dans sa logette, saisis l'individu sous les épaules, et le tire sous le couvert d'un fourré épineux. Je reprends ma position. Des lampes s'allument derrière les carreaux tandis que des chouettes poussent leurs premiers cris dans les sous-bois. Je vais veiller jusqu'au milieu de la nuit avant de m'avancer vers ce lieu interdit. Calé contre un tronc, j'extirpe une autre fiole de ma ceinture. Un tonifiant, cette fois, qui tiendra mes sens éveillés ! Je place une goutte sous ma langue, et serre les poings sous la puissance de la drogue. De la sève de Cak. Je transpire. Mon cœur frappe à grands coups. J'enfonce mes doigts dans l'herbe, en quête de fraîcheur, et laisse échapper une larme de fièvre. Les bruits me parviennent avec une plus grande netteté. J'entends gratter, là, sous l'écorce de cet arbre. Un insecte arrache des fibres de bois pour se nourrir. Puis plus rien. Le silence. La nuit. Et le temps qui se fige.

Un quart de lune trône désormais en plein ciel, gâtant la pénombre de ses lueurs traîtresses. Je vais devoir être prudent car, une fois à découvert, une sentinelle pourrait distinguer mon ombre à travers champ. Mais la bâtisse semble profondément endormie. Je chausse une paire de bottes souples et m'engage dans les hautes herbes du coteau. Je dépasse les creusements de travaux avancés, très certainement des fossés destinés à être mis en eau, et atteins le pied de l'enceinte latérale. J'étudie sommairement son appareillage, glisse un pied dans un mauvais joint, et me laisse guider de prise en prise jusqu'à son sommet.

Aucun bruit ni mouvement. Je tire sur mes bras, me hisse sur l'arête du mur, et me laisse tomber de l'autre côté. De la terre meuble amortit ma chute. Je me faufile jusqu'à l'angle de la bâtisse, prenant soin de rester dans l'ombre, et m'attarde un instant pour repérer les lieux. Je dois penser au retour, surtout si je suis accompagné d'un enfant et d'une galante personne. Un crochet métallique dépasse de la façade, un peu au-dessus de ma position. Je sors une corde de mon sac et la jette en l'air. Au second lancer, le nœud coulant passe docilement autour du piton et laisse le reste retomber en paquet à mes pieds. Je m'assure de la bonne tenue de cette ligne de vie, avant de suspendre mes gestes sur un bruit. Un grognement animal me fait pivoter sur mes appuis, lentement, pour distinguer dans le noir les yeux brillants de deux solides mâtins. Un filet de sueur froide me coule dans le dos, et je tremble bientôt au rythme de leurs babines baveuses. Ma main avance doucement vers le pommeau de mon épée. Pourquoi ne me sautent-ils pas dessus ? Mon odeur les rendrait hésitants ? J'effleure ma ceinture, égrènant les fioles, une à une, sans quitter du regard les canines luisantes des deux cerbères. Mon doigt s'arrête sur un bouchon de cuir. Musc de Satar. L'odeur puissante de cette huile devrait m'assurer une domination sans partage sur ces animaux. Je débouche le flacon. L'effluve envahit aussitôt mes narines et me brûle les bronches. Je me donne des coups contre la poitrine, en soufflant, sous le regard des deux molosses. Ils arrêtent de grogner, rabaissent leurs babines, et se mettent doucement à feuler d'excitation. Cette rage qui dégoulinait de leurs gueules se fait maintenant amour. J'en arrive à devoir repousser leurs avances du genou. Efficace, cette huile de bouc !

— SSShhh !

Je jette un coup de pied au hasard de la nuit. Puis un deuxième. Deux séries de couinements ridicules me répondent pendant que les deux monstres déguerpissent, la queue entre les jambes.

La place retombe dans le silence. Je m'approche de la première porte, pèse sur la clenche, et entre avec mille précautions. Je referme derrière moi et reste dans le noir, immobile, à l'écoute des bruits de la nuit. Je suis dans le grand hall. Une bougie tremblote sur un comptoir, chahutée par les ronflements d'un homme joufflu. Un garde qui veille sur son propre sommeil. Je me faufile jusqu'à lui, souffle de la poudre soporative dans le creux de ses narines, et tâte les plis de ses vêtements. Un lourd trousseau de clefs pend à son ceinturon. Je le déleste et monte les degrés d'un escalier monumental. Mes rêves parlent de sceaux à faire sauter. Sans doute des papiers ou des lettres officielles conservés par le notable des lieux. Si j'étais un tel homme, je placerais mes appartements à l'étage noble, dans un angle tourné vers l'extérieur, pour profiter de la vue et ne pas avoir l'impression d'être enfermé dans mes propres murs.

J'atteins le perron du premier étage et m'enfonce aussitôt vers la tour ouest, dans la pénombre d'un couloir. Avant de tomber en arrêt sur une porte verrouillée. Je repère le trou d'une serrure, du bout des doigts, et présente une à une chaque clef de mon trousseau. L'une d'elles pénètre enfin le mécanisme, engageant bruyamment les crans métalliques jusqu'au claquement final. Le silence retombe. Je retire lentement la clef, pèse sur la poignée, et entre cette fois dans une salle meublée de pupitres et d'étagères à grands casiers. Je suis dans une salle d'écriture tout juste éclairée par un rai de lune. J'avance vers une seconde porte, prenant soin de ne rien déranger sur mon passage, et me penche sur une nouvelle serrure. Cette découpe complexe appelle une clef que je ne tarde pas à trouver.

Le panneau grince sur ses gonds. Je suspends tout mouvement, le temps d'entendre un homme replonger dans son sommeil, et entre dans la pièce. Je souffle mon soporatif dans les narines du dormeur, et entreprends d'explorer les lieux. Des meubles chargés de tiroirs occupent les moindres coins de mur, et des étagères partent en tous sens et débordent de fioles et de pots, de balances, de pilons et mortiers de bois. L'occupant de cette cellule n'est autre que l'herboriste des lieux.

Un léger sifflement m'attire soudain contre un des murs. Je glisse ma main entre les étagères et sens, incrédule, le contact froid d'une targette en acier. Je la tire. Le meuble tout entier s'entrouvre pour me céder le passage sur une pièce sombre. Une odeur chargée de peur, de sang et de chairs mortes me prend la gorge et me fait suffoquer. Je devine les silhouettes d'outils improbables dans les pâleurs de la lune, ainsi qu'une table épaisse munie de sangles et de chaînes. Impossible de savoir si l'on pratique ici la médecine ou la torture. Une dernière porte suit dans l'enfilade, verrouillée depuis l'intérieur. Je plaque mon oreille contre le bois et entends les ronflements de son occupant. Je vais devoir ruser. Je frappe fermement à la porte.

— Mâssîre !

Le ronflement cesse. Quelqu'un remue. Je frappe plus fort, et verse sur le dos de ma main une ligne de poudre grisâtre.

— Mâssîre, le feu ! Îl y â le feu dans les âcûrîes !

— Mais...

De la lumière filtre sous la porte.

— Mais qui me serine les oreilles au beau milieu de la nuit... ?

Le plancher grince, et le carré de bois d'un judas s'ouvre sèchement sur un visage perclus de rides.

— Mais ? Qui êtes-vous ?

Je lui souffle ma poudre à la figure pour toute réponse. Il recule, tousse, éternue et renifle cette poudre qui doit en l'instant lui râper le fond de la gorge. Je me colle à l'ouverture.

— Le vîeux ? Âpprôche pâr îcî !

L'homme secoue la tête, étourdi, et traîne ses pieds jusqu'à la porte. Le Varata est redoutable d'efficacité.

— Mâtenant, ouvre lâ pôrte.

L'homme glisse mollement une clef dans la serrure et m'ouvre sans plus de résistance. J'entre et l'écarte de mon chemin. Il est tout sourires.

— Bonjour monsieur ! C'est gentil de venir me voir ! Vous voulez visiter ma chambre ?

Je laisse le pauvre vieillard tout à sa sénilité passagère et fouille un à un les tiroirs de son cabinet.

— Hou ! Hou ! Vous cherchez mes secrets, vous ! Mais ils ne sont pas là ! J'ai une très bonne cachette pour ne pas me les faire voler !

— Je veux un kseul de vôs ksecrets.

— Hou ! Hou ! Et vous ne le trouverez pas !

— Dîtes-mouâ où kse trouve l'enfant ârrâché â ksâ mère.

— Le Drôle d'Albij ? Hou ! Vilain monsieur ! Ça, c'est un grand secret !

— Je veux ksâvouâr où vous l'âvez câché, je veux tous les dôcûments quî le concernent, et je veux ksâvouâr où est ksâ mère.

— Hou ! Hou ! Tous ces secrets ! Vous êtes rigolo, vous ! Regardez ! Je vous disais que vous ne pourriez pas les trouver. Je les cache ici !

Le vieux se penche sur des boiseries de bas de murs, fait glisser une des baguettes ornementales, la retire, et me regarde, béat. Il tire la langue, et pousse un loquet. Un panneau se déboîte. Il le retire aussitôt en riant comme un enfant.

— Hou ! Hou ! Vous avez vu ? Ils sont bien cachés, mes secrets ! Là, tenez !

Il prend deux rouleaux et me les tend.

— Alors ce rouleau dit que dans la confrérie c'est moi le tuteur légal du Drôle d'Albij ! Hou ! Hou ! Vous voulez être le tuteur du Drôle, dites ? Vous voulez être son tuteur ?

— Ouî, faites de mouâ kson tûteur, et âmênez-mouâ l'enfant.

— Hou ! Hou ! Vous êtes trop rigolo ! Le Drôle n'est pas là ! Personne ne sait où il est ! Je l'ai confié au Père Supérieur de la fratern des Futaies ! Et lui il a confié le Drôle à une autre fratern, qui l'a confié à son tour à une autre fratern ! Mais, à force de faterns, vous finirez bien par tomber sur la bonne ! Hou ! Hou !

Je prends les rouleaux et fais asseoir le vieil homme à son cabinet.

— Âcrit !

Il trempe sa plume dans l'encrier resté ouvert, et me regarde amoureusement.

— Voui !

— « Pâr kcet ôrdre... j'ôrdônne de confîer... lâ fâmme... ô pôrteur de lâ présente. Kcette ôpérâtîon... douât râster dîscrète, ksous peine de môrt. »

» Ksîgnez !

Il griffonne à toute vitesse sur un parchemin vierge.

— J'aime mettre mon sceau dans la cire !

Il fait fondre un bâton bleu à la flamme de sa bougie, badigeonne le pli, et plaque consciencieusement sa chevalière.

— Encore !

Je pose un deuxième rouleau vierge.

— Mâtenant, âcrit !

» « J'ôrdônne... pâr la prâsente... de guîder l'hômme... quî dâtîent kce plî... â l'enfant. Îl â pour mîssîon... de plâcer le Drôle... en un lîeu... tenû ksecret. »

» Ksîgnez.

— Hou ! Hou ! Et je mets mon sceau ?

— Ouî.

Il s'exécute et me tend la deuxième directive.

— Encore !

— Non, le vîeux, kçâ ksûffît. Mâtenant, couché !

— Voui !

Il se remet dans son lit, et je lui souffle aussitôt mon soporatif au visage. Ce mélange de drogues a de quoi lui assurer un trouble passagé de la mémoire et plusieurs lunes de migraines ! J'aurais bien demandé à cet homme de plus amples précisions sur la nature de ses exactions, mais j'ai une jeune mère à délivrer.

Chapitre 25

Erkan, l'âme damnée

Je me réveille, secoué de convulsions, le corps plus dur que de la pierre. Sombre Terre. Sous les doigts de Cardanapak, ces

Pères Blancs ne sont plus que de vieux gâteux. Mais je comprends mieux les terreurs de Pasang. Se faire voler ainsi son fils et sa vie ! Mon fils. La coïncidence est trop grande pour ne pas être relevée. Que lui veulent-ils, à ce petit bonhomme ?

Je dois en apprendre plus sur mes ennemis. Connaître leurs manigances. Et si je plongeais dans le fleuve d'un de ceux qui nous a si généreusement offert son cheval ?

Chapitre 26
Frère Amoko

— ... Vous êtes le bras vengeur de la Terre ! Par vous coulera le sang purificateur ! Oubliez votre vie passée ! Marchez sans honte dans cet ordre nouveau ! Nous sommes votre nouvelle famille ! La fratern est votre nouvelle demeure ! Et la Terre, votre patrie !

» Ici, vous êtes des Frères Blancs !

» Toi ! Tu n'es plus Archas de Médès, mais, par la force sacrée de l'eau, tu deviens Frère Ménélas de la fratern des Futaies ! Bienvenu, Défenseur de la Terre.

» Toi ! Tu n'es plus Cassié d'Héliopas, mais, par la force sacrée de l'eau, tu deviens Frère Péril de la fratern des Futaies ! Bienvenu, Défenseur de la Terre.

» Toi ! Tu n'es plus Hank de Cargarie, mais, par la force sacrée de l'eau, tu deviens Frère Amoko de la fratern des Futaies ! Bienvenu, Défenseur de la Terre.

De l'eau fraîche m'inonde le torse. Oui. Je reçois avec grâce cette identité nouvelle. Je suis investi d'une mission purificatrice. Me voilà Défenseur de la Terre. Merci. Merci, Pères Blancs. De m'avoir ouvert les yeux. De m'avoir sensibilisé aux douleurs de ce monde. Et de m'avoir accueilli. Ici. À la fratern. Pour que ma vie ait enfin un sens. Je pose un genou à terre, comme mes frères, en attendant d'être investi de ma mission sacrée. Je suis impatient de prêter serment.

Le Frère Supérieur revient devant nous, menant son cheval par trot de passage. Il s'immobilise aux côtés du Frère Commandeur, obligeant sa fière monture à piaffer, la crinière au vent. Il va le dire. Il doit le dire.

— Frères ! Prêtez serment !

Nous inclinons la tête en un geste maintes fois répété, levons le poing droit, et crions à pleins poumons.

— Je donne ce jour mon corps et mon âme à la fratern !

— Offrez-vous votre vie à la Terre ?

— HOOOUM !

— Et qu'offrez-vous aux Destructeurs ?

— LA MORT !

Le Frère Supérieur place ses rênes dans son gant gauche et nous salue de l'autre bras.

— Bienvenus, mes Frères !

— OUI, Frère Supérieur ! MERCI, Frère Supérieur !

— Pour la Terre !

— HOOOUM !

Ce « Oui, maître » mugi en cœur est notre cri de communion. Je suis Frère. Frère de la Terre.

Les gestes du Frère Commandeur claquent dans l'air.

— Mes Frères ! À mon commandement... ROMPEZ !

Les dernières cuillères raclent le gruau dans les écuelles de bois. Le repas était copieux. Enfin, je mange à ma faim. Le Frère Commandeur se lève au-dessus de nous tous.

— RASSEMBLEMENT DANS LA COUR DES MISSIONNAIRES !

Nous quittons précipitamment nos tables pour nous ruer vers l'écurie. Je selle mon cheval comme à l'exercice, et le mène dans la cour. Le Frère Commandeur entre à son tour, mesurant le pas de son équidé. Il se place devant nous, et hurle.

— À MON COMMANDEMENT... ALIGNEMENT !

En deux gestes coordonnés, tous les frères se retrouvent alignés sur deux rangs, prêts à monter.

— SALUT !

Nous dressons le poing devant nous et tenons la pose. Le Frère Supérieur fait alors irruption. Il descend de cheval et passe mes camarades en revue. Il s'arrête devant moi.

— Mes Frères, le Père Supérieur m'a fait savoir qu'Il était fier de vous. « Ils sont prêts », m'a-t-Il confié, « prêts à répandre la justice éclairée de notre ordre là où l'obscurantisme des élites entraîne la spoliation de la Terre de nos Pères ! ». Entendez-vous les paroles du Père Supérieur ?

— HOOUM !

— Pardon ?

— HOOOUM !

— Je n'entends rien !

— HOOOOOUM !

— Êtes-vous prêts à faire entendre le chant de la Terre ?

— HOOOOUM !

— Alors marchez ! Marchez sur les terres impies ! Le Frère Commandeur vous guide ce jour vers votre première croisade ! Charge vous incombe de convertir un Destructeur ! Montrez-lui notre amour de la Terre ! Livrez ses terres aux Protecteurs ! M'entendez-vous ?

— HOOOOUM !

— Il est temps de purifier vos armes dans le sang des Destructeurs ! ORDRE DE MONTER À CHEVAL !

Le Frère Commandeur relève la tête, avance d'un pas et hurle.

— EN COLONNES PAR QUATRE ! À MON COMMANDEMENT... MARCHE !

Nous rabattons nos grands capuchons blancs sur nos visages, tirons le fer au clair, et entrons au pas de charge dans la cour d'une forteresse. Le Destructeur doit expier ses fautes. Ses gens hurlent de terreur. Certains courent, sans raison, d'autres se jettent à terre en pleurant. Bas peuple. Préparez-vous tous à expier vos fautes.

— Mes Frères, libérez ces pauvres âmes !

— HOOOUM !

Les premières têtes volent avant même que nous posions pied à terre. Je purifie les lieux et libère des âmes à tour de bras, empoissant ma robe du sang des impurs. Adieu, incarnations atones. Par la grâce des frères, vous renaîtrez dans le giron de la Terre. Mon poignard vole de la poitrine d'une jeune dévoyée à celle d'un serviteur sénile. Le Frère Supérieur marche derrière nous et verse de l'eau purificatrice sur les corps ainsi sauvés de la tourmente, pendant que le commandeur nous entraîne dans la bâtisse.

Mon épée dévie celle d'un soldat du destructeur, un serviteur qu'un de mes frères délivre proprement de son aveuglement. Les dallages sont rapidement souillés par le sang, et les cris cessent peu à peu. Je pénètre dans le donjon. Les accès aux étages sont barrés par de solides vantaux. Deux de mes frères me font signe de venir les aider à déchausser une marche de pierre. Là, avec ce bélier de fortune, nous enfonçons la plus grande des portes. Nous entrons dans une salle de réception, en délivrant maintes servantes cachées sous leurs tables. Des frères gagnent les étages nobles, mais redescendent bientôt.

— Il n'y a personne là-haut !

Le Frère Commandeur transpire sous sa cagoule. Il hurle.

— Cherchez ! Ils sont là ! Leurs chevaux sont aux écuries !

Je redescends vers les réserves du château. Des planches jetées en travers d'un escalier en colimaçon gênent ma progression. Il fait noir. Mais je ne crains ni le danger, ni l'obscurité.

Un bruit. Il y a quelqu'un ici.

— Montrez-vous ! Montrez-vous aux Défenseurs de la Terre !

Des pots ou des bouteilles tombent des étagères et se brisent sur le sol. Je sens une odeur d'alcool se répandre dans l'atmosphère. Un frère me rejoint avec de quoi éclairer la pièce.

— Mon Frère, donne-moi ta torche.

Le frère me tend l'objet. Je perçois des gémissements étouffés. Je vais purifier l'endroit avant de me voir voler ce privilège par un autre. Je lance le flambeau dans le noir de la réserve. Les vapeurs d'alcool s'embrasent aussitôt, illuminant le visage du maître des lieux et celui de sa petite famille. À moi l'honneur de déclamer la sentence.

— Par obscurantisme, Destructeur, tu as fait le choix de te vautrer dans le temple de la Terre. Vois ce bras. Il incarne ton salut. Il incarne le salut des tiens. Par lui, tu es purifié. Par lui, la Terre t'offre une renaissance.

L'ancien maître des lieux explose.

— Folie ! La folie vous aveugle ! La Terre n'a jamais réclamé de sacrifices !

— Je reçois tes paroles de repentance, Destructeur. Par celles-ci tu avoues n'avoir jamais pris la peine d'écouter la voix de la Terre.

— Folie ! Folie ! Sauvez au moins mes filles, fanatiques !

— Oublie ta peur, Destructeur. Et ouvre-toi aux flammes purificatrices.

Je fais basculer une étagère chargée de bouteilles, transformant ainsi la réserve en un véritable brasier. Je recule sous la chaleur des flammes. Des bocaux explosent en tous sens. Les fumées étouffent les hurlements d'enfants. Je sors de la réserve. Le Frère Commandeur annonce la victoire.

— La place est purifiée par le Feu de la Terre ! Ici et dans l'Autre-monde se repent un Destructeur ! Mes Frères, pour la Terre !

— HOOUM !

Nos chevaux renâclent et piétinent en sentant la fumée de l'incendie. Nous traversons la cour. Un frère achève encore un serviteur mal purifié, et nous sortons du fortin en flammes.

— Frère Amoko, le Frère Supérieur me loue depuis des jours votre entrain, votre efficacité et votre grand courage. Grâce à vous, la Terre retrouve peu à peu la paix. Et nombre de seigneurs noirs se voient aujourd'hui purifiés par votre main. L'Ordre des Pères Blancs prendra grand soin de leurs anciens domaines, afin de faire entendre plus loin nos saintes paroles !

» Frère Amoko, notre fratern est au cœur d'une haute mission confiée par les Grands-Pères de l'Altama, et l'honneur vous revient d'y participer. Veuillez vous rendre dans la cellule du Frère Supérieur. Il vous donnera votre ordre de mission. Vous pouvez disposer.

— Mon Père.

Je m'incline et me retire en silence. Un frère referme la porte. Me faire saluer par le Père des Futaies en personne. Mère, si tu n'avais pas choisi la voie de la purification, tu serais fière de moi. Tu ne regretterais plus de me voir dans les rangs de l'ordre juste. Ces hommes de bien ont su donner un sens à mes mots. Je descends deux étages, traverse un couloir baigné de soleil, et m'arrête. La cellule du Frère Supérieur est juste devant moi. Je frappe à la porte.

— Oui ?

— Frère Amoko à vos ordres, Mon Supérieur.

— Amoko... Oui. Entre.

Je m'exécute et m'incline devant mon supérieur.

— Tu protèges la Terre et elle te le rend. Te voilà investi d'une tâche de la plus haute importance. Écoute avec attention. Le Père Supérieur lance des ordres de recherche à travers tous les Septentrions pour trouver un Destructeur venant de Saham. Ce Destructeur a enlevé « le Drôle » et sa faible mère qui étaient sous notre protection. Il doit être retrouvé, libéré, et purifié.

— « Le Drôle » ?

— N'INTERROMPTS PAS TON SUPÉRIEUR !

— Hooum !

— « Le Drôle » est promis à un très grand avenir dans l'ordre. C'est tout ce que tu es autorisé à savoir. Alors pas de questions. Et redresse-toi, Frère Amoko, pour mieux t'incliner devant l'honneur qui t'est fait !

Je m'incline bien bas et reçois avec émotion la robe blanche des Frères Commandeurs. Mes manches s'allongent déjà, mère ! La Terre accepte mon sacrifice !

— Mes Frères... ORDRE DE MONTER !

Je prends la tête de la formation et guide mes frères vers le grand porche.

— Par où commençons-nous, Mon Commandeur ?

— Nous allons marcher droit devant ! La Terre guidera les pas de nos chevaux pour nous mettre sur le bon chemin ! Colonne par un, EN AVANT !

— HOOOUM !

Et nous chevauchons. Pendant des jours et des jours. Droit devant. Toujours droit devant. Nous avons quitté le royaume d'Albij, traversé celui de Westpalie, et arrivons en vue des Hauts Plateaux de l'Aaltus. Encore une croisée de chemins, devant nous.

— Droit devant.

— Hooum.

Si ma carte est juste, nous devrions arriver sous peu dans un hameau où passer la nuit. Ma carte est juste. La route atteint des bâtiments agricoles, et nous avançons au petit trot devant les premières maisons. Les habitants s'écartent précipitamment de notre chemin. Je crie pour qui voudrait entendre.

— Nous sommes des Frères en mission, pour la Terre. Et nous cherchons un gîte pour la nuit.

Un homme chétif sort des rangs et s'avance vers nous. Il fouille dans le col de sa chemise encrassée et tire en tremblant un médaillon prouvant sa filiation à la fratern locale. Il nous adresse quelques mots craintifs.

— Soyez les bienvenus, Mes Seigneurs... Excusez ces gens... ils ne sont pas habitués à la visite des Pères Blancs... Et on entend tellement d'histoires... Je pense pouvoir trouver un asile pour vous et vos chevaux, attendez-moi ici...

L'homme se dirige en courant vers la plus grosse maison du hameau et frappe à la porte. On lui ouvre, il entre. Le silence est bientôt brisé par des éclats de voix.

— Quoi ? Mais on a oublié de t'expliquer comment te servir de ton cerveau à la naissance ? Qu'est-ce qui te prend de nous ramener ces oiseaux de malheur ? Et si je refuse d'abriter ces fous de Terre, moi ? !

La porte s'ouvre brusquement. Notre modeste partisan réapparaît. Il recule, écrasé par les invectives du métayer.

— Maî... Maître ! Ne provoquez pas leur courroux !

— Déguerpis ! Hors de ma vue !

Je regarde l'adepte s'aplatir sous une grêle de coups de pelle. Le nanti rougeaud lève alors les yeux sur nous.

— Il n'y a rien pour vous, ici ! Passez votre chemin !

Je flatte l'encolure de mon cheval.

— Mes Frères, les humbles serviteurs que nous sommes se voient humiliés en ce lieu sacré. Et moi, Mes Frères, je crie... justice !

— Justice !

— Nous devons libérer ce hameau de ce Destructeur ! Nous devons étendre le bras protecteur de l'Ordre ! Pour la Terre, FER AU CLAIR !

— HOOUM !

J'abaisse mon blanc capuchon, jette ma cape en arrière, dégaine mon épée, et éperonne mon cheval. Je fonds sur la maison, en porteur de justice. Le Destructeur recule précipitamment et referme sa porte. Je saute de cheval, roule sur le sol meuble, fais claquer ma cape et fracasse une fenêtre à coups d'épée. Je fais sauter les derniers bris de verre à l'aide de ma lame, et pénètre l'antre du spoliateur. Il se tient là, derrière une grande table renversée, ne laissant dépasser qu'une pelle tremblante.

— Pitié ! Je reconnais mon erreur ! Prenez... Prenez ma grange, pour la nuit... Pour vous et vos chevaux !

— Voudrais-tu me faire croire que ton âme perçoit enfin la lumière, Destructeur ?

— Oui ! Oui ! Je vois la lumière ! J'entends la Terre ! Je... J'étais dans l'obscurité, mais d'un coup tout est devenu clair pour moi ! Et je...

— Mon épée ne serait-elle pas la cause de cette éclaircie ?

— Non ! Je comptais me rendre à la fratern des Lianes-Feuilles, mais le travail...

— Noble intention, paysan. J'accepte ta reconversion. Pouvoir m'a été donné d'exécuter tes dernières volontés.

— NON !

— Par ce geste, je purifie ton âme et t'allège de tes fautes.

— Non !

— Fais que la Terre te guide sur le droit chemin et t'offre sa lumière.

Je plonge mon épée dans le cœur du métayer et ressors par la porte.

— Toi, frêle serviteur, te voilà le nouveau maître de ce hameau. Fais que les richesses de la Terre ne soient plus spoliées en ces lieux.

— Ou... Oui Maître !

— Pardon ?

— Ho... Hoooum !

— Entre en ta nouvelle demeure.

— Oui M... Hooum. N... Nous allons soigner vos chevaux. . et je... je m'occupe de vous procurer de quoi manger !

Je conduis mes frères dans une grande remise de planches. L'endroit est sobre, mais répond à tous nos besoins.

— *Frère Amoko.*

— Oui ?

Je me retourne.

— *Frère Amoko, écoutez-moi.*

— Qui me demande ?

Les frères font un effort visible pour cacher leur gêne.

— Pas nous, Mon Commandeur.

— *Ne me cherchez pas parmi les hommes, Frère Amoko. Je doute que vous puissiez me voir. C'est par ma pensée que je m'adresse à vous.*

— Bien, Maître. Je vous écoute.

— *Chevauchez vers le nord. Gagnez les hauts plateaux de l'Aaltus. Longez les flancs de l'Ayala. Vous trouverez alors « le Drôle ».*

— Hooum.

Mes frères me regardent, plus intrigués que jamais.

— Mes Frères, il est des mystères qui nous échappent. Un Grand-Père de l'Altama vient de communiquer avec moi, par la pensée.

— Hooo...

— Ses paroles résonnaient dans mon crâne, comme si je n'étais fait que de cristal.

— Hooo...

— Et il savait où nous étions.

— Hoooo...

— Et où nous devions nous rendre.

— Hoo... Et c'est où ?

— Vers l'Ayala, mes Frères, vers l'Ayala. L'Enfant nous y attend.

Que faire ? Le Grand-Père n'avait pas mentionné la présence de ce maître d'armes. Son regard se creuse. Il émane de lui une grande force de destruction. Je porte vivement ma main à ma joue. Un coup de fouet cuisant vient de me lacérer le visage. J'ouvre la bouche, pour tenter de le ramener à la raison, quand un étau de glace se referme sur mon cœur. Sorcellerie. Cet homme… n'est… que… sorcellerie. Quelque chose craque en moi, et un brai de guerre fumant m'inonde le cerveau.

— Je ne suis ni amour ni compassion ! Déguerpissez ! Disparaissez ! Fuyez !

— AAh…

Ma tête explose sous la soudaine colère du tatoué. Mes frères dévalent la pente en hurlant pendant que je cherche encore mon souffle. Je me relève, le cœur criblé d'aiguillons, tombe, roule et me traîne avant de partir à la suite de mes hommes. L'étreinte se resserre encore. Je suffoque.

— Aah… Aah… Mes Frères…

Chapitre 27
Erkan, l'âme damnée

Je suis expulsé de ce corps souffrant. Grands Cieux ! Je n'imaginais pas déployer une telle puissance par le simple fait de ma pensée ! Et me voir ainsi, au travers des yeux de cet homme ! Mais quel est le plus fou de nous deux ?

Je survole son fleuve, au plus près du présent, et replonge.

Chapitre 28
Frère Amoko

Le Père Supérieur ne doit pas apprendre notre débandade. Avions-nous le choix ? Perdre ici mes Frères n'aurait-il pas été un sacrifice inutile ? Je jette une souche humide dans le feu et grimace sous la fumée. Les Frères se taisent. Prostrés.

— Frère Amoko.

Je tressaute et me froisse un muscle du cou.

— *Frère Amoko, vous n'aurez plus d'autre occasion de rendre un tel service à la Terre. « Le Drôle » est encore tout proche de vous.*

— Mais, Vénérable Père de l'Altama, son gardien est trop puissant. Il ne craint aucune de nos armes. Il...

— *Oui, Frère Amoko. Nous connaissons cet homme. Il est égaré et nous avons pitié de son âme. Mais il n'est pas invulnérable. Il est tout autant homme que vous. La nuit, son esprit malade abandonne son corps, et vous pouvez en cet instant précis le surprendre. Partez sur-le-champ et suivez ce sentier que je vous révèle.*

— Et si...

— *EXÉCUTION !*

Ce dernier ordre me brûle le crâne. Je me tiens la tête à deux mains, en titubant dangereusement près du feu. Mes Frères me regardent, terrifiés. Je me ressaisis, avec effort.

— M... Mes Frères, le... le Grand-Père a encore parlé. Il... Il nous faut trouver du courage. Le tatoué peut être vaincu durant la nuit. Nous devons convertir son âme. Porter la lumière en lui, par la pointe de nos épées. Trouvons des chevaux, et en avant !

— HOOUM !

Chapitre 29
Erkan, l'âme damnée

Je suis arraché du passé fiévreux de ce frère pour plonger dans un chaos de cris et de cliquetis métalliques.

— HÂÂÂ... AAAYA !

— ERKAN ! Mais réveillez-vous ! Ils sont revenus !

— ÂHÂÂ ! HÂÂÂ...

Pasang me secoue en tous sens et me frappe pour me forcer au réveil. Mon corps brûle et se convulse d'horrible façon.

— Seigneur ! Mais que vous arrive-t-il ? Levez-vous ! Cardanapak est encerclé !

Elle n'a pas le temps de prononcer une parole de plus que je la pousse avec violence sur le côté. La lame du frère se fiche en terre, ratant de peu sa cible. Je me redresse sur les coudes, le corps crispé de crampes. Ma vue s'affine à mesure que je redeviens maître de mes sens. J'explose.

— VOUS !

— Noon... Non !

D'une poussée de Šhå, j'embrase d'un feu éternel les mains de l'encagoulé. Il recule, bouscule ses frères, et se précipite dans la pente en hurlant.

— Sorcellerie ! Sorcellerie !

Je roule en avant et me relève d'un bond, repoussant le front des assaillants de ma seule colère.

— SOOOOOOMBRETERRE !

Je fends la mêlée, parant du plat de la main une lame qui s'en allait prendre le flanc de mon compagnon. Aciane jaillit, rabattant les fers ennemis, dépiécant cottes et chaînes de mailles.

— Hurlez, fous de foi ! Mais hurlez donc !

Les frères reculent et prennent la fuite, piqués d'épouvante, les mains rongées par mon feu spectral. Pendant qu'Aciane regagne le creux de mon épaule, j'agrippe par le col le dernier rebut de fratern et arrache son capuchon.

— De quoi te protège ce bout de tissu, Commandeur Amoko ? Où devrais-je t'appeler... *HANK* ?

L'homme se mord la langue. J'attrape son crâne, à deux mains, enfonce mes ongles sous sa peau, et le saisis à l'os d'un geste sec.

— Fous ! Que des hommes sans tête courent vers l'ignorance, passe encore, mais vous, Détenteurs, pourquoi ?

L'homme se met à hurler.

— HAAA ! Je ne suis pas Détenteur ! Je ne suis pas Détenteur !

— Silence !

Je pousse le frère de toutes mes forces, le faisant littéralement voler dans les airs.

— Je ne veux plus de vous sur mes bottes, vous m'entendez ?

Il roule à dix pas de moi et reste prostré, le corps tremblant. Les derniers fanatiques se replient en désordre, traînant derrière eux les victimes tombées sous les coups de Cardanapak. J'entends des pleurs d'enfant, derrière moi. Pasang est agenouillée près du feu, la tête de son fils enfoncée entre les seins. Je ne vois que de la terreur dans les yeux de cette mère. Un regard qui décuple ma rage ! Je me retourne vers les frères encagoulés et déferle en eux.

— *PAUVRES FOUS ! NUL NE PEUT ME VAINCRE !*

Le feu explose sous ma subite décharge de Šhå, et le hurlement que pousse alors Pasang me refroidit définitivement. Par la défunte ! Je suis à deux doigts d'épouvanter plus encore cette jeune femme que les Fères Blancs !

Je me précipite vers elle, me laissant choir sur mes deux genoux, sans oser la toucher. Je bafouille.

— Pardon... Pardon.

Cardanapak ne dit mot. Éprouvé par le combat, les vêtements en pièces et le corps couvert d'entailles, il garde ses reproches silencieux. J'avais le devoir d'assurer la garde, et j'ai failli. L'homme du Sud se redresse, rassemble les braises du feu, et le recharge de quelques branches sèches. Puis il s'assied toujours en silence, pour nettoyer ses sabres. Quelle sorte d'homme je suis ?

Nous reprenons la route dès l'aube, descendant les dernières pentes rocailleuses de l'Ayala pour rejoindre le royaume de Westpalie. La forêt s'étale devant nous, perdant le tapis de sa canopée dans un océan de brumes matinales. À chaque pas, nous ressentons un peu plus la moiteur qui s'élève de ces futaies. L'air devient lourd, comme chargé de senteurs organiques. Westpalie, le pays des Mille Bois.

Je pousse mon cheval sous les premières frondaisons. Il piaffe et renâcle de mécontentement, luttant pour poser ses sabots dans un maillage de racines anarchiques. Je fais mettre pied à terre et entreprends discrètement de défatiguer les muscles de mes compagnons tout autant que ceux de nos montures. Puis je panse les coupures et autres blessures infimes, notant qu'ici la moindre piqûre s'infecte et suppure de manière excessive. Je chasse d'un geste énervé des tiges épineuses qui menacent nos visages, et arrache des rideaux de lianes sarmenteuses. Je pousse ma conscience au-delà de l'étouffante surabondance des lieux, contournant les contreforts ligneux d'arbres à cent troncs, avant de lâcher un cri de surprise.

— Par ici !

Ma joie soudaine tient à la vue d'un passage taillé de main d'homme, comme une marque timide de civilisation. Un chemin qui accueille bientôt nos pas et nous permet de remonter en selle au milieu de mille foisonnements de formes et couleurs. Des nuées d'insectes s'abattent sur nous, nous prenant momentanément pour le centre de leurs préoccupations. Comme cette bestiole aux élytres rutilants et à la tête bardée de rostres dorés qui se pose lourdement sur ma main. Je sens les crochets de ses pattes me griffer la peau tandis que je l'invite du doigt à reprendre son envol. Elle agite ses mandibules, ouvre deux paires d'ailes puissamment nervurées, et s'éloigne dans un surprenant vrombissement. Mais un papillon lui succède aussitôt, léger comme un souffle d'air, il balade sa trompe sur les lignes de mes tatouages et suce le sel transpiré par tous les pores de ma peau. Il est rejoint par un de ses pareils, puis deux. Une envolée d'éventails de soie s'ébat maintenant autour de moi pour du sel ! Je n'imaginais pas servir un jour de friandise aux papillons ! Mais, feu du Ciel ! Que lui prend-il, à celui-là ? Le premier papillon se met à vriller sur lui-même dans un nuage d'écailles, bientôt suivi par ses congénères, semant mon armure d'impacts moirés. Je secoue la main pour me débarrasser de cette grappe furieuse, quand j'entends des cris derrière moi. Pasang lutte, assaillie par ces essaims contre-nature, emmêlant cheveux et jurons dans d'inutiles gesticulations.

— Jeune dame !

Des filets de sang coulent maintenant sur les joues de la belle ! Peste ! Je lève les doigts et, d'une impulsion mentale, j'ôte à chacune de ces créatures leur étincelle de vie. Pasang me lance un regard furieux.

— Mais comment faites-vous ça ? !

— Mais, jeune dame, je ne fais rien !

— Vous mettez le feu aux mains de nos adversaires, vous tuez ces papillons sans même les toucher, et vous ne faites rien ?

— Ce ne sont que les potions de Cardanapak, jeune dame, rien d'autre !

L'homme du Sud achève de chasser les derniers importuns à l'aide d'une de ses fioles, en souriant de toutes ses dents.

— Pour ksûr, kces élîxîrs ksont pûîssants, Dâme Pasang !

Mais des bruits de sabots mettent subitement fin à notre conversation. Je sonde immédiatement les alentours, en quête de danger.

— Restez en arrière !

Quatre cavaliers se présentent au détour du chemin, sabre à la main. Ils fouettent l'air, coupant le moindre sarment qui viendrait à outrepasser ses droits naturels. L'un d'eux s'exclame.

— RHA ! La poisse que ces suceurs ! Tiens, sale bête, goûte un coup à ma pommade ! Ah ! des voyageurs ! Va falloir lâcher la pièce aux Sabreurs du Roy !

Cardanapak fait jouer sa lame dans son fourreau, comme pour signifier qu'il n'est pas comestible. Je rejette quant à moi la capuche de ma pèlerine de cuir, découvrant mon visage bardé de tatouages.

— Holà ! nous ne cherchions point querelle ! C'est juste coutume de voir le voyageur nous verser la pièce pour payer l'entretien de la route de Wespale !

Cardanapak est plus rapide que moi, et l'éclat d'une pierre fine traverse l'air en direction des sabreurs.

— N'âssâîîez pâs de lâ pârtâger en quâtre, elle kse câsserait en mîlle. Mâs n'impôrte quel bîjoutîer en recônnaitrâ lâ vâleur et vous montrerâ que kce jour je ne me ksûîs pâs môqué de vous.

— Merci, voyageur. Que la forêt protège votre route !

Les sabreurs tournent bride et se remettent aussitôt à l'ouvrage. Pasang s'affole, aux prises avec une nouvelle envolée de papillons suceurs. J'interpelle mon compagnon.

— Cardanapak, vous resterait-il une goutte de ce musc de Satar ?

— Mâs ? Cômment ksâvez-vous que je pôssède kse genre de...

Je regarde l'homme du Sud, en souriant, laissant son imagination trouver la réponse qui lui siéra. Il fait sauter une fiole de son ceinturon de cuir, la débouche, et fait couler une goutte sur les mains de Pasang.

— Pouah ! Quelle horreur ! Non mais ne me dites pas que ce truc ne fait que repousser les papillons !

— Non, Dâme Pasang, le mûsc de Satar repousse en effet tout représentant dû râgne ânîmâl.

Kerfang profite du relâchement de nos humeurs pour s'aventurer à questionner...

— Cardanapak, et pourquoi ils sont méchants, les papillons ?

— Âh ! ûne questîon ! Îls ne ksont pâs mâchants, vouâîîez-vous, jeune prince, îls kse nourrîssent, vouâlâ tout.

— Et ils veulent nous manger, les papillons ?

— Âh ! Euh... Îls ksont un peu petîts pour ksâ, ne crouâîîez-vous pâs ?

— Et ça mange quoi d'autre, les papillons ?

— Âh ! Eh bîen, en des contrées moins bârbâres, îls ksont plûs enclins â kse nourrîr dû nâctâr des fleurs.

— C'est quoi, le nactar ?

La jeune mère intervient, agacée.

— Le nectar, Kerfang.

— Âscûsez mon âccent, Dâme Pasang, je trûffe la tête de vôtre fîls de bâlourdîses !

Je clos sans le vouloir cette sympathique discussion.

— Remettons-nous en marche, voulez-vous ? La route est encore longue.

Nous nous enfonçons dans le cœur sombre de la forêt, sous le règne du silence. Les hautes futaies renvoient l'affolante surabondance de vie à plus de soixante pas dans les airs, vers la lumière et le soleil. Aussi trottons-nous, des jours durant, prisonniers de cette triste pénombre et du rythme affreusement lent de nos montures.

Je ne tiendrai pas sept lunes ainsi, que la chose soit dite !

Kerfang s'est endormi, tenu d'un bras par le Sahaméen. L'homme est avec cet enfant d'une patience infinie. Il répond, sans se lasser, au flot incessant de questions auquel le soumet le petit garçon. Pasang, elle, me surveille du coin de l'œil et prend soin de maintenir ses distances avec moi. Fiel des Cieux ! Tant d'efforts pour me rapprocher d'elle et de ce fils, mis à mal par une simple poussée de colère ! Une rage tenant de ce sentiment d'impuissance qui me ronge les entrailles et me fait passer pour un monstre, bien plus que ce crâne lisse ou ces maudits tatouages. Je suis une bête. Et ce Sahaméen voudrait faire de moi un roi ? Moi ? Paré d'atours, entouré d'une cour ? En perpétuelle représentation ? La vérité sur cette réalité qui m'occupe, ou sur le passé de ce lointain royaume, vaut-elle que je me prive de liberté ?

Et, décidément, cette jeune femme me trouble. Je me surprends à visiter encore et bien malgré moi l'harmonie de son visage. Une beauté naturelle que rien ne semble pouvoir ternir. Ni les rudesses du voyage, ni la fatigue. Ni l'adversité.

— Ksâgneur Ârkân ? Je crouâs qu'îl kserait temps de trouver un endrouât ksûr pour lâ nûît.

La forêt étouffe en effet les dernières lueurs du jour. Je sonde plus avant notre chemin et trouve un refuge capable de nous accueillir, taillé par les sabreurs. Je lâche instinctivement.

— Nous arrivons.

Pasang réagit vivement.

— Où ça ?

— Il y a un espace dégagé à quelques centaines de pas de là, jeune dame.

— Et vous voulez nous faire croire que ça aussi c'est naturel ?

— Pardon ?

— Nous sommes venus par le même chemin, Seigneur Tatoué ! Et je peux vous assurer que de la boue collait à nos pieds ! Que l'air était lourd, irrespirable ! Que l'eau était insalubre ! La nourriture avariée ! Et que, par dessus tout, nous ne trouvions jamais de vos « *espaces dégagés* » ! Encore moins quand nous en avions besoin !

— Juste Ciel ! Calmez-vous, jeune dame ! Je n'invente en rien cet endroit ! Pas plus que je ne commande la clémence des éléments !

La jeune femme me lance un regard noir, avant de détailler cette percée, gagnée de haute lutte sur les sous-bois, que nous approchons. Cardanapak descend de cheval.

— L'endrouât vous pâraît âssez ksûr, Ksâgneur ?

— Oui. De toute façon, inutile d'aller nous perdre dans la forêt, ceux qui nous poursuivent peuvent nous trouver où que nous soyons.

Pasang descend à son tour.

— Parce que vous croyez franchement qu'ils reviendront ? Après ce que vous leur avez fait ?

— Eux ou leurs comparses. Ces rats pullulent. Mais aucun d'eux ne me surprendra plus ! Par la Défunte ! Je veillerai aussi longtemps qu'il le faudra !

— Vous ne dormirez pas de la nuit ?

— Non.

— Mais qui peut tenir sans sommeil ? !

— Je ne dors pas beaucoup, vous savez.

— Sûr, grand homme, vous préférez tomber d'apoplexie ! Vous êtes effrayant.

Mais le visage de la jeune femme s'adoucit soudain de manière surprenante. Un relâchement de traits qui me fait l'effet d'un sourire radieux. Elle reprend, comme pour elle-même.

— Pourtant, quelque chose m'attire, chez vous.

— Âh ! ksî nous vous dârangeons, âvec Kerfang, nous pouvons vous lâsser kseuls et âller vîsîter kcette mâgnîfîque fôrêt !

L'ironie ne quitte pas le visage de l'homme du Sud. Il poursuit.

— Ôh, et ôrîez-vous encôre quelques âmîs bârgers dans les fôrêts de kce rouâîîôme, Ksâgneur ?

— Non, mais nos amis encagoulés avaient dans leurs sacoches de quoi manger pour plusieurs jours.

— Âh ? Je n'avais pâs râmârqué.

— Cardanapak, et si vous vous occupiez du campement pendant que je soigne les chevaux ?

Je desselle nos montures, l'une après l'autre, les brosse et les caresse à l'aide de fibres d'écorce, chasse faim et fatigue, avant de m'attarder sur ces fameuses sacoches. D'une danse discrète des doigts, je tire du néant un jambon de pays et deux miches généreuses. Elle l'a dit. Je dénoue une des sacoches et la porte près du feu que Cardanapak tente d'allumer. Je n'ai pas rêvé, elle a dit qu'elle était attirée par moi. Je regarde l'homme du Sud taper ses briquets et faire jaillir une pluie d'étincelles sur une étoupe. Un filet de fumée s'élève de braises infimes aussitôt attisées par le souffle du Sahaméen. Une flammèche affolée gagne bientôt les menus branchages jetés en pâture à ses appétits juvéniles.

Bon. Elle a aussi dit que je lui faisais peur.

— Nous âllons manquer de bouâs ksec, Ksâgneur.

— Je vais voir ce que je peux trouver.

Pasang s'affaire à tendre les hamacs, refusant de m'accorder le moindre regard. Pourquoi choisir maintenant de rompre cette distance entre nous ? Je ramasse les premières branches venant à dépasser des mousses, assèche leurs fibres gorgées d'eau, élimine toute pourriture, resserre leurs pores, et reviens auprès du feu avec une bonne brassée de bois. L'homme de Saham suit mes gestes de son œil brillant. Je m'assieds sur une racine, sors une miche que je distribue en larges tranches, avec du jambon. Nous mangeons en silence. Pour plus de plaisir, je donne du fondant à cette viande sèche, libère le fumet de ses chairs, les parfums d'aromates.

— Ksâgneur...

Cardanapak observe la branche qu'il s'apprêtait à mettre au feu, le visage soudain barré d'une vive interrogation.

— Cômment âxplîquez-vous que le bouâs que vous râmâssez est toujours plûs ksec et plûs dense que le mîen ?

— Cardanapak a raison, Seigneur, ce...

— Par la Terre, jeune dame ! Ne bougez plus !

Je guette les mouvements d'un long rampant qui se laisse placidement couler de branche en branche, là, au milieu du camp. Il plante en moi son regard glacé et tente de me fasciner comme un vulgaire rongeur.

— Âh ! mais kce n'est qu'un kserpent ! Ne vous âquîétez pas, dans nôs contrées nous âpprenons â kchârmer kses bâstîôles dès notre plûs jeune âge. Pour râcûpérer leur venin. Lâssez-mouâ faire.

Cardanapak débouche une de ses fioles, captant subitement l'attention du reptile. L'animal agite fébrilement sa langue bifide, intrigué par une odeur des plus imperceptibles. L'homme ne le quitte pas des yeux. Il plonge une paille en corps de plume dans le liquide, et souffle promptement sa drogue à la gueule du serpent. L'animal se ramollit et se laisse glisser sur le sol. Sans vie.

— Ha ! regardez, jeune dame ! Cardanapak est au moins aussi mystérieux que moi, non ? Il a une potion pour chaque situation de la vie !

— Oui, eh bien amusez-vous de vos mystères, moi je vais me coucher.

Elle prend Kerfang dans ses bras et se dirige vers son hamac.

— Lâ fâtîgue dû vouâyâge âcourte les ksouârées ! Je crouâs que j'ai ôssî mon compte. Âtes-vous ksûr de ne pâs voulouâr que je vous relève dans lâ nûît, Ksâgneur ? J'ai ôssî de quouâ faire pâsser le ksômmeîl.

— Ne vous en faites pas pour moi, Cardanapak.

— Dâme Pâsang â râson, vous ksâvez, pour vôs crîses d'âpôplexîe.

Je jette quelques branches dans le feu.

— Si je ne peux pas veiller sur vous, alors personne sur cette Terre ne le pourra, homme du Sud.

Mais le Sahaméen s'endort déjà, doucement bercé par les balancements de son hamac. Je vais profiter de ce calme pour reprendre mes expériences Šhåmaniques. Je maîtrise désormais parfaitement la genèse du scarabée des plateaux, mais il en va autrement pour celle de mon étalon. Je plonge un senseur dans le cou de l'animal et lève une goutte de sang que j'attire auprès d'une perle d'eau pure. Je fais danser les fluides, sans jamais les mélanger, dans une bulle de vide, jusqu'au plus complet transfert de signature. Je dissous la perle de sang, et déploie une gangue d'acier veinée de grenat autour de la goutte d'eau. Une nouvelle bille-mémoire roule dans le creux de ma main.

Je concentre l'Énergie des lieux à en faire vibrer l'air ambiant et entreprends de rebâtir l'animal. Le travail me creuse les joues. Mon corps tremble. Je transpire, sentant les os de ma créature se densifier. Ses chairs gonflent et se tendent dans la pénombre en un écorché. J'appelle toujours plus de Šhå, faisant grincer les os de mon crâne sous la violence de l'effort, mais l'Énergie afflue, touche par touche, achevant peu à peu mon œuvre. Peau de cuir, pelage et crin, la forme se stabilise. Cohérente.

Viable.

Je me relâche.

L'air redevient respirable. Je maintiens l'animal sous les fils de ma volonté, notant sa totale conformité avec celui qui frémit à trois pas de là. Quelques particules résiduelles d'acier en plus, dues au contact de l'eau-mémoire avec sa gangue, mais le souffle de vie en moins. Puis-je espérer m'emparer de ce fragment d'âme sauvage que je sens dans le cœur de l'original ? Puis-je espérer la conserver dans une bille-mémoire ? J'approche de ma monture, flatte son cou du plat de ma main. Il me renifle, doucement, reconnaissant mon odeur entre mille. Il a confiance en moi. Terre, mais que suis-je en train de faire ? Mon vieux Maître ne m'a jamais encouragé à marcher sur cette voie ! Je chasse la tension qui me noue l'estomac, enveloppe le cheval de mon essence, et resserre sur lui un étau d'éther. Il s'effondre. Privé de cette étincelle que je tiens au cœur de mon poing. Le sang bat à mes tempes. Je m'approche de l'autre créature et enfonce délicatement l'âme animale dans les chairs inertes. Le jeune étalon se réveille, comme pris d'un sursaut, et s'ébroue. Ô Cieux ! me voilà dompteur de Vie et de Mort ! Je dématérialise la dépouille originale dans un ballet de Šhå, et récupère le licol.

Je serre les dernières sangles et attache mon nouveau cheval près des autres. Je prendrai plus tard le temps d'apprécier cette courte victoire, car, sombre sort, en cet instant approchent des indésirables. Je perçois un commandeur et dix frères. À deux cents pas. Je pousse mes senseurs et m'élance furtivement dans la nuit. Là, accroupi en plein chemin, ramassé sous ma pèlerine de cuir noir, j'affûte mes rages et fulminations.

Les chevaux approchent, les fers collés par la boue. Je distingue la face de mes ennemis, par mes sens éthérés, dans la lueur blafarde de mauvaises lanternes. Un des frères grogne.

— Pourquoi le Père ne viendrait pas lui-même se taper ces marches de nuit ?

Je n'attends pas. Je fonds sur l'homme de tête et perce son crâne d'un trait d'esprit.

— Homme ! Tourne bride et sabots !

Le frère tourne la tête en tous sens, et interroge d'une voix troublée.

— Qui me parle ainsi ? Annoncez-vous !

— Je suis le tatoué. Frère Amoko n'a donc pas parlé de moi aux tiens ?

— Il a été placé en cellule d'isolement ! La folie lui ronge l'esprit ! Où êtes-vous ?

— Devant toi.

Le commandeur arrête sèchement son cheval, une lanterne tendue à bout de bras. Je me redresse, rejetant ma capuche de cuir en arrière. L'homme tire sa bâtarde du fourreau.

— Qu'avais-je dit, bretteur ?

J'embrase ses mains de mon feu spectral.

— Nul ne devait poursuivre mes pas !

Je l'oblige à lâcher son arme.

— Brûle !

Il est jeté à terre par son cheval et pousse des hurlements inhumains, se roulant dans la boue pour tenter d'éteindre des flammes qu'il sera, à jamais, le seul à percevoir.

— *Brûlez tous !*

D'un soudain éclat de colère, j'embrase par dextre et senestre les chairs de ces mauvais frères.

— *Qui me traque...*

Ils tombent à terre, soufflés comme balles de paille.

— *... brûlera d'un feu vengeur !*

Je laisse les hommes se relever et s'enfuir dans la nuit, abandonnant derrière eux armes et chevaux.

— *Clamez haut ce message dans vos fraterns !*

Le dernier fou de foi disparu, je retourne silencieusement auprès de mes compagnons. Tous trois ronflent paisiblement dans leurs voilages de tulle. Je replace quelques branches sur les braises du feu, quand un gémissement attire mon attention. Pasang ? Je m'approche d'elle pour m'assurer de la tranquillité de son sommeil. Kerfang n'est pas plus agité, pourtant, à l'évidence, quelqu'un se plaint ! Cardanapak ? Je me tourne vers son hamac et le vois, assis, le regard perdu dans le vide, les yeux révulsés. Un poison ? Une piqûre, une morsure ? Non ! Je passe en seconde vue pour m'assurer de l'origine du mal et...

Non !

Vils surins ! Ces vieux gâteux n'ont plus aucun sens de l'honneur ! Violer ainsi les règles les plus anciennes d'Almenarc'h ! Percer par la ligue l'esprit d'un homme vivant ! Saisi d'une rage folle, j'attrape à pleines mains des tombereaux de langues scintillantes, des senseurs grouillant comme autant de sangsues à l'arrière de son crâne ! Les Détenteurs me perçoivent et tentent de se dérober ! Mais je resserre ma prise sur leurs appendices et les inonde de toute ma fureur.

— *Ni moi, ni mon fils, ni personne ne rejoindra les rangs d'Aïnhor Eran !*

Je fouette les vieillards d'une décharge Šhâmanique et les laisse se rétracter dans la précipitation. Je secoue Cardanapak. Il sursaute, retrouvant soudain la vue.

— Ksâgneur ? Mais qu'âvez-vous ?

— Cardanapak ! Vous venez d'avoir la visite de nos pires ennemis ! Nous ne pouvons pas continuer ainsi !

— Mais ? Je n'â vû pârsônne ?

— Vous aviez des Détenteurs plein la conscience !

— Des Dâtenteurs ?

— Avez-vous eu des absences, ces derniers temps ?

— Ksâgneur, le vouâîîâge est prôpîce â kce genre d'âxpérîences dont vous pârlez.

— Fiente ! Fiente ! Fiente ! Trois fois fiente ! Ils me bernent depuis des jours !

— Que voulez-vous dîre ?

— Ces frères ne sont là que pour la diversion ! Les valets m'amusent pendant que les maîtres explorent votre cervelle !

— J'ai peur de ne rîen comprendre, Ksâgneur. Vous âtes ksûr de ne pâs voulouâr dôrmîr un peu ?

— Ils connaissent tout de vous ! Vous m'entendez ? Ils ont toute votre vie en main ! Jusqu'aux plus infimes secrets ! Ils savent où nous allons et vont désormais devancer chacun de nos pas ! Nous n'avons plus le temps de voyager gentiment !

— Âh ! mais je ne vouâs pâs cômment faire ôtrement !

L'air se fige soudainement devant moi. Plus aucun son ne me parvient. Le cours du temps est suspendu. La nuit semble alors s'ouvrir en deux pour laisser surgir une forme tremblante et lumineuse. Une femme prend corps et plonge en moi deux yeux gris incrustés d'éclats cristallins. Sa chevelure d'argent tombe tout autour d'elle, en cascades de tresses fines, et la suit comme une traîne tandis qu'elle s'approche de moi, à pas lents et chaloupés. Je tente de parler, mais ma voix reste aussi figée que le temps. Je penserai, donc.

— Awana, c'est bien cela ?

— La seule et unique.

— Il semblerait que les raisons de vous haïr soient nombreuses, sorcière !

— Il serait sage de comprendre que tu n'es pas autorisé à te laisser aller à de tels sentiments, belle âme.

— Vous avez fait de moi un instrument de guerre, une arme humaine !

— J'ai fait bien plus que cela. Et bien moins tout à la fois. Difficile de dire à qui tu dois tes tourments, toi qui es à l'origine de tout.

— Que me voulez-vous ? !

— T'apporter mon aide.

— Foutaises ! Pourquoi vous écouterais-je ? !

— Car je suis la seule qui puisse guider ton âme vers ce repos auquel elle aspire. La seule.

— Vous m'avez fait réduire la cité de mes ancêtres à ce caillou ! Vous m'avez fait tuer pères et mères ! Vous m'avez fait briser tous les interdits qui pèsent sur les Sages du Premier Cercle ! Tuer ! Forniquer ! Livrer ma semence !

— Ton âme est responsable de bien plus encore, Erkan. En attendant de savoir qui tu es réellement, prépare-toi au pire, car pour ton rachat il te faudra détruire ce qui par ta Faute a été construit.

— Je refuse d'en entendre plus de votre part !

— Pars sur-le-champ pour Tara Yama.

— Mais c'est là même que je me rends !

— Je veux dire, seul. Tu dois arriver en ces terres maudites avant les envoyés de Dieu.

— Assez de me dire ce que j'ai à faire !

— Use de cette science que j'ai distillée en toi.

— Pardon ?

— L'art d'entendre la mémoire de l'eau. L'art des billes-mémoire.

— Non !

— Réduis-les. Réduis tes compagnons.

— NON ! Je refuse de vous suivre encore !

Awana me répond par un sourire mélancolique et effroyable de beauté, puis elle lève une main vers moi.

— Vois !

C'est alors que mille chemins de vie me percutent, menant tous à la mort de mes compagnons, de ce fils et de cette jeune mère qui me trouble tant les sens. Ils succombent, encore et encore, sous les coups de l'ennemi, me poussant par colère à dévaster des terres entières. Puis viennent des images d'une surprenante douceur où ces êtres aimés, baignés dans une lumière d'altitude, rient de bon cœur sur la terrasse d'un village perdu dans les montagnes.

— Fais ton choix, belle âme. Crois-moi, te pousser dans les bras d'une autre me déchire le ventre. Mais sa présence est requise dans les meilleurs futurs. Fais ton choix ou redonne dès à présent cette pierre, qui n'aura bientôt plus rien à faire autour de ton cou, au Très-Haut qui trône en ses cieux ! Redonne son souffle à Dieu, qu'il refonde

Almenarc'h ! Et condamne ton âme à quatre mille nouveaux soleils de damnation ! Combien de fois devrai-je te replacer face à ce choix ? Combien ?

— Mais...

— T'en dévoiler plus mettrait en péril les futurs ! Fais ta route, Maudit ! Adieu...

Elle disparaît alors, redonnant vie à chacun de mes sens ainsi que libre cours à la marche du temps. Je reste là un moment, sans battre des paupières, l'œil rivé sur l'image persistante de cette femme étrange. D'où sort-elle ? Comment me trouve-t-telle ? Qui est-elle ? Sombre Terre ! Vieux Maître, que j'aimerais vous avoir à mes côtés en cet instant pour me guider dans mes choix ! Vos mots n'étaient que sagesse, vieil homme, tandis que cette femme ne parle qu'en vérités aussi froides que des lames d'épée. Sans cœur ni émotion.

— Ksâgneur, vous âllez bîen ? Vous vouâlâ ksoudainement â fîxer le vîde ?

Je regarde mes compagnons, la gorge serrée. User de l'art des billes-mémoire. Je fais doucement danser mes doigts, générant sous les yeux du Sahaméen une file de billettes en verre.

— Ksâgneur *Al Gahama* ? Mais que faites-vous ?

— J'élève la mémoire de chacune de tes fioles, Sahaméen. Puis de tes armes, de tes vêtements, de tes instruments.

— Vous m'inquîâtez, Ksâgneur !

Je lève ensuite une goutte de son sang et recueille la mémoire de son corps dans une larme d'eau pure. Je lance des fils d'or à la surface de cet orbe et tisse une résille incrustée de...

— Cardanapak, quelle est votre pierre favorite ?

— Ksâgneur ? Mâs pourquouâ kcette quâstion ?

— Répondez, compagnon.

— Lâ prehnîte. Mais me dîrez-vous kce que vous faites ?

La résille sera donc incrustée d'éclats verts laiteux de prehnite. Je referme l'orbe d'un anneau d'or et fixe des sphérules pour son équipement.

— Tout votre être repose au cœur de ces joyaux, homme de Saham.

— Vous me perdez, Ksâgneur !

— Avec ceci en main, plus aucun risque.

Je fixe ce nouvel ensemble à mon plastron et me concentre aussitôt sur Pasang. Me résoudre à réduire cette belle personne qui, un instant plus tôt, faisait frémir jusqu'au plus profond de mes entrailles me révulse. Mais revoir ses mille morts suffit à me donner du courage. Je ramasse d'un geste ses effets personnels en une constellation de perles d'andradite, puis j'enferme sa goutte-mémoire dans une bille châtaigne veinée de platine.

— Et lâ ? Quî est-ce ?

— La jeune dame.

— Âh ! elle ne kserait pâs très heureuse d'âpprendre que vous prôjetez de faire d'elle ûne pîerre !

— De toute façon, je ne suis pas doué pour ce qui est de savoir lui plaire.

— Âh ! mais, Ksâgneur, kc'est dâjâ fait depûîs longtemps ! Ksans doute kse lâsse-t-elle d'âttendre vôs âvances !

— D'après les mémoires de Dame Siham, ma mère, elle était moins farouche lors de notre première rencontre !

— Et îl ksemblerait que vous l'âtîez moins ôssî, Mâssîre Ârkân !

Mon plastron s'alourdit. Reste Kerfang. J'élève dans l'air des billes d'anatase aux reflets bleu-pâle.

Vient maintenant le moment d'endormir l'attention de mon compagnon de quelques mots calmes.

— Vous allez plonger dans le sommeil et croire à un rêve. Et quand vous vous réveillerez, homme de Saham, nous aurons traversé la moitié du monde.

— Mais cômment...

Fin de la question. Je referme ma main sur son essence vitale. Il s'effondre dans le hamac, sans vie. Je place avec précaution le cœur battant de son âme dans la bille de prehnite, et dissémine dans les airs le Šhå de son corps sans vie. Vient ensuite le tour de mon fils. Tenir ainsi le souffle de sa vie et voir ses traits se relâcher me tord les tripes. L'émotion se mue en rage sourde. La colère.

Comme toujours.

Je regarde maintenant Pasang s'agiter dans son sommeil. Aurais-je le courage de reconnaître qu'elle éveille en moi un sentiment inconnu ? Est-ce de l'amour ? Ou l'expression primaire d'un désir charnel ? Toujours est-il que la chose semble devoir échapper à ma volonté. Paterne des Cieux ! Voilà un accès de faiblesse qui me rendrait presque humain ! Je souffle, calme les tremblements de ma main, et referme mon poing sur son étincelle.

— Ha !

Un frisson me traverse le corps et crépite un temps au bout de mes doigts. Mais, feu du Ciel ! pourquoi a-t-elle ouvert les yeux ? Quel spectacle inhumain que de voir l'éclat de ses prunelles se ternir, soudain privé de vie ! Je tremble de nouveau, en proie à des sentiments contradictoires. Qui suis-je, pour disposer d'une âme ? Monstre. Je place l'étincelle au cœur de sa gangue d'andradite et libère dans les airs les particules de ces corps aimés.

— SOOOOOMBRETERRE !

D'un souffle, je volatilise le campement, libère les montures, et lance mon jeune étalon dans la nuit.

Je pose le pied sur la dernière marche et émerge en haut de l'immense rempart. Je sens vibrer le vieux Baraï en chacune des pierres de ces tours de garde, inébranlables portes du désert.

— Muraille de la honte, haute marque de notre impuissance, repose en paix.

Un souffle de feu me brûle le visage tandis que je pars à l'assaut d'une de ces flèches orgueilleuses. Mon Maître voulait que j'accompagne en ces lieux ses derniers pas sur Terre, pour le voir livrer son âme en chapelets d'oasis. Il rêvait de berges calmes peuplées d'oiseaux migrateurs, de havres de vie perdus au milieu des terres brûlées. Je devais faire avec lui ce dernier voyage, mais je suis seul aujourd'hui, face à la désolation de ce monde.

Gagnant le sommet de l'éperon, devant ces champs de dune, je manque une marche et m'effondre dans les profondeurs de mon être.

Chapitre 30
Cataxak, le Grand Carda

Oh ! quelles savoureuses fumées que voilà ! Elles s'élèvent en arabesques au-dessus de la cour du palais, noires, grasses et langoureuses. Mirifique. Ce pays m'adore. Il suffit de voir comment il comble la moindre de mes attentes avec grâce et opulence ! Les plus hauts dignitaires se pressent pour participer à mes bûchers ! Ils amusent le vulgaire du bouquet de leurs chairs brûlées, tandis que je mesure dans les cieux toute la finesse de leur politique. Sans compter leurs âmes coquines qui par jeu et plaisir de soumission se plient à ma volonté divine.

Ah… que de jouissances en ce Panshir.

Les tout premiers instants de mon règne furent certes quelque peu âpres. Quelques sommités locales rêvaient de me rejeter à la mer. Quelle idée abominable. Puissent les derniers sceptiques observer leurs arguments s'envoler en panaches et volutes au-dessus des remparts.

Misérables ! Le Panshir est sous ma seule domination !

Je mire haut ma face dans les reflets cuivreux d'un miroir, et me délecte de ma beauté funéraire. L'air se givre au contact de mes tissus momifiés, soudain pris de froid et de…

— Grand Carda ?

— Carak ? J'espère que vous avez une bonne raison d'interrompre votre Maître dans ses réjouissances !

— Maître, je voudrais introduire auprès de Sa Sublimissime Noirceur…

— « Sublimissime Noirceur » ? Ne croyez-vous pas que vous forcez un peu le trait, Happeur ?

— Très certainement, Maître. Pour vous plaire.

— Je vous conseille de choisir vos mots comme si votre vie en dépendait, serviteur.

— Très… certainement, Maître. Très Grand Carda, je voudrais introduire auprès de vous la plaisante distraction qui a eu l'obligeance de voyager jusqu'à nos portes.

— Voilà qui est mieux. Vous parvenez même à m'intriguer, Carak. Eh bien je vous en prie, distrayez-moi.

La porte s'ouvre sur un personnage encapé de blanc. Il avance, sans parole ni révérence. Curieux animal. Je plonge en lui.

— Eh bien, messire, voudriez-vous paraître plus pâle que la Mort ?

— Vv... Vv... Vv...

— « Vv Vv Vv » ? Quelle éloquence ! Me voici conquis !

— Vv... Vous parlez dans ma tête !

— Votre sens de l'observation a de quoi stupéfier, très cher. Et quel est l'objet de votre visite ?

— E... Euh... Au... Aucun !

— Mais alors, de grâce, dites-moi ce que vous faites là.

— Je... Je suis en mission !

— Oh ! Et quelle est-elle, valeureux missionnaire ?

— De conv... De conv...

— De convaincre ?

— Non ! De convertir ! De convertir les âmes perdues au Culte de l'Altama, afin que la Terre soit libérée des Destructeurs !

— Joli programme. Alors ainsi, vous convertissez ?

— Oui ! Moi et mes frères invitons des milliers d'hommes et de femmes à rejoindre chaque jour notre Ordre pour le salut de leur âme, en humbles serviteurs de la Terre ! Et nous...

— Mais calmez-moi ces belles ardeurs, jeune fou. Et dites-moi plutôt quel nom vous donnez à cet... « ordre » ?

— L'Ordre salvateur des Pères Blancs.

— Mirifique ! Voilà qui est définitivement inventif ! Eh bien, cher confrère, disons que, par ma modeste nature, je vous suis complémentaire.

— Complémentaire ?

— Oui, regardez. Vous convertissez les vivants, tandis que moi, je m'intéresse aux morts. Ils sont plus fidèles, voyez-vous.

— Sacrilège ! Mais nous devons le respect à nos morts !

— Oh ! mais croyez-moi, je les respecte ! Et quel heureux hasard vous mène dans le Panshir ?

— Le Père Supérieur de la fratern de Marais-Salé m'a fait l'honneur de me confier la conversion de cette région isolée, Seigneur.

— En récompense de vos bons et loyaux services, je suppose ?

— En récompense de mes hauts faits, oui Monsieur.

— « Monsieur » ! Ah ! Oh ! Hum. Pardonnez-moi. Bien. Des hauts faits, dites-vous ? Parfait ! L'homme de valeur n'a que plus de saveur.

— Que voulez-vous dire ?

— Qu'il convient mieux à mon palais délicat.

— Vv... Vvous êtes cannibale ?

— Non, quelle horreur ! Il y a des moyens bien plus raffinés de goûter aux plaisirs de la chair ! Mais, dites-moi, avant que je prenne la peine de faire plus ample connaissance avec vous, pensez-vous pouvoir sauver mon âme ?

— Nn... Non.

— Mais voyons, que faites-vous de vos convictions ? Regardez-moi, ne suis-je pas digne du plus beau défi de votre vie ? Ne suis-je pas l'incarnation la plus parfaite de ce Destructeur à qui vous donnez la chasse ?

— J... Je...

— Vous voilà bien terne, jeune homme. Auriez-vous quelque chose de plus brillant pour vos dernières paroles ?

— M... Mes dernières paroles ?

— Je vais prendre votre vie. Avez-vous un regret à formuler ? *Une prière ? Une pensée émue ?*

— ... Nn... Non. Mourir en ce lieu de perdition ne peut qu'assurer le salut de mon âme ! Je serai loué par mes pairs pour être tombé en martyr !

— Aïe. Ils ont vraiment fait de vous une lavasse. « Martyr », dites-vous ? Mais, jeune homme, soyez sérieux. Personne ne saura avec quel courage vous avez ici fait face à la mort.

Je m'approche du missionnaire. Il est bien pâle, sous sa peau sombre, tout transpirant de peur. Je l'effleure, goûtant ses flux et reflux d'Énergie, avant de poser mes mains sur lui. Quel délice. Après avoir vidé cette coquille, j'appelle à moi son âme, doucement. Elle approche, en hurlant, et vient enrichir de sa voix ce concert qui se joue en mes tréfonds. Un corps exsangue s'effondre sur le sol. J'aime les fanatiques.

— Carak, je vous remercie pour cette friandise. Tenez-moi informé de tout arrivage de cette classe, il se peut que je prenne goût à ces mets exotiques !

— Bien, Maître. D'après les paroles de celui-ci, de pleins navires devraient venir s'échouer sur nos plages. Ces néophytes prétendent envahir le monde !

— Oui, fâcheux effet de mode. Carak, à propos de jeunesse, où en sont nos nouvelles recrues ?

— Les hommes de cette contrée sont durs et taciturnes. Ils apprennent vite et se laissent peu à peu séduire par le pouvoir de vie et de mort que nous leur offrons. Vous aurez bientôt votre nouvelle génération de Prêtres Noirs.

— Parfait. Et faites qu'ils aiment la mer !

— Vous n'auriez quand même pas le projet de nous renvoyer sur les flots !

— Faites !

— Bien, Grand Carda.

— Et je vous remercie pour cette nouvelle jambe, elle s'est parfaitement résignée à son sort. Ah ? Mais que se passe-t-il dehors ?

— La foule s'agite. Le bûcher s'éteint, Maître.

— Mais nourrissez-le ! Il ne faut jamais priver le petit peuple de spectacle !

Chapitre 31
Jamar, Doyen des Détenteurs

— Par les bas éthers, jusqu'où va-t-il nous pourrir la vie, celui-là ?

Katar peine à se mesurer. Je tente de le calmer en engageant le dialogue.

— Précisez sa position.

— Celle d'Erkan ? Mais comment le savoir ? !

— N'avez-vous pas la position de ses compagnons ?

— Envolés, les compagnons ! Jusqu'au dernier !

— Gardez votre calme, Katar.

— Avec le souvenir de cette gifle qui résonne encore entre mes synapses ? Impossible !

— Je vous ai demandé de glacer le feu de vos paroles.

Je flotte doucement devant les grandes baies du temple d'Altama. La tempête fait rage au-dehors, emportant par paquets la neige des cimes. Je reprends.

— La mémoire de Cardanapak ouvre de nouvelles perspectives. Anticipons leurs gestes.

— Mais que pouvons-nous contre eux ?

— Katar, pour la dernière fois, faites-vous de glace et entendez que la valeur de notre adversaire nous fait honneur.

— Vous l'admirez, Doyen Jamar. Mais vous semblez oublier qu'il a détruit Almenarc'h ! Et qu'il a le pouvoir de nous détruire, tous !

Mais le ciel s'ouvre brusquement au-dessus de nos têtes.

— Silence, humains ! Dieu seul est colère ! Ces hommes des Méridions en savent trop ! Marchez sur les traces de ce Cardanapak, plongez dans les ruines du Grand Passé, extirpez les dernières reliques et réduisez le reste en poussière ! Suis-je assez clair ? Détruisez les vestiges des Rois Blancs ! Et tenez Erkan à l'écart !

Le temple résonne encore de l'intrusion brutale d'Aïnhor Eran. Sa pensée se fait plus fracassante à mesure qu'il renforce son pouvoir. Devons-nous être satisfaits de le voir gagner du terrain par nos actes ?

— Mais...

— Oui, Katar ?

— Doyen, la destruction du passé ne va-t-elle pas à l'encontre de notre rôle premier ?

— Si, Katar.

— Et qu'allons-nous faire ?

— Exécuter les ordres du Très-Haut. Pousser les Pères Blancs vers les Méridions. Gagner Saham. Détruire ses vestiges.

— Sans chercher à comprendre ce qu'ils représentent ? Le Grand Esprit de la Terre aurait peur d'un homme ?

En a-t-il été autrement un jour ? La neige court sur le dôme du temple.

— Nous devons obéissance au Très-Haut, Katar.

— Bien entendu, Doyen Jamar, même si cela doit me coûter mon âme.

— Elle appartient déjà au Très-haut, Katar.

— Eh bien j'ai l'impression de la Lui donner une seconde fois.

Chapitre 32
Erkan, l'âme damnée

Je tente de réprimer les convulsions anarchiques qui me secouent le corps, et me hisse d'un coude dans l'escalier de pierre. Malgré la maîtrise grandissante de mes visions, certaines d'entre elles viennent encore me surprendre au beau milieu de nulle part, sans prévenir. Me foudroyant comme ici, en pleine course. Mais l'ennemi s'organise. Je vais devoir faire vite. Très vite. Et découvrir ces vestiges en terres de Saham avant qu'Aïnhor Eran les détruise.

Je caresse mes billes, coupant en deux le passage du temps, encore et encore, jusqu'à voir le présent s'étirer et s'enfuir devant moi, à l'infini. Les Pères Blancs peuvent désormais pousser leurs coursiers aux quatre vents, leur hâte se fera ici Éternité.

D'un doigt, je lève une traînée de particules. Elle prend bientôt les vibrations douces d'une goutte d'eau pure, que je cercle d'ors et de grenats en parfaite réplique de ma bille-mémoire. Un point rouge flotte face à l'horizon. Je l'attrape et d'un geste l'enfonce dans le sol de la tour. Voilà de quoi revenir autant que souhaité en ces lieux. Je m'élance dans la chute de marches qui me sépare du boulevard et pars dans une course effrénée, vers le levant.

Les tours et les éperons se succèdent, brisant dans un vent hurlant les vagues de sable de Kar'Saham. Et de dix. J'enfonce une nouvelle bille dans la pierre et reprends tout autant ma route que mes décomptes. J'approche des Capillaires, aux confins ouest du Camphore. Et de dix. J'enfonce une bille. Dans le temps suspendu de cette marche-course, je me sens libre et puissant.

Et de dix, dernière bille, fin de muraille. Ici la Nature se fait soudainement plus folle que l'Homme. La roche s'envole, par plaques, à la conquête des cieux, pour retomber dans la mer comme foudroyée, en pics acérés. Je saute par-dessus le parapet et me laisse aller sur une immense dalle de schiste jusqu'aux fondations de la muraille. La roche s'effeuille et m'entraîne bientôt dans une fausse course. Le plus petit écart, et c'est la mort.

Ne plus penser à rien.

Devenir un animal.

Laisser mes reflexes premiers choisir la solution vitale.

Tout doit me profiter. La moindre faille. La moindre marche. Freiner ma chute. Ne pas basculer. Déporter mon poids. Garder le contrôle. J'entends les sermons de mon bon maître... *« Erkan, par discipline un Sage-Guerrier se doit de bannir pensées et tracasseries de tout danger. »* Certes, vieux Sage. Mais l'endroit m'offre une pesanteur encore inconnue.

D'un saut, j'atterris en un roulé-boulé sur un léger surplomb. Je dois respirer. Je ressens de la fatigue. Mon souffle est court. Le Šhå semble rare, ici. Absent du paysage. Je respire et observe la danse des dunes. La poussière s'élève dans le vent et retombe, dans une ordonnance précise, d'une immuable manière. Comme si la formation et la déformation de ces croissants ne faisaient que suivre un modèle préétabli, une ébauche unique, et humaine. Barkan. Il ordonne la course des éléments, me signifiant du même coup que je ne contrôle plus mon temps.

Je dégringole plus bas, assure une dernière prise, et me lâche dans un nuage de poussière. Le sol se creuse non loin de moi, laissant émerger un bataillon de fantassins. Il avance bientôt à un pas cadencé, boucliers contre boucliers, dans un flot de pruine et de pourpre. Il abaisse deux rangs de pertuisanes, mécaniquement. Les piques me brisent les côtes. Les hampes, elles, glissent et s'enfoncent de tout leur long, me laissant, suffoquant, à la merci d'une horde de porte-sabres. Les visages se déforment sous la colère. Les ombres hurlent et s'écharpent pour gagner le droit de me porter un coup. Me voilà dans la gueule des Enfers.

L'armure reste muette face à cet ennemi factice. Je souffle, laisse glisser les coups les plus perfides, et entreprends de dissoudre quelques poussières pour nourrir mes corps. Mais je n'ai pas libéré la première particule de Šhå que le sol se soulève en gerbes tonnantes. Je m'enfouis dans les plis de ma pèlerine, luttant pour ne pas avaler des seaux de cendre, et recule. L'air vibre de la colère des lieux. Barkan. Il ébranle le désert, déchaîne sur moi sa furie, faisant cette fois-ci briller mon armure de mille feux.

Je tombe à genoux dans la poussière.

— *Barkan ! Si tu dois me prendre la vie en cet instant, prends aussi celle de tout homme qui tenterait de franchir tes terres !*

— Hurlez ! Démons !

— *Prends la vie de tout homme qui voudrait, par folie, détruire les archives du passé ! Tout homme qui voudrait détruire la mémoire de Saham.*

— Hurlez, vous dis-je ! Je mêlerai bientôt mon cri aux vôtres !

Mais les spectres soudain se taisent. Ils ramassent leurs viscères pourrissants, reculent, et s'inclinent au pied de colonnes de sable. La poussière se soulève alors et se condense en une silhouette de forme et de taille humaines. Les grains tournoient, se baissent en une lente révérence, avant de se laisser emporter par un vent vigoureux. Que dois-je comprendre ? Que, contre toute attente, Barkan le Sage Fou ne protège pas les Septentrions des appétits du sud, mais Saham de la folie du nord ?

Toujours est-il qu'il m'ouvre les portes de son désert.

Chaque jour est épreuve. Je souffre comme un homme. Je tombe de fatigue, comme un homme. Les deux genoux dans la poussière. Et pourtant je me relève, encore et toujours, porté par le chant de Barkan. Il adoucit parfois ma peine par des présents. Quand je me dessèche, il fend le sable en sources jaillissantes. Quand la faim me dévore les entrailles, il m'offre le pain du désert. Les spectres eux-mêmes, quand ils ne jouent pas par centaines de mille à reconstituer sous mes yeux le spectacle macabre des batailles d'antan, me gratifient des plus improbables prévenances. Ma plus grande douleur reste de porter tant de richesses à mon cou. Des êtres chers. Et ma cité. Mais jamais il ne m'a été permis d'entrer dans cette gemme, AlmenKaraï, pour en tirer quelques bribes d'énergie. Elle renferme une puissance propre à effrayer notre Dieu, mais, quand je me penche sur elle pour en sonder les profondeurs, elle devient plus brûlante que le soleil de ces terres, et se refuse à moi.

Je tombe une fois de plus dans le sable. Mais, cette fois, je ne me relève pas. Je m'échappe de ce corps brisé par la fatigue et m'élève dans les airs, porté par la fureur des vents, vers les murs de la Grande Barrière de Baraï. Je flotte, hagard, au-dessus du boulevard fortifié, sentant l'appel d'une de mes billes. Des hommes en armes drapés de robes blanches surgissent alors d'un détour de muraille, en ordre serré, le regard rivé sur les étendues désertiques de Kar'Saham. Des fous de foi. Ils se dirigent vers la passe des Capillaires, guidés par la mémoire volée de Cardanapak. Viles rouillures, vous n'êtes pas de taille à affronter l'enfer de Barkan. Vous n'êtes pas de taille à m'affronter ! Je fonds sur eux et rassemble sur les murailles le Šhå avoisinant, lentement, le condensant jusqu'à me donner corps. Me voici maître de l'art des billes-mémoire.

Je me tiens ferme, ramassé sur moi-même, un genou à terre. Les poings plantés dans la dalle. Les particules d'Énergie tourbillonnent en flux lumineux autour de moi, alors que je parachève les derniers détails. Les tatouages serpentent et s'enroulent sur mes chairs. Je descends doucement en moi, glisse mes doigts éthérés dans ces doigts de chair, et inspire. Mon cœur bat. Le sang afflue. J'ouvre les yeux, et vois le dallage flotter sous mes pieds nus. Nu. Je suis nu.

— Frère Commandeur, je crois que nous avons de la visite.

J'ai oublié un détail.

— Mais d'où sort-il, celui-là ? Eh ! l'homme ! Ne crains-tu pas le courroux de la Terre d'aller nu au-devant de ses plus dignes représentants ?

Les vêtements. Je frissonne. J'ai froid, mais d'un froid surnaturel. Le sang qui bat à mes tempes reste glacial. Ce corps n'est pas véritablement en vie. Il a ma chair, mon esprit, mais manque d'âme. Mon étincelle vibre dans un autre, à cent mille pas de là. En plein désert. Et pourtant, par la force de mon esprit, j'arrive à me mouvoir.

— Frère Commandeur, il est apparu de nulle part !

— *« Ceux qui suivent l'Enfant croisent le regard du chauve aux mille tatouages... »*

— Suffit ! Vous savez ce qu'il en coûte de répéter les paroles d'Amoko !

— Mais, Frère Commandeur, celui-ci paraît bien tatoué ! Et il est chauve !

Je peux bouger ce corps, le manipuler, mais pas le faire vivre en même temps que mon hôte véritable.

— Assez, te dis-je ! C'est la peur du désert qui te fait déblatérer de pareilles sornettes ! Regarde ! Ce n'est qu'un homme !

Le commandeur se tourne vers moi et tonne d'une voix empruntée de fausse assurance.

— Eh ! toi ! Je t'ai posé une question ! Ne crains-tu pas ce bras que la Terre a armé pour faire entendre sa colère ?

Je réponds, le front encore calé sur mon genou.

— Qui t'autorise à répandre le sang au nom de la Terre ?

— D'accord, nous avons affaire à un simple d'esprit ! Mes frères ! Convertissez ce fou !

— Mais... Frère Commandeur, c'est le tatoué !

— Exécution !

— HOUM !

Les frères s'approchent pour se saisir de moi. Je me redresse d'un bond, les esquivant dans le même élan.

— Abattez-moi ce chien !

Les lames jaillissent des fourreaux et se croisent là où ma gorge frémissait. L'une d'elles me frôle l'échine, entaillant ma peau d'une fine coupure. Nu. Sans arme ni armure. La peau brillant de paillettes d'or résiduelles. Pour un peu, je scintillerais au soleil !

Le commandeur devient hystérique.

— Mais étripez-le !

Je plonge soudain mon regard en lui, l'index pointé sur le fond de son œil.

— Châtiment.

Ses mains s'embrasent.

— Hurlements.

Les mains de tous les frères s'embrasent. Les lames tombent au sol au milieu des cris de douleur. J'ai pitié de ces hommes. De ces fous aveuglés par de mauvaises croyances. Vouant leur âme à de mauvais prêcheurs alors qu'au fond d'eux-mêmes ils n'aspirent qu'à s'approcher de Sa Vérité.

— Vous ne tuerez plus.

Aucun d'eux ne m'entend.

— Mais vous porterez au loin les paroles d'Amoko...

Leurs silhouettes disparaissent derrière une tour, me laissant de nouveau seul, nu et froid. Face à l'immensité du désert.

— *Barkan. Toi qui m'entends et habites ces lieux. Ne me laisse pas porter seul le poids du monde. Fais hurler tes spectres.*

» QUE JE LES ENTENDE DU HAUT DE CES MURS !

Et le désert, comme pour me répondre, soulève mille par mille tourbillons de poussière. Je m'accroupis, pose un genou à terre, replie ma tête contre ma poitrine et plante mes poings dans la dalle qui me supporte. Les lignes de mes tatouages s'évaporent. Mes chairs se dissolvent dans les airs tandis que je remonte la Barrière en quête de fous de foi.

J'ouvre les yeux dans la chaleur de l'après-midi. Quelle douce sensation que de réintégrer son corps véritable. L'original. Le premier. Malgré la fatigue, la sueur et ces insectes piqueurs qui profitent des trous de mes vêtements en lambeaux. Mais ? Que font ces insectes en plein désert ? Je les chasse, d'une main gourde, et me redresse dans le sable. Depuis combien de temps je cuis au soleil ? La tête me tourne. Je chancelle et bascule jusqu'au bas d'une pente poussiéreuse.

Mon bras, inerte, trempe dans les eaux limoneuses d'un fleuve. Je roule, incrédule et choqué par la brutalité du paysage qui s'offre à moi. Le Lhazar. La fin du désert. Les berges verdoyantes du royaume de Saham. Je glisse doucement dans le courant, laissant les ondes calmer mes chairs brulées, et m'enfonce dans les profondeurs du fleuve. Je nage et me délasse lentement, en quête de Šhå pour restaurer mes corps, mais l'endroit semble aussi pauvre que le Kar'Saham. Le Lhazar acceptera-t-il que je puise en lui quelques ressources divines ? Je bascule sur le dos et dissous prudemment l'eau qui court sur mes doigts. Le fleuve me laisse prélever de son Šhå, non sans gronder, mais la pierre qui reluit sur mon poitrail me le vole aussitôt.

— **MANGER...**

Toutes les tentatives se voient ainsi soldées du même échec.

— **Faim...**

Pire. Ma Pierre devient chaude comme de la braise et réclame de nouveaux sacrifices, comme animée par des appétits démoniaques. Je vais devoir accepter cette faim qui me tord l'estomac, ainsi que la douleur de mes corps.

Ce n'est pas ainsi que je redonnerai vie à mes compagnons de voyage.

J'aurais bien délassé jusqu'au dernier de mes os, mais un clapot suspect trouble subitement l'harmonie du moment. Deux masses sombres s'avancent dans le méandre du fleuve. Deux lourdes gabares dérivent, en travers, poussées par un vent contraire. Je gagne la rive, me faufilant entre les roseaux, et regarde passer les embarcations. De solides guerriers bardés de tatouages se cramponnent aux cordages. Ils scrutent la surface du fleuve, pétrifiés d'angoisse. Je vous plains, valeureux combattants. Car malgré mon amour de l'eau je ne ferais pas le fier sur pareils bâtiments ! Il a du moins l'avantage de n'avoir ni arrière, ni avant, ce qui fait que chacun profite de tous les rivages et paysages au gré des tournoiements. Ô Terre, en voilà qui risquent d'aller nourrir les écrevisses avant la tombée de la nuit ! Je recule lentement, attendant que la dernière barge disparaisse dans la courbe, et quitte la vase pour me hisser sur la terre ferme.

Par la défunte ? Ne serait-ce pas deux paires de sandales, là, sous mon nez ? Je relève la tête. Deux individus se tiennent face à moi, calmes comme des pierres. Je perçois leurs visages desséchés, cachés sous des capuches de Prêtres Noirs.

— Ha !

Je me détends d'un bond et me retrouve sur mes jambes, le bras en arrière, Aciane au clair, levant de ma main gauche les feux d'AlmenKaraï. Contre toute attente, les deux silhouettes effacent un pied et s'inclinent dans une profonde révérence. Le plus gracile déclare d'un ton solennel.

— *Al Charmak, A Capa Al Parara Da Saham.*

L'autre poursuit.

— *Cardanapak Archa Da Caparak Kan Trapa Da Kar'Saham ?*

Je dématérialise Aciane et relâche ma Pierre. Ces Prêtres Noirs se comportent d'étrange manière. Je décèle même de l'inquiétude dans leurs voix. Et pourquoi parlent-ils de Cardanapak ?

— *Al Charmak, Karsa Ama A Tara Yama.*

« Tara Yama » ? Les deux hommes me font maintenant signe de les suivre à l'écart de la berge. L'un d'eux me tend une longue robe blanche, quand une flèche arrache un vif éclat à mon armure. Deux autres déchirent ma chemise avant de se ficher en terre. L'un des Prêtres Noirs s'effondre pendant que l'autre me tire un bras en criant.

— *Al Charmak, KATA ALA ARA ! AKAK !*

Il plonge derrière un talus sous une pluie de flèches et se met à l'abri d'un arbre-tronc. Je m'aplatis à ses côtés, observant d'un œil la descente anarchique de deux nouvelles gabares sur le fleuve. De jeunes recrues nous prennent pour cible, apparemment sans autre raison que de se dérouiller le coude. Je retire une flèche plantée dans le talon de ma botte et caresse sa pointe. Ses barbelures couvrent mon armure de reflets iridescents, trahissant la présence d'un poison.

Le Prêtre Noir m'arrache une nouvelle fois du sol, et m'entraîne de tronc en tronc, à travers un chaos de ruines. Il se faufile entre les murs de terre, longe des murailles, descend dans une crevasse ouverte dans le sol, et s'arrête un instant pour reprendre son souffle. Il me redonne la robe blanche et me fait signe de quitter mes frusques.

— *Arka !*

J'enlève mes pièces de cuir déchiquetées par les sables de Kar'Saham et passe la tête dans les soieries. L'homme fait disparaître mes anciens vêtements dans un trou de muraille.

— *Arka !*

Le Sahaméen ne me laisse pas le temps d'ajuster ma capuche qu'il m'entraîne au pas de course au milieu de troncs courbes et chevelus. Une grosse noix verte tombe et explose à nos pieds. Je lève les yeux vers des cimes hérissées de grandes palmes.

— *Arka ! Arka !*

Une autre noix explose à un pas de moi. Voilà de quoi se faire fracasser le crâne ! L'homme reprend sa course, prenant soin d'éviter les noix tombées au sol et les colonnes de fourmis qui viennent ici par milliers tailler leur pitance. Ces ouvrières rutilantes se jettent avidement sur toutes sources de nourriture, morte ou vive, ne laissant derrière elles qu'un sol râpé fumant d'acide. Étrange pays.

— *Aha !*

Le Sahaméen se jette à terre, rampe dans sa robe jusqu'aux abords d'un taillis épineux, avant de descendre sur un chemin de terre. Un réseau interminable de sentiers se déploie devant nous, campés sur des talus, en surplomb de plantations. Terrasses, canaux et cultures ennoyées, ce peuple dit barbare est véritablement maître dans l'art de détourner les eaux. Par leur science de l'irrigation, de vastes étendues mortes deviennent des champs fertiles. À la force du bras.

Mais ce pays reste définitivement vide de Šhå. En double vue, je vois la Nature réabsorber jusqu'aux plus infimes particules. Un brin d'herbe mourant permet aussitôt au suivant de pousser. User ici de l'art des Sages-Guerriers ravagerait des contrées entières. Et ces ruines ! Ces toits de palmes éventrés ! Je peux sentir la terreur des derniers habitants, cachés au plus profond des décombres de ces maisons communes. Pauvres d'eux. Ils ne prennent même plus la peine de reconstruire ce que les pilleurs détruisent.

— *Maharak Ah !*

Un solide guerrier surgit de derrière une palissade et tente de me trancher en deux d'un puissant coup de sabre. D'une volte, il met à profit son élan pour m'envoyer son coude au visage et redonner du fort de sa lame. Une pile de terre explose sous l'impact. Par la défense ! Le fer de cet homme n'a rien de mauvais ! Trois nouveaux guerriers viennent en renfort, le regard fumant de haine. Se défendre serait-il interdit, dans ce pays ? J'esquive l'attaque suivante et relève ma capuche de Prêtre Noir, par réflexe. Mauvaise inspiration. Les hommes sont comme frappés de stupeur en lisant et comprenant mieux que moi les dessins qui courent sur la peau cuivrée de mon crâne. Ils s'écartent et cèdent la place à un guerrier plus massif, sous le regard curieux de toute une compagnie. Un gradé aboie un ordre.

— *Abata ! Ka !*

Son champion désigné se jette sur moi et fait siffler le fil courbe de sa dague vers ma gorge. Je dévie sa course, avec nonchalance, tout en lui portant trois coups brefs. Il s'effondre, comme mort. Le gradé s'étrangle.

— *Al Charmak, Al Catara Da Cracalak ! Abata Ka ! Arka !*

Les guerriers se massent alors plus étroitement autour de moi. Les lames fouettent l'air, attendant que le plus téméraire fasse le premier pas. Aciane descend calmement le long de mon bras et se dresse à mon poing, les dragons de sa garde luisant dans le soleil. Je fonds brusquement entre les lames adverses, provoquant les premières fentes. Mon fer, entre éther et matière, frappe et dévore les rapières adverses, reluisant de plus belle.

— ABATA KA !

Je saute par-dessus les têtes, échappant par dix fois aux pinces de cet étau bestial. Ne pas tuer. Immobiliser. Une-deux, je tranche le fort de deux lames, bloque un bras, explose une rotule. Une-deux-trois, deux colosses s'écroulent dans un nuage de poussière. Aciane et moi ne faisons qu'un. Je pare, traverse les rangs ennemis, étourdissant un à un ces molosses. Brisant les fémurs au plus fort de leur courbe, éclatant les poignes à coups de garde. La terre se couvre de sang, soulevant en moi une profonde vague de tristesse.

— SOOOOMBRETEEEEEERRE !

Je dépasse les derniers titans et exécute une série de voltes que nul homme ne saurait suivre des yeux. Les dernières lames baignées de pourpre tombent sur le sol, privées de leurs âmes de fer. Pourquoi, de tous les arguments, la violence doit-elle se faire la maîtresse ?

— Ferme !

D'un coup de poing, je perfore la ceinture abdominale de mon adversaire, et le laisse partir en quête de son souffle. J'écarte encore deux bras et explose un visage de mon front. Ma main se referme sur la gorge du gradé. Je me tourne vers lui. Ses yeux roulent. Il suffoque. Je renvoie Aciane dans ses limbes et laisse l'homme s'écrouler sur le sol. Inconscient. Je reste là, le souffle court, transpirant, atteint d'une inhabituelle fatigue.

— A.... Arka !

Mon nouveau compagnon sort la tête de derrière un mur, avec mille précautions.

— Al Charmak...

Voila qui faisait longtemps.

— ... Kata Al Galala, Arka !

Il me fait signe de rabattre ma capuche de soie, et reprend la route, la peur au ventre.

— Arka !

— Mais par tous les Cieux ! Oui ! Je vous suis !

Nous nous éloignons du village, courant sur une mince bande de terre battue. Nous dépassons des terres ennoyées, franchissons une série de digues plantées d'herbes fines, et débouchons pour finir sur un canal fait de blocs en terre cuite. Il traverse d'un trait le paysage, jusqu'à l'horizon. Le Sahaméen, qui me dit s'appeler Camatchak, s'approche d'une embarcation à fond plat tenue à quai par un amarrage de fortune. Il monte à bord avec précaution et entre dans la cabane en troncs de joncs qui déborde outrageusement de son pont. Un deuxième homme sort la tête et m'invite aussitôt à monter à bord.

— *Arka !*

Il détache le bac et se présente.

— Carkarak.

Je reconnais en lui un des ravitailleurs de Cardanapak. Un de ceux qui l'ont aidé à traverser le Kar'Saham. Le marin. Il repousse le quai à l'aide d'une grande gaule et nous mène au milieu du canal.

— *Al Charmak, Aharta, Arka !*

Camatchak me fait signe de rentrer et de m'asseoir devant lui, sur une natte en tresse de joncs. Il verse dans un bol un liquide blanchâtre aux relents âpres, jette une pincée de poudre ocrée, fouette le tout avec une baguette, et me tend un breuvage aux odeurs d'épices. Je le porte à mes lèvres, imitant par là ses propres gestes. Un cocktail de saveurs musclées me surprend les papilles.

— Ha !

Camatchak hoche la tête et me présente un sac de fruits séchés.

— *Kamana ?*

— *Ka... Kamana.*

L'homme sourit de mon effort, à s'en faire craquer le grimage, et me montre maintenant la natte de joncs.

— *Nadjass.*

— *Nadjjas...*

— *Ana jjas, jas ! Nad... jass.*

— *Nadjass...*

— *A ! Nadjass!*

Il se gratte la joue, arrachant un fragment de son masque de peau.

— *Aha…*

Camatchak rejette sa capuche en arrière, ouvre une malle en osier, et extrait un assortiment de pots en terre cuite. Il dévoile un miroir d'argent poli, trempe un tissu dans un liquide brunâtre, et se frotte le visage. Son grimage se détache, par plaques épaisses. Il se lave énergiquement et me laisse à voir dans ce reflet des traits d'une grande finesse. Son œil, gris pâle, rafraîchit comme une bise d'hiver. Il s'essuie et poursuit son déballage. Il pose devant lui des poches en fibres tissées, une trousse tressée de brins de cuir, une batterie d'instruments en os sculpté, et des flacons de verre. Il prélève quelques cuillérées d'un gel végétal qu'il mélange à des poudres dans une écuelle, puis s'enduit le visage avec soin. Il joue avec ses pinceaux, ajoutant de la matière, sculptant de nouvelles ombres, et fait disparaître jusqu'au dernier de ses traits. Il mue son nez aquilin en rognure de cartilage, repousse ses yeux au fond de leurs orbites, épointe ses dents en enchâssant dessus des graines évidées. Creuse ses joues. Fond ses lèvres. Escamote ses oreilles. Il se redresse, la figure figée en un masque de mort, desséché, crevassé. Momifié.

Il m'attrape le menton et entreprend de m'enduire généreusement le visage de son gel. Il est froid. Je le sens durcir et craqueler. Camatchak agite ses pinceaux, me jette des poudres, colle des fragments de masque, place le rehaut d'un crâne filant en pain de sucre, et peaufine les derniers détails. Satisfait, il me présente son miroir. J'ai devant moi le reflet immaculé d'un Happeur Noir. Moi, un suceur d'âmes !

L'homme commence à remballer son attirail quand une violente secousse manque de nous faire tomber. Des éclats de voix retentissent à l'extérieur. Cieux ! L'instant me fait oublier quel danger rôde au-dehors ! Une barge vient de nous arraisonner.

— *ARMAKA DA PALALA !*

— *Akarh Manada Atha…*

Carkarak. Il se fait chahuter.

— *NAHA AL VARCHA A AMADA DA LA VAAKA !*

Des senseurs percent la paroi de troncs de joncs et se dirigent droit sur moi. Peste ! Ces grimages sont bons pour les va-nu-pieds ! Je sors au grand jour, AlmenKaraï tendue devant moi. Des mains s'agitent en tous sens, griffant, sifflant, crachant contre moi toute leur haine. La Pierre vibre et se réveille entre mes doigts.

— MANGER... MANGER...

Saash. C'est Saash, l'Usurpateur, le Dieu emprisonné, qui se réveille à nouveau dans les tréfonds de ma Pierre. Des ordres fusent.

— *Amalah ! Amalah !*

Les dompteurs de morts plongent dans leur rafiot pour tenter d'échapper à mes feux. Mais d'autres s'effondrent déjà, sans vie, comme vidés de leur essence vitale par ma Pierre.

— FAIM, ENCORE...

J'agrippe le bastingage et saute sur le fond plat de leur gabare. Les Prêtres Noirs se traînent et rampent pour me fuir. J'attrape le premier venu par le dos, sous les crépitements de mon armure, et le retourne. Il se plaque aussitôt les mains sur les yeux, en poussant des cris suraigus. Je rends les doigts crochus de la créature aussi translucides que de l'eau de roche. Le vampire tourne la tête en tous sens, espérant encore échapper à son sort, puis se raidit dans un dernier cri.

— TUER...

Le Šhå spolié, l'Énergie des morts, s'écoule de la peau faillée du prêtre des ténèbres. AlmenKaraï le siphonne jusqu'à la dernière particule, et refroidit.

— NOURRIR MOI...

Ce que je lâche alors n'est plus qu'un tas de cendres et de poussières. Cette Pierre me lève un sentiment d'horreur. Elle garde en elle le souvenir de mes origines, mais le mal vicie l'intimité de sa structure. Reste que, pour le moment, elle se fait une arme redoutable. J'inspecte encore le fond de la barge quand un contact glacial vient à me surprendre. Des doigts glissent sous ma boîte crânienne et enfoncent leurs griffes dans le mou de mes méninges. D'une volte vive, je tranche l'air du fil d'Aciane et enfonce la Pierre dans le front du... Happeur. Il siffle à travers ses coutures buccales, crache, tente de me couper la main. Mon armure brille de tous ses feux.

— MANGER LUI...

Sa face de nacre se fige et se relâche. L'air tremble sous la surcharge de Šhå. Ramsara me brûle la paume. Un Happeur se meurt.

— *Al Gahama...*

Un frisson remonte mon épine dorsale. Les âmes maintenant libérées par cette mort me saluent et s'envolent en processions vers les confins. *Al Gahama*. Le destin referme sur moi sa souricière. Une réalité bien effrayante. Je cache la Pierre des Rois sous les plis de ma robe et regagne le frêle esquif de mes deux compères. Carkarak, éberlué et tremblant, reprend sa verge et nous éloigne de la barque funèbre.

Les berges défilent tranquillement, jusqu'au soir, au rythme des poussées de Carkarak, quand le courant nous emporte subitement dans les vifs tourbillons d'une rivière. J'ose interroger le batelier.

— Carkarak ?

— *Cashak...*

Voilà qui doit être le petit nom de ce brin de fleuve qui nous entraîne dans sa marche folle. L'aversion de ce peuple pour l'eau transparaît sur ces rives vierges. Pas le moindre ponton, quai ou piquet d'amarrage, pas la moindre barque de pêcheur pour venir troubler les rides de cet horizon. Juste des cris qui se perdent dans la nuit naissante, au-delà des murs d'un fortin de terre. Des hommes marchent en formation serrée, faisant claquer leurs pas dans des manœuvres parfaitement synchrones. Des rangs de guerriers rouges casqués de noir sortent des portes et se rangent le long de la muraille. Ils s'arrêtent dans un « HAH » ventral, et posent de lourds boucliers à leurs pieds. Voilà donc ce que les guerriers des Septentrions appellent les « Chiens de Saham ».

Une force brutale émane d'eux. Ils dépassent tous de trois têtes les rares paysans aperçus ce jour dans l'ombre des ruines, comme par le fruit d'une longue sélection. Mais l'armement reste des plus sommaires. Sandales, pantalons, ceintures et baudriers de cuir pour seuls vêtements. Boucliers de peau barrés d'acier, torse nu couvert de pourpre aux odeurs de musc pour seule armure. Mais où cachent-ils cette déferlante de fer et de bronze qui, d'après mon maître, a ravagé durant des mille et des mille les terres de Mirand'Ar ? D'un geste et d'un « HAH », le peloton tire ses armes au clair. Des centaines de sabres courbes défient aussitôt le ciel avec virilité.

Voilà le fer de Saham.

Mon regard accroche encore un instant les murs de terre rouge, pendant que nous glissons lentement sur le fleuve. Je tente en vain de percer le secret de leur fabrication. Rien ne me permet de comprendre comment les hommes de cette contrée ont pu coffrer et cuire autant de terre. À moins d'avoir usé de Šhåmanies.

— *Akara Da Vala Ala Cashak ? Pava Anartaka ?*

Je me retourne d'un sursaut. Notre embarcation s'arrête entre deux guérites de bambou, plantées là au milieu du fleuve. Quatre gardes nous toisent. L'un d'eux donne un coup de menton en ma direction, et repose sa question.

— *Akara Da Vala Ala Cashak ?*

Camatchak s'incline en déployant les manches de sa robe, et répond à ma place.

— *Ava Al Cashak. Mananra !*

Je siffle entre mes fausses coutures buccales et me redresse dans l'ombre de la cabane en troncs de joncs. Le garde regrette soudainement son excès de zèle, recule… et tombe à l'eau. Lesté par le poids de ses armes, il surnage un instant, s'enfonce sous le regard affolé de ses compagnons, et disparaît dans un dernier bouillon. Il est une chose indéniable en terre de Saham, l'eau tue.

Carkarak, l'œil méprisant, redonne quelques impulsions à l'esquif et dépasse le point de contrôle. Le ciel s'assombrit autour de nous, chargé de suies provenant d'une forêt de hauts fourneaux. Camatchak extirpe une fiole de sa ceinture, se verse une goutte de drogue sur le doigt et la colle au fond de sa gorge. Le fameux tonifiant de Cardanapak, pour resté éveillé durant la nuit.

Je dois mettre mon temps et la lenteur du voyage à profit. Purger la Barrière de Baraï de ses fous de foi. Voyager sur la Toile du Temps. Mais tout me coûte, dans cette contrée privée de Šhå, et m'accable de fatigue. Je m'assieds bien droit sur ma natte, ferme les yeux, et expulse l'air de mon corps. Ainsi que tout ce qui fait de moi un homme. Pensées. Émotions. Tensions. Je laisse résonner mon corps d'une note unique et basse, et descends au plus profond de mon être. Le vortex de la Toile du Temps s'ouvre à moi.

Je survole le plus large des fleuves de feu. Il traverse l'immense plateau, dévastant les fines résilles de cette toile incandescente. Dévorant sans distinction faibles et puissants. Cataxak, immonde maître des morts, âme hérétique, quelle gloire tires-tu de ces rapts par milliers ? De ces mémoires spoliées ? L'immortalité, ou le simple plaisir barbare de collectionner ? Si je n'avais pas le désir profond de comprendre tes motivations et les méandres de ta vengeance, je te détruirais sur-le-champ. Toi. Pour m'avoir arraché ceux que j'aimais. Mais je dois savoir quel sombre rôle tu joues dans le rachat de cette Faute que, selon le manuscrit de ma mère, j'ai commise ! Savoir qui tu es pour briser à toi seul un Équilibre plusieurs fois millénaire ! Briser les Cercles d'Almenarc'h jusqu'à prendre dans tes fils le Très Grand Aïnhor Eran.

Un point d'une force magnétique m'attire au cœur de son fleuve. Je me laisse tomber comme une pierre et perfore une surface molle. Sans faire la moindre ride.

Chapitre 33
Cataxak, le Grand Carda

Je processionne avec lenteur, pas après pas, sur l'allée centrale. Je savoure chaque instant. Chaque détail. Une nostalgie toute particulière me pique le cœur, chaque fois que je visite cet ossuaire. Si tant est que je possède encore un tel organe. Carsahalapam. Le premier temple des Morts, fondé par Obédaï. Par moi. Par lui. Obédaï, voilà des millénaires que Saham t'a oublié. Pourtant, pour celui qui sait voir, chaque brique de ce sanctuaire vibre de ta colère légendaire. Une haine si pure qu'elle en est devenue sacrée. Mirifique feu premier, brûlant de vengeance. Un feu qui, intact, coule aujourd'hui encore dans le creux de mes veines et alimente la Source Noire.

Chaque pas se fait plus lent et solennel que le précédent. Chaque pas me rapproche de toi. De moi. Je gagne le haut portail par une allée bordée de novices. Un par travée de dalles. Tous conformes à l'Originel. Droits, mains et bras entrecroisés sous les manches immenses de leurs tuniques blanches. Faces penchées vers le sol. Ainsi commande l'Ararak. La Loi des Prêtres Noirs. Ainsi se doivent-ils d'accueillir le Grand Carda. Celui qui vient prélever le tribut du peuple.

Les dalles vernissées du porche sacré reluisent comme au premier jour. Pas un grain de poussière ne viendra souiller mon albe robe. Ô sublime perfection. Je marque l'arrêt devant l'entrée et salue les deux tours qui bordent le portail. Les plus hautes de Saham. Des millénaires qu'elles grandissent, chaque jour, des os des nouveaux arrivants. Pas un paysan n'ignore ce symbole de puissance.

Ce lieu, c'est la mort.

Et son maître, c'est moi.

Je tourne le dos au soleil. Le vent siffle entre les os et emporte au loin de belles et langoureuses lamentations. Je respire, goûte et avale les fumées âcres et grasses qui s'échappent de la gueule des deux gardiens de ces lieux. Deux phœnix de terre. Je pose mes doigts sur le bec dépoli de celui qui, voici des millénaires, a été modelé des mains mêmes d'Obédaï, et pousse les lourds vantaux de bronze.

L'escalier m'accueille dans un silence de mort. Il fait noir. Je suis seul. Ainsi commande l'Ararak. Je m'engage doucement sur les larges marches. Mes pas résonnent vers les profondeurs. La chaleur augmente, graduellement, appelant mon corps à se couvrir de perles de sueur. L'atmosphère devient lourde de fumée. J'entends battre le cœur sacré de Carsahalapam. Une torche fraîchement enduite de suif d'homme m'attend. Je saisis le tibia et le présente aux flammes de l'Éternel, l'âtre-âme des lieux. La graisse grésille et fait danser les ombres de chimères en ronde-bosse. La lumière l'emporte peu à peu sur les ténèbres. La Mort donne la Vie. Ainsi commande l'Ararak.

J'avance au centre du hall, et pose ma flamme au contact d'un amas de poussière. Il s'enflamme en crépitant, crachant des jets de fumée blanche, et porte le feu le long de rigoles vernissées. Trois lignes de torches s'animent devant moi, illuminant les murs de la crypte. Vingt corps sacrés coiffés de têtes d'or et de céramique se tiennent debout dans leurs loges de terre. Embaumés. Desséchés. Momifiés pour les temps immuables d'une perpétuité. Éternels serviteurs de Carsahalapam, vos âmes, une à une, vous saluent.

Je m'approche de l'Autel. Ma flamme lèche les serpents entrelacés de l'encensoir et donne naissance à un panache de fumée. Je le pousse vers mes fentes nasales et inspire à pleins poumons. Nul effet hallucinatoire n'est ici recherché. Quelle drogue pourrait se substituer aux plaisirs orgasmiques d'un rapt de quelques âmes humaines ? Non, ces fumées nappent mes nasaux jusqu'à endormir le plus infime de mes poils olfactifs.

Moi. Le Maître des Maîtres. Je suis prêt à livrer l'office en accord avec les lois de l'Ararak.

Porte sud. Je m'incline. Des gueules ciselées grimacent et se moquent de la Mort. Je les aime, ces petites figurines. Je pousse le panneau en plaques de terre cuite et l'envoie claquer contre le mur. J'aime entendre mon entrée résonner contre les arêtes de cette suite de voûtes et de coupoles. Galerie sud. Mirez, mes âmes, vous à jamais mes maudites. Mirez l'art des premiers fossoyeurs de notre Ordre. Mirez quelles merveilles architectoniques hantent le ventre de la Terre. Pour vous, morts. Pour vous.

Porte ouest. Je m'incline. Ici se couche la Vie. Derrière les battants de fer martelé de la salle des Brasiers. Je pénètre le saint des saints. La chaleur assèche tous les pores de ma peau. Les fumées ondulent sous les courants d'air initiés par mon intrusion, dévoilant un court instant les flammes des huit brasiers de Carsahalapam. Les esclaves alimentent ces monstres de fonte sans prêter la moindre attention à ma vénérable présence. Rien ne doit venir rompre leur tâche. Car ces feux, jamais, au grand jamais, ne doivent s'éteindre. Ainsi commande l'Ararak. Je marche dans l'allée centrale, entre les brasiers, portant dans les moindres détails l'attention inquisitrice de mon inspection. Pas un grain de poussière, ni même une cendre, ne doit troubler le repos des morts. Ici disparaissent leurs dernières chairs. Par ces cheminées.

Caveau central. Je m'incline. Les novices poussent lentement le double battant, et s'effacent pour me laisser entrer. Le caveau des Décharnements. Ici, les chairs sont séparées des os par de grands couteaux de pierre. Les fils sont affûtés à la perfection, et les gestes millénaires dépècent les morts sans jamais toucher à leurs os. Mirifique. Ensuite vient la séparation des corps.

Les chairs vont au feu des brasiers. Les graisses aux chaudrons. Et les os à la cave des ossoyeurs. Faibles et puissants, voilà tout ce qui restera de votre passage sur Terre.

Os longs, courts ou plats, les novices les disposent dans le fond d'une cage d'osier, avant de les livrer aux Arsassaks. Je me penche au-dessus d'une des huit fosses grouillant de pattes, et attrape un de ces insectes. Il s'agite vivement, se débat, fait claquer les anneaux de sa carapace articulée et, fort d'une hargne rare, plante ses crochets venimeux dans mon doigt. Mirifique ! L'insecte prouve sa bonne vitalité. Je le replace dans sa fosse et me fais panser le doigt par un serviteur. Ma quête d'imperfection peut continuer.

Deux fidèles actionnent des roues crantées et convoient une cage d'os frais dans l'une des fosses. Les insectes, voraces, se précipitent en crissant sur les restes humains. Mais un des esclaves s'immobilise, livide. Il vient de commettre l'irréparable. En privant un Arsassak de la vie. Par écrasement. Là. Sous mes yeux. Violant la Loi Sacrée de l'Ararak. Adorable insignifiance, je vais devoir punir ton geste. Terne existence, goûte et partage avec moi tes derniers instants sur Terre !

Le coupable tombe à genoux, exsudant à mes pieds le poids de sa faute. Ôter la vie à un Arsassak ! Le saint réceptacle des chairs sacrées de nos morts ! Infâme. Donne-moi ton âme. Je pose une main sur son épaule. Il s'effondre. Tout Prêtre Noir présent dans la cave s'incline. Mort, le fautif redevient en ces lieux un objet sacré. Sa graisse, ses chairs et ses os disparaissent déjà dans les entrailles de Carsahalapam.

Ainsi commande l'Ararak.

Les roues se remettent à tourner, remontant une cagée d'os blanchis à la perfection. Longs, courts et plats sont triés, sculptés, broyés, érigés : chacun trouvera son utilité. Un train de crânes plonge vers la crypte, dans les tréfonds du sanctuaire. Mirez, mes âmes, mirez les splendeurs de Carsahalapam.

Salle des saponifications. Je m'incline. Ici, une roue en pierre du mont Calmak roule sur les meules dormantes du temple et réduit les os plats en miettes. Les prêtres débarrassent les sillons d'une pâte épaisse qu'ils jettent dans l'eau bouillante. Les feux sont rigoureusement tenus aux bonnes températures. Ce sanctuaire est perfection. La graisse flocule lentement à la surface des baquets de cuivre, puis elle est délicatement écumée, filtrée, réservée et figée en ce suif d'homme qui alimente les torches de Carsahalapam, ou se fait savon cérémoniel.

Porte est. Je m'incline. Le calme m'envahit. L'unique bruit des lieux est celui des gouttes d'eau qui, après avoir ruisselé le long des plafonds de la caverne, tombent dans la nappe souterraine. Le bain pétrificateur. Ici, tout os long non prélevé par les prêtres sculpteurs voit par l'action du temps ses cellules périssables remplacées par de la pierre. Je me concentre sur cette goutte qui tombe et ride la surface de la nappe, sur ce petit son clair et humide décuplé par l'écho sacré du lieu. Mirifique. Les vibrations frappent et rebondissent le long des parois, avant de s'échapper par le puits. Par lui sortent les os de pierre qui, chaque jour depuis des millénaires, viennent grandir les deux tours de Carsahalapam.

Ordre et perfection règnent ici en maîtres. Mes belles, mes âmes fidèles, goûtons à présent au Tribut.

Porte nord. La porte des Morts. Je m'incline. Un gong accompagne mon entrée et scande chacun de mes pas jusqu'à faire résonner les entrailles de l'ossuaire. Les défunts pénètrent les lieux par le plafond, descendant sur leur couche funéraire depuis ce treuil mortuaire. Ils se posent ici, sur l'autel sacré de Carsahalapam. Les Grands Prêtres viennent alors porter leur bouche pour un dernier baiser. Le baiser aux morts. Pour moissonner l'Énergie de leur vie. Ainsi commande l'Ararak.

Mais aujourd'hui, c'est la livraison du tribut. Aucun mort n'entre, juste son Maître. Moi. Les Grands Prêtres se tiennent alignés en révérence devant l'autel cérémoniel. Ils attendent que je prenne place sur ma chaire de terre, comme je le fais depuis près de quatre mille solaisons, à chaque premier soleil d'hiver. Le premier officiant s'agenouille et m'offre la pointe sommitale de son crâne. Je pose dessus ma main et puise en lui la collecte du dernier cycle de saisons, ne relâchant ma prise qu'aux portes de la mort.

Les prêtres se succèdent ainsi jusqu'à la révérence du premier serviteur des lieux. Le Happeur de Carsahalapam. Avec lui vient le choix des âmes. Je les prélève, enrichissant mon harem céleste, une à une, jusqu'à la dernière. Le Happeur ouvre des yeux fumants, notant la sévérité de ma rançon. Veiller sur ce temple est beaucoup d'honneur, serviteur. Honneur que tu me dois. Il m'incombe de te le rappeler.

Puis vient le moment de la ponction sacrée. Un officiant s'incline, en silence. Il tend de ses deux mains la Matrice, un bassin de femme cerclé de bronze. La Mère des morts. En son cœur repose le rostre cérémoniel, aiguille creuse ciselée d'or et d'argent qu'il me convient de saisir en cet instant.

Le prêtre volontaire s'avance d'un pas, ouvre sa robe et me présente le haut d'un poitrail éclatant de blancheur. Son regard est ferme. Je prends le temps d'apprécier les traits de son visage, le cuir tanné de sa peau de craie, la perfection de ses fentes nasales. Son crâne repoussé affiche l'âge réglementaire de trois siècles d'office. Un serviteur relève lentement la manche de mon bras gauche, faisant apparaître ma canule en dentine pourpre de Marsam, l'ivoire sacré. Je plonge la pointe de l'aiguille dans l'orifice et fais jaillir le sang de la Source Noire. Cet instant, fidèle serviteur, marque celui du Choix. Je plante le rostre dans le cœur du valet et pousse en lui quelques gouttes de mon sang. Le prêtre se tétanise, ses yeux noircissent et s'enfoncent dans leurs orbites creuses, il recule, raide, et s'écroule dans la mort. Mon sang te refuse le droit d'accéder au rang de Happeur, serviteur. Que Carsahalapam protège ton repos éternel. Ainsi commande l'Ararak.

La ligne des prêtres s'efface en son centre, me livrant l'accès à la crypte des Crânes. Je m'incline. Deux torches brûlent à l'abri de leurs jalousies de bronze, en toute discrétion, pour ne pas troubler le repos des morts. Je descends, lentement, et avance au milieu des crânes dans l'immensité d'un caveau creusé dans le cœur de la Terre. Morts de Carsahalapam, un peu de vous coule en moi. Un peu de moi repose en chacun de vous.

Un jour, un jour grandiose, je briserai ce miroir dans lequel se mirent les ignorants. Je détruirai Almenarc'h et lâcherai sur le Spoliateur la Vengeance de Saham.

Les crânes restent silencieux devant mon ultime révérence, chaque orbite me renvoyant la profondeur de cette promesse.

Il en est ainsi dans chaque ossuaire de Saham.

Depuis des millénaires.

Ainsi commande l'Ararak.

Mais ici résonne un son plus particulier que partout ailleurs, l'écho du premier crâne. Le tien. Le mien. Obédaï.

Chapitre 34
Erkan, l'âme damnée

Je m'extirpe du fleuve de feu de Cataxak, en proie à un vertige. Moi qui ne voyais en lui que l'ombre d'un roi, je trouve un homme qui a plusieurs fois l'âge de la Terre ! Mais, pères ! comment avez-vous ignoré en lui le maître des cartes ?

Mon bon guide de Saham, Cardanapak, j'espère que les anciens de ton village affûtent leurs discours, car j'ai grand-soif de vérité !

Je remonte les remous chaotiques du maître des maîtres pour plonger au plus près de son présent.

Chapitre 35
Cataxak, le Grand Carda

Les hospices gagnent chaque jour en efficience, l'Énergie des morts regonfle mes corps, peu à peu, mais quelque chose en moi est cassé. Mon plaisir ternit. Happer une âme ou vider le hère perd de nuit en jour saveur et volupté. Répandre l'abomination sur les terres du Panshir n'est que technique et stratégie. La corde brisée porte le nom de mes origines. Saham. Trahi par mes obligés. Par simple appétit du pouvoir. Ces imbéciles pensent être en mesure de se passer de la Source Noire !

Je flotte devant une ouverture du mur pignon, las de ce paysage qui s'offre crûment. De la pierre. De la pierre. Et encore de la pierre. Dans ma faiblesse, j'ai dû répondre aux conseils de ce pli noir et mystérieux. Venir en ces confins orientaux pour trouver refuge. Braver ce que nul Prêtre dissident ne bravera, la mer. Mais cet endroit est aussi une prison. Cuisante punition. Je flotte, de barbacane en barbacane, comme un fauve en cage. Un fauve mité. Galeux. Déchu de sa fierté. De ses crocs. De ses griffes. De sa superbe. Et toute cette Énergie qui me nargue et danse ici librement !

En pleine nature ! Si seulement j'avais eu l'ascendance et l'hérédité de mon premier corps ! Ou même celle de ces quelques Sages qui sommeillent en moi. J'aurais pu contraindre le monde et porter le dernier coup au Spoliateur. Au nom des miens. Au nom de mon peuple.

La porte s'entrouvre.

— *Maître, Grand Carda...*

— *Je vous écoute, Carak.*

— *Reïka déchaîne ses armées sur les dernières positions khouratiques, Éminente Noirceur.*

— *Offensive stupide et prévisible. Où en sont nos espions ?*

— *Maître, nos oreilles entendront bientôt ce qui se dit jusqu'en terre de Koy.*

— *Se pourrait-il que j'aie autrefois exagéré, en vous traitant d'incapable ?*

— *Seigneur, Grand Carda, vos louanges me touchent.*

— *J'avoue que je m'ennuie, dans cette forteresse. Tout ce qui marche rampe à mes pieds. Nulle autorité à défier. Nulle intelligence supérieure à surpasser. Nulle âme de valeur à épingler.*

— *Maître, vous usez votre âme depuis des siècles pour incarner les prophéties de l'Ararak. Personne ne peut vous remplacer.*

— *« Celui-Qui-Revient rapportera en nos terres l'Énergie spoliée, à la chute du royaume de l'Esprit. »*

J'ai vu Obédaï en personne graver autrefois ces mots sur les Vélins de Pierre. Il croyait en moi. Sinon, pourquoi m'aurait-il confié son sang ? Alors pourquoi ce défi stupide ? Pourquoi venir maintenant me voler Ramsara sous le nez ? Serais-je à ce point dans l'erreur ? Le destin aurait supporté mes millénaires d'existence pour se rabattre sur un jeune ignorant de vingt et quelques printemps ?

— *Carak ! Les nouveaux Prêtres Noirs sont-ils prêts à goûter mon sang ?*

— *Non, Grand Carda. Le plus ancien n'a pas deux lunes d'expérience. Et ils n'ont pas la valeur des hommes de Saham. Leur cerveau est lourd et lent.*

— *Je sais cela, Carak. Mais il nous faut pourtant former la relève. Faites entrer les plus prometteurs, que commence la première cérémonie.*

— Bien, Grand Carda.

Il ouvre la porte sur trois Prêtres Noirs qui s'alignent et s'inclinent devant moi. Pendant que je vois naître et mourir les arbres de ce monde, ces trois-là ne voient même pas dépérir les bulbes de leur premier printemps. Quelle affligeante jeunesse !

— Carak !

Je relève ma manche.

— Oui, Maître ?

— Le rostre, je vous prie.

Le Happeur me tend avec cérémonie une aiguille en os. Je la saisis et la plante sans détour dans le creux de mon avant-bras. Un sang épais tarde à couler sous le regard éberlué des trois novices. Carak fait ouvrir la robe du premier. Je le regarde dans les yeux, et le pique au cœur. Il s'effondre aussitôt, mort sans même prendre la peine de trembler un peu. Les deux autres reculent tandis que je réalise une nouvelle ponction et que je pique l'un d'eux au hasard de son poitrail. Il s'effondre tout aussi vite que le premier.

— Il est vrai que ces jeunes pousses ne sont pas très prometteuses, Carak. Tenez-moi le dernier, je ne voudrais pas l'abîmer.

Le jeune Prêtre tremble de tout son corps alors que j'approche de lui mon rostre.

— Mon sang choisira-t-il de faire de toi un Happeur d'âmes, Panshiriote ?

Piqué à son tour, l'homme s'effondre, secoué d'une brusque crise de tétanie. Il expire jusqu'à la dernière bouffée d'air et se tient immobile, le teint cramoisi, en quête d'un second souffle. Refuserait-il de mourir, ce bougre ? Je l'aide à relâcher ses muscles respiratoires et le nourris d'un léger apport de Šhå. Après tout, cet homme devient un peu comme mon premier fils du Panshir !

— Carak, nettoyez la place et faites porter ce premier-né dans sa cellule, qu'il se repose avant de recevoir ses implants.

— Vous croyez qu'il survivra ?

— À lui de voir s'il sait recevoir l'honneur qui lui est fait de goûter à la Source Noire ! Disparaissez !

Carak fait refermer les lourds vantaux de mon cabinet. Je prends assise sur le trône de pierre, abaisse encore la température de mes tissus, et déploie dans l'éther mes ailes d'âmes en peine. Jamais aucune des enquêtes de mes anciens Veilleurs, du temps d'Almenarc'h, ne m'a permis de m'approcher de mon mystérieux informateur. Aujourd'hui, malgré un réseau encore balbutiant, je trouve encore de ces plis au cachet d'or. La nature de ses contenus, toujours plus pointus et affûtés, m'amène à m'inquiéter. Qui est-il ? Je perce l'immense voûte du donjon et m'élève en spires au-dessus du palais.

Comment le trouver ?

Je dépasse l'isthme du Panshir et rejoins le soleil vers son couchant, survolant des terres agitées par des menaces de guerre. Des troupes s'enfoncent dans les hautes montagnes de Ptah, pour contenir les appétits précoces de Reïka. Une sagesse militaire dont le royaume de Khourat aurait dû faire preuve, car le voilà bel et bien en proie des flammes. Ses villages partent en fumée, gaspillant, dilapidant sa belle Énergie aux quatre vents, sans but ni raffinement.

Champs ravagés. Forêts de troncs calcinés. Carcasses de fermes et villes ruinées. Je ne vois là qu'une litanie d'actes gratuits et signes de mauvais commandement. Un conquérant avisé ne ruine pas les terres qu'il projette d'administrer. Même le dernier crétin de Saham sait cela. Les coupables défilent sous mes ailes d'âmes, lourds de butins et autres panoplies guerrières. Ils progressent le long de la côte, en convois anarchiques et interminables, vers Figos.

Mais ces vermines humaines devraient trembler au lieu de se pavaner, car les colonnes de poussière qui s'élèvent au loin, vers le sud, ne sont autres que les déferlantes d'une cavalerie lourde Et nulle armée n'est de nature à résister à la charge de ces centaures ! Voilà bien l'hérésie d'une diplomatie approximative, que de provoquer le courroux des éleveurs nomades du Loudhour sauvage !

Venez, mes maudites, suivez votre maître plus en avant vers le couchant. Là où l'air se tinte du fracas des armes. Là où les colonnes sans forme de Reïka se heurtent à un fer bien ordonné. Une discipline qui n'a qu'un nom, Almenarc'h. Et là, au front, menant la charge au milieu des étendards, je reconnais le capitaine Orthon dans son armure de guerre. Reïka subit sous mes yeux une embuscade dévastatrice. Nulle place pour les encombrantes armes de siège, nul temps pour les déployer. Orthon frappe, enfonce et défonce les colonnes, incendie pierrières et mangonneaux[7], et disparaît au plus fort du tumulte. Pauvres Reïkans, voilà votre armée en butte à une poignée d'Alménaréens, tandis que dans votre dos une horde sauvage de cavaliers se prépare à piétiner votre arrière-garde.

J'emporte mes âmes loin de cette vile piétaille, vers une forteresse. Quelle est-elle, mes maudites ? Kaethorn ? Est-ce là le nom que vous me soufflez ? Bel éperon que voilà. Il domine la mer, du haut de ses falaises, ourdi de murs, tours et tourelles ! Aucun défaut dans la cuirasse de cette redoute. Et l'armée qui siège à ses pieds n'a pas fini d'épuiser dessus ses couillards ! Appréciez, mes maudites, regardez à quelle hauteur la porte de ce château est perchée. Trente ? Trente-cinq pas ? En plus d'un sol en escarpes et de deux avant-corps des plus perfides ! De quoi noyer les plus hardis sous une pluie de brai et de fer !

Les ingénieurs reïkans hurlent leurs ordres. Ils font abattre des arbres, sans relâche, pour alimenter d'immenses brasiers au pied des murailles. Ont-ils l'intention de fendre Kaethorn par le feu, ou d'asphyxier sa garnison par cette abominable fumée ? Toujours est-il que, noyés par leurs propres écrans, ces mauvais tacticiens éclipsent les ors d'une garde en approche. Là, menant son armée redoutable, se tient Fagar en personne. En grand général, il est prêt à perdre la vie pour défendre ses dernières illusions. Il n'y avait bien qu'Alkar pour manquer de panache en Almenarc'h ! Cela m'a d'ailleurs pris suffisamment de temps pour débusquer un couard de si beau rang !

Je descends dans les rangs de l'armée alménaréenne, pressant derrière moi mon cortège d'âmes en peine. Pauvres d'elles, les voici qui hurlent et supplient les soldats de les libérer de mon emprise ! Mes belles ! Mais personne ne peut vous entendre ! Laissez donc ces braves récupérer de leur marche forcée ! Et montrez-leur un peu de respect. Cette armée est le vestige d'une civilisation disparue. Regardez ces armes et ces fanions, ils portent les armoiries de seigneuries déchues ! De maisons avalées par le néant, dans le cœur d'une pierre que je devrais aujourd'hui tenir serrée dans mon poing vengeur.

La Garde d'Airain passe en ordre de marche cadencée. Les plastrons arborent fièrement l'emblème de l'Arbre Unique. Des

---

7 Engins de siège.

plates ciselées descendent en cascades sur les abdomens, les cuisses et les bras, érigeant une palissade de fer devant les menaces ennemies. Ces guerriers hors pair ne font qu'un avec leur armure. Ils ne font qu'un avec leur épée, leur bouclier, et leurs compagnons de bataillon. Il émane d'eux un mélange de force et de perfection.

Admirable.

Mirifique.

Comme toujours.

Chapitre 36
Fagar, Tyran de Figos

— HALTE !

L'ordre, aussitôt relayé à travers les rangs, immobilise ma grande armée dans un bruit de tonnerre. Je referme mon gantelet sur la bride de cuir, présentant mes hommes face à la forteresse de Kaethorn. J'attends mon messager. Il revient des lignes adverses et arrête son cheval à mon niveau.

— Mon Général ! Le conseil des chefs de guerre reïkans refuse d'engager des pourparlers !

» Et nous souhaite un bon retour vers notre mère patrie.

Je me tourne calmement vers mes hommes.

— Capitaines, priez pour le salut des âmes de ces reïkans. Nous allons leur donner une leçon de stratégie. Messager, avez-vous reçu des nouvelles du capitaine Orthon ?

— Non Messire, le capitaine est bien au-delà des lignes ennemies.

— Espérons qu'il saura couper les lignes de ravitaillement de ce siège. HOMMES DE CAMPS !

— ... Oui, Messire Général !

— Montez les tentes de campagne !

— Bien Messire.

Mes hommes délimitent une place au cordeau, plantent des poteaux, tendent des filins d'Acian, et dressent des tentes avec une rare efficacité. Mes capitaines mettent pied à terre et entrent dé à à couvert. Je n'attends pas que la table soit posée pour dérouler dessus mes cartes militaires. Chacun de mes capitaines prend place autour de moi. Sept hommes solides aux cuirasses poussiéreuses soufflent des jets de vapeur dans l'air de cette fin de journée.

Paros. Homme au regard de plomb. Le visage dominé par des arcades trapues et des sourcils broussailleux. Les muscles de sa mâchoire se contractent, trahissant son impatience d'en découdre avec l'ennemi.

Amos. Capitaine héroïque. L'hiver dernier, il a tenu en respect l'armée de Médès tout entière durant un cycle de lune, terré dans un camp de fortune, en attendant les renforts de ses frères alménaréens. Une longue estafilade lui barre le visage, ne laissant pour valide qu'un œil bleu minéral. Il préfère le silence aux futilités du langage.

Kaereel. Esprit fin. Traits fins. Mais, que personne ne s'y trompe, ces mains traversent des planches tous les matins au réveil. Et, en campagne, personne ne regrette d'avoir à ses côtés ce valeureux maître d'armes.

Fark et Gloas. Deux frères. Deux jumeaux. Deux regards lourds de menaces. Une détermination qui ferait fondre tout homme.

Guluel. L'éclat de fer qui brille dans son regard lui vient de sa passion des forges. Une battiture vicieuse est venue finir sa course incandescente au plus profond de son iris. Celui qui croise ce regard croise déjà son fer, mais il faut pour cela avoir réchappé à la pluie de flèches qui file des doigts de cet archer et de son redoutable bataillon.

Et le dernier. Corzah. Le Bestial. Dernier Gardien d'Almenarc'h. Étonnant d'être encore en vie avec si peu de cervelle. Aucune sagesse, aucune finesse. Sa philosophie, si tant est qu'il connaisse ce mot, est de prendre toujours le chemin le plus court. Ses compagnons rapportent que celui qui lui a pris son oreille lui a en retour quelque peu cédé les parties les plus fines de son anatomie.

Voilà l'assemblée qui à elle seule assied mon pouvoir naissant en la région. J'appuie mes gantelets sur le plateau de la table et annonce calmement.

— Capitaines, nous allons montrer à ces hommes de peu de foi que nous n'avons pas défait les territoires du Nord en soufflant sur des maisons de paille.

» L'armée reïkane, sous couvert d'assistance, a débarqué ici, sur ces plages du nord-est de Khourat. L'invasion a été menée depuis ce point et n'a duré que deux lunes, poussant le roi Arakhos à se retrancher avec ses dernières forces dans ce château dominant les mers du nord, la forteresse royale de Kaethorn.

Un cri retentit au dehors.

— Messire !

Deux écuyers écartent la toile de porte et poussent un homme devant moi.

— Messire, ce rôdeur dit venir du château !

J'observe l'homme en silence, laissant à Guluel le soin de répondre à ma place.

— Qui prétends-tu être ?

— Mon nom est Golian de Kaethorn, et je ne suis autre que l'héritier de cette place assiégée.

— As-tu de quoi prouver ça ?

L'homme sort un long rouleau d'un fourreau de cuir et déroule une carte.

— Qui d'autre posséderait tout à la fois cette chevalière et le plan de ce château ?

Guluel fait méthodiquement monter la pression.

— L'ennemi ? Un suppôt des Pères Blancs ? Ils nous ont déjà bernés durant près d'une lune !

— Et nous durant deux. Mais notre préoccupation se nomme pour le moment Reïka, et mon roi m'envoie à vous pour tirer au mieux parti de vos forces en présence.

L'éclat d'acier dans l'œil de Guluel se met à briller.

— Votre roi, dites-vous ? Et il vous envoie à nous, depuis Kaethorn ? Malgré le siège ?

— Messire, mon chien entre et sort seul de ce château ! Et ce chaque jour et chaque nuit !

— Comment ?

— Par un souterrain ! Mais allez-vous enfin vous décider à m'entendre ?

J'abats soudainement mon poing sur la table.

— Parlez.

L'héritier de Kaethorn laisse retomber la tension, avant de commencer son exposé.

— Notre forteresse ne craint pas d'être prise. Elle défiait déjà les plus terribles armées alors qu'Almenarc'h n'était qu'au berceau. Regardez plutôt. Cet avant-corps protège la première porte. Deux lignes de remparts chemisent la base de l'éperon, une esplanade en surplomb dessert les créneaux bas, et deux tours dominent le tout. De là, un pont-levis enjambe un gouffre de cinquante pas vers cet escalier, seul accès au haut bastion. Celui qui prend pied sur ce pont se retrouve sous le feu de quatre nouvelles tours qui...

— Assez !

Je frappe une nouvelle fois la table de mon gantelet.

— Vous n'allez pas nous faire le décompte de vos meurtrières ? Vous m'avez vanté votre aide ! Abattez votre jeu !

— Reïka, après plusieurs assauts menés en pure perte, s'est retranché ici, sur ce replat.

— Et ?

— C'est trop loin pour inquiéter nos murailles. En revanche, leurs armes de siège tiennent un avantage évident sur toute armée qui donnerait un ordre de marche depuis le ponant.

Je regarde un instant la carte, et réplique.

— Autrement dit, voilà de quoi copieusement pilonner notre avancée. Mais dites-moi, Golian, quelle est la ligne de portée balistique de vos armes, à Kaethorn ?

— Dans la direction qui nous occupe ? Nous pouvons atteindre ces roches, au pied de la position reïkane. Mais vous devez savoir autre chose. Les cavaliers du Loudhour s'apprêtent à mettre en pièces l'arrière-garde de l'ennemi.

Cette fois, c'est le capitaine Paros qui s'exclame.

— Les cavaliers du Loudhour ? Mais les princes nomades ne s'engagent dans aucun conflit qui ne touche leurs terres ! Ils n'ont même pas pris part à la Grande Guerre !

— Disons que l'Alchimiste entretient des relations privilégiées avec les plus puissants d'entre eux.

Je demande discrètement le silence à mes capitaines.

— L'Alchimiste ? Et qui est-il ?

— À coup sûr l'occupant le plus singulier de notre château, Messire. Bien que je ne connaisse de lui que ses valets.

— J'aimerais le rencontrer, à l'issue du conflit. Allier le

Loudhour à Figos pourrait être la solution qui ramènerait la paix dans la région.

Le jeune baron sourit doucement.

— Je crains que l'Alchimiste fixe lui-même ses rendez-vous, Messire. Je n'ai moi-même jamais eu le privilège de le voir.

— Alors même qu'il habite votre forteresse ?

— Seulement une tour interdite, donnant sur la mer.

— Fort bien, comme vous voulez. Je vous laisse à vos curiosités de palais. J'ai une stratégie à planifier. Paros ?

— Général ?

— Prenez des hommes et allez vérifier les positions de Reïka. Et soyez de retour avant la nuit noire.

— Bien Messire.

Le capitaine quitte aussitôt la tente de campagne avec ses écuyers, et disparaît.

— Messieurs, il va falloir contourner ces camps reïkans. Nous allons progresser et attaquer à la faveur de la nuit, en armes légères, à travers ces coteaux et landes rocheuses. Amos et Guluel, vous prendrez position sur le flanc gauche. Corzah, Fark et Gloas, vous vous placerez tous trois sur le flanc droit. Kaereel, vous, vous dresserez ici même un camp factice, avec nos ingénieurs, destiné à tromper la vigilance de l'ennemi. Et vous placerez une ligne de pierrières sur cette crête.

» De mon côté, je mènerai la Garde d'Airain en marche forcée, en arrière des positions reïkanes.

» La manœuvre est simple. Au plus fort de la nuit, nous refermerons notre tenaille sur l'ennemi et le pousserons sous les feux de Kaethorn. Notre ligne de pierrières sera ici, en appui.

» Golian ? Nous feriez-vous l'obligeance de guider nos éclaireurs en ces terres ?

— Bien sûr, Messire Fagar. Mais il faudrait au préalable réduire au silence les tours de guet reïkanes, pour plus de discrétion.

— L'arc de Guluel vous est acquis. N'est-ce pas, capitaine ?

L'éclat d'acier reluit une nouvelle fois dans l'œil de l'archer.

— Avec plaisir, Messire !

— Bien ! Capitaines, rassemblez vos hommes et préparez-vous à donner l'ordre de marche !

Chapitre 37
Erkan, l'âme damnée

Je me tords les boyaux sur ma natte de jonc, et rends ce breuvage aigre avalé plus tôt dans l'après-midi. Il apparaît que je tarde plus que de coutume à retrouver le contrôle de mes gestes, et renverse fioles et pots de terre sous les yeux médusés de Camatchak. Mon corps réclame un Šhå que je ne peux lui trouver. Je me redresse malgré tout, présentant le plat de ma main au maître grimeur en guise d'excuses, et sors la tête au grand air. Ainsi calé et bercé par les clapots de l'eau, je me laisse glisser hors de mon corps fatigué et flotte doucement sous la voûte étoilée d'une nuit naissante. L'horizon devient courbe à mesure que je prends de l'altitude, et se noie bientôt dans l'infinie noirceur d'un espace sidéral. Seules les terres émergées du grand nord se trouvent poudrées d'un arc solaire. Je tourne autour de la Terre, pousse mon enveloppe éthérée au-devant d'un détour de côte, en retrait du Putulah, et plonge.

Kaethorn. Violence et destruction battent les plaines dans la nuit noire. Le capitaine Corzah sème le chaos dans le camp ennemi, menant au triple galop ses dix cavaliers dans des opérations incendiaires, traînant de gigantesques brandons qui embrasent sans détail tentes et armes de siège. Les alertes retentissent. Hommes et bêtes ruent en tous sens, affolés, étourdis par des salves d'ordres contraires. Une pluie de flèches s'abat maintenant, fauchant sans distinction malheureux et valeureux, ne laissant d'autre choix aux survivants que de se tasser sous leurs boucliers en attendant l'impact de la charge d'Almenarc'h. Elle arrive. Forte de ses cuirasses huilées. Compacte. Aguerrie. Marchant dans un silence de mort contre des lambeaux d'armée. Les murs de Kaethorn résonnent dans son dos du son grave de cornes de brume. Des hommes en armes émergent et grouillent sur les terre-pleins, actionnant les roues crantées d'engins meurtriers. Des blocs de pierre quittent leurs nacelles, filent dans les airs, et s'abattent sur les rangs reïkans en ébranlant le sol.

Fagar fait alors sonner sa grande trompe de bronze. Je vois s'écarter les troupes régulières pour laisser place à la redoutable

Garde d'Airain. Par cette poussée, le général achève de plonger Reïka dans le désespoir. L'armée ennemie débande et file comme un lâcher de barrage. Les plus fous, dans un dernier élan, tentent encore de prendre d'assaut la forteresse à la seule force de l'épée, et disparaissent bientôt sous des avalanches de roche, de fer et de carcasses amies. Kaethorn sue sang et tripes avant de verser ses feux grégeois dans l'incendie d'un bouquet final. Fagar, lui, fait maintenant sonner les trompes de la victoire.

Le sol se met alors à trembler d'un grondement de tonnerre. La cavalerie du Loudhour écrase dans le lointain ce qui reste des renforts reïkans. Je rejoins une chevauchée de cataphractaires rutilants et débordants de plaques de fer, d'or et d'argent, prenant de plein fouet la fougue sauvage de ce peuple libre. Une nature magnifiée parade sur les armures. Lions et chevaux ailés, bouquetins aux cornes d'or, pommeaux gardés de serpents, jambières griffées de panthères : platine, iridium et palladium, tout n'est que torsades, filigranes et incrustations. Les nomades portent sur eux leurs richesses et les emmènent avec honneur jusque dans la mort. Un cavalier plus lourdement armé que tout autre s'approche de Fagar. Il arbore un crâne de cerf aux immenses ramures cerclées d'or. C'est le prince des princes. Fougueux et sauvage. Il s'arrête, laisse le vent chasser la poussière, fixe Fagar de ses yeux noirs et tourne bride. Sans un mot. Chaque cavalier parade ainsi à la suite de son chef, montrant la puissance de son arme au général alménaréen, montrant les entrelacs rutilants de ses richesses, de ses grenats, nacres et émaux, de ses capes de laine cousues de perles d'or et de pendeloques.

Le soleil point déjà à l'horizon quand les dernières pampilles rebondissent sur les flancs du dernier cheval. Il est monté par un très jeune et fier cavalier couvert de plates d'acier aux damasquins dorés. Mais je ressens dans mes fibres éthérées l'appel de mon corps de chair. Je couvre la distance en un battement de cils, et ouvre les yeux. Camatchak retire vivement sa main de mon épaule, à la fois perturbé et soulagé, puis annonce, dans son incompréhensible langage.

— *Al Gahama, Ava Al Carnara. Affala Aka Na Apala.*

Nous avons accosté. Carkarak fixe les amarres à une pile de terre et nous aide à prendre pied sur un ponton branlant. Six gardes se déploient en évitant de croiser nos regards, et engagent les formalités d'usage. Je profite de l'instant pour admirer le paysage. Ô Terre, que Tu es belle. Le fleuve n'est maintenant plus qu'une rivière aux reflets de jade qui coule paisiblement au milieu de vallons de roche rouge et d'une végétation verdoyante. Un village se dresse devant nous, défiant le bleu du ciel de ses tours d'argile. Mes deux guides m'entraînent dans une enfilade de ruelles ombragées, vers le cœur de la bourgade. Nous passons sous un épais porche de terre pour arriver dans une cour carrée baignée de bassins vernissés. Des cascades de feuilles lancéolées se jettent de l'un à l'autre de ces points d'eau, dans un vrombissement d'insectes butineurs. Nos pas résonnent dans la fraîcheur de ce cloître. Camatchak pivote sur sa droite, avec cérémonie, et frappe à une porte. Carkarak s'arrête. Je l'imite. Un judas s'ouvre. Une question est posée à voix feutrée. Camatchak répond, sans inflexion. Un grincement annonce l'ouverture de ce panneau de bronze et de céramique. Nous avons apparemment la permission d'entrer.

Une vaste salle nous accueille. La lumière inonde la pièce par des ouvertures hautes et fines et nous donne à voir des piles de tissus blancs sur de grandes tables de troncs de joncs. Des casiers débordant de fioles envahissent les murs jusque dans les moindres recoins. Un Prêtre Noir recule, et s'incline devant nos robes. Mes deux compagnons sont si sûrs de leur déguisement qu'ils n'hésitent pas à fréquenter les succursales de cette secte !

Le tenancier se retire, prenant soin de ne pas relever la tête, et nous ouvre le passage vers l'arrière-boutique. Camatchak lui lance un « *Akacatcha* » que j'interprète comme une forme de remerciement, et nous entraîne à sa suite dans la pièce de derrière. Celle-ci se compose de plusieurs cellules dédiées au bain. Carkarak pose des linges propres sur un meuble bas, et tire un rideau de discrétion. Je me défais de mes vêtements, plonge dans les eaux parfumées d'un baquet, et entreprends de laver mon corps de la poussière du voyage. Étonnant, comme la crasse s'accumule dans les profondeurs de la peau, quand je me trouve démuni de mes Šhâmanies. Je ressors, m'essuie, tout en prenant soin de ne pas abîmer ma figure de Happeur, et passe un Kamana neuf. Ha ! Cette étoffe, plus fine et dense que celle que je viens de quitter, me donne presque un air respectable ! J'ajuste mon plastron de billes, dissimule les feux de Ramsara, et rejoins mes deux compagnons dans le magasin. Le Prêtre Noir s'incline encore plus profondément et reste prostré, sans bouger. Camatchak fait un rond de manche et répond à son salut.

— Akacatcha, Ambala.

Le Prêtre Noir nous ouvre alors une porte vers les préaux d'un improbable jardin. Mille senteurs émanant d'aromates, de simples et de panacées me sautent aux narines. Cieux... Ma pauvre mère aurait été folle de se retrouver en ces lieux ! Nous marchons en file sur des allées de briques plantées en vagues ondoyantes entre les carrés de plantes, quand Carkarak me retient par le bras. D'un doigt tremblant, il écarte une grappe de fleurs bleutées aux reflets diaphanes, et m'invite à passer. Si pareille beauté cachait les vilénies de quelque poison, mon armure saurait...

— Al Gahama, A Capa Al Parara Da Saham.

Je tressaille, cueilli au beau milieu de mes pensées par l'apparition soudaine de trois Prêtres Noirs.

— Al Gahama, A Capa Kara Da Ara. Mana, Karsa Ama Tara Yama. Caparak Ava Ararka.

Je me détends, ce ne sont que des grimés.

— Al Gahama.

Le dernier homme à s'incliner dépasse tout le monde d'une tête et de deux épaules. Il se redresse et nous guide par une venelle trop étroite vers l'arrière-cour de la forte bâtisse. Des ânes bâtés se tiennent prêts à accompagner notre expédition aux confins de Saham. Vers Tara Yama.

Voici huit jours que je vis au rythme de ces hommes. Pas de sorties dans l'éther, pas de voyages sur la Toile du Temps, pas de Šhåmanies. Huit jours de paix qui ne me laissent qu'un regret, celui de n'avoir à caresser que le poli de quelques billes.

Nous nous enfonçons dans des territoires tour à tour cultivés, marécageux, sauvages. Depuis l'aube, des arbres tels que j'en connais plus au nord s'élèvent dans un ciel métallique. Le paysage se vallonne et se durcit, la roche venant remplacer la terre des chemins pour nous accueillir de ses premières rudesses. Les sabots de nos montures résonnent bientôt contre les murailles naturelles de hautes montagnes. Campa-Hallak, le géant au masque de mort, s'arrête alors, descend de son âne, et poursuit la route à pied. Comme pour répondre à un ordre muet, mes compagnons imitent l'homme de tête et m'invitent à faire de même. Cet art du silence donne à ces moments de rien une solennité digne de rites sacrés. Ce respect des insignifiances. Encore un paradoxe. Ce pays produit les pires brutes de la Terre, Guerriers Pourpres, Happeurs d'âmes, et, dans le même temps, il respecte ce brin d'herbe sur lequel Camatchak prend soin de ne pas marcher. Ha ! Je suis certain que, si je parlais la langue de Saham, cet homme m'expliquerait que cette pousse fatiguée déploie une énergie formidable pour gagner le droit de vivre ! Qu'elle lutte contre les éléments pour s'accrocher à ce bout de terre hostile, et qu'il serait irrévérencieux de mettre en péril ses efforts en posant dessus un pied inattentif ! Et, pendant ce temps, quelque part dans les vallées, un Prêtre Noir rafle l'Énergie d'un innocent.

— *Al Gahama, Al Araka A Tara Yama.*

Derrière le doigt épais de Campa-Hallak, suspendu au lointain versant d'un cirque vertigineux, se tiennent les maisons d'un village en pierre.

— Tara Yama ?

— *Aha.*

Les hommes attachent les bêtes à des anneaux de fer pris dans la roche, et entreprennent de débâter le chargement. Bientôt lestés de quelques hottes de portage, nous reprenons notre ascension sur un chemin taillé dans les abrupts, au-dessus du vide. La main de l'Homme est discrète mais omniprésente. Elle a façonné ce paysage, ici pour élargir le passage entre deux parois, là pour creuser un flanc, ou là encore, à l'aide de poutres plusieurs fois centenaires, pour enjamber une crevasse. Nous grimpons des marches taillées dans le roc, franchissons des cascades, et gagnons par moments les chaudes parois de versants sud. Cette fois, je ferme les yeux pour mieux me laisser envahir par le soleil. Dans cette douce quiétude, j'ai soudain la sensation d'être de retour chez moi. Mais comment des hommes de ce village ont pu se laisser convaincre de traverser un royaume ravagé par la guerre ? De traverser les terres brûlées de Barkan ? Faut-il que ces croyances anciennes soient si puissantes ?

Le hurlement lointain d'un loup me fait subitement rouvrir les yeux. Terre ! Aurais-je rêvé ?

Campa-Hallak siffle par trois fois. L'appel retentit au loin et se perd en échos cristallins. Avant de recevoir une réponse lointaine. Est-ce là une forme de langage des cimes ? Sans aucun doute, car l'homme, visiblement rendu heureux par de bonnes nouvelles, fait craquer son masque sous la force d'un sourire. Il remonte ses longues manches et plonge ses mains dans le joyeux clapots d'une cascade. Cieux ! Les grimages ! Voici que le collège de Prêtres Noirs se mue en une équipée de francs camarades ! Ils rient de bon cœur et se jettent de l'eau avec plus d'entrain que des gamins, fiers du succès de leur mission ! Mais Campa-Hallak s'écarte soudain du groupe et s'approche de moi, la mine grave.

— Cardanapak ?

L'enfant du pays. Pour le ramener à la vie, je vais devoir lutter contre cette nature exsangue. Et contre la Pierre. J'entreprends de tester un gravier du chemin. Le sol tremble, la terre gronde, mais la Pierre ne daigne pas capter cette manne discrète qui s'élève dans les cieux. AlmenKaraï n'en veut donc pas au Šhå de ces lieux ?

Je me concentre dès lors sur la cime d'une proche montagne et désassemble sa matière. Je fais gonfler une nasse de Šhå, sous les grognements de la Terre. Elle proteste contre ce rapt. Les parois craquent et se fissurent, laissant basculer dans le vide des pics de roche. Mais je dématérialise bientôt du Šhå en suffisance pour redonner forme et vie à Kerfang. Son corps flotte dans les airs, à une palme du sol, pendant que je parfais les derniers détails de son anatomie. Je génère des vêtements à sa mesure, et lève le voile sur sa présence. Je devine des clameurs dans l'assemblée, mais ne relâche en rien l'effort. Le corps d'une femme prend maintenant naissance dans des grondements plus terribles encore. Le sol tout entier menace de se dérober sous nos pas, m'obligeant à mobiliser mes ressources les plus profondes pour en maintenir toute la cohésion. Pasang apparaît au commun des mortels. Belle. Endormie

Je sens des gouttes de sueur couler le long de ma peau alors que je jette mon dévolu sur un dernier pan de roche. Il me faut arracher à ces lieux de quoi rendre à ce village son fils de chef. Le cirque entre en vibration. La Terre tremble plus fort que jamais, menaçant de tout emporter dans une vague de chaos ! Je hurle, par dessus le fracas des éléments.

— SOOOMBRETEEEERRE !

Le silence revient. J'ouvre des yeux fumants de douleur sur le dernier de mes compagnons. Il flotte sous les doux rayons d'un soleil d'altitude. J'entends la lourde glotte de Campa-Hallak aller et venir dans le fond de sa gorge sèche.

Je me relève, usé par la violence de mes actes et, titubant, je saisis une à une les étincelles de vie vissées au fond de mes billes pour les glisser dans les entrailles de ces nouveaux corps. Le cœur de Kerfang est le premier à repartir. Puis viennent ceux de sa mère et de l'homme du Sud. Mais aucun d'eux ne se réveille encore de son profond sommeil.

— *Al Gahama*, Tara Yama âst trâs hônôrée de vôs âccueîllîr. Je ksûîs Caparak, fils de Catapak, kchef de kce vîllâge.

Je tourne la tête et découvre un vieil homme penché sur sa canne. Il se redresse, lentement, pour pouvoir mieux s'incliner en un profond salut. Je réponds sans détour.

— Merci Caparak, fils de Catapak.

— Vôs îîeux trâhîssent en vôs un grând tôrment, Ksâgneur.

— Je ne voudrais pas tromper votre foi en vos légendes sacrées, vieil homme.

— Cômment kcelâ ?

— Je ne suis peut-être pas cet « *Al Gahama* » que vous attendez.

— Mouâ, je ne doute pâs de vôs, Ksâgneur. Regârdez pâr vôs-mâme.

Il me montre les corps paisiblement endormis de mes trois compagnons.

— Caparak, fils de Catapak, d'autres que moi sont capables de tels prodiges, et ça ne fait pas d'eux pour autant celui que vous attendez.

Le vieillard tourne lentement la tête à droite, puis plus lentement encore à gauche.

— Ksâgneur, je ne vouâs que vôs kseul îcî ôjôrd'hûî ! Dîsons que je me contenterai de kce peu.

— Fort bien. Vous prenez avec esprit des choses bien douloureuses, vieil homme. Mais j'avoue être curieux de savoir ce que disent vos légendes.

Le patriarche s'incline doucement, puis fait claquer des ordres.

— Camatchak, Carkarak, Parka Cardanapak Al Kasa Dara Alta ! Csapak A Casapak, Parka Al Raha Da Saham !

Mes anciens guides s'éclipsent tandis que de nouvelles têtes portent Cardanapak, Pasang et Kerfang vers le village. Des nuées d'enfants babillent bientôt autour de nous. Caparak les écarte gentiment et me fait signe de le suivre. Il marche très lentement. Son grand âge semble même ralentir le cours du temps. Il porte une tunique bleue et une cape rouge sombre chevronnée de tissages complexes. Son visage, sillonné par le vent et le soleil de ces hauteurs, se creuse en rides profondes. Elles pendent en bandoulières, accrochées à ses pommettes pour retomber de part et d'autre de sa bouche édentée. Quel est l'âge de ce cuir tanné ? De ces oreilles démesurées qui paraissent avoir entendu tous les secrets de la Terre ? De ce nez ? De cette barbe qui descend en trois poils de filasse blanche, toute nouée de perles de pierre, ou de ce menton crochu ? Il pourrait passer pour mort, si ce n'était ce regard vif et pétillant.

Il marche, ignorant mes auscultations, toc... toc... toc..., au rythme de sa canne de bois sculpté. Elle percute la roche du sol, donnant vie aux fins entrelacs d'une étrange écriture. Je me risque à poser la question.

— Vieil homme, quelles sont ces inscriptions gravées sur votre bâton ?

Caparak, fils de Catapak, s'arrête, se tourne lentement vers moi, et me répond.

— Ksâgneur, kce bâton âst plûs vîeux qu'îl en â l'air. L'air Ksec de kce hôt lîeux conserve le bouâs pendant des ksîècles et des ksîècles, ô point que nôs ancêtres dîsaient déjâ que kce bâton dâtait d'âvant les premîers Rouâs de Saham. Lâ lâgende dît que kce bouâs pôrte ûne prîère : *« Touâ que je ksoutîens, kchante â tous que lâ Târre âst ksâcrée et que l'hômme âst lâ plûs ksâcrée de kses créâtûres. »*

Cela dit, il reprend sa route. Toc... Toc... Toc...

— Faites-mouâ l'hônneur de me ksûîvre ksûr lâ terrâsse de Tara Yama. Pour îî âttendre âvec mouâ lâ fin dû jour.

Je hoche la tête d'un petit coup bref et regarde une fois encore les pas du vieillard dilater le temps. Nous dépassons les premières maisons du village. La population se tient le long de l'unique ruelle, inclinant la tête dans une religiosité embarrassante. Le moindre espace semble ici investi par l'Homme. Je comprends mieux le prestige de cette terrasse dont parlait Caparak. Tout est bâti. En pierre. Pas de bois. De la pierre depuis la roche du sol jusqu'aux douces courbures des ces toits en dômes de dalles. Le plus surprenant dans ce monde minéral est de voir la variété de couleurs et la finesse des vêtements que revêtent les villageois.

Le chef traverse la petite foule pressée ici, au rythme de sa canne... Toc... Toc... Toc... J'entends bruisser derrière moi des murmures aussi discrets que le vent : *« Algahama... Algahamagahama... »*

Le vieillard reprend.

— *Al Gahama*, nous âllons tenîr ûne veîîllée en vôtre hônneur, kce ksouâr. Âlle kserâ longue. Âlle vôs râconterâ les ksecrets de Tara Yama, dâs ksecrets quî dôrment â l'âbrî de nôs mûrs dâpûîs dâs mîllénaires. Tara Yama âst le lîeu de vîeîîlles mâmouâres...

Étrange sensation que de déambuler ainsi, à plusieurs milliers de mille de chez moi, dans les rues de ce village perdu. Accroché par chaque regard. Attendu, espéré depuis des millénaires. Almenarc'h n'était pas dépourvue d'une certaine magie mais, là, je crains que cela soit trop pour moi. Le patriarche guette mes plus infimes réactions. Il plisse ses rides profondes en un sourire, et poursuit sa marche. Toc... Toc... Toc... La chaleur disparaît à mesure que le soleil bascule derrière les montagnes. Seule cette terrasse, que nous apercevons maintenant un peu plus haut, reste encore illuminée. Un grondement sourd monte à mes oreilles. Un torrent. Il entaille la rue, non loin de nous, en une étroite ravine, dévalant la pente avec toute la force des montagnes, avant de se jeter dans le vide. Un pont suspendu l'enjambe et mène à l'autre bout du village. Le vieil homme passe du roc aux planches, sans modifier son pas... Tac... Tac... Tac... puis pose le pied de l'autre côté et poursuit son chemin... Toc... Toc... Toc... Je m'élance à mon tour. Mais avec trop d'entrain. Le pont se met à osciller, violemment, me terrassant d'un terrible vertige. La vallée tout entière se met à tourner. Terre ! Moi ! Un Sage-Guerrier de la glorieuse cité d'Almenarc'h, mis à mal par un simple pont ! Je tente de contrôler mes crispations en poussant mes sandales, une à une, pour traverser cette crevasse large de dix pas avec moins d'élégance que ce vieillard. Je regagne la terre ferme. Le vertige disparaît aussitôt.

L'ancien monte déjà les marches raides d'un escalier, jusqu'à se hisser sur la fameuse terrasse.

— Lâ coutûme de Tara Yama dît que le plûs vîeîl hômme âst le kchef... et que kce vîeîl hômme râste kchef tant qu'îl peut monter kseul kcet âscâlîer et rendre hômmâge ô ksôleîl couchant.

Il me lance un sourire édenté, et reprend.

— Kcette terrâsse et kcette mâson ksont kcelles de l'Ancêtre de Tara Yama, le Loup Gris. Ksâ demeure âst râstée vîde dâpûîs ksâ dîspârîtîon, peu âvant l'âvennement dû premîer rouâ blanc. Elle âst lâ vôtre â présent, *Al Gahama*, et kcelle de vôtre fâmîlle quî kse repôse encôre un peu.

Ma famille ? Je pose ma main sur une pierre du mur pignon et suis pris d'un nouveau vertige. Je m'enfonce une fois encore dans le sol, et perds pied avec la réalité. La voix du vieillard me ramène doucement.

— Ksâgneur, lâ terrâsse âst le lieu le plûs ksâcré de Tara Yama. Toutes les réûnîons dâs ancîens kse dâroulent îcî.

Il se tait, ferme les yeux et baisse doucement les bras, accompagnant le déclin du soleil, avant de reprendre.

— Vôtre fâmme et vôtre fîls dôrment encôre. Vous âllez vous restôrer kseul îcî. Les vîllâgeouâs vont vous âppôrter de lâ nourrîtûre. Lâ Veîîllée ksâcrée dâbûterâ quand poindrâ lâ premîere âtouâle dû fîrmâment. Îcî.

Il lève sa canne et pointe le ciel sans trembler.

— Vieil homme, cette jeune femme n'est pas... Enfin, je veux dire, ce n'est pas ma femme.

— Lâ mêre de vôtre fîls ne peut être que vôtre fâmme, *Al Gahama*.

Puis, cela dit, il présente son pas à la première marche et redescend lentement vers le centre du village. Une écuelle de pierre glisse sur le dallage, poussée par les mains timides d'une jeune femme. Puis une autre vient l'accompagner, poussée de la même manière, depuis la ruelle en contrebas. La faim me tiraille l'estomac à la vue de ces tranches de légumes marinés, de ces galettes de semoule et de cette viande sèche ! Je me sers dans les plats, non sans avoir provoqué l'hilarité des villageois en leur jetant un regard furtif, et grignote des mets aux saveurs suaves. Puis, gagné par la fatigue, je me cale contre un banc de pierre encore chaud du soleil du jour, et m'endors dans la bise du soir.

Je me réveille en sursaut. Encore un de ces sommeils sahaméens. Sans rêve. Le ciel est sombre, il va bientôt faire nuit. Je me redresse sur mon banc de pierre. De petites lanternes éclairent la terrasse. L'auteur de mon sursaut se tient devant moi, avec ses yeux pétillants.

— Regarde mon jouet !

Kerfang. Voici presque une lune que je n'avais pas entendu le son de sa voix. Il me montre une petite figurine de pierre polie qu'il fait partir en cavalcades sur le banc, et poursuit.

— Et Calak, il m'a montré comment faire voler l'écharpe de sa mère ! Et moi, j'ai jeté des pierres dans la cascade, et on s'est balancés sur le pont. Mais pas très longtemps, tu sais, passque Calak, il s'est fait gronder fort par un grand !

— Et ta maman ?

— Elle dort.

— Ah. Ne t'éloigne pas sans qu'elle le sache, d'accord ?

— Oui !

Une petite tête dépasse de l'escalier.

— Eh bien on dirait que tu t'es fait un ami ! C'est une bonne chose. Mais ne fais pas de bêtises, car ici personne n'osera te gronder, mais ce sont tes amis qui se feront gronder à ta place, tu comprends ?

— Oui !

— D'accord, alors surtout écoute bien ce que disent les grands.

— Mais pourquoi ils disent n'importe quoi ? Et pourquoi ils me montrent le dessus de leur tête ?

— Ils te saluent, Kerfang. Et ne parlent pas notre langue.

— Et pourquoi on est arrivés ici ?

— Ça faisait longtemps que je n'avais pas entendu de « pourquoi ». Dis-moi, petit, tu ne veux pas profiter un peu de ton insouciance ?

— C'est quoi, la souciance ?

— L'insouciance. C'est de ne pas voir que chacun de tes gestes a ses conséquences. Mais qu'est-ce que tu manges ? Ça a l'air drôlement bon !

— Des gâteaux ! Tu en veux un ?

— Ah oui.

— Et tu vas rester avec nous maintenant ?

— Ce n'est pas certain, vois-tu.

— Pourquoi tu n'étais pas avec nous avant ?

— Mais parce que je ne savais pas que tu existais.

— Et maintenant, tu le sais ?

— Ah ça oui, je crois bien !

— Moi je savais que tu existais ! Mais avant, tu avais des cheveux !

— Mais dis-moi, tu en sais des choses, toi !

Des tintements hauts et clairs pétillent dans l'air froid du soir et se perdent en échos dans toute la vallée.

— Tiens, tu entends ?

— Oh ! oui ! C'est quoi ?

— Je ne sais pas. Allons voir !

Je prends une poignée de fruits secs dans une des écuelles de pierre, et me lève pour découvrir l'origine de ces joyeux carillons. Cieux ! Mais voilà tout un village en procession derrière son vieux chef, au rythme de sa canne. Ils tiennent devant eux des lanternes aux flammes étranges. Une de ces flammes volette d'ailleurs non loin de mon nez, et se pose sur le parapet.

— Regarde ça, Kerfang.

— C'est quoi ?

— Je ne sais pas, mais c'est bien joli !

Un papillon. Il agite lentement ses ailes de feu. Ses nervures brillent, comme animées de mille soleils. Mais il ne me laisse pas le temps de le détailler plus avant. Il reprend son envol et rejoint dans les airs ses milliers de congénères. Les tintements se rapprochent.

Ô Terre ! mais que de vieux dans cette procession ! Ces porteurs de lampions portent également toutes les rides du monde !

Mais je remarque que seul Caparak manie le bâton. Privilège du chef, sans doute. Il pose son pied sur la première marche de l'escalier. Une lueur vive anime soudain les regards des plus anciens. Ils portent une grande attention à cette montée ! Dure loi des successions ! Le vieil homme crispe ses doigts osseux sur la poignée de pierre d'un lampion de curieuse et astucieuse conception. Deux pierres plates, polies et percées en leur centre, sont retenues le long d'une cordelette par de simples nœuds. L'une fait office de socle, et l'autre de couvercle. Un tissu soyeux forme les parois de la lanterne. Il est noué au-dessus du couvercle, et pend jusqu'au socle par la grâce d'une grappe de perles de pierres. Les papillons s'agitent dans leur cage de toile, produisant une vive lumière. Des baguettes de cristal pendent dessous et tintent de sons clairs en ces carillons.

Le vieux chef accède à la terrasse. À son rythme. Sans perdre son souffle.

— Pâsang, vous vous réveîllez â temps. Vous âtes convîée kchez mouâ, âvec le petît Kerfang. Mon fîls, Cardanapak, vous recevrâ. Lâ Veîllée ksâcrée vâ cômmencer, et kses pârôles ne peuvent âtre entendûes que d'*Al Gahama* et dâs ancîens.

Je me retourne en sursaut. Je n'avais pas entendu Pasang se lever. Elle me regarde un instant, frappée de stupeur et d'incompréhension, prête à exploser de colère. Mais se ravise.

— J'ai l'impression d'être de trop depuis que je voyage à vos côtés, Seigneur.

Cardanapak émerge de la foule de têtes blanches et me sauve d'une réponse maladroite.

— Nôble Dâmouâselle, Prince, ksî vous voulez bîen me ksûîvre.

Je déglutis. La jeune femme se dirige avec une grâce rare vers les premières marches, tenant Kerfang par une main. Ils disparaissent tous trois dans la pénombre de la nuit.

— Vous dâvrîez prendre de quouâ vous prôtâger dû frouâd, Ksâgneur. Lâs nûîts ksont frâches, dans nôs montâgnes.

Le vieux Caparak s'assied sur le banc de pierre qui fait face à tous les autres et me regarde dans les yeux, avec un sourire.

— Vous trôverez ûne grânde *Carataka* dans vôtre demeure, Ksâgneur.

— Une « Carataka » ?

— Ouî, j'â pârdû le môt dans vôtre langue. Lâ *Carataka* est kcette prôtectrîce quî couvre mes âpôles. Vous trôverez ôssî lâs vâtements plûs kchôds que kceux en vîgueur dans les plaines.

J'entre dans la maison de pierre. Sans précaution aucune. Cieux, quelle erreur ! Un vif déséquilibre me jette aussitôt sur le sol. Je bave sur un dallage usé par le passage du temps. Le monde se met à tourner dans une ronde infernale et l'air vibre, égrènant quelques syllabes : *« AL... GA... HA... MA. »* Puis le sol redevient soudainement tangible. Je reprends le contrôle de mon corps, la main crispée sur la Pierre des Rois. Je me relève, les jambes cotonneuses, sans comprendre la nature de ce mal qui m'atteint. J'enfile une tunique bleue et m'emmitoufle dans une de ces fameuses *Caratakas*, avant de ressortir sur une terrasse bondée. Mais, Terre ? combien de temps suis-je resté dans le trouble ? Cela m'a semblé qu'un instant, mais tous les vieux sont là ! Serrés sur leurs bancs ! N'attendant que mon retour ! Je prends place sur le siège de pierre resté vacant et regarde un papillon se poser sur le dos de ma main. Caparak suit mon regard.

— Ksâgneur, lâs Taksa Taksa ksont vânârés, en kce lieu. Ksans eux, pâs de lûmîère !

— Vous en faites un élevage ?

— Nooon... Lâs Taksa Taksa vîvent lîbrement ! Regârdez ôtour de vôs !

J'imagine ces petits vieux courir après des papillons pour les enfermer dans ces cages de tissu.

— Je vouâs vôtre ksourîr, Ksâgneur, mais ksâchez qu'ûne ksimple coupelle de lait de Satar ksûffît pour âttîrer kchâque jour les Taksa Taksa.

— De Satar ?

— De Satar. Rîen de tel que le lait de kces vîeux mâles pour âttîrer les femelles Taksa Taksa.

Il se tait un instant. Je ne voudrais pas le froisser en démontrant que son vocabulaire est quelquefois approximatif. Le silence n'est perturbé que par le bruissement léger des ailes des Taksa Taksa. Le froid est vif. Le ton de Caparak devient subitement très sérieux.

— Ksâgneur Ârkân. Lâs pôssesseurs des Lâgendes de Tara Yama ksont râûnîs îcî kce ksouâr pour âccomplîr lâ mîssîon confîée â nôs lointains ancêtres pâr le Maître de tous, Obédaï.

Est-ce là le même Obédaï que celui de Cataxak ?

— Mâs âvant, vous dâvez prôver â tous que vôs âtes *Al Gahama*, Kcelûî-Quî-Revîent.

— Mais comment ? Je ne sais pas moi-même si je suis celui que vous attendez.

— Pâr le geste rîtûel. Prenez kcette âcûelle devant vous. Elle contîent l'ô ksâcrée de lâ câscâde.

Je prends l'écuelle de pierre et regarde les lueurs des Taksa Taksa se refléter à la surface d'une eau étrangement pure. Une eau vierge de tout contact.

— *Al Gahama* kseul peut faire vîvre le feu ksûr l'ô ksâcrée de lâ câscâde.

— Seulement des flammes ?

— Le feu âst ksâcré â Tara Yama, Ksâgenur, câr kcet endrouât n'en vouâ pâs.

— Vous ne faites pas de feu ?

— Non Ksâgneur. Pâs de bouâ, nî d'ôtre combûstîble. Lâ vâllée âst trôp loin. Nous mangeons crû, ksec, ksâlé.

— Et l'hiver, pour vous chauffer ?

— Lâs Caratakas, et lâs pierres.

— Les pierres ? Vous vous chauffez avec des pierres ?

— Nous pointons dâs crîstôx de rôche ksûr dîfférents endrouâts de nôtre côrps, et îls kchôffent.

Curieux peuple.

Je me penche sur l'eau de l'écuelle, et ressens sa force. Je la vois se condenser autour de grains de poussière, au-delà des cieux, se cristalliser, tomber à gros flocons sur quelques cimes, puis, tassée sous mille hivers de neige, glisser dans les entrailles d'un glacier. Jusqu'à ce jour d'été où, sous le jeu des rayons du soleil, de glace elle est redevenue cette eau vive et chantante, dévalant les pentes minérales d'un torrent. Avant d'être faite prisonnière de cette écuelle et de me voir sublimer son Šhå en flammes dansantes. L'air de la nuit se met à gronder.

Terre ! Tu ne vas pas tout de même pas me faire le reproche de la moindre Šhåmanie !

— *Algahamagahamagahama...*

J'entends un marmonnement sans forme sortir des bouches édentées. Caparak reprend.

— Maintenant que kchâque kchef de fâmîlle ksait que vous âtes *Al Gahama*, vous âllez entendre kchâcun d'entre nous. Câr kchâque hômme et kchâque fâmme îcî prâsent âst dâpôsîtaire d'ûne pârt dû pâssé, gârdé depûîs dâs génârâtîons et dâs génârâtîons, grâce â kces crîstôx de rôche quî râppelent â kchâque pâs de leurs tintements les môts que nôs ancêtres ont entendû d'Obédaï.

— Mais Caparak, vieux chef, là d'où je viens tous les initiés savaient faire naître le feu du néant !

— Et mouâ je vous répète que pâs un de vôs âmîs ne ks'est prâsenté en plûsîeurs mîllânaires, Nôble Âtranger. Ôssî prépârez-vous â entendre lâs Lâgendes de Tara Yama ! Que kchantent les pîerres !

Le silence retombe. Le premier vieillard se lève, lentement, caresse les cristaux translucides de son carillon, et ouvre la cérémonie d'une voix douce et posée. Caparak traduit ces cascades de « A » qui se perdent dans la nuit, et m'emporte en quelques murmures dans les profondeurs d'un récit de légendes. Ainsi bercé, j'en oublie le dur accent de Saham.

« Il fut un temps où Saham était une terre d'asile. Où elle donnait tout son sens aux mots "civilisation", "humanité", "spiritualité". *Le royaume de Saham était le centre du monde. Le lieu de tous les pèlerinages. L'Homme était Culture. À sa gauche était la Nature, et à sa droite était le Divin.*

Les royaumes voisins brillaient comme autant de joyaux à sa couronne. Mirand'Ar, Arnaban, Bejoff, Taalanshka, Alanskar, Tara Yama. Vassaux fidèles et loyaux, garants des marches et de l'équilibre du monde.

Alanskar armait des navires grands comme des villes. Ils sillonnaient toutes les mers du monde, exportant les richesses de notre peuple. Épices, céramiques, parfums, onguents. Pierres de sang. »

Le vieux rhéteur suspend son discours, baisse une main tremblante, et se rassied. Une autre voix s'élève alors, autrefois chaude et féminine, aujourd'hui sèche et rocailleuse. Caparak reprend ses murmures.

« Taalanshka était la plus riche des cités du royaume de Taalansh. Toutes les langues du monde étaient ici parlées.

Béjoff et Arnaban ne faisaient qu'un, le royaume de Cathar. Leurs guerriers ne craignaient pas la mort, et, de fait, il n'y avait pas plus valeureux combattants dans les armées de Saham, que les mercenaires cathars.

Venait ensuite le plus beau des joyaux de la couronne. Mirand'Ar. La mère patrie du Marsam. Cette montagne de chair et de sagesse était tout à la fois monstre, chimère et divinité naturelle. Quelques rares initiés étaient tolérés dans le cimetière des Marsams. Lieu de légendes, objet de chansons, de cet endroit seul venaient les fragments d'ivoire pourpre destinés aux sages du royaume. À date dite, un Marsam descendait de Mirand'Ar, et choisissait le futur roi de Saham. Un couple Homme-Nature.

Mirand'Ar prospérait aussi par ses terres généreuses et ses routes ouvertes aux septentrions. »

La vieille femme cède sa place à une petite voix aigrelette.

« Il n'y avait ni faim ni soif ni pauvreté, sur les terres de Saham. L'Homme n'était contraint qu'au juste labeur. Un tiers pour lui. Un tiers pour autrui. Un tiers pour Elle. Cette Mère Nature.

Pour la Nature venait le travail de la terre. Au rythme des saisons, il assurait les pleines moissons et remplissait les silos des temples. Pour autrui venait le travail des voieries, canaux, irrigation, lieux publics. Pour soi venait tout autre travail.

Certains penchaient pour l'étude des Textes. Pour l'élévation de l'âme. D'autres penchaient pour l'artisanat et l'art. Et d'autres encore pour les disciplines du corps, au service de l'armée. Pour imposer la paix là où régnaient la violence et l'intolérance. »

Un petit vieux se lève à son tour. Il se prend les mains dans sa Carataka, provoquant l'hilarité générale, avant de déclamer son verset.

« D'autres encore recueillaient les souffrances du peuple. Pour le soin du corps et de l'âme. Ils passaient de village en village, de maison en maison, accompagnaient les morts et les naissances. Ils prodiguaient leur nourriture spirituelle, confiant à chacun ce qu'ils avaient de plus sacré. Leur temps et leur sagesse.

Ce chemin était le plus long et ardu de tous. Il imposait l'apprentissage des simples et des panacées, des flux et fluides du corps, des voies de la Vie et de la Mort. Et des arts royaux, pour la maîtrise des violences terrestres, protéger ces connaissances, et apporter assistance aux plus faibles. »

Le petit vieux souffle la goutte d'eau salée qui perle au bout de son nez, et reprend.

« Ils se nommaient les "Maîtres-Moines". »

Le vieillard se rassied lentement, visiblement heureux de sa participation. Un patriarche se dresse à sa suite. Il chasse d'un doigt tortueux une mèche jaunie de longs cheveux, et entonne son couplet d'une voix étonnement forte.

« Hautes étaient les responsabilités des Maîtres-Moines. Ils parcouraient les routes et les administrations royales, veillant à la bonne marche du royaume. Les plus puissants étaient les douze seigneurs de Carmak. Le plus sage était le roi. »

Le vieil homme se rassied après cette courte prestation. Caparak se rafraîchit la voix et poursuit lui-même.

— Vouâlâ, Ksâgneur, ce qu'un bon ârûdît lîrait dans lâs bîblîôthèques ensevelîes du rouâîîôme, ks'îl prenait lâ peine, cômme nous, de creuser lâ terre â lâ recherche dû pâssé.

L'assemblée accueille cette phrase en faisant tinter ses carillons. Puis une dame se lève et plisse joliment ses rides en un fin sourire. Caparak se fait alors l'écho de ses paroles.

« Mais un jour terrible, sans que rien justifie cet acte, Cathar rompit le traité millénaire qui le liait à Saham, et déferla sur ses terres. Temples pillés, moines égorgés, peuples massacrés. Le fidèle des fidèles, vassal des premiers jours, venait de mordre au sang la main de son maître, avant de le dévorer tout entier.

Le royaume fut détruit en quelques lunes. Le peuple crut voir un instant son salut en Mirand'Ar. Mais ce ne furent point des Marsams sacrés qui déferlèrent ce jour-là sur Saham, mais de terribles éléphants de guerre. Mirand'Ar voulait sa part du butin. Rafler les derniers trésors d'une civilisation terrassée. »

La dame suspend la danse de ses rides. Sombre Terre, voilà de bien rudes paroles pour un visage si doux ! Caparak conclut lui-même.

— Ksâgneur, lâs âctes ksont vérîfîés. Saham fût vîctîme de kces pîllâges âlôrs qu'elle âgônîsait. Kcette terre rougie de kson ksang âllait devenîr lâ Pourpre, ksymbôle bârbâre d'un peuple quî râclâme vengeance. Tâlle âst l'hîstouâre de nôtre vîeux rouâîîôme.

Un tintement léger accompagne les mouvements gracieles d'une timide conteuse. Je lui souris et incline la tête à son égard.

Elle rougit ! Elle rougit et se lance à son tour, d'une voix rafraîchissante.

« Histoire véritable, mais Histoire tronquée. Voilà maintenant, Seigneur, ce qu'ignore le monde. Voilà ce que le Traître s'applique à taire depuis des millénaires.

Pendant cet âge d'or de Saham, le paisible village de Tara Yama vivait comme il vivait depuis la nuit des temps. Pauvre. Accablé par la rudesse du climat, l'altitude, et l'absence de ressources. Les habitants rendaient hommage au soleil, aux eaux de la cascade, et à la maison de l'Ancêtre. La légende veut qu'un homme, aux temps anciens, soit venu se réfugier dans nos montagnes pour échapper aux puissants de son État. Des puissants qui voulaient faire de sa sagesse une arme. Une arme dévastatrice, là où il ne voulait que le bien des plus démunis. Il avait pour surnom "le Loup Gris". Certains d'entre nous, par temps clair, entendent encore le hurlement de ce loup.

L'arrivée par un beau matin d'un Grand Seigneur de Carmak fut une curieuse surprise. Il arriva, après des lunes d'errance, en proie à la fièvre et au délire.

Il est resté des jours, à osciller entre mort et vie, provoquant des tremblements de terre. Il hurlait, "Assassin !" "Traître !" "Pilleur !" "Spoliateur !", *pris de fièvres terribles que seules les eaux de la cascade parvenaient à calmer. Puis, un jour, il recouvra sa pleine conscience, et le village comprit alors la Chute de Saham. Par le flot de ses paroles, l'homme disait avoir choisi Tara Yama car il était le village de l'Ancêtre, celui par qui tout était venu. Et qu'il voulait confier les secrets d'une prophétie. »*

La vieille dame laisse alors la parole à un petit vieux guilleret.

« L'homme s'appelait Obédaï, membre du conseil supérieur des Maître-Moines de Carmak, grand seigneur en son état, fils aîné du roi Asatraï et frère de Karaï, le plus jeune membre du conseil. Saham avait l'oreille du Tout-Puissant. Elle se faisait son relai sur Terre pour assurer l'Équilibre dans le monde des hommes.

L'Esprit commandait, le roi relayait, les moines exécutaient. Telle était la marche secrète du royaume de Saham. »

Un autre vieillard se redresse et poursuit.

« Jusqu'au jour où Asatraï refusa l'ordre du Très-Haut et menaça l'Esprit de faire une révélation devant le conseil supérieur.

Ainsi périt ce roi, devant ses hommes, avant même d'avoir pu dire un mot. En un éclair. Le palais fut rasé. Les grands seigneurs soufflés. Pulvérisés. Obédaï survécut, sans savoir comment ni pourquoi. Il gisait dans le palais, écrasé par les tambours d'une colonne vernissée, quand il sentit cette morsure, le Rapt du Traître. Allant contre toutes les lois sacrées dictées par la Terre depuis des millénaires, le Très-Haut draina Saham de son Šhå et ne fit plus jamais entendre en ces lieux le son de sa voix.

Obédaï, ravagé dans ses chairs par ce vol divin, camoufla sa survie et lutta, malgré ses crises de délire, pour rejoindre notre petit village.

Je suis juste étonné d'entendre en ce lieu reculé, perdu dans les montagnes, des paroles qui n'ont d'écho que les mots secrets de Karaï rapportés par ma mère. Un aîné reprend le récit.

« Obédaï reprit vie. Grâce à Tara Yama. Il choisit douze hommes du village et leur fit enseignement de son savoir. Les flux du corps et de l'âme, les simples, les poisons. L'art de dompter la Vie et la Mort. Il en fut ainsi jusqu'au jour où il disparut, accompagné de ses jeunes disciples. »

Le vieillard se tait. Le silence survole l'assistance. Puis un rire discret monte dans le ciel étoilé. Toute l'assemblée rit maintenant de bon cœur et raille gentiment un compère qui ronfle sur l'épaule calleuse de son voisin. Le petit vieux se réveille et, contrit, entonne d'une voix pâteuse.

« Et il revint. Huit solaisons plus tard. Maigre et tremblant. Rongé par la haine.

Il parlait de guerres. De massacres. De morts par milliers. Pour que vienne Al Gahama. Pour que vienne celui qui doit réparer les erreurs du passé. Et il confia aux enfants de Tara Yama les signes permettant de savoir quand viendrait le jour de son avènement.

Que tout commencerait par la plus terrible des guerres. Que le Dernier Fils traverserait les terres brulées. Qu'il porterait Ramsara. Qu'il trouverait le tombeau sacré des rois blancs. Qu'il serait reconnu du dernier Marsam. Et qu'il ferait de l'eau, le feu.

Une vieille femme poursuit, avec lenteur.

« Obédaï confia aux anciens du village les cristaux-mémoire. Deux par chef de famille. Pour que l'un se fasse l'écho de l'autre. Il

confia ses dernières paroles. "Le Dernier Fils entendra les versets de ma prophétie. Il entrera dans la maison de l'Ancêtre. Il entrera dans le tombeau d'Apalajapar, et découvrira la révélation d'Asatraï, mon père."

Il prit une bolée d'eau, en fit le feu. Puis il quitta le village pour ne jamais revenir. »

Le silence retombe sur l'assemblée. Fiente de Terre ! Tu ne peux pas cesser ici ce récit ! Traverser ces déserts pour n'entendre que les mots de Karaï ! Ceux mêmes qui m'ont frappé dès mon réveil ! Mais, sombre lumière des temps ! Levez-vous ! Parlez-moi encore ! Ha ! Obédaï ! Dis-moi que tu as semé autre chose en ces pierres !

Caparak me regarde dans les yeux. Il cherche à percer le fil de mes pensées. Bon courage, vieillard !

— Ksâgneur *Al Gahama*, âcceptez-vôs le pouâds de vôs âctes pâssés ?

— Caparak, fils de Catapak, j'ignore tout de mes actes passés. Je pensais en entendre plus de la bouche de cette assemblée.

— Ksâgneur, kce n'âst lâ qu'ûne phrâse rîtûelle que les kchefs kse ksont transmîses pour que kcelûî quî présîderait lâ veîîllée ksâcrée lâ pôse en kcet instant. Je ne ksais pâs plûs que vous kce qu'elle ksîgnîfîe ! Dîtes ouî, que je pâsse â lâ ksûîte... Âcceptez-vôs le pouâds de vôs âctes pâssés et kcelûî de vôs responsâbîlîtés dans kcette vîe prâsente ?

— Ça fait une question de plus qu'à l'instant, vieil homme.

— Âh ! Mâs kc'est jûste pour gâgner dû temps, deux quâstîons, un ouî.

— J'ignore ce que j'accepte, vieil homme, mais je l'accepte.

Un frisson ravageur me traverse le corps pendant que les anciens font jouer leurs carillons de cristal. Caparak reprend.

— Bîen ! Vous venez d'âccepter d'âpouser vôtre reine, îcî même, demain mâtin, et de pârtîr ensûîte pour les prôfondeurs d'Apalajapar.

— Ha ! voilà qui fait beaucoup pour un simple oui !

— Je vous âttends demain ôx premîères lûeurs dû ksôleîîl. Bônne nûît, Ksâgneur *Al Gahama*.

— C'est tout ?

— Cômment kçâ ?

— Je pensais en entendre plus de la bouche de cette assemblée. Et qu'appelez-vous le « tombeau d'Apalajapar » ?

— Bônne nûît, Ksâgneur *Al Gahama*.

Le vieux chef fige ses traits innombrables en un sourire narquois, me passe devant, et quitte la terrasse. Toc... Toc... Toc...

— *Cama sassama Al Gahama...*

— *Cama sassama Al Gahama...*

Chacun des vieillards me souhaite bonne nuit en me remettant ses deux baguettes de cristal.

— *Cama sassama Al Gahama...*

Que de tristesse dans cet instant. J'ai la sensation de dépouiller les habitants de ce village d'un héritage transmis depuis des millénaires. Je regarde s'éloigner une procession désormais silencieuse, avant d'entrer dans ma maison.

Je prends place dans un fauteuil de pierre en frottant la peau lisse de mon crâne. La Légende de Tara Yama semble tout ignorer de la survie de Karaï, mon ancêtre. Elle ignore qu'il fut le réceptacle de l'Énergie spoliée de Saham. Ces vieux-là ne m'ont même pas parlé d'Almenarc'h. C'est comme si quatre mille solaisons d'histoire humaine avaient été occultées. Rien sur la situation actuelle du royaume, rien sur les Prêtres Noirs ou les Guerriers Pourpres. Rien non plus sur Cataxak, pourtant héritier lui aussi de ce même Obédaï. Rien sur Ramsara et son étrange pouvoir sur les serviteurs de la mort. J'observe aussi que Caparak ne m'a remis ni son récit, ni ses cristaux...

Mais, bercé par les vibrations graves qui émanent des lieux, je sombre bientôt dans un sommeil sans rêve.

J'avance dans les premières lueurs de l'aurore. L'air frais des montagnes me saisit la peau tandis que je me penche sur le muret de la terrasse. La vue sur la vallée est vertigineuse. Mon regard plonge dans le vide en quête d'un quelconque fond de cluse, pendant que le village s'éveille. Je quitte l'endroit, porté par des cris joyeux, et gagne bientôt les abords de la ravine. Les femmes de Tara Yama descendent un escalier de pierre particulièrement escarpé, jusqu'à de grandes dalles qui bordent naturellement le torrent. Pasang est parmi elles. Terre ! Elle se fait... dévêtir ! Je devrais détourner les yeux, mais l'envie de regarder est plus forte. Je la vois, nue, entrer dans les eaux glaciales de la cascade, sans hésiter ni même frissonner. L'aube reluit sur ses courbes fermes. Elle s'accroupit dans une grande cuvette, toute naturelle de grâce au milieu du tumulte de l'eau, ses mains soulèvent des gerbes étincelantes pour s'arroser la poitrine, la nuque et le reste du corps. Elle avance encore, penche la tête de côté pour se mouiller doucement les cheveux, en les caressant de ses mains, puis elle s'immerge dans les eaux purificatrices du torrent. Terre... quel spectacle !

Elle ressort, lentement, désormais insensible à la fraîcheur de l'air. Les jeunes femmes lui ouvrent les bras et la frictionnent à l'aide de Caratakas. Elle relève la tête dans ma direction et me dévisage de toute la pureté de ses traits.

— Bonjour â vous, Ksâgneur.

Je me retourne vivement et découvre l'œil rieur de Cardanapak. Il se tient respectueusement en retrait pour ne pas attenter à la discrétion de la scène.

— Les fâmmes dîsent déjâ que lâ nouvelle reine âst lâ plûs bâlle fâmme dû rouâyôme ! En tout câs, elle ne manque pâs de courâge, pour rentrer dans les ôx ksâcrées de lâ câscâde !

— Me tient-elle rigueur de...

— ... vôtre dâcîsîon de fînîr le vouâîîâge kseul jûsque îcî pour nous mettre hôrs de danger ? Non. Kcertains de mes récîts l'ont même convaincûe dû bîen-fondé de vôtre âctîon. Âh, les fâmmes remontent dû tôrrent. C'est â vôtre tour d'îî descendre, Ksâgneur ! Ksuivez-mouâ !

Cardanapak dévale l'escalier qui fait face à celui que remontent les dernières femmes. Les marches partent en berceaux sous l'usure du temps. Quelques mousses rases s'accrochent aux interstices, luttant pour leur survie dans des fissures causées par les grands gels. Ils doivent être terribles, à cette altitude.

— Ksâgneur ? Encôre â regârder les moindres dâtaîls que fait lâ Nâtûre ?

— Je me demandais ce qu'était devenue la promise de Saham décrite dans les pages du manuscrit de ma mère ?

— Lâ prômîse de Saham ?

— Celle qui m'accompagnait durant le tournoi des rois.

— Alzara ? Elle â dîspârû. Je ne pourrais même pas vous en dîre plûs.

Nous arrivons près des eaux sacrées. Il tend sa main. Je me défais de mes vêtements et les lui confie. Je rentre dans l'eau froide, sans chercher à en amoindrir les morsures, et m'immerge bientôt. Les ondes, vierges comme au jour de leurs premières pluies, refluent à mon contact, choquées par les flots chaotiques de mon passé. Je ressors. Cardanapak m'ouvre les mêmes Caratakas que Pasang et me frictionne.

— Êtes-vous marié, homme du Sud ?

La question le prend au vol. Son visage se ferme, brusquement.

— Je suis confus, mon ami. Je suis indiscret. Et je ne voulais pas vous mettre dans l'embarras.

— Elle s'âppelait Azarma. Nous âtîons prômîs l'un â l'être dâpûîs l'âdôlescence. Mâs... le Kseignîeur des Kcîeux l'â râppelée à lûî. Trôp tôt.

Je peine à trouver de quoi le réconforter. Il me tend une simple tunique tissée de soie, replie les Caratakas, et monte les escaliers, toujours plongé dans le silence de son douloureux passé. Le temps n'a pas l'air d'avoir pansé cette blessure.

La cérémonie n'attend que moi. Les femmes du village se tiennent d'un côté du frêle pont suspendu, et les hommes de l'autre. Pasang se tient du côté des femmes, et, naturellement, Cardanapak me guide du côté des hommes. Caparak, le vieux chef, est au centre du pont, face au torrent et à cette montagne ô combien insensible à la destinée des Hommes. Il lève les bras et lance des phrases rituelles en langue de Saham.

— *Amraga Al Pataka Da Mara Ara A Mana Araa Dala Cassama Aprata...*

» Al Ara Camama Ârkân, Avava Al Gahama. Al Araa camama Pâsang. Al Capa Camama Karfang, Al Arata Ara.

» Casapa Amaraga, Marara Ara A Araa !

Il élève ses mains bien au-dessus de sa tête et les accole l'une contre l'autre. Cardanapak me presse doucement dans le dos et me fait signe d'avancer. Pasang pose déjà un pied sur le pont vacillant. Je fais de même, avec l'espoir de ne pas être victime d'un de mes vertiges. Non. Le torrent me laisse avancer jusqu'au centre du pont et rejoindre ma promise aux côtés de l'imperturbable vieillard. Le doyen descend ses bras amaigris par le grand âge, attrape fermement ma main, et l'amène à toucher celle de Pasang. Hommes et femmes se mettent à pousser des « Araa Manara » qui résonnent dans toute la vallée.

— Vous venez de ksceller vôtre ûnîon devant lâ câscâde ksâcrée de Tara Yama.

Je regarde mon épousée, le trouble au bord des yeux.

— Pasang... Je voulais vous demander pardon pour avoir brusqué quelque peu la fin de votre voyage.

— N'en parlez plus.

— Et... J'ai bien peur de ne pas savoir me comporter avec une dame.

— Disons que l'occasion vous est donnée de commencer à apprendre, Seigneur.

— Terre ! Je donnerais beaucoup pour pouvoir me retirer du monde avec vous !

— Mais pourquoi ne le faites-vous pas ? L'endroit semble pourtant rêvé !

— Je vous l'accorde, ma dame. Mais la dernière fois que j'ai tenté de me retirer, un homme est venu me trouver. Il avait traversé la moitié du monde, franchi le plus infranchissable des déserts, pénétré la plus impénétrable muraille jamais bâtie de main d'Homme, arraché une jeune femme des griffes d'une secte fanatique, retrouvé le fils que j'ignorais avoir, et, pour finir, m'a retrouvé. Moi. Dans l'un des endroits les plus reculés de cette Terre. Et le tout sur la foi d'une prophétie vieille de plusieurs millénaires, et de quelques rêves.

— Oh... Et quelqu'un comprend-il ce que vous faites en ce bas monde, beau Seigneur ?

— J'espérais l'apprendre en venant ici.

— Et ce n'est pas le cas ?

— Disons qu'ils me guident vers la prochaine étape. C'est sans fin.

— Et pourquoi votre destin fou s'est-il entiché de moi ?

— Ha ! N'est-ce pas vous qui aviez fait le premier pas ?

— Sur les... conseils de... cette femme que vous recherchiez.

— Awana ?

— Oui. Devant mon envie de quitter le pays, elle m'avait

suggéré de séduire le premier étranger qui se présenterait à moi.

— Vous voilà bien loin de chez vous, désormais.

— Hûm...

Caparak nous sort de notre entre-tête. Tous les yeux des villageois sont rivés sur nous.

— Le repâs nous âttend ! *Ama Kara A Mana, Al Arpah Da Kalata !*

Les villageois partent en de telles cascades de rire que je soupçonne le vieil homme d'en avoir dit bien plus qu'il n'en traduit là. Mais, tandis que la foule se dirige vers notre demeure pour les célébrations, j'attrape Pasang par la main.

— Attendez ! Je voudrais vous faire don de ceci...

Je me concentre sur quelques roches lointaines et lève une goutte d'eau pure. Le sol tremble, montrant encore une fois sa réticence à me voir faire usage de Šhåmanies, mais me laisse poursuivre mon œuvre. Je tisse sur cette perle d'eau des macles de grenats que je scelle dans une gangue d'or, et fais naître un à un les anneaux d'une chaîne gracieuse.

Le soleil perce en cet instant le cœur de la bille d'un éclat sang-de-pigeon. Je place dans l'eau la signature de mon être, et tends le pendentif à ma... femme. La reine de Saham.

— Pasang, cette bille n'accueille pas seulement l'éclat du jour. Elle me permettra d'être à vos côtés aussi souvent que me le concédera l'avenir.

— Vous avez dit « avenir » ?

— Oui ?

— C'est la première fois que j'entends ce mot dans votre bouche.

Encore ce parfum de givre. Les contours de son sourire s'estompent tandis que je tombe à la renverse d'un brûlant évanouissement.

Chapitre 38
Reïchak, un Père Blanc

Ce capitaine toskan n'a de cesse que de ralentir l'allure de sa caraque. Entre éviter trois récifs et être précautionneux jusqu'à réplétion, il y a des nuances qui semblent échapper à cet homme ! Je monte sur le pont du château arrière, histoire de me calmer les nerfs en immortalisant notre entrée dans l'anse des Âmes de quelques croquis. Ce carnet de bord devra être le plus beau jamais archivé par les Pères de la bibliothèque de Rhodia ! J'esquisse de quelques traits de plume agressifs les hautes lames de pierre qui déchirent la côte. J'annote en bas de page : « *La Terre défie ici l'imprudence de l'Homme.* » Je peste contre ce capitaine, mais je dois reconnaître qu'il me fait réussir là où tous ont échoué ! Cela, je ne l'écrirai pas. Je gribouille encore quelques ombres, pour donner plus de relief à cette vision chaotique, puis referme mon carnet. Les Grands-Pères de l'Altama ne seront pas déçus par ma ferveur ! Je viens en ces terres avec la haute ambition de traquer le mal jusqu'aux plus profondes racines de son passé ! Trouver Apalajapar. Je rouvre mon carnet pour consigner rapidement cette réflexion.

Le capitaine donne l'ordre de ferler les voiles, et me hèle.

— Saint Père ! Vous devrez gagner la terre ferme avec les chaloupes ! Le *Terrifiant* n'ira pas plus loin dans ces eaux.

J'entends les lourdes ancres plonger dans la mer.

— Eh bien mettez-les à l'eau, vos chaloupes. Nous débarquons sans plus attendre. Ce voyage n'a déjà été que trop long.

— Père Blanc, vous savez aussi bien que moi que vos confrères servent de repas aux crabes ! Alors épargnez-moi vos remarques ! Vous faites la loi sur Terre ? Et moi, sur mon bateau !

» ASKODA ! Fais mettre les chaloupes de *monsieur* à l'eau !

J'entends un lointain « Bien capitaine », et les marins s'activent aussitôt pour satisfaire mon bon vouloir. Les hommes sentent l'autorité naturelle que je dégage par ma foi. N'en déplaise à ce Toscan prétentieux.

Le chargement du matériel s'ensuit avec une lenteur exaspérante. Les caisses se balancent violemment au bout de leurs cordes, et les hommes luttent contre une houle qui menace de les envoyer contre le flanc du navire. Les frères restent prostrés le long de la coque, sur les échelles de corde, et ne prennent place dans les canots que sous les menaces de leurs commandeurs. Je note : « *Si la Terre le veut, nous débarquerons sur les grèves de Saham.* »

— Père Reïchak, ils n'attendent plus que nous.

— Très bien, mes Frères, allons-y...

Je m'agrippe aux cordages et passe une jambe par-dessus le bastingage. Mon pied cherche fiévreusement le premier barreau de l'échelle pour rassurer mes sens. Il se présente enfin. Je passe tout entier par-dessus les flots mugissants et descends sans penser à autre chose qu'à trouver chacun de ces échelons fuyants. Après un temps indéfinissable, des mains solides m'attrapent et m'asseyent brutalement au fond d'un canot. Le capitaine se mêle à la mauvaise humeur de la houle, et hurle par-dessus son bastingage.

— ...ère Blanc, ... e vous attendrai au large... aites les trois feux sur... a plage et l'on viendra vous... ercher... Re... archer... d...

Je ne comprends pas la suite, qui se trouve emportée par le vent. Ainsi le veut la Terre. Les huit matelots du *Terrifiant* tirent de toutes leurs forces sur les rames de notre chaloupe pour nous éloigner de la coque et nous mettre en tête de formation. Les vagues fouettent et s'écrasent contre les piles de pierre. Ici, seuls les oiseaux paraissent être dans leur élément. Je ne serais pas surpris de savoir les poissons soucieux d'éviter ce lieu de perdition ! Mais je vais réussir. Je vais réussir, là où tous mes prédécesseurs ont échoué. Certains ont parié sur le désert, à en perdre la raison. Moi je choisis de braver l'anse des Âmes.

Mes ongles crissent sur le bois de cette planche qui me sert de banc alors qu'une lame emporte notre chaloupe par-dessus les dernières vagues et nous plante le nez dans un banc de graviers. Le choc me jette à terre, à la merci de rouleaux rageurs. Je crache, tousse et mérite par tous les pores de ma peau l'honneur qui me reviendra bientôt. La terre ferme, enfin. Après ces lunaisons de traversée. Ces lunaisons de marins saouls, de ports immondes et de tempêtes ! Les autres chaloupes dérivent et partent de travers. Quelques frères basculent dans les eaux sombres, et disparaissent comme s'ils n'avaient jamais existé. Que la Terre recueille vos âmes, êtres dévots. Je soulignerai vos noms, dans mon carnet.

Les marins du *Terrifiant* sautent à terre et se mettent aussitôt à hurler.

— TIREZ LES CHALOUPES !

Je suis à bout de souffle, mais quelques hommes courageux font encore l'effort de mettre les canots au sec, en maugréant comme de vulgaires forbans.

— Pas de trésors !

— Pas de marchandises !

— Pas même une femme !

— Ouais ! Tout ça pour une plage de caillasses !

Mes enfants... Et la Terre ? Ne vaut-Elle pas plus que vos trésors ? En d'autres lieux, je m'empresserais de vous convertir, ignares ! Mais je choisis pour la circonstance un langage plus mesuré.

— Matelots, prêtez plutôt allégeance à la Terre, car en ce jour Elle vous a reconnus devant l'Éternel comme ses fils.

— Quèque tu nous chantes, l'encapé ? Moi, elle me refile le mal de mer, ta ritournelle ! Ma religion, c'est la liberté ! Pas vrai, les gars ?

— Et les femmes !

— Et l'alcool !

J'entends les lames de trois frères sortir du fourreau. Ils attendent un mot de ma part. Je laisse la tension s'installer, mais ne donne pas l'ordre attendu. Convertir ainsi des hommes qui viennent de risquer leurs vies pour notre mission ne serait pas totalement convenable. Et nous pourrions avoir besoin de ces marins pour le retour. D'un geste du doigt, j'ordonne aux lames de regagner leurs gaines. Un des marins recule, plus blanc que le guano qui macule ces rochers.

— Vous êtes fous. F... Fanatiques !

— Messieurs, notez que j'ai grande pitié de vous.

Je me tourne vers mes hommes.

— Pères et Frères, le moment est venu d'avancer en ces terres impies.

Je note cette sortie dans mon carnet, et reprends.

— Regroupez le matériel, nous partons sur-le-champ !

— Père Reïchak...

— Oui, Père Lavass ?

— Nous n'avons plus de montures, père Reïchak.

— Vous avez raison, Père Lavass. Frères Westal, Argas et Lousthor, allez quérir en ces terres de quoi transporter le matériel de notre mission, sans quoi nous serions obligés de le porter nous-mêmes, à dos d'hommes.

» Vous voyez, messieurs les matelots, manger nos chevaux au plus fort de la traversée pouvait éventuellement paraître opportun sur le moment, mais prenez la pleine mesure de cet acte barbare, maintenant que nous aurions fort besoin de ces cavales !

— Vous voulez manger not' chaloup' pour vous consoler ?

Cette fois, j'autorise une lame à quitter son fourreau. Elle siffle un court instant et termine sa course en une parfaite décollation. Le frère ponctue, pour qui ne comprendrait pas.

— Quand le Vénérable Père Reïchak parle, on l'écoute, vu ?

Un des matelots amorce la formulation d'une remarque, et se ravise. Celui-ci tiendrait-il à la vie ?

— Messieurs, il est regrettable que vous ne preniez pas la pleine mesure du service que nous venons de rendre à votre camarade. Il était sourd à la voix de la Terre. Nous lui avons rendu l'ouïe. Il était aveugle aux beautés de ce monde. Nous lui avons ouvert les yeux. Il ne comprenait pas le sens du mot « foi ». Nous...

Je n'ai pas le loisir de d'achever ma phrase que des hurlements s'élèvent de derrières quelques dunes herbeuses. Westall, Argas et Lousthor réapparaissent en volant dans les airs, et s'écrasent l'un après l'autre dans les hautes herbes, les membres tournés de manière contre-nature.

— Frères Blancs, allez vous enquérir d'eux.

— Hooum.

Les lames sortent des fourreaux mais restent aussitôt figées dans leur élan. Un son épouvantable vient de déchirer l'air, et le sol se met à trembler. Même la mer semble vouloir se retirer de la plage. C'est alors qu'une masse sombre et colossale émerge des roselières. Un animal. Une bête. Non, un monstre de chair. Il agite d'énormes oreilles, et balance dans les airs un autre de nos frères, d'un coup de son appendice nasal. Les marins suivent leur instinct primitif et poussent précipitamment les chaloupes à la mer.

Le monstre de chair souffle un nouveau barrit, à fendre les dents. Il ouvre une gueule écumante de colère et agite deux longues défenses rougies du sang de mes hommes. Comment la Terre peut-elle nous imposer une telle épreuve ? Je hurle quelques ordres.

— REPLIEZ-VOUS ! NOUS DEVONS RESTER GROUPÉS !

À moins que l'inverse soit plus judicieux ? Les Frères Blancs exécutent mes ordres et resserrent leurs rangs autour de moi. Ces terres sont perdues ! Et nos épées, même tenues par des justes, paraissent aussi menaçantes que des piques à bulots face à la force brute du mastodonte. Il balance la tête d'un côté, puis de l'autre, souffle et crache des nuages de gravier dans le ciel, et se met en branle. Il nous charge. Le sol tremble. Mais, malgré la promesse d'une mort certaine, mes frères gardent intacte leur foi. Et volent sous la puissance de l'impact. Sans vie. L'animal se dresse sur ses pattes de derrière, et retombe, pesamment, écrasant sous ses pieds les dernières résistances. Mes deux pères et confrères de robe, pris de désespoir, se jettent dans les vagues écumantes. Moi, je recule. Personne ne peut plus me venir en aide

C'est la fin.

Aurions-nous abusé de notre Foi ? Fust-il un acte de toute ma vie qui ne fut pas à la hauteur de ma dévotion ? Le son horrible me fend les dernières dents. Je crache des morceaux d'émail. Seul. Face à la bête. Elle me souffle son haleine fétide à la figure et me fixe de ses iris rouges, droit dans les yeux.

— QUE ME VEUX-TU, MONSTRE ? !

Mes dernières paroles retombent à mes pieds, inutiles. Qui attendrait une réponse de la part d'un animal ? Les vagues lavent la plage, derrière moi, effaçant les traces de notre passage comme je m'apprêtais à le faire de ce sanctuaire du nom d'Apalajapar. Je crispe mes doigts sur mon carnet et attends la mort.

La bête tend sa trompe, calmement, sans me quitter des yeux, la pose sur mon épaule et pèse sur moi de tout son poids. Elle m'oblige à me mettre à genoux. Et m'étouffe. Je n'entends bientôt plus les oiseaux, ni l'océan, ni même le chant de la Terre. Je n'entends plus que ce bourdonnement qui m'aveugle et arrache... une... à une... mes dernières pensées...

Je meurs.

Chapitre 39
Erkan, l'âme damnée

Je m'agrippe en tremblant aux planches du pont suspendu.

— Ah...

Je me tords, pris de violentes convulsions. L'estomac mâché. Mes yeux roulent, sans contrôle.

— RHHAA !

La douleur est forte, comme amplifiée par le fait d'avoir vécu les derniers instants de cet homme. Je souffle, à genoux, transpirant un excès de chaleur.

— Erkan !

Pasang. Elle est là, penchée sur mes épaules fumantes, n'osant pas me toucher. Mes oreilles bourdonnent.

— Ksâgneur, vous âllez bîen ?

Voilà bien longtemps que je n'avais pas eu de vision forcée. Peste ! Aller jusqu'à me faire vivre la mort ! Mais qui décide qu'en cet instant je doive subir pareille torture ?

— *QUI ?*

Une force qui ne dit pas son nom ?

— *AWANA, EST-CE TOI ?*

La Pierre me brûle le torse.

— Ksâgneur !

J'extirpe la gemme sous les réactions vives de mon armure. L'éclat du feu brille en son cœur. Les villageois reculent et s'exclament de surprise. La voix de Pasang m'atteint enfin.

— Erkan ! Répondez !

— Je vais bien. Rassurez-vous.

— Encore une de vos crises ?

— Oui. Cardanapak ?

Le Sahaméen pose un genou à côté de moi.

— Ksâgneur ?

— Nous devons partir sur-le-champ. Apalajapar est menacée.

Cette fois, c'est Caparak, le vieux chef, qui prend la parole.

— Apalajapar âst un lîeu ksecret, Ksâgneur. Persônne ne ksait où îl âst. Les rouâs pourpres ont kcherché en vain kce tombô pendant dâs mîllénaires. Vous kserez kcelûî quî le découvrîrâ, aînsî pârle lâ prôphétîe d'Obédaï.

Je me relève tout à fait, effaçant d'un revers de main les traces de mon récent accès de faiblesse.

— Caparak, vieux chef, Celui qui a détruit Saham la Blanche sait où se trouve ce tombeau. Et qui peut dire aujourd'hui combien de ses envoyés foulent le sol de Saham !

Aïnhor Eran, vieux traître d'Esprit, pourquoi n'as-Tu pas détruit ce tombeau avant ?

Le chef s'appuie sur son bâton et s'incline lentement devant moi.

— *Al Gahama*, Cardanapak, mon fîls, vous condûîrâ ô plûs près d'Apalajapar. Kc'âst un grând hônneur pour mouâ d'âvouâr tenû pour vous le conseîîl dâs Ancîens, Ksâgneur.

— Merci, vieil homme. J'espère être celui que vous attendiez.

— J'âspère ôssî, câr nôs crîstôx ne pârleront plûs ! Fâtes un bon vouâîîâge, *Al Gahama*. Âdîeu.

— Adieu ? Mais je compte revenir, vous savez.

— Ouî. Mâs je ne kserai plûs lâ pour vous âccueillîr, Ksâgneur. Pour mouâ, kchâque jour lâs mârches devîennent plûs hautes...

Je salue le vieux chef et le laisse seul avec son fils, pour un adieu silencieux des plus déchirants. L'un et l'autre savent qu'ils se voient pour la dernière fois. Je me retire lentement avec Pasang.

— Ma Reine, n'oubliez pas ce pendentif que vous portez à votre cou.

— Seigneur, j'ai peur de ne pas saisir le fonctionnement de ce bijou.

— Il me permettra de prendre corps auprès de vous, belle dame.

J'approche doucement ma main de son visage, touche sa joue de mes doigts, glisse jusqu'à sa tempe, pénètre sa chaude chevelure, et saisis délicatement sa nuque. Dans le même instant, mon autre main lui attrape le menton, et j'approche ma bouche pour poser mes lèvres contre les siennes. Ses mains viennent caresser mon visage. Je sens sa bouche s'entrouvrir, et sa langue venir se presser tout contre la mienne. Mon corps explose de frissons, des courants de Šhå décuplent la moindre de mes sensations et me font sentir toute la force de ma Lignée. Je décolle mes lèvres des siennes, la regarde, plonge dans ses yeux dorés, et caresse son front, ses cheveux.

— Je dois partir.

Je l'embrasse encore une fois.

— Je dois vraiment partir.

Elle me répond par un simple sourire. Un sourire qui fait déferler en moi une vague ravageuse. Voilà le plus beau don que m'ait fait cette Terre. Je ferme les yeux pour garder avec moi cette image, et me libère doucement de son étreinte, le corps brûlant d'un feu nouveau. Je la quitte en laissant mes doigts caresser les siens jusqu'à leur extrémité, et rouvre les yeux.

Cardanapak s'incline une dernière fois devant son père, et me fait signe de le suivre. Nous partons aussitôt en courant à travers le village. Des coups de sifflets retentissent et se percent en échos à travers la vallée, relayant les ordres du vieux chef de maison en maison, jusqu'à Camatchak. L'homme charge à la hâte nos hottes de portage, bientôt rejoint de Carkarak, Caza-Ahzak, et de l'immense Campa-Hallak.

— Ksâgneur, nous ksômmes prêts â pârtîr.

— Alors allons-y, homme du Sud.

Nous hissons les dernières hottes sur nos dos, et emboîtons le pas de Campa-Hallak. Les uns et les autres ponctuent leur marche de sifflets, lançant leurs derniers adieux. Pour ma part, je choisis de venir caresser ma belle d'une pensée.

— Je reviendrai bien vite vous voir, Pasang. Je regrette déjà de ne pas avoir connu ces instants plus tôt.

Notre marche est rapide, dans les ubacs encore froids de la nuit. Le village disparaît derrière un dernier détour de falaise. J'entends alors un long sifflet déchirer le vide et se répercuter de paroi en paroi, jusqu'à mourir dans le ciel. Je sens Cardanapak touché au plus profond de son âme, et devine là le dernier adieu d'un père à son fils.

Nous tournons définitivement le dos à Tara Yama, et accélérons le pas dans un raidillon des plus vifs. Campa-Hallak donne le rythme. Je ne peux m'empêcher de repenser aux visions que j'ai eues de cet homme, dans le désert, affrontant sans aide aucune les colères de Barkan. Il mène notre colonne, en silence, vers le tombeau mythique d'Apalajapar. Devant nos pas, le défilé de pierre cède peu à peu sa place à des vallées encaissées, puis des pentes herbeuses naissent ci et là, ou encore des forêts d'altitude, aux odeurs résineuses, jusqu'aux premières collines et prairies verdoyantes. Nous nous arrêtons alors au bord d'un ru tumultueux.

Les hommes se déchargent de leurs hottes pour la première fois depuis notre départ. Camatchak sort son attirail de grimeur et nous métamorphose l'un après l'autre en serviteurs de la mort. Il ajuste mon masque labial et hoche la tête d'un air satisfait. Me voilà redevenu pour un temps un Happeur Noir.

— Cardanapak, je comprends que ces déguisements surprennent de simples paysans, ou encore quelques Guerriers Pourpres, mais les Prêtres Noirs ? Pourquoi ne démasquent-ils pas cette supercherie ?

— Ksâgneur, nôs grîmâges ksont kceux de Prâtres Noirs de hôts rangs.

— ... Et ?

— Et un Prâtre Noir baisse les yeux devant un ksûpérîeur, de peur d'y laisser plûs que ksa vîe. Kseuls quelques Haraka vous kseraient ksûpârîeurs. Et ils ksont râres, ksûr nôs routes !

— Des Haraka ?

— Des Hâppeurs Nouârs.

Campa-Hallak part seul, de ses pas de géant, en direction d'une ferme perchée à flanc de coteau, et revient avec des mulets. Les hottes sont battées, et nous repartons plus bas, sans attendre. Toujours plus bas. Vers des cultures en terrasses et des champs ennoyés. Nous ne prenons que de courtes pauses, le temps de faire boire nos bêtes ou de les changer dans des relais des plus discrets. Quant à nous, peu importe qu'il fasse jour ou nuit, nous mangeons, buvons ou dormons à même le dos de nos montures, déambulant à travers un pays toujours plus désert de population.

J'ai lâché le fil des jours depuis notre départ, mais, ce soir, je rendrai visite à la reine.

Campa-Hallak lève un bras et descend de son âne. Un village abandonné se dresse devant nous. Les bambous repoussent déjà au milieu de maisons éventrées. Des constructions légères, toutes bâties sur pilotis pour échapper à l'humidité du sol, reliées entre elles par des jeux de passerelles. Les hommes mettent pied à terre. Carkarak coupe des fourrages pour nourrir les bêtes.

— Ksâgneur, nous devîons changer d'ânes îcî. Nous âllons faire relâche, pour laisser les bêtes kse repôser, et nous ne repârtîrons que demain mâtin.

Nous installons un campement de fortune et prenons place sur nos paillasses de joncs pour manger. Caza-Ahzac monte le premier tour de garde. Les ronflements s'élèvent bientôt. Mais pas le mien.

Je me concentre, malgré ma grande fatigue, sondant sol, chemins et champs avoisinants en quête d'un quelconque danger. Personne. Je vais pouvoir prendre le risque de laisser mes compagnons quelque temps. Je quitte doucement mon corps et m'élève dans le ciel nocturne. D'un vol éthéré, j'efface le chemin parcouru ces derniers jours et rejoins bientôt les abords de Tara Yama. Les séracs regèlent sur leurs flancs de cime, craquant dans le silence de la nuit. Je descends au milieu des gorges, glissant comme un courant d'air, avant de jaillir face au village. Il somnole, dans son creux de falaise, caressé par une bise nocturne. Il se dégage de ce lieu une harmonie parfaite, authentique, faisant presque d'Almenarc'h une pâle copie. Un monstre aux défauts oubliés par le passage des siècles. Je gagne la terrasse, frôle ses dalles, traverse la porte de notre maison et suspends mon vol aux lèvres d'un spectacle admirable.

Elle dort, Pasang, révélant les beautés subtiles de sa nudité à la lumière chaude et indiscrète des Taksa Taksa. Pourquoi est-ce si dur ? Je défie les plus grandes forces de la Terre mais reste interdit devant la douceur de quelques courbes et le délicat mystère d'une intimité féminine. La jeune femme est simplement allongée sur un large lit de pierre polie, une couverture remontée jusqu'à mi-cuisses, offerte à la fraîcheur de la nuit autant qu'à mes regards éthérés. J'ose l'appeler.

— *Pasang…*

Elle frissonne.

— *Pasang… je suis là, près de vous…*

Elle bouge, doucement, donnant vie à ses courbes sensuelles, et se retourne.

— … Erkan ?

— *Oui. Je vous en supplie, ne me repoussez pas…*

— Vous repousser ? Mais pourquoi ? Où êtes-vous ?

Elle sourit, les traits encore baignés de sommeil, achevant de me séduire pour l'éternité. Je vais devoir me concentrer comme jamais pour arracher aux lieux de quoi donner corps à mon être. Fort d'un entraînement remontant à mes premiers pas, je lance mon esprit contre un piton rocheux et dissous dans l'éther ses particules de pierre. Le sol tremble. L'air vibre et gronde de colère. Je dévore la roche tout en matérialisant doucement mon être de chair sous la lumière des Taksa Taksa. Nu. À même le sol. Je lutte encore pour calmer les dernières aigreurs de la Terre, consolidant quelques pans de roche et faisant taire un à un ses derniers grondements.

— Erkan, Seigneur...

La belle tend un bras vers moi, m'invitant à me presser contre elle. Je m'approche, prends sa main autant qu'elle prend la mienne, et glisse auprès d'elle, sous les couvertures. Elle m'attire contre son corps frissonnant, toute de chaleur et de désir, et me livre accès au plus torride de ses secrets.

C'est pour moi une première fois.

Le pas de nos ânes martèle la terre cuite des routes royales depuis six jours. Nous traversons un paysage toujours plus asservi, fait de champs ennoyés et de canaux d'irrigation. D'après Cardanapak, la capitale devrait nous apparaître d'ici peu, pourtant nous ne croisons encore personne sur ces voies pavées de céramique.

Pour ne rompre ni le silence ni les points de colle de ce masque labial, j'ai pris l'habitude de converser avec l'homme du Sud par la pensée.

— Cardanapak, pourquoi les routes de ce royaume ne semblent jamais être prises pour cible par les destructions guerrières ? Ni les champs, ni les canaux ?

— Ksâgneur, les routes et les cânôx ksont ksâcrés, en terre de Saham. Pârsônne ne ksait plûs cômment rendre lâ târre ôssî dûre que lâ pîerre. Et les kchamps ksont des ressources trôp impôrtantes pour âtre bâtement gâspîllées.

Ces routes seraient l'œuvre des Maîtres-Moines, vestiges de Saham la Blanche ? Elles auraient plus de quatre millénaires ? Pourquoi pas. Je vois mal la Barrière de Baraï souffrir du temps. Les chaînes de Parthes seront emportées par les vents bien avant que se disperse l'âme de ce vieux sage.

— *Et que savez-vous exactement d'Apalajapar ?*

— *Le ksîte est dans les fôbourgs de lâ vîeîlle vîlle. Nous âvons découvert kses ânnexes, kses ksâlles d'embômement, kes ôtels ôx ôffrandes. Ksâ bîblîôthèque. Mais nous îgnôrons toujours où kse trouve l'entrée de kson câvô rouâyâl.*

La chaussée tremble sous le pas cadencé d'une compagnie de Guerriers Pourpres. Elle vient à notre rencontre, détourne la tête tandis qu'elle nous croise, et nous dépasse pour une destination connue seulement de leur capitaine. Des murs dominent désormais les arbres à palmes et viennent barrer l'horizon de leurs piles de terre. Les murailles de Carmak. Si épaisses que deux châteaux tiendraient dedans. De quoi contenir les assauts de toutes les hordes de l'Histoire. Mais les lourdes portes de la ville, toutes de bronze et de bas-reliefs vernissés, s'ouvrent simplement devant la main levée du colossal Campa-Hallak.

Carmak nous ingère, un à un, dans le ventre de sa muraille de terre. Une rue entière s'étire ici dans la pénombre. Ma double vue repère les innombrables meurtrières percées dans les murs, les assommoirs rivés aux plafonds, ou encore le va-et-vient frénétique de gardes en perpétuel état d'alerte. Mais personne ne semble voir en nous de quelconque menace, et nous émergeons bientôt à la lumière vive du jour. L'esplanade royale s'étend devant nous. Cette place que le manuscrit de Siham peuple de foules en délire résonne ici et maintenant d'un vide infini. Rues fantômes. Échoppes abandonnées. Portes barricadées.

— *Il n'y a donc personne, à Carmak ?*

— *Le peuple â peur et se tîent reclûs. Les môrts ne ksûffîsent plûs ôx âppétîts des Prâtres Nouârs. Dâpûîs que vous âvez Ramsara, îl n'y â plûs de rouâ pour les contenîr. Les Prâtres vont jûsqu'â vôler les nourrîssons dans les mâsons des fâmmes, pour les transpôrter, vîvants, dans leurs Xafrakass. Vous dîrîez… des temples de ksouffrance. Les vîctîmes ksont tôrtûrées, nourrîes et gârdées en vîe pour âtre pompées kchâque jour de leur essence.*

» Kcertains nourrîssons vîennent mâme ô monde dans kces Xafrakass, ksans âspouâr de vouâr un jour lâ lûmîère dû ksôleîîl. Vouâlâ pourqouâ plûs que jâmais, Ksâgneur, le peuple âspère vôtre retour. Ne pârdez jâmais de vûe que tout le monde n'â pâs le pouvouâr de kse bâttre, Al Gahama.

Campa-Hallak nous engage dans une série d'artères sans âge. Ce quartier est sans doute un des plus anciens de Carmak. Des maisons à toits-terrasses s'entassent les unes sur les autres, renvoyant sous terre les murs et les façades antiques. Mais la terreur pousse les habitants aux plus folles extrémités. Portes et fenêtres, sans exception, sont rebouchées après chaque passage à coup de briques et de plaques d'argile. Sauf cette grande porte de bois devant laquelle notre troupe s'arrête. La première que je vois en ce noble matériau depuis des lunes. L'immense Campa-Hallak pose pied à terre, soulageant d'autant sa monture, et envoie une série de coups codés contre le judas. Une barre de fer est arrachée, et les deux vantaux s'ouvrent lentement vers l'intérieur. Nous entrons, la bride à la main, sous un porche sombre enclos de grilles. La tête commence à me tourner. Le sol semble se rapprocher de moi dans une chute sans fin. Je n'ai que le temps d'entendre les lourdes portes se refermer dans notre dos, avant de m'effondrer sur le dallage. Mes mains fondent et s'enfoncent dans la terre cuite, je sens mes corps subtils se lier à l'âme des lieux.

— Rhaaaaaa !

Le ciel se déchire. Le sol tremble. Par la force de ma volonté, par le feu de mes ancêtres, je m'arrache de cette pesanteur et me redresse, d'un pied, puis de l'autre. Mes jambes sont de plomb. AlmenKaraï, une fois de plus, me brûle le torse. Le dallage m'attire toujours plus que la Terre le ferait, mais je retrouve peu à peu la maîtrise de mes sens. Mauvais fer ! Mais qu'ai-je là à défaillir comme un agnelet ? Et cette assemblée de robes ? D'où sort-elle ? Et qu'ont-ils de nouveau à tous s'incliner devant moi !

— C... Cardanapak ? Pourquoi ces honneurs ?

— Pour ksâlûer vôtre dâcouverte, Ksâgneur.

— Ma découverte ? Mais expliquez-vous !

— Vous venez de trouver l'entrée dû Tombô des Rouâs, Ksâgneur. Devant nôs yeux.

— Ce n'est qu'un léger malaise, pas de quoi tomber en pâmoison !

— Un mâlaise ? Vouâlâ ûne demî-journée que dîx des plûs ksôlîdes loups de Tara Yama, dont Campa, tentent de vous relever ! Vous âvez fait trembler Carmak jûsqu'â faire ksôrtîr le peuple de terre ! Trembler Carmak jûsqu'â mettre ô jour kce ksymbôle, lâ, ô kcentre de kcette dâlle ksûr lâqu'elle vous vous tenez.

Un triangle percé d'un œil flamboyant se tient entre mes deux pieds, comme gravé de fraîche date.

— Apalajapar ?

— Le blâson des rouâs blancs, Ksâgneur. Le tombô est ksous vôs pîeds.

Je glisse doucement en double vue et perçois deux gigantesques verrous d'acier fichés dans les profondeurs du tombeau. Mais ce dallage n'est autre en réalité que la surface d'un savant assemblage de blocs, la clef de voûte d'une immense architecture souterraine. Je tombe à genoux, les paumes plaquées contre une surface froide et vernissée. Je ressens une nouvelle fois en mon être l'appel des lieux. Apalajapar me réclame. Le sol tremble et le ciel s'alourdit jusqu'à rendre l'air plus dense que la terre. Là, sous l'impact de ma volonté, le bloc frémit, le verrou craque, et un raclement résonne bientôt dans les profondeurs d'un gouffre sans fin.

Je me laisse glisser au bas du bloc. Le soleil frappe les premières marches d'un escalier, sortant les lieux d'un sommeil plusieurs fois millénaire. Caza-Ahzak, Cmak, Campa-Hallak ou Cardanapak, tous se penchent au-dessus du vide et lâchent des torches qui n'en finissent pas de tomber. Camatchak reparaît lui avec des cordages que nous nouons bientôt autour de nos tailles, comme autant de lignes de vie. Carkarak distribue des lanternes de terre, après les avoir allumées, une à une, à l'aide de briquets de pierre.

— Vous permettez que je pâsse devant, Ksâgneur ?

Cardanapak s'engage, nous entraînant tous à sa suite sur les premières marches. Nous sommes immédiatement saisis par les ténèbres qui règnent en ces lieux. Le soleil se perd dans l'obscurité, et les flammes de nos lampes vacillent, prêtes à succomber au moindre courant d'air. Nos pas claquent et se répercutent en échos inquiétants, happés dans le vide qui nous borde de part et d'autre de cet escalier. Et cette odeur fade, fraîche et minérale !

Le tombeau des Rois Blancs de Saham m'appelle et me happe, plus bas.

Toujours plus bas.

Dans les entrailles profondes de Carmak.

L'obscurité en vient à dévorer la lumière de nos lampes.

— *Cardanapak, voyez-vous le sol ?*

— *D'ôcûne mânîère, Ksâgneur. Mon pîed kse pôse ksûr la hûît-kcent-vingt-trouâsîème mârche ksans rîen vouâr d'ôtre que le nouâr.*

Qui connaissait ces lieux ? Les rois seuls ? Non. Des officiants devaient bien les mener dans leur dernière demeure. Quelle révélation dois-je trouver ici ? Qu'est-ce que le Très-Haut cache au point de vouloir détruire son Œuvre ? Au point de faire peser un Interdit de plusieurs millénaires sur ses propres fossoyeurs, les Détenteurs ? Que cachent les reliques perdues d'Apalajapar ?

— *Le sol est encore loin ?*

La question m'a échappé. Je devine le sourire ironique du Sahaméen.

— *D'âprès les textes ksâcrés, Ksâgneur, Apalajapar devait âbrîter le repôs des Rouâs de Saham pour les mîllénaires pâssés et les mîllénaires â venîr. Quî cônnait les dîmensîons de kces lîeux ?*

— *Mais Carmak tiendrait dix fois tout entière dans ce gouffre !*

Ma double vue ne me livre que du néant. Comme si l'endroit absorbait plus qu'ailleurs la moindre particule de vie. Mais je n'ose pas envoyer de senseur, par peur de provoquer un désastreux tremblement de terre.

Il ne reste plus qu'à laisser une marche en chasser une autre.

En silence.

— Ah !

Ma voix résonne, monstrueuse, dans l'énorme ventre de terre. Le sol vient de surprendre mon pied d'un contact inattendu.

— *Ksâgneur !*

Le reste de la cordée s'écroule en bas des escaliers, les mains plaquées contre les oreilles, en lutte contre le roulement infernal des échos.

— *Pardonnez-moi, homme du Sud. Mais quelle acoustique ! De quoi entendre le murmure des morts !*

Campa-Hallak, le colosse de Kar'Saham, se relève en me jetant un regard de plomb. Je recolle mon masque labial, comme pour lui signifier que je ne briserai plus le silence, et le laisse nous détacher de cette cordée. Les hommes sortent de leurs sacs de toile quelques victuailles et gourdes de peau, du matériel de balisage, et des torches soufrées.

L'entrée brille au loin au-dessus de nos têtes, telle une étoile solitaire perdue dans un ciel nocturne.

— Deux mîlle trouas kcent quâtre-vingts mârches, Ksâgneur.

Le Destin me favorise en ce jour en m'entourant de ces montagnards endurcis, car peu d'hommes auraient supporté la densité d'un tel effort. L'équipe des ravitailleurs se relève, en silence, sur l'impulsion muette de leur chef naturel. Ils allument des torches neuves et les fichent dans des logettes de terre conçues à cet effet voilà plus de quatre millénaires. Une allée pavée de dalles vernissées s'illumine lentement, s'enfonçant toujours plus loin dans la sombre obscurité qui nous fait face.

Je m'avance au milieu des torches, pas après pas, excité par l'odeur des ruines de cette civilisation disparue. Vais-je enfin savoir de quelle Faute la Terre m'accable ? Vais-je enfin comprendre ce qui me vaut la mort de mes proches ? Je devine des alcôves taillées au pied de l'interminable paroi. Et ce chemin mène vers la première d'entre elles, au centre, la plus large de toutes. Une gigantesque fresque, peinte il y a des millénaires contre cette abside en cul de four, nous domine de toute sa hauteur. Des couleurs éclatantes de fraîcheur dansent sous nos yeux, au rythme des torches, donnant vie à des scènes et mythes passés de Saham.

Sur la première, un roi lève les bras et chasse les eaux de la terre, refoulant au loin les océans. Sur la suivante, un char tiré par un attelage de chevaux noirs porte un roi sur des routes de terre. Elles cuisent, devant lui, dans une fournaise de flammes bleutées. Un roi encore offre en maquette la ville de Carmak à un peuple prosterné. Et là, un autre lève les bras pour faire affluer dans les immenses canaux de Saham une eau claire et docile. Mes yeux ne se lassent pas de glisser d'une scène à l'autre, redécouvrant par l'image chacune des légendes entendues sur le passé de Saham. Le roi arbore fièrement Ramsara sur sa couronne. Ici encore, dans une armure étincelante, il marche dans un fleuve de feu. Mais je reste en arrêt sur le dernier panneau. Un roi fend la foule, juché sur un Marsam. Les mêmes torsions dans les défenses. Les mêmes crevasses sur ce cuir d'albâtre. Les mêmes cicatrices que celui de ma vision. Serait-ce possible que ce mastodonte, parmi tous ceux venus peupler la Terre, soit le premier et dernier encore en vie ? Lui qui a protégé la mémoire d'Apalajapar contre les robes fanatiques de quelque fratern ?

— Cardanapak, je dois retrouver le Marsam.

— Âh ! Mâs pârsônne n'â vû de Marsam depûîs des mîllénaires, Ksâgneur !

— Homme du Sud, un Marsam m'aurait aidé à quitter Saham après votre fameux tournoi. Et un autre est venu me hanter dans une de mes visions.

— Ksî un représentant de kcet ânîmâl légendaire vît encôre, âlôrs lûî kseul vous trouverâ. Ainsi le veut l'Ararak.

— L'Ararak ?

— La Prophétie d'Obédaï.

Le doute n'est plus permis. Cataxak marche sur la même route que nous. Je lève une dernière fois ma torche sur les fresques, et ne peux réprimer un violent frisson. Les visages de ces rois, je ne l'avais pas remarqué de prime abord, mais ils sont tous identiques et me ressemblent assez pour attirer sur moi tous les regards de la troupe.

— Ce que votre légende ne dit pas, homme du Sud, c'est que Karaï, le jeune frère d'Obédaï, a lui aussi survécu à la chute de Saham. Et qu'il est mon ancêtre.

— Vous ksâvîez kcelâ âvant de venîr â Saham ?

— Le manuscrit de Siham, ma défunte mère, évoquait ces faits.

— Et vous hâsîtîez ? Vous doutîez de vôtre essence ksûrnâtûrelle ?

— Sombre sort, mais bien sûr que je doute ! Et je doute toujours ! Je me dois de tout vérifier, mon ami.

— Mâs... Que vous fôt-îl de plûs ?

— Autre chose que la douloureuse sensation de n'être compris que par des vestiges vieux de plusieurs millénaires !

Je longe le pied de paroi et laisse courir mon regard sur les cartouches de terre cuite. Les noms des anciens rois de Saham sont inscrits ici et se succèdent, d'alcôve en alcôve, sur près de cinq cents pas. Jusqu'au dernier arrivant. Asatraï. Terre ! Quelqu'un a donc pris la peine de donner une sépulture à ce roi déchu ? J'entre en son abside, détaillant une fresque peinte sur le plafond qui le montre sur un trône, frappé d'un éclair. Une lourde meule de faïence obstrue sa loge. J'enfonce mes doigts dans de grandes cupules, et pousse de toutes mes forces. Elle roule, pesamment, et révèle à la lueur des torches la momie du roi Asatraï. Il est assis, les jambes tenues repliées sous le menton par des liens de cuir, habillé d'un Kamana de Sawa bleue. Sa chevelure brune est parfaitement coiffée, tenue en place par de fines perles de pierre. Aucun objet ne l'accompagne. En dehors d'une poche de cuir racorni. Je sonde son contenu et découvre un simple morceau de chair séchée. Je remarque alors que la bouche de la momie est entièrement cousue de fil d'or. Fiel ! Un frisson me traverse le dos. Le morceau de chair n'est autre que la langue d'Asatraï ! Voilà de quoi assurer son silence même au-delà de la mort !

Asatraï...

Mon corps se met à vibrer. La puissance de mon lointain ancêtre trouve écho en mon être. J'approche ma main de la momie et touche la poche de cuir.

— **MANGER...**

Ramsara avale d'un trait la momie d'Asatraï. Apalajapar, le tombeau des Rois, résonne comme une cloche de terre sous la colère de cette terrible profanation. Je m'effondre, les dents percées de douleur.

— ...

— *Ksâgneur ? Que vous ârrîve-t-îl ? Ksâgneur ! Répondez !*

— ...

Je... dois être le seul à entendre l'ire des Cieux. Je roule sur le dos, les membres plus gourds que jamais, me relève, referme la tombe d'Asatraï, et écarte Cardanapak, en titubant, avant de me diriger vers l'alcôve suivante.

— *Ksâgneur, ârrêtez !*

Cardanapak me regarde faire rouler une nouvelle meule, la terreur au creux des yeux. Ici dort la momie d'un vieillard aux cheveux éclatants de blancheur. Sa langue dans une petite poche de cuir. Je m'attarde un instant sur les fils d'or qui lui ferment la bouche, serre une nouvelle fois ma Pierre, et touche la relique.

— *Paradaï...*

Mon être se trouve une nouvelle fois ébranlé.

— **NOURRIR MOI...**

L'armure étincelle, se zébrant de décharges Šhåmaniques. Un genou vissé au sol, je questionne le Sahaméen.

— *Cardanapak ? Les rois blancs... étaient-ils désignés... de père en fils ?*

— *Je ne ksais pâs. Ôcun texte ne mentîônne de lîens de ksang, Ksâgneur.*

— *Pourtant, ce Paradaï est de toute évidence le père d'Asatraï.*

Et il en est ainsi de tout occupant de ces lieux. Je marche, de sépulture en sépulture... *« Kozaï... Sylvuraï... »* faisant de chaque nom un ancêtre. Chaque relique repousse dans le passé l'ancrage de mon existence. Chaque relique nourrit l'esprit malade de Saash. *« Ginzaï... Okuraï... »* La Pierre devient brûlante. Mes corps se déchirent, pris dans des champs de forces contraires. Celles de la matière rendent mes chairs plus pesantes à chacun de mes pas, tandis que celles de mon éther tentent de rejoindre les plus hautes sphères de l'esprit. Seule mon armure maintient encore l'unité de mon être.

— *Ksâgneur ! Âtes-vous ksûr de kce que vous faites ?*

Je place ma main sur la relique suivante... *« Filaï... »* Non. Je ne suis pas sûr. Chaque nom menace de me disloquer... *« Maï... Dobaï... Kundalinaï...»* ... et pourtant je les égrène, un à un, jusqu'au dernier. Ou plutôt devrais-je dire, le premier. Mes yeux me brûlent tandis que je les lève de nouveau sur les fresques incroyables de ce caveau central. Ma tête tourne, d'ivresse, mais je ne trouve pas de meule, ni de cartouche. Ni même de sépulture. Juste une fresque qui jusque-là m'avait échappé. Un roi, toujours le même, accueille à bras ouverts un défilé de paysans. Ces paysans, par milliers, viennent creuser le sol de Saham, le creuser jusqu'à donner vie à ce lieu terrible. J'assiste à la naissance d'Apalajapar. Je rampe vers un baquet de bois fossile, au pied du cul de four, et tends la main vers l'eau qu'elle contient.

« Suffit ! »

Un éclair me frappe alors. Je m'effondre, terrassé par l'intensité de l'injonction, et sombre peu à peu dans l'inconscience.

Aïnhor Eran... Le Très-Haut, le Tout-Puissant...

Il prend la peine de descendre à moi. En personne.

Pourquoi…
… pourquoi craindrait-il un simple mortel ?

De vifs fourmillements accueillent mon réveil. Ils descendent et remontent le long de ma colonne vertébrale, me piquant de mille dards. Je suffoque, les narines saturées d'une odeur abominable. Du Satar. Où suis-je ?

— Al Gahama !

— *Cardanapak ?*

— *Ksâgneur ! Vouâlâ quâtre jours que le grand Campa veîlle ksûr vous !*

J'ouvre les yeux, avec difficulté, et devine l'immense Campa-Hallak penché sur moi, dans la pénombre. Il déplace de petites pierres rondes et noires sur mon torse.

— *Des Gawas ?*

— *Âh ? Vous recônnaissez les Gawas, Ksâgneur ?*

— *Non, mais le manuscrit de Siham les décrit.*

— *Vouâlâ ûne fâmme de grande vâleur que vôtre mère, Ksâgneur.*

— *Ce rôle lui a coûté la vie, homme du Sud.*

— *Ûn ksâcrîfîce pour lîbérer vôtre âme de kson târrîble fârdô ! Grand devait être kson âmour pour vous,* Al Gahama.

— *Et que sont ces Gawas ?*

— *Campa-Hallak les â râppôrtées de Kar'Saham. Elles ksont les Lârmes dû désert. Mais leur fonctîônnement râste un mîîstère, mâme pour nôtre âmî.*

Les picotements s'apaisent sous les mains du colosse, absorbés par ces pierres étranges. Mais mon corps reste gelé, comme privé du moindre geste. Je ne peux bouger que mes yeux. Les immenses fresques du premier roi s'offrent cette fois à moi dans une vision inversée, racontant à chaque panneau une tout autre histoire ! Des formes dansantes surgissent des eaux agitées de l'océan, remontent le long de canaux neufs, et obéissent au visage démoniaque que dessine le plastron renversé d'un roi postiche. Ce même démon émerge des enfers, fort de son armure, et embrase les routes. Ici, il arrache Carmak des mains du peuple, et, là ! la Pierre des Rois qui rayonnait sur les terres de Saham capte ici au contraire jusqu'à ses dernières ressources ! Les paysans ne creusent pas Apalajapar, ils y sont engouffrés par milliers ! Les fresques ne racontaient pas seulement le passé de Saham la Blanche, elles en prédisaient la fin ! Est-ce là le terrible secret que voulait révéler Asatraï ? Est-ce là la révélation qui effrayait le Grand Muet ?

Les picotements reviennent en force, me privant bientôt de mon regain d'Énergie. Mon regard roule vers les confins, plus haut, vers le plafond. Ce tombeau arrête le temps. Il gèle vie et mort pour l'éternité.

— *Cardanapak, ne restez pas dans ce caveau, c'est dangereux !*

— *Nous le ksâvons, Ksâgneur. Campa-Hallak â été le premîer â le ressentîr. Nous nous relâyons â vôs côtés et ksôrtons d'îcî ôssî ksouvent que pôssîble. Nous vous ôrîons bîen ksôrtî de lâ, mais ksîx hômmes n'ont pâs ksûffî â vous ksoulever !*

Je souffle et cherche à calmer ce mouvement de panique qui me prend soudain. Je ne veux pas rester enfermé ici, prisonnier de mon corps ! La rage me gagne face à ce sentiment d'impuissance. Je ravale un hoquet et arrache une de mes mains du sol, dans un tonnerre d'échos.

— SOOOOMBRETEEEEERRE !

Apalajapar tremble tout entière sous le coup de ma colère. Campa et Cardanapak roulent de douleur, à mes côtés, les tympans déchirés par ce cri mille fois relayé. Mon esprit, lui, fuse vers l'entrée de la crypte et fend les airs, plantant ses griffes dans les champs avoisinants. La terre gronde et tremble tandis que je lui vole quantité de Šhå, et je hurle à nouveau, en haute lutte avec cette Pierre qui pend à mon cou !

— **MANGER... FAIM...**

Elle embrase ma robe et pare mon armure de mille feux !

— RHHAAAA !

J'arrache un coude du sol, me redresse, plus lourd qu'une pile de pont, et me remets debout. Campa-Hallak gît dans la poussière, défiguré par la douleur. Les mains en sang.

Horreur, qu'ai-je fait ?

Mes racines s'enfoncent au plus profond de ce pays. Mais je resterai à jamais un étranger, ici. *Al Charmak*. De tous les surnoms que me donnent les Sahaméens, c'est celui qui me convient le mieux. Nous longeons une série de terrasses. Elles partent en esplanades, sur les murailles du palais, dominant les rues désertes de Carmak. Une entrée monumentale se dresse derrière nous. Le palais royal. Des chimères émaillées en gardent les hautes portes. Nous entrons. L'endroit est désert. Le sol maculé de sang séché. Nous avançons dans une galerie large bordée de bas-reliefs. Ici, sur des plaques de grès, luttent Homme et Nature. Des monstres surgissent des abysses pour engloutir des cités opulentes, comme pour rappeler que, malgré sa puissance, l'Homme ne peut soumettre à sa volonté les forces primordiales de la Terre. À croire que les rois pourpres n'avaient pas compris le sens profond de ce message.

Nous arrivons devant la salle du trône. Deux lions cracheurs de feu s'affrontent sur le linteau vernissé qui coiffe l'entrée. De grandes tentures se décrochent des plafonds crayeux et sculptés d'entrelacs. Le sol est encore poisseux.

— À qui est ce sang ?

— D'âprès nôs hômmes, le dernîer âffrontement n'â laissé ôcun ksûrvîvant. Vous ksâvez, dâpûîs que vous êtes pârtî âvec Ramsara, les râgîons envouâent kchâque jour ârmées et kchampîons ksûr les routes de Carmak â lâ conquête dû trône !

— Dans ce cas, pourquoi ce palais est-il vide ?

— Tout Carmak â entendû vôtre retour frâcâssant, Ksâgneur. Îl est dît que même les Prâtres Nouârs ont fûî lâ vîlle. Îls craignent le retour du rouâ blanc. L'Ara Baca !

— Il n'y a plus de Prêtres Noirs à Carmak ?

— Plûs un kseul.

— Et qui va s'occuper des morts ?

— Campa-Hallak fôrmerâ lâ relève, Ksâgneur. Îl est un Acarda.

— Un quoi ?

— Un Acarda, un Âccompâgnâteur. Â Tara-Yama, kc'est lûî quî guîde nôs môrts ksûr les kchemins de l'Éternîté.

— Et que deviennent-ils ?

— Â Tara Yama, fôte de bouâs pour âlîmenter un bûcher, nous les confîons ôx kcîeux. Mais îcî, îls kseront de confîés ô feu, cômme ôx temps jâdîs, Ksâgneur.

Je ne peux m'empêcher de regarder Campa-Hallak, le colosse fidèle, mutilé par ma faute.

— Campa, je suis encore désolé pour vos oreilles.

L'homme me fixe de ses yeux gris, sans montrer le moindre ressentiment.

— Îl ne vous entendrâ plûs, Ksâgneur.

Autant par mes billes j'ai pu aider Cardanapak à récupérer, autant je n'ai rien pu faire pour les tympans de Campa. Il a bravé le Kar'Saham durant des lunes et des lunes. Il me guide. Il me soigne. Me veille pendant des jours au fond d'un gouffre. Et je le remercie en lui prenant ses oreilles. Par un stupide accès de colère.

Cardanapak tente de détourner mon attention.

— Vôtre trône, Ksâgneur.

Des marches souillées mènent à un large siège de grès émaillé.

— Je ne monterai pas là-dessus, Carda.

— Vous vouâlâ encôre â dénîer lâ réâlîté, Ksâgneur ?

— Je ne suis pas fait pour rester vissé à un siège.

— Des mîllénaires d'âttente pour entendre kçâ !

Cardanapak travaille d'arrache-pied. Il retranscrit mes paroles, mes pensées, mes instructions. Il traduit, pour le peuple, prenant note de la moindre de mes inflexions. Il boit à mes lèvres, couche sur la soie la sagesse retrouvée des rois blancs. Moi. Sage. Alors que jamais l'impatience ne m'a autant piqué ! Deux jours et deux nuits à tourner en rond dans les murs vides de cette salle du trône ! Et ma fougue ? Et ma jeunesse ? Le feu de mes ancêtres coule dans mes veines, et l'on voudrait me glacer dans l'ennui de ces mornes fonctions ? Terre ! Mais tournez votre regard sur l'homme du Sud ! Le voilà, votre roi ! Lui en tout point mesuré ! Nul soupir pour ponctuer son labeur ! Aucune lassitude ne le détourne de sa tâche !

— Al Gahama, Ara Baca, Para Aquarama A Tara Yama ? Casa Mahabala Batsa...

Sans compter qu'un roi ne parlant pas la langue de son peuple ne peut être un véritable roi. Comment comprendre mes sujets sans lire en leurs mots les infimes nuances qui modulent leurs pensées ? Chaque mot est histoire. Chaque mot est...

— Ksâgneur ?

— ... Oui ?

— Pârdônnez-mouâ d'interrompre vôs rouâyâles rêverîes, Ksâgneur. Lâ journée â été rûde, peut-être devrîons-nous ârrêter lâ ?

— Non, de grâce, ne remettez rien à demain ! Poursuivons !

— Caza-Ahzak âttend vôs ôrdres.

— Oui, je voudrais qu'il...

Les battants de la salle du trône volent soudain en éclats, me faisant sursauter comme une biche. Je chasse un relent de colère devant un bien triste constat : l'inaction commence à endormir ma vigilance ! Un Guerrier Pourpre, dans une entrée des plus théâtrales, déroule les splendeurs naturelles de sa forte stature. D'un pas assuré, il s'avance jusqu'au trône, lève un vase de céramique à hauteur de ses yeux, et l'écrase avec force à mes pieds. Une puissante odeur de pourpre se répand dans les airs. Cardanapak et Campa-Hallak s'apprêtent à réagir, mais je les arrête d'un geste, pour leur bien, laissant le guerrier me pointer de deux doigts et deux mains en fulminant en mon endroit.

— *Maca Ara ! Karakax Warax ! Vara Aka Tamaha, A !*

L'homme me regarde avec une haine rare et pure.

— Cardanapak, que dit ce guerrier ?

— Ksâgneur, îl âffîrme être plûs fôrt que vous et pouvouâr vous renverser. Îl vous prôvôque donc en duel, et vous permet de kchouâsîr vôtre ârme.

— Je refuse ce combat. Dites-lui que sa mort ne m'est d'aucune utilité.

Cardanapak traduit. Sans ciller. À portée de lame du guerrier. L'homme ne le laisse pas finir. Il avance sur moi, piétine de ses bottes la pourpre qu'il a répandue sur le sol, et se met à hurler.

— *AKA TAMAHA A !*

Il termine en crachant dans sa pourpre. Je jette un coup d'œil à Cardanapak.

— Il insiste, n'est-ce pas ?

— Îl ksemblerait, Ksâgneur.

— Dites-lui que ce royaume aura besoin de sa force pour porter le poids d'une sagesse nouvelle.

Cardanapak articule lentement et formule ma réponse, en sahaméen. Le Guerrier Pourpre dégaine un sabre à pointe fourbe et tranche l'air dans un enchaînement de démonstration.

— Que fait-il ?

— Il exécûte pour vous l'*Axatra*. L'ârt des maîtres-ksâbre. Kces dernîers trâcent dans l'air les glîîphes ancîens pour indîquer leur grâde.

— Cardanapak, je voulais vous demander...

— Ksâgneur ?

— Comment avez-vous appris ma langue ?

— Âh ! Kc'est mon pâre quî m'â âpprîs lâ langue des ancîens, Ksâgneur. Enfant, îl me faisait ûne leçon pâr jour.

— La langue des anciens ?

— Saham Al Baca pârlait vôtre langue, Ârkân. Mais est-kce bîen le môment pour de telles questîons, Ksâgneur ?

Je ne lâche pas le guerrier des yeux. Me lève. Descends de ce trône trop grand et trop froid pour mon séant, et matérialise Aciane, lentement. Voyons ce que cet homme se propose d'écrire de la pointe de son fer.

— *TAMAHA ! A !*

Le guerrier assure sa garde et m'invite à faire de même. Il bande et débande les muscles de son torse, faisant vivre ses tatouages sous un jeu de secousses savantes, et commence à tourner autour de moi. Je libère un pli de mon Kamana blanc et pivote lentement sur le dallage de terre cuite, accompagnant comme une ombre chacun de ses mouvements. Il m'observe, entre crainte et colère. Je le sens préparer ses enchaînements, trahi par la pointe de son sabre. Son iris se noircit. D'un coup, il fond sur moi, expédiant une salve d'estocs, tournant et voltant sur mes esquives, abattant de taille son fer à travers les airs. Puissance et souplesse, brutalité et finesse, tout l'art de Saham parle et siffle au fil de cette lame.

— *AYAAAA !*

Un fer jumeau jaillit de son poing gauche. Il redouble d'intensité, faisant souffler à chaque passe un vent de mort. Il entrechoque ses propres lames, pour masquer ses feintes sous des gerbes frissonnantes. Alors, pour la première fois, je lui oppose Aciane. La surprise le fait reculer. Ma réponse est dense, sans appel, et s'impose en une terrible leçon d'escrime. Je l'entraîne dans un rythme neuf.

Sans feinte ni écart, ses lames deviennent esclaves de mon art. Je dompte sa force sauvage, éteins ses armes de quelques battements, et lance ma dernière fente. Nulle parade ni reculade. Du fort au faible, je tronçonne ses lames et le laisse, coi, brandir impuissant ses gardes émasculées. La pointe d'Aciane bat contre sa jugulaire. L'homme lâche ses armes et tombe à genoux.

— *ARA BACA... Ay Parada Al Matkana. Ay Lahassa !*

Il s'effondre, les mains à plat sur le sol. Cardanapak se racle la gorge et semble respirer pour la première fois depuis le début du combat.

— Ksâgneur Ârkân, îl vous recônnaît cômme kson rouâ et râclâme l'hônneur d'âtre tûé de vôtre main.

— Cardanapak, traduisez plutôt mes mots.

— Bîen, Ksâgneur.

Je m'approche de l'homme pourpre et l'aide à se relever.

— Écoute, je n'ai aucun droit de mort sur toi.

— *« Akata, Ama Akasa Para Manaka Atatcha...*

— Le doute est permis à tout homme, et je ne peux pas te condamner d'avoir mis ma légitimité à l'épreuve.

— *« Al Dakatcha Avala Arkataha Assa A Al Paka Ta Vala Amaka Arapatcha.*

L'homme accompagne chaque mot de Cardanapak d'un coup de tête, en me regardant, l'œil embué d'émotions contradictoires.

— Maintenant que nous connaissons nos valeurs respectives, la confiance peut s'installer.

— *« Mara Arba Ahama Parka Cata Ama Mahaba, Arda manara Ark Azrha.*

— Je te fais capitaine de ma nouvelle garde palatiale.

Cardanapak réagit vivement.

— Ksâgneur ! Lâ kchôse est înepte ôtant que dangereuse !

— Traduisez ! Que cet homme me rejoigne ici à chaque lever du soleil, que sa lame apprenne de la mienne jusqu'à l'essoufflement, qu'il choisisse les plus capables des hommes et qu'il forme des bataillons propres à défendre cette ville une fois pour toutes !

Cardanapak achève de mauvais gré sa traduction, laissant un homme bredouillant.

— *Ara Baca... Ay Nahama... Catharak.*

— Îl dît ks'âppeler Catharak, Ksâgneur.

Je me concentre et entre en lutte contre la Pierre. Elle me brûle le torse tandis que je dévore dans un grondement les murs en ruine d'une vieille bâtisse. J'élève dans les airs les tronçons des lames de Catharak et les fusionne pour redonner vie à ces nobles tranchants. Le palais tremble de plus belle sous mes Šhåmanies, alors que je pénètre l'âme du fer pour le gonfler d'une force nouvelle. De fins damasquins d'électrum jaillissent enfin pour poursuivre sur le dos des lames les tatouages de mon nouveau Gardien.

— Catharak, ces fers sont maintenant au service du roi. Ils porteront ton nom en l'honneur de ce jour et de ta force.

L'homme fait glisser un doigt sur le dos de ses sabres, puis les replace dans ses fourreaux, avant de s'incliner devant moi.

— Cardanapak, vous rédigerez des ordres de mission pour notre nouveau Gardien. Il doit disposer dans l'instant de tous les bâtiments défensifs de ce palais.

— Ksâgneur...

— Il devra aussi pouvoir réquisitionner de quoi assurer le confort de ses troupes.

— Ksâgneur !

— Oui, Cardanapak ?

— Vous ne pourrez pâs laisser ainsî lâ vîe ksôve â tous les hômmes quî ks'ôppôseront â vous !

— Je ferai ce qui doit être fait.

— Et pour les Prâtres Nouârs ? Et pour les Hâppeurs ?

— Eux, je les pourchasserai jusqu'au dernier pour qu'ils rendent l'Énergie des morts à la terre de Saham !

Disant cela, je sens ronfler la Pierre des Rois. Sa manière à elle de dire qu'elle me disputera jusqu'à la dernière particule le Šhå de ce pays. Mais des trompes retentissent dans le lointain, me sortant de cette nouvelle rêverie. D'un réflexe, je lance des senseurs en tous sens, faisant trembler le palais sous les simples impulsions de cette Šhåmanie. Cardanapak me regarde d'un œil accusateur.

— Ksâgneur, le petît peuple vous ksûrnômme déjâ le Rouâ-Tônnerre !

— En attendant, il semblerait qu'une armée portant des étendards rouge sang à poissons cracheurs de feu marche contre nous.

— Le nouvô mâtre dû Hôt-Cashak vîent vous dâfîer, Ksâgneur. Et îl en kserâ ainsî tant que vous n'ôrez pâs impôsé vôtre règne dans kchâque râgîon.

— Excellente idée !

— Pârdon ? Mais de quouâ pârlez-vous ?

— De faire le tour des régions. Voilà de quoi m'éloigner de ce trône que vous voulez me voir polir. Faites dire à Catharak que je lui confie la garde du palais, et suivez-moi. Nous allons saluer de plus près quelques-uns de ces fous ! Mais avant, encore une petite chose...

— Qu'est-ce que kcelâ ?

— Une bille contenant la mémoire de mon corps. Tenez-la sur vous en permanence. Elle établira comme un lien entre vous et moi.

— Un lîen, Ksâgneur ?

— Oui, pensez à moi, fortement, parlez à cette bille comme si vous me parliez, et je vous entendrai.

— Mais kc'est un vrai conte que vous me kchantez lâ, Ksâgneur !

— Si seulement...

Deux oiseaux criards passent au-dessus de nos têtes, fendant les airs de leurs ailes de pierre. Avec eux semble s'élever l'âme d'un créateur de mondes.

Nous traversons la vieille ville. La chaleur est si forte que nous ne sentons pas les morsures du soleil. Nous croisons quelques vieillards, cachés dans la fraîcheur de l'ombre, discutant à mots bas du temps, de l'air, de rien. Mais je ne vois toujours pas de femme dans ces ruelles. Ni ailleurs. Libérer un peuple. Libérer les mœurs. Mais comment pourrais-je prétendre le faire, moi qui n'ai rien vécu ? Moi que l'amour d'une demoiselle suffit à effrayer ?

— Cardanapak ?

— Ksâgneur Ârkan ?

— Comment rendre leur liberté aux femmes de ce pays ?

— Âh ! vous vouâlâ pressé en tout ! Pâcîfîer, lîbérer. Mais les kchôses dû pouvouâr prennent dû temps, jeune Ksâgneur. Je vous crouâyais ksâge, en vôtre contrée ?

— Je ne porte pas les siècles comme les portait mon regretté Maître, Cardanapak.

— Âh ? Eh bîen, en âttendant, vouâcî nôs ânes, Ksâgneur.

— Des ânes ? Est-ce ainsi que voyagent les rois de Saham ? J'ai du mal à imaginer des montagnes de pourpre sur pareilles montures !

— Les rouâs pourpres ne ksôrtaient jâmais dû pâlais, Ksâgneur.

— Mais certains de vos guerriers montent des chevaux, en vos terres, non ?

— Kces guerrîers ksont râres, Ksâgneur, en dehôrs des kchampîons des Mârches des Câpillaires. J'ai peur qu'en âttendant vous ne devîez vous contenter de kces ânes.

Je caresse une bille, mais me résigne devant les protestations sourdes de la Terre. Je saute en amazone sur ce baudet, et suis mon compagnon jusqu'aux portes de la ville. Les terres rouges retiennent ici des bassins de culture, parant les champs d'un feu végétal. Vert. Tendre. Étrangement printanier. Et c'est au milieu de mille pousses frissonnantes, ondulant sous les vents, que mon âne décide subitement de s'arrêter.

— Mais ? Que fais-tu, bourricot ? Allez ! Avance !

Et pourquoi ce sol se met-il à trembler ? Je ne fais pourtant pas usage de mes Šhåmanies ! Mais, avant que je comprenne la situation, je me retrouve sur mon séant, lâché par un âne terrorisé par un fracassant barrissement. Je me retourne, les oreilles encore sifflantes, sur un mastodonte qui occulte jusqu'à la lumière des cieux. Terre... Tant de chair ! La bête qui se dresse face à moi est haute d'au moins six pas ! Elle balance sa trompe avec nonchalance, venant me tâter la face de son extrémité tactile, tout en me soufflant dans les narines un air chaud et puant. Le Marsam de mes visions. Il me domine, colossal. Brillant au soleil de son cuir blanc. L'animal me palpe et me sonde, avant de déchirer l'air d'une nouvelle marque d'affection et de m'arracher du sol. Il m'envoie dans les cieux avant de me jucher sur ses cimes et de me gratifier d'une douche d'eau boueuse, sous les éclats de rire de Cardanapak. Jamais je ne l'avais encore entendu exprimer pareil bonheur.

— Ksâgneur ! Le Marsam ! Îl vous recônnaît ! Ainsî le prédîsait Ôbédâï !

Mais l'animal ignore la joie de mon compagnon, il ébranle déjà le sol en direction d'une colonne de fumée. Terre... cette voie royale ne semble exister que pour supporter le poids de ses pas ! Je suis sur le dos d'une montagne en marche ! Les paysans ressortent prudemment des bas-côtés, avec ce murmure emporté par le vent : *« Algahama algahama algahama... »*

— Vous âvez fîère âllûre, jeune Rouâ.

— Dois-je ce ton railleur à mon port altier, ou à ce masque d'argile ?

— Ôbédâï âvait ômîs kcertains détâîîls, Ksâgneur !

Je dissipe les particules limoneuses qui imprègnent mes vêtements, redonnant à la soie la blancheur et la légèreté d'un voile de brume.

— Voilà sans doute de quoi mieux coller à la légende ?

— Vous êtes mâgnîfîque, Ksâgneur !

Nous empruntons une série de ponts de terre, et approchons du rythme sourd de percussions.

— Kce ksont des tambours de guerre. Ils bâttent le râssemblement des troupes.

— Comment font-ils pour se rassembler, dans ces rizières ?

— L'Hômme ne manque jâmais d'îmâgînâtîon pour kce quî est de faire lâ guerre. Vous n'âllez pâs târder â le dâcouvrîr pâr vous-même.

Une dernière ligne de troncs s'efface et me laisse voir les rangs serrés d'une armée. Des milliers d'hommes sont alignés sur des radeaux de troncs de joncs arrimés à des pieux fichés en terre. Le vent colporte les muscs âpres et rances de soldats fatigués par des jours de marche. Le Marsam, lui, balance sa lourde tête, furieux, et lève sa trompe pour briser la frêle harmonie d'un chant naissant dans un furieux barrit.

Silence.

La vie retient son souffle.

Même le plus insignifiant des insectes cesse net ses stridulations.

L'animal charge. Je m'agrippe aux crevasses de son cuir pour ne pas tomber tandis qu'il envoie à chaque pas sa lourde masse battre la terre. Un ordre est hurlé, dans le lointain, envoyant vers nous des émissaires montés à dos de mulets. Mais le Marsam les ignore et les heurte en pleine course, soufflant ces humains comme fétus de paille, tout en éventrant dans le même élan les énormes tambours des armées du Haut Cashak. Un dernier barrit impose un silence de mort.

Les hommes tremblent et s'écartent de ma route, sans même s'en apercevoir, me laissant face au maître du Haut Cashak. Je le sonde. Castatak est son nom. Il fait peser le plomb sur ses traits pour ne pas en perdre la maîtrise, et martèle à mon encontre chacun de ses mots.

— *Abaca Ara A...*

Cardanapak me rejoint sous le trot sautillant de son âne. Je perçois en lui son interprétation : *« Tu te dis rouâ blanc et tu montes un ânîmâl de lâgende. Mâs tû n'es rîen, Étranger. Tû âs fûî le trône. Vôlé lâ Pîerre des Rouâs. Laissé kce pâys â feu et â ksang. Tû n'es même pâs un hômme. »*

— C'est tout ?

Cardanapak traduit.

— *Kaa Ata ?*

L'homme s'étrangle de colère.

— *Ana Tarada Ark A Arda ! Aha Akata...*

— *« Tû écrâses fôrts et vâîîllants ! Et tu âbandônnes le pâys ôx mains des Prâtres Nouârs ! Bârbâre ksans nom ! Tû n'âs rîen d'un rouâ ! Je vais écrâser de kcette main tes tâtouâges et tes prétentîons ! »*

Quelques gradés reprennent vie à ces mots et poussent des cris brefs pour resserrer les rangs. Je réponds.

— Deux choix se présentent à vous, maître du Haut-Cashak.

— *« Cabra Da Al Ararza Ka Aparlaa, Mahata Ad Al Cashak.*

— Perdre la face, ici, sur ce chemin, et nourrir ma gloire. Ou reconnaître l'évidence de ma supériorité et retourner en seigneur dans votre fief. Choisissez.

Cardanapak traduit mes paroles, imperturbable. Le guerrier fulmine, serre les poings et s'encourage. Le sang gonfle ses veines et bat au rythme affolé de son cœur. Puis il s'effondre, perdant subitement toute contenance. Il efface un de ses pieds bottés de cuir, pose un genou à terre, et s'incline.

— *Ak Ara Am...*

— *« Que mon rouâ me pârdônne. Je pensais venîr délôger un ûsûrpâteur de plûs. Mais, â l'évîdence, je me trompais. Pârdônnez mon erreur et âcceptez toute lâ pûissance de mon âllégeance. Kce poing est le vôtre, Ksâgneur. Le Hôt-Cashak vous ksâlûe. »*

Je laisse le silence répondre à l'homme, avant de le briser du son de ma voix.

— Bienvenu à toi, maître du Haut-Cashak. Carmak accepte ton poing. Qu'il offre au peuple protection et prospérité !

Cardanapak traduit. L'armée entière se met à genoux et reste ainsi prostrée dans une immobilité parfaite. Le Marsam reprend alors sa marche impériale et, dans un cri d'oliphant, nous pousse déjà vers le premier de mes fiefs.

Le Marsam avance. Imperturbable. Il arpente les routes de jour comme de nuit de sa marche millénaire. La nouvelle de mon retour au pouvoir me précède, rendant vie aux champs et aux villages. La plupart des maîtres de région viennent au-devant de moi, apportant dans de lourdes malles des vestiges d'une civilisation disparue. Anneaux de pieds. Protège-fronts. Plastrons de trompe. Bracelets de défense. Boulets. Le Marsam se cuirasse d'or et de bronze. Plates, mailles, tubes et cottes de chaînes tintent et brillent bientôt de feux plus mordants que ceux du soleil. Depuis ce matin, un trône de bambou m'offre même une assise assez confortable au sommet de la bête. Je m'évade régulièrement, depuis cet observatoire, survolant rizières et palmeraies, quand mes divagations me mènent devant deux tours faites en os d'hommes. D'épaisses fumées s'échappent des lieux, empuantissant l'air de senteurs inhumaines.

— Cardanapak ?

— Ouî, Ksâgneur ?

— Je crois qu'il est temps de rendre visite au premier de ces temples des morts. Ne bougez d'ici sous aucun prétexte.

Je saute au bas du Marsam et m'enfonce dans un bois d'arbres-troncs. Les écorces, enduites de poix, attirent à elles des colonies d'insectes nécrophages. J'approche prudemment de l'allée centrale, surveillant les palpes ennemis de deux Prêtres de l'ordre Noir. La gueule du pourrissoir est devant moi. Je souffle un coup pour évacuer mes peurs, et m'avance sur l'allée de dalles vernissées, Ramsara levée devant moi. Les humeurs noires refluent en sifflant comme des serpents. Le nid commence à s'affoler.

— MANGER…

Les ombres rejoignent les ombres. Terre ! Mais quelle puanteur ! J'en ai les narines qui refoulent !

L'air vicié par les émanations de chair en putréfaction me pique les yeux. Voilà donc ce qu'est un pourrissoir ? Je pose le pied sur le seuil de la porte, matérialisant Aciane, et, d'un même élan, tranche deux têtes. Mettant fin à la témérité éhontée de deux Prêtres Noirs. La gemme se gorge du Šhå de ces monstres, perpétuant une spoliation orchestrée voilà plusieurs millénaires.

Des gueules fétides crachent comme des chats à mon approche. Je force l'obscurité du hall et m'enfonce dans le temple, marchant sur un dallage de crânes humains. Mon œil s'adapte à la pénombre ambiante. Des flammes lèchent la graisse des ventres noircis de petits êtres bedonnants. J'arrache la vie à tout Prêtre qui ne recule pas assez lestement.

— TUER… MORT… DÉTRUIRE…

Je débouche dans une salle où des dépouilles humaines fondent dans d'immenses bassins de putréfaction. Des esclaves remplissent des jarres de terre avec l'ignoble mélasse qui s'écoule de bouches de bronze. Voilà le secret de cette poix qui empeste les arbres-troncs.

— POURQUOI ? !

Les esclaves suspendent leurs activités et regardent en ma direction. Leurs yeux sont blanchis, brûlés par des solaisons d'exposition aux effluves mortuaires. Les plus jeunes, encore valides, tremblent devant moi. Car ils savent que, par ma présence, je les libère à jamais des chaînes de ces lieux.

Je pousse ma colère dans les moindres recoins du temple, jusqu'à sentir le sol se dérober. Je me mets à tournoyer, lentement, comme si je me trouvais sur la tête d'une grande vis, et m'enfonce dans la pénombre d'une salle grossièrement excavée. Je ressens ici la présence d'un vide absolu. D'un trou noir. Un Happeur. Un crépitement anime soudainement la pièce. Des torches s'embrasent et des flammes s'élèvent jusqu'aux lointains plafonds. Je rejette alors violemment le contact mental que cet épouvantail tente de m'imposer, et laisse hurler le démon.

Sa voix résonne. Stridulante. Immatérielle.

Monstrueuse.

Je les tuerai.

Tous.

Je lève la Pierre des Rois à hauteur de ses yeux.

— **Manger...**

Il n'esquive rien.

— **Tuer, oui... Tuer...**

Il se racornit, en sifflant, ne formant bientôt plus sur le sol qu'un vieux tas de cuir fumant.

Ramsara poursuit son œuvre. Elle ingère jusqu'à la dernière particule de Šhå et me brûle les sens de son feu intérieur. Je peux avoir pour moi la satisfaction de voir s'élever dans les airs des processions d'âmes happées. Toutes s'inclinent devant moi avant de poursuivre leur route.

Je regagne le grand air, l'estomac retourné. Je dissous les piles de fondations de cet antre de la mort, laissant la Terre trembler et engouffrer ces lieux de malheur dans les profondeurs d'une large cuvette.

— Vous ne ksemblez pâs ô mîeux de vôtre fôrme, Ksâgneur.

— Je reviens d'entre les morts, l'ami.

— Persônne, Ksâgneur, n'âvait réûssî l'explouât de dâtrûîre un temple de Douleur.

— Je crois que je vais me reposer un instant, homme du Sud.

— Je veîllerai ksûr vous, *Al Gahama*.

Je me cale dans le fond de mon siège en osier, au sommet du Marsam, et gagne doucement le village de Tara Yama. Les moellons de pierre chauffent sous le soleil de midi. Pasang se démêle les cheveux, sur la terrasse, le regard perdu dans le lointain. Je me pose face à elle, concentrant mes forces sur la bille-mémoire qui pend à son cou, et me concentre sur la bille de ma belle.

— Erkan ? Vous êtes là ! Et nu !

Je génère rapidement une Kamana de soie blanche pour couvrir mon corps.

— Seigneur, j'ignore comment vous faites ça, mais c'est tout à fait charmant ! Surtout ces petites touches d'or !

— Ces paillettes sont celles de votre bille, Pasang.

— Très délicat !

— Je ne devrais pas me donner ainsi en spectacle. Ce n'est pas convenable.

— Non, vous avez raison, ce n'est pas convenable !

Elle m'attire contre elle et m'embrasse tendrement.

— Venez voir les dernières offrandes faites par les villageois !

— Pasang, je ne reste pas longtemps.

— À peine arrivé que vous voilà déjà pressé de me quitter ?

Je lui souris et entre à sa suite dans la petite maison de pierre. Elle a entièrement pris possession de l'espace, faisant disparaître l'austérité d'autrefois sous une foule d'objets. Des tissus assemblent la chaleur de leurs tons sur les murs en motifs géométriques. Des photophores descendent des plafonds, pendant que d'autres objets de pierre reposent sur le rebord de la fenêtre, jouant délicatement avec la lumière du jour. Et, là, une table basse en bois.

— Pasang, d'où vient cette table ?

— Elle est belle, n'est-ce pas ? Vous n'imaginez pas la quantité d'objets que les habitants de Tara Yama viennent m'offrir ! Regardez la finesse de l'art de ces montagnes ! Je crois que nous avons les plus beaux trésors de la région réunis ici ! Et cette table, paraît-il, a une très longue histoire...

— Comme tout ici, Pasang.

— Un roi l'aurait offerte au village, il y a très longtemps.

— Vous êtes radieuse.

— Oh ! merci ! Mais vous paraissez préoccupé ?

— Me voilà roi. Sans rien connaître de ce pays. J'ai juste peur de ne pas être à la hauteur. Où est Kerfang ?

— Parti en vadrouille, tôt ce matin, avec Calkak, son ami. Il m'a promis une surprise. Il s'est vite adapté, vous savez ! Il parle déjà trois mots de sahaméen !

— Bien. Pasang, je dois vous laisser. J'ai à parler à Caparak.

— Revenez me voir souvent, mon roi !

— Belle amourée, je suis en train de vendre ce qui me reste de liberté.

Je l'embrasse, écarte la mèche qui lui masque l'œil, et sors. Je dois garder la tête froide, ne pas succomber aux élans fougueux de la passion. Rester froid. Contrôler mes émotions. Un Sage-Guerrier ne doit pas connaître l'amour. Et braver cet interdit à chacun de mes pas menace de venir assombrir cet idylle.

J'emprunte l'escalier de pierre et descends la ruelle du village sous les saluts souriants des villageois, jusqu'à la maison du chef. La porte est ouverte. Je passe la tête.

— Caparak ?

Pas de réponse. J'entre.

— CAPARAK, VOUS ÊTES LÀ ?

— *Aa !*

— Ne bougez pas, je monte !

— *Aa ?*

— JE MONTE !

Je grimpe une volée de marches plus raides qu'une échelle et me retrouve au premier étage. Des livres, partout des livres, empilés sous la poussière, certains ouverts en deux depuis des solaisons, d'autres plus fraîchement consultés.

— Caparak ?

— *Aa !* Je ksûîs en hôt !

Je lève les yeux vers le plafond et vois apparaître la tête du vieux bonhomme dans le cadre d'une trappe.

— Montez, Ksâgneur, venez lâ où peu d'hômmes ksont venûs.

Je grimpe à l'aide de simples pierres fichées dans le mur et émerge dans un grenier sans fenêtre. Caparak se réinstalle sur une natte, à même le sol. Devant lui sont posés une lanterne agitée d'une faible lumière et deux cristaux de roche. Il me semblait bien qu'il ne me les avait pas remis. Il me fait signe de prendre place devant lui.

— Vôs voulîez me pârler, Ksâgneur ? Je ne demanderai pâs pourquouâ nôs guâtteurs n'ont pâs ânnoncé vôtre ârrîvée.

— J'ai une manière de voyager qui m'est propre, vieux chef.

— De kcelle quî fait grôgner la Terre ? Pourtant, kcelle-kcî ksemble ôssî tenûe ô ksîlence ?

Je me contente de sourire. Pour plus de discrétion, j'ai, lors de ma dernière visite, insufflé dans la bille de Pasang tout le Šhâ nécessaire à ma constitution. Je reprends.

— Je suis venu pour vous annoncer une nouvelle en personne.

— Vôs âtes rouâ ?

— Oui. Carmak vit de nouveau au rythme des rois blancs. Apalajapar s'est ouvert à moi, et je monte même un Marsam de légende.

— Et vous doutez de vous, jeune Ksâgneur ? Tous lâs Hômmes ne ksont dâcîdâment pâs âgôx ksûr lâs kchemins de lâ Destînée. Vous n'âvez pâs ksouffert ?

— Non, vieux chef. Sauf de faire souffrir. Par colère. Par négligence. Mais j'ai autre chose de plus personnel à vous demander, Caparak...

— Je vôs âcoute, Ksâgneur.

— Cardanapak est le seul à parler ma langue, en dehors de vous. Sa mort mettrait à elle seule fin au règne du roi blanc, vieux chef.

— Vôs voulez âpprendre nôtre langue ?

— Vous voyez juste.

— Pâr vânîté, j'ai conservé le ksecret de mes crîstôx. Pour que mon fîls ne pârde pâs kson rôle ôprès de vous.

— Cela ne se peut. Cardanapak est sans doute plus précieux à ce pays que je le serai jamais.

— Mâs kc'âst â Saham d'âpprendre vôtre langue, *Al Gahama*. Un peuple douât pârler lâ langue de kson rouâ et de kses ancêtres.

— Le temps y pourvoira, Caparak, fils de Catapak.

— Dû temps. Kc'âst kce quî me manquerâ pour vôs âpprendre â pârler lâ langue pourpre, Ksâgneur.

— Ne vous inquiétez pas pour ça, vieux chef, cet aspect des choses perd quelque peu de son sens, entre mes mains. En temps voulu, je plongerai simplement dans votre passé et choisirai les instants où vous apprenez ma langue à votre fils.

— Vous... Vous pouvez fâre kçâ ?

— Oui, vieux chef.

— Et vous doutez encôre de vous ?

— Je ne doute pas de moi, vieux chef. Je doute de tous ces destins qui semblent tracés pour moi.

— Hî hî...

— Qu'y a-t-il ?

— Je vous âme bîen, *Al Gahama*.

— Moi aussi, vieux chef.

— Je tenais â vous le dîre âvant de... enfin, âvant de pâsser dans l'Ôtre-Monde.

— Ne mourez pas trop vite, vieux chef, vous pourriez me manquer.

— Bâh... Vous pourrez me retrouver dans le pâssé !

Je prends le bras du vieux chef et me laisse guider en ses tréfonds.

Chapitre 40
Caparak, père de Cardanapak

— Le voilà !

— A-t-il la plume ?

— Oui !

— Amaya ! Votre fils a réussi ! C'est un adulte maintenant !

— Oh ! mon époux, que je suis heureuse !

Je regarde notre fils glisser le long d'un étroit pierrier. Il s'arrête un instant, pour reprendre son souffle, et tend fièrement une plume noire tachetée de blanc à notre attention. Je peux deviner d'ici sa fatigue. Douze jours d'errance dans les à-pics à chercher un nid de Camaraca. Le trouver. Et ramener la preuve de sa réussite. Voilà qui efface son échec du printemps dernier. Il était alors trop jeune pour réussir, mais déjà si fougueux qu'il ne voulait rien entendre ! Il a pu apprendre qu'un nid de Camaracas ne se livre pas au premier venu !

Il reprend sa descente. Ses jambes le portent, péniblement, jusqu'aux premières dalles du village. Tout le monde est là pour l'accueillir et soutenir ses derniers efforts. Camalak, fils de Calapalak, le chef, l'attend sur la dalle du Passage, ocrée pour l'occasion. Mon fils, ce petit bonhomme de dix printemps, se tient fier et droit face à l'illustre vieillard. L'instant approche. Le village fait silence pour entendre les mots du chef.

— Montre-moi la plume.

L'enfant lui présente la plus belle plume qu'il ait pu trouver. Le chef la saisit délicatement, puis la lève vers le ciel en plissant les yeux.

— C'est une magnifique plume de queue. Félicitations. As-tu vu le Camaraca ?

— Oui ! Il y avait des petits dans le nid, j'ai même pris des morceaux de coquille.

Le chef observe avec attention les fragments que mon fils sort d'une poche de coton. L'enfant reprend.

— Le Camaraca est arrivé à toute vitesse ! Et il a fait claquer ses plumes quand il a ouvert ses ailes pour s'arrêter !

— Tu as eu peur ?

— Oui, chef Camalak. Le Camaraca s'est avancé vers moi, le bec ouvert. Il poussait des cris pour me chasser et me faire tomber. Alors j'ai attrapé cette plume et je me suis échappé !

— Petit, cette plume prouve ta valeur aux yeux de tous. As-tu choisi ton nom parmi ceux de tes ancêtres ?

— Cardanapak.

— Caparak, Amaya, que pensez-vous de ce choix ?

— Cardanapak était un guerrier d'une grande sagesse. Il a porté au plus haut les valeurs de Tara Yama. C'est un excellent choix.

— Bien. Cardanapak, fils de Caparak, Amaya, ta mère, a parlé. Je te fais membre du clan de Tara Yama. Ton rôle d'homme au sein de notre communauté sera de recevoir l'enseignement de nos ancêtres, de le porter, et de le transmettre à ta descendance.

» Reçois la pourpre et rejoins le banquet que le village dresse en ton honneur !

L'ocre de la dalle se fait vermeil. Mon fils, Cardanapak, est un homme. Il s'approche de nous, sous des pluies de pourpre, en se frottant l'œil d'un revers de main.

— La poudre te taquine ?

— Oui papa !

— Ah, mon fils, à partir d'aujourd'hui tu dois m'appeler « père ». Tu es un homme, désormais.

— « Père » ? Ça fait drôle ça, « père ».

— Ah ! Et de t'appeler Cardanapak, comment crois-tu que ça nous fait ?

Amaya lui essuie l'œil.

— Cardanapak ?

— Oui mam... oui, mère ?

— Tu as fait un très bon choix. L'esprit de mon grand-père t'aidera chaque jour dans ta tâche, afin que l'homme qui est en toi puisse s'épanouir et faire le bien. Je suis fière de toi !

— Merci... mère !

— Allons manger !

— Là ! Père ! La première étoile !

— Oui, tu as raison, les premières Taksa Taksa vont se réveiller. Suis-moi.

Je rentre dans la maison. Amaya, ma femme, me présente une lampe à Taksa et me sourit d'un œil complice. Je m'engouffre dans les escaliers, suivi de près par un fils impatient de découvrir les secrets du grenier. Il me rappelle moi à son âge.

— Installe-toi.

Il s'assied sur la paillasse de joncs tressés, face à moi. Je pose la lampe et ouvre cérémonieusement les plis du paquet qui se tient là.

— Cardanapak, mon fils, tu te souviendras toute ta vie de cet instant. Observe bien ces cristaux de roche. Ils sont la mémoire de notre famille, le legs d'un sage des temps anciens. C'est le secret de notre village, mon fils. Chaque patriarche ou matriarche de Tara Yama détient une paire de ces cristaux et se fait le garant d'un héritage confié jadis par Obédaï.

— Pourquoi ?

— Selon l'Ararak, la prophétie d'Obédaï, le savoir de tous les anciens sera un jour réuni devant Celui-Qui-Revient, lors de la veillée sacrée. Cet homme nous sera envoyé pour libérer Saham de ses bourreaux et assurer le retour des rois blancs.

» En attendant ce jour, seul le chef de chaque famille peut toucher à ces pierres. Le ciel ayant rappelé à lui ta grand-mère et ton grand-père, je me retrouve bien jeune à devoir tenir ce rôle. Comprends-tu, Cardanapak ?

— Oui, père.

— Bien. J'ignore quels secrets détiennent les autres familles, mais le nôtre est pesant. Il consiste en l'apprentissage d'une langue parlée sur les terres de Saham il y a quatre millénaires. La langue parlée par Celui-Qui-Revient.

Je m'arrête un instant et regarde mon fils dans les yeux.

— Notre famille a été choisie pour se faire l'interprète de Celui-Qui-Revient. Pour transmettre sa sagesse au peuple de Saham. Aujourd'hui, dans tout le royaume, je suis le seul à parler cette langue. Et à partir de ce jour tu vas passer chaque matinée à l'apprentissage de la langue des rois blancs.

» Au travail, fils !

Chapitre 41
Erkan, l'âme damnée

Le contact des cristaux m'éjecte du corps de Caparak. Je dérive dans le grenier, sonné par la décharge de Šhå. Englué dans ce passé révolu, je lutte pour ne pas voir mon éther se disperser en bruines de givre, resserrant peu à peu mes corps subtils tout en figeant la course du temps.

Le père se tient immobile face à son fils, les mains posées sur ses deux pierres. Je peine à retrouver le vieux Caparak dans l'homme qui se tient ici. Pourtant, je le touche de mes doigts de vent, plonge en lui, et ressens par lui les plus infimes variations de mémoire de ses cristaux. D'un trait, et par jeu de miroir, je capte et ingère la signature d'une langue entière, avec ses contorsions grammaticales.

Ses nuances.

Ses intonations.

Je parle la langue de Saham.

Je regagne les sphères du présent, répondant au vieil homme quitté en réalité un instant plus tôt.

— Al Pahata Ama...

» Je dois vous laisser. Promettez-moi que cet au revoir n'est pas un adieu, Caparak, fils de Catapak.

— Ava Kahl Mana...

» Vous voici à parler notre langue...

— Aha, Adja Ama...

» Oui, j'ai touché vos pierres, Caparak. J'ai entendu vos en-

seignements. À ce propos, merci à vous pour vos leçons à la reine. Continuez, vieux Chef, qu'elle apprenne tout de ce pays et devienne un des joyaux de ces terres... Je m'en vais maintenant rejoindre votre fils.

— Awahata...

» Bonne route, Al Gahama.

Je laisse le vieillard fatigué dans la douce lumière de son grenier, et dissipe dans quelque recoin sombre des pièces inférieures la matière de mon jumeau temporaire.

Je rejoins mes chairs primordiales, répondant à l'appel de Cardanapak. Je vois depuis mon vol éthéré une armée massée sur des radeaux militaires, au pied d'une citadelle de terre. Des rampes en troncs de joncs se fracassent contre les têtes de créneaux, jetant des marées d'assaillants dans la mêlée. Les combats font rage, fumants de pourpre, dans le strict respect des codes d'honneur. Ici les flèches ne s'abattent pas en pluies livrées au hasard des vents, comme dans nos contrées du nord, mais elles pénètrent au contraire à coup sûr les défauts d'une garde.

Mais je recule devant des langues d'ombre. Elles glissent sur le champ de bataille, léchant les morts dans une moisson contre-nature. Voilà des Prêtres Noirs bien téméraires, pour venir se risquer aussi près de Ramsara !

Je rejoins mon corps, d'un trait, et ouvre les yeux depuis ma cime de chair.

— Cardanapak, nous avons une place à pacifier.

— Îl ksemblerait, Ksâgneur. Vouâlâ bîen pourquouâ je vous ai râppelé.

— Tenez vous bien en arrière, l'ami. Je ne voudrais pas qu'ils vous abîment !

Le Marsam agite soudainement ses larges oreilles, réagissant avec colère au son des trompes de guerre. Il amorce sa charge, brisant sa lenteur, enfonçant à lui seul les rangs ennemis. Des flèches rebondissent de toutes parts contre ses plates d'or, achevant de l'irriter pour l'éternité. Il se redresse sur ses deux pattes arrière, menaçant de me mettre à bas de mon trône, et lance un terrible barrit. Il retombe sur la piétaille, fauche de l'assaillant à grands coups de défenses, pour s'arrêter devant le plus flamboyant des étendards.

L'homme qui se tient dessous rappelle un fouet qu'il enroule précautionneusement et plante son regard dans le mien, le muscle frémissant. Je commande au Marsam de me descendre au milieu d'un parterre de soldats. Je laisse le vent s'engouffrer dans mes soieries et filer en tourbillons de cendres, avant de prendre la parole, Cardanapak en arrière.

— Toi, brute impie, que fais-tu là, face à cette citadelle ?

Cardanapak traduit. L'homme essuie un trait de sang qui lui barre le visage, et me crache.

— *A Ata, Al Charmak...*

— *« Et touâ, Âtranger, que fais-tû ksûr mon kchamp de bâtâîlle ?*

— Dois-je vraiment t'expliquer qui je suis ?

L'homme, à mes mots, se met en garde et me défie de son doigt.

— *Aka Ata Maa Aparada, Ar Ar A !*

— *« Fais parler ta force, mi-homme !*

Il enchaîne aussitôt une série de passes sifflantes, me défiant tout autant de son fer et de son fouet. Maître, vieux Sage trépassé, existe-t-il sur cette Terre un sabreur de ta classe, pour qu'enfin ce poignet se délasse ? Tant de gestes inutiles. De gardes imprécises. De fautes de pieds. Jeune et déjà trop âgé de ses tics et de ses tocs. Un duel ? Ha ! pas même une leçon ! Ce limaçon n'entend rien à l'art du sabre et de l'épée ! Et ce fouet n'a de cesse que de divertir les foules ! Assez !

— SOOOOOMBRETEEEEERRE !

D'un cri, le temps se fige, immobilisant la lame ennemie. Je fends une garde trop haute, de deux pas, resserre ma prise sur une gorge, et redonne dans un grondement de tonnerre libre cours à la marche du temps. L'homme, soudain étranglé, chasse l'air de son fer, comme agité par trop de nerfs. Ma main pèse sur lui du poids d'une tare de plomb, le faisant tomber à genoux dans la poussière. J'attrape son poing et l'écrase jusqu'à ne laisser pendre qu'un broyat d'os et de chairs.

— Moi, roi de Saham, je te destitue.

Je fais courir un doigt sur les tatouages de l'homme et les blanchis subitement, ne laissant là plus qu'un réseau de serpents blafards.

— Du vent, de l'air, tu n'es plus rien. Disparais.

Je chasse l'homme du regard et me tourne vers l'assemblée.

Je sonde les cœurs, un à un, dans de nouveaux grondements de terre, sentant battre en eux Saham la Pourpre. Il me faut pourtant, une fois de plus, planter dans cette mauvaise glèbe les graines d'une sagesse nouvelle. Je désigne un homme.

— *Toi !*

— *« Ata !*

— *Ton nom !*

— *« Assa Nam !*

L'homme s'assure d'être bien celui désigné par mon doigt, et répond.

— Cafzak.

— *Te voici le nouveau Maître du... ?*

— *« Ata Ark A Navata Mastara da... Cagarh !*

Cardanapak complète ma phrase de son habituel trait d'ironie.

— Le Cagarh ? C'est bien la région d'à côté, ça, non ?

— Oui, Ksâgneur.

— Eh bien que ces hommes retournent chez eux !

Je remonte sur le dos du Marsam et m'exclame haut et fort à l'attention de l'assemblée.

— Je suis le roi blanc de Saham ! Tout sujet qui déclenchera une guerre sur mes terres verra ses tatouages blanchis de ma main !

Le Marsam ponctue ma phrase d'un puissant barrit et ébranle le sol en direction des portes de la citadelle. Des cors résonnent à notre approche et la ville se livre à nous, s'ouvrant sur une foule d'hommes tenue par la soldatesque. Un guerrier étonnement mature s'avance vers moi.

— *Aj Ava Kasaa...*

— *« Je vous ksâlûe, Rouâ Blanc. Cambak, maître d'Adak, pour vous kservîr. Le jour dâclîne, et je kserais heureux de recevouâr le rouâ dans mon môdeste pâlais.*

Je hoche du chef et entre dans la ville à dos de Marsam.

Le repas se poursuit tard dans la nuit, sous les cabricles

de jongleurs, équilibristes, et autres dompteurs de fauves. Des servants me présentent des coupes de fruits exotiques et de pâtisseries fines, sous le regard du maître des lieux.

— *Ada Campa Taka...*

— *« Kces bîscûîts ksont les mâîîlleurs de Saham, mon Rouâ !*

Sans traverser le pays pour ses plaisirs culinaires, je ne vois aucune raison de résister à la lente attraction de ces coulures de miel. Mais, alors que je me décide à tendre la main vers le premier de ces biscuits, je vois Cardanapak tapoter avec insistance de l'ongle contre ma bille-mémoire. Je lui sonde l'esprit.

— *Ksâgneur, pourrais-je vous demander de ne pâs manger kces gâtôx ?*

— *Et pourquoi ?*

— *Bôcoup trôp de mîel. L'empouâsonneur de kce Cambak n'est pâs un ksûbtîl.*

Mon hôte éclate soudain d'un rire sonore devant les pitreries d'acrobates filiformes. Je décide de tester l'intuition de Cardanapak.

— Cambak, c'est vrai que ces gâteaux n'ont pas leur pareil !

Cardanapak traduit. L'homme suit du regard la course d'un flambeau et répond en toute décontraction.

— *Ava Gama, Ala Caama ?*

— *« Âh ! Vous les âvez goûtés, Ksâgneur ?*

— Oui, mais je vois que les vôtres manquent de miel, prenez donc un des miens !

— *Aka Aj Manaa...*

— *« Mon ventre est plein ! Mais régâlez-vous, Ksâgneur !*

Par la défunte ! L'homme me tient une si belle comédie qu'il me ferait presque douter de la mise en garde de Cardanapak. Il brise ma patience.

— *Amaara ! Aka Cha !*

» Mangez, c'est un ordre !

Le silence tombe sur l'assemblée, figeant les danseurs dans d'improbables contorsions. L'homme renverse soudain ses plateaux sur le sol et hurle à la garde. Aciane vibre au clair, souple et vive, tronçonnant armes et poignes du bataillon qui tente de sortir des murs. Je fais ensuite hurler la Terre, défiant ma Pierre pour soumettre le maître des lieux à ma volonté. Ramsara me brûle le torse pendant que l'homme se plie en deux, à genoux, tendant un bras tremblant vers un dernier délice.

— Ara, Aj Acana...

» Ksâgneur, puissiez-vous pardonner mon imprudence...

— Amaara !

Je pousse brusquement sa main au milieu des biscuits épars et plante mon regard dans le sien. Il transpire, roulant des yeux vers sa garde désarmée, puis capitule. Il croque un biscuit, et reste immobile. Comme s'il avait un scorpion en bouche. De la mousse blanche commence alors à s'écouler de ses commissures, et ses muscles se raidissent subitement, formant d'improbables saillies. D'un dernier sursaut, il agrippe la table basse, et s'effondre.

Mon vieux Maître réprouverait certainement mon attitude en cet instant, mais cet homme ne fait que mourir de sa propre main. En fourbe et lâche. Il me faudra trouver un successeur pour tenir cette citadelle.

— Cardanapak, dites-leur que je me retire pour la nuit. J'ai eu mon lot de distractions pour aujourd'hui.

— Ksâgneur, îl m'â ksemblé comprendre que vous pârlîez nôtre langue ?

— Oui l'ami. J'ai demandé à votre père de me l'apprendre. Mais continuez à traduire pour moi...

— Bien, Ksâgneur...

Un parfum d'encens flotte encore dans l'air de la nuit. Je m'étends sur une immense couche, me perdant un instant dans les entrelacs pourpres d'un plafond sculpté, quand un contact me frappe de plein fouet.

— Erkan, je dois vous parler.

Cette signature ? Cataxak ? Mais que me veut ce sorcier noir ?

— MANGER... TUER...

Je calme les étranges ardeurs de ma Pierre, et plonge rejoindre la toile du Temps. J'émerge au-dessus des mille fleuves de feu et survole bientôt le plus torturé d'entre tous. Ses laves scintillantes recèlent le passé d'un être vieux de plusieurs millénaires. Un être abject, capable de brouiller le jeu des hommes et des dieux.

Le meurtrier de mon père.

Je remonte lentement ses flux de lave, repoussant le moment de plonger en lui jusqu'à dépasser le point d'émergence de son présent. Je traverse le cratère, réduit à la plus simple expression de mon être, figé au pied d'un glacier sans fin. Je suis là, au point de convergence de tous les possibles, dans le futur en devenir. De longues langues de glace s'effondrent devant moi comme autant de rêves brisés, là où d'autres se lancent en ponts majestueux, unissant les hommes dans des projets communs. Plus loin, l'horizon s'étend, tel un avenir évanescent, en un inlandsis immuable de blancheur. Des âmes dansent et patinent sur sa surface, rayant la glace en prémices d'existences fragiles.

Me sera-t-il donné des visions du futur en plongeant dans les sillons de cette mer de givre ? Je descends dans celui de la plus sombre des créatures, sans autre effet que d'être gagné par un silence encore plus grand.

Nulles scènes de demains.

Juste un couloir aux parois bleutées. Il me faut pourtant tenter une approche...

Chapitre 42
Cataxak, le Grand Carda

Une voix dissonante s'invite à la porte de mon esprit supérieur. Je lui ouvre le passage.

— Maître des Ombres ?

— Carak ? Mais que voulez-vous ?

— Grand Maître, me voilà porteur d'un bien triste rapport. Il arrive droit de nos premiers espions.

— Eh bien ? Parlez !

— Votre humeur ne semble pas des plus joyeuses, Maître des Maîtres.

— Est-ce là l'observation de vos espions ?

— Heu... Non. Pardonnez-moi. Le rapport indique une très forte progression du nombre des fraterns, Maître. Bien plus forte que celle de nos hospices.

— Eh bien augmentez plus vite le nombre de nos hospices.

— Je crains que ce ne soit pas possible, Grand Carda. La moitié du Panshir est aujourd'hui dans nos hospices. Nous manquons de paysans dans les champs.

— Mais Carak, dans ce cas, lancez des offensives contre les fraterns !

— Bien, Maître. La première mission partira demain matin.

— Non. Qu'elle parte cette nuit même.

Aïnhor Eran...

Le jeu va être serré. Cette course ne dure que trop.

« Cataxak...

Je sursaute. Cette fois, l'intrus me frappe haut et clair de ses pensées.

— Qui m'appelle ? Est-ce toi, mon âme mineure et minorée ?

« Cataxak, si tu m'entends, parle, être immonde.

Mais point ! Quelle douce aberration m'apparaît là ? Cette momie desséchée qui me sert de corps débloque ? Pouah ! Moi ! Entendre des voix !

« Parle, te dis-je !

Quoique... à l'en bien gouter, cette pensée me laisse en bouche quelque saveur familière. Enfin, façon de penser, car il n'y a plus ni langue ni papille pour me servir, dans ce palais de cuir.

Erkan. Mais comment un esprit si bas de classe peut-il me troubler l'existence sans s'annoncer d'un roulement de tonnerre ? Je me risque à répondre.

— Messire Erkan ?

Le simple fait d'être amené à émettre ces deux mots de pensée me répugne. Ridicule, pathétique et détestable. Cet avorton ne peut être plus puissant que moi, l'unique et seul héritier de la Source Noire ! Je dois le détruire au plus vite. Ou l'enfiler à la suite de mon cortège d'âmes, comme une perle, pour l'entendre hurler ses petits secrets pour l'éternité ! Oui, faisons montre de quelque finesse...

— Messire Erkan ? L'extrême prudence de ce contact me fait honneur, mais, de grâce, venez à moi par des moyens plus conventionnels !

La demi-portion répond avant même que j'achève ma phrase.

« Méprisable monstre, tu n'entendras rien de mes secrets ! À toi de parler !

Mais où est-il ? Pris d'une soudaine crise d'agacement, je fouille, coupe et recoupe l'air en quête des plus infimes anomalies. Mais je ne décèle que la molle présence d'une vieille mouche fatiguée. Quelle désolation de tomber ainsi, du haut de mes millénaires, sur une telle insignifiance.

« Pour la dernière fois, le rafistolé, parle !

Rusons.

— Messire Erkan, je suis Al Gahama. *Ce rôle est mien et mien seul depuis des millénaires. Depuis que coule en moi la Source Noire !*

« Être perfide, peu m'importe qui tu prétends être !

— Peu importe qui je suis ? Mais, jeune ignorant, le sang d'Obédaï coule en moi !

« Il est donc ton père ?

— Il m'a piqué de ses humeurs !

« J'ignore en quoi ces paroles devraient m'intéresser, Cataxak.

— Obédaï est le fondateur de l'Ordre des Prêtres Noirs. Je suis son premier et dernier disciple. Son sang m'a choisi là où tous les autres sont morts. Et son esprit se fait l'âme majeure de mon être. À un point tel que je ne pourrais dire à cet instant qui vous parle, de lui ou de moi.

« Dis-moi, l'affreux, pourquoi tout me désigne alors comme étant cet Al Gahama *? À commencer par le fait d'être le roi d'un peuple qui n'est pas le mien ?*

— Je suis *Al Gahama !*

« Où étais-tu lors de la veillée des anciens au village de Tara Yama ?

— Bagatelle que Tara Yama ! Le Šhå de millions de morts m'abreuve ! Des milliers d'âmes m'habitent et me rendent immortel ! Je suis le maître d'œuvre d'une vengeance millénaire !

« Quelle vengeance ?

— Celle dictée par l'Ararak !

« Je ne comprends rien, l'Épouvantail.

— L'Ararak est la loi de l'Ordre Noir ! J'en suis le créateur, misé-

rable insignifiance ! Et j'en suis le premier serviteur ! L'Ararak réclame vengeance contre Aïnhor Eran, Lui qui a spolié les Hommes de Saham. Lui qui tous nous a trahi ! L'Ararak seule fait Al Gahama *!*

« Remporte tes illusions, vieux mort, et laisse-moi aller mon chemin.

— Hors de question ! J'ai brûlé mon âme au feu de Sa colère ! Il me revient de réparer l'injustice et de vaincre Aïnhor Eran ! Car j'ai souffert plus que tout autre, sur cette Terre, pour en gagner le droit !

« Permets-moi de douter de ce point, Mille-Âmes. Adieu.

— Mais qui êtes-vous, graine d'homme, pour prétendre souffler mes millénaires d'existence comme le vent souffle une herbe de printemps ?

Chapitre 43
Erkan, l'âme damnée

Je rappelle mes pensées dans la matérialité de notre monde, non sans m'interroger sur les souffrances de ce Cataxak, séide et martyr d'Obédaï. Le Maître-Moine déchu a donc exploité deux voies. L'une angélique, perdue dans les légendes d'un village de montagne, et l'autre sombre et tragique. Empruntant la voie du pire. Privant Saham de son essence. Mais je dois reconnaître que...

« ... gneur... gneur... gneur... »

La Terre bascule plusieurs fois autour de moi.

Ma conscience...

... se déchire et...

... explose en gerbes d'étoiles.

— Ksâgneur !

Je me tords en tous sens, arrachant les tentures, frappant ma couche de furie. Une forte odeur de Satar me brûle les narines.

— Ksâgneur ! Pârdônnez mon âctîon, mais vouâlâ deux jours que vous dôrmez de vôtre ksômmeîîl !

Je reprends le dessus sur mes tremblements.

— D... Deux jours ?

Tout ce temps pour trois réponses confuses ?

— Ksâgneur, ouî ! Vôtre cœur bâttait ksî faiblement que je

ne pârvenais plûs â le ksentîr.

— Obédaï...

— Ksâgneur, ksouffrîrîez-vous que je m'inquîète de vôtre ksanté ? Je n'aime pâs kces cômâs.

— Obédaï est le fondateur de l'Ordre des Prêtres Noirs ! Le saviez-vous ?

— Non. Mâs kçâ âxplîquerait kcertaines kchôses.

— Lesquelles ?

— L'âtônnante îmmûnîté de nôtre vîllâge, pour cômmencer.

— Comment ça ?

— Les Prêtres Nouârs ne ksont jâmais venûs à Tara Yama.

La pacification de Saham avance, inexorablement. Les régions prêtent serment au nouveau roi blanc, les unes après les autres. Les têtes valsent, les bases tremblent, et les terres se vident de leurs Prêtres Noirs. Un conseil de Taramaltais tient en régence les affaires courantes du royaume, et mène les premières réformes en vue de libérer le pays de son obscurantisme millénaire. Les femmes commencent à libérer leur savoir. Mais un tout autre souci m'occupe l'esprit. Ces derniers temps, lors de mes visites à la reine, j'ai pu voir décliner la santé du vieux chef. Caparak vit ses derniers jours, et refuse les soins de mes Šhâmanies. Je ne dis rien à Cardanapak, mais il remarque bien que, de tous les chemins possibles, je choisis invariablement celui qui nous rapproche de Tara Yama.

Le Marsam suit la route, au milieu de monts en pains de sucre, sur les marches des montagnes Capillaires. Il balance de temps à autre son énorme trompe pour venir se fouetter les pavillons, avant de laisser retomber le tout avec nonchalance. Il bat maintenant l'air de ses oreilles, cherchant à déloger la cause de son agacement. Un essaim d'insectes colonisateurs tente de s'établir dans les profondeurs de ses conduits, le faisant subitement perdre patience. L'animal frappe du pied et vient se boucher les orifices d'un solide emplâtre de poussière. Je tousse, cherchant mon air au-delà de ce nuage, et entends le rire presque enfantin de Cardanapak.

— Vous vouâlâ fîârement ârrangé, mon rouâ !

Je secoue mes soieries et les nettoie d'un souffle mental.

— Âvez-vous faim, Ksâgneur ?

— Pas vraiment, non. Merci.

— Kçâ vous dârange, mon Rouâ, ksî je mange un môrsô ?

— Pourquoi prendre la peine de me demander la permission ?

— Pour rompre le ksîkence, Ksâgneur. Nous n'âvons pâs dît un môt depûîs ce mâtin.

Mon ami farfouille dans les fontes de sa mule et sort une poche de dattes fraîches.

— À bien y réfléchir, je me sens un peu faible.

Cardanapak sourit largement et me jette une poche.

— Vous ne mangez rîen, ôssî ! Cômment ûne telle cârcâsse peut kse nourrîr de l'air dû temps !

Mon compagnon gagne de l'entrain à mesure que nous approchons de ses montagnes natales. J'aimerais connaître cette euphorie, mais ces terres chéries, moi, je les porte à mon cou. Je croque une drupe, le regard perdu sur l'assise d'un pont de pierre. Il enjambe en trois arcs une rivière qui court en contrebas, sur son lit de galets. Un fortin de rase montagne s'appuie un peu plus loin sur les flancs d'un coteau. Le silence résonne étrangement contre ses moellons.

— Cardanapak, placez-vous derrière le Marsam, que sa masse vous protège.

— Ksâgneur ?

— Vous ne trouvez pas l'endroit trop calme ?

— J'âllais jûstement vous dîre qu'îl îî â en temps nôrmâl des lâvandîers ksous kce pont. Je cônnais bîen kce kchemin !

Les dernières paroles de Cardanapak sont accompagnées par la matérialisation d'Aciane. Elle glisse autour de mon bras et cale sa lourde poignée de cytral dans ma paume. Je sonde les lieux sans rien déceler pour expliquer l'anormal. Le Marsam ébranle le pont de sa masse et je passe lentement dans l'ombre humide du fortin, suivi de près par Cardanapak. La mort semble vouloir surgir de chaque fente de ces meurtrières, et pourtant je ne perçois toujours aucune présence. Je commence à croire que ce lieu dégage lui-même l'angoisse d'un événement passé. Une tragédie des anciens temps.

Nous quittons la place forte et nous nous engageons dans un raidillon. Un premier carreau d'arbalète s'écrase contre la cuirasse du Marsam. Puis un autre, contre ma propre armure. Je ne connais pas cette empenne noire, mais mon harnois proteste déjà de tous ses feux contre la poisse d'une étrange substance.

— *Cardanapak ! Ne bougez plus !*

L'homme du Sud ne me répond pas. Des blocs de roche dévalent maintenant les pentes depuis les hauteurs, provoquant la soudaine fureur du mastodonte. Il chasse la première rocaille d'un violent coup de trompe et pousse un barrissement des plus fracassants. Toute la colline s'ébranle sous les feux de sa colère.

— *Cardanapak ?*

Des hommes en noir surgissent enfin de l'ombre et déferlent sur nous en poussant des cris de guerre. Leurs sabres sifflent dans les airs, tandis qu'une pluie de carreaux s'abat sur nous. Je glisse à terre depuis mon trône de joncs, et chasse de la main toute flèche qui tenterait de me percer. Aciane vibre dans mon gantelet, et la Pierre commence à me brûler le torse de ses feux.

— Cardanapak, je vous interdis de prendre part au combat ! Cardanapak ?

» Cardanapak !

Mon compagnon agonise, aux pieds de sa mule, un trait fiché en travers de la gorge.

— SOOOOMBRETEEERRE !

Je soulève des montagnes, drainant dans un accès de fureur l'énergie des lieux.

— **MANGER...**

J'engorge les appétits de Ramsara en dissolvant le corps moribond de mon ami, et enferme en toute hâte l'étincelle chancelante de son âme à l'abri, dans le cœur de sa bille-mémoire. Ma Pierre brûle maintenant mes robes, montrant ses feux démoniaques aux rangs ennemis. Les hommes en noir s'effondrent et se tordent de douleur, poussant des cris en chorale, avant de partir en tourbillons de poussière.

— **FAIM... TOUJOURS FAIM...**

La Pierre se régale de ces restes fumants. Mais que faisaient ces Prêtres Noirs à déguiser ainsi la traîtrise de leur embuscade ?

D'un réflexe brutal, je décapite deux Happeurs. Ils entredéchirent de leurs doigts griffus les robes vides de Cardanapak, avant de s'effondrer dans un nuage de cendres. Je lève alors bien haut les lumières de Ramsara, cherchant dans la pénombre un ennemi encore prêt à ferrailler. Mais me voici perdu, seul, dans un coin de nature mollement baigné de soleil. Même le Marsam s'est volatilisé. Ce n'est pas moi que visaient ces Mange-Morts, mais mon compagnon de route.

— Ils en voulaient à ton âme, l'ami !

Je dissous les mauvais vestiges de cette passe d'armes, grognant en voyant la Pierre se gorger encore des moindres escarbilles de Šhå.

— Elle ne me laissera pas te rendre corps et vie en ce lieu, l'ami. Attendons que je sois avec billes et plastron à Tara Yama.

Mais, pour le moment, je ne peux pas me permettre de laisser dans la région le dernier temple noir encore actif et capable de fomenter ce genre d'échauffourée. Je gagne les sous-bois, courant entre les résineux, quand un parfum de givre emporte ma conscience vers d'autres cieux.

Chapitre 44
Cataxak, le Grand Carda

Un ciel immense attire à lui la cime des montagnes. J'aime perdre mon regard dans cet espace qui dépasse tant par ses dimensions nos conditions humaines. Cela me donne un incroyable sentiment de puissance.

Le cri d'alarme d'une marmotte me fait sursauter. Je m'accroupis vivement sur une rocaille, et tente de la localiser. J'élève ma conscience, pousse mes jeunes senseurs le long de grands herbages, et inventorie une à une toutes les présences de vie. Je tourne autour des blocs et sonde chaque terrier jusqu'à trouver enfin la petite bête stressée. Elle est là, dressée sur ses pattes de derrière, poussant un autre de ses cris. J'aligne mon regard vers l'objet de son inquiétude et découvre non un rapace, mais la silhouette d'un homme. Je pousse plus loin l'un des fils de ma conscience, rasant les herbes à la rencontre de ce visiteur inattendu. O… Obédaï ? Il est de retour !

— Obédaï ? Maître ? OBÉDAÏ ! JE SUIS LA !

— *Je sais. Jeune innocent.*

Le son de sa pensée me percute, sombre et brutal. Mais comment m'a-t-il trouvé ? Personne ne me savait ici ! Et je suis à plus de cinq jours de marche de la première cabane de bergers ! Il est décidément très fort. J'ai encore beaucoup à apprendre.

— OBÉDAÏ !

— *J'ai compris, jeune Cataxak de Tara Yama. Tu es heureux de me voir. Mais sache que c'est juste parce que tu ignores encore l'objet de ma présente visite.*

Il s'arrête péniblement contre un rocher.

— *Viens à moi.*

Je dévale la forte pente et remonte l'autre versant en petites foulées. J'arrive près de lui, essoufflé.

— Je suis là... Maître...

— *Écoute-moi. Je n'ai que peu... de t... temps.*

— Maître ? Mais qu'avez-vous ?

— *Écoute !*

Je ne l'ai jamais vu dans cet état. Il a la peau sur les os, tannée et recuite comme celle d'un vieillard de quatre-vingts hivers. Et son œil ! Il est terne ! Vitreux ! Renfoncé dans des creux de cernes ! Son visage n'a plus ni nez ni oreilles ! Il me terrifie. Il explose une fois de plus dans mon crâne.

— *La vie vient de me jouer son ultime tour. Elle me refuse le droit de rendre justice. D'assouvir ma colère. Mais je refuse de quitter cette Terre sans voir le Très-Haut solder son compte ! Cataxak ! Tu dois prendre le relai !*

J'entends maintenant siffler ses bronches.

— *Tu es le seul... qui puisses supporter... le feu sacré qui me... brûle les entrailles.*

— Mais, Maître ? Vous ne pouvez pas mourir ! Il vous suffit de prélever un peu de vie autour de vous et de...

— *Suffit ! Mon corps se dévore ! Il n'est plus qu'une erreur que la Nature s'apprête à corriger !*

— Je ne comprends pas...

— *Mais ne vois-tu pas que le souffle me manque ? Chaque respiration m'emporte... Ne m'interromps plus !*

» *Tu es le seul à avoir survécu à mon sang. Et je n'ai pas le temps de trouver mieux. Avance, élu-par-défaut, et prends en main ces Gawas qui me maintiennent en vie. Les Larmes du désert. Elles portent pour toi mon dernier enseignement.*

Il me tend en tremblant trois pierres noires. Je les prends. Une masse d'informations m'assaille aussitôt et me fait tomber à la renverse. J'entends alors la voix de mon maître guider mon esprit à travers un flux de Šhå chaotique.

— *Mirifique, jeune Prêtre. Concentre-toi sur l'étincelle de vie qui habite chaque être, de ce brin d'herbe linéaire au malade torturé que je suis devenu. Certains appellent cette étincelle « âme ». La manipuler fera de toi le Maître des Morts. Tu vas apprendre à capter cette âme, et à la happer.*

La voix de mon maître se tait un instant. Je suis paniqué. Mais que me demande-t-il de faire ? Je voudrais lâcher ces pierres et fuir !

— *Cataxak, concentre-toi, pleutre ! Retrouve cette marmotte que tu te plaisais à séduire à l'instant.*

L'animal est toujours au bout de mon palpe. Je le sens, frémissant du museau, prêt à replonger dans son terrier.

— *Mirifique... Capte son étincelle de vie.*

— Mais comment ?

— *Par tact physique.*

Je rouvre les yeux.

— *Garde les Gawas en main. Elles te guideront.*

Je dissimule ma présence derrière un voile de Šhå. Je ne suis plus que l'ombre d'un maigre nuage. La marmotte regarde à travers mes corps, de ses yeux jaunes, sans me percevoir. Je sens battre son cœur stressé. Encore un pas. Les Gawas me donnent alors leurs ordres. Mes doigts pénètrent la fourrure de l'animal et traversent ses chairs. Je tremble de tout mon corps, luttant pour ne pas vomir sous la violence de nouvelles injonctions. Des ordres puissants, dévastateurs, qui brisent une à une les barrières de ma volonté, jusqu'à me faire refermer le poing sur un noyau de Šhå. Une âme de marmotte. Je l'arrache. D'un geste sec. La dépouille tombe mollement sur le sol tandis que de curieuses sensations m'envahissent. Mon cœur s'emballe, sous le coup d'un stress anormal. Je lève subitement les yeux au ciel, scrutant les moindres inflexions de ses nuages d'altitude, les oreilles perdues dans les échos du vide. Mes dents grincent et s'agitent, comme si je rongeais de ces herbes rases des montagnes.

Je ressens la vie comme ce stupide animal.

— Obédaï !

Il reste immobile, appuyé contre son rocher.

— *Approche.*

— Maître ! C'est terrifiant ! J'ai subitement envie de plonger au fond d'un terrier !

— *En captant une âme, tu captes aussi l'expérience de sa vie sur Terre. Sa mémoire. Tu t'habitueras à ces sensations. Elles te seront même bientôt agréables. Tu n'as pas le choix. C'est le prix pour que rende un jour justice Celui-Qui-Revient et que la Faute soit réparée ! Maintenant, approche !*

J'approche de mon Maître. Transi de peur. Le voilà qui ne parle plus seulement de vengeance, mais de « Faute » ? Il attrape mes mains et les plaque contre son front.

— *Aspire mon âme.*

Le sol se dérobe sous mes pieds. De son extrême faiblesse, il trouve encore la force de me soulever du sol.

— *Cataxak, du cran ! Tu dois aspirer mon âme ! Je dois vivre en toi ! Concentre-toi et laisse parler les Gawas ! Bientôt... tu te passeras d'elles.*

— Maître... Je... Je ne peux pas.

— *Jeune Prêtre, tu es le seul survivant. Mon sang coule en toi. Tu es ma Source Noire. Tu as ma rage, mais pas l'ascendance de mes ancêtres. Je dois exister en toi et guider tes pas. Te livrer mes secrets et te mener au jour terrible de la vengeance.*

» Maintenant, happe-moi, c'est un ordre !

Sa poigne se resserre encore sur mes chairs, incrustant ma main dans le cuir de son crâne. Son Šhå déferle en moi, l'amaigrissant plus encore. Je sens sa vie, sa force, sa volonté m'envahir. Puis il se tétanise, tremble, pousse en bavant un long râle rocailleux, et ne devient plus qu'un sac d'os et de peau pendu à mon poing. Je tiens serré entre mes doigts un noyau de Šhå.

Je suis Obédaï.

Non.

Je suis Cataxak.

Qu'a-t-il fait ? !

J'ai fait ce qui devait être fait !

Mirifique !
Me voilà jeune et fort d'une nouvelle vie !
Tu apprendras à m'aimer, jeune prêtre.
Je récupère mon sabre d'argent et
le renvoie dans les éthers.
Ce corps sera rétif à user des Šhâmanies les plus fines,
mais l'or des morts coulera bientôt dans mes chairs...

La colère me brûle les sangs. Je tombe sur la carcasse de mon maître, secoué par des sanglots. Je viens de vendre mon âme. Je frappe ses os de mes poings. Le déchire et le transperce, emporté par la furie et, sous le cri des Mahata, je jette en l'air ce qui reste de cet être maléfique.

Je le livre aux cieux...

... et dévale la montagne en hurlant.

Je suis jeune et fort...
Je suis jeune et fort !

Chapitre 45
Erkan, l'âme damnée

Ah ! je ne veux plus racler les fonds de mémoire de cet écorché vif ! Paterne des Cieux ! Mais cet être n'est que souffrance ! L'habiter me donne la nausée !

Je prends de la hauteur et m'éloigne de cette fournaise aux relents de soufre. De ces lieux sinistrés, abjects et monstrueux.

Depuis mes hauteurs, je vois le fleuve du jeune Cataxak gagné, envahi par les flux d'Obédaï, donnant naissance à une confluence des plus chaotiques. La roche en fusion, blanchie par l'incandescente colère du Maître-Moine, crache des geysers de feu et illumine les cieux vides de ce coin de Toile. Je dois plonger, m'enfoncer plus loin vers le passé inexploré, au-delà de ce pont de lave qui traverse un gouffre du grand passé, marquant la fin brutale de millions de vies. La chute de Saham la Blanche.

Obédaï.

J'arrive.

Chapitre 46
Obédaï, le Maître-Moine de Saham

Asatraï, notre père, s'est enfin décidé à convoquer le Conseil des Maîtres-Moines. Il semblait préoccupé ces derniers temps, accablé plus que d'ordinaire par sa charge de roi. Karaï fait son entrée.

— Obédaï ! Content de te voir, mon frère !

— Et moi de voir que tu as pu arriver ici à temps. Le voyage de retour a-t-il été bon ?

— La routine, mon frère. Ah ! comme je suis heureux de sentir de nouveau l'air du pays !

— As-tu vu notre père ?

Karaï se renfrogne soudain, avant de répondre.

— Oui, il est méconnaissable. Que se passe-t-il ici ?

— Je n'en sais rien.

Les Maîtres-Moines se tiennent désormais en silence, sacralisant l'instant par une prestance toute solennelle. Mon jeune frère repose sa coupe d'eau de noix, et reprend dans un murmure malséant.

— Serait-il inquiet au sujet des soulèvements de mercenaires cathars à la frontière mirandarienne ?

— Non. Il n'y a pas là de quoi troubler un roi de Saham, Karaï.

— Mère peut-elle être souffrante ?

— Pas que je sache. Voici notre père. Silence.

Le roi Asatraï entre dans la salle, chassant les soieries de ses grands pas. Il gagne sa place, face à ses Maîtres-Moines, et prend le temps de pénétrer chacun d'entre nous de son regard. Il brise alors le silence d'une voix calme et forte.

— Je vous remercie d'être revenus d'entre les confins de notre monde pour répondre ici à mon ordre de rappel. L'instant est grave.

» Le rôle d'un roi est de tenir son rang, avec dignité. Il est de supporter la pression, et de respecter les Commandements du

Très-Haut. Voilà quelle est ma tâche, chaque jour, depuis trente-deux révolutions. Je m'en suis toujours acquitté avec ordre, méthode et humanité.

» Jusqu'à ce dernier noir de lune.

Un bruissement de robes agite la salle. Mon père, plus amaigri que jamais, reprend le fil de son discours.

— Je me suis opposé à Lui.

Les bruissements se font entendre de plus belle, laissant la peur déferler en vagues sur l'assemblée des Moines.

— C'était il y a dix nuits, Maîtres-Moines. Depuis lors, ainsi que vous tous, je peux voir le trouble grandir dans les contrées, comme en réponse à la colère du Très-Haut. Une menace pèse sur nous. La destruction. L'annihilation totale de notre civilisation.

» Il voulait me voir envahir les terres vassales. Il voulait me voir briser plusieurs millénaires d'entente et d'équilibre. Pour accroître son pouvoir. Car, vénérables Maîtres-Moines, il est une vérité que je ne puis plus vous cacher. Notre Dieu...

Un son suraigu emplit soudain la pièce. Le roi s'affaisse, écrasé sous le poids d'un air densifié, et ne trouve que la force de hurler...

— FUYEZ ! FUY...

Une colonne d'Énergie descend alors du ciel, déchirant tout sur son passage, vaporisant le couple royal. Le temps se fige, laissant l'air tomber en plaques, comme vitrifié, avant de lâcher les brides du chaos. En un souffle. Une explosion dévastatrice, pulvérisant par son onde de choc hommes et palais. Une étoile éclate dans le lointain firmament, puis c'est le silence.

Je tousse.

Je suffoque.

Je suis en vie.

Colère divine, pourquoi...

Hagard, crachant de la poussière par toutes les voies naturelles de mon corps, je rampe, devinant dans les décombres les restes déchiquetés de mes amis. Pourquoi suis-je encore en vie ? Pourquoi ai-je résisté aux foudres de Dieu ? Pourquoi l'Armure n'a pas protégé mon père, notre roi ? Il ne reste plus rien de lui. De mère. Du palais.

Je me traîne hors des ruines, les oreilles percées de sifflements, et me relève, titubant sur mes jambes pour fuir ce lieu maudit de Dieu. Ce qui reste de Carmak achève de s'effondrer derrière moi.

Commence alors le plus ignoble des spectacles. Je vois affluer en rafales, au milieu de tourbillons d'âmes, tout le Šhå de Saham. L'Énergie s'élève dans le ciel, étincelante, et se condense lentement en une immense colonne.

Aïnhor Eran laisse encore parler sa toute-puissance.

Un cheval surgit d'un mur de poussière, au galop, le poil dressé de terreur. J'attrape sa bride au vol. Il m'arrache du sol et m'emporte au loin. Fuir. Fuir les cris des morts. Fuir le chaos. Carmak n'est plus.

La masse de Šhå illumine maintenant le ciel d'un nouveau soleil, au loin. Partout autour de moi, la mort s'étend, comme une onde. Les oiseaux tombent du ciel, les derniers hommes s'effondrent dans les champs. Tous sont fascinés par ce macabre spectacle de trahison divine.

— TRAHISON !

Ces gens simples n'ont jamais demandé à mourir ! Ils ne menaçaient en rien l'Équilibre de la Terre ! Pourquoi priver de vie un peuple entier ? Pourquoi balayer une civilisation dévouée à Ton règne depuis tant de millénaires ? Mon père seul ne Te suffisait donc pas ? Je sens mon cœur se tordre de douleur. Je suis brisé. Je ne suis plus qu'une ombre. Une ombre emplie de haine et de vengeance...

— VENGEANCE !

Mon cheval dérape et perd soudainement la cohérence de son galop. Il va tomber. Je saute dans la boue d'un champ avant de le voir basculer cul par-dessus tête. Il finit sa course en contrebas, les naseaux noyés d'écume, et s'immobilise. Je patauge, la tête prise dans un étau. Une nouvelle déflagration souffle les palmiers et emporte la terre vers les cieux, puis...

Plus rien.

Plus de vibrations.

Plus de Šhå.

— Im... Immonde ! Ordure... TRAÎTRE !

Exsangue, je frappe pourtant la boue de mes poings serrés, envoyant des gerbes de rage.

— Nous détruire ne te suffisait pas ? Il fallait en plus que tu nous dépossèdes de tout Šhå !

Je retombe à genoux dans la fange.

J'erre sur les chemins déserts, depuis des jours et des nuits. Au milieu d'une nature ravagée. Je ne m'étonne plus de voir les arbres voler en éclats, comme s'ils étaient faits de verre, ou de surprendre, entre deux délires de fièvre, quelques survivants. Ils rampent, les maudits, grattant la poussière des pierres en quête de nourriture. Mais ces îlots de verdure et ces fûts vaillants transpirant de résine, je ne les comprends pas. Ma tête bourdonne. J'ouvre les yeux avec peine, devinant ça et là les reliefs ou les abysses de la Terre. Des sifflements déchirent le ciel, me glaçant les sangs. Le cri va reprendre !

— Le cri va reprendre ! Non !

Je vacille et m'écroule sur le sol. Des silhouettes approchent.

— Voyageur ? Que vous arrive-t-il ? Vous m'entendez ? Cataxak, aide-moi à porter cet homme, veux-tu ? Il est bien mal en point !

Je me sens sombrer. Le monde bascule sur ses bases. Traître...

— Traître... Ordure !

De l'eau fraîche ruisselle sur mon front, grisant mes fièvres. Rien ne pourra apaiser cette colère d'origine divine ! Tu vas...

— ... payer pour ces massacres !

Ma tête roule de droite à gauche, me laissant entendre des conversations étrangères.

— Voyageur, restez tranquille, nous prenons soin de vous.

— Mais d'où peut-il venir ?

— Sous la crasse des chemins brille le satin de la plus pure des Sawa ! Amha, il ne peut venir que du palais.

— Oui, tu as raison, Cataxak. Cet homme doit venir de la capitale.

— Mais que vient-il faire ici ?

— Est-il le nouveau roi ?

Ils ne savent pas. Ils ne savent pas ! Je hurle dans mes délires.

— ... Carmak... palais... tout est détruit ! Le Traître... Vous devez...

Ils doivent savoir !

— … Le Traître…

— Calmez-vous. Vos paroles n'ont aucun sens.

— Mais qui est-il ?

Je suis Obédaï ! Obédaï ! Fils du roi Asatraï ! Et tout le monde est mort ! Mort ! Je suis le dernier ! De l'eau fraîche coule encore sur mon front, m'emportant dans l'inconscience.

Je distingue à peine la roche, dans la pénombre du matin, devinant l'évanouissement de ma ligne de faille. J'agrippe la lèvre d'une étroite corniche et me hisse plus haut contre la paroi. Je peux enfin me retourner et contempler Tara Yama, ce village oublié de toutes cartes, perdu aux marches d'un royaume ravagé. Il est peuplé de gens simples et pétris de sagesse. J'ai été recueilli par eux, soigné, écouté, et maintenant ils acceptent à leur tour les bonnes grâces de mes enseignements. Les plus doués n'ont rien à envier aux disciples de Carmak. Je suis même stupéfait par la profondeur de leur esprit.

Tara Yama. J'entends encore mon père évoquer ce village : *« Chaque roi doit faire un pèlerinage dans ces hauteurs, aux premiers jours de son règne. »* Et moi, je dois savoir pourquoi. Je reprends mon ascension solitaire. Je me hisse un peu plus haut, cale un pied dans une fissure, et contourne un gros bloc en quête d'une prise plus commode.

Le vent descend du ciel, froid et sec. Il siffle entre les roches, rappelant à tous qu'aucune vie n'est ici possible. De grands pierriers s'étendent désormais à perte de vue, accrochés à des sommets enneigés. Je me laisse couler dans un creux de combe, remonte un abrupt, et tombe en arrêt devant un amas de pierre des plus insolites. Ces blocailles ne peuvent avoir été empilées là que par l'Homme. Pourtant, personne ne passe par ici. Ni lieux saints, ni pâtures. Ni même la moindre route commerciale. Alors pourquoi ce tas de pierre me dépasse d'une tête ? Et pourquoi ce bloc sommital semble pointer une direction ? Je décide de la suivre, glissant dans des nappes de caillasses, sautant de roches en blocs à travers un chaos minéral, avant de tomber sur un second amas. Cette fois le doute n'est plus permis. Ces hauteurs cachent un balisage. Une ligne de kerns, qui se propage bientôt de proche en proche, faisant monter en moi pour la première fois depuis la chute de Carmak quelque excitation. Je cours, je vole, ramassant même des pierres pour consolider ces sentinelles silencieuses, renforçant leurs flancs, redressant leur chef, et redonnant aux blocs directeurs leur position première. Là, perdu entre ciel et terre, j'ai la sensation de participer au Grand Tout. Mirifique !

Je poursuis ainsi cette route, passant du précédent au suivant, jusqu'à me perdre en fond de paysage au pied du dernier kern. Sa pierre pointe une ouverture en contrebas d'une muraille de schiste. Me voilà à crépiter comme un feu de joie, gagné par une fièvre juvénile ! Le secret de mon père est là, devant moi, au fond de ce trou !

Je roule et déboule le long de la paroi, avant de m'arrêter devant l'ouverture.

— HOO ?

— OOH ?

— Hoo ?

— Ooh ?

L'écho seul répond à mon peu de finesse. L'endroit est désert. Je m'enfonce prudemment sous le porche, réveillant les curieux grésillements d'une voix minérale.

— Sâ... â... âch... âch...

Le son se perd à l'intérieur de la cavité, laissant le silence reprendre ses droits. Je ne vois rien. Mon père ou tout autre roi digne de ce nom pouvait au moins se servir de Šhå pour éclairer ces lieux ! Me voilà, tâtonnant, réduit à lire cet endroit de mes doigts ! Glissant le long du mur gauche, je fais courir mes mains sur la surface plane d'une roche grenue faite de science d'homme. Mais quel est cet endroit ?

Je manque de me faire surprendre par un brusque décrochement de mur, butant contre une plaque de métal. Mes doigts suivent les contours rectilignes d'un panneau d'acier, confirmant ici la présence d'une porte dénuée de mécanisme d'ouverture. Je reprends mon exploration, passant de murs en décrochements, jusqu'à trouver une entrée.

L'obscurité est totale. Je m'engage, prudemment, de peur de tomber dans un gouffre quelconque, faisant croustiller des éclats de verre sous mes talons, et m'arrête. Un nouveau grésillement fait naître une lueur à travers le plafond. L'endroit me fait penser à une cave poussiéreuse entravée dans un fatras de barres métalliques. Des pitons ressortent des murs et coulent jusqu'au sol en larmes de rouille. Une vitre donnant sur le noir d'une salle adjacente me renvoie mon reflet. J'approche d'alcôves, percées en fond de pièce, et sens subitement le sol se dérober sous mes pas : sagement disposée dans une loge se tient... l'armure des rois ! Père ne la portait donc pas sur lui, ce funeste jour de drame ? Mon doigt glisse sur les écailles de cytral de la cuirasse, passant de plate en plate, soulignant l'infinie perfection de ses articulations. Pourquoi... ne pas la revêtir ?

Je me défais de mes tuniques et commence à enfiler les premiers éléments. Tassette et braconnière. Le métal vient au contact de mes formes. Je sangle deux cuissots, place grenouillères et jambières, laissant les pièces se fondre les unes dans les autres, puis j'enchaîne. Cuirasse, plastron et gorgerin. Un jeu de spallières m'élargit encore les épaules, et un couvre-nuque vient parachever mes défenses de ses écailles. J'ajuste les canons autour de mes bras. Reste à glisser mes pieds dans ces solerets en plates fines, à refermer mes poings dans ces gantelets bardés de pointes, et à rabattre la visière de mon heaume.

Rien.

Je refais jouer la visière. Rien.

Mais ? L'armure devrait pourtant disparaître dans l'éther ? Se dématérialiser ? Je commence à transpirer sous son poids, sondant ses entrailles en quête d'une anomalie. Un creux de forme cubique apparaît au cœur du plastron. Un creux que cette pierre-gemme viendrait combler parfaitement. Je tends vers elle un palpe timide, devinant dans ses reflets de lait une fabuleuse réserve de Šhå. J'extirpe l'objet de sa gangue de rouille et l'introduis dans la cuirasse. Elle l'accueille, d'un simple déclic, avant d'inonder jusqu'à la dernière chaque pièce de cytral. Je referme mon heaume. Cette fois l'armure se met à vibrer, dissout ses masses, et disparaît.

Mirifique.

Je la sens venir nourrir mes chairs fatiguées, puiser en son cœur de pierre de quoi panser mes corps de leurs traumatismes récents. Je revêts mes tuniques, ceins mon baudrier en os, jette ma cape de Sawa sur mes épaules, et tire mon poignard du fourreau. Je fais glisser mon pouce le long du fil d'acier, appelant par plaisir les éclats vif-argent de l'armure. Elle ronfle et dévie le mal à chacune de mes caresses, répondant aux ordres de son concepteur. Un forgeron des temps révolus, mort bien avant que Saham pousse son premier cri.

Je m'apprête à quitter l'endroit, quand un dernier objet attire mon attention. Je le prends dans la main. Il est coudé, bien équilibré, tout de cytral. Une languette en saillie attire ma curiosité. Je la presse du doigt et me retrouve projeté contre la paroi par une violente décharge de Šhå. Je secoue la main, encore irradié de douleur. Cet objet démoniaque doit être pris de folie. Je jette la chose à terre et quitte la pièce.

Il ne reste qu'une porte, au fond du couloir. Elle est circulaire, faite de verre et d'un maillage fin de métaux étrangers à mes sens, impénétrables. Inamovibles. Mes palpes ressentent pourtant la présence d'une force colossale. Je la sens, vibrante, dans les tréfonds de la terre, sourdre de colère. Il me faudra revenir en ces lieux pour en percer les secrets, mais, pour le moment, je dois comprendre l'acte absurde du Très-Haut. Et faire naître un ordre nouveau.

Je retourne sur mes pas, à la naissance de ce couloir sans âge, et ressors au grand jour. L'armure ronronne sous les rayons du soleil et rengorge de Šhå son cœur de pierre. En plus de voir mes fatigues me quitter, je sens mes muscles se gonfler d'une vigueur nouvelle. Je pourrais même sans aucune Šhåmanie en venir à débouter des bataillons complets de mercenaires cathars ! Je saisis un énorme bloc de roche, par pur plaisir de voir l'armure seconder mes forces propres, et l'explose en mille pierres et pierrailles.

— Aïnhor Eran, fort de ces feux nouveaux, je lèverai une armée ! Des légions entières qui traverseront le temps pour te fendre le cœur ! Ici, ce jour, devant ce sanctuaire, j'en fais le serment !

Nous pénétrons l'épais couvert d'une forêt. Toute une vallée perdue au pied des montagnes, épargnée par la colère de Dieu. Devant moi, un puits. Je pose mes mains sur la margelle, et entreprends d'en sonder les profondeurs. Une cavité s'étend là. Une nappe d'eau souterraine.

— Disciples, mes Prêtres. Nous allons en ce lieu établir les fondations d'un temple. Il résonnera pour les millénaires à venir, sous le nom de « Carsahalapam ». Le « *renouveau* ».

» Et de ce ventre sera enfantée la vengeance.

Je pose mes mains sur un arbre centenaire. Le tronc grince, le bois me résiste, mais l'armure me souffle sa force. Un craquement déchire soudain les airs. Les racines cèdent, jusqu'à la dernière. Mes gantelets pénètrent plus profondément l'écorce du vénérable, et, d'une dernière poussée, je le fais basculer dans une chute interminable. Il entraîne avec lui toute une pépinière, laissant le soleil percer jusqu'aux mousses du sol. Je pose mes mains sur les suivants de ce géant, et les fais tomber jusqu'à libérer l'espace d'une immense place. Puis, d'une danse de la main, je dissous les fibres de ce bois inutile, pour les restructurer en un vaste parvis de grès. Mes disciples boivent mes gestes, cherchant à découvrir dans la course de mes doigts les secrets de mon pouvoir. Quelle pitié que l'ignorance.

Je reste un instant face à un grand rectangle de terre noire, les yeux clos. La robe battant aux vents. Puis je souffle l'humus, mettant à nu la roche mère.

— Suivez-moi, séides.

J'avance, taillant la roche à mains nues, façonnant les marches d'un escalier dans le ventre de la Terre, pour nous placer sous la protection de ses forces chtoniennes. Je creuse de longs couloirs, évidant des enfilades de halls jusqu'aux ondes tranquilles de cette nappe souterraine. Ma voix retentit alors dans la fraîcheur de la caverne.

— Mes Prêtres, par Sa traîtrise le Très-Haut nous prive de l'Énergie de vie. Aussi vais-je vous apprendre à vous rendre maîtres de l'Énergie des morts. À vivre selon mes lois. Selon les lois de l'Ararak. Dites ici et maintenant adieu à vos anciennes croyances et connaissances.

Ma voix résonne une dernière fois.

— Séides, il nous reste à dresser notre camp d'entraînement !

Dix de mes disciples me font face. Ils rompent corps et esprits à mes préceptes, renouvelant sans cesse les mêmes exercices, chaque jour, depuis six lunes. Perchés sur un pied au sommet d'un poteau de bois, bras tendus à hauteur d'épaule, ils tiennent dressées au cœur de leurs paumes de petites baguettes de bambou. Rien ni personne ne doit pouvoir les faire tomber, pas plus la fatigue que les bourrasques de cette fin de saison.

La pluie commence à fouetter les feuillages alentour, plongeant la forêt dans le silence. Je grimpe l'échelle de corde et me mets tranquillement à l'abri sur les pilotis de la maison commune. Un Arara se pose sur la rambarde, non loin de moi. Il ébroue son plumage multicolore, penche la tête de biais, et entreprend de gratter quelques déchets logés entre ses doigts griffus.

La pluie redouble de violence dans la clairière, sans pour autant troubler la danse des baguettes. La matière dominée par l'esprit.

— Volte !

Mon ordre est bref, aussitôt suivi d'un renversement de paumes. Mirifique.

— Volée !

Ils retirent leurs mains. Les baguettes restent suspendues à leur seule volonté dans les airs. L'effort leur demande beaucoup d'Énergie. Un Šhå qui provient pour le moment d'une alimentation saine et d'un bon sommeil. Mais, demain, ils devront apprendre à briser le plus grand des interdits.

Se nourrir des morts.

J'abreuve mes disciples de sagesses des anciens temps. Ils m'écoutent, en silence, sous la voute étoilée.

— Notions de hiérarchie naturelle. En bas, la pierre. Elle est la base, le socle sur lequel s'appuie la vie. Son existence s'arrête aux limites propres de sa forme. Elle n'a d'Énergie que sa structure cristalline. Inerte, incapable de mouvement, seul l'Homme peut élever son statut. Entre ses mains, elle deviendra le moellon d'un mur, clef de voûte. Cristal-mémoire. Guérisseuse. L'Homme redéfinit le statut de toute chose.

» Vient ensuite le végétal. Le végétal est moins inerte que le minéral, il s'appuie sur ce dernier et s'en nourrit pour s'élever entre terre et ciel. Il fait appel à l'Énergie de ces deux pôles pour croître, se reproduire et se perpétuer. Supérieur à la pierre, il reste néanmoins tributaire du lieu où le destin l'a planté.

» Viennent enfin les êtres de chair. Le plus insignifiant des insectes dépasse le plus évolué des végétaux en cela qu'il peut se déplacer et donner une dimension à sa volonté d'insecte. Il se nourrit de vie, et ne vit que par elle. Ses corps subtils vibrent avec plus d'intensité que ceux du règne végétal, et certains animaux parviennent parfois à projeter leur esprit hors de la matière.

» Couronnant ce règne de chair, domptant toutes formes animales jusqu'à son échelon le plus ultime, vient l'Homme. Par son intelligence, il dispose et use à sa guise de tous les éléments et de tous les règnes. Jusqu'à l'Énergie de vie. Et celle de mort.

» Par l'Ararak, mes disciples, je vais faire de vous des maîtres de l'éphémère et des dompteurs d'éternité. Vous dépasserez bientôt toutes les frontières du corps et de l'esprit.

Je me lève.

— Suivez-moi, séides, suivez-moi dans les profondeurs de notre temple.

Nous pénétrons les lieux par la grande porte, pour nous enfoncer dans le ventre de la Terre. Jusqu'à faire face aux premiers cercles de crânes. Je prends place face à mes jeunes espoirs, sur un simple siège de pisé. J'espère qu'ils sont prêts. Que leur sang est assez fort pour supporter le franchissement de cet Interdit. Je replie mes manches de Sawa blanche jusqu'au-dessus des coudes, un coffret de bambou posé sur les genoux.

— Ici, dans les entrailles de Carsahalapam, vous allez recevoir en vous une goutte d'un poison mortel.

J'ouvre le coffret et saisis délicatement un rostre d'or et de verre.

— Vous allez mourir, puis renaître à la vie. Forts de la mort. Triomphants.

Je plonge l'aiguille rituelle dans une de mes sombres veines, et tire quelques larmes de mon sang. Mes disciples frémissent.

— Que le plus courageux d'entre vous se lève et vienne à moi !

Le premier disciple se redresse, drapé de ses soieries, et s'approche. Il transpire sa méfiance par tous les pores de sa peau. Je lui plante mon dard en plein cœur et pousse d'un cran le piston de verre. L'homme se raidit. Il sent le poison se mêler à ses sangs, lui arrachant d'horribles tremblements avant de le laisser choir sur le sol, sans souffle.

— Le courage ne suffit pas, mes chers disciples, pour être digne de mon sang. Qui parmi vous se relèvera d'entre les morts ? Qui...

Chapitre 47
Erkan, l'âme damnée

Je reviens à moi entre les racines tortueuses d'un grand pin. Son écorce imprimée dans la joue. Le passé est sans fond, et je n'aurai jamais assez de ma vie pour l'explorer en entier. Je me redresse, l'os et le muscle meurtris par ma mauvaise position, quand le parfum de Pasang vient à me troubler l'esprit. Je la ressens, au travers de sa bille, anxieuse et tourmentée. Je me relève, pris d'un étrange besoin de bouger pour me délasser le corps, et me recale dans la mousse fraîche des sous-bois, contre une roche. J'élève mon esprit, d'un trait, et arrive rapidement en vue de la terrasse de Tara Yama. Ma reine est agenouillée. Elle tient mon pendentif entre ses mains, implorant de ses larmes le cœur de ma bille-mémoire. Mais que se passe-t-il ? Pourquoi ce visage crispé ? Pourquoi ces traits tirés par la fatigue ?

Je matérialise un jumeau froid de peau, que je couvre d'un Kamana, et rejoins ma reine. Elle lève la tête et se jette aussitôt à mon cou. Je lui caresse doucement la joue, essuyant ses larmes, et lui passe la main dans les cheveux.

— Que se passe-t-il ?

— Ce qui se passe ? Erkan ! Mais où étiez-vous, tout ce temps ?

— Je suis en approche de Tara Yama, dans les contreforts orientaux des Capillaires, pour pacifier ces dernières contrées.

— Mais ça fait plusieurs lunes que personne ne vous a vus, vous et Carda ! Les loups battent la campagne pour vous trouver, et le royaume commence à gronder de vous voir de nouveau disparu !

Le temps s'est encore joué de moi durant mes visions.

— Des lunes, vous dites ?

— Mais réveillez-vous, Erkan, vous ne pouvez pas abandonner votre peuple ainsi ! Vous ne pouvez pas m'abandonner...

— Pasang, ma Reine, ne vous mettez pas en colère. Je n'ai jamais eu l'intention de manquer à mes responsabilités ou de vous blesser.

— Un coursier est venu nous trouver durant votre absence, mon Roi. Il a traversé les sept régions depuis la capitale, à dos de cheval, envoyé par le conseil en régence et Campa-Hallak ! Des Pères Blancs ont été aperçus au pied des Capillaires, à l'est du pays ! Carmak est l'objet de raids incessants de la part de chefs de guerre de nouveau insoumis, et...

— Cardanapak !

— Que se passe-t-il, Seigneur ? Vous semblez subitement plus froid que d'ordinaire.

— Je ne l'ai pas encore ramené à lui ! Ne dites rien à son père. Il est tombé sous les flèches de l'ennemi.

— Non !

— Rassurez-vous, ma Reine, je le tiens dans l'autre sphère, il me faut juste revenir ici pour lui redonner corps et esprit. Mais qu'avez-vous là ?

— Une écharpe mortuaire, mon Roi. En l'honneur de Caparak.

— Caparak ?

— Oui, mon Roi. Il est mort hier en fin de journée, tombé dans les escaliers. Il n'aura pas lâché son bâton, jusqu'au dernier jour. Je crois que c'est la seule chose qui le maintenait encore en vie, ça et son fils.

— Pasang, nous arrivions ! Nous n'étions plus qu'à deux jours de marche du village ! Je voulais que Cardanapak voie son père une dernière fois !

— Que vous est-il arrivé, Erkan ?

— Des Prêtres Noirs nous ont tendu une embuscade, Pasang. Cardanapak s'est pris une flèche, et, sans mes billes, il serait mort.

— Mais pourquoi ne pas l'avoir ramené avec vous, mon Roi ?

— Il est avec moi, sur mon corps véritable, dans sa bille-mémoire, à deux jours de marche d'ici. Et Caparak, où est-il ?

— Des villageois l'ont emmené vers les montagnes, ce matin.

— Qui est le nouveau chef ?

— Caak. Mais il ne parle pas notre langue, Erkan. Et, sans mes trois mots de Sahaméen, je me sentirais bien isolée ! Mais que se passe-t-il ?

— Je dois vous laisser, ma Reine, je ne veux pas qu'ils commencent le moindre rituel sans la présence de Cardanapak !

Je dévale la ruelle du village jusqu'à la maison du nouveau chef. Il est là, le petit vieux, courbé sur le bâton de Caparak, au milieu d'un groupe de femmes en pleurs. Je m'incline en marque de respect, et m'adresse à lui sans détour.

— Chef Caak, je dois vous parler !

— *Amaa Ava ka Amana, Al Gahama.*

» *Bienvenue aussi à vous,* Al Gahama.

Je souffle un coup et me lance cette fois dans la langue de Saham.

— *Aka Caak, Amata Al...*

» *Chef Caak, retardez les funérailles de Caparak de deux jours, le temps pour son fils de rentrer au village.*

— *Aj Capana Al...*

» *J'ignore si je dois m'étonner de vous entendre parler notre langue, Seigneur, mais je suis ravi de comprendre votre demande. Cependant, c'est chose impossible. Les Mahata n'attendent pas.*

— *Al Mahata ?*

» *Les Mahata ?*

— *Al Macam Da Al Mara...*

» *Les anges de la mort. L'Accompagnateur est parti les rejoindre avant l'aube, avec les hommes du village. En vous dépêchant, vous pouvez encore espérer les rattraper pour assister à la fin de la cérémonie. Le vieux Caparak en serait honoré. Cardanapak comprendra.*

— *Akacatcha, Achka Caak...*

» *Vos paroles m'attristent, vieux chef. Mais je m'y plie et pars sur-le-champ.*

Je longe encore une ravine, escalade les parois abruptes d'une faille, et émerge sur la crête d'un éperon rocheux. Depuis cet observatoire, je découvre sur la pente raide d'un proche versant un spectacle des plus inattendus. De grands oiseaux noirs virent dans le ciel, répondant d'un vol lourd à l'appel de grelots métalliques. Les Mahatas. Des villageois, parés pour l'occasion de longues bandes de tissus claquant aux vents, dirigent cette danse céleste en jetant dans les airs des fragments de ce qui hier encore était Caparak. Les chairs sont saisies au vol par de puissantes serres, avant d'être hissées au-dessus des nuages par ces oiseaux sacrés. Un homme enturbanné de rouge et de noir découpe les restes de Caparak à l'aide d'un tranchant de pierre. La lame se fait précise et ôte en quelques gestes experts les derniers traits d'un visage paisible. Il s'agit certainement là de Carma-Hallak, le jeune frère de Campa. Le nouvel Accompagnateur du village. Il se penche sur le crâne de Caparak et se met à lui parler d'une voix lente et grave, guidant l'esprit du défunt dans l'Autre-Monde.

Puisse-t-il trouver le chemin de la paix.

Le squelette est maintenant nu devant le soleil. L'Accompagnateur porte un appeau de pierre à sa bouche, la face tournée vers le ciel, et souffle de toutes ses forces. Les rapaces répondent aussitôt à ce sifflet, et s'élèvent dans les cieux jusqu'à ne plus être que de petits points noirs. Les villageois agitent de grandes perches de bambou pour chasser les juvéniles encore peu habitués à la cérémonie, laissant bientôt le calme envahir de nouveau ce coin de montagne.

Quatre hommes s'agenouillent alors de part et d'autre du vieux chef. Ils versent une huile sur chacun de ses os, les caressant, respectueusement, et les bandant de tissus pourpres. Ils se recueillent une dernière fois, et se retirent lentement, en procession.

Je dématérialise ce corps jumeau et regagne mes chairs originelles, sous mon pin, griffant sans prendre gare une motte de mousse fraîche de mes ongles. Ils sont longs d'une pousse de plusieurs lunes. Fichues visions qui se jouent de mon temps ! Je réduis aussitôt ces excroissances de kératine, et me redresse. Seul. Et sans billes. Mon plastron tout entier a disparu !

Je me relève d'un bond, incrédule, fouillant mes robes de Sawa, déchirant le tissu sans rien trouver, ni billes, ni Pierres, ni rien. Calmant ma fureur naturelle, je scrute les alentours en quête des premiers indices. Mes vêtements portent des traces de coups de sabre, comme si quelque malfaisant avait essayé de m'estourbir en plus de me voler ! Je piste les premières traces, branches cassées, mousses heurtées, pierres roulées. Traces de bottes. Ils sont plusieurs. Mes sens affinés lisent dans la mémoire des lieux la présence de trois hommes, partis en direction de la vallée.

Mes senseurs à l'affût, je dévale la pente, entre les arbres, sautant les troncs couchés, volant par-dessus les blocs. Mes cibles se déplacent à bon train, à dos de cheval. Leur forfait est de courte date, et j'ai tôt fait de les rattraper. Au bout de ces bois en surplomb, je pourrai les rejoindre et leur couper la route. Maintenant ! Je saute dans le vide, tombant de tout mon poids sur l'homme de tête. Un Frère Blanc. L'homme roule en contrebas du chemin, et ne se relève pas. Ses deux comparses tentent de calmer leurs montures affolées. Je passe sous le ventre du premier cheval, désarçonne le cavalier pour voler sa place, et prends le dernier en chasse.

— Mais d'où sortez-vous, les encagoulés ?

Je force l'allure de mon roussin, excitant à distance les feux de Ramsara en dissipant dans les airs quelques arbres du chemin.

— **MANGER...**

L'homme se met à hurler, le froc en feu, et saute de son cheval lancé à plein galop. Je m'arrête près du coquin. Il est pris d'affolement, retire à la hâte l'objet de sa rapine, et recule en se traînant comme un malpropre sur son postérieur.

— Où comptiez-vous aller, comme ça ?

— Nulle... Nulle part !

— Savez-vous qui commande en ces lieux ?

— V... Vous !

— Comment osez-vous voler un roi ?

— Je... Je ne sais pas !

— La folie parle à travers toi, l'homme. Ce chemin sur lequel tu m'entraînes mène au lieu le plus abject de ces terres. Carsahalapam. Est-ce là que tu te rendais ?

— N... Non !

— Alors tu vas commencer par me rendre ce bien que tu viens de jeter sans le moindre respect dans les herbes.

Le frère recule encore, peu décidé à m'entendre. Je me penche, récupérant mon plastron de billes, et m'approche de l'homme.

— **MANGER...**

— Tu n'auras rien, Infâme !

— J... Je ne veux rien !

— Qui te dit que je m'adressais à toi ?

— P... Personne !

— Disparais !

Je laisse l'homme s'enfuir, non sans avoir pris soin auparavant de le priver de toute dignité, et replace mon plastron autour de mon cou. Cette maladresse de ma part aurait pu m'être fatale. Surtout en aussi mauvais voisinage. Carsahalapam.

Les forces ennemies sont affaiblies, mais non terrassées. Et, s'il prenait l'envie aux uns et aux autres de coordonner leurs desseins, je me retrouverais bien en peine de leur résister. Je m'élance sur le chemin, les senseurs en alerte.

— **MOI FAIM...**

Cette fois, il se pourrait que tu trouves de quoi te gaver, Infâme. Le maître temple des Ossuaires se dresse devant moi, à travers bois. Ses tours dépassent de loin celles de tout autre sanctuaire de Saham. Le premier os a été posé ici il y a plus de quatre millénaires par Obédaï. Le fondateur de l'Ordre Noir.

Je m'approche prudemment, Ramsara en avant de mon poing, chassant des nuées de palpes fébriles. Ils sont là, longs et fins comme les traînes d'une méduse perdue dans les grands fonds, refluant devant l'arme des rois. Tous connaissent les effets de la Pierre. Et tous redoutent ma colère. Je distingue mes deux premiers Prêtres, sous le porche, qui se racornissent déjà à l'approche de mon poing. Je sens leur Šhå inonder la Pierre, nourrissant les appétits primaires de son démon. Ramsara me brûle la paume, réveillant les moires de mon armure.

Je prends pied sur le parvis, reconnaissant au passage les phœnix du fondateur de ces lieux. Je ressens dans leur cœur de terre cuite toute la haine et l'espoir d'un homme. Des sentiments qui résonnent étrangement en moi, comme sous le coup de quelque affinité de caractère. Je pousse les portes de bronze et jette des flambeaux virevoltants pour éclairer l'endroit. Un grand escalier mène aux salles souterraines du temple. Je les traverse au pas de charge, réduisant les officiants en statues de cendres. Ils restent là, immobiles, suspendus aux marches de mon temps, avant de voler en nuages de poussière.

Je m'enfonce au plus profond, marchant sur un dallage de crânes récemment dorés à l'or fin, en quête du Happeur. La lumière émane directement des murs, où de courtes flammes brûlent des graisses humaines dans des lampes en os. Je reconnais chacune des salles, pour les avoir déjà vues par les yeux de Cataxak. L'Ignoble a foulé ces dalles durant des millénaires, se nourrissant des morts de cette terre. Mais une lame arrache soudain un éclat à mon gantelet. Je pare deux nouvelles attaques, par réflexe, avant de réaliser que les robes de mes assaillants n'ont rien de sahaméennes.

— **MANGER... TUER... MOURIR...**

Des Frères Blancs. Ici. Dans le fief suprême de la mort. Je les pousse en bas d'escaliers, sentant monter en moi la colère.

— Votre foi tolère ces lieux ? Vos Pères fraient avec ces nécromants ?

— Il nous faut nous allier contre les Destructeurs !

— Mais, fous ! ne voyez-vous pas en eux les plus abjects représentants du mal ? Ne voyez-vous pas en eux pire que des Destructeurs ?

— Non, le Tatoué. Ce lieu est nourri par la mort des hommes, et ne prend rien à la Nature. Il exprime dans toute sa magnificence la face nocturne de nos préceptes.

Mais l'homme ne dira rien de plus, un novice de l'Ordre Noir vient de le passer par le fer, espérant se repaître à bon compte de son Šhå pour m'affronter. Au double contentement de ma Pierre et de son divin ténia.

Je pénètre enfin le saint du saint, reconnaissant l'autel sacrificiel et la chaire de terre sur laquelle Cataxak est venu des millénaires durant gonfler de son sang les rangs de l'Ordre Noir. Aujourd'hui, c'est un Happeur des plus exubérants qui occupe la place. N'ayant pas trouvé d'ivoire sacré, il a greffé sur sa face des perles de dentine humaine. Son crâne montre les séquelles d'un étirement excessif, comme si, par un désir trop hâtif de vouloir dépasser le maître, il avait voulu prouver une puissance qui ne lui était pas encore acquise.

Je présente Ramsara à ses yeux sans fond. Il se racornit et s'effondre en un tas de cendres, laissant ses âmes prendre leur envol pour rejoindre leur étoile. Une dernière chose attire mon regard. Non point le rostre cérémoniel de Cataxak, reposant dans son bassin fossile, mais ce brasero de bronze. Un paquet de feuilles séchées se tient à ses côtés, prêt à être émietté pour offrir une fumée que je ne connais que trop. Du Tixil. La plante de l'Oubli. L'arme des Veilleurs. Un secret trahi par les Pères Blancs ! Détenteurs, vous qui côtoyez les cieux, voilà à quoi vous en êtes réduits ? À des manœuvres de malandrins ? Fourbes ! Vouloir me ronger l'esprit avec de vulgaires drogues ! Vouloir me replonger dans les affres de l'amnésie !

Mais ici vient de tomber le dernier temple maudit. L'Ordre Noir n'est plus, sur les terres de Saham.

Je m'assieds sur le siège de terre, observant les crânes disposés ici. Obédaï, le premier, repose au centre de la crypte. Encadré par deux colonnes de fémurs. Je m'approche de lui. Lui qui se dit vivre encore et nourrir de sa haine l'abject Carda Noir. Je saisis l'os, et ressens immédiatement en lui les vibrations malades d'une matière dénaturée. Je vois aussi que la relique servait à masquer la clenche d'une porte dérobée.

Je pousse un flambeau dans une pièce minuscule, découvrant sur des étagères creusées dans le ventre de la Terre des coffrets entiers remplis... de billes-mémoire. Elles recèlent des gouttes d'eau de temps révolus, comme une collection d'instants choisis. Je frémis à l'idée de pénétrer l'une d'elles et de voir encore défiler des lunes entières ! Je referme sur moi la porte de ce caveau, après m'être assuré de la tranquillité du lieu, et m'allonge sur le sol.

Le village apparaît, accroché au-dessus de son précipice. Je me pose sur la terrasse, près de Kerfang. Il s'amuse à taquiner de grosses fourmis avec une tige de bambou. Je prends corps derrière lui, soignant en quelques traits de Šhå ma tenue vestimentaire, et me penche à son oreille.

— Kerfang, mon fils.

— Père, tu es revenu !

Le garçon me saute au cou.

— Oui. Écoute, Kerfang, je ne veux pas que tu ennuies les fourmis. Vois-tu, pour elles cette baguette représente une terrible menace contre laquelle elles sont prêtes à mourir pour la défense de leur colonie. Je ne veux pas que tu t'amuses aux dépens des plus faibles que toi, d'accord ?

— Oui, père ! Tu sais, j'ai beaucoup d'autres jeux !

Le garçon jette sa baguette et rentre en courant dans la maison. Mais c'est Pasang qui en ressort. Elle vient à moi, je la prends par la taille et l'embrasse doucement.

— Je ne vois toujours que votre être de chair froide, Seigneur. Où vous cachez-vous, encore ?

— Au fond d'une crypte, ma Reine.

— Tout va bien ?

— Promettez-moi de ne plus poser cette question, à l'avenir.

— Pardonnez-moi, Seigneur, de m'intéresser quelque peu à vous !

— Pasang, ne prenez pas mal la chose. Mais qui sait quels mots peuvent sortir de ma bouche en réponse à vos questions ?

— C'est juste que vous deviez nous rejoindre, avec Carda.

— Je suis retenu.

— Pour combien de temps ?

— Ah... une question.

Elle m'entraîne à l'intérieur de la maison.

— Vous n'êtes pas obligé de me répondre.

— En réalité, je venais à vous pour vous prévenir que je projetais d'autres voyages.

— C'est-à-dire ?

— De ceux qui me plongent dans ces comas que Carda déteste tant.

— Je me demande comment votre corps parvient à rester frais aussi longtemps sans soins.

— Mon armure, ma Reine. Elle est... un peu particulière.

— Voulez-vous manger quelque chose ?

— Pour devoir dissiper ces plaisirs avant de repartir ?

— Sans doute. Alors avez-vous d'autres projets ?

— Il va sans dire, ma Reine.

Elle se serre contre moi et m'embrasse.

— Hou les amoureux !

Kerfang redescend avec des figurines de pierre à la main.

— Il vaut mieux, petit monstre, sinon tu ne serais pas là ! D'ailleurs, il est temps d'aller se coucher !

— Ah non, je veux voir père encore un peu !

— Kerfang, si tu me permets de t'accompagner jusqu'à ta couche, j'aurai peut-être une histoire ou deux à te raconter.

— Ouais !

L'enfant se lève d'un bond et m'entraîne aussitôt dans les escaliers en me tirant le bras, et se jette en criant sur un tas de coussins.

— Tu as vu mes Kawakas ?

— Qu'est-ce que c'est ? Tiens... enlève tes sandales.

— C'est le nouveau chef qui me les a donnés, c'est des jouets de pierre !

— Mais tu as les pieds sales !

— Il faut les laver ?

— Oui. Viens voir par là.

Mon fils s'approche en deux bonds tandis que je plonge un linge propre dans de l'eau claire.

— Raconte-moi... la guerre !

— Oui, eh bien moi je crois que la guerre n'est pas un sujet qui devrait intéresser les enfants de ton âge. La guerre ne devrait intéresser personne !

— Pourquoi ?

— Il n'y a que les Hommes pour faire la guerre. Tu connais des animaux qui se font la guerre ?

— Non.

— Des plantes ?

— Non.

— Tu vois, l'Homme se dit intelligent, mais, quand il fait la guerre, il devient plus stupide que toutes les plantes et tous les animaux de la Terre. Donne-moi ton autre pied.

— Mais alors, pourquoi il y a la guerre ?

— Pour beaucoup de raisons. Toujours de mauvaises. Parfois, un peuple veut voler le territoire d'un autre peuple.

— Pourquoi ?

— Pour être plus fort.

— Et c'est pas bien d'être plus fort, père ?

— Pas si c'est pour opprimer les plus faibles.

— C'est quoi « opprimer » ?

— C'est comme embêter les fourmis.

— Ah ?

— Voilà, tes pieds sont propres. Tu peux te coucher.

Je tire à lui une chaude Carataka.

— Mais c'est bien de savoir faire la bagarre ! Toi, tu es fort, père, pour la bagarre !

— La force est utile quand les mots ne suffisent plus.

— Pour quand on est roi ?

— Exactement.

— Et qu'est-ce qui dit que tu es le roi ? Tu n'as pas de couronne ?

— Non, je n'ai pas de couronne. Mais j'ai ça.

Je matérialise en quelques bruissements une image de Ramsara.

— C'est quoi ?

— La Pierre des Rois.

— Elle veut dire que tu es le roi ?

— Oui. Si tout le monde comprenait aussi vite que toi, j'aurais déjà beaucoup moins besoin de savoir me battre.

— Il y a que toi qui as le droit de l'avoir ?

— Oui.

— Je peux la toucher ?

— Non, cette pierre est dangereuse.

— Et tu as d'autres choses qui veulent dire que tu es le roi ?

— Oui, regarde.

Je dégrafe une fibule de ma cape, ouvre ma main, et me plante l'épingle dedans. Elle est déviée par l'éclat bleuté de mon esprit. Je recommence encore une fois. Kerfang ouvre de grands yeux.

— C'est quoi ?

— Une armure. Regarde.

Je me concentre et dresse sur moi l'image évanescente de mon armure, jusqu'aux pointes acérées de mon gantelet.

— Tu vois ? Ceci est l'armure des rois blancs de Saham. Elle me rend invulnérable.

— Personne ne peut pas te faire mal ?

— Eh non.

— Tu es vraiment très fort, père ! Mais tu n'as pas d'épée ?

— Si.

Je me concentre doucement et lève cette fois l'image d'Aciane. Elle vibre et chante dans l'air, plus vraie que nature.

— Elle est belle, n'est-ce pas ?

— Oh oui ! Et elle est tranchante ?

— Très, mais ce n'est pas un jouet.

— Et tu as un château ?

— Beaucoup de châteaux. Tous les châteaux de Saham m'appartiennent. Et j'ai mieux. J'ai un Marsam.

— C'est quoi ?

— Un animal très grand et très fort. Quatre fois plus haut qu'un cheval, avec une longue trompe pour attraper les enfants qui ne veulent pas se coucher ! Allez, je ne vais pas te raconter des histoires toute la nuit, il faut dormir !

— Non !

Je l'embrasse sur le front pour couper court à toute autre protestation, et disparais dans l'escalier. Pasang me sourit.

— Alors, il s'est endormi ?

— Pas sûr que mes histoires l'aident à dormir !

— Nous allons devoir patienter un peu avant de nous raconter les nôtres, alors...

— Je le crains, ma Reine.

Elle libère quelques Taksa Taksa des lanternons et fait tomber la pièce dans une douce pénombre. Puis elle monte s'assurer que Kerfang soit bien couché et redescend. Sa peau nue se colle bientôt contre moi.

— Ma belle, j'aimerais que cet instant dure toujours.

Nos mains poursuivent seules les fils de cette conversation.

Je me réveille au fond de la crypte, avec l'espoir de découvrir ici enfin quelque chose qui vienne libérer mon âme. Je plonge dans la Toile du Temps, une bille de ce trésor à la main, et me sens aussitôt attiré par un fleuve lointain. Mais, avant de me rendre en ce point, je prends le temps de gagner le sillon gelé de Kerfang et de semer là l'image mouvante du Marsam, colossal, me portant sur son dos. Voilà une pluie de glace qui va venir planter des rêves inédits en terre de Saham !

Laissons-nous maintenant guider par l'eau de ce collectionneur...

Chapitre 48
Obédaï, le Maître-Moine de Saham

Très vite, le cristal me livre d'autres images venant du monde extérieur. Je vois des villes entières, elles aussi faites de métal et de verre, se faire envahir par des machines roulantes. Des foules hurlant de colère se massent devant des palais élevés en flèches, devant des dômes dorés ou sur d'immenses esplanades, brutalisées par des hommes en armures noires. Puis se succèdent des images feutrées d'assemblées, de tribunes. Des hommes se lèvent, tour à tour, et se lancent dans des discours véhéments. Et, brutalement, défilent des images de destruction et de mort. Rien à voir avec une guerre, non. C'est une destruction comme seul Dieu peut la concevoir. Tous les peuples de la Terre se font avaler dans l'eau et les flammes.

Le Grand Acte.

Le disque-mémoire de ce fortin des anciens temps me montre des images qui me rappellent fortement celles de la fin de Saham. Je dois creuser plus loin. Découvrir les secrets de cette puissance qui me permettra d'assouvir ma vengeance et de renverser Dieu.

Je range mon disque dans sa poche de cuir et descends près du rivage, à l'abri de rochers. Cet objet ne me dira rien de plus qui ne vienne d'être gravé dans ma mémoire. Je le brise à coups de galet, et jette les morceaux à la mer. Je matérialise mon sabre-mémoire, et reproduis en tous points les gestes prescrits par le disque. Je pose la lame sur un rocher plat, en équilibre, sur son point de gravité, et je lui donne une impulsion.

L'épée tourne doucement, fluidifiant sa course à chaque tour, forçant son allure jusqu'à ne plus former qu'une grande assiette argentée. Puis elle s'incline, lentement. Mirifique. Les deux dragons de sa garde se détachent maintenant et s'élèvent dans le ciel avant de s'immobiliser, tendus comme des cordes. L'œil vissé au sud-sud-est de ma position. Ils ouvrent alors leur gueule et crachent dans la nuit un long trait de lumière. Je m'accroche à lui, sans réfléchir, et me laisse emporter à travers les airs à une vitesse vertigineuse. Je dépasse le port de Taalansh et survole bientôt les vagues écumeuses de l'océan Patalan, m'enfonçant droit dans ses brumes de légende en un endroit maudit et cause de bien des pleurs. Pas un vent en ces eaux. Pas un souffle pour gonfler les voiles. Juste des brumes chaudes aux relents de soufre. Les marins disent qu'ici la mer tombe dans un gouffre et que c'est la fin des mondes. D'autres que des monstres aux gorges fétides surgissent des flots et engloutissent sans ambages équipages et bâtiments.

Mais le trait de lumière file en ligne droite, sans se soucier des légendes. Il crève les grains d'une tempête, ignorant les violences de la Terre jusqu'à plonger dans la gueule de l'enfer. Là, dans les volcans d'une île perdue, il frappe un pluton de roches, et ressort brusquement, crépitant de plus belle, pour rejoindre ma position. Que dois-je comprendre ? Qu'il faut me rendre sur cette île perdue et ignorée de toute carte ? Je m'attarde un instant sur les panaches de vapeur soufrée et les gerbes incandescentes de roche en fusion. Les volcans sous-marins jouent ici aux monstres légendaires, ébrouant tout un archipel de leurs masses chaotiques. Cauda Dragonis.

Je rejoins mon corps, perdu en territoire Cathar, sur les rives de Camphore, et immobilise doucement le sabre de mon père. Les dragons redescendent lentement le long de la lame, sans jamais détourner leur regard de leur destination, puis se replacent de part et d'autre de la garde, et se figent. Je rappelle mon arme dans l'éther, quand mon armure s'anime soudainement de vibrations inhabituelles. Des symboles lumineux se mettent à défiler à toute vitesse devant mes yeux. Mon bras se lève sans que j'en émette le souhait, et les dragons resurgissent, dansant dans le creux de ma main. Ils dodelinent du chef, tout en fixant le point fictif de leur destination. Je ferme la main, rappelant les dragons au néant. Je rouvre la main, paume vers le ciel, ils réapparaissent, imperturbables. Un symbole lumineux clignote devant mes yeux. Je ne suis pas certain d'apprécier ce nouveau jeu. Du moins pas autant que ce visiteur. Il m'interpelle.

— Eh là, voyageur, vous allons bien ?

L'homme présente une figure déformée et barrée de cicatrices. Il me regarde, appuyé sur un bâton de marcheur, enroulé dans une grande cape grise. Je ne l'ai pas entendu arriver.

— Vous sommes de Saham, hein ? Il reconnaît bien les gens de là-bas. Vous allons à la guerre, avec vot' attirail ?

— Pourquoi me parlez-vous, l'homme ?

— Il aime parler aux gens qu'il croise sur son chemin, voyageur, ils ont toujours plein de choses à lui apprendre ! Et il aime votre culture ! Saham... son palais aux rues pavées d'or... ses vitres de cristal... Vous en avons de la chance d'être né dans un royaume pareil !

— Allez me raconter vos fadaises ailleurs !

— Oh... Eh ! Il loue la grandeur de votre peuple, et vous lui répondons d'un mauvais ton !

— Tout à fait. Laissez-moi en paix. Allez, dégagez !

— Où vous avons vu jouer ça ? Il a fait les trois guerres, le père Armant ! C'est là qu'il a gagné sa gueule cassée ! Dans les rangs des mercenaires cathars ! Alors ne croyons pas qu'il a peur de vous ! Vous l'impressionnons pas avec vos grands airs et votre épée magique !

— Qu'avez-vous dit ?

— Ah ! D'un coup vous vous intéressons à mon dire ? Mais le père Armant vais voir ailleurs !

— Ce n'est là que l'épée d'un prince de Saham. Conduis-moi plutôt au port le plus proche. Je dois prendre la mer.

L'orage se calme enfin, cessant de lever ses ponts d'eau dans des hurlements de vent. L'océan apaise ses humeurs, sans toutefois renoncer à déchirer encore quelques vagues sur ces éperons rocheux. Le capitaine peut mener la *Raie bathyale* vers l'île souveraine de Kaash. Les îles mineures réapparaissent même, derrière les nuages, sombres et pointues. Le capitaine engage son navire dans la double enceinte portuaire, et donne l'ordre de mettre en panne. L'ancre est jetée, et le canot prend déjà la mer.

Les quais accueillent la foule des grands jours. L'endroit sent la résine à plein nez, malgré le grand air du large. Alanskar veille de si près à abattre le moindre de ses cèdres que la moitié des vaisseaux de ce monde sont faits de son bois. Les armateurs font la queue au bout de la jetée en eaux profondes, attendant leur tour pour amarrer leurs navires et participer à la grande valse des marchandises. Kaash est le plus grand port du Patalan, et je gage de trouver ici un audacieux, parmi ces chasseurs de montdents, capable de m'emmener dans les brumes de Cauda Dragonis.

Je débarque et hèle deux gardes du port.

— Messieurs, auriez-vous l'obligeance de me conduire au castel de Kaash ?

— Quelle idée qu'ça !

— Je viens à Kaash pour rencontrer votre tyran.

— Voir l'tyran ? L'a pas que ça à faire, l'tyran, que de recevoir des oiseaux de vot'genre.

— Je ne suis pas à Kaash pour disserter avec sa garde. Je suis prince de Saham, et...

— Holà les gars, un amuseur ! Bougez pas ! Nous pourrions peut-être organiser une p'tite fête sur un de nos rafiots, et vous pendre au beaupré !

Je fends l'air, coupant court les baudriers de ces messieurs pour mettre fin à cette conversation stupide. Les deux hommes reculent, la terreur vissée dans les yeux.

— ... L'est démon !

— J'ai dit « au castel » ! Et croyez-moi, j'ai des méthodes bien plus convaincantes en réserve !

Le plus gaillard tire l'autre par la manche...

— ... Oui... Oui !

... et m'entraîne à travers le port par les chemins de ronde. Nous passons de coursives en volées de marches pour atteindre bientôt les pavés humides d'une rue marchande. Les vantaux s'ouvrent sur les échoppes, pendant que les trompes de fer annoncent la fin de l'orage. Ici, pas de place vacante. Tout espace, même le plus infime, trouve son utilité. Les carreaux des vitrines renvoient les reflets d'un homme de forte carrure. Je prends soudain conscience de ne pas avoir un profil très local, avec mon nez busqué, mes pommettes débitées à coups de hache et mon regard noir. Comment ne pas comprendre les regards inquiets que je surprends ci et là ?

Mais mon escorte prend maintenant son rôle très au sérieux.

— Faites place au prince de Saham !

Les badauds s'écartent tandis que nous franchissons une série de pas d'âne et approchons d'une entrée fortifiée. Le castel de Kaash. Siège de la tyrannie des îles de la Semée. Les portes sont closes. Je ressens les déplacements énervés de quelques hommes en armes à l'abri des créneaux. Un battant s'ouvre brusquement en haut d'un flanc de tour, et un homme à la barbe courte et grisonnante invective ses gardes.

— Qui vous a autorisé à quitter vos postes ?

— M... Mm... Messire prétend être un prince... Et. . Et il demande à...

— Retournez aux remparts !

— Mais...

— Sur-le-champ !

Les deux gardes se tassent et redescendent vers le port. L'homme me jauge maintenant d'un œil acéré.

— ... Sahaméen ?

Il continue de me dévisager.

— Définitivement Sahaméen. Voilà qui est peu commun, par ici. Et que venez-vous faire au pied du castel de Kaash ?

— Je suis prince en mon pays, et demande audience auprès de votre tyran pour une affaire d'État.

— Sans prendre la peine de vous faire annoncer ? Sans délégation ni même le moindre émissaire ? Un prince en personne, vous dites ? Et pour quelles raisons voudriez-vous voir le tyran de Kaash ?

— Des raisons, vous le comprendrez, qui ne peuvent pas être divulguées au pied d'un mur.

L'homme quitte son perchoir et j'entends crier des ordres derrière les vantaux. Les lourds battants crissent de mille rouillures et me livrent accès à la place d'armes du castel. L'homme est déjà sur le pavé, à m'attendre. L'absence de contre-jour me permet de mieux apprécier la finesse de ses brocards.

— Mon nom est Killian Aljahin, tyran de Kaash.

— Je suis Obédaï, fils d'Asatraï, fils de roi et prince de Saham.

— Bienvenu à toi, Prince. Pardonne-moi la sobriété de cet accueil, mais, encore une fois, pourquoi ne pas avoir suivi le protocole ? Pourquoi ne pas t'être fait annoncer ?

— Tu ne peux pas ignorer, Tyran, les réalités politiques de mon pays ?

— J'ai bien des plis confidentiels, mais la nature des informations laisse à désirer. Saham va si mal ?

— Saham n'est plus qu'un tas de ruines. Je suis même le dernier représentant de son élite florissante.

— Comment êtes-vous passés du maître à l'esclave en si peu de temps, à Saham ?

— J'ai voyagé jusqu'ici pour le découvrir, Tyran.

— Tu t'imagines que Kaash en voudrait à ton royaume ?

— Non. Je viens recevoir des conseils, Sémien. Tes connaissances sur les mers Interdites peuvent m'être précieuses.

— Si tu parles des caillasses de Cauda Dragonis, tu perds ton temps. Rien n'est digne d'intéresser un prince en ces lieux, crois-moi.

— Je dois pourtant me rendre sur ces terres.

— Voilà bien des mystères, Obédaï de Saham. Et que me donnes-tu pour consulter mes cartes ?

— Si ce sont des richesses que vous voulez, je peux vous donner ceci.

Je me concentre un instant, plaçant entre mes doigts une pierre de sang de Carmak. Une merveille qui comblerait l'avidité de tout homme sur Terre. J'ouvre la main et poursuis.

— Brute, polie, taillée, la pierre de sang de Saham recèle en son cœur un éclat qui exprimera pour les siècles à venir toute la nostalgie de notre puissance passée. Sa valeur surpasse bien des diamants.

Killian soumet la gemme à son œil affûté. Je renchéris.

— Je récompenserai largement toute information utile, Tyran.

— Suivez-moi.

Le tyran m'entraîne dans une artère sombre et pousse une porte grinçante.

— Le castel est une vieille forteresse, Obédaï Prince de Saham. Ses plafonds sont trop lourds, ses portes trop étroites et ses escaliers trop raides. Mais pas un Kaashien ne comprendrait qu'un tyran veuille donner un nouveau visage à ce château.

Nous nous arrêtons bientôt devant un double battant de bois. Des gardes sortent de quelque renfoncement de murs, entre deux armures de collection, s'inclinent, et viennent frapper trois coups contre les panneaux. Trois coups répondent, et un nouveau grincement se fait entendre. Killian m'invite à entrer dans une grande salle aux ogives basses. De larges casiers de bois rampent entre les piliers forts. L'homme allume des calices de fer forgé, levant des flammes grossies par des globes de verre remplis d'eau.

Quelques érudits abandonnent leurs écritoires et quittent les lieux en silence. Le tyran ne leur prête aucune attention. Il sort un rouleau d'un des casiers et le déroule sur une table de cèdre d'Alanskar. Il allume d'autres de ces lampes-loupes, place des feuilles séchées dans un encensoir, et jette quelques étincelles dessus, à l'aide d'un briquet. Une fumée blanche et aromatisée sort des multiples naseaux d'une chimère tentaculaire et envahit la pièce de ses senteurs. L'homme place quatre montdents de pierre aux angles de la carte marine, et pose sa main à plat.

— Voici l'océan Patalan.

Il étend d'une vague les doigts de sa main droite et pose l'un d'eux.

— Ici, Kaash.

Il glisse sur le cuir.

— Et ici, la Queue du Dragon.

— La distance paraît grande.

— En effet, Prince. Ton voyage ne demanderait pas moins de six lunes à nos meilleurs marins pour aller et revenir de ces mers. Et je te prie de croire que seuls les Sémiens portent aussi loin le cèdre d'Alanskar !

Je regarde un instant le dessin de monstres, autour des îles de Cauda Dragonis. Le détail de ces tentacules géants surgissant des brumes ne doit rien à l'imagination.

— Mais je te le répète, Prince, il n'y a rien sur ces îlets. Et les seuls fous qui se risquent en ces brumes le font pour trois tonneaux de graisse ou la gloire !

— Et connais-tu de ces fous ?

— Des dynasties entières ! Certains capitaines luttent depuis des générations pour prouver leur suprématie sur les mers à la face du monde ! Cauda Dragonis est l'enjeu privilégié de leurs joutes nautiques. C'est à celui qui aura les cartes les plus détaillées ! Les mêmes îles ont des dizaines de noms, cents fois rebaptisées par nos intrépides !

D'un œil circulaire, je cherche un récipient qui puisse contenir une offre acceptable. Ce vase en fer émaillé fera l'affaire. Je me tourne un instant, me concentre, et fais de nouveau face à l'homme.

— Ces pierres de sang me permettraient-elles d'entendre de ta bouche le nom du plus fameux de ces capitaines ?

Il tend la main, l'œil luisant.

— Va voir le capitaine Allen Keshren. Avec un peu de chance, tu réussiras à le convaincre de braver pour toi quelques dangers. Mais la curiosité me fait oublier les règles de l'hospitalité ! Suis-moi, nous poursuivrons cette charmante conversation autour de bons plats !

Killian m'entraîne dans de nouveaux dédales de couloirs humides, et nous débouchons subitement sur une belle salle aux larges verrières. Les chandelles se reflètent dans les carreaux, et je peux encore deviner, dans la nuit tombante, l'immense vue sur la mer qui se développe aux quatre vents. Killian m'invite à prendre place à table, tandis que des femmes aux traits délicats disposent quelques finesses marines. Des plats de fruits de mer, de coquillages ou de crustacés mêlant vif, cru et cuit au milieu de senteurs iodées.

— Voici Haëlen.

Killian s'incline devant une jeune femme à la peau diaphane et tire pour elle un des sièges. Certainement sa favorite du moment. Les tyrans de la Semée aiment à s'entourer de belles femmes, sans jamais se lier à aucune d'elles. Killian lève son verre à mon attention.

— Prince de Saham, à ton périple !

Je saisis le verre incrusté de nacre qui me fait face et le lève à mon tour.

— Et à la beauté, Tyran.

Je porte à mes lèvres un breuvage d'une étonnante subtilité.

— Peu d'hommes ont le plaisir de goutter à l'eau de Kaash, Obédaï de Saham.

— Qu'est-ce ?

— Un précieux liquide récolté par les hommes-sourds, au large de l'île, dans les styles de la callypée.

Devant mon absence de réaction, l'homme poursuit son exposé.

— Il s'agit d'une algue pourvue de curieux appendices floraux. Mais attention, Prince, si les premières gorgées de ce nectar sont douces et rafraîchissantes, les suivantes nous entraînent vite dans une ivresse des plus délectables ! N'est-il pas, Haëlen...

Il regarde benoîtement sa favorite. Cette dernière, elle, l'ignore superbement, le regard perdu dans les abysses. Elle tend soudain un bras, saisit une crevette grise dans le plat qui lui fait face, à l'aide d'une pince en argent, et entreprend de la décortiquer de ses deux couteaux, sans jamais poser un de ses doigts dessus. Elle saisit une fourchette, pique la chair fine du crustacé, la porte à sa bouche et resserre délicatement sa mâchoire. Je devine le bouquet délicieux qui inonde son palais à l'instant, mais la belle, elle, préfère tout ignorer de nos regards et avaler ce mets avec une parfaite froideur. Le tyran, béat devant la beauté de sa nouvelle favorite, achève enfin son discours.

— Malheureusement, l'eau de Kaash doit être bue le jour même de sa récolte. Sans cela, elle serait sur les tables de toutes les cours du monde ! Mais je t'en prie, prends part au repas, Prince !

Les servantes retirent des plats à peine entamés pour poser des poissons de toutes formes. Les chairs se suivent sans jamais se ressembler, parfois seules, parfois accompagnées d'algues colorées, douces ou relevées. La finesse de la cuisine sémienne éveille mes papilles à des saveurs insoupçonnées. Puis suivent les desserts, toujours accompagnés de cette eau de Kaash dont, il est vrai, je commence à ressentir les effets. Je jette mon dévolu sur une salade de fruits tout en contrastes. Des baies aux parfums exotiques viennent finement se marier aux liqueurs marines.

— Et comment se fait-il qu'un prince se promène seul ?

Je repose ma cuillère d'argent, soudainement en proie à une vive émotion. La favorite du tyran vient de me poser une question, prenant ainsi la parole pour la première fois. Elle me fixe sans ciller, appelant en moi des sentiments contrastés. Je lis une remarquable intelligence dans ce regard.

— Belle Dame, les terres de Saham sont ravagées. Ses richesses d'antan sont réduites à néant. Il n'y a plus de palais, et encore moins de cour.

— Je ne parlais pas de cette solitude, Prince. Je parlais de la compagnie d'une femme.

— Seriez-vous intéressée pour voyager à mon bras, belle Dame ?

— Je ne pense pas, Prince de Saham. J'ai peur que vous ne soyez pas en mesure de m'apporter les raffinements dus à mes exigences altières.

— Il est aussi possible, belle Dame, que vos exigences me paraissent bien pâles au regard de ma présente mission.

— Comme servir de repas aux tentaleux ?

— Haëlen ! N'importune pas notre invité !

Le tyran jette soudain un regard sévère à sa favorite. Un regard qu'elle soutient et défie.

— Vous même, Tyran, n'hésitez pas, pour quelques pierres, à jeter ce malheureux dans les bras de Keshren !

Je me redresse, soudain intrigué.

— Killian Aljahin, Tyran de Kaash, si vous m'en disiez plus long sur ce capitaine Keshren ?

Le tyran se tourne vers moi, embarrassé par les indiscrétions de sa favorite.

— L'homme ne manque pas d'aplomb. Il connaît les dangers de ces mers. Et le *Léviathan*, un bateau des plus solides, est prêt à partir. Il n'y a rien à ajouter.

— En dehors de quelques rumeurs tenaces, Prince. Si vous aimez les légendes, vous allez être servi, avec Keshren !

— Haëlen, n'embarrasse pas le Prince avec des potins d'ivrognes. Les commérages de tes gens de service ne valent rien en haute mer, face à la tempête.

Le tyran se tourne vers moi.

— L'homme a pris un peu d'âge. Certains disent qu'il manie désormais mieux les mots que la barre. Reste que pas un marin de Kaash n'a la main aussi sûre que Keshren !

— En dehors du fringant capitaine de l'*Impérissable*.

— Haëlen ! Suffit !

— Qui est ce capitaine, Tyran ?

L'homme est au bord de l'exaspération.

— Erwin Galagor. Mais inutile de parler de ce flagorneur, Prince. Il a plus de facilité à lever les filles de port que les voiles ! Il ne doit sa superbe en mer qu'à la finesse de son trois-mâts et aux derniers matelots de son grand-père !

— Et pourquoi ne pas m'avoir proposé l'alternative de ses services ?

— Car Galagor est déjà en mer depuis quatre jours, Prince, voilà pourquoi je n'ai pas cru bon te parler de lui. Haëlen, qu'as-tu encore, à faire des messes basses avec mes servantes ?

La favorite plonge ses deux yeux dans les miens et répond froidement.

— Cette charmante demoiselle me disait que son frère était à bord du *Léviathan*, et qu'ils attendaient en ce moment même la marée pour lever l'ancre, Tyran. Sans doute que cet aspect des choses intéresse notre invité, n'est-il pas, Prince ?

Je me lève de table, dissipant par ma volonté les effets enivrants de cette callypée, et incline la tête en un bref salut.

— Je te laisse, Tyran. Merci pour les distractions de bouche.

— Vous n'allez pas sortir maintenant ? La nuit est tombée depuis un bon moment !

— Alors bonne nuit, Tyran.

Je déambule sur la criée, entre les casiers de crabes et les caisses de homards. Les canots font la liaison entre les quais de pierre et les grands navires, qui mouillent un peu plus loin, en eaux profondes. Les pêcheurs, privés de sortie durant la journée à cause de l'orage, ont mené une pêche nocturne des plus fructueuses. Ils poussent des caisses débordantes de poissons blancs et débarquent les filets à ravauder.

Je me presse vers la grande jetée. D'après la capitainerie, l'équipage du *Léviathan* vient d'embarquer et attend le point du jour pour prendre la marée. Or les premières lueurs du soleil commencent à poudrer l'horizon. Une cloche retentit même, au loin, à l'autre bout de cette rampe de quai, annonçant l'imminence du départ. Je jette un senseur et gèle aussitôt le cours du temps. Les mugissements de la mer se déforment et s'étirent jusqu'à se faire silencieux. Les gestes s'engluent dans des fils invisibles, et les mouettes se figent dans les airs au détour d'un improbable battement d'ailes.

Je bondis entres les bacs, dérape sur les pierres glissantes de la jetée, bouscule sans distinction tas de corde et pêcheurs, et gagne l'extrémité de la jetée. J'aperçois parmi les dockers affairés un capitaine à l'habit noble. Il est figé dans une attitude perplexe, dictant ses dernières directives sous la lumière d'une lampe tempête. Il est vêtu de vêtements plus sombres que la nuit, teints au noir de Camphore, la teinture la plus coûteuse et la plus raffinée de toutes les mers. Je prends le temps d'observer ses traits, son œil plissé, son front bombé, son nez droit et sans narines. Il n'a pas un poil, pas même un sourcil, et ne semble pas généreux de sa personne. Je me dissimule derrière une grande chèvre de levage, et redonne libre cours à la course du temps.

Je m'approche de l'homme.

— Vous êtes Allen Keshren ?

— Il existe encore quelqu'un pour poser cette question ? Qui le demande ?

— Obédaï, fils d'Asatraï, prince de Saham.

Il détaille mon apparence sans cacher son dédain.

— Et que me prouve cette ascendance ?

Il s'attarde sur mes vêtements, mes bottes, plisse les yeux, et me demande.

— Vous avez assurément le port noble, l'homme. Mais rien n'indique non plus que vous sortiez d'un palais. À commencer par cette tenue.

Je ne réponds pas. Le capitaine se renfrogne. Je n'ai pas à prouver ma valeur au premier quidam venu.

— Si c'est pour affaires, adressez-vous à mon bureau. Comme vous le voyez, je ne manque pas d'occupations.

Je reste vissé devant l'homme, le transperçant de mon regard.

— La rumeur dit que vous auriez perdu la main, Keshren ?

— Plus d'un hâbleur serait prêt à prendre la mer sur sa table de cuisine, pour une partie de pêche avec un prince ! Allez donc faire un tour sur le port, vous ferez le bonheur de ces messieurs ! Au revoir !

— D'aucuns disent que vous n'auriez même pas la fierté de relever le défi de Galagor ?

— Pardon ?

Je fixe le capitaine droit dans le fond de l'œil.

— L'*Impérissable* n'a rien d'une table de cuisine, Capitaine.

— Que savez-vous de mon rival ?

— Qu'il a quatre jours d'avance sur notre destination. En fait, tout Kaash sait qu'il est parti il y a quatre jours pour les brumes du Patalan.

— Et quelle est-elle, votre destination ?

— Cauda Dragonis.

— Cauda Dragonis ? Mais, moule d'eau douce, que pensez-vous faire là-bas ? Vous déraisonnez !

— Capitaine Allen Keshren, mon marché est simple. Je vous paie. Vous ridiculisez votre rival. Et vous ramenez une pêche miraculeuse. Pour le reste, évitez soigneusement de me poser toute question qui me ferait penser que vous tentez de vous immiscer dans les affaires du royaume de Saham.

— J'avais d'autres projets, Prince. Encore une fois, voyez avec mon bureau.

— Capitaine, je pense que, ça aussi, tout Kaash commence à le savoir. Tout Kaash commence à savoir que le capitaine Allen Keshren n'est pas le digne descendant des plus grands marins de la Semée. Et qu'il n'a plus l'âge de s'aventurer dans les eaux du Dragon. Mais, puisque vous ne semblez pas intéressé, je ne vois pas de raison d'insister.

— Attendez ! Mon bateau est paré pour un voyage de six lunes, à mes frais, alors après tout peu importe sa destination. Mais un périple comme celui-ci est dangereux. Je risque de tout perdre, à commencer par la vie. Quelles sont vos garanties ?

Je glisse ma main sous les pans de ma robe, et en tire un boîtier de bois précieux.

— Ceci.

Le capitaine approche les lueurs tremblotantes de sa lampe tempête sur le contenu de la boîte.

— Je peux ?

— N'y voyez pas d'offense, Capitaine, mais je préfère que vous touchiez ce trésor de vos seuls yeux.

— Assurément... Cette pièce est remarquable. Du ruthénium ?

— J'ai entendu dire que vous aviez une fascination pour ce métal.

— C'est vous qui subitement me fascinez, Obédaï de Saham. Très peu de collaborateurs connaissent mes penchants pour l'alchimie des métaux... Qui vous a révélé ce secret ?

— Je tiens à protéger mes sources, Capitaine. Sachez juste que quinze barres identiques à celles-ci vous attendront à notre retour de l'archipel du Dragon.

Le capitaine lutte subitement pour trouver ses mots.

— Castillac... Préviens Méryl. Dis-lui de se tenir prêt à me payer comptant une cargaison d'ivoire de montdent ! Et trois cents tonneaux de graisse ! Sire, par ici je vous prie !

Le capitaine Allen Keshren empoigne une échelle de fer et se jette au-dessus d'une mer houleuse. Il arbore un large et fier sourire. Il vient de conclure la plus belle affaire de sa vie. Mais la rumeur, portée à mes sens affûtés, colporte déjà les plus médiocres médisances.

— Le Cap'taine Keshren va à Cauda !

— C't'engeance de fin de race¬ ose défier Erwin Galagor ?

— Y va s'faire bouffer par les brumes !

— Où le tentaleux !

— Comme son père !

Je m'engage à la suite du capitaine.

— Faites attention, Prince, les barreaux sont parfois rendus glissants par les algues !

Ces barreaux ne glisseront pas, l'homme. Et tu es loin de te douter quelle âme tourmentée tu embarques à ton bord. Je descends les derniers échelons et prends place au fond du canot

— Matelots, pour le dernier prince de Saham, souquez ferme ! À nous les brumes de Cauda Dragonis !

Les rames survolent les vagues et plongent en cadence dans les flots. Des sternes fendent la surface à droite et à gauche de l'esquif. Nous approchons du ventre noir de l'énorme vaisseau. Les hommes ralentissent et adaptent les coups de rames aux regards de leur capitaine. Le roulis balance le canot et le fait cogner doucement contre la coque du *Léviathan*. Des amarres tombent du ciel, aussitôt saisies par les marins, assurant la mise en place d'une échelle de corde.

— Suivez-moi, Prince !

Le capitaine, malgré son âge, s'envole sur les cordages. J'attrape les mailles de chanvre et m'engage à sa suite, en me balançant au milieu du vide et des craquements de l'énorme navire. Le capitaine disparaît, hissé par ces mêmes bras qui me halent bientôt à bord. Des visages burinés par le soleil et les vents du large me regardent comme une bête curieuse. Le capitaine m'attrape par l'épaule.

— Prince, bienvenu sur le *Léviathan*, joyau des trois mers et fierté de la dynastie Keshren !

Le capitaine renchérit.

— Matelots, un ban pour le prince de Saham !

Les marins lèvent alors les bras au ciel et s'écrient.

— AAO ! AAO ! AAO !

L'un d'eux, sabre au côté et large chapeau en cuir huilé, prend la parole.

— Chaloupes à bord et équipage à vos ordres, Capitaine !

— Eh bien, ordre d'appareiller, Koello !

— AAO !

J'entends aussitôt hurler le second dans le tintement énergique de la cloche.

— Vous avez entendu le capitaine ! Dérapez l'ancre ! Virez au cabestan ! Hissez les huniers ! Bordez le grand foc à bâbord !

Les gabiers volent aussitôt dans les haubans pour gagner leurs postes et engager les manœuvres, tandis que les marins ahanent au cabestan pour virer la chaîne de mouillage.

— Organeau en vue !

— Paré à caponner !

— Caponnez !

— Ancre au bossoir, Capitaine !

— Toutes voiles dehors, cap sur la queue du dragon !

Nous sortons de la rade sous le craquement des cordages et le claquement des premières voiles.

— Prince, si vous voulez bien me suivre, je vais vous montrer vos quartiers.

Le pont grince sous les contraintes de la manœuvre. Les bouts se tendent et les étais se bandent sous la charge des voiles. C'est un monstre que réveillent les hommes.

Je m'engouffre à la suite de Keshren dans le château arrière, où il ouvre la porte d'une somptueuse cabine et m'invite à entrer.

— Installez-vous ici à votre aise, Prince. Par temps clair, vous êtes libre d'aller où bon vous semble sur ce navire. Vous êtes sous ma complète protection.

— Très aimable à vous, Capitaine. Merci.

Il se retire et me laisse seul dans un large logement, tout de cèdre finement mouluré. Le sol est couvert d'épais tapis tissés aux motifs de Gardailla. J'ouvre une des fenêtres et me fais gifler les joues par un vent du large.

Quelqu'un toque à la porte. J'ouvre sur un jeune mousse tout raide tenu dans l'encadrement.

— Prince, le capitaine me fait vous demander.

— Détends-toi, petit. Je te suis.

— C'est que... je n'ai pas l'habitude de parler à un roi !

— Un prince, petit. Juste un prince.

— Quelle différence il y a ?

— Dans le cas présent, aucune, j'en ai peur.

Le mousse me guide à trois pas de là, et toque à la cabine suivante.

— Oui ?

— Capitaine, sire est là.

— Fais-le entrer !

Le mousse tourne doucement la poignée de laiton, coulisse le panneau, et se retire. Le capitaine lève la tête, satisfait.

— Entrez ! Et venez voir par ici.

Je découvre sous la lueur d'un soleil matinal une grande table de navigation. Une boule indique dans un coin l'assiette et le nord. Une carte finement peinte et annotée est dépliée devant nous. Le capitaine me fait fièrement la revue.

— Mes ancêtres ont consigné ici de leur main chaque rocher observé, chaque récif. Chaque courant saisonnier. Tout est là, jusqu'au dernier caprice des vents. Voilà tout mon héritage, Prince. Cette carte et ce navire. Je disparais, et la carte des Keshren, la carte marine la plus complète du monde, disparaît aussi.

Je me garde de lui dire qu'elle restera désormais gravée dans un coin de mon infinie mémoire, et repense aux paroles du tyran. *« Il manie mieux les mots que la barre... »* Il devait parler de ce charmant sens de l'exagération. Reste que cette carte est de loin plus précise que celle conservée au castel de Kaash.

Il reprend.

— Cauda Dragonis est un archipel qui déploie ses îlets sur deux lunaisons de navigation.

Je regarde la carte, sans répondre. Il s'impatiente.

— Prince, le moment semble choisi pour vous entendre dire sur lequel de ces rochers vous comptez vous rendre.

Je sens mon sabre réagir à mes intentions.

— Capitaine, voulez-vous vous tourner, un instant ?

— Quel genre de secrets comptez-vous me cacher ?

— Du genre à faire disparaître une des civilisations les plus puissantes de ce monde, Capitaine. Tournez-vous, je vous prie.

Le capitaine s'en va regarder la mer par ses vitres, de mauvaise grâce. Il maugrée.

— Pourquoi, dès que l'on parle de Cauda Dragonis, les imaginations doivent-elles s'enflammer ? Combien de fois faudra-t-il dire qu'il n'y a rien là-bas ?

Je m'assure qu'aucun reflet ne me trahisse, ouvre ma main, et fais jaillir les dragons de mon sabre. Le symbole se remet à clignoter devant mon œil, pendant que mes tarasques cherchent leur mystérieuse destination à travers les airs. De leurs bouches sort soudain le signal attendu, percutant le mur de la cabine d'un trait de Šhå flamboyant. Je mémorise l'angle formé avec la boussole du capitaine, referme lestement la main, et me penche sur la carte de Keshren.

— C'est votre point de partance, signalé ici ?

Allen se retourne, visant mon doigt, et répond.

— En effet, Prince. Vous semblez bien au fait des rudiments de la navigation, pour un Sahaméen ?

— De par ma fonction, Capitaine, j'étais amené à beaucoup voyager.

Je pousse les règles, reportant mon angle à partir de notre position. Ici l'axe filant vers le nord, ici l'axe filant vers.. cet îlet insignifiant. Aucune autre île n'est traversée par le trait. Du moins, de celles indiquées sur cette carte.

— Capitaine, vos ancêtres n'auraient pas oublié quelques terres en chemin ?

— Vos propos m'offensent, Prince. Mais, sauf à parler de ces rochers que la Terre rappelle à elle, ma réponse est non.

— Dans ce cas, j'ai votre destination. Vos ancêtres l'ont nommée « Îlet Labret ».

Allen pose précipitamment son doigt à la place du mien, et évalue déjà la route, à voix haute.

— Voyons... les Laminoirs... le Grand-Rage... puis le Trou de vent et les Brumes de glace, qu'il serait vain de croire contourner. Prince, vous offrez là au *Léviathan* tous les défis du Patalan !

— Vous me posez une question précise, Capitaine, je vous donne une réponse précise.

Je vois l'homme serrer la mâchoire et replonger dans sa carte. Le sourcil sombre. De la sueur perle sur son front.

Il ajoute, comme pour lui-même.

— Si je ne relève pas ce défi pour un prince, ma réputation est faite. Et je ne serai pas la honte de la dynastie Keshren.

Quelqu'un frappe au panneau de la porte.

— Entrez !

Le mousse aventure une tête.

— Capitaine ?

— Oui, le mousse... ? C'est quoi déjà, ton nom ?

— Barnar, Capitaine.

— Eh bien, Barnar, que me veux-tu ?

— Koello me fait vous chercher. Il dit que le temps forcit et que le mauvais grain se prépare.

— Ferme toutes les fenêtres dans les quartiers, le mousse, et amarre le mobilier !

— Bien, Capitaine !

La cloche de quart sonne trois coups. Keshren m'invite du chef à le suivre.

— Vous voulez voir un peu de spectacle, Prince ? Les tempêtes sont encore humaines, dans les parages...

Les vagues viennent claquer par paquets contre la coque, et le navire commence à prendre de la gîte. Nous rejoignons Koello sur la passerelle. L'homme hurle ses ordres sans jamais se fatiguer.

— Choquez la grand-voile ! Serrez fort les perroquets ! Brassez les huniers en pointe !

— Vous nous mettez en cape, Koello ?

— Oui Capitaine. Vent de travers.

Le *Léviathan* craque et plonge dans un creux, envoyant toutes les pièces encore mobiles se fracasser contre les murailles. Le bateau bascule brutalement dans l'autre sens, inversant la pente du pont sous les premiers éclairs.

— Soulagez-moi vite ces mâtures, Koello. Ce qui nous arrive là n'a rien d'habituel. Qui est l'homme de quart ?

— Wernh, mon Capitaine.

— WERNH !

L'homme ainsi hélé tombe à la renverse et se relève en boitant.

— Capitaine ?

— Où en est la mise en sécurité du bâtiment ?

— En bonne voie, Capitaine !

— Canons ?

— Mis à la serre !

— Cabestan ?

— Les coins sont en place !

— Pompes ?

— Visitées ! Elles sont opérationnelles, Capitaine !

— Chaînes de paratonnerre ?

— Je les fais mettre à l'eau, Capitaine !

— Et dites aux mousses d'assurer la fermeture de tous sabords, mantelets, hublots, panneaux, écoutilles, écubiers ! La foudre ne doit pas avoir un trou où passer !

— Bien Capitaine !

— Mettez aussi des garde-corps de travers sur ce pont, et dressez des cagnards au-dessus de nos têtes ! Koello ?

— Capitaine ?

— Faites immédiatement dégréez les hauts-mâts, et assurez-vous que chaque homme tienne son poste. Nous devons sortir de là sans casse ! Et faites-moi descendre ces voiles d'étai !

— Bien Capitaine ! GABIERS ! METTEZ LE GRAND HUNIER AUX BAS RIS ! ARRIMEZ LE BOUT-DEHORS ! DOUBLEZ LES SAISINES...

Je laisse les officiers gueuler leurs derniers ordres dans une mer déchaînée et plonge mes senseurs dans les fibres du *Léviathan*.

Je pénètre étroitement le navire de ma conscience, venant renforcer ses pièces de charpente, une à une. Le Šhå des abysses rue et se débat d'être ainsi placé sous le sceau de ma volonté. Mais je tiens ferme. Moi, simple humain, face à la colère des eaux.

Mais ces marins connaissent assurément leur travail, et, malgré la rupture de quelques cordages sous la contrainte des éléments ou la chute fracassante d'un agrès, il n'y aucune avarie ni perte à déplorer. Keshren mène désormais son navire au-delà du gros temps, dans des eaux assagies. Les craquements cessent, peu à peu, et les marins remettent en ordre leurs postes de travail.

Je desserre alors mes doigts du bastingage, et me permets d'envoyer un signe de tête au capitaine. Ce dernier ne lâche pas les vagues du regard, et me laisse sans peine rejoindre mes quartiers.

Quelqu'un frappe à la porte. Je débarre sur le jeune mousse.

— Prince ! Le capitaine vous convie à sa table !

Le jeune garçon s'est vite remis de son mal de mer passager. Keshren m'attend déjà, un verre à la main.

— Cette tempête ne ressemble en rien à celles que j'ai pu voir jusqu'à présent, Prince Obédaï de Saham. J'ai bien cru devoir faire abattre deux de mes mâts dès le premier jour de navigation ! Mais je vous en prie, installez-vous. La mer ne vous retourne pas trop les boyaux ?

— Merci de votre sollicitude, Capitaine. Je vais bien. L'odeur des cuisines me donne même de l'appétit !

— Il faut dire que nous avons à bord un sacré maître-coq !

Le mousse frappe doucement contre le revers de la porte. Keshren répond sur un ton sec.

— Oui ?

— Rohakin vous fait savoir le menu du jour. En entrée, fromage de chèvre sur croûtons chauds et sa salade d'algues salines, suivi de filets de soles aux pousses de poireaux, et d'une tarte aux framboises et son coulis pour le dessert.

Le cuisinier fait son entrée, chargé de deux assiettes.

— Capitaine, Prince. J'espère que vous apprécierez la cuisine de mon lointain pays. J'ai pris soin de vous faire profiter des produits frais de ce début de voyage.

— Merci, Rohakin.

J'interroge le capitaine.

— Que savez-vous de l'archipel du Dragon ?

— De ses eaux, presque tout. De ses terres, pour être honnête, presque rien.

— Vous n'avez jamais accosté l'une d'elles ?

— Vous êtes sûr de savoir ce que vous venez chercher, Prince ?

— Fermement, oui.

Je porte à ma bouche quelques becquées d'une salade qui propose à mon palais des saveurs encore inconnues. Le capitaine poursuit.

— Dans ce cas, vous n'êtes pas sans savoir que ces terres tuent le premier homme qui s'en approche ? Quand ce n'est pas par le feu de leurs entrailles, elles tuent par leur souffle fétide ! Un air tant vicié qu'il vous ronge un peu plus chaque jour sur le chemin du retour, sans le moindre remède pour vous sauver de la mort !

Il étale un peu de chèvre fondant sur un de ses croûtons et le porte à sa bouche.

— Vous avez vu de tels effets sur un homme, Keshren ?

— Mon grand-père paternel. Il a mis deux solaisons à trépasser, dans d'atroces souffrances. Mon père a armé quatre expéditions sur les îles majeures de Cauda Dragonis dans l'espoir de trouver l'origine de ce mal. Ainsi qu'un remède. Sans succès. La Terre est malade dans cette région du monde, et vous feriez bien de renoncer à votre projet, quel qu'il soit, si vous tenez à la vie, Prince.

Je ne réponds pas au capitaine, préférant me concentrer sur les plats suivants, apportés par le maître-coq Rohakin. Et le dessert. Nous poursuivons un instant notre repas en silence.

— Vous ne me direz pas ce que vous cherchez en ces eaux maudites, Prince ?

— Nullement, Capitaine. Il n'y a que Dieu pour le savoir.

— Vous devez vous sentir bien seul, depuis la disparition de Saham, Prince.

— Aussi seul que si vous teniez la barre d'un vaisseau vide d'équipage, Capitaine.

— Que s'est-il passé ? Des marchands de Béjoff m'ont rapporté que Mirand'Ar avait rompu ses traités historiques ?

— En partie. Après une révolte généralisée de nos anciens fiefs.

— Mais quelle folie votre père a-t-il commise pour soulever contre lui la moitié du monde ?

— Capitaine, c'est précisément ce que je viens chercher dans ces mers. L'explication à tous ces troubles. Dussé-je y passer ma vie !

— Ça, Prince, il semblerait que vous en preniez le chemin.

Le mousse revient et toque doucement à la porte.

— Capitaine...

— Oui, tu veux quoi ?

— Koello me fait dire à votre compagnie que nous approchons des premiers hauts fonds et que les chaloupes sont déjà à la mer avec les rondes.

— Les sondes, petit, les sondes. Merci, tu peux disposer. Prince, je suis navré de précipiter la fin de notre dîner, mais, pour la sécurité de tous, je vais devoir regagner la passerelle. Nous arrivons en vue des Laminoirs. Je vous demanderais de rejoindre vos quartiers et de ne pas les quitter jusqu'à nouvel ordre.

— Bien, Capitaine. Merci pour cet excellent repas.

Je rejoins ma cabine et m'allonge sur ma couchette. J'ai tôt fait de fermer les yeux et de partir à la recherche de ce bravache de Galagor. Mes senseurs glissent sous les flots, entre les écueils des Laminoirs, et s'élèvent bientôt dans les airs en quête du vaisseau adverse. L'*Impérissable*. Mais je ne décèle pas le moindre sillage adverse en avant de notre route. Ce jeune capitaine ignore sans doute tout de notre poursuite, aussi joue-t-il de prudence là où Keshren fend droit à travers tous les dangers du Patalan ? Je m'élève plus au nord, en larges spires, pour contourner les Laminoirs, et devine enfin la houache d'un navire. Grand, long, fin. Noir de voiles et de coque. Le nom d'« *Impérissable* » peint en lettres de bronze sur ses murailles.

Je rassemble mes senseurs et descends vers les fenêtres de bois doré du château arrière. Un homme encore glabre de peau se tient là à la lueur d'une bougie, plongé dans ses écritures. *« Grâce à ma grande habileté à la manœuvre, nous avons aujourd'hui évité de nous faire éperonner par un cachalot. Le monstre est blanc, couvert de cicatrices, et la vigie affirme avoir vu fichés dans son cuir plusieurs harpons de chasse. Le spectacle de ce géant des mers fendant les eaux était effrayant. La Terre semblait exprimer par la voix de cet animal sa toute-puissance. »*

Erwin Galagor rédige tranquillement le récit de sa journée, dans un crissement de plume, confirmant mon intuition. Il ignore notre présence. Il ignore notre chasse. Je laisse l'*Impérissable* à ses eaux sans saveur, et dérive doucement à la surface des vagues à la faveur d'un quartier de lune.

Je me réveille, engourdi par une nuit de sommeil. Je me désangle et me lève, plus raide que du vieux bois, et tire le loquet de laiton d'une des fenêtres. Le Šhå gonfle mes veines. Un soleil d'or s'élève, inondant de ses rayons une mer apaisée. Pas un bruit ne trouble mes oreilles. Pas un clapot. Rien. Je sursaute. Le navire frôle et dépasse lentement une barre de roche noire. Les Laminoirs. Je referme doucement la fenêtre, et gagne le pont.

Le silence règne à bord. Les marins retiennent leur souffle, immobiles. Suspendus aux manœuvres de leur capitaine. Keshren écoute attentivement les relevés de fonds de ses hommes de quart, les mains sur la barre. Les gabiers sont dans les hauts-mâts, visant les reliefs sans mot dire, bordant sec les petites voilures pour éviter tout claquement intempestif. Trois chaloupes sont à l'eau et sondent les hauts reliefs un peu à l'avant du navire. Le *Léviathan* laisse l'épaule d'un rocher caresser sa coque, sans heurts. Le navire craque, vire lentement de bord, et laisse filer sur son bâbord un autre de ces terribles récifs. Je longe doucement le bastingage. Le plancher grince, provoquant un vif haussement de sourcil du capitaine. Je me tiens donc immobile, à observer les manœuvres notant à quel point chaque homme ici est à sa place. Sauf moi.

— Cinquante hommes à bâbord, en vitesse !

Le navire oscille imperceptiblement, modifiant son enfoncement de manière à survoler une dernière crête de brisant. L'équipage se détend.

— Les gars, pour le capitaine !
— AAO ! AAO !
— Pour le maître des Laminoirs !
— AAO ! AAO ! OAA !
Le capitaine Allen Keshren desserre la mâchoire et esquisse un sourire à ses hommes, exténué par une longue nuit de navigation. Il confie la barre à son second, et descend à ma rencontre.
— Prince, je vous avais sommé de rester dans votre cabine.
— Pardonnez-moi, Capitaine. Je ne suis que peu rompu aux disciplines de bord. Voici donc ces fameux Laminoirs ?
— Par temps calme, nuit claire et vent frais, affirmatif. Vous venez de franchir, aux côtés d'un authentique descendant de la dynastie, la passe de Keshren. Nul autre marin ne viendrait par ici avec pareil tonnage ! Mais naviguer aux flambeaux m'a épuisé !
— Vous connaissez cette passe sur le bout des doigts, Capitaine ?
— Je connais chaque rocher de cette mer, Prince. Ces fonds interdits sont bien utiles pour échapper à la flibuste !
Koello hèle une dernière fois son capitaine.
— Permission d'établir les bonnettes, Capitaine ?
— Faites comme bon vous semble, Koello, mais vous savez ce que je pense de ces mauvaises voiles !
— Le vent est faible, Capitaine, et c'est le moment de parader un peu pour détendre l'équipage !
— Vous êtes maître de la barre pour ce jour, Koello ! Mais je ne veux pas être secoué dans ma couchette !
— Bien Capitaine ! Et une dernière fois pour le capitaine ! AOO !
— AOO !

Chapitre 49
Erkan, l'âme damnée

Je m'engage à flanc de muraille, suivant une route tracée par quelque bête sauvage. Sans doute des hardes de chamois ou de bouquetins, dont la discrétion m'interdit ici toute certitude.

Mes pas envoient des rocailles se perdre dans le vide, troublant le pesant silence de ces massifs cristallins. J'approche du fer à cheval par une voie inédite, attirant dans l'air du soir les signaux d'alerte de deux longs sifflements. Tara Yama. Je laisse s'éteindre les appels et descends doucement vers le chemin des hommes, jusqu'à ces cascades qui accueillaient il y a peu le dégrimage de la troupe.

Je me cale contre une roche encore chaude de soleil et caresse la bille de Carda. Quel pic va encore souffrir de mes actes barbares ? Celui-ci, qui pointe ses roches vers le ciel, ou celui-là, qui semble résister aux charmes du vide depuis des millénaires ? Je me rabats sur un mamelon aux courbes fines, et déclenche la fureur de la Terre. Elle tremble une fois de plus sous mes injonctions, grondant contre la danse de mes doigts agiles, refusant de se plier de bon gré à ma volonté. Et pourtant, sous ma maîtrise, des pans de roches antédiluviennes se lèvent en colonnes chatoyantes et refondent leurs structures intimes selon la délicate anatomie de mon ami.

Et il apparaît, sous les premières lueurs du firmament. Frais comme en ce jour de relâche au fond des jungles de Westpalie. Je fige les derniers tremblements de la Terre, d'un geste péremptoire, et parachève l'équipement de mon ami. J'insuffle enfin en lui son étincelle de vie. Son âme. Il flotte devant moi, les vêtements claquant sous les gifles d'une bise nocturne, éveillant le souvenir dévastateur de ma défunte mère. Je l'amène au sol, l'allonge délicatement, et m'apprête à ranger mon plastron. Mais mon regard s'attarde sur les dernières lueurs du jour qui habillent d'or les incrustations de la Pierre, réveillant le fantôme d'Almenarch.

— Pâle cité, te reverrai-je un jour ?

— Vous pârlez tout kseul, Ksâgneur ?

Cardanapak choisit cet instant pour reprendre connaissance. Il se redresse sur ses deux coudes.

— Ksâletés de démons !

— L'Ordre Noir n'est plus, Carda. Vous voilà tranquille pour administrer ce pays.

— Oser ks'âttâquer â vous !

— Ce n'était qu'un ultime acte de désespoir. Et c'est après vous qu'ils en avaient, mon ami.

— Mais ! Je n'ai rîen dû grand *Al Gahama* !

— Vous avez une connaissance intime de mes méthodes et des nouvelles dispositions du pays, Carda. Et vous parlez la langue des Septentrions.

— Mais les Prêtres Nouârs âvaient en hôrreur kce langâge, Ksâgneur !

— Certes, mais la chose serait devenue très utile pour fomenter de nouvelles alliances. Les Pères Blancs sont de plus en plus présents.

Mais mon compagnon ne m'écoute plus. Il répond à des sifflements qui montent dans la vallée, jetant là de véritables phrases, avant de s'étrangler et de s'effondrer. Je reste interdit devant la soudaine détresse de mon ami, incapable de le consoler.

— Les... Les mêmes ksîfflets m'ont âpprîs jâdîs... lâ môrt de mâ fâmme, îl y â plûsîeurs ksôlaisons...

Les Taksa Taksa montent dans le ciel à la rencontre des étoiles, éclairant le sol de la pâle lueur de leurs ailes. Je prends mon compagnon par les épaules et guide ses pas le long du ravin.

— Père !

Une lanterne arrive vers nous en courant, suivie d'une autre, tenue plus haute.

— Kerfang !

— Tu sais, père, j'embête plus les fourmis ! Mais Calkak lui, il continue à le faire ! T'as vu mes Taksa Taksa ? C'est les plus grosses du monde ! Eh, Cardanapak ! Pourquoi t'es pas venu avant ?

Kerfang me lâche la main et saute au cou de Cardanapak. L'homme sourit, se laissant un instant distraire par la candeur de l'enfant.

— Je vous attendais.

Pasang m'embrasse et se serre contre moi.

— Pour moi, cette absence n'a duré qu'un jour, mais pour vous, ma Reine, ce jour a duré combien de temps ?

— Plus d'une lune, Seigneur. Vous ne faites pas de grands progrès !

Elle se tourne vers l'homme du Sud.

— Cardanapak, je suis très peinée, pour votre père.

— Mârcî mâ Reine. Mârcî de vôtre ksôllîcîtûde.

— Allez, venez tous les deux. Le village vous attend.

Elle lève sa lampe et guide nos pas vers les premières maisons. Les villageois se serrent au bord de la ruelle et nous accueillent dans la simplicité, le chef Caak en tête.

— Bîâvânûe â vous !

Je souris. Il a dû demander à Pasang de lui apprendre ces trois mots d'accueil.

— *Aja Vaara Larna...*

» Je vois que vous parlez la langue du roi, chef Caak. Cela vous honore.

— *Akaa Ass Para...*

» C'est pour rendre hommage à notre défunt ami, Caparak, fils de Catapak. Cardanapak, ton père a été respecté jusque dans ses derniers instants, et les Mahata le portent désormais pour toujours dans les cieux, au plus près du soleil. Il repose sur l'autel des Cimes, où il attend que tu lui rendes le dernier hommage.

— *Akata Al Daara...*

» Merci, chef Caak. J'irai libérer ses os demain, aux premières lueurs de l'aube.

— *Al Gahama, Al...*

» Seigneur, les villageois vont désormais porter des mets jusqu'à votre demeure.

Les Taramaltais s'effacent pour nous laisser le passage vers notre maison. J'aide Pasang à monter l'escalier de pierre, souriant en entendant Kerfang raconter ses aventures d'enfant à Cardanapak, et prends place sur la terrasse. La reine pose sa lanterne sur un banc de pierre, et reparaît bientôt avec d'épaisses Caratakas qu'elle nous jette sur les épaules. Je remarque à la lueur d'une lampe le tissage achevé de son motif sacré. Je serre un poing.

— Qu'avez-vous, mon Roi ?

— Une contrariété de passage.

Comment exprimer la soudaine détestation qui me prend de voir cette femme si pleine de fougue et d'intelligence réduite à s'affairer ici à diriger des ateliers de couture ? Mais je chasse bien vite cette pensée, n'ayant pas d'autre solution immédiate que de poursuivre mon œuvre pour faire entrer Saham dans une ère nouvelle. Pasang semble suivre le cheminement de mes pensées, avant de refréner le débit de paroles de notre garçon.

— Tu sais, Kerfang, Cardanapak et ton père ont fait un long voyage pour venir ici, et ils sont très fatigués. Alors attends peut-être demain pour leur raconter toutes tes aventures.

L'enfant fait la moue mais retrouve aussitôt le sourire devant les premières offrandes qui arrivent du village. Je saisis un plat de galettes blondes et fumantes, puis d'autres encore de biscuits épicés, de fruits séchés, et de céréales grillées. Le sol de la terrasse est bientôt couvert de victuailles.

— Cardanapak, je me posais une question.

— Ouî mon Rouâ ?

— De quelles richesses dispose le village pour avoir ainsi toujours de quoi manger ?

— Le tôrrent. Lâ câscâde ksâcrée. Elle est lâ ksource de lâ Grande Rîvîère. Kcelle-kcî fertîlîse tant de cûltûres d'îcî â lâ mer que nous ôtres, gârdîens des ôrîgînes, ksômmes l'ôbjet d'ûne vâ-nârâtîon mîllénaire. Des prôcessîons vîennent kchâque jour ô pîed de lâ montâgne pour dépôser des ôffrandes. Îl ne nous reste âlôrs plûs qu'â les remonter ô vîllâge.

— Et personne ici ne craint une agression de l'extérieur ?

— Ksâgneur, tous les loups de Tara Yama ksâvent tenîr ûne épée.

Pasang limite gentiment les appétits de Kerfang et se tourne vers Cardanapak.

— Vous ne mangez pas ?

— Non mâ Reine, je ksûîs en deuîîl, et, â Tara Yama, le deuîîl kse mârque pâr le jeûne. Je ne peux que bouâre.

Sans même savoir si ces paroles peuvent apporter quelque réconfort, je lâche dans le vide.

— J'ai vu pour vous la danse des Mahata, mon ami.

Cardanapak se referme aussitôt, nous laissant avaler notre repas dans le silence. Pasang donne fin au supplice en brisant entre ses doigts les feuilles fraîches d'une plante au parfum rafraîchissant. Un son s'élève alors imperceptiblement dans la nuit.

« Toc... Toc... »

Ce son rappelle celui du vieux Caparak, en plus traînant. Il s'interrompt. Je devine Caak, le souffle court, qui monte seul les marches de la terrasse. Il émerge, se tenant les côtes en souriant, et me présente un ceinturon fait de plaques d'os ligaturées. Il prend la parole.

— Al Gahama, Aja...

» Al Gahama, *je vous lègue cette ceinture rituelle. Personne ne sait d'où elle vient, mais c'est l'objet le plus ancien que je connaisse, et je serais honoré de vous le voir porter.*

— Aha ! Alajarpa, Aka Caak...

» Ah ! Merci, Chef Caak...

— Al Gahama, Aja...

» Al Gahama, *je voulais vous poser une question.*

— Ajaa A...

» Allez-y, Chef Caak, je vous écoute.

— Abaa Vaha Kar...

» Voilà. J'ai toujours voulu être chef. Mais maintenant que je le suis, je vois bien que j'ignore tout de ce que doit être mon rôle. Que dois-je faire du village, maintenant que la prophétie d'Obédaï s'est réalisée ?

Que veut-il que je lui réponde ? Que je ne sais pas moi-même ce que je dois faire de ce royaume ?

— Aja Arakata Ava...

» Je comprends votre inquiétude, chef Caak. Profitez déjà de ce lieu de repos. Peu d'endroits dans le monde peuvent s'enorgueillir d'avoir protégé des millénaires durant de si beaux secrets.

— Tara Yama Avava Azaar...

» Tara Yama, dans la langue des montagnes, veut dire « vie éternelle ».

— Anaa Gaaha Bala...

» Une bien jolie promesse. Ne changez rien, chef Caak. Restez hors des tourments de ce monde, et prenez soin en mon absence de ma reine et de notre prince.

— Akacatcha Ara Baca...

» Merci, Seigneur, vous venez d'apaiser mes vieux jours. J'accepte vos paroles avec joie et réconfort.

Il s'incline doucement et redescend lentement vers le centre du village. Pasang et Cardanapak m'observent, ne sachant qui de l'un ou de l'autre va rompre le silence. L'homme du Sud se décide enfin.

— Ksâgneur, îl m'â fâllû ûne vîe pour âpprendre vôtre langue.

— Disons que, par certaines aptitudes, j'ai pu gagner un peu de temps, en touchant les cristaux de votre père. À ce propos, sans doute serait-il souhaitable, mon cher, que vous poursuiviez quelque temps les leçons que votre père prodiguait à la reine.

Pasang s'empourpre aussitôt.

— Mais comment savez-vous cela ?

— Ne vous en offusquez pas, ma Reine. Quoi de plus naturel pour vous que de vous ouvrir aux mystères de ce pays ?

— Je pensais que vous en prendriez ombrage.

— Nullement. Cardanapak, je peux compter sur vous ?

— Bîen entendû, Ksâgneur. Mâ Reine, je vous ôffrîrai mes kservîces dès que j'ôrai rendû hômmâge â mon père, et je poursûîvrai kson œuvre ôprès de vous.

La reine s'attarde un instant sur un Taksa Taksa, avant de mettre fin à la discussion.

— Bien. Kerfang, je crois qu'il est temps d'aller te coucher, mon grand.

— Non ! Je veux voir père encore un peu !

— Mouâ, je vous laisse, mes Ksâgneurs. Je douâs âpaiser lâ mâmouâre de mâ vîeîlle mâson.

— À demain, mon ami.

Je me retrouve bientôt seul sur la terrasse, face au silence de l'immense vallée.

— Erkan ?

— Ma Reine ?

— Notre fils te demande de lui raconter une de tes aventures avant de dormir…

Je rejoins mon garçon, sous le regard attendri de sa mère.

— Père ! Maman dit que là où tu es né il y a des bateaux ?

— C'est vrai.

— Et ça ressemble à quoi ?

— À une grosse coquille en bois.

— Et ça sert à quoi ?

— À aller sur l'eau.

— Ils ne coulent pas ?

— Le moins possible.

— Tu connais, la mer ?

— Oui, Kerfang.

— Tu connais tout, toi !

— Trop de choses, mon fils.

— Et pourquoi les gens vont sur la mer ?

— Tu sais, la mer, c'est plein de richesses.

— Comme les poissons ?

— Oui. Tu en as déjà mangé ?

— Non ! C'est pas bon !

— Surtout pour eux !

— Père ? Qu'est-ce que tu as dans ton sac ?

— C'est que tu as l'œil, toi ! Je ne rapporte jamais rien, il est vrai. C'est... une collection un peu particulière.

Je sors un des coffrets de ma besace et l'ouvre doucement devant les yeux de mon fils.

— Ouais, elles sont belles, pères ! Je peux les avoir ?

— Alors je vais faire un tour de magie. Combien tu en veux ?

— Dix !

Je prends une bille dans ma main, luttant contre la puissance invocatrice de sa mémoire, et fais gronder une montagne, au loin. Je rouvre le poing sur une ribambelle de billes toutes identiques à l'originale.

— Tu fais encore de la magie, Père ?

— Non, écoute, je pose tout ça dans ce coffret, et tu les auras demain pour jouer. Maintenant, je dois te laisser dormir. Bonne nuit.

Je me relève plus rapidement que voulu, sentant l'appel irrémédiable de la bille d'Obédaï. Je respire, transpirant, et descends près de ma reine.

— Que se passe-t-il, Erkan ?

— Je crois que j'ai besoin d'un peu de repos.

— Vos malaises ?

— Oui, ma Reine.

— Vous n'allez pas encore tomber dans mes bras pour des lunes ?

— Je le crains, ma Reine...

J'ouvre un des coffrets, sonde le contenu des billes, sentant s'animer les séquences de vie, et choisis de plonger dans l'une d'elles...

Chapitre 50
Obédaï, le Maître-Moine de Saham

Je suis réveillé en sursaut par le fracas d'une caisse mal fixée. Les poutraisons du navire gémissent. La gîte me fait tomber de la couchette, et ne me laisse que le temps de me rattraper à un pied de table. Le *Léviathan* se fait malmener, pris dans les coups de la mer, entre les ciseaux de lames contraires. Le vaisseau menace de s'ouvrir en deux, jeté dans les creux après chaque nouvel assaut. Un mât tombe, abattu par les marins, et le ciel rejoint soudain la surface de l'océan en un trio d'enfer abyssal, trois trombes qui s'évitent et se repoussent, lèvent les hurlements de l'équipage. Le capitaine fait son possible pour conserver la maîtrise de son bâtiment, se servant de ses gabiers dans les huniers comme voiles humaines. Une ancre flottante est lancée à l'eau pour contrarier les desseins de cette nature sans frein, mais Keshren ne peut se sortir de la route de la première trombe. Elle frappe. De toute sa fureur et de toute sa puissance, arrachant gréements et marins, menaçant par des chutes d'eau et de glace d'emporter le *Léviathan* par le fond. Les gabiers hurlent aux vents, arrimés dans les haubans, opposant à la colère des Cieux le vain honneur de leurs ancêtres.

Je bande alors ma volonté. Mes pieds s'ancrent dans le plancher. Le bâtiment s'envole dans les airs, poussé par une vague de pierre, avant de basculer dans un nouveau gouffre. Les vitres explosent. Un vent hurlant pénètre la cabine, faisant cingler comme fouets d'acier des gerbes d'écume. Mais la chose m'indiffère. Je plonge dans les membrures du vaisseau, gagne chacun de ses organes, et fais de ses fibres ma chair. Je sens soudain l'étreinte de l'océan, il me serre et m'étouffe, cherche à me faire rendre air et âme. Mais je résiste, écarte ses flots, et bande mes lignes sous ses assauts. Par force de Šhå, ce bois de cèdre se fait pierre, par force de Šhå… ce chanvre se fait acier. La mer gronde et se creuse, rebat ses trombes, dresse des murs d'eau noire et resserre une dernière fois l'étau terrible de ses courants. Mais je tiens bon. Les cieux laissent alors exploser leur toute puissante. Hurlant de mille vents, ils dardent nos mâtures d'éclairs assourdissants et broient nos os dans leurs roulements de tonnerre. Mais pas une drisse, pas une écoute ne cède, pas une voile ne se déchire. Pas une cheville ne saute. Ainsi lancé, coque en bas et mâts au ciel pointant de leurs doigts accusateurs la colère de Dieu, le *Léviathan* briserait en deux la grande jetée de Kaash.

Puis, fatigué de s'user sur nos cordes, le vent faiblit, presque brutalement. L'eau referme ses creux et tombe soudain dans un calme surnaturel. La tempête cesse. Je reviens doucement dans les limites naturelles de mon corps de chair, exténué, et m'effondre sur le plancher. Le vaisseau reprend une route raisonnée, sous les ordres de Keshren.

Moi, je roule sur le dos et ferme les yeux.

— Prince !

Quelqu'un frappe à ma porte.

— Prince ? Vous êtes réveillé ?

Les coups redoublent. Mais que fais-je ainsi, couché comme un vieillard ? Je me lève en hâte, et traverse la pièce d'un bond.

— Koello ? Mais que se passe-t-il ?

— Rassurez-vous, rien de grave. Mais le capitaine commençait à se faire du souci à votre sujet, Prince.

— Quel souci ?

— Voilà quatre jours que vous dormez, Prince. Rares sont ceux qui ont ce genre de privilège sur le *Léviathan*.

— Quatre jours ?

— Nous avons même eu le temps de parer aux avaries les plus graves.

— Vous n'aviez pas perdu un mât ?

— Nous le halions sur aussière, il a pu être réinstallé. Plus court, certes, mais efficient. Nous nous déroutons depuis la reprise de quart. L'*Impérissable* est en vue.

— Pardon ?

— Comme je vous dis, nous avons rattrapé l'*Impérissable*. Le capitaine le tient en ce moment même dans sa lunette.

L'effervescence a gagné le bord. Les marins crient, chantent et rient de toutes parts, fiers de ce nouvel exploit. L'*Impérissable* domine l'horizon, en panne. Sec de toile. Le capitaine m'accueille avec enthousiasme, rajeuni de dix printemps.

— Prince Obédaï ! Vous voilà sur pied ! L'*Impérissable* est à nous !

— Comment ça ? Mais expliquez-vous !

— Pensez-vous, Sire ! le joyau des océans dérive au gré des courants, sans plus un mât ni voilure ! Selon nos lois maritimes, tout bâtiment en perdition sauvé en pleine mer revient de droit à qui le secourt ! Mergalas !

— Capitaine ?

— Lancez les signaux, faites savoir à l'*Impérissable* que nous l'abordons !

Mais une rumeur s'élève soudain du parterre de matelots. Un monstre marin soulève la surface des flots en murailles de gerbes, et se présente sur le travers de l'*Impérissable*. Le choc est frontal et le craquement qui nous parvient ensuite plonge notre équipage dans le silence. Le joyau des mers offre désormais son flanc aux eaux du Patalan. L'animal replonge, levant sa lourde queue dans une ultime figure, avant de retomber sur le navire et de l'emporter par le fond. L'océan se referme sur le récent tumulte, ne laissant que deux ou trois fragments de planches courir dans de frêles tourbillons.

La panique gagne maintenant le bord du *Léviathan*. Les gabiers pointent les premiers en tremblant les vastes remous qui se reforment non loin du bâtiment. Un cri retentit même tandis que des gerbes d'eau s'élèvent de nouveau dans les airs et se dirigent droit sur notre propre flanc ! Je me fais sitôt vortex de Šhå avalant les abysses pour tenir ici devant l'animal une pile de pierre aussi forte qu'un pic de Tara Yama.

Choc.

La rencontre entre le *Léviathan* et ce titan des profondeurs ébranle les mers et soulève des colonnes d'eau, laissant la bête faire surface, ventre au ciel, sonnée. Le monstre dérive un temps, narguant les harponneurs de ses chairs molles, puis s'ébroue et disparaît bientôt dans les bas-fonds.

Le capitaine se tourne alors vers moi, incrédule.

— Le *Léviathan*... Il... Il a résisté... Il a résisté au monstre du Grand-Rage !

Le capitaine m'observe plus précisément, définitivement intrigué par ma personne.

— Prince... je vous invite à me suivre dans mes quartiers pour faire le point sur notre route.

Keshren m'entraîne à sa suite jusqu'à sa table de navigation, et il reprend.

— Je connais la mer et ses dangers. Je connais mon bateau jusqu'au plus infime de ses craquements. Le fait de passer les derniers grains avec aussi peu d'avaries n'avait rien de naturel, Prince. L'équipage dans son ensemble le sait et le sent. Votre présence à bord commence à faire parler, Obédaï de Saham.

— Comment cela ?

— Les hommes ne savent pas encore si vous êtes béni ou maudit des dieux.

— Vous ne croyez pas à ce genre de superstitions, Capitaine ?

— Les bruits du bord sont très importants, Prince, surtout quand on fait route sur Cauda Dragonis. Je ne berce pas personnellement dans ce genre de fadaises, mais de voir un montdent s'assommer sur ma coque n'arrange pas les affaires !

— Sous-entendriez-vous que j'ai quelque chose à voir avec les déconvenues d'un animal ?

— Il s'agit du Titan du Grand-Rage, Prince. Voyez ce qu'il a fait de l'*Impérissable*, et dites-moi quelle fable je vais pouvoir raconter à mes hommes ?

— Que le montdent qui fera couler un Keshren n'est pas né ?

Le Trou de vent. La lune croît. La lune décroît. Puis elle croît et décroît une fois encore sans que les étoiles tournent dans le ciel. Le temps est arrêté. La mer dort en un immense miroir. Immobile. Les marins plongent leurs avirons dans des ondes de mercure, depuis les chaloupes, et halent ce géant des mers à la force de leurs bras, entre deux mouillages. Les gréements ont tous été vus et revus par les gabiers, les cuivres brillent plus que des soleils à force d'être astiqués. Et moi, j'ai respecté les craintes du capitaine. Je n'ai pas alimenté les superstitions de ses hommes, je résiste à l'envie d'induire le moindre souffle de vent depuis des lunes. Mais ce matin, ma patience se brise sur les mollesses du temps. Le Šhå coule ici en suffisance pour faire voler toute une flotte, alors qui m'en voudrait de lever un petit brin d'air ?

Sous ma volonté, une bise légère se met à chatouiller les pavillons. La vigie hurle aussitôt.

— CAPITAINE ! LE VENT ! LE VENT SE LÈVE !

— AAO ! AAO !

Les marins crient de joie. Moi, je reste impassible, concentré à moissonner les flux du Patalan. Les ordres pleuvent de toutes parts pendant que les chaloupes reviennent au bateau.

— Brassez les huniers ! Bordez les écoutes ! Et trempez-moi ces voiles !

Je me tourne vers Keshren.

— Pourquoi votre second fait mouiller les voiles ?

— Pour en augmenter la portance, Prince.

Le *Léviathan* s'ébranle sous le regard incrédule des marins.

— On fait du sillage, Capitaine !

Le second confirme.

— L'appareil de gouverne répond de nouveau, Capitaine.

— Alors cap sur Nordai quart de Nord, Koello. Nous devons rattraper notre route.

Le vaisseau vire lentement, bousculé par la houle molle des courants marins, et met fin à sa dérive, quand la vigie hurle de nouveau.

— Capitaine ! Monstre droit devant !

Keshren déploie d'un geste sa longue-vue d'os et laiton, et balaie l'océan. Une énorme colonne d'eau et d'air est soudain soufflée dans les airs. Le montdent. Il s'affale devant nous de tout son long, nous laissant contempler les cicatrices fraîches de son dos. L'animal vire maintenant sur le flanc, dans un comportement des plus étranges, exhibant un ventre lardé de plaies béantes. Comment imaginer qu'un tel monstre puisse avoir un prédateur ?

— Capitaine, ces traces !

— Oui, Koello. Tu penses à la même chose que moi. Silence.

Mais la rumeur se répand déjà dans les gréements.

— Un tentaleux !

Keshren se ressaisit rapidement et hurle ses ordres.

— MHOBY, KHORN ! WERNH ! À VOS HARPONS !

— Bien Capitaine !

— ET QUE LE RESTE DE l'ÉQUIPAGE S'ARME DE HACHES ET S'ARRIME AUX LIGNES DE VIE !

— Bien Capitaine !

Les flots se soulèvent devant nous, laissant des masses alanguies sortir des vagues dans un déluge de cataractes. Deux orbes bruns pailletés d'or braquent alors en notre endroit leur intelligence millénaire. La créature emporte Keshren dans la danse d'une conversation silencieuse, puis brise le charme. Elle creuse les océans, faisant surgir des profondeurs ses immenses tentacules. Ils fouettent les airs, s'enroulant en claquant autour des formes massives du montdent. Ce dernier, sans autre choix, expulse tout l'air de ses poumons caverneux en un râle de brume, puis vire de bord dans une dernière tentative d'évitement, et s'enfonce dans un bouillon rougeoyant. Deux bras sortent encore des flots mugissants et enserrent le monstre d'une étreinte fatale. Le *Léviathan* tangue et roule, tandis que le craquement sonore d'une cage thoracique se fait entendre par-delà les eaux. Mais la mer s'ouvre encore, écumante, sur un colossal bec de corne. Le tentaleux hisse le montdent à hauteur de sa gueule terrible, et plonge dans les chairs vives de l'animal.

Le Patalan se referme sur ce spectacle d'un autre âge. Les hommes sont statufiés. La vigie reste silencieuse. Le capitaine Keshren déglutit. Je lance un tact à la suite du monstre marin, au milieu d'une explosion de bulles. Je sonde ses pensées primaires, ressens les baisers dévastateurs de son bec fourrageant le dos de sa victime, les deux yeux rivés à la surface sur l'ombre ridicule du *Léviathan*. Alors se dessine dans ses mille cerveaux le projet d'emporter par le fond ce nouveau jouet que lui offre l'océan. Il laisse nonchalamment le cachalot pendre au bout de quelques tentacules, et entame une remontée foudroyante de vélocité. D'une impulsion, je densifie l'eau qui entoure la bête, engourdissant ses fonctions motrices. Puis j'inonde ses canaux d'un irrésistible appel des profondeurs, le caresse des délices de ses abysses natales, le berce du calme des grands fonds. Le tentaleux resserre alors son étreinte autour de sa proie et se laisse de nouveau couler vers les ténèbres.

Je reviens à moi, étourdi par l'effort. Les voiles du *Léviathan* attendent en battant ce souffle de vent qui ne tient qu'à mon fait. Le capitaine hurle ses ordres.

— Koello, envoyez trois hommes en vigie sur le beaupré ! Que nos harponneurs se relaient nuit et jour ! Ne relâchez la surveillance de ces flots sous aucun prétexte ! Et gardez les haches sur le pont !

Il est blanc. Le sang ne retrouve toujours pas le chemin des ses joues. Il m'entraîne dans le château arrière.

— Prince. Un tentaleux ne redescend jamais dans ses fonds sans emporter sa proie. Personne ne survit à la rencontre de ce monstre, Prince, personne !

— Pourtant, Capitaine, il me semble que ce n'est pas la première fois que cette bête croise votre regard.

Il me répond, soudain pris de colère.

— La bête a emporté mon père, Prince ! Pour sûr que je connais ce monstre ! J'ai par lui pris mon premier acte de commandement ! Terminant les manœuvres d'échappement lancées par mon père, imposant mes quinze solaisons à ce qui restait de l'équipage ! Bravé les tempêtes ! Franchi la passe de Keshren ! Voilà de véritables histoires de marins, Prince ! Bravant le danger, ne sortant victorieux qu'au prix du sang et de la sueur !

— Aurait-il été préférable, pour la légende, que ce monstre nous emporte ?

— Si je ne peux plus me fier aux éléments, si le cours des destinés est changé par votre présence, que ferai-je, Prince, à l'avenir, en pareille situation ? Non, j'ignore qui vous êtes, mais vos os ne cachent pas qu'une peau d'homme, foi de Keshren !

Il secoue la tête et se penche sur sa table nautique. Il pose l'index sur le fil tendu entre Kaash et l'îlet Labret.

— Voici notre position. Ce qui veut dire que, ce soir au plus tard, nous devrions apercevoir nos premiers brouillards.

— Les vapeurs de Cauda Dragonis ?

— Non, les Brumes de glace. À moins, bien entendu, que par vos charmes naturels nous arrivions sous quelque tropique !

Un sifflement se fait soudain entendre. Le capitaine retire le bouchon du tube acoustique et plaque son oreille contre la bouche de cuivre. Puis il répond.

— Fais réduire la voilure, chaloupes à la mer, deux canots en reconnaissance. Et que personne n'oublie de prendre à bord cornes et tambours !

Puis il poursuit pour moi.

— Il semblerait que les glaces soient en avance, Prince...

Chapitre 51
Erkan, l'âme damnée

Je me redresse sur la couche, tout transpirant. Pasang dort à mes côtés, belle de nuit comme de jour. Ces visions sont surprenantes. Non dans les événements qui occupent présentement l'existence d'Obédaï, prince de Saham, mais dans ce que je ressens de sa personne. Il me ressemble. En tout point. Il prend devant le danger des décisions qui me seraient venues à l'esprit. Je me laisse aller sur le dos, profitant de ces derniers instants de douceurs nocturnes avant le lever du jour. Pasang se tourne vers moi, le visage encore baigné de sommeil.

— Bonjour, mon beau Seigneur. C'est un plaisir de vous voir enfin éveillé. Quel ennui de vous avoir chaud à mes côtés pendant une lune sans pouvoir en profiter...

— Une lune ?

Je regarde mes ongles.

— J'ai pris soin de vous. Je vous ai lavé et j'ai soigné vos mains, mon Seigneur. Taillé également vos ongles de pieds.

— Je suis navré.

— Pour vos ongles ? Il ne faut pas, mon tout beau.

— Pour ces absences.

— Me direz-vous un jour ce que vous faites durant vos sommeils ?

— Je visite un temps qui n'est plus, ma Reine.

Elle sourit.

— Vous voulez me faire croire que vous avez le pouvoir de remonter dans le temps, mon Seigneur ?

— Ne vous ai-je pas demandé de ne pas poser de questions dont vous pourriez regretter les réponses ?

— Sérieusement, la chose est impossible, non ?

— Sincèrement ? J'aurais sans doute préféré, ma Reine.

— Alors... Que faisais-je hier matin à l'instant même où le soleil pointait sur les premières pierres de notre terrasse ?

Je ferme les yeux, survole le fleuve de Pasang, et découvre la reine en compagnie du chef Caak. Ce dernier rend hommage au soleil et...

— Vous appreniez le mot « espoir » à notre vieux chef. Vous avez fait de grands progrès en sahaméen !

— Vous avez pu m'entendre, depuis votre sommeil !

— Posez-moi une autre question.

— Qu'ai-je fait il y a tout juste vingt jours, à l'instant où Cardanapak quittait le village pour Carmak ?

— Cardanapak est parti ?

— Oui, au palais, pour assurer la régence.

Je plonge une nouvelle fois, et effeuille les jours passés de ma reine.

— Vous avez montré à Kerfang un scarabée encore inconnu, aux élytres noirs zébrés de vert.

— Vous ne me rassurez pas, Seigneur. Rien de ce que je fais ne peut être ignoré de vous ?

— Rien.

— Mes pensées ?

— Croyez-moi, vous êtes de loin le plus beau passé qu'il me soit donné de voir, Pasang.

— Mais... Il ne vous a pas fallu des lunes pour visiter mon passé, Erkan.

— C'est que les voyages qui m'occupent me mènent fort loin, ma Reine. Aux fondements d'Almenarc'h. D'ailleurs...

— Je n'aime pas quand vous dites « d'ailleurs », Seigneur, c'est toujours le moment de vous voir encore partir.

— Je le crains, oui. Je dois m'engager dans ces montagnes qui se perdent au-delà de Tara Yama. Pour suivre une voie de pierres.

— Vous me quittez donc une fois de plus ?

— Je dois me défaire de ces mémoires, ma belle épousée. Elles me hantent. Elles m'empêchent de vivre. Elles menacent mon entourage.

— Je pourrais vous accompagner ?

— Vous engager sans y être contrainte dans les dangers de la haute montagne ? Et rester des lunes à attendre que je sorte de mes sommeils ? Dans le froid, sans eau et sans vivres ? Non, ce ne serait pas raisonnable, Pasang. Je viendrai vous rendre visite chaque fois qu'il me sera possible de le faire.

J'efface son sourire triste d'un baiser, et me lève aussitôt. Comment lui avouer que l'idée de marcher dans les pas d'un homme mort depuis des millénaires m'excite au plus haut point ? Je me drape de mes soieries...

— Je reviens vite, douce Pasang.

... et sors dans la fraîcheur de l'aube.

Je m'élève au-dessus du village encore endormi, à petites foulées, et m'engage dans l'étroite ravine qui surplombe la cascade du village. L'eau des pierres me parle dans la pénombre du matin, et me conte les pas d'une bien étrange promenade. Je vois Cardanapak gravir cette même ravine, et rejoindre les restes de Caparak, exposés aux vents sur un promontoire perché au-dessus du plus grand vide de la vallée. Je le vois se mettre à genoux, poser son front contre celui de son père, et attendre ainsi en conversation silencieuse que les premières lueurs du soleil viennent les caresser. Je refoule doucement cette rémanence du lieu, et poursuis mon chemin sur une crête herbeuse, en quête de cimes enneigées. Celles-là mêmes aperçues par les yeux d'Obédaï, et qui se dessinent maintenant devant moi. Je reconnais l'immense pierrier, à peine troublé en quatre millénaires par quelques blocs insolites.

Et, plus haut, juché sur sa crête, j'atteins le premier kern.

— *Ara Al Gahama, Aja...*

» *Roi élu, je suis heureux que mon travail vous plaise.*

Je sursaute. Je n'avais pas vu l'homme qui se tenait à l'ombre de la sentinelle de pierre. Un vieillard buriné par un soleil d'altitude. Je lui réponds.

— *Ajajaa, Akar Paras...*

» *Bonjour. Vous venez de Tara Yama ?*

— *Aja Kassa A...*

» *Pour sûr, même si je n'y descends que rarement. Vous savez, notre famille n'a pas reçu le privilège des cristaux de mémoire. Elle se doit juste, depuis des millénaires, de tenir haute cette ligne de kerns. Pour qu'en son temps elle guide les pas de Celui-qui-Revient.*

— Vaaha Ajaraka Parataa...

» Vieil homme, je ne pourrai jamais récompenser à sa juste valeur vos efforts et ceux de vos ancêtres.

— Akass Az Kalaa...

» Vous le ferez en trouvant le but de cette promenade, Seigneur, car personne n'a jamais compris où menait ce chemin de rocs.

Ce faisant, l'homme pose une dernière pierre sur le sommet de son kern, s'incline devant lui, et redescend vers le village. Le pied étonnamment alerte.

Les kerns m'entraînent en des lieux reculés, à plusieurs jours de marche de toute civilisation. En un paysage désolé qui tient sa sérénité à l'absence de vie. La seule source de Šhå est ici la mort lente des roches, une manne trop mince pour me garder de la fatigue. Je bascule et tangue tant sous la voûte minérale du ciel que je m'oblige à faire une halte. Je m'assieds un moment, luttant contre des douleurs d'altitude.

Je cherche mon air tout en jouant avec une caillasse. Elle pèse de plus en plus lourd entre mes mains, ronflant presque sous mes caresses. La puissance de mes ancêtres les plus anciens coule en moi, me donnant la sensation d'avoir une conscience divine. De voir le sens tragique donné au plus infime élément de la vie. Comme cette pierre qui m'invite en elle et me parle.

Par son eau, elle me fait le récit de sa naissance, depuis le fond d'un océan, jusqu'à sa dérive millénaire où, faite de roche tendre comme craie, elle se voit poussée vers les terres émergées. Elle babille et s'emballe, parlant de plissements et de plongées dans les enfers de la Terre, en des lieux où, maintes fois refondue, elle renaît dans les cimes d'un pic jaillissant. Puis elle conte maintenant comment, sous l'action d'un gel éternel, elle éclate par failles et fissures avant de se détacher, enfin, de son bouclier cristallin.

Commence alors pour elle un nouveau voyage, sur les flancs ensoleillés d'une large combe où, balayée par les vents, battue par les pluies et les neiges d'altitude, elle se voit touchée pour la première fois par la main d'un homme.

Ma main.

Je lâche brusquement la pierre, troublé par ce que je vois désormais en elle. La Toile du Temps. Par mon simple contact, je viens de lui instiller l'entière mémoire des peuples ! Je me relève d'un bond, n'osant plus m'approcher de la moindre pierre, subitement effrayé par le poids de ma conscience infinie. Je ne suis que souillure !

Je reprends ma route, non sans précautions, rejoignant un kern perché en plein ciel. L'air glacial me brûle les bronches, me brouillant les sens par sa trop grande pauvreté. Je m'égare bientôt sur des pentes vierges de balises, soudain frappé par les paroles du vieil homme qui me reviennent en écho. Il manque des kerns pour donner un but à cette voie.

Je décide de prendre du repos, et me laisse glisser vers les eaux miroitantes d'un lac d'altitude. Je m'avance sur une dalle qui baigne doucement en bordure d'eau, et observe un instant mon reflet. Il rappelle à mon bon souvenir l'image de ma propre apparence. Mon jeune âge. Ma peau de cuivre peinte de mille tatouages. Et un crâne plus lisse qu'au premier jour. Ici se tient dans le vent *Al Gahama*. Le maudit. Je m'approche de la surface, prenant garde à ne pas polluer ces eaux par mes mémoires impures, et lève dans les airs une goutte de lac. Je la tiens face à moi, scintillante, et entreprends de plonger dedans.

Bavarde et volubile, elle esquisse aussitôt sur ses rives des hardes de bouquetins aux cabris sautillants, ou des envolées de chocards qui par dizaines viennent s'abreuver ici depuis des millénaires. Mais cette eau connaît aussi les hommes. Guerriers et voyageurs sont venus la souiller, jusqu'aux très nobles rois blancs de Saham. Tous ont plongé ici leurs mains en coupe pour étancher leur soif, depuis le premier. Jusqu'à Asatraï.

Jusqu'à Obédaï.

Viennent ensuite, solaison après solaison, de ces hommes qui gardent en vie depuis quatre millénaires les sentinelles de pierre. Mes doigts dansent lentement tandis que j'effeuille plus avant la mémoire de cette eau, révélant à ma conscience paroles et pensées d'antan.

— *Mon fils, nous n'avons pas de cristaux, comme le voudrait l'ancestrale coutume de Tara Yama. Notre secret tient en une phrase et nous perd au loin dans les montagnes. Notre tâche, mon fils, est d'entretenir la voie de pierre.*

— Mais ? Je croyais que c'était les Aytas qui dressaient ces kerns, père !

— Fils, tu ne vas tout de même pas croire ces boniments de vieillards ! Nos montagnes n'abritent aucun géant poilu ! Seuls nos ancêtres ont pris soin de ces pierres.

— Mais pourquoi ?

— Pour guider Celui-Qui-Revient.

Je frissonne devant les confidences de cette eau. Ici résonne dans les moindres nuances de ton des mots prononcés voici des millénaires.

— Certains kerns, fils, ne résistent pas à l'hiver. Celui-ci, par exemple, permet de rejoindre ce lac où nous allons faire relâche pour la nuit. Va poser les hottes de portage, nous avons trois balises à remonter dans la combe qui nous surplombe ! Demain, nous passerons de l'autre côté de cette ligne d'abruptes.

Je caresse encore quelques rémanences du passé, avant de rejeter la goutte dans le lac.

Je reconnaîtrais cette dernière silhouette entre mille.

Cataxak !

Chapitre 52
Obédaï, le Maître-Moine de Saham

Je m'accroche au bastingage. Le givre gagne les moindres pièces du bord, gréements, mâtures, voiles. La brume pénètre les vêtements, gèle les os. Le capitaine a une humeur de chien. Un de ses matelots vient d'être chargé de vider les sentines à la main, seau par seau, pour avoir omis de sceller une écoutille. La brume s'est infiltrée par les fentes infimes, mouillant les vivres, détrempant les couchages et pénétrant les textiles jusqu'à les faire moisir. Je ne lève point la moindre particule de Šhå. Je ne fais danser mes doigts sous aucun prétexte, pas même quand des hommes tombent à la mer. Des gabiers frigorifiés sur leurs vergues, les mains prises de glace, et dont les lignes de vie viennent à se rompre à cause du gel. Je laisse les canots leur porter secours.

Une masse sombre et pourtant lumineuse glisse non loin du navire. Une île de glace. Elle dérive au gré des courants, réfrigérant plus encore notre air. Les tambours résonnent depuis les chaloupes, indiquant par la fréquence de leurs percussions les relevés de sondage.

— Outre le gel, outre la faiblesse de l'allure qui gêne nos manœuvres, ce sont les organes sous-marins de ces géants qu'il nous faut le plus redouter. Ces brisants de glaces se font plus tranchant que des lames de verre !

Keshren s'interrompt, à l'écoute d'un autre signal. Des coups de sifflets.

— Je compte beaucoup sur ce nouveau procédé.

Il donne un léger coup de barre, et reprend.

— Deux chaloupes sondent la température de l'eau, plus avant, et donnent leurs mesures à intervalles réguliers. J'ajuste ma route vers les eaux les plus chaudes.

— Pour quelle raison, Capitaine ?

— Car les eaux froides, en ces lieues, le sont davantage à proximité des fonds de ces glaces flottantes.

Le second nous rejoint sur la passerelle.

— Capitaine, les défenses sont en place.

— Bien, Koello.

J'observe d'un œil les assemblages de poutres que l'équipage vient de fixer le long des bordages, pour repousser hors des œuvres les atteintes des blocs dérivants. Le capitaine reprend.

— Koello, veille à ce que les hommes se relaient bien entre les quarts. Et distribue des rasades de gnôle ! Ça n'entretient que les feux de l'esprit, mais les cœurs ne s'en portent que mieux !

— Bien Capitaine !

Des insectes au corps fuselé tombent soudain en pluie sur le pont. Je ramasse l'un d'eux, pris dans sa gangue de glace. Les marins se précipitent, eux, pour en remplir des tonneaux, dérapant sur le pont. Le capitaine me prend à part, pour les excuser.

— Des encornets, Prince.

— Qui tombent du ciel ?

— Oui… Disons qu'ils sont un peu particuliers, dans ces eaux. Les larves chassent en bancs dans le Trou de vent, elles fraient dans les hautes brumes des ces lieux, gèlent au contact de celles-ci, et retombent dans leur chrysalide de glace par ici. Ces cocons dérivent, regagnent le Trou de vent, et de ces carcasses vides ne sortent que de nouvelles larves repues des chairs de leur mère !

— Très engageant.

— Et surtout délicieux ! Le maître-coq doit déjà faire bouillir ses marmites ! Dans ces eaux, il n'y a pas de petits plaisirs, Prince ! Voilà pourquoi je n'affectionne pas vos fameux charmes, ils ôtent toute saveur à l'aventure !

Disant cela, un craquement retentissant se fait entendre. Les hommes tombent sur pont, chahutés par la violence du choc.

— Voie d'eau, Capitaine !

— Activez les pompes, Koello ! Voilà de quoi en réchauffer plus d'un à l'exercice !

— Oui, mon Capitaine !

— Wernh, allez évaluer les dégâts !

— Oui, mon Capitaine !

— Et faites-moi passer au plus vite une voile enduite sous le bateau !

— Bien Capitaine !

Wernh et Koello quittent aussitôt la passerelle, bientôt accompagnés de Khorn.

— Une voile sous le bateau ?

— Oui, Prince. Une voile enduite. L'eau, en s'engouffrant dans notre cale, va venir plaquer la toile contre la coque et réduire fortement l'avarie.

— Vous n'avez pas l'air inquiet, Capitaine.

— Je vous l'ai dit, Prince, je connais mon bateau. Et, d'après ce que je viens d'entendre, la glace n'a fait que froisser nos défenses. Les charpentiers auront tôt fait de contenir la voie d'eau, et l'écope ne se fera que corvée de plus pour maintenir la discipline à bord !

Je repense en cet instant aux propos irréalistes tenus par ce cher Killian, tyran de son état. Le mépris affiché pour ce capitaine, et plus encore celui de sa favorite, fait en effet long feu à l'ombre de ces géants de glace.

La brume donne depuis quelques jours la sensation de s'échauffer. Je prends plaisir à sonder ces masses ouatées, à jouer entre les vitres de glace, à suivre les mille variations azurées de ces eaux parfois plusieurs fois millénaires. Mais ce que j'ai là au bout de mon senseur ressemble bien à la première bouche des Enfers.

— Capitaine ! Fumeurs noirs à bâbord !

La vigie pointe le chahut de brumes froides emportées par des turbulences soufrées.

— Prince, préparez-vous à voir ce que peu d'hommes sur Terre ont de leurs yeux vu.

Une vive lueur rougeâtre embrase un rideau de brume et fait cracher les eaux comme des fers mis à la trempe.

— Ces insignifiances peuvent vous incendier un navire ! Et nulle carte ne les mentionnera jamais : ces fontaines de feu changent de place comme d'humeur !

— Naviguez-vous toujours par relevés de température, Capitaine ?

— Ah non, mon Prince. Ici, je navigue aux nez !

— Aux nez ?

Mais je n'ai pas besoin d'entendre les explications du capitaine pour comprendre la manœuvre. Une odeur pestilentielle envahit le bord. Les marins s'enroulent des bandages camphrés autour du visage en injuriant les eaux maudites.

— Tous les pets de Kaash en un seul vent !

— Nous v'la engoncés dans l'cul de la Terre !

Le capitaine rit aux éclats pour la première fois depuis notre départ.

— Vous voyez, Prince ? Aux nez ! Il suffit de donner un coup de barre dans la direction donnée par les tarins de mes marins ! Ils cherchent l'air là où il est le plus fin, soit à l'opposé des affres de la Terre !

Le *Léviathan* suit en effet une route particulière, mais contourne un à un les bubons éruptifs. Comment ne pas être béat devant tant de beauté ? Devant ces poupées de lave sans cesse bourgeonnantes qui se figent en frémissant au contact de l'eau ?

— Nous allons passer au sud-est du premier îlet de ce que mes ancêtres ont nommé les « îles de Feu ». Elles composent le cœur de Cauda Dragonis. Certaines sont encore de roche-mère, mais la plupart sont de roches-laves.

La vigie hurle dans les vents de soufre.

— Rideau de feu droit devant !

Keshren vire violemment de bord et fait craquer de mécontentement les membrures, malgré la faible allure du vaisseau. Nous frôlons une arête sous-marine prête à nous éventrer de ses crocs érubescents. Le capitaine se renfrogne.

— Je vous parle, Prince, et manque des virements de nez !

Le *Léviathan* vogue lentement, dans ce paysage spectral, entre des nuées d'îlots noirs et fumants.

— Comment trouvez-vous vos marins, Capitaine ?

— Vous voulez dire des hommes qui ont la folie de suivre un homme comme moi ? Qui ont le goût invétéré du risque ? Prêts à perdre la vie, voire à crever les panses de père et mère pour avoir la fierté de crier dans quelque bouge de Kaash qu'ils sont de la compagnie ? Mais qui peut dire qu'il est allé chatouiller la Queue du Dragon, sur cette Terre, Prince Obédaï de Saham ? Sans compter que, pour les plus malins, les richesses rapportées de ces eaux malignes n'ont pas d'égal !

— Je croyais qu'il n'y avait pas là de quoi intéresser un prince, Capitaine Allen Keshren ?

— Qu'on dit aux curieux de passage ! Mais, maintenant que nous avons fait connaissance, je peux vous parler des bancs d'huîtres perlières.

— Dans ces eaux ?

— Sur des hauts fonds, à quelques jours d'ici. Accessibles à la chaloupe. Ces perles noires, Prince, ont des reflets de rouille sans égal sur Terre. Nous y ferons relâche, à notre retour.

Disant cela, le capitaine laisse filer une autre suée de bubons cracheurs de soufre, et engage le *Léviathan* dans une eau bouillonnante.

— Des glaces aux Enfers... La dernière fois que j'ai vu ces brumes, j'étais aux côtés de mon père.

Le capitaine se fait happer par de vieux souvenirs, sans perdre la barre.

— Nous serons en vue de l'îlet Labret avant la nuit, Prince. Je vous parlais de ce mal des terres de Cauda. Il est particulièrement fort sur ce caillou, plus que sur tout autre fait de roche-mère.

À la seule évocation de ce mal, une curieuse sensation m'envahit. Comme si le Šhå de ces lieux vibrait faux, pris d'instabilité. La matière même semble vouloir voler le voisinage, par un manque à combler. Mon armure en vient à se couvrir de plaques iridescentes. Je rabats la capuche de ma grande robe de bure, et cherche à cacher des regards ces mauvais reflets. Un symbole lumineux s'affiche maintenant devant mes yeux et se met à clignoter.

— Capitaine, quels sont les symptômes du mal de ces lieux ?

— Pour commencer, quelques nausées et diarrhées. Mais, avant d'avoir retouché terre, s'ensuivent la perte des cheveux, de la peau par plaques entières, des brûlures diverses et inexpliquées, et des transpirations sanguines, Prince.

— CAPITAINE ! ÎLE DROIT DEVANT !

Le cri de la vigie est relayé par le silence des matelots. Une masse sombre se dresse devant le *Léviathan*. Le capitaine se tourne vers moi.

— L'îlet Labret, Prince Obédaï de Saham. Êtes-vous bien certain de vouloir débarquer ici ?

Je frissonne.

— Capitaine, ce qui m'occupe là dépasse ma volonté.

— Eh bien ! Je ne voudrais pas être confronté à ces « choses », Prince !

Keshren fait un signe de tête à son second...

— Fais réduire la voilure, Koello. Cap Suai quart de Sud. Nous allons gagner l'aire de mouillage.

... et se tourne vers moi.

— Nous reparlerons de cette île demain matin, mon Prince.

Le second hurle dans la brume.

— Carguez la grand-voile ! Carguez le grand hunier ! Et bordez sec l'artimon, mes gabiers ! Que l'on mette l'ancre bâbord au bossoir ! Et les chaloupes à la mer !

— Ancre prête à mouiller, Lieutenant !

— Mouillez l'ancre ! Serrez les voiles ! Mettez-moi au carré ces mâtures avant la nuit !

— AOO !

— Et vous, du pont avant, ramassez-moi ces bouts ! Je vais vous faire bouffer tout ce qui traîne, moi, tas de mollusques ! Corvée de brique pour tout l'équipage ! C'est pas le moment de mollir ! Mais qui m'a sorti ces cagnards du tripot ?

Le capitaine me tire par le bras.

— Sire, pardonnez le langage de mon second, et veuillez vous donner la peine de me suivre à l'abri, dans mes quartiers.

L'homme m'entraîne une fois de plus jusqu'à sa table de navigation. Il caresse la carte de ses ancêtres, saisit une loupe et un couteau à pointe fine, et entreprend de gratter doucement une écriture centenaire, jusqu'à la faire disparaître. Puis il trempe l'extrémité d'une plume aux barbules irisées dans une encre de jais, ressuie le surplus à l'aide d'un chiffon propre, et s'approche de l'île. Le vélin crisse sous la fermeté de son geste. Il commente.

— Je tenais à rebaptiser cette île en votre honneur, Prince.

Je lis l'écriture du capitaine. « *Île du Prince aux Charmes* ».

— Merci, Capitaine.

— Vous en avez un bien fâcheux sur le visage, de ces charmes, mon Prince.

— Il s'agit d'une armure un peu particulière, Capitaine. Là est l'héritage de mon père.

— Eh bien, définitivement, je préfère mes mystères aux vôtres, Prince Obédaï de Saham. Et si nous allions goûter à ces fameux encornets ? Et, qui sait, j'aurai peut-être encore une ou deux petites choses à vous dire à propos de cette île...

Chapitre 53
Erkan, l'âme damnée

Je me retourne, hors de souffle, posant le regard sur l'immense pierrier en entonnoir que je m'efforce de laisser derrière moi. Je suis assoiffé. Terrassé par la fatigue. Je tente de me régénérer en grignotant quelques pierres, mais provoque aussitôt la colère des cimes. Le pierrier dans son entier dévale soudain la pente, ne me laissant que le temps de m'agripper à une faille. Voilà ce creux de ravine retaillé comme à ses origines. Un trou apparaît alors dans le renfoncement d'une haute paroi. Il se tient là, face à moi, pendu au-dessus du vide. Superposant les lieux aux mémoires d'antan, je reconnais là à l'évidence l'entrée vue par Obédaï. Elle a été défigurée par un vieux décrochement du front de taille, ne laissant plus apparaître qu'un tronçon du couloir, mais c'est bien le sanctuaire des anciens temps.

Reste qu'en plus d'être exténué je vais devoir partir à l'assaut d'une haute muraille avec mes seules aptitudes naturelles. Je rejoins le fond de la combe, dérapant sur des blocs instables, glissant souvent sur plusieurs toises dans des éclats d'armure, quand une pensée m'atteint de plein fouet.

— *Le mieux serait peut-être de me dire ce que vous cherchez, jeune fou, je pourrais vous épargner quelques efforts !*

Je tourne brusquement la tête, cherchant par réflexe l'origine de ces mots. Un grand corbeau sautille sur une roche, à dix pas de moi. Il me toise, le regard en biais, vide de toute pupille. De son bec entrouvert, il donne un coup de bec contre la roche.

— *Vous voilà fort d'une bien belle découverte ! La prison de Saash... Mirifique !*

La voix provient de l'oiseau noir.

— Toi !

— *Oui. À mon tour, j'ai dû trouver le moyen de vous approcher sans danger.*

Je jette une caillasse sur le volatile, mais elle le traverse et retombe un peu plus bas dans une coulée de pierrailles.

— Que me veux-tu ? Quel est ce lieu ?

— *Je reviendrai mille fois d'entre les morts si vous êtes* Al Gahama *! Lui ne me jetterait pas d'abord des pierres, pour ne me questionner qu'ensuite !*

— Réponds, puisque je ne peux pas me débarrasser de toi ! D'où connais-tu ce lieu ?

— *Vous me posez la question ? Je suis venu de nombreuses fois rendre visite à Saash. D'ailleurs, de mon temps, ou de celui d'Obédaï, les pierres parlaient encore.* « Toi qui franchis ce seuil... saa... aa... che... ...... que le Di... eu des Hommes... paie i... i...ci le prix de leur... liberté... ... »

— Qu'est-ce ?

L'oiseau ouvre les ailes et se hisse d'un bond sur un surplomb.

— *Une épitaphe, une phrase venant du lointain passé, chantée par les pierres à quiconque franchissait cette porte. Je l'ai entendue durant des millénaires, jeune ignorant, je l'ai vue se réduire, à mesure que passait le temps, à ce simple « Saa... ash... », puis au silence qui t'attend aujourd'hui.*

— Saash ?

— *Vous vous dites «* Al Gahama *», mais vous en savez bien moins long que moi sur ce monde.*

— Pour la dernière fois, je n'ai en rien demandé à être *Al Gahama* !

— *Pas plus que moi. Du moins, à l'origine.*

— Et qu'as-tu fait à ce monde ? Qu'as-tu fait à la belle cité de mes ancêtres ?

— *Vous pourriez passer le reste de votre vie à me conter grief, jeune pousse. Rien n'en serait plus juste pour autant.*

— Un homme est responsable du moindre de ses actes...

— « ... et plus un homme est puissant, plus grandes sont ses responsabilités. » *Je connais moi aussi les préceptes de cette cité dont vous vous réclamez. Mais une part non négligeable de ma personne l'a entendue de la bouche d'un tout autre roi. Asatraï était son nom.*

— Qu'ai-je à faire de tes paroles ? Tu es le Mal !

— *Eh bien venez à moi, détruisez-moi ! L'histoire me paraît bien belle, depuis votre petite cervelle. Sachez pourtant que le vertige qui vous occupe en l'instant, je l'ai connu il y a quatre millénaires de là. Quatre millénaires, jeune pousse !*

Je voudrais écraser cet oiseau sous une dalle de pierre, pour le faire taire !

— *Je m'appelais alors Obédaï. J'étais un être blessé, mais entier. Une jeune femme venait de me guider sur les premiers kerns de cette voie de pierre.*

— Suffit !

— *Cessez donc de faire l'enfant. Cette femme est venue me voir, ici même, comme elle le fera encore sans doute pour vous, me parlant d'une Faute à racheter. Me parlant du destin d'*Al Gahama.

— Assez !

— *J'ai écouté ses paroles, tant j'étais désespéré. Je suis rentré dans ce sanctuaire, et j'ai trouvé un disque-mémoire. J'ai vu en lui plus loin que vous verrez jamais. J'ai vu des barques volantes transporter le squelette de ce sanctuaire. J'ai vu se construire la prison de Dieu. J'ai vu périr jusqu'au dernier les forçats qui ont bâti ces lieux, emportant dans les glaces hivernales le secret de leur témoignage.*

— Assez, te dis-je !

— J'ai vu l'Homme y enfermer son Dieu.

Un frisson me retourne les pores. L'oiseau ébouriffe ses plumes et resserre ses formes éthérées.

— Saash devait être mon arme. L'outil de ma vengeance contre le Très-Haut. Le Salut de mon âme damnée. Mais l'Obédaï d'alors n'a jamais eu la force d'ouvrir les verrous de cette prison, et c'est bien cette tâche qu'il m'a confiée, quand, errant dans les pierres comme une outre percée, il m'a livré le fardeau de son âme. Faisant de moi le monstre que je suis devenu.

L'oiseau se gratte la tête de ses pattes griffues.

— Fort de ce nouveau corps et d'une infinie patience, je suis revenu, année après année, mesurer ma puissance nouvelle auprès de ces pierres. Quatre millénaires à moissonner morts et vivants avant d'avoir le pouvoir d'ouvrir les portes de ce Dieu des anciens temps.

— Tu me brouilles l'esprit, avec tes contes ! Tes actes n'ont vengé personne ! Tu n'as fait qu'ajouter du malheur au monde en pourchassant tes démons !

— Mais il semblerait que vous chassez les mêmes, jeune écervelé. Et que les conséquences de vos actes diffèrent peu des miens. Mais, s'il vous prenait l'envie de ne pas perdre votre existence en millénaires, alliez-vous à moi.

— Comment oses-tu ? !

— Dans ce cas, l'un de nous devra périr.

— Eh bien prie pour ne pas me trouver sur ta route, corbeau !

— Le rendez-vous est pris, jeune pousse, et je gage que la chose risque de ne pas vous plaire.

L'oiseau croasse et s'envole lourdement vers la vallée, me laissant seul dans mon chaos de pierres.

L'endroit est dangereux, instable. Mais je dois savoir.

Chapitre 54
Cataxak, le Grand Carda

Me voilà sur un ponton d'embarquement, face à la mer. Qui peut se vanter de m'avoir vu un jour venir de mon plein gré en un tel lieu ? Pouah ! L'odeur, même imperceptible à mes sens, me retourne le cœur ! Et pourtant. Me voici face à un vaisseau fabriqué par mes hommes, selon des plans particuliers, qui devrait nous garder des affres de cette substance affreuse.

— *Grand Carda, nos caisses de plomb sont prêtes.*

— *Le plan de chargement a été bien compris par nos hommes ?*

— *Oui, Grand Carda.*

— *Prenez vos places.*

Mes Happeurs entrent dans leurs caisses respectives, tirent à eux les couvercles de plomb, et scellent le tout en chœur. Je regarde une dernière fois le déroulement des opérations, et m'engouffre à mon tour dans mon sarcophage. Là, ainsi coupé du monde, m'interdisant le moindre contact avec l'extérieur, je rumine ma vengeance éternelle.

Chapitre 55
Erkan, l'âme damnée

Mais ? Pourquoi cette sortie de fleuve ? Pourquoi ce fil de lave s'interrompt aussi loin du présent pour ne plus être qu'un long fil blanc ? Je remonte le passé de Cataxak, cherchant à comprendre le sens de cette expédition contre-nature. Lui ? Prendre la mer ? Ici, maintenant, par mille précautions ? Je dois savoir ce qu'il prépare !

Chapitre 56
Cataxak, le Grand Carda

Mes Happeurs se regroupent devant moi, curieux de comprendre la raison de mes récents préparatifs.

— Mes séides, la mission qui nous incombe m'impose de prendre certaines précautions. Mon devoir est d'user d'artifices pour tromper un ennemi des plus fins. Sans en avoir la preuve, j'ai la certitude qu'il est capable de lire en moi. De lire en mon eau. Il me faut donc le tromper. Je vais ici même donner une instruction. Un seul d'entre vous la comprendra, la traduira en actes, et actionnera par là la mise à exécution d'un plan que je me refuse à penser. Regardez tous vos pieds, et ne réagissez en aucun cas aux paroles qui vont suivre.

» L'instruction est « croisée des arches bleues ».

» Bon courage à vous. Il vous en faudra, mes fidèles, car nous allons prendre la mer. De cela, l'opportun peut être informé, il n'en sera que mieux nargué !

Chapitre 57
Erkan, l'âme damnée

Je me réveille en bas de la combe, affalé dans la pierraille, les vêtements taillés en lambeaux par une longue glissade. Cataxak ne vise pas n'importe qui dans ses diatribes. Lui ? Prendre la mer ?

Je me redresse, remonte la pente, et gagne le pied du mur. Les prises sont larges et évidentes, favorisant tant ma progression que j'ai tôt fait de me hisser sur le palier de ce sanctuaire des anciens temps. Je vais pouvoir marcher dans les pas d'Obédaï. Et sans doute comprendre la folie meurtrière de Cataxak.

Mes pieds roulent sur les graviers tandis que je pénètre l'obscur couloir. Une étrange luminescence emplit l'endroit, et une silhouette féminine prend corps. Elle avance, habillée de fines bandes de soie tissées dans les tresses de ses longs cheveux blancs, et plonge ses yeux nacrés dans les miens.

— Si, par force de vie, un germe de cœur revenait à pousser en ces friches, souviens-toi de moi, beau Seigneur...

— Que me voulez-vous ? !

Ses formes se défont, et elle s'évapore en un voile délétère.

— Viens.

Un objet se matérialise devant moi.

— *Je t'attends.*

Une fiole brille dans le soleil couchant, fine du travail d'un ciseleur d'Almenarc'h. Elle contient de l'eau. Une eau qui me repousse autant qu'elle m'attire. Je verse une goutte dans le creux de ma paume, et plonge aussitôt dans un rêve éveillé. Le souffle chaud des vents du désert m'emporte au milieu des dunes. Il flotte dans l'air ce fameux parfum de givre. Tout n'est plus que caresses et voiles de plaisir. L'eau de la fiole coule dans ma main, me laissant entrer plus avant dans la mémoire de cette femme, Awana. Sa chevelure brille comme une banquise au soleil. Je recule vivement, de surprise, mais la belle m'enflamme le corps d'un simple regard.

— Souviens-toi, Erkan, souviens-toi de nos instants de tendresse...

D'un doigt, elle dénoue les boucles d'une robe diaphane et livre au soleil les douceurs de son corps satiné. Son parfum m'envahit. Elle me séduit. M'envoûte. Je transpire. Sa main glisse sur mes hanches, m'attire doucement contre elle, et m'entraîne sur le sable chaud. Je sens les poils de sa toison caresser un endroit qui ne reste pas insensible. Ma peau accueille le moelleux de ses formes. J'égare mon corps. Je ne sais plus où je commence... et où je termine... Son odeur est mienne... J'ai...

— NON !

Je la repousse fermement.

— Je ne suis l'homme que d'une femme !

— Jeune Seigneur, ce n'est qu'un rêve... Un moment de douceur entre deux parenthèses. Quel mal faisons-nous ?

— Celui de tromper ! De trahir ! Et il est écrit en lettres de sang que le cœur ne se remet jamais de se voir trahi dans ses élans !

— Mais qui vous dit, jeune Seigneur, que ce n'est pas vous qui trahissez là un amour millénaire ?

— Amour dont j'ignore jusqu'au premier souvenir !

— Vous portez pourtant notre fils à votre cou. En Almen Karaï.

— Reculez. Et voulez-vous bien remettre ce tissu sur vos formes, même s'il ne saurait les cacher ?

Ses traits se déforment soudainement.

— Erkan, tu ne peux pas savoir à quel point mon existence est une souffrance. Je passe ma vie autour de toi. En toi. Mais je ne peux jamais te rencontrer. Te rencontrer vraiment. Te toucher, me faire aimer de toi. Ma vie, ma mort, mes sentiments, rien ne m'appartient !

— Et tout cela vous regarde, sorcière !

— Comme tu voudras, Erkan. Mais sache que tu es l'esclave de la Terre. Tu as jadis brisé un Équilibre qu'il te faut restaurer. Accomplis donc seul ton terrible Destin !

— À combien d'hommes as-tu conté ces prophéties ? !

— À un seul. Le même. Depuis des millénaires. Toi. Inlassablement. Sous toutes tes formes.

— Recule, te dis-je ! Quelles fins poursuis-tu, vénéneuse beauté ?

— Uniquement celles de t'aider.

— Alors donne-moi de tes visions ! Dis-moi pourquoi je ne peux pas voir le présent de l'Ignoble ! Montre-moi la voie une fois pour toutes !

— « L'Ignoble » ? Serait-ce Cataxak ? Le savoir peut te mener à la perte de tout.

— Foutaises ! Montre-moi le fil présent de ce fourbe !

— Impossible. Il me faudrait pour ça ses mémoires, jeune Seigneur. Il me faut de l'eau. L'eau des corps, l'eau des lieux, l'eau des pierres et des océans. Là est le secret des Détenteurs et de leurs reliques. Là est le secret de ta Toile. Là est aussi le secret de mes propres voyages.

— Où donc est passé votre parfum de givre ? ! Votre prescience du futur ? ! Qui me dit que vous n'usez pas de vos charmes pour servir vos seuls desseins, sorcière ?

— S'il est vrai que je ne manque pas de charme, beau Seigneur, je n'ai pas en revanche celui de divination. Les images du futur me percutent, sans contrôle. Et c'est pour vous mettre en garde de l'une d'elles que je viens à vous en l'instant.

Je résiste pour ne pas me laisser amadouer par la beauté superbe de cette femme. La finesse de ses traits, la pulpe de ses chairs. Elle reprend.

— Entrer ici, en cet instant, et visiter ces lieux vous apportera la seule issue possible vers votre futur. Mais ce sera aussi cause d'un grand trouble.

— Encore à distiller vos prophéties, pècheresse !

La divine sorcière pâlit, emportant son désert, et me laisse reprendre conscience dans mon couloir d'antan.

Maudit que je suis.

Combien de fois suis-je venu ici ?

Quel est donc ce lieu ? Je m'assieds sur un sol baigné de fraîcheur, ressentant la haine des pierres et de la nature contre ces pans de roche faits d'homme. Je dissous quelques fragments effondrés sur le sol, sans m'attirer les foudres de la Terre. Je me ressource et me restaure en nettoyant les lieux de leurs décombres, et lance mes senseurs en reconnaissance. Le couloir s'enfonce devant moi, distribuant de part et d'autre dix-huit portes toutes closes par des panneaux d'acier, à l'exception de la salle des armures, visitée jadis par Obédaï. Je resserre mon esprit, économisant mes forces, et pénètre l'étrange structure de la première porte. Une mâchoire d'acier tient en place les pênes et les mortaises d'un incroyable verrou. De minuscules couplages de composants métalliques s'échappent de l'endroit par des jeux de fils translucides et se perdent dans les profondeurs du sanctuaire.

Trouver de l'eau me permettra de savoir ce qu'était ce lieu. Je pousse mon senseur à l'intérieur de la première pièce, mais ma conscience s'envole vers d'autres sphères.

Chapitre 58

Obédaï, le Maître-Moine de Saham

Le capitaine fait mettre un canot à la mer.

— Obédaï, Prince de Saham, le moment est venu de renoncer à vos projets.

Je tiens ma capuche abaissée pour me soustraire aux regards des hommes d'équipage. Mon armure luit de plus en plus, au contact des malignités de ce lieu.

— Cette île vous inspire tant de terreur ?

— Ce lieu ronge les Keshren depuis des temps immémoriaux, Prince. Le mal s'emparera de vous comme il l'a fait pour chacun de mes ancêtres. Rien ne vous oblige à mettre pied à terre.

— Mais pourquoi vos ancêtres venaient sur ce caillou, Keshren ?

— Le premier d'entre eux repose ici.

— Ce serait donc en quelque sorte un lieu de pèlerinage familial ?

— Oui. Mais n'allez pas croire que tous ces risques sont pris pour de vieux os. Non, l'esprit de cet ancêtre serait toujours sur cette île. Et mes aïeux racontent que ce fantôme garderait l'entrée d'une salle au trésor.

— Un trésor ? Et vous croyez à ces choses, Capitaine ?

— Je n'ai pas encore décidé de risquer ma peau pour le vérifier, Prince. Je veux dire, de mourir à coup sûr. Mais un trésor... intéresse toujours un vieux capitaine.

— Je vous raconterai en détail ma rencontre avec votre aïeul, Keshren.

— S'il vous laisse la vie sauve, Prince. Il est, paraît-il, assez belliqueux.

Je fais un dernier salut au capitaine, et passe par-dessus le bastingage. L'échelle de corde se perd dans la brume, ne me laissant voir le canot qu'au dernier moment.

— Bonne chance, Prince Obédaï.

— Merci, matelot.

Le marin me cède la gouverne de la barque, et regagne le bord du *Léviathan*. Je traverse à la rame des eaux chahutées par les affres de la Terre. Un immense bloc de glace échoué sur les rives de l'île se voit creuser les entrailles par des fontaines de lave. Mirifique spectacle. Infernale lutte des éléments. Je touche bientôt terre, porté par quelques vagues énervées sur une grève d'obsidienne. Les ressacs se chargent de ponces que la mer envoie au large dans ses écumes rageuses. J'enfonce mes bottes dans les scories tandis que je tire l'embarcation au sec, et prends enfin le temps d'observer les lieux. De la lave cordée descend en coulées depuis un cône de déjection et se jette dans l'océan. Coussins, mamelons et dômes de basalte, l'endroit se pare d'atours dignes des antichambres de l'enfer. Le sol craque sous mes pas et suppure de vapeurs sulfureuses. Je libère mes dragons. Ils s'élèvent dans les airs, virent et reviennent sur leurs traces, avant de se décider à cracher leurs traits de Šhå. Le signal me guide vers l'autre extrémité de l'île.

J'escalade les lèvres d'un cratère, au milieu de fumerolles et de cendres ardentes. Des fumées s'échappent en sifflant du sol fissuré, brûlant mes bottes sous mes solerets. Mes vêtements finissent d'ailleurs par tomber en cendres sous la chaleur, ne me laissant plus que l'armure sur le dos. Elle reluit de mille feux, repoussant les bombes sifflantes crachées par cette bouche éruptive, tandis que je bascule sur l'autre versant. Le paysage offre ici un tout autre aspect, comme préservé des laves par un pavois de Šhå. Je distingue là les roches anciennes de terres primordiales. Mon armure ne pare bientôt plus que les attaques de ce mal étrange tant redouté par Keshren. Le signal portait sur cette butte perdue en front de mer.

Je glisse entre blocailles et rocailles jusqu'aux dalles d'un pavage géant, et descends les marches d'un orgue vers l'entrée d'un improbable sanctuaire. Quel est cet endroit ? Le fameux tombeau de Keshren ? Mes pas croustillent sur des forêts de lichens orangés, alors que j'approche de l'entrée. Une levée de dalles sur chant couverte de roches en plaques s'enfonce en galerie vers le cœur de cette colline de pierres. Je pénètre les lieux, laissant mes senseurs envahir les roches. Mes doigts glissent et retracent des décors digités, suivant les empreintes de glyphes tortueux. Je pousse ma flamme vers le fond du sépulcre pour déboucher dans le ventre d'une chambre funéraire. L'endroit est bâti de quelques blocs monumentaux, qui étouffent les derniers bruits de la mer. L'eau des brumes s'infiltre doucement depuis la surface, ruisselle à travers l'amas de blocailles, et percole ici lentement le long d'une forêt de stalactites, des peignes de formations capillaires qui retombent, en cascades, sur un gisant. Mes dragons disparaissent, non sans avoir jeté un dernier regard sur l'occupant des lieux, enfermé dans une gangue de calcite. Fourbi de pied en cap d'une armure des anciens temps. Et de son sabre-mémoire.

La visière du heaume est relevée, laissant apparaître à travers le glaçage minéral les traits conservés d'un vieillard. Une fine barbe déborde sur les damasquins de ses plates pectorales.

— Mais que portes-tu autour du cou, vieillard ?

Là, au bout d'une chaîne aux mailles de cuivre, repose un pendentif. Un simple triangle de bronze retenant entre ses griffes une bille. Je ressens en elle la mémoire d'un corps. Mais qui était l'ancêtre de Keshren ? Un Maître-Moine des temps anciens ? Je sonde l'objet, sans déceler la présence d'une vie.

— Qui vient déranger Calum Mac Keshren ?

Je me retourne subitement, pour voir un spectre tremblant s'approcher de moi.

— Est-ce toi l'ancêtre des Keshren ?

— Je suis le gardien de ces lieux ! Seul entrera dans le sanctuaire des Anciens celui qui me vaincra ! Ainsi le plus sage de tous l'a jadis décidé !

C'est alors que la gangue de glace du gisant se fend de toutes parts et que le mort des lieux revient à la vie, suivant la mémoire de sa bille pectorale. Il se redresse, l'armure tout aussi flamboyante que la mienne, et me présente un fer des plus raffinés. De fins ornements végétaux jouent sur sa lame avec les lignes de damasquins. Son pommeau est protégé d'un entrelacs de serpents or-argent. Il lance une série de fentes que je pare à coups de canons et gantelets. Ses attaques sont puissantes, massives, mesurées. Il tourne et se replace à la perfection, en véritable maître d'armes. Mon sabre saute à mon poing, prêt à répondre à l'assaut. Le revenant se laisse porter par son bras et fait naître en moi de nouvelles voies. Les coups volent, pleuvent, s'abattent. Le plaisir commence à guider mes gestes. Mes muscles se détendent et je glisse, au milieu de mes parades, quelques coups qui viennent peu à peu dérégler la perfection mortelle de son art. Et je le pousse à l'esquive. Pour la première fois. Je fends son assurance, le contrains à reculer, dans une danse de lames. Nos voltes emportent par milliers les fins capillaires de calcite.

Je me laisse guider par mon arme, servant par trois fois la même suite complexe de fentes et d'esquives, endormant la vigilance du fer adverse. Puis, quittant subitement ce mantra infernal, ma lame se dématérialise, me libérant les mains. Mon armure m'impose de chasser le sabre ennemi d'un revers de gantelet, accompagne la course de sa dernière pointe, et la ramène violemment en travers de sa poitrine. Jusqu'à sa garde de serpents, soudain rougie par un sang du fond des âges. Le temps se fige. Le vieillard expire son dernier souffle, et s'affale sur le sol.

— Mais pourquoi vouloir me tuer, vieillard ? !

Sa réponse vient, profonde, teintée d'un fort accent.

— La botte d'Efisio...

— Tu déraisonnes, vieil homme ? Est-ce ainsi que tu dois quitter ce monde ? Après des millénaires à veiller sur ces lieux ?

— Je ne devais laisser passer qu'un être capable de Le vaincre.

— Qui ? QUI !

L'homme sans âge se fige et lâche son dernier souffle. Calum Mac Keshren ne me dira plus rien. De qui parle-t-il ? Et cette botte d'Efisio, qui mène le bretteur à se tuer avec sa propre arme ? Comment mon armure savait-elle qu'il ne serait pas protégé de son sabre personnel ? Je dissous les traces de lutte sur le corps de l'ancêtre Keshren et le replace sur son autel. Son armure porte désormais la trace de mon coup fatal.

— Par ici...

Le fantôme de Calum me montre un trou dans la paroi, dans un dernier geste, et disparaît. J'approche de l'ouverture, l'armure brillant plus que jamais, et pénètre plus avant les lieux. Cet endroit est malade. Un nouveau symbole se met à clignoter devant mes yeux, et je sens une violente remontée de matière. Je frissonne, craignant de devoir lutter bientôt contre quelque humeur volcanique, quand je vois le fond de la galerie se fendre et craquer. Une paroi parfaitement lisse apparaît sous ses propres luminescences. Du cytral. Il me renvoie les reflets tremblants de mon armure. L'endroit ne ressemble à rien de connu. Je pose ma paume sur le métal pour apprécier la perfection de sa surface, quand des symboles, comme pris de folie, se mettent à tomber en cascades devant mes yeux. Ils s'arrêtent sur une série clignotante, et une voix suave résonne alors en moi.

— Séquence LI-02 valide. Accès sas autorisé.

Le cube se fend en deux. Les panneaux de métal coulissent en silence, m'invitant à entrer dans une cellule baignée de lumière, et se referment sur moi, sans bruit, assourdissant les mugissements de la Terre.

Un rai bleuté jaillit soudain du sol et me balaie le corps, activant de nouvelles cascades de symboles sur les parois de l'alcôve. Des runes des anciens temps, lumineuses et changeantes, dont le sens m'échappe. Le plafond se crible alors de trous, crachant sur moi des jets de vapeur iodée, puis c'est au tour du sol de s'ébranler. La pièce entière semble s'enfoncer dans le cœur d'une colonne de cytral à travers les tumeurs de la Terre.

Silence. La descente s'interrompt. Les runes d'antan dansent et accompagnent maintenant chaque souffle de matière. La paroi se fend d'une ligne lumineuse et s'efface au profit d'un couloir sombre et miroitant. Je m'avance d'un pas, entraînant la soudaine mise en lumière des lieux. Je marche sur un sol vaporeux, entre deux parois à plafond perdu. Une voix retombe, en voiles scintillants.

— *Séquence LI-02 requise pour mise à jour des données.*

Je frissonne, avec la sensation d'être soudain très seul, captif d'un temple perdu de l'ancien monde. J'ouvre la paume, libérant mes dragons de cytral. Ils restent en vol stationnaire, les yeux rivés contre un des murs, et lancent une série de points lumineux. Je sens la matière répondre depuis les tréfonds, soufflant dans les parois des décharges de Šhå. De vastes causses plantés de vergers en fleurs me font désormais face. Les lieux n'étant plus agressés par les tourmentes extérieures, mon armure se dématérialise. Je n'en garde qu'un léger film de cytral pour me couvrir la peau et ne pas rester aussi nu qu'un ver.

— *Bienvenu, Capitaine Général Del Fante.*

Les symboles lumineux s'activent devant mes yeux.

— *Synchronisation des données en cours, Capitaine Général. Veuillez patienter, s'il vous plaît.*

La matière des lieux tente de me charmer les sens par de mauvaises sorcelleries. Je voudrais me défaire de cette emprise, mais mon armure fige toute initiative. Pire, je perçois en son sein l'intrusion d'une mémoire morte et mécanique. Elle chauffe et ronronne, me renvoyant des avalanches d'images contradictoires, de paroles dissonantes et de sensations terrifiantes. Je me noie dans ces flux d'un autre temps, luttant pour ne pas me faire emporter par la panique. Puis le silence retombe.

Mon armure me rend l'autorité de mes sens et de mon corps.

— *Activité depuis la dernière mise à jour, quatre mille deux cent vingt-cinq années. Transfert des données dans le noyau central achevé. Vous semblez en pleine forme, Capitaine Général. Prise de masse, 17kg. Tension artérielle...*

— Mais qui êtes-vous ? !

— *Mise à jour langue parlée. Abandon langue deux-zéro-zéro pour novlangue sept-zéro-huit.*

La fureur emporte ce qui me reste de patience, j'explose.

— Qui êtes-vous ? Répondez !

Le métal se fend d'une nouvelle ouverture, coupant la paroi qui me fait face sur toute sa hauteur, et m'invite à entrer dans un hall gigantesque.

— *Mon nom est Eali, Capitaine Général Del Fante. Pour « Entité Artificielle de la Li ». Je suis l'interface programmée pour assurer votre confort durant votre séjour en nos murs.*

Dès mes premiers pas, la matière de ce temple prend vie et réveille l'image d'un jardin planté d'allées et de parterres exotiques. Des cascades de feuilles aux découpages savants coulent depuis les hauteurs et envahissent de leurs lianes tonnelles et treilles aériennes. J'avance sous les ramures d'arbres millénaires, longeant des pièces d'eau nappées de nénuphars en fleur, sans pourtant percevoir la moindre matière. L'illusion pousse le détail à peupler ces massifs d'abeilles et autres pollinisateurs, là où mes sens les plus fins ne voient qu'un dôme de cytral.

— Mais quel est cet endroit ?

— *Le Ceseli.*

— Le « Ceseli » ?

— *Pour « Centre Sécurisé de la Li ». Le Ceseli est un refuge de classe un, comportant douze suites individuelles, deux salles de réunions, une cellule de communication terre-espace, et tous les dispositifs nécessaires à votre confort, Capitaine Général Del Fante.*

Eali se matérialise devant moi, en voiles de Šhå lumineux, sous les traits d'une belle et jeune femme aux yeux effilés et à la chevelure noire. Une robe de soie enveloppe la totalité de ses formes sous deux pans de tissu savamment rabattus.

— Quels sont vos désirs, Monsieur Efisio Del Fante ?

Je bredouille, interloqué par la beauté de l'apparition.

— Mes désirs ? Qu... Quels désirs ? Je ne sais même pas ce que je peux trouver ici !

— Je peux pourvoir à tous vos besoins, Capitaine Général Del Fante.

Je tente de ne plus accorder foi à mes sens vulgaires, et envoie des senseurs sonder les lieux. L'endroit est vaste. Tout de cytral. Je retrouve les pièces décomptées par Eali, mais elles sont vides de tout mobilier. Pas le moindre grain de poussière pour maculer le sol. Cette entité semble bien le seul attrait de ce temple.

— Avez-vous de l'eau, Eali ?

— Oui, Capitaine Général. Ainsi qu'un large choix de boissons désaltérantes.

— Je voudrais juste une goutte d'eau.

Un verre aux formes simples se matérialise devant moi, et une goutte d'eau vient rouler dans son fond. Je la sonde doucement. Elle est pure, comme levée par Šhåmanie.

— Ce lieu n'a donc pas de mémoire ?

— Ce lieu *est* mémoire, Capitaine Général Del Fante. Le noyau central repose sur les principes de stockage éraniques.

— « Éranique » ?

— Ou « Haute-Énergie », Capitaine Général Del Fante.

— Et où est ce noyau, entité ?

— Dans sa chambre de confinement.

Je traverse les parois de cytral, sondant les profondeurs du temple en quête de ce lieu de mémoire, quand je découvre les contours d'une sphère d'un alliage inconnu. Je tente de percer la structure de mes senseurs, mais Eali se met alors aussitôt à déclamer.

— Alerte de niveau un. Tentative d'intrusion non autorisée. Mise en route du compte à rebours de sécurisation des données. Vingt... Clef d'accès requise... Dix-neuf...

Je rétracte mes senseurs.

— En quoi consiste cette mise en sécurité, Eali ?

— ... Dix-huit... Confinement des données, clef d'accès requise... Dix-sept...

— « Confinement » ? Quelle clef ?

— Seize... Quinze secondes avant destruction du Ceseli. Évacuation du site recommandée...

Les parois de cytral tombent brusquement dans le noir, et des lumières fuyantes me guident vers la sortie. Eali poursuit son mystérieux décompte.

— Quatorze... Contact des cellules éraniques imminent... Treize...

— Et quelle est la conséquence de ce dispositif, Eali ?

— Douze... La dissipation du bouclier cytralique par ondes éraniques, Capitaine Général... Onze...

Je cours subitement vers la sortie...

— Dix... Clef d'accès requise... Neuf...

... traverse le couloir...

— Huit... Clef d'accès requise... Sept...

... et frappe les parois de cytral de ma paume, en espérant que cette plate-forme d'un autre temps me sorte de là.

— Six... Clef d'accès requise... Cinq...

Les runes défilent et clignotent, attendant visiblement un ordre supplémentaire.

— Quatre... Trois... Dissipateur cytralique engagé... Deux...

L'entité me vient en aide et déclenche la fermeture de la loge.

— Un... Compte à rebours terminé. Eali vous souhaite de passer une agréable journée.

Le temple est traversé d'une onde sifflante me rappelant en tout point la destruction du palais de Carmak la Blanche. L'explosion qui s'ensuit me projette au-dehors, me crachant sur les marches de cette chaussée de géants. Mon armure est gravement endommagée. Je n'ai plus aucune protection sur le poitrail, et de vives brûlures me mordent les chairs.

J'escalade en toute hâte les marches de basalte, sur les flancs du cratère, traînant à chaque pas les restes d'une armure sans cesse plus lourde. Je sens la malignité des lieux gagner mes sangs en ébullition, pendant qu'une remontée de lave dégorge de la cheminée principale. Ma vue se brouille sous les assauts de la chaleur. Je dévore des pans de roches ignées pour soulager mon corps de ces supplices, quand le vent me porte des voix déformées. Là, risquant leurs vies, des marins du *Léviathan* sont venus en chaloupe jusqu'à la rive pour me porter secours. Je dévale la pente, glissant dans les déjections volcaniques, et m'écroule bientôt, les deux genoux plantés dans la grève de ponce.

— Hissez-le à bord !
— Il est brûlant, Capitaine !
— Arrosez-le d'eau de mer, et à bord ! Il ne faut pas rester ici !
— Bien Capitaine !
— Arrosez ! Arrosez !

Chapitre 59
Erkan, l'âme damnée

Les visions s'enchaînent et ne me laissent plus de répit. Je me convulse sur le dallage de ce couloir hors des temps, assailli par des douleurs rémanentes. Je crache des flammes, encore imprégné des sens d'Obédaï, ouvre les yeux, et m'apaise. Le voile se lève doucement sur son passé, mais au prix de grandes souffrances.

Les Maîtres-Moines de Saham étaient donc des familiers de la lecture de l'eau. Eau qu'il me faut également trouver ici et maintenant, pour décrypter la mémoire de ces lieux. En espérant qu'ils me soient moins hostiles que ce sanctuaire perdu aux confins du monde !

Mes senseurs rampent déjà dans la pièce voisine. Je dépasse tables et chaises reposant sous la poussière et fouille bientôt des murs d'étagères, sans rien trouver d'autre que des ustensiles servant aux activités de bouche. Je bouscule de mes tacts piques et fourchettes, cuillères, gobelets de céramique, assiettes, couteaux aux manches racornis, avant de m'engouffrer dans les ouïes de fines ouvertures horizontales. Je tombe directement sur une ligne de bacs en métal, longe plusieurs plans de travail, avant de rebondir dans les marmites et casseroles d'une simple cuisine. Je dépasse la pièce suivante, qui ne renferme que les étagères renversées d'un ancien cellier. Quel était donc ce peuple assez fou pour se nourrir de poudres serties dans des boîtes de fer ?

Poursuivant ma quête, j'atteins une grande salle occupée en son centre par des bacs adossés. Autant ces derniers sont placés à hauteur de main, autant ceux alignés contre les murs reposent quant à eux directement sur le sol. De curieuses protubérances les bordent et les relient par des jeux de tubes fantômes à ce qui devait être des citernes souterraines. Une salle d'ablutions flanquée d'une autre pour les aisances, comme le montrent ces sièges de faïence percés en leur centre.

Vient ensuite une salle parsemée des vestiges d'un mobilier bas et au sol jonché de disques iridescents en alliage cristal-métal. Des voiles de silice pendent encore des plafonds, retenus par de fines élingues. Une réserve attenante laisse à voir dans un amas de tubes et de poussière un pêle-mêle de boucles, de mailles, de broches, de fibules, de plaques gravées et estampillées, de boîtes vides, de rondelles de verre, de fibres métalliques et d'objets divers dont la forme et l'usage m'échapperont à jamais.

Je pénètre enfin l'espace d'une petite cellule à usage privatif. Une chambre individuelle, comme l'attestent les ruines d'un lit dans ce recoin, ainsi qu'un bac, un siège percé, et un cabinet de travail. Je pourrais pousser plus avant mes senseurs vers l'autre aile des lieux, mais l'objet de ma quête se tient à portée de sens, dans le fond d'une flasque.

Je rouvre les yeux, observant dans une pénombre devenue familière les restes d'une scène apocalyptique. Un rude combat a été mené ici, comme le témoignent ces murs et ces plaques d'acier criblés d'impacts. Je m'aventure dans le couloir, écrasant sous mes bottes un tapis de concrétions cuivreuses, avant de tomber en arrêt devant un spectacle des plus rares.

— **Moi pas aimer…**

À l'autre extrémité de ce sanctuaire se tient une immense cavité. Une loge ovoïde, aux murs épais faits d'un alliage inconnu. Des torsades de fils translucides débordent d'une brèche ouverte par une violente explosion. Des éclats de cytral transpercent les environs, du sol au plafond, et une porte cylindrique bâille sur des gonds monstrueusement déformés. Saash. Je ne peux qu'imaginer la puissance des moyens mis en œuvre par Cataxak pour le sortir de là.

— **Pas aimer… Pas aimer !**

Mais ma source d'eau se trouve un peu en amont, derrière cette porte. Je m'infiltre dans le panneau de métal et commence à le ronger. La matière est docile sous ma volonté, et, mes Šhåmanies ne touchant pas à la Nature des lieux, la Terre ne proteste en rien contre mes manipulations. Seul un sifflement se fait entendre, alors que les pressions d'air s'équilibrent entre le couloir et l'intérieur de la pièce, levant un nuage de poudre fine. Je foule de mes pas un sol lunaire, et trouve l'objet sous une épaisse couche de poussière. La mémoire de ce fortin est là, au fond de cette flasque.

Je scrute la surface de la bouteille, cherchant en vain un moyen de l'ouvrir. L'eau me nargue à travers le verre, me poussant à percer la matière d'un doigt pour me frayer un passage.

Le sol se dérobe.

Je plonge dans l'abysse du temps.

L'eau me livre tout de sa mémoire. En bloc. Depuis ses premiers instants de condensat céleste jusqu'aux lèvres suantes d'un homme. Un soldat.

Je reprends la maîtrise de mes sens, fort d'une précieuse signature, m'assieds dans la poussière, et plonge par-delà les millénaires en quête d'un fleuve de feu.

Chapitre 60
Sullivan, le soldat des temps anciens

La lumière du globe-réveil inonde doucement la pièce, accompagnée d'une symphonie de Haydn. Je commence à m'étirer. Les cristaux indiquent cinq heures. Je me redresse et sors les pieds du lit. Le sol est froid. Mon œil valide s'arrête sur l'application calendaire de mon bracelet. Nous sommes le onze septembre 2112. Funeste anniversaire. Vingt ans. Vingt ans jour pour jour que le Grand Acte plongeait l'Humanité dans le néant. Cette date reluit. Presque surnaturelle de simplicité. Voilà vingt ans que je dérive avec mes hommes dans cette base opérationnelle de la Li. Dans ce sous-marin de roche. À attendre en vain un signe extérieur de civilisation. À espérer que notre mission ne soit pas devenue si confidentielle que personne ne soupçonne plus notre existence. Vingt ans d'une discipline de fer sur des hommes qui désespèrent de revoir leur pays. Ou la lumière du soleil.

Mais je reste fidèle aux ordres de ma mission, envers et contre tout. Protéger cet endroit, jusqu'à la mort.

L'intercom s'allume brusquement. Le visage émacié du capitaine Morgan apparaît.

— *Commandant Sullivan, ils nous ont retrouvés.*

Le teint cireux de mon capitaine me renvoie comme par miroir toutes ces années passées sous terre. Ils choisissent le jour anniversaire de leur coup de force pour venir nous achever.

— Je veux tout le monde au réfectoire pour faire le point dans dix minutes.

J'éteins l'intercom et me lève si brusquement que je suis obligé de m'agripper un instant à un montant de mon lit. Remarquable fin de vie. Tout est si artificiel ici que même ma propre carcasse me paraît irréelle. Et cette obsession du devoir accompli qui me pousse encore aujourd'hui à obéir. Obéir en bon soldat. Jusqu'à la mort. Mais à quoi bon garder le plus grand secret de l'Humanité, quand cette même Humanité a l'impolitesse de disparaître avant vous ? Je crains ne jamais avoir de réponse à cette question.

Ma vieille trombine, dans ce miroir, ne répète plus qu'une chose, jour après jour, depuis vingt ans. *« Jusqu'à la mort, Sullivan, jusqu'à la mort. »*

Je place deux comprimés dans le creux de ma main, comme chaque matin, et fais couler de l'eau dessus. Ils émulsionnent aussitôt en une mousse à raser. Je tiens à rester impeccable, digne des valeurs que je représente. Et je tiens à ce que chacun de mes hommes en fasse autant. Nous sommes peut-être les derniers représentants de l'Humanité. Mon œil valide suit la course de ma lame lumineuse. Il apprécie chacun des gestes de ce rituel quotidien, et veille à ne pas entailler cette longue cicatrice qui me barre la figure. Cet objet de détestation, qui me rappelle chaque matin la présence de mon œil mort. Je me rince promptement la figure et enfile mon uniforme avec l'efficacité d'un officier. Je chasse un dernier faux pli, ajuste mon col dans le miroir, vérifie que mes cheveux n'ont pas dépassé le millimètre grisonnant durant la nuit, et place mon bandeau sur l'objet de ma honte. Le général Adam Sullivan est prêt à vivre ce jour qui justifiera enfin nos vingt ans d'attente hors du monde.

Ils nous ont retrouvés.

J'approche mon bracelet de la serrure et fais jouer la clef lumineuse. La porte répond d'un claquement sourd et s'efface dans l'épaisseur du mur. Mon second est au garde-à-vous.

— Repos, capitaine. Quelle est la situation ?

— Préoccupante, mon Commandant. Les bornes s'activent les unes après les autres, et les caméras renvoient des images d'un bataillon lourdement armé.

— Où sont-ils ?

— Kern deux-cinq-deux.

— Deux-cinq-deux ? Et vous ne me prévenez que maintenant, Morgan ?

— Mon Commandant, ils ont rejoint la piste balisée au kern deux-quatre-zéro. Ils venaient du cirque de Zheng Ba.

— Combien sont-ils ?

— Le décompte automatique indique cinq cent vingt-six hommes et cent cinquante-sept bêtes. Des yacks. Ils progressent lentement en raison de la neige, mais nous estimons leur arrivée à moins de deux heures, mon Commandant.

— Poursuivez la coordination des observations, Morgan, et établissez un profil de défense.

— Bien, mon Commandant.

Je déverrouille la porte du réfectoire. Vingt-sept hommes se tiennent devant moi, au garde-à-vous, comme autant de vestiges de mon bataillon. J'entre, et annonce sur un ton routinier.

— Repos.

Ils prennent place derrière leur chaise, observant mon approche d'un œil inquiet. Je plonge en chacun d'eux, jaugeant leurs dispositions. Aucun ne doute de la gravité de l'instant, et je ne chercherai à rassurer personne.

— Soldats, je vous ai réunis pour vous faire part de mon dernier acte de commandement. L'ennemi approche en nombre, et, d'après les visuels, ses forces dépassent les nôtres. Le jour est donc venu d'honorer notre mission en tenant cette place. Je suis fier de vivre ces derniers instants avec vous. Messieurs, vendez cher votre peau !

Seul le silence accueille mon discours. L'heure de donner les ordres a sonné.

— Akashi, Aduveo, retrouvez Morgan au PC.

» Boissinot, tenez la chambre technique.

» Müller, vous avez ordre de défendre le couloir jusqu'à la mort. Prenez vos hommes, chargez les armes à impulsions, et faites de ce lieu le tombeau de ces Chiens de Dieu !

— À vos ordres, Commandant.

J'envoie un dernier salut à mes hommes, quitte le réfectoire, et rejoins la cellule du PC. La porte coulisse. Morgan lève à peine les yeux de son écran.

— Mon Commandant, ils viennent de dépasser le kern deux-six-sept. Ils progressent plus vite que prévu.

— Contact ?

— Dans environ quarante minutes, mon Commandant. Que cache cette base pour attirer ces chiens vingt ans après le Grand Acte ?

— Morgan, vous n'espérez tout de même pas de réponse à cette question ?

— Mon Commandant, vous ne me direz donc jamais ce que contient la chambre dix, même à quelques heures de la mort ?

— Gardez bien en tête les images d'apocalypse qui ont déferlé sur vos écrans le jour du Grand Acte, Morgan. Rien ne serait arrivé sans les fuites d'un haut responsable.

— Mon Général, je voudrais juste savoir pour quoi je donne ma vie.

— Capitaine Morgan, vous avez fait votre devoir de soldat, en servant votre patrie et la Li. Sachez être un bon soldat jusqu'au bout.

— Mais, mon Commandant, ces hommes ne se perdraient pas dans le fin fond de l'Himalaya sans savoir ce qu'ils viennent chercher !

— Capitaine Morgan, je vous demande instamment de vous recentrer sur nos cibles. Avez-vous le profil complet de leur armement ?

— Armes de poing et fusils d'assaut à munitions conventionnelles, mitrailleuses sur trépieds.

— Rien de plus ?

— Malheureusement si, mon Commandant. Les couvertures masquent le chargement des yacks, mais nous avons repéré quelque chose. Akashi, repasse les images 05:37:42 à 05:39:33.

Les doigts du Japonais volent sur le pavé tactile et, de quelques coups de stylet, il fait rejouer la séquence dite sur l'écran principal. Deux hommes vêtus de vieilles fripes ajustent les sangles d'un yack. L'image s'arrête sur un coin de couverture claquant au vent. Les doigts d'Akashi recadrent l'objet et exécutent trois zooms successifs, montrant le canon caractéristique d'un désintégrateur à Haute-Énergie. Comment leur expliquer que cette arme peut envoyer dans les étoiles un bunker capable de tenir plusieurs feux nucléaires ?

— Vous savez de quoi il s'agit, mon Commandant ?

— D'une certitude : ce jour est bien le dernier de notre existence.

Aduveo prend la parole.

— Les hommes de tête entrent dans le champ de la C-1, mon Commandant. Ils sont en bas de pente.

Je survole la commande du haut-parleur de mon bracelet. La diode devient verte.

— Ennemi en vue. Tous à vos postes. Passez en vision nocturne.

Je plonge la base dans le noir et quitte le PC. Les hommes de Müller sont retranchés à l'abri de leurs blindages individuels. L'un d'eux ajuste sa réserve d'oxygène et réassure l'étanchéité de son armure intelligente. Les batteries de tirs automatiques lancent les premières rafales, au-dehors. Mais elles ne tiendront pas longtemps face au désintégrateur.

Je rejoins Boissinot dans la salle des machines. Il m'attend, devant l'armoire de contrôle, un plan holographique clignotant devant lui.

— Mon Commandant, tout est prêt.

— Major, j'espère que vous savez ce que vous faites. Cette génératrice doit être mise définitivement hors service !

— Mon Commandant, mes charges à impulsions réduiront en tas de ferraille cette machine du diable !

— Boissinot, faites-moi le plaisir d'oublier pour aujourd'hui vos références à ces dogmes archaïques, et tenez-vous prêt pour la mise à feu.

Je retourne dans ma cellule et m'installe une dernière fois à mon bureau. J'effleure mon pavé tactile et affiche à l'écran les images extérieures. Les Chiens de Dieu sont là. Ils déploient des blindages face à la mitraille et déchargent les yacks. Le désintégrateur est monté sur trépied, en des gestes maintes fois répétés, et le canon pointe maintenant notre porte, ignorant notre camouflage optique. Les têtes opinent, répondant à des ordres muets, et les armes se braquent plus étroitement sur l'entrée. Je dois clore mon journal de mission. Je dicte.

« Dimanche onze septembre 2112. Ici le commandant Sullivan. Chiens de Dieu à nos portes avec un désintégrateur Haute-Énergie. »

J'appuie sur l'intercom de la salle des machines.

— Boissinot ?

— *Mon Commandant ?*

— Coupez l'alimentation générale et passez sur les batteries de secours.

— *À vos ordres, mon Commandant.*

Je reprends la dictée de mon journal.

« 06:20:53, ordre de transfert sur alimentation de secours donné au major Boissinot. »

L'air vibre d'une tension aussi soudaine que palpable. Toutes les lampes s'éteignent. Je me balance contre le dossier de mon fauteuil, profitant de ces instants de calme, avant que les batteries prennent le relai. La lumière revient. Mon écran se rallume.

« Relai énergétique effectué à 06:21:33. Sécurisation des données du cristal-mémoire central achevée. Attendons assaut. Terminé. »

Je quitte mes appartements. Le couloir est silencieux. Müller et ses hommes sont en position, dans l'obscurité. Mon bracelet émet la clef lumineuse contre la porte du PC. Aduveo ne me laisse pas le temps de rentrer.

— Mon Commandant ! Les Chiens émettent du morse en continu par canal lumineux !

La porte se referme derrière moi.

L'écran central crépite sous les flashs séquencés. *« r.e.d.d.i.t.i.o.n. ...c.o.n.t.r.e.....v.i.e........s.a.u.v.e.......r.e.d.d.i.t.i.o.n....c.o.n.t.r.e.....v.i.e........s.a.u.v.e ».*

— Espèrent-ils vraiment une réponse ?

Les assaillants se tiennent immobiles, derrière leurs armes. L'un d'eux jette un ordre silencieux, d'un bref hochement de tête. Le canon du désintégrateur entre alors dans une curieuse luminescence, faisant aussitôt hurler nos alarmes.

— Akashi, coupez-moi ça et centrez les tirs des batteries automatiques sur ce désintégrateur.

— Mon Commandant, leur arme paraît enrayée.

— Détrompez-vous, Akashi. L'opérateur pourrait pulvériser cette montagne, avec une telle arme. Il fait juste preuve de doigté !

— Mon Commandant, vous avez raison... C'est démoniaque ! La porte disparaît, centimètre par centimètre !

Le Japonais fait jaillir sur l'écran central l'image d'une porte qui fond comme neige au soleil. La Haute-Énergie. Quel besoin d'avoir inventé cette saloperie ? La dernière plaque de blindage polymétallique disparaît, laissant filtrer dans le couloir un rai de lumière. Je devine le poing dressé de Müller, en suspens, attendant de distinguer une cible sur l'écran liquide de son heaume avant de hurler ses premiers ordres.

Mais les Chiens de Dieu ne lancent pas l'assaut. Ils réduisent au silence notre dernière tourelle de tir, ajustent la visée laser d'un lance-roquette, et font feu. Une munition fuselée pénètre par la percée de la porte et tombe au fond du couloir. Inerte. Puis le désintégrateur joue une séquence inverse, restituant les feuilles de blindage qu'il vient de dévorer, avec autant de facilité que s'il faisait jouer un film en arrière.

— Akashi, identifiez-moi cette roquette. Je veux savoir ce que ces Chiens nous ont balancé.

Le dallage défile sur les scanners.

— Là !

Akashi stoppe le balayage et effectue un zoom rapide. Le numéro de série s'affiche en clignotant. Arme bactériologique de classe cinq. La tête explosive se met à rougir sous la mise à feu, et les cylindres de verre confinés dans le fuselage éclatent. Je pousse l'intercom.

— Müller ?

— Mon Commandant ?

— Alerte bactériologique. Vérifiez tous l'étanchéité de vos heaumes.

— Bien mon Commandant.

Les turbines d'aération redoublent un instant de puissance, puis tombent dans le silence.

— Mon Commandant ! Le système de ventilation vient d'être saboté !

Je déglutis avec peine. Mon œil fantôme me démange. Cet assaut est mené avec intelligence, et une intime connaissance des lieux. L'ennemi a avancé ses pièces en terrain conquis, me privant de toute initiative.

— Boissinot ?

— *Mon Commandant ?*

— Activez les charges.

— *Mais mon Commandant... ces charges sont programmées pour répondre à vos ordres seuls !*

— En clair ?

— *Vous seul pouvez les activer !*

— Vous ne pouviez pas le dire avant, Boissinot ?

Je relâche l'intercom.

— Messieurs, mettez vos masques à gaz.

Aduveo blanchit devant mon ordre et répond, en balbutiant.

— Mon Commandant, les masques du PC sont au contrôle. Les cartouches devaient être changées ces jours-ci.

— Vous n'avez pas de masques ?

— Non, mon Commandant. Mais le PC est étanche.

— Je dois ouvrir cette porte, Aduveo. Je dois sortir.

— Mon Commandant... les portes du PC sont scellées durant une alerte de cette classe. Vous n'auriez de toute manière eu aucun moyen de les ouvrir.

Aduveo a raison. Je me dois de trouver une autre solution pour sortir d'ici.

— Coupez le système anti-incendie du couloir.

— Bien mon Commandant.

Je presse l'intercom.

— Müller, je vais mettre vos armures à l'épreuve. Ordre d'incendier le couloir.

— *Vous avez entendu le Commandant, les gars ? Grenades incendiaires pour tout le monde ! Feu !*

Le couloir s'embrase aussitôt, faisant siffler les intercoms de mes soldats. Les armures bravent un chaos de flammes artificielles.

— *Il fait chaud, là-dedans, Commandant !*

— Aduveo, rétablissez le système anti-incendie.

Le couloir disparaît un instant sous un nuage de poudre blanche, et retombe dans le noir. Le voyant d'alerte bactériologique s'éteint. Je souffle un grand coup et plaque mon bracelet contre la commande de la porte. La fumée me saute au visage et me fait pleurer de l'œil, tandis que je traverse le couloir et commande l'ouverture de la salle des machines.

— Boissinot, action !

— Le capteur de mise à feu est là, mon Commandant. Mais le sabotage ne scellera pas juste la loge dix pour l'éternité, il en sera de même pour toutes les portes !

— Je sais, Boissinot. Mais... ne sommes-nous pas morts depuis vingt ans ?

— *Commandant, l'ennemi avance sur nous !*

— Cette fois, mon brave, c'est la fin.

Je donne ma séquence de commandement contre le capteur, et m'élance dans le couloir avant la fermeture définitive de la porte. Une terrible déflagration fait grincer les blindages et emporte la génératrice. Cette base est devenue à l'instant un sanctuaire inviolable. L'endroit peut voler en cendres, plus un homme ne pourra lever les verrous de la salle dix !

Mission accomplie, Sullivan. Mission accomplie.

La grande porte vole en éclats. Un rai de lumière traverse le couloir. Des coups de feu crépitent. Müller s'effondre sous le déluge. Mon dernier combattant.

J'avance.

Mon armure se matérialise pour la première fois depuis bien longtemps...

Chapitre 61
Erkan, l'âme damnée

Je roule sur le dos, la gorge desséchée. Les muscles ankylosés. Cette fois, mes ongles s'étirent en de longues spires et le couloir est pris dans la glace et le givre. Plusieurs saisons sont passées. Je rampe vers la sortie, pour voir la combe et les montagnes environnantes gagnées par les neiges d'hiver. Je resserre mes tissus, rongeant quelques vestiges sans importance pour calmer mes fringales. Mon cœur bas au ralenti, faisant résonner ma poitrine à chacun de ses coups. Mon souffle se fige et retombe en paillettes dans le clair de lune.

Ce que je viens de vivre à travers ce guerrier dépasse toute imagination. Ces hommes contrôlaient la matière par la matière. D'une simple caresse. Un sanctuaire datant d'avant la création des mondes. Une époque inconnue même de la grande Almenarc'h.

Et qui sait combien d'armures telles que la mienne il existe en ce monde ? Maître Telleran, en cet instant plus que tout autre, vous me manquez.

Je me redresse lentement face à l'immensité du paysage. Ils appelaient ces montagnes « Himalaya ». Un lieu perdu, idéal pour cacher le plus grand secret de tous les temps. Pour enfermer un Dieu. Mais quelle est donc cette Faute qui met mon âme à l'agonie ? Là où certains rachètent leurs actes barbares par quelques vies de sacrifices, me voici condamné pour l'éternité, fort des clefs d'un passé sans limites.

Père ! Mère ! Qu'il est dur de tracer seul sa route ! Et de prendre le risque de défigurer le monde à chacun de ses pas !

Je respire, profondément, prends mon crâne nu à deux mains, et m'étire en faisant craquer une à une mes vertèbres. Terre… donne-moi la force de contrôler mes peurs.

Un voile sombre m'emporte soudain dans une de ces visions non contrôlées.

Je m'effondre.

Chapitre 62
Obédaï, le Maître-Moine de Saham

Barnar, le mousse du capitaine, m'arrose le corps d'eau de pluie bouillie et nettoie mes plaies suppurantes à l'aide d'une éponge marine. Mon expédition sur l'île du Prince aux Charmes a plongé la moitié de l'équipage dans ce mal décrit par Keshren. La peau des uns et des autres se parsème de plaques brunâtres, quand elle ne s'arrache pas par lambeaux. Certains des marins ayant pris part à mon sauvetage ne sortent plus de leur sommeil et dépérissent, jour après jour, entre spasmes et hémorragies. Le capitaine ne quitte plus ses quartiers, et mon état est de loin le plus alarmant. Malgré mes Šhåmanies, malgré cette puissance tirée des abysses sans fond, je ne parviens pas à reconstituer mes tissus ou à contrer la corruption de mes chairs. Au-delà de ma face fondue, mon corps semble se dévorer de l'intérieur, comme en proie à une lutte intestine.

— Prince, le capitaine me fait vous dire merci.

— P... Pour... Pourquoi ? Je... Je décime à moi seul son équipage, j'anéantis son héritage !

— Il me fait dire aussi que, si vous le pouviez, il aimerait recevoir votre visite.

— Cou... Couvrez-moi, Barnar, et faites-moi porter chez le capitaine.

— Il sera fait selon vos souhaits, Prince.

Le mousse m'enduit le corps d'un onguent à l'odeur forte et inhabituellement iodée. Il insiste sur mes plaies les plus profondes et me recouvre le visage tout en prenant soin de contourner mes yeux roussis par les flammes de l'enfer. Il jette enfin un voile de taffetas pour protéger mes chairs à vif, et quitte mes quartiers. Je sens les principes médicamenteux de l'étrange mixture pénétrer mes tissus, ronger et grignoter mes chairs mortes comme le feraient des... larves de mouches à viande. Je quitte mon corps, abandonnant un instant mes insupportables douleurs, et constate l'infernale évolution de mes blessures. Mon corps n'a plus de peau, et je ne dois ma survie qu'à mon art Šhåmanique. Mon visage n'est plus, il a perdu sur l'île maudite ses oreilles, son nez, ses lèvres et ses paupières, ne laissant plus que des orifices sombres et disgracieux. Pour finir, de véritables asticots fourragent maintenant mes chairs, se nourrissant du purulent pour ne laisser que le vif. Se nourrir de la mort.

Se nourrir de la mort.

Des coups retentissent contre ma porte. Je réintègre corps et douleurs, et réponds avec peine.

— En... trez.

Le mousse réapparaît avec quatre solides gaillards. Ils attrapent les poignées de mon lit de malade et m'emportent à travers le couloir, jusqu'à la cabine du capitaine.

— Prince ! Comment allez-vous ?

Keshren est assis dans un fauteuil, jambes et bras plongés dans des pansements.

— Que pensez-vous de mes pommades ?

— Peu or... dinaires, Capitaine. Mais efficaces.

— Les Keshren se soignent ainsi depuis des générations. J'ai là de pleins manuscrits écrits de leurs mains sur les médecines marines et démersales.

— Des... asticots ?

— Oui. Certains de mes ancêtres préféraient un bain d'écrevisses ou de squames, ces petits poissons mangeurs de peau. Mais disons qu'ici, allié au gras du saindoux et à ces toxines d'épines de poisson-pierre, l'asticot donne de bons résultats.

Se nourrir des morts...

Je reprends.

— Ca... pitaine, vous vou... liez me voir ? Me rem... ercier ?

— En effet, Prince. Mon mousse me rapporte tous les jours le fruit de vos fièvres. Je consigne le tout sur ce carnet.

— Mes fi... èvres ? Quelles fièvres ?

— Vous ne dormez jamais. Vous ne mangez jamais. Mais Barnar me dit que, parfois, vous êtes autre. Ailleurs. Vous parlez alors de Calum Mac Keshren, mon ancêtre, de votre duel contre lui, de sa seconde mort, et de la libération de son âme.

— J'ai en ef... fet mené ce duel en ces termes.

— Mais, avant de partir pour l'Autre-monde, l'esprit de Calum est venu me trouver ici, à bord du *Léviathan*.

— Com... ment cela ?

— Son fantôme m'a parlé. Ou, plutôt, il m'a montré un compartiment secret, là, dans ma cabine. Barnar, montre au Prince le compartiment, s'il te plaît.

Le mousse ne cache pas son excitation. Il se dirige vers le grand lit du capitaine, fait d'antiques menuiseries, tourne les colonnettes incrustées dans les moulures, et pousse le panneau central. Je roule de l'œil, apercevant les reflets de colliers de perles marines et de pièces d'orfèvrerie.

— Ca... pitaine... Vous étiez cou... ché sur un trésor !

— Les Keshren naviguent dans ces eaux depuis des siècles et des siècles, cherchant le trésor de l'aïeul, alors que tous dormaient dessus, en effet.

— Il était à bord depuis tout ce temps ?

— Depuis le premier orage, Prince !

Le tube acoustique se met à siffler. Le mousse se précipite pour ôter le bouchon, et aide le capitaine à s'approcher du dispositif.

— Oui, Koello ?

La voix du second se perd dans la cabine. Keshren réplique.

— Parfait, Koello. Gardez le cap Nordai quart d'Est, et tenez-vous loin de tout grain. L'équipage n'est pas encore en mesure de supporter une tempête.

Le capitaine fait un signe du menton au mousse pour qu'il remette le bouchon en place sur la bouche de cuivre.

— Com... ment vont vos... hommes, Capitaine ?

— Les plus gravement atteints sont ceux qui vous ont débarrassé des restes de votre armure, Prince. Plusieurs d'entre eux ne se réveilleront pas. Les autres sont moins atteints, leur état s'améliore et ils seront bientôt en mesure de redonner sa vigueur au *Léviathan*. Mais ils périront tous. Certains dans huit lunes, d'autres dans huit solaisons. Le mal des Keshren n'a pas de remède. Vous et moi sommes condamnés, Prince.

— Mais co... comment gardez-vous l'équipage d'une... mutinerie ?

— J'ai promis ce trésor à leurs femmes, Prince. Ce coffret est d'ailleurs pour vous.

— Je... Je n'ai besoin de rien, Allen.

— Vous retournerez le dire à mon ancêtre, sur votre île aux Charmes !

— Com... ment cela ?

— Le vieux Calum se fichait bien de l'or et des perles. Il m'a désigné ce coffret, puis votre nom, sur ma carte. Et il paraissait plutôt impératif.

— B... arnar, ouvre-le.

Le mousse sort le coffret du trésor des Keshren, libère un taquet de métal, et fait jouer les charnières.

Mon souffle se coupe.

Des billes ?

Des billes-mémoire ?

Chapitre 63
Erkan, l'âme damnée

Cette fois, je me réveille sous la neige. Mon corps est pris dans une gangue de givre maintes fois refondue à la chaleur de mes chairs, et regelée par les frimas de ces hauteurs. Je me nourris une fois de plus d'une rasade de vestiges séniles, et, ainsi regonflé de Šhå neuf, je pulvérise cette chape de glace qui me recouvre. Je cligne des yeux sous les vives lueurs du jour. Ma main se referme sur les sangles de ma besace. Les billes d'Obédaï. Le souvenir de cet être à vif m'arrache un frisson d'effroi. Ce visage fondu ! Lui... Père des Happeurs, fondateur d'un Ordre fait à son image.

Je rampe vers la sortie et me laisse tomber dans un épais manteau de poudreuse. Je respire de la poussière de glace, et songe à toute cette eau polluée par mon contact, cette eau qui ne sera purifiée que par une renaissance, dans ces cieux lointains. J'avance péniblement dans la neige fraîche et soulève deux fois mon poids à chaque pas, provoquant de larges fissures dans le manteau blanc. Je m'arrête, m'efforce de maintenir la cohésion de ces grains en guidant le rare Šhå sauvage des lieux, quand neuf formes surgissent de la neige, en arc, devant moi. Drapées de soie. Elles me montrent leurs coutures labiales réalisées de fraîche date, leurs ablations nasales, leur réincarnation en disciples d'Obédaï.

En disciples de Cataxak.

Et subitement, je comprends tout.

— SOOOOOMBRETEEERRE !

La violence de ma réaction fait définitivement craquer la plaque neigeuse, et entraîne toute la combe dans un grondement de tonnerre. La neige dévale la pente vers le fond de vallée à la vitesse d'un cheval au galop, emportant tout sur son passage. Je dilate le cours du temps, rongeant les pics pour nourrir ma première attaque, ignorant toujours plus les aigreurs de la Terre. Aciane fuse dans les airs tandis que je cherche parmi les têtes qui valsent celles des lieutenants de Cataxak.

— **Manger... Tuer...**

Ceux-ci sont trop frais pour m'inquiéter. Je taille dans le vif, sans détour, dépiéçant le cuir nacré de leurs faces anémiées. Ils tombent sans prendre la peine de lever leurs lames, ne laissant s'échapper leurs âmes que par dizaines, toutes plus pâles les unes que les autres.

Ces plaisantins ne sont là que pour la diversion. Je ne peux qu'imaginer l'Ignoble savourer ses prises, à Tara Yama...

— PASANG ! KERFANG !

Fou d'une rage nouvelle, je fends en deux le dernier figurant et redonne libre cours au temps, finissant, ainsi que les dépouilles de ces mauvais nécromants, de me faire emporter dans les fracas de l'avalanche. Je quitte mon corps pour rejoindre d'un trait de pensée les abords de Tara Yama. De la fumée noircit le ciel, enflammant mes dernières bribes de raison. La ruelle est rougie par le massacre. Des Frères Blancs, cachés sous leurs grandes capuches, passent par l'épée jusqu'au dernier habitant de ces cimes paisibles et jettent dans le vide corps, meubles et richesses.

— À mort les Destructeurs !

— HOOOUM !

— Libérons les lieux de ces parasites !

— HOOOUM !

— Purifions ces pierres !

— HOOOUM !

Les Happeurs de Cataxak cueillent et moissonnent les âmes, en silence, et coupent les amarres du petit pont. Je rase les dalles de la terrasse, et dévore cimes et montagnes pendant que je condense les lignes de mon jumeau, repoussant par la puissance de mon éther l'étreinte fatale de mille langues de jais.

— PASANG !

L'Ignoble tient ma reine entre ses griffes, il suce ses chairs, lentement, endort un à un ses sens, en m'interpellant.

— Jeune pousse ! Mirifique ! Vous venez apprécier toute la finesse de mon art ?

Il enserre la bille qui pend au cou de ma reine, visant de son regard sans fond mon œil éthéré, et brise la gangue d'or et de grenat. Mon eau coule et gèle entre ses doigts, laissant mes formes naissantes, privées de guide, s'effondrer en un tas de viandes éparses. Il me nargue.

— Autant d'âmes pour inspirer mes gestes, et pourtant si maladroit. Je suis navré d'avoir brisé ce bijou, jeune seigneur. Mais, tout compte fait, je préfère encore avoir l'honneur de recevoir la visite de vos chairs naturelles !

D'un geste, il refoule les langues avides de ses sbires, pendant que je grille les derniers palpes et réintègre mes tissus.

Je repose en désordre, dans un cocon blanchâtre. L'avalanche a fini par me jeter au pied d'une paroi perdue dans les montagnes, sous plus de dix toises de neige compactée. Je ne dois qu'à mon armure ma présente survie. Mais je n'en attendais pas moins d'elle. D'une impulsion rageuse, je dissous la fine qui m'obstrue les voix naturelles, crache de l'eau, restaure la cohésion de mes articulations, et retrouve mon sens de la gravité. Pasang ! Fils !

— SOOOMBRETEEEEERRE !

Ma rage souffle roches et neiges, et me laisse sortir d'un cratère immaculé.

— Immonde créature, prends-moi Pasang, prends-moi mon fils, et je plongerai au fond des Enfers pour te les faire recracher !

Je sens AlmenKaraï, sur mon torse, brûler de plaisir et se délecter de mes humeurs.

— **MANGER... FAIM...**

Tara Yama est dans cette direction.

— Paix à toi, terre de ces lieux, mais souffre que dans ma douleur et ma fureur je fasse passer ma voie par toi !

La montagne s'effondre devant moi, prise dans l'étau de mon âme. La Pierre ronfle et accompagne étrangement ma colère, m'apportant depuis le fond des âges la puissance de mes ancêtres. Je traverse les vallées, dans un chaos fumant, entaille les flancs de hauts massifs, creuse des galeries à travers les cimes, fourrage les entrailles de la Terre. L'endroit hurle et maudit mille fois mes actes, jurant qu'aucun pardon, par-delà les étoiles, ne me sera jamais accordé.

— **DÉTRUIRE... TUER...**

Je tremble de tout mon corps en sentant le plaisir grandissant de cet être maléfique, dans la Pierre. Tara Yama est droit devant moi, de l'autre côté de cette dernière combe. Je lance un pont de pierre qui, depuis le fond de cette cluse encaissée, ne doit ressembler qu'au fil d'une araignée prise de folie. Voilà bien ce qui me guette, alors que je me lance au-dessus du vide dans un dernier saut, en hurlant.

— PASANG !

Seul un long sifflement me répond, accompagnant l'attaque de concert des trois Happeurs du Maître des morts.

— **MANGER EUX ! TUER !**

Je vois trouble. Les nécromants ne fondent pas en cendres devant ma Pierre, mais ils lèvent au contraire de hautes gardes.

— **TUER !**

Mes tempes battent. Mais pas autant qu'Aciane qui prend vie en l'instant, à mon poing, les dragons de sa garde fondant sur les sordides émanations de ces êtres malades. Sans Šhå de Šaham dans leurs jabots, ces Mange-Morts ne craignent plus mes feux divins !

— **TUER ET ENCORE TUER !**

Les muscles de mon corps se tendent, évitant lames et nuées de néant en parades et esquives. Les Happeurs, forts de la science de mille âmes volées, rabattent leurs dards en pluies de fentes, ne me laissant pas d'autre choix que de bondir en arrière, et de me dérober à leurs assauts. Combien de maîtres d'armes hurlent sur ce champ de bataille, esclaves de ces vampires ? Je chasse leurs fers, esquive leurs lames, mais sans art, sans riposte ni contre-attaque. Mes voltes se font brutales, inesthétiques. Efficaces. Une armée entière se tient devant moi, et je dois jouer avec elle le temps de faire miennes toutes ses stratégies. Une-deux, je fends de flèche. Un cri suraigu déchire le ciel ouaté. Je me dégage de trois bonds, rattrapé par les fers ennemis.

— SOOOOMBRETEEEERRE !

Ma colère explose en gerbes de feu.

— **TUER EUX !**

La terrasse se fend et se teinte de roches ignées.

— **MANGER !**

La danse des sabres reprend. Aciane, mémorisant chacun des coups, apprenant en une passe autant qu'en mille, guide mon bras, fouette les lames, s'enroule autour des gardes pour venir glisser dans ce ballet ses premiers pas. Je roule et me replace, envoie siffler mes bottes. L'endroit souffre de nos échanges. La roche se crevasse encore, laissant poindre des filets érubescents. Les parois se desquament, faisant fondre sur nous des chaos de blocs sombres et fumants. Mais je n'ai que faire de la souffrance des lieux, et relance l'assaut, prenant cette fois toutes les initiatives, guidant bottes et ripostes, quand l'ennemi porte son premier coup. Perfide. Sous la voix de Cataxak. Sa pensée me frappe de plein fouet.

— *Jeune fou ? Loin de moi de vouloir troubler votre jeu, mais votre femme se fane.*

— RHA !

— *Son teint de rose se fait d'avoine... À croquer, à n'en point douter ! Oh ! je vous sens en elle... Que de ruades !*

— COMMENT...

Ma réponse envoie rouler la première tête de faïence sur le dallage.

— ... OSEZ-VOUS ? !

Mille et mille âmes s'envolent dans un tourbillon infernal, levant des vents de furie. Les deux survivants accouplent leurs lames et fendent en pointes à travers la cohue. Mais Aciane ne leur permet plus de donner libre cours à leurs attaques, et débotte leurs moindres battements. L'acier claque, les fils chantent dans des concerts d'étincelles.

— **MANGER, TUER !**

Cataxak remue le tisonnier dans la plaie.

— *Aurez-vous le temps de m'atteindre, Messire Erkan ? Le temps, vous savez ? celui qui vous a emporté dans ses limbes infinis ? Qui sait combien de lunes vous vous êtes perdu pendant que je voguais, dans ma boîte en plomb, à l'abri de l'eau ? Une, deux, six ?*

Les dragons d'Aciane fendent l'air devant moi d'un vol virtuose, taillant et retaillant de leurs ailes d'argent les émanations malignes de ces vampires. Les miasmes retombent en grêles de suie sur mes épaules, faisant crépiter mon armure.

— *Comprenez-vous pourquoi je préfère la conversation de mes âmes à la mémoire perfide de cette aqueuse substance ? Mes toutes belles, elles, ne me perdent pas dans de fausses langueurs !*

— C'est surtout que depuis ce corps débile tu ne peux rien lire, fourbe !

Je perce la garde d'un Mange-Morts, de mon poing, plongeant les pointes de mon gantelet à travers la porcelaine blanche de son crâne momifié. Sa peau se fissure et laisse suinter des humeurs nauséeuses, noires et épaisses, bientôt accompagnées par des envolées d'âmes hurlantes. Le sorcier reprend.

— *Jeune pousse ? N'auriez-vous pas aussi quelque fils dans les parages ? Mon impression est qu'il a disparu ?*

Je sens remonter ma colère en une nouvelle éruption.

— KERFANG !

Je brûle mes senseurs, dilapide mon Šhå en quête de mon petit bonhomme, sans rien déceler !

— KERFANG !

— *Je vous avais dit, Seigneur, que vous n'aimeriez pas la nature de notre rencontre.*

La rage m'emporte. Mon corps s'embrase. Mes pas soulèvent des gerbes de lave. Aciane se dématérialise.

— **MANGER !**

J'attrape le dernier Happeur à pleines mains et lui enfonce la tête dans un sol rougeoyant. Le feu de la Terre le dévore dans un hurlement sans nom, tandis que mes gantelets déchirent ses chairs. Mes yeux le percent et l'assèchent de ses plus basses noirceurs... De ses pores transpirent bientôt des foules mortes depuis des siècles, ne me laissant plus en main qu'une coque vide. Je jette le tout, et fais enfin volte-face.

La silhouette cadavérique de Cataxak se dessine dans la pénombre de ce havre perdu, auréolé d'une nappe de givre surnaturelle. D'un tact, je relève les faibles battements de cœur de Pasang.

— *Elle est en vie, jeune pousse. Sans quoi je ne pourrais plus vous contrôler.*

Je lève Ramsara devant son masque de mort, mais ne gagne que son rire sifflant.

— *Seigneur, voyons ! Ce geste marque un grand désespoir ! Savez-vous au moins ce que vous faites ?*

— **MANGER, MAÎTRE !**

La Pierre chauffe et me brûle la main. Saash grogne et remue dans sa prison de cristal. Je m'élance sur l'ignoble, Aciane de retour à mon poing, quand sa voix résonne de nouveau en moi.

— *Assez ! Reculez de deux pas et écoutez-moi bien, jeune fou. Je tiens l'âme de votre charmante compagne entre mes griffes, et, au moindre de vos gestes, je l'arrache !*

— Chose que tu feras quoi que je décide, nécromant ! Alors autant que je te passe mon fer à travers le corps !

— *Arrêtez, vous dis-je ! Nous sommes les deux faces d'une même pièce ! L'entente est possible !*

— Je n'ai rien de commun avec toi !

— *Vous savez que c'est faux. Nos buts, nos blessures sont identiques. Seuls des millénaires de souffrance nous séparent.*

— Et de morts !

— *Question de vocabulaire. Donnez-moi cette pierre, et je vous rends votre reine intacte. Refusez, et vous la verrez mourir.*

Le persifleur redonne du rose aux joues de mon épousée, achevant de me torturer. Mais combien de fois cet être perfide a-t-il tenu parole au cours des derniers millénaires ? Aucune. De rage et de désespoir, je lance contre lui une terrible fente...

— SOOOMBRETEEERRE !

Mon geste est arrêté, englué dans la course du temps.

— *Votre esprit n'est rien face au mien, jeune pousse.* Je suis *Al Gahama. Le seul. L'unique. L'ultime. Ainsi le veut l'Ararak. Ainsi le veut Obédaï. Ainsi je le veux !*

Les massifs s'écroulent devant mes rapts de Šhå. J'insuffle de la vitesse à mon bras, cherchant à surpasser Cataxak.

— *Messire, le temps n'a qu'un cours, ici. Celui de la Mort. Le mien.*

Sur ces paroles, le sorcier lance ses ordres terribles.

— *Saash, je te domine ! Saash, je t'appelle !*

— **MANGER !**

— *Je suis ton maître ! Je suis ton libérateur !*

— **MAÎTRE ! FAIM, MAÎTRE !**

— *À moi, Saash !*

La Pierre devient subitement incandescente et pulse de mille rais à travers mon poing. Mon armure se pare de ses pavois de moire, mais l'horreur est ailleurs. Tandis que je lutte pour ne pas voir sortir de la gemme ce dieu d'antan, ma belle brûle et fume sous l'intensité de ces feux. Je souffle en elle tout le Šhå des montagnes, mais, devant son hoquet de détresse, la raison m'abandonne.

— SOOOMBRETEEEERRE !

Mon poing percute de toute sa force la source de ses souffrances, venant écraser AlmenKaraï dans le creux de ma main.

L'onde de choc souffle toute matière aux alentours, plongeant les lieux dans un silence de fin du monde.

Pasang s'effondre.

— PASANG !

Un cheveu argenté vient alors se prendre aux pointes de mon gantelet.

Un parfum de givre m'envoûte.

Et je m'effondre.

Chapitre 64
Cataxak, le Grand Carda

Il ne peut pas avoir fait cela ?

— Malheureux ! Jouer le sort de l'humanité pour les yeux d'une donzelle ! Regarde-moi !

Mais que nenni, l'éphèbe se complaît à défaillir, allant jusqu'à gâcher les dernières saveurs de sa funeste fin ! Pire, l'Éphémère, par sa folie, a brisé des millénaires de haine et de mort ! Combien de peuples, combien de civilisations disparaissent avec ce caillou ?

— Fou... Mais combien d'entre nous devrai-je encore manger pour que se réalise enfin l'Ararak ?

Je n'ose pas imaginer la puissance de la déflagration qui soufflera ces cimes quand le temps reprendra son cours ici. Mais Il en est un qui doit en cet instant bien trembler. Aïnhor Eran...

— Et toi, jeune pousse, tu assisteras malgré toi à ce spectacle. Par mes yeux ! Tu seras sous mon aile l'égal de toute âme, et tu comprendras alors enfin qui je suis.

Mais, dans mes tréfonds, j'enrage. Me refuser ce combat, ce duel ! Je matérialise ma lame d'argent et lâche la dépouille subitement inutile de cette pauvre femme. Je n'ai même pas eu le plaisir de savourer son âme !

— Réveille-toi !

Ma botte ne peut rien sans son arme. Il doit se battre. Je m'apprête à le pousser du pied quand une silhouette fort gracieuse prend corps devant moi.

— Le givre te sied à merveille, femelle. Heureux de te revoir, après ces millénaires.

La démone ne prend pas la peine de me répondre. Elle fait siffler deux lames de pierre en un art fluide, percutant et inconnu. Mes vieux maîtres d'armes guident mon bras en une danse perfide, dont la belle se joue sans effort. Sa longue chevelure blanche ondule dans son propre vent, venant ponctuer chacun de ses gestes d'une grâce imparable.

— Mais qui es-tu ?!

Elle ne joue pas du même temps que moi. Elle apparaît, au milieu du néant, prend corps en plein ciel, cueille mon fer, menace mes chairs, puis s'envole et disparaît sans prendre le moindre coup.

— Arrière !

J'embrase les pierres de cette terrasse qui m'a vu naître jadis, noie les cieux dans un champ de flammes, et donne à chacune de mes âmes un dard à fourbir. Ils fourragent les airs, en tous sens. Sans effet.

— Pourquoi protéger ce dernier-né ? Pourquoi m'avoir abandonné ? Réponds, démone !

Chacune de ses apparitions laisse en suspens un nouveau nuage de givre. Ses cheveux m'entourent et m'encerclent, ses lames lisent mes bottes avant même que je tente de les exécuter, et ses pointes se font bientôt toutes perforantes. Elle me perce à chacun de ses assauts, faisant couler mon sang.

C'est alors que l'évidence se présente à moi, soudaine et surnaturelle.

— Mais... tu n'as pas d'âme !

Un hoquet me fait alors chanceler.

— Tu oses, penses, espères pouvoir tarir la Source Noire ?

Un nouveau hoquet emporte les fibres fossiles de ma trachée. Un corps intrusif glisse en moi et ramone mon fond de poitrail. Tout se brouille, craque. Mon esprit, mes coutures, je me déchire. La félonne, de sa pointe, fait sauter mes implants d'ivoire, sectionne les coutures de mes lèvres et laisse ma mandibule pendre de tout son poids, immonde et ridicule.

— Mes âmes ? Mais que faites-vous ? Notre route est encore longue ! Vous ne pouvez pas partir ! Vous ne pouvez pas m'abandonner ! Vous m'appartenez ! Vous me devez l'immortalité !

Et ce corps qui n'en finit pas de se déchirer ! Tissus indignes ! Par la puissance du Grand Carda ! Cela ne se peut ! JE SUIS *AL GAHAMA* !

— *Tu entends, démone ? Tu ne peux pas me tuer, personne ne peut me tuer ! Je suis déjà mort depuis plus de quatre millénaires !*

Mais, d'une dernière fente, la délicate créature me porte son coup de grâce. Ses deux lames m'ôtent en même temps que la tête toute revendication sur la vie.

J'explose.

Soufflé de l'intérieur par une violente décharge de Šhâ.

Rien ne devait se passer ainsi.

Je suis mort.

Mais que font-elles ?

— *Que faites-vous à filer dans le ciel, ingrates ? ! Revenez !*

Mes âmes ! Rendez-moi mes âmes !

— *Toi ! Toi qui me fuis, arrête-toi ! Cataxak ! Regarde-moi ! Tu es à moi !*

Je commence moi aussi à quitter le sol ? Mais je refuse d'abandonner la Terre !

— *Toi qui voles ma vie, attends un peu que je te retrouve et que je te fasse avaler ta chevelure par les narines !*

Je lutte. Je lutte de toutes les forces de mon âme vénérable pour ne pas rejoindre ce ballet d'esprits faibles. Je n'ai pas fini de pourrir, Terre !

Je refuse de quitter la fange de ce monde !

Je serai le ferment de toutes les haines !

Je ferai couler le fiel dans les cœurs !

Je te hanterai !

À jamais !

Chapitre 65
Erkan, l'âme damnée

Je reviens à moi, le poing en feu, au cœur d'une conflagration d'essence divine. Tara Yama, le cirque, les cimes, le ciel, tout disparaît, emporté par le souffle de l'explosion. Sauf les restes de cette terrasse, et ce corps chéri. L'Énergie de la Pierre, jusque-là inaccessible, déferle comme une vague et inonde les territoires de Saham.

Je me replie sur moi-même, me recroqueville, le corps ravagé de sanglots et de douleurs fantômes. Je voudrais disparaître. Mourir. Les yeux brûlés par le sel de mes larmes, je regarde le visage de ma jeune reine figé dans un masque d'horreur. Je ne reconnais même plus ses traits. Ses cheveux sont devenus ternes et cassants. Je ne respire plus. Ne déglutis plus. Ma tête tangue. Mes mains effleurent mécaniquement un corps déchiré. Amorphe.

Les derniers instants d'une vie m'assaillent...

Kerfang entre dans la pièce, affolé comme jamais.

— Maaaman ! Maaman !

— Eh bien, jeune homme, que t'arrive-t-il ?

— Des méchants ! Y'a des méchants qui arrivent ! J'ai peur maman !

Une ombre surgit sur le dallage. Une silhouette osseuse bouche l'encadrement de la porte. Kerfang plonge au sol tandis que je sens les doigts de Pasang se refermer sur mon pendentif. Elle se tient, immobile, paralysée par un cri poussé par la présence maléfique. Une créature hideuse que je ne connais que trop tire sur ses lèvres cousues et glisse au-dessus du sol en direction de ma belle. Il esquive ses coups de griffes et referme sa main sur elle.

Je la sens se ternir.

Je sens sa conscience s'évanouir.

Je sens ma présence lui réchauffer le cœur, avant de le brûler à jamais.

— PASANG !

Je voudrais que le monde s'écroule tout entier autour de moi, mais les montagnes, au contraire, cessent peu à peu de trembler. Les dernières pierres roulent et tombent dans ce qui reste de vide. Comment ce ciel peut-il être encore bleu ? Un son grave et monocorde sort alors de ma bouche, exprimant ma peine. Le corps de Pasang s'élève doucement dans les airs. Je détends ses membres crispés par la terreur, étire doucement ses doigts, ses mains, ses bras. J'apaise les traits torturés de son visage, régénère ses tissus carbonisés, efface les meurtrissures. Redonne vie et brillant à sa chevelure, suivant la mémoire de sa bille d'andradite.

Ma gorge se serre.

La belle repose dans les airs, aussi fraîche que ce jour lointain d'amour naissant, en forêt de Westpalie. Je la couvre de soieries légères, embrasse la pulpe de ses lèvres, et ravale par grèves entières des galets de colère.

Je souffle, levant d'un doigt un tourbillon de Šhå. L'endroit regorge d'Énergie, depuis mon acte de folie. Détruire AlmenKaraï. Détruire Ramsara ! Je condense ma colère en un autel de serpentine, pose dessus le corps de mon aimée, et scelle ses chairs dans une gangue limpide aux reflets de jade, pour garder ici le souvenir éternel de sa beauté.

Puis, d'un jet de runes, je grave son épitaphe, la gorge plus serrée que jamais.

« CI-GÎT, PAR LA PLUS TERRIBLE DES FAUTES, PASANG, REINE DE SAHAM, MÈRE DE KERFANG. »

Je tente de déglutir, encore une fois, et ajoute.

« MON AMOUR. »

— SOOOOOMBRETEEEERRE !

Ma colère se cristallise à travers les airs, en pics de roche qui retombent avec fracas jusqu'au fond de la vallée. Comment croire en la réalité de l'instant et de cette mort ? Je décroche la bille de Pasang de mon cou, la détache de mon plastron, tenant ses reflets châtaigne entre mes doigts, prêt à l'écraser pour en libérer la mémoire, et faire mon deuil.

— Ne fais pas ça, beau Seigneur.

Je me retourne sur le sourire mélancolique de la femme aux cheveux d'argent. Ma colère explose une nouvelle fois, m'enflammant le poing.

— Comment osez-vous vous présenter ici ? !

— Tu as tant de douleur en toi, tant de colère… tant de noirceur que tu n'as plus de place pour aimer.

— Et plus personne à aimer ! Mon cœur repose dans ce sarcophage, par votre faute !

— Voilà de bien étranges et douloureuses croyances, jeune Sage.

— Vous qui avez tout pouvoir avez laissé ma reine se faire tuer ! Pourquoi ? La jalousie aurait-elle frappé ? Qui me retiendrait de vous étriper ?

— Ah… Je vois. J'ai laissé parler ma chair, il est vrai. Je le regrette. Mais je n'ai en rien provoqué la mort de ta belle Pasang, jeune sage.

— Vous auriez pu la sauver !

— De tous les possibles, une fois encore, j'ai choisi celui qui te mène le plus loin sur la route de ton rachat. Ici, entre deux, j'ai dû choisir, au-delà du salut de ton âme, qui sauver.

— Entre deux ?

À ces mots, je sens ma colère fondre et tomber en flaque. De derrière elle sort une petite tête aux cheveux ébouriffés…

— P… Père ? Elle va se réveiller, maman, dis ?

» Elle va se réveiller ?

La colère me ronge le poing.

— Père ?

Un corbeau se pose en sautillant sur le sarcophage, et donne un coup de bec contre la pierre.

LUI !

Le désert de Barkan apaise ses sables et verse ses premières larmes.

La Grande Barrière se lézarde.

Les mémoires ancestrales s'envolent, libérant les peuples, libérant les sols.

La Pierre n'est plus.

Tous les oiseaux de Saham chantent en cœur.

La Chute sera dure, Premier-Fils.

Mais la Rencontre le sera plus encore…

L'Alchismite

Le qui est qui des Kerns !

Aïnhor Eran : Dieu.

Alantar : personnage accidentel, sans rapport avec l'histoire, cristallier d'Almenarc'h.

Allen Keshren : îles de la Semée, capitaine du *Léviathan*.

Alperan : Almenarc'h, personnage juste cité, ancien membre du cercle des Sages-Guerriers, disciple de l'eau, père et mentor de Telleran.

Amaya : Saham, Tara Yama, personnage secondaire, mère de Cardanapak.

Amos : Figos, capitaine de Fagar.

Arakhos : personnage annexe, roi de Khourat.

Arvah : personnage secondaire, capitaine de l'armée alménaréenne, fidèle de Fagar.

Asatraï : Saham, roi de légende, Maître-Moine et père de Karaï et Obédaï.

Ashar : personnage juste interpellé, garde de Varloush, royaume de Panshir.

Awana : indéfini, personnage principal, son rôle est toujours aussi trouble. Elle est affranchie de toutes barrières, dont celle du temps.

Baatraï : Almenarc'h, personnage ancien, Sage-Guerrier de légende et contestataire, connu dans les Cercles pour avoir quitté ses fonctions et échappé aux Veilleurs.

Baraï : Almenarc'h, personnage ancien, Sage-Guerrier tombé lors de la Grande Guerre, il s'est sacrifié pour donner naissance à la Grande Barrière qui porte son nom et lui garantir son invulnérabilité. Il habite toujours cette muraille, et veille à son intégrité pour l'éternité.

Barkan : Almenarc'h, personnage ancien, Sage-Guerrier tombé lors de la Grande Guerre, il a brûlé les terres du royaume de Mirand'Ar pour en faire un désert infranchissable. Il hante toujours les lieux et les habite, maudit à jamais pour ce geste par les âmes des défunts de cette riche contrée.

Cafzak : Saham, juste croisé, nouveau maître du Cagarh, région de Saham.

Calaak (ou Alvar) : Saham, personnage secondaire, Prêtre Noir de la classe d'un Happeur d'âmes, premier disciple de la Source Noire, bras droit de Cataxak, mort en fin de tome 1.

Calapalak : Saham, Tara Yama, juste cité, père de Camalak.

Calkak : Saham, Tara Yama, juste cité, compagnon de jeu de Kerfang.

Camalak : Saham, Tara Yama, personnage secondaire, ancien chef de village.

Camatchak : Saham, Tara Yama, personnage secondaire, loup grimeur, fils de Charak.

Cambak : Saham, personnage secondaire, maître de la citadelle d'Adak.

Campa-Hallak (Campa) : Saham, Tara Yama, personnage secondaire, compagnon de Cardanapak et navigateur du désert, surnommé « Montagne ». Il est aussi Accompagnateur des morts à Tara Yama.

Capak : personnage annexe, Prêtre Noir composant la suite sahaméenne de Cataxak.

Caparak : Saham, Tara Yama, personnage secondaire, chef du village de Tara Yama et père de Cardanapak.

Carak : Saham, personnage secondaire, Happeur et compagnon de route de Cataxak.

Carkarak : Saham, Tara Yama, personnage secondaire, ravitailleur, le plus marin des Sahaméens.

Cardanapak : Saham, Tara Yama, personnage principal, fils de Caparak, guide et compagnon d'Erkan en terres de Saham.

Cartchaak : personnage annexe, Happeur de la suite de Cataxak.

Cashaak : personnage annexe, Happeur de la suite de Cataxak.

Castatak : Saham, secondaire, maître du Haut Lazhar.

Cataxak : Saham, Grand Carda, personnage principal, même si son exil hors de Saham lui fait perdre la tête de l'Ordre Noir, il demeure le plus puissant des Happeurs Noirs, et le gardien de la Source Noire.

Catharak: Saham, Guerrier Pourpre, personnage secondaire, nouveau Gardien d'Erkan, responsable de la garde royale du palais de Carmak.

Catsassak : Saham, Tara Yama, juste cité.

Caza-Ahzak : Saham, Tara Yama, personnage secondaire, ravitailleur.

Clak : personnage annexe, Prêtre Noir composant la suite sahaméenne de Cataxak.

Corzah : Almenarc'h, personnage secondaire, dit « le Bestial », ancien Gardien, capitaine de l'armée alménaréenne, fidèle de Fagar.

Cmak : Saham, Tara Yama, personnage secondaire, ravitailleur.

Erkan : Almenarc'h, héros, fils de Roch et Siham, ancien disciple de Telleran et apprenti Sage-Guerrier de l'eau, il se réveille avec la conviction de vivre son Ultime Épreuve d'intronisation, sans le moindre souvenir de sa phase d'amnésie.

Erwin Galagor : île de la Semée, capitaine de l'*Impérissable*.

Fagar : Almenarc'h, personnage secondaire, ancien Gardien qui devient par la force des choses le tyran des Alménaréens en exil dans la nouvelle république de Figos.

Fark et Gloas : Figos, frères jumeaux et capitaines de Fagar.

Golian (de Kaethorn) : Khourat, baron héritier de la forteresse de Kaethorn.

Guidalh : tenancier de l'Auberge de la Place, à Albij.

Guluel : Figos, capitaine de Fagar.

Haëlen : Îles de la Semée, secondaire, favorite de Killian, tyran de Kaash.

Jamar : Almenarc'h, personnage secondaire, membre et doyen du cercle des Détenteurs, père et mentor d'Alkar.

Kaereel : Figos, capitaine de Fagar.

Karaï : Saham, personnage ancien, Maître-Moine, fils du roi Asatraï et frère d'Obédaï.

Katar : Almenarc'h, personnage secondaire, membre du cercle des Détenteurs.

Kerfang : personnage secondaire, fils de Pasang et d'Erkan.

Killian Aljahin : personnage secondaire, tyran de Kaash, îles de la Semée.

Koello : personnage secondaire, second du capitaine Allen Keshren du *Léviathan*.

Loulia : femme de Fagar.

Mafred : personnage accidentel, autre erreur, compagnon d'Olfad le bûcheron.

Maleek : Almenarc'h, juste cité. Vieil ami d'Artel, père de Roch. Chasseur, cueilleur, arpenteur des plateaux de l'Aaltus, il prenait parfois la garde de Roch durant l'enfance de celui-ci. Et d'Erkan. Tombé au début du tome 1.

Malha : Saham, Tara Yama, personnage annexe (femme de

Caza-Ahzac).

Mohan : personnage secondaire, Père Blanc.

Neshie : Jjste citée, Albijoise, amie de Pasang.

Obédaï : personnage d'antan, un des derniers Maîtres-Moines de Saham.

Olfad : personnage accidentel, sans rapport avec l'histoire, bûcheron.

Oreyas : personnage secondaire, capitaine de navire qui a eu dans sa vie la malchance de croiser la route d'une cargaison douteuse.

Orkat (Del) : personnage secondaire, riche armateur de l'ancienne cité d'Almenarc'h appartenant désormais à la suite de Fagar.

Orthon : personnage secondaire, capitaine de l'armée alménaréenne, fidèle de Fagar.

Pasang : royaume d'Albij, personnage secondaire, mère de Kerfang et plus encore.

Paros : personnage secondaire, capitaine de l'armée alménaréenne, fidèle de Fagar.

Reïchak : personnage secondaire, Père Blanc.

Roch : Almenarc'h, personnage secondaire, père d'Erkan et ancien Grand Gardien d'Almenarc'h.

Siham : Almenarc'h, personnage secondaire, mère d'Erkan, femme de Roch, membre du cercle des Guérisseuses et auteur du manuscrit des Kerns.

Telleran : Almenarc'h, juste cité, Sages-Guerriers disciple de l'eau et mentor d'Erkan tombé dans les gorges de Baaltus. Il repose en ce lieu sous forme d'un lac.

Ulnhor : Almenarc'h, personnage principal, roi déchu qui trônait lors de la Grande Guerre, membre du cercle des Sages-Guerriers, disciple du feu.

Glossaire du monde des Kerns

Aaltus (les hauts plateaux de l') : ils culminent à près de trois mille deux cents pas et dominent les océans Libéryan et Astrakan. Leur végétation rase est composée d'algues terrestres et de tapis de plantes carnivores. Des vents violents balaient leurs étendues minérales, et les nuages ne semblent jamais quitter les lieux.

Aciane : épée jadis confiée à Erkan par Awana. Forgée en cytral, cette lame est d'un autre temps. Elle est douée d'une intelligence propre. Elle vit en osmose avec son porteur. Simple d'aspect, lame droite à double tranchant, plus éclatante que de l'argent, une garde formée de deux dragons filiformes, une poignée lisse, un pommeau rond. Elle se dématérialise et disparaît complètement, pour n'apparaître que sur ordre, ou lors d'un danger imminent.

Almenarc'h : cité-État considérée comme un des lieux où l'Homme a su faire montre de toute l'étendue de son génie. Son fantôme brille dans le cœur d'AlmenKaraï.

AlmenKaraï : artefact venant des fondements d'Almenarc'h, ciselé dans une roche-gemme inconnue, par Karaï le Premier. Son nom sahaméen est « Ramsara », « la Pierre des Rois ».

Altama (le pic) : c'est le plus haut sommet du monde des Kerns. Il domine les massifs de l'Ayala (ou « massifs ayalens »). Il faisait partie du blason d'Almenarc'h, symbolisé par un triangle surmonté du disque solaire.

Apalajapar : Saham, Carmak, complexe funéraire datant des rois blancs de Saham, tombeau des rois.

Arara : petit ara de Saham.

Ararak (l') : la loi des Prêtres Noirs, livre de règles de conduite de l'Ordre Noir.

Armure des Rois Blancs (l') : donnée à Erkan par Awana, toute de cytral, elle ne se matérialise que sous l'impact.

Arsassaks : insectes nécrophages utilisés pour nettoyer les os des morts de Saham.

Ayta : Saham, Tara Yama, géant poilu des montagnes.

Ayala (le massif de l') : il borde les franges est des plateaux de l'Aaltus et sont réputés infranchissables. De nombreux sommets de huit mille pas accrochent cieux et neiges éternelles sans laisser la moindre chance de survie au plus insignifiant des êtres vivants

Barrière (la Grande Barrière de Baraï) : immense muraille de pierre qui défigure le continent parthial. L'Alliance du Nord, le roi Ulnhor d'Almenarc'h en tête, a commandé son édification pour stopper l'avancée des Hordes de Saham. Certains disent qu'elle fut érigée en une nuit, mais qui peut les croire ?

Barkan (les déserts de) : autrefois riches et fertiles, les terres de Mirand'Ar ne sont aujourd'hui plus qu'un immense désert de cendre et de poussière. Nul homme ne peut mettre un pied dans ces terres maudites sans être pris d'assaut par les spectres des maudits de Barkan. Cette désertification aussi soudaine que catastrophique a mis fin au conflit de la Grande Guerre

Callypée : algue de Kaash, dont le style contient un nectar très prisé des nobles tables de l'île, l'eau de Kaash.

Camaraca : rapaces vivant dans les montagnes de Tara Yama.

Carataka: couverture, en langue de Saham.

Carda Noir : « Carda » signifie « la source ». Il se trouve que Cataxak est l'héritier du sang souche de l'Ordre Noir.

Carmak : capitale du royaume de Saham. La pierre est plus rare que l'or, à Carmak, aussi toutes les constructions sont-elles faites en terre. Terre battue, compactée, cuite, céramique, briques vernissées, elle se décline sous toutes ses formes, jusqu'à dresser l'imposante architecture du palais de Carmak et ses murailles épaisses de plusieurs dizaines de pas.

Carsahalapam : Saham, premier temple des Morts de l'Ordre Noir, premier ossuaire de Saham, fondé par Obédaï.

Cassavas : Saham, céréale qui donne des galettes blondes et fines souvent agrémentées de miel doré.

Catharaks : lames courbes du Gardien de Carmak au service du roi.

Cytral : alliage de métaux des temps anciens, animé d'une intelligence propre qui échappe au commun des mortels comme au dernier des initiés. Cette matière a une mémoire des formes et ne peut être brisée.

Détenteurs (les) : Second Cercle d'Almenarc'h, composé de douze hommes dont le plus vieux est nommé « Doyen ». Seul cercle survivant après la chute d'Almeanrc'h.

Fratern : ensemble de bâtisses closes de murs renfermant des disciples de la Terre, Pères et Frères Blancs.

Frères Blancs : exécutants de l'ordre des Pères Blancs, primaires et sanguinaires, fanatisés. Leur vie est rythmée par une discipline militaire.

Gawa : ou Pierres Noires. Artefacts dont l'usage est réservé à une poignée d'initiés de Saham, elles ont la particularité de renfermer et accumuler du Shå. Leur origine remonte à l'avant-Saham, certains les surnomment les « Larmes du désert ».

Génécadier : petit conifère raz de haute montagne, à croissance lente. Son bois est très dur. Odeur aromatisée entre genévrier et cade.

Happeur Noir : embre éminent de l'Ordre Noir, nécromant dont la fonction est d'avoir la charge d'un temple des Morts. Il collecte l'énergie des morts, ainsi que l'âme et la mémoire des Sahaméens les plus remarquables.

Kaethorn : forteresse réputée imprenable établie en front de mer, dans le royaume de Khourat.

Kalaa : Saham, arbre fruitier et fruit à la chair rouge gorgée d'un jus parfumé.

Kamana : terme et vêtement sahaméen, entre la robe celtique et le kimono japonais.

Kar'Saham : nom sahaméen du désert de Barkan.

Ksa-Ksa : mouche piqueuse de Saham dont le venin provoque des crises de somnolence.

Lavancade : fleurs mauves en brins dont l'odeur résineuse se situe entre la cade et la lavande.

Libéryan : océan bordant la façade ouest des plateaux de l'Aaltus.

Mahata : Saham, Tara Yama, oiseau charognard proche du grand condor, invoqué par les officiants du culte des morts dans les montagnes de Tara Yama.

Marsam : animal mythologique vivant autrefois dans le royaume de Mirand'Ar. Éléphant de très haute taille, de peau blanche comme nacre, aux défenses pourpres, il était autrefois chassé par les rois de Saham pour son ivoire. Ces derniers se faisaient des implants d'os ou d'ivoire de Marsam pour signifier la grandeur de leur rang. Certains Happeurs Noirs de Saham font de pareils implants.

Méridions : zone géographique située dans les zones méridionales du monde des Kerns, miroir des Septentrions.

Montdent : océan Patalan, cétacé à peau blanche proche du cachalot.

Pamarh : Saham, les baies de Pamarh sont séchées au soleil pour réduire l'acidité de sa chair et ne laisser qu'une peau fine sur un sac de graines très nourrissant.

Paraza : baies noires dont les extraits entrent dans la composition des encres de Saham.

Pierre des Secrets (la) : pierre que les Matriarches du Cercle des Guérisseuses se transmettent, désignant par là leur successeur. Cette pierre renferme le secret de la Stellamancie.

Pourpre : la pourpre de Saham est un mélange de poudre de pierre et de plantes pilées, dont les propriétés sont d'exalter les hommes au combat. Elle est appliquée sur les parties dénudées du guerrier de Saham, et symbolise la virilité, la fertilité masculine et la force brute.

Prêtre Noir : membre de l'Ordre Noir, nécromant dont la fonction est de collecter l'énergie des morts de Saham.

Ramsara : cf. AlmenKaraï. En terre de Saham, elle trône sur le crâne des rois. Elle est le symbole de leur royauté. Son effet dévastateur permet au roi de Saham de garder le pouvoir sur n'importe quel membre de l'ordre des Prêtres Noirs. Depuis la chute d'Almenarc'h, elle renferme aussi la cité en son cœur, et Saash.

Sages-Guerriers (les) : Premier Cercle d'Almenarc'h, anciennement composé de douze membres, dont le premier était le roi en personne.

Saham : royaume félon, vengeur et belliqueux, il envoie chaque automne ses Hordes moissonner les septentrions. Du moins le faisait-il jusqu'à la Grande Guerre...

Satar : chèvre des montagnes de Tara Yama. Le bouc est connu pour son odeur affreusement musquée. Elle est le fruit des sécrétions de glandes odoriférantes.

Sawa : soie sauvage de Saham.

Šhå : Énergie primordiale, brique initiale de toutes choses. Suivant sa concentration et son degré vibratoire, se trouvent déclinées toutes les matières, de la pensée la plus subtile à la roche la plus vile. Les Sages-Guerriers en manipulent les éléments libres et sauvages voletant dans les airs, allant jusqu'à phagocyter des pans de matière inscrits dans le paysage en cas de nécessité. Les Prêtres Noirs de Saham, dépourvus de cette faculté, volent cette énergie chez les hommes, morts ou vifs.

Šhåman : autre nom du Sage-Guerrier.

Šhåmanie : science de la manipulation du Šhå.

Sentinelles (les) : Almenarc'h, nom donné par les marins aux deux éperons rocheux qui bordent l'entrée de la rade d'Almenarc'h.

Source Noire : Sang de Cataxak qui, injecté dans les fluides d'un Prêtre Noir, fait de ce dernier un mort ou un Happeur.

Taksa Taksa : Tara Yama, papillons aux ailes de feu.

Tara Yama : village perdu dans les montagnes frontières entre le royaume de même nom et le royaume de Saham, dont les habitants protègent la source de la Grande Rivière.

Temple de la Connaissance (le) : lieu éthéré nouvellement implanté sur les pentes du glacier de l'Aigle, sur l'Altama, renfermant la bibliothèque du cercle des Détenteurs. Ces derniers consignent ici dans des alvéoles la mémoire de chaque défunt d'Almenarch, et plus encore.

Tentaleux : monstre marin, poulpe géant des grands fonds.

Varata : petit arbuste des montagnes de Tara Yama, dont les racines réduites en poudre provoquent une annihilation totale et momentanée de la volonté.

Varloush : capitale du royaume de la presqu'île du Panshir.

Volée (la) : plateaux de l'Aaltus, lieu où les falaises de l'Aaltus s'effondrent par paliers dans la mer et où les oiseaux marins nichent par milliers.

Wespale : capitale du royaume de Westpalie.

Nd
E
O
Sd
OCEAN
LIBERYAN
MER
d'ICEBERG
Duché de Tuch
Royaume de KOY
Royaume Rhodia
Royaume de TOSKA
Royaume de LOUSNORH
Royaumes des Contreforts ayalens
Royaume de MEDES
ALTAMA
Altank
Grand Saut
BAIE
d'ALMENARCH
Plateau de
Royaume et Forêt de WEST PALIE
Royaume de CARCARIE
ANSE du PARADAI
Royaumes de
OCEAN
ASTRAKAN
Îlots de la Peine
Grande Barrière Coralienne
Îles de la TESCALI
Plateau Sous-Marin TESCALIEN

Presqu'île du PANSHIR
Royaume de PTAH
OCEAN
PATALAN
TERRES
BRÛLÉES
DESERTS
DE
BARKAN
ANSE des ÂMES
Mont CALMAK
Royaume de TARAYAMA
Royaume de SAHAM
LHAZAR
Dents du MANACH
Royaume d'ALANSKAR
MER CATHARALE
TAALANSH
Royaume de CAMPHORE
Royaume de BEJOFF
Archipel des îles de la Semée
KASH
Réalisé par l'auteur

Cet ouvrage a été imprimé
en décembre 2014 par

FIRMIN-DIDOT

27650 Mesnil-sur-l'Estrée
N° d'impression : 125728
Dépôt légal : octobre 2013
ISBN 978-2-918541-11-0

Imprimé en France